Un amour au Texas

*

La tempête des sentiments

*

Mariés à Las Vegas

W0385276

Collection : SAGAS

Titre original :
TEXAN FOR THE TAKING

Ce roman a déjà été publié en 2020

© 2019, Charlene Swink.
© 2020, 2025, HarperCollins France pour la traduction française.

Ce livre est publié avec l'autorisation de HARLEQUIN BOOKS S.A.

Tous droits réservés, y compris le droit de reproduction de tout ou partie de l'ouvrage, sous quelque forme que ce soit.
Toute représentation ou reproduction, par quelque procédé que ce soit, constituerait une contrefaçon sanctionnée par les articles 425 et suivants du Code pénal.

Si vous achetez ce livre privé de tout ou partie de sa couverture, nous vous signalons qu'il est en vente irrégulière. Il est considéré comme « invendu » et l'éditeur comme l'auteur n'ont reçu aucun paiement pour ce livre « détérioré ».

Cette œuvre est une œuvre de fiction. Les noms propres, les personnages, les lieux, les intrigues sont soit le fruit de l'imagination de l'auteur, soit utilisés dans le cadre d'une œuvre de fiction. Toute ressemblance avec des personnes réelles, vivantes ou décédées, des entreprises, des événements ou des lieux serait une pure coïncidence.

HARPERCOLLINS FRANCE
83-85, boulevard Vincent-Auriol, 75646 PARIS CEDEX 13
Service Clients — https://www.harlequin.fr/contenu/contactez-nous
ISBN 978-2-2805-1791-1 — ISSN 2426-993X

Édité par HarperCollins France.
Composition et mise en pages Nord Compo.
Imprimé en avril 2025 par CPI Black Print (Barcelone)
en utilisant 100% d'électricité renouvelable.
Dépôt légal : mai 2025.

FSC www.fsc.org MIXTE Papier issu de sources responsables FSC® C159065

Pour limiter l'empreinte environnementale de ses livres, HarperCollins France s'engage à n'utiliser que du papier fabriqué à partir de bois provenant de forêts gérées durablement et de manière responsable.

CHARLENE SANDS

Un amour au Texas

INTÉGRALE
TROIS RANCHERS À AIMER

Traduction française de
SOPHIE LECOQ

SAGAS

HARLEQUIN

À la vie, à l'amour

1

Et bien sûr il fallait qu'il soit là.

Mason Boone.

Pendant toutes ces années, Drea MacDonald avait pris soin de ne pas le croiser. Aujourd'hui, elle ne pouvait plus l'éviter : elle était dans un contexte professionnel. Elle se plaisait à espérer que tout était loin derrière elle, que ses souvenirs de lui appartenaient bel et bien au passé. Mais était-ce seulement possible après une telle blessure ? Elle avait été si durement frappée, pouvait-elle vraiment tout oublier ?

Mason adossa ses larges épaules contre le mur de la salle de conférences. Il croisa les bras et posa sur elle ses yeux d'un noir profond. Il était impossible de l'ignorer : il remplissait tout l'espace de sa présence. Grand, beau, taillé dans le roc et impeccablement habillé. Cet homme en costume sombre respirait la confiance en lui et imposait le respect.

La jeune fille qu'elle avait été s'était sentie attirée par lui comme par un aimant... Mais il l'avait rejetée sans aucun ménagement.

La meilleure stratégie restait l'indifférence. Un petit hochement de tête dans sa direction, pas plus. Il n'avait pas besoin de connaître l'étendue des dégâts qu'il avait provoqués. De lire la douleur dans ses yeux, de la deviner sur sa peau rosie. Elle allait devoir sortir son meilleur jeu d'actrice – elle savait très bien faire. Elle s'était d'ailleurs imaginé cette scène des dizaines de fois.

Son cœur se serra brusquement, au beau milieu de cette salle de l'hôpital : elle n'était pas la seule à avoir pleuré un être cher. À vivre avec le poids du chagrin et de la douleur. Mason avait perdu sa femme et l'enfant qu'elle portait. Cela faisait un peu moins de deux ans. Drea se sentait terriblement coupable. Il ne lui inspirait que de l'aversion alors que la population de Boone Springs le soutenait et partageait sa peine. Il était tout sauf facile de détester un homme que chacun cherchait à réconforter. La culpabilité la rongeait un peu plus chaque jour, sans diminuer sa colère. Elle avait de bonnes raisons de lui en vouloir, après tout.

Elle se tenait devant la table de réunion, face à l'assemblée. Il ne restait plus que le mot de la fin.

— Et grâce à la générosité de Mason Boone et de sa famille...

Elle grinça des dents avant de finir sa phrase :

— ... Notre gala de bienfaisance se tiendra, sur tout un week-end, au ranch de Rising Springs. Notre objectif est de recueillir deux millions de dollars.

Les médecins, l'équipe de direction et les cadres de l'hôpital échangèrent des regards interloqués. Elle voyait grand, certes, mais elle avait justement bâti sa réputation sur sa capacité à atteindre ses objectifs. Et cette région du Texas ne manquait pas de donateurs fortunés prêts à signer de gros chèques.

— Ce n'est pas irréaliste, estima une voix à l'autre bout de la pièce.

Toutes les têtes se tournèrent vers Mason Boone. Sa famille avait fondé Boone Springs. L'hôpital, le County Memorial, avait récemment été rebaptisé Boone County Memorial. Toute la ville leur appartenait d'ailleurs plus ou moins. Quand un Boone ouvrait la bouche, on se taisait pour l'écouter.

— C'est tout à fait faisable, il suffit de bien placer nos pions dès le départ, reprit Drea, évitant soigneusement le regard de Mason. Et il s'avère que je suis une très bonne joueuse d'échecs.

La tête grisonnante du Dr Keystone s'agita .

— Bravo, Andrea ! Nous avons pleine confiance en vous, vous êtes l'une des nôtres.

— Merci, docteur. Votre soutien me va droit au cœur. Ensemble, nous y parviendrons.

Elle sourit, sûre d'elle dans son tailleur noir et ses talons hauts rouges. Ses longs cheveux châtains lui tombaient sur les épaules, impeccablement lissés. Elle se tenait face à eux en vraie professionnelle.

Cette mission auprès de l'hôpital avait cependant une double importance pour elle. Si elle la menait à bien, sa promotion ne serait presque plus qu'une formalité. Elle deviendrait la vice-présidente de l'agence d'audit et d'événementiel pour laquelle elle travaillait à New York, Solutions Inc.

Elle avait aussi à cœur d'aider la ville qui l'avait vue grandir, d'œuvrer personnellement à cette collecte fonds en faveur du département de cardiologie. En souvenir de sa mère.

Malheureusement, cela signifiait aussi séjourner dans la petite maison que les Boone avaient donnée à Drew MacDonald après l'avoir quasiment spolié de son ranch. La résignation de son père l'irritait comme au premier jour. Comment pouvait-il accepter leur charité alors que la vie de sa fille avait été dévastée quand ils avaient fait main basse sur Thundering Hills ? Elle avait perdu *son* foyer. Mais son père avait semblé ne rien voir de sa détresse.

La réunion était terminée. Drea rangeait soigneusement ses documents dans sa sacoche lorsqu'elle entendit quelqu'un approcher. Elle se raidit immédiatement.

— Beau boulot, Drea.

Cette voix grave, assurée, la déstabilisa. Le timbre, l'intonation, la façon dont Mason avait prononcé son prénom… Tous les souvenirs lui revinrent en mémoire et la firent chanceler. *Bon sang*. Pourquoi présidait-il ce comité ?

Elle connaissait parfaitement la réponse. Sa femme était morte d'une maladie cardiaque alors qu'elle attendait leur premier enfant. Drea ne pouvait pas lui en vouloir de s'investir ainsi. Elle aussi avait ses raisons. Mais qu'importe l'épreuve qu'il venait d'endurer, l'avoir en face d'elle après toutes ses années lui mettait les nerfs à vif. Elle en voulait terriblement aux Boone, Mason en tête.

Il se tenait là, le regard rivé sur elle. Elle se sentait forte désormais et n'avait pas envie de baisser les yeux. Elle leva la tête et lui fit face. Elle lui offrit son plus beau sourire glacial.

— Merci.

Les douze années qui venaient de s'écouler n'avaient fait qu'affûter sa beauté virile. Drea détailla la mâchoire carrée, la barbe naissante, avec laquelle elle ne l'avait jamais connu, les cheveux noirs comme du jais coiffés en arrière. Mais tout cela n'avait aucune importance. Elle ne faisait que constater. Il ne lui faisait plus aucun effet.

— Tu es resplendissante.

Le compliment glissa sur elle.

— Drew va être content de t'avoir un peu avec lui.

— C'est provisoire, précisa-t-elle en claquant sa mallette.

— Ça lui fera du bien, quoi qu'il en soit.

Elle regarda ailleurs. Et elle dans tout ça ? Toutes ces journées, toutes ces nuits où elle avait dû être l'adulte parce que son père était affalé par terre, ivre mort. Tous ces repas qu'il n'avait jamais préparés, les lessives qu'il n'avait jamais faites ? Et cette gamine de douze ans qui avait dû materner son propre père ? Cette fille dont la mère était morte et qui avait désespérément besoin... d'amour.

— On verra.

— Tu n'es pas encore passée par chez vous ?

Elle secoua la tête.

— Non, je suis venue directement à ma sortie de l'avion.

— Drea ?

Elle était à présent incapable de le regarder, même si elle avait senti comme une supplication dans sa voix.

Elle continua à jouer avec le loquet de sa mallette.

— C'est bon de t'avoir ici, finit-il par dire.

Le front baissé, elle hocha la tête.

— Le travail m'attend.

— D'ailleurs, à ce sujet. Il faudrait peut-être qu'on se coordonne toi et moi, en fonction des événements que tu as prévus. On pourrait passer tout ça en revue un soir au restaurant ou...

— Non.

Elle n'avait pas eu l'intention de parler si sèchement.

Très professionnel. Il la dévisagea, l'air ahuri. Elle avait peut-être fait une erreur en revenant ici dans l'espoir d'accomplir quelque chose de significatif et de rendre hommage à sa mère disparue.

N'était-elle même plus en mesure de séparer vie professionnelle et vie privée ? Elle n'avait plus vraiment le choix. Elle s'était engagée dans cette campagne de collecte de fonds, elle était même payée ça.

Elle faisait tout ça en mémoire de sa mère : elle ne cessait de se le répéter.

— Non ?

Mason eut une moue intriguée.

— Enfin, je veux dire que… Je t'envoie un mail. Je suis débordée, Mason. J'ai la tête vraiment prise aujourd'hui.

Elle lui concéda un sourire figé. Mason ne fut pas du tout convaincu.

— OK, comme tu voudras.

Ses lèvres se pincèrent, et sa voix se teinta d'un semblant d'agacement. *Pardon ?* De quel droit se sentait-il agacé maintenant ? Avait-il oublié comment il l'avait traitée la dernière fois qu'ils s'étaient vus ?

Il lui glissa sa carte de visite dans la main. Ses doigts frôlèrent sa peau. Le cœur de Drea s'emballa aussitôt, tout son corps se tendit. Le contact bref et soudain de cette peau chaude sur la sienne fut comme une secousse.

— Écris-moi dès que tu auras un moment. Nous avons très exactement un mois devant nous.

Elle savait très bien que le temps leur était compté. Ce projet lui tenait aussi à cœur. Ils avaient cela en commun. Tous deux souhaitaient que l'hôpital ait son service de cardiologie.

Mais, soudainement, un mois au Texas lui parut une éternité.

Sans parler du fait qu'elle allait de nouveau vivre dans sa maison sur le ranch de Rising Springs… qui dépendait du domaine de la famille Boone…

— Mmm, c'est aussi bon que dans mon souvenir.

Drea avala une grosse bouchée de cupcake. Pas très élégant, mais Katie Rodgers, pâtissière et meilleure amie de son état, n'en attendait pas moins d'elle. Le « Chocolate Explosion » portait si bien son nom.

Katie rit et ôta son tablier. Elle accrocha le panneau « Fermé » sur la porte d'entrée et s'installa face à Drea.

— C'est un pur délice. Et tu t'es souvenue que c'était mon préféré.

— Évidemment. Comment pourrais-je oublier toutes ces fois où on a fait de la pâtisserie ensemble ? On avait quoi, dix ans à l'époque ?

— Oui. Mais nos cupcakes n'avaient rien à voir avec ces petites merveilles que tu prépares avant l'aube. C'est fou, tu as toujours su ce que tu voulais faire dans la vie. Je suis tellement fière de tout ce que tu as accompli, Katie. Je suis certaine que tout Boone Springs fait la queue devant ta boutique pour goûter à tes cupcakes.

— Je n'ai pas à me plaindre, c'est vrai.

Katie soupira et lui sourit affectueusement.

— C'est super que tu sois là. Tu m'as manqué.

Drea tendit la main et serra le bras de Katie.

— Toi aussi tu m'as manqué. Je ne pouvais pas aller à Rising Springs sans passer te voir avant.

— C'était une très bonne idée. Si seulement tu pouvais rester pour bon. Tu vois, je préfère te voir en chair et en os que de te parler sur FaceTime.

— Alors profitons au maximum de mon séjour ici. Nous sommes toutes les deux bien occupées, mais faisons un pacte et promettons de nous voir plusieurs fois par semaine.

— Juré craché ?

Katie leva la main droite et posa la main gauche sur son cœur, comme lorsqu'elles étaient enfants.

— Craché juré !

— Parfait.

Katie commença à sortir de table.

— Je te sers un café pour finir ce cupcake ? Je peux en refaire.

— Je préfère rester sur ce délicieux goût de chocolat, merci. Plus de café pour moi aujourd'hui sinon je vais être ingérable. Viens discuter, plutôt.

Katie sourit et se rassit.

— OK. Donc tu t'occupes de la collecte de fonds pour l'hôpital ?

Drea hocha la tête.

— Avec Mason ?

— Eh oui… C'est le gros point noir de mon séjour ici. Enfin, la collecte reste ma priorité absolue, et pour ça je suis prête à supporter les Boone autant qu'il le faudra.

— Je me doute que c'est dur pour toi, Drea, vraiment. Mason a eu son lot de souffrances aussi, en perdant Larissa et leur bébé. De ce qu'on m'a dit, il commence tout juste à reprendre pied.

— C'est terrible. Mais ne parlons de lui ni des Boone en général… Sinon je vais devoir prendre des nouvelles de toi et Lucas.

Katie ouvrit de grands yeux.

— Lucas ? Nous sommes amis, c'est tout. Et encore.

— Ça, c'est ce que tu dis.

— Drea, il devait se marier avec ma sœur. Shelly a eu le cœur brisé quand il est parti s'engager dans la Marine.

— Il est de retour, apparemment ?

Drea mordit dans son cupcake, certaine de mourir d'une overdose de sucre et de chocolat.

— Ne me le rappelle pas. Shelly ne s'est toujours pas remise de son départ précipité. Cela a été un tel choc. Elle y croyait dur comme fer avec lui, et la rupture l'a fait énormément souffrir. Notre mère est persuadée que tout est la faute de Luke. C'est vrai que ce genre de comportement ressemble plus à Risk.

River « Risk » Boone, tombeur de ces dames et ex-star du rodéo, était le joli cœur de la famille Boone.

— En même temps c'est un Boone. C'est dans ses gènes.

Katie leva un sourcil et secoua la tête.

— Dois-je en conclure qu'après toutes ces années, toi aussi tu es encore là-dessus ?

— Sur quoi ? Le fait que les Boone soient venus rôder autour de mon père comme des rapaces alors qu'il venait de perdre sa femme et qu'ils lui ont volé notre propriété de Thundering Hills ? Nos familles étaient amies depuis des années, mais quand mon père s'est retrouvé à terre, ils ont foncé sur lui. Les Boone ont volé notre ranch, et nous avons été contraints de vivre dans une petite maison sur leur terrain. Ils lui ont vaguement confié le gardiennage de la propriété. Et ensuite il y a eu tout ce que Mason m'a fait subir.

Drea balaya ses pensées d'un geste de la main.

— Oublions ça, je n'ai aucune envie de ressasser ces vieux souvenirs.

Katie la regarda d'un air sérieux et entendu. Mais elle ne savait pas tout. Drea n'avait pas raconté à sa meilleure amie l'épisode qui avait suivi le fiasco avec Mason. Comment elle s'était jetée dans les bras du premier venu et avait perdu sa virginité, était tombée enceinte et avait perdu le bébé. Cela avait été les pires moments de sa vie.

— Mieux vaut laisser tout ça derrière nous, Drea, c'est ce que je me dis. Et je n'arrête pas de le répéter à ma sœur, aussi.

— Disons que c'est parfois plus facile à dire qu'à faire.

Elle avait envie de clore le sujet. Elle avala la fin de son cupcake et lécha le glaçage collé à ses doigts, fermant les yeux pour mieux savourer encore ce plaisir sucré.

— Mmm.

— J'ai entendu dire que ce n'est pas facile pour ton père en ce moment. Il a vraiment fait une mauvaise chute la semaine dernière. Lorsque j'ai appris la nouvelle, je suis passée le voir avec des petits gâteaux à l'abricot et des cupcakes.

— Ah, tu es la meilleure. Il adore tes biscuits fourrés. Merci d'être passée le voir.

— Il est très heureux que tu sois là.

— Je sais.

Elle eut soudain la gorge serrée. Un nœud se forma au creux de son ventre : elle rentrait chez elle, chez son père, Drew MacDonald. C'était peut-être pour ça qu'elle s'éternisait ici. Son père lui manquait, et elle l'aimait. Mais elle était réaliste... Son père ne remporterait jamais le prix du Papa de l'année. Inutile de se voiler la face.

— Il a changé, Drea. Il fait vraiment des efforts.

Elle soupira.

— Je ne crois que ce que je vois.

Elle consulta sa montre.

— Et d'ailleurs il est temps que j'y aille. Je n'ai aucune envie de te quitter, mais il faut vraiment que je prenne la route.

— Tu m'envoies un texto ?

— Bien entendu.

Elles se levèrent et Katie passa derrière le comptoir.

— Juste une minute. Tu ne repars pas chez toi les mains vides.

Elle remplit une boîte en carton de diverses douceurs et l'entoura d'un ruban qu'elle fixa à l'aide d'un autocollant rose pastel sur lequel était marqué « Katie's Kupcakes ». Elle lui tendit le paquet.

— Et voilà. Bon retour parmi nous !

— Merci, ma chère Katie. Mes hanches vont changer à jamais.

— Tes hanches, mes cuisses. Nous sommes tous condamnés.

Drea pouffa de rire et déposa un baiser sur la joue de son amie.

— Au moins nous sombrerons ensemble.

Dès qu'elle eut passé la porte de la boutique, un vent de morosité souffla sur elle. Elle ne pouvait plus retarder l'échéance. Il était temps pour elle de retourner dans ce qu'elle n'était jamais parvenue à considérer comme sa maison.

Elle se gara devant chez son père au moment où le soleil d'automne finissait de disparaître au loin. Au-dessus d'elle, le ciel était traversé de rubans violets et rose foncé. Elle avait oublié la magie des couchers du soleil dans cette région du Texas. Depuis quand n'avait-elle pas vu l'horizon se parer de telles couleurs ? Les grands espaces de ces contrées étaient faits pour une nature à grand spectacle. Le Texas ne faisait jamais dans la demi-mesure. Ce cadre grandiose procura un peu de paix à son cœur agité.

Allez, ce n'est pas la mort du p'tit cheval.

Elle éclata de rire : elle avait à peine posé le pied sur le sol texan qu'elle se remettait au jargon local !

Pourtant elle n'était plus cette jeune fille du pays.

Elle tourna la tête vers la maisonnette bleue à la corniche blanche. Son père était assis dans un rocking-chair sous le porche. Dès qu'il l'aperçut, il tenta de se lever mais grogna lorsque ses jambes le lâchèrent et qu'il retomba dans le fauteuil. Il était rouge, pas à cause de la douleur, supposa Drea, mais de la colère. Il fit une deuxième tentative en s'appuyant cette fois-ci contre la poutre. Le gris de ses cheveux était plus pâle que dans son souvenir, son corps plus lourd. Il restait toutefois bel homme, et elle vit ses yeux verts briller tandis qu'il lui faisait de grands gestes de la main.

Elle lui fit signe à son tour, retenant sa respiration. Elle se répéta qu'elle n'avait pas devant lui l'ivrogne qui avait renoncé à la vie après le décès de son épouse. Il s'efforçait d'être un bon père. Il avait appris à se servir d'un smartphone pour pouvoir lui envoyer des messages. Il l'appelait chaque semaine pour discuter avec elle. Jamais il ne lui reprochait de ne pas venir lui rendre visite. Jamais il ne lui réclamait de quitter sa vie new-yorkaise pour rester à ses côtés.

Cela n'empêchait pas Drea de se sentir coupable.

Elle sortit de la voiture, prit sa valise à roulettes dans le coffre et s'avança vers lui. La bouche de son père se fendit en un grand sourire. Il parut soudainement ne plus avoir soixante-cinq ans, mais dix de moins.

— Salut, mon papa.

Très bien...

Qu'est-ce qui lui prenait de l'appeler comme ça ? Elle ne l'avait pas fait depuis qu'elle était enfant.

— Coucou, ma puce. Bienvenue à la maison.

En ce qui la concernait, « sa » maison c'était Thundering Hills, ce vaste terrain un peu plus à l'ouest qui dépendait de Rising Springs depuis que les Boone avaient mis le grappin dessus.

— Merci.

Elle monta les marches du perron et arriva à la hauteur de son père. Il avait le teint terne et se déplaçait difficilement, mais ses yeux brillaient comme ceux d'un enfant devant le sapin de Noël.

Il ouvrit les bras et fit un pas vers elle. Une ombre furtive, qui ressemblait fort à de la peur, lui obscurcit subitement le visage. Elle n'allait pas le prendre dans ses bras : c'est ce qu'il craignait. Elle avait eu tant de fois besoin de se blottir contre lui, d'entendre un mot doux, lorsqu'elle était plus jeune. Il était invariablement absent. Pour l'heure, elle décida de ne plus y penser. Elle espérait du moins y parvenir. Être rejetée de la sorte laissait des traces.

Elle s'avança et le serra brièvement avant de reculer.

— Qu'est-ce que je suis content de te voir, Drea. Et que tu es jolie. Exactement comme ta mère. Comment vas-tu ?

— Je vais bien. Et toi ?

— On ne peut mieux.

Elle n'en croyait pas un mot. Il était tombé et avait minimisé les choses lorsqu'elle l'avait eu au téléphone. Il avait parlé d'une crise d'arthrite. Katie avait appris à Drea qu'il refusait d'aller faire un bilan médical.

À l'époque, son père s'effondrait plusieurs fois par jour, ivre, et restait prostré dans une stupeur alcoolisée. À présent il devait redouter qu'elle ne croie pas à son histoire de mauvaise chute dans l'escalier.

Elle priait surtout pour qu'il ne soit pas en train de retomber dans ses travers. Pas après tout ce temps.

— On en a des choses à se raconter, toi et moi.

— C'est vrai. Entrons, je vais nous cuisiner quelque chose.

Le visage de son père s'éclaira.

— C'est déjà fait. Je t'ai préparé ton plat préféré : pot-au-feu aux pommes de terre à l'ail. J'ai même tenté de réaliser la recette de biscuits de ta maman.

— Vraiment ?

Les biscuits de sa mère étaient les meilleurs de tous. Katie avait peut-être raison, il semblait vouloir faire des efforts. Drea pouvait presque compter sur les doigts d'une main le nombre de fois où il avait cuisiné pour elle par le passé.

— Eh bien allons goûter tout ça ! Je meurs de faim.

— Impeccable. Mon estomac gronde, mais tout ce qui importe c'est que ma petite fille soit de retour.

Drea avait vingt-neuf ans, elle n'était plus vraiment une petite fille. Mais elle était bien de retour chez elle, en proie aux souvenirs et aux chagrins du passé.

Elle entra dans la maison d'un pas décidé, tirant sa valise d'une main. Son père lui emboîta le pas.

Le lendemain soir, elle poussa un soupir de soulagement lorsqu'elle revint chez eux après une session de travail très productive, et surtout sans Mason, à l'hôpital. Elle avait retenu son souffle toute la journée, craignant de tomber sur lui et de devoir lui faire des risettes pour maintenir les apparences. Il n'était pas venu, et Drea se félicitait des tâches qu'elle avait abattues sans l'avoir sur le dos. Elle avait rencontré les chefs de différents services et confirmé par téléphone auprès des intéressés les dons d'œuvres d'art pour la grande vente de charité. La famille Boone était impliquée dans les autres temps forts de l'événement. Elle n'aurait pas d'autre choix que de consulter Mason à leur sujet.

Elle alla dans sa chambre, restée exactement comme elle l'avait laissée des années plus tôt. Elle troqua ses talons hauts et son tailleur contre un jean délavé confortable et le T-shirt « I love New York » qu'elle avait gagné en participant à une course de cinq kilomètres. Elle releva ses cheveux en une queue-de-cheval, se lava le visage et se brossa les dents.

Elle se contempla dans le miroir. *Dingo !* Elle avait tellement l'air d'une lycéenne ainsi. Une touche de maquillage et une coiffure un peu sophistiquée faisaient vraiment d'elle une autre personne. Alors qu'au fond d'elle subsistait encore cette petite fille mal assurée et sur la réserve.

Mais ce n'était finalement pas si terrible de vivre dans cette maison. Son père se démenait pour elle. Drea s'efforçait de rester dans le présent, de ne pas se laisser rattraper par les mauvais souvenirs. Cependant, oublier et pardonner ce qu'elle avait subi ici à Boone Springs lui était très difficile. Pas un jour ne passait sans qu'elle ne pense au bébé qu'elle avait perdu, à l'enfant qu'elle ne connaîtrait jamais. Ce n'était pas celui de Mason, mais elle lui en voulait de l'avoir rejetée, d'avoir anéanti sa confiance en elle. Indirectement, il l'avait poussée dans les bras du premier homme qui l'avait un tant soit peu regardée.

Trois coups sur sa porte la tirèrent de ses pensées.

— Drea, je peux te parler ?

Elle ouvrit et observa son père. Derrière lui, au bout du couloir, se tenaient quatre hommes. Qu'est-ce que Mason et Risk Boone venaient faire là ? Le responsable du ranch, Joe Buckley et Dwayne, l'un des garçons de son équipe, les accompagnaient.

— Oui, qu'est-ce qu'il y a ?

Son père secoua la tête d'un air contrit.

— J'ai oublié notre partie de poker. Nous, euh… Les gars viennent généralement à la maison le mardi soir. Je suis désolé, Drea, j'étais tellement content de t'avoir ici que j'ai oublié de te prévenir. Je leur demande de partir si tu veux ?

— Non, bien sûr que non. Je ne veux pas que ma présence entrave tes habitudes.

Petite, elle avait toujours le sentiment d'entraver toute sa vie. Elle était un obstacle entre lui et sa bouteille.

— Ils ont apporté le dîner, des pizzas de la Villa Antonio. Tu te joins à nous ?

Que répondre ? Elle aimait bien Joe, il avait toujours été correct avec elle. Dwayne avait son âge, ils étaient à l'école ensemble. Elle n'avait aucune envie de partager un repas avec les Boone, mais elle avait faim et elle n'allait pas rester cloîtrée dans sa chambre toute la soirée.

— Ça me semble possible.

Elle suivit son père dans l'entrée. Les invités ôtèrent aussitôt leur chapeau et la saluèrent, à l'exception de Mason qui resta silencieux. Tenant son stetson dans la main, il la fixa longuement puis opina du chef.

— Alors, tu fais des ravages à New York, Drea ?

Le grand sourire de Risk était presque contagieux. Mais c'était un charmeur devant l'Éternel, et elle restait toujours sur ses gardes. Il était trop enjôleur à son goût.

— Ce n'est pas à moi qu'il faut demander. Mais pour le reste je me débrouille pas mal, oui.

— Je n'en doute pas un instant.

— C'est chouette de te voir, Drea, enchaîna Joe. Tu rayonnes. Ça faisait longtemps.

— Un bout de temps, oui. Comment va Mary Lou ?

— Elle va bien.

— Passe-lui le bonjour de ma part.

— Je n'y manquerai pas.

— Salut, Drea. Tu nous as manqué au lycée lors des retrouvailles de la promo.

— Je sais. J'étais coincée au travail. Katie m'a donné de vos nouvelles à tous. Alors comme ça tu es papa ? Félicitations.

— Oui. Heather et moi l'avons appelé Benjamin, comme mon père.

Il sortit son téléphone et lui montra une photo de son fils.

— À croquer.

— Merci, on trouve aussi.

— Et donc Mason et toi allez travailler ensemble pour la collecte de fonds ?

Risk les regarda à tour de rôle avec un petit air malicieux. À quoi jouait-il exactement ? Elle ne savait pas jusqu'où Mason était allé dans ses confidences à sa famille. Certes, c'était de l'histoire ancienne. Mais pas pour elle.

— C'est ce qui est prévu, répondit Mason en étudiant Drea plus longuement. D'ailleurs j'aimerais bien t'en parler après.

Son père intervint :

— On ne finit généralement pas très tard. Tout le monde bosse demain.

L'heure était venue d'être une grande fille. Elle ne pouvait plus reculer. Elle s'était portée volontaire pour cette mission, elle devait assumer à présent.

Mason acquiesça d'un hochement de tête. Ils s'installèrent autour de la table. Part de pizza dans une main, verre de thé glacé dans l'autre, elle jeta plusieurs fois des coups d'œil dans sa direction. Elle croisait invariablement son regard. Ses yeux, d'un noir aussi profond que le charbon, ne la lâchaient pas, comme si elle était la seule personne dans la pièce. Il la rendait nerveuse. Dieu qu'elle détestait ça. Elle tâcha de balayer la sensation.

Il y avait toujours eu *quelque chose* entre eux. Enfin, pour elle du moins. À dix-sept ans, elle avait commencé à admirer de loin ce garçon, de six ans son aîné, et ses sentiments ne l'avaient plus quittée. Jusqu'au coup de massue et à l'humiliation.

Après le dîner, tout le monde redevint sérieux : c'était l'heure du poker. Drea s'affaira dans la cuisine, ramassa les boîtes à pizza, alla les jeter et programma la machine à café. Elle voulait avoir du bon robusta pour plus tard.

Les garçons avaient apporté de la bière. Son père avait insisté : il ne voulait pas les empêcher de boire sous prétexte qu'il avait un problème avec l'alcool. Il s'était servi un grand verre de thé glacé et semblait parfaitement content.

Cela faisait trois ans qu'il était totalement sobre.

Elle espérait de tout cœur que le pire était derrière lui. Elle n'avait jamais l'esprit complètement tranquille. Le sachant, son père cherchait sûrement à lui montrer combien il avait changé.

La partie de poker s'engagea, et Drea partit dans sa chambre. Elle ouvrit son ordinateur portable et fixa son fond d'écran, un lever du soleil à Hawaï, en rêvant de pouvoir y plonger. *L'espoir fait vivre.*

Cette image de sérénité parfaite était-elle simplement réelle ?

Elle ouvrit son tableur puis le calendrier et se pencha sur les différents sujets qui l'occupaient autour de la collecte de fonds.

Il y en avait de tous les côtés, mais elle commençait à y mettre de l'ordre.

Elle était absorbée dans son travail quand, une vingtaine de minutes plus tard, on frappa à la porte. Elle sursauta.

Cela n'avait rien à voir avec la délicatesse de son père. Non, elle savait pertinemment qui était derrière la porte. *Pff.* Elle se leva et ouvrit brutalement, prête à lui faire face.

Elle eut à peine le temps de croiser son regard que le parfum boisé de son eau de Cologne vint l'envelopper. Il était difficile de ne pas remarquer sa carrure, posté comme il était, le bras posé sur le montant de la porte. Pourquoi avait-elle soudainement la vague impression d'être piégée ?

— Hello.

Elle s'était attendue à ce qu'il soit d'humeur fonceuse, prêt à insister pour qu'ils se mettent au travail dans la foulée. Ce simple mot, prononcé doucement, l'avait surprise, et ses défenses étaient en train de s'envoler.

— Mason.

— Euh, écoute, je sais qu'il est tard, mais peut-être qu'on devrait parler. Tu serais d'accord ?

Il n'était pas tard, à peine 21 h 30. Quand elle avait de grosses journées, elle ne terminait pas avant minuit. C'était différent à Boone Springs. Les choses allaient moins vite, les nuits étaient plus courtes, le soleil se levait plus tôt.

— Oui.

— Il fait bon ce soir. Tu ne veux pas mettre une veste et me rejoindre dehors ?

Elle se figea. Elle ne voulait pas se retrouver seule avec Mason au clair de lune, mais il était hors de question qu'elle se montre hésitante.

— Ton père est sûrement fatigué, je ne voudrais pas qu'on le gêne avec nos échanges.

— Tu as raison. Avance, je te rejoins dans une minute.

Mason acquiesça et sortit.

Drea repoussa la porte et s'appuya contre elle. Les battements de son cœur résonnaient dans ses oreilles.

Elle fut prise d'assaut par ses souvenirs mais les stoppa net : elle avait une mission à accomplir. Elle visait le poste de vice-présidente chez Solutions Inc. Cette collecte de fonds devait lui permettre de valoriser ses compétences en communication et marketing.

Hors de question de laisser Mason Boone se mettre en travers de son chemin.

Elle poussa la porte grillagée et posa un pied dehors. Mason bondit aussitôt de son siège. Drea approcha. Ses bottes résonnèrent sur le bois. Elle portait un jean et un joli chemisier rose sous son blouson en cuir noir. Elle avait les cheveux relevés en une queue-de-cheval. Des mèches rebelles ondulées caressaient ses joues. Elle était jolie, il émanait d'elle une telle douceur. On était bien loin de la femme stricte et affirmée qu'il avait croisée dans la salle de réunion la veille.

Il y avait longtemps de cela, il avait été attiré par elle pendant un bref moment, puis il s'était raisonné et avait coupé court à tout sentiment avant que cela ne déclenche une catastrophe. À dix-sept ans, Andrea MacDonald n'avait d'yeux que pour lui, et il en avait été très flatté. Mais c'était la fille de Drew. Elle était déboussolée, en mal d'amour, et il n'était pas la bonne personne pour lui en donner. Il avait vingt-trois ans, six de plus qu'elle. Il était censé avoir les pieds sur terre pour deux. Il n'aurait fait qu'aggraver les choses sinon.

Il voulait à présent lui dire qu'elle n'avait rien à craindre de sa part, qu'il était mort à l'intérieur et que cela faisait de longs mois. Depuis le décès de Larissa. Sauf s'il se faisait des idées ? Sa froideur n'avait peut-être rien de personnel. Elle avait pu changer, dire adieu à la jeune fille douce, attentionnée et innocente qu'elle était pour devenir une personne qu'il ne connaissait pas, qu'il ne reconnaissait plus. Après tout, le temps avait fait son œuvre sur lui aussi. Il était ici simplement pour travailler à ses côtés. Le passé était le passé, et il valait parfois mieux le laisser là où il était.

— Je t'ai préparé un café.

Il tendit le bras vers la table en rotin à côté de lui.

Elle lui sourit.

— Merci.

— Je ne savais pas comment tu le prends.

— Noir c'est parfait.

Il lui tendit la tasse. Leurs doigts se frôlèrent. Il plongea son regard dans ses jolis yeux. Elle les baissa aussitôt et tourna la tête. Elle avait les yeux vert pâle de son père, les longs cheveux bruns et le teint mat de sa mère, Maria. Drea était un séduisant mélange d'Irlande et d'Amérique latine.

— Tu veux t'asseoir ?

Il désigna le banc sur lequel il était installé. Il sentait sa réticence. Elle aurait préféré se faire arracher une dent plutôt que de s'approcher de lui. Elle finit par se poser en équilibre à l'autre extrémité. Il se décala le plus possible, il ne pouvait pas mettre plus de quelques dizaines de centimètres entre eux.

— Tu en veux toujours à toute ma famille ?

La question lui était venue aux lèvres spontanément. Elle le taraudait depuis qu'il avait posé ses yeux sur elle la veille.

Drea releva brusquement la tête et manqua renverser du café sur sa main. Il ne se le serait pas pardonné.

— Certains plus que d'autres.

Elle lui jeta un regard perçant. Elle n'était plus aussi jolie, soudainement.

— Nous avons tenté d'aider ton père, Drea. Il était dans une grande détresse et...

— Arrête ton discours, je connais votre version des faits. Je n'ai pas besoin que tu me la resserves.

— Eh bien sans doute que si. C'est peut-être l'unique moyen pour que ça se passe bien entre nous.

— Donc je suis censée tout effacer de ma mémoire ? Mon père qui vient voir le tien et lui demande de l'aide pour Thundering Hills, un prêt pour qu'on puisse voir venir pendant quelques mois, et qui essuie un refus franc et direct. Nos familles étaient amies depuis des années. Et l'instant d'après on rachetait notre terrain derrière notre dos, avec que des miettes pour mon père et moi. Il a dû ravaler sa fierté et prendre ce petit boulot à Rising Springs. J'ai dû quitter notre propriété pour venir habiter dans cette toute petite maison. Nous avons tout perdu.

— Ce n'est pas comme ça que les choses se sont passées, Drea.

— Pour moi, si, Mason. Vous nous avez planté un couteau dans le dos.

— Ton père...

— Quoi ? Qu'est-ce qu'il a mon père ? Il s'est mis à boire après la mort de maman et... il n'a plus jamais été le même.

Mason n'avait pas le cœur de lui dire la vérité. Si Drew ne l'avait pas fait après toutes ces années, ce n'était pas à lui de dire à Drea que la petite fille en elle avait tout faux. Drew avait fait promettre au père de Mason de ne rien dévoiler des détails de leur accord. Ses deux parents étaient morts depuis longtemps dans un accident d'avion. Il lui incombait donc aujourd'hui de tenir parole à son tour. Si Drew ne tenait pas à rétablir la vérité aux yeux de sa fille, il n'allait certainement pas le faire à sa place.

— Ton père va vraiment mieux maintenant.

Il n'irait pas plus loin. Le sujet était clos.

— C'est ce que tout le monde me dit en effet.

Mason ne la comprenait pas. Lui-même commençait à peine à reprendre pied, il pouvait tout à fait imaginer ce que Drew avait traversé. Perdre ainsi son épouse, si brutalement. Mason ne s'était pas mis à boire comme Drew, mais chacun gérait le chagrin comme il le pouvait. Il n'excusait en rien le comportement du père de Drea, mais il savait très bien ce que c'était d'être définitivement séparé d'un être cher.

Il soupira.

— N'es-tu pas heureuse de le voir ainsi ?

— Bien sûr que si. Encore faut-il que cette fois-ci soit la bonne.

Sa voix se fit murmure.

— J'ai connu des déceptions par le passé.

Mason se passa la main sur le visage.

— Je sais que ça a été très dur pour toi, Drea.

Elle secoua la tête. Sa longue queue-de-cheval ondulée vint caresser son dos.

— Tu ne sais rien de moi, Mason.

Ses yeux verts, si tristes soudainement, se posèrent sur lui, et il sentit son cœur se serrer. Elle jouait les gros bras, mais sa douleur affleurait. Il fut bouleversé par sa vulnérabilité.

— Si, plus que tu ne le crois.

— C'est bien les Boone, ça. Vous croyez tout…

Il posa deux doigts sur ses lèvres, interrompant sa tirade.

— Chut, Drea.

Elle lui jeta un regard sidéré.

Qu'est-ce qui lui avait pris ? La toucher comme ça, sur la bouche. Pourtant le contact de sa peau, ce regard de défiance avaient provoqué une décharge en lui, ranimé un feu là où tout semblait éteint. Pour la première fois depuis longtemps, il se sentit vivant.

Il était grisé et en voulait plus à présent. Il entendait s'accrocher à cette étincelle qui lui disait qu'il était en vie, un homme encore debout.

Il retira ses doigts lentement et prit le visage de Drea entre ses mains, caressant ses joues avec ses pouces.

— Mason, tu as perdu la tête ?

Elle avait parlé tout bas, mais ses yeux disaient, criaient même, bien autre chose.

— C'est possible.

— Tu ne vas quand même pas…

— Si, je crois que je vais le faire.

Il alla à la rencontre de sa bouche, goûta à ces lèvres pulpeuses faites pour être embrassées.

Il ne fut bientôt plus que sensations. Le souvenir d'elle lui revint. Quand elle était adolescente. Une fille qui avait besoin d'affection. Il lui en avait donné sans retenue jusqu'à cette nuit où elle s'était mise à nu devant lui, corps et âme.

Il lui avait fallu se détourner d'elle.

C'est ce qu'aurait fait n'importe quel homme digne de ce nom.

Mais elle n'était plus une adolescente. Et c'était bon… Si bon qu'il fut pris d'une violente culpabilité. Son cœur appartenait et appartiendrait toujours à une autre. Cet élan de vie qu'il ressentait l'inquiétait et lui faisait peur. Il lui semblait perdre son épouse une seconde fois. Il n'avait rien fait d'aussi irréfléchi depuis des années, encore moins avec Drea : elle était la dernière personne avec qui faire une chose pareille.

2

Un sursaut parcourut les lèvres de Drea quand la bouche de Mason se posa dessus. La situation lui paraissait irréelle. Elle n'avait aucune envie de ça. Elle n'avait aucune envie de lui, même si ses lèvres étaient fermes et délicieuses, parfumées par le café et l'air frais de la nuit.

Mason lui serra les bras, réclamant plus encore. Le cœur de Drea s'emballa, une vague de chaleur monta en elle. Une pensée s'imposa brutalement à elle : ce qu'il y avait eu entre eux, qu'on puisse le nommer ou non, n'avait pas complètement disparu. C'était bien là, palpable, chaud, presque incontrôlable. Pourtant non, il ne fallait pas continuer. Par le passé, le comportement de Mason l'avait poussée dans un état d'égarement et d'impulsivité. Cette passion sans avenir avait presque détruit sa vie. Elle ne pourrait jamais l'oublier. Elle ferma les yeux aussi fort qu'elle le put, posa sa paume sur le torse de Mason et le repoussa de toutes ses forces.

Il recula, abasourdi.

— Mais, Drea...

— Je ne sais pas ce que tu avais dans la tête...

— La même chose que toi, envie de t'embrasser.

— Je n'avais *pas envie* de ça.

Elle avait plutôt envie de le gifler, mais elle n'était pas du genre à faire des scènes. Elle l'avait repoussé, le message était clair.

— Eh bien moi non plus, figure-toi. Enfin si, mais c'est venu là, sur le moment.

— Je te croyais en deuil ?

Drea mit aussitôt sa main sur sa bouche, mais le mal était fait. Impossible de revenir en arrière.

Il la fixa, le visage soudainement blême.

— Je le suis, souffla-t-il.

Alors pourquoi s'était-il laissé aller à ce baiser ?

— Je suis... perdu. J'essaye de comprendre ce qui vient de se passer. C'était... spontané.

— Je sais. Pour moi aussi.

Elle croisa les bras, les lèvres encore chaudes de son baiser.

— Tu n'avais pas le droit

— Je le sais aussi.

— Alors pourquoi tu l'as fait ?

Elle scruta son visage : il était en proie à une violente émotion.

— Je, euh... Tu veux la vérité ?

— Toujours.

Il se passa de nouveau la main sur le visage, se frotta le menton.

— J'ai ressenti quelque chose. Un sursaut de vie en moi. Au moment où j'ai posé la main sur toi. Je voulais que le moment se prolonge, même de quelques secondes.

— Oh ! OK...

Elle comprenait. Enfin un peu. Il était marié, allait être papa. Et subitement plus rien. Une perte brutale. Drea voyait bien... Elle s'était offerte au premier venu quand Mason l'avait rejetée. Elle était tombée enceinte et avait fait une fausse couche. Brad Williamson l'aimait, mais elle était partie. Cela avait été l'année la plus éprouvante de toute sa vie.

Elle était sidérée de savoir qu'*elle* avait déclenché une telle réaction chez Mason.

Comment était-ce seulement possible ?

— Pourquoi... Moi ?

Il eut un petit sourire gêné et secoua la tête.

— Je n'en ai aucune idée.

— Ça a le mérite d'être honnête.

— Pourquoi m'as-tu rendu ce baiser ?

Alerte, mauvaise direction. Elle n'allait certainement pas

lui raconter à quel point il avait compté pour elle. À quel point elle avait souffert à l'époque. Et à quel point elle lui en voulait d'avoir réveillé quelque chose en elle aussi.

— Tu embrasses bien.

— C'est tout ?

— Bien sûr que c'est tout. Je n'ai pas eu d'aventure depuis quelque temps et...

— C'est bon, j'ai compris.

Il expira bruyamment et se frotta la tête. Il avait l'air déçu, un peu vexé.

— Je te propose qu'on oublie tout ça.

— Vendu. Et maintenant ?

— Eh bien on se met au travail. C'était l'idée, non ?

— Oui. Ce n'est pas comme si nous avions le choix.

Mason fronça les sourcils. Drea jubila silencieusement. Voilà, il n'essayerait plus de l'embrasser, au moins. Ce serait idiot de la part de Mason... et encore plus de la sienne. Tant qu'il se tenait à distance respectable, tout irait bien. Elle inspira profondément, intimant à son cœur fébrile de se calmer.

— Alors, par quoi on commence ?

— Eh bien je te présente mes idées, et toi tu me dis à quel point elles sont géniales.

Une demi-heure plus tard, Mason dit au revoir à Drea dans la cuisine et attendit qu'elle reparte dans sa chambre avant de se resservir une tasse de café.

Drew s'adressa à lui en revenant du salon :

— Tu en reprends ?

— Oui, si tu veux bien. J'espère qu'on ne t'a pas dérangé ?

— T'inquiète. Je ne suis pas assez fatigué encore pour m'endormir. Je voulais aussi me prendre une tasse et m'asseoir un peu. Je vais me joindre à toi, du coup.

Mason savait comment le père de Drea aimait son café. Il lui servit une tasse, y touilla deux morceaux de sucre et la lui tendit. Drew avait un penchant pour le sucre, mais c'était sans conséquence. Un substitut à l'alcool, peut-être.

— À vrai dire, je voulais te parler un peu.

— Oui ?

— Ça me requinque de gagner au poker. J'en profite encore un peu en buvant ce jus de chaussettes. Vous étiez dehors, Drea et toi. Tout va bien entre vous ?

Mason venait d'embrasser Drea. Il n'était pas sûr de pouvoir effacer le souvenir de cette étincelle en lui. Ou plutôt ce feu d'artifice digne d'une fête nationale. L'idée que tout allait bien était donc discutable.

Drea ne l'appréciait pas franchement, et lui se sentait à présent écrasé sous le poids de la culpabilité – comme s'il venait de tromper sa femme. Cette douleur mordante ne le quittait plus et la perspective d'une bonne nuit de sommeil s'éloignait de plus en plus.

— Oui, impeccable. C'est une femme intelligente. Elle ne pense qu'à la collecte de fonds.

— Elle t'a parlé de toutes ses idées, alors ?

— Tout à fait. C'est exactement ce qu'il fallait. Elle sait comment monter un événement et faire les choses en grand.

Le week-end commencerait dès le vendredi soir par une vente aux enchères à Boone Springs, qu'elle avait baptisé HeART, un jeu de mots sur « cœur » en anglais. Des artistes du coin et d'ailleurs faisaient don de leurs œuvres pour l'occasion. Le samedi, elle prévoyait un « Festival à FOND(S) » en famille, avec toutes sortes de jeux, une tombola et des balades à poney pour les enfants. Le soir, il y aurait un dîner dansant. Elle était en pourparlers avec un groupe de jeunes musiciens nommé aux Grammy Awards pour assurer l'ambiance. Elle avait déniché un web designer de talent pour créer le site de l'événement et cherchait à présent des bénévoles.

Mason se chargerait de la logistique et de la coordination générale, Drea et les volontaires de la mise en œuvre.

Leur échange professionnel après le baiser lui avait permis de penser à autre chose qu'à ses beaux yeux verts et à son corps délicieux.

— Je ne suis pas peu fier d'elle, mais je voudrais bien qu'elle lâche un peu du lest.

— Elle doit gérer tout ça en un temps record, Drew.

— Je sais. Est-ce égoïste de la vouloir rien que pour moi ? Ce n'est pas comme si je le méritais, je ne me voile pas la face, loin de là. Je vais passer le reste de mes jours à tenter de rattraper le piètre père que j'ai été quand elle avait le plus besoin de moi.

— Ça va se faire doucement, Drew. Elle t'aime.

— Peut-être bien, mais elle ne semble pas toujours m'apprécier.

Mason se frotta la mâchoire. Drea ne l'appréciait pas beaucoup non plus. C'était peut-être mieux ainsi. Cela lui éviterait de faire deux fois la même erreur. Mais il se garderait bien de donner le moindre conseil à Drew. Il n'était pas le mieux placé, alors autant se taire.

— Tante Lottie vient juste de rentrer. Elle est revenue d'Afrique hier soir et se réjouit de revoir Drea. J'imagine qu'elle va passer vous faire signe.

— Ah, Lottie. Elle était partie faire quoi tout ce temps en Afrique ?

Mason afficha un sourire amusé. Drew semblait avoir un petit béguin pour sa tante. Mais ils étaient aussi compatibles que l'huile et l'eau. Et il y avait un passif entre eux : Lottie avait été la meilleure amie de Maria, l'épouse défunte de Drew.

— Aucune idée. Tu pourras lui demander quand elle viendra.

Drew regarda dans le vide et grommela qu'elle n'avait pas envie de le voir.

— Quoi ?

— Rien.

— Tante Lottie veut faire la surprise à Drea, donc motus, OK ?

— Bouche cousue.

Drea entra dans la cuisine.

— Tu parles tout seul ?

Elle se figea dès qu'elle aperçut Mason.

— Tu n'es pas parti ?

Il secoua la tête, incapable de prononcer un mot. Drea était en pyjama, un ensemble en coton rose. Son haut épousait ses seins, dont on devinait aisément la forme. La bouche soudainement sèche, Mason parvint à faire bonne figure. Le feu d'artifice reprit de plus belle.

— J'allais partir.

Elle croisa ses bras autour de sa taille. Si elle pensait masquer un peu son corps ainsi, elle se trompait. Le tissu n'en était que plus tendu autour de sa poitrine.

Mason fit demi-tour pour aller poser sa tasse dans l'évier. S'il restait face à elle une seconde de plus, il ne pourrait plus lui cacher – ni à son *père* - l'effet qu'elle lui faisait.

Il en était le premier surpris. Drea avait réveillé l'animal endormi en lui, et il devait partir de là au plus vite. Il s'avança vers la porte d'entrée, en veillant à bien leur tourner le dos.

— Merci pour la partie de ce soir, Drew. Bonne nuit, Drea.

Il sortit sans même leur adresser un regard.

Le lendemain, Drea sillonna le district pour vérifier quelque chose ici, valider autre chose là, effaçant au fur et à mesure les tâches de sa liste sur son téléphone. Cette dernière lui était indispensable. Elle n'osait imaginer ce qui se passerait si elle perdait son portable ou sa tablette. Toute sa vie serait effacée en un instant.

Elle se gara devant la maison de son père et passa mentalement en revue les impératifs du jour.

Faire le point avec le traiteur.

Faire le tour des galeries d'art de la région.

Valider avec Katie l'idée de l'atelier de décoration de cupcakes.

Insister auprès des Band Blue pour qu'ils viennent jouer bénévolement au dîner.

Arrêter de penser à Mason.

Et mince !

Elle avait beau essayer, rien n'y faisait. L'image de Mason lui apparaissait sans crier gare à toute heure de la journée. Ses doigts délicats posés sur elle, la flamme qui s'était immédiatement allumée à son contact et les avait médusés tous les deux. Et la détermination dans son geste quand il s'était penché et avait pris possession de ses lèvres. Il avait fait naître une sensation en elle, plus que de la curiosité, plus qu'une simple envie de ne pas se dégonfler devant lui. Elle avait voulu aller au bout de ce baiser.

Elle l'avait fait se sentir vivant. Si ça, ce n'était pas le compliment du siècle ! Et elle ne lui avait pas menti non plus : elle n'avait pas connu un baiser aussi plaisant depuis des lustres. C'était là que les choses se compliquaient. Elle en voulait vraiment à Mason. Pour l'avoir humiliée, rayée de sa vie d'un claquement de doigts et fait souffrir comme personne. Elle avait offert son corps à un autre, mais pas son cœur.

Elle fut tirée de ses pensées par des petits coups donnés sur la fenêtre de sa portière. Elle ouvrit les yeux et tenta de se concentrer sur la femme qui lui souriait.

— Drea, ma chérie ! Je ne tenais plus, j'espère que je ne t'ai pas fait peur.

— Lottie ?

— C'est bien moi. Je suis de retour et très heureuse de te voir.

Drea sortit de sa voiture sans attendre pour prendre sa « tante » dans ses bras.

— Oh Lottie, c'est tellement bon de te voir.

Lottie avait été si proche de Maria qu'elle faisait aussi partie de la vie de Drea. Après la mort de sa mère, elle lui avait donné l'amour et l'attention dont elle aurait sinon été privée.

Drea s'écarta pour mieux la contempler. Ses yeux n'avaient rien perdu de leur éclat et de leur fougue.

— Tu es magnifique, Lottie. À croire que le temps n'a pas d'emprise sur toi.

— L'âge est juste un nombre, mon cœur. En tout cas, merci.

Lottie sourit en l'observant à son tour.

— C'est toi qui es splendide, Drea. Tu es une adulte, à présent. Je sais que je te le dis à chaque fois, mais c'est si vrai. Tu ressembles chaque jour un peu plus à ta mère.

— Je le prends comme un compliment.

— Ç’en est un. Ça fait combien de temps, deux ans, que je ne t’ai pas vue ?

— Oui, tout juste. Quand tu es venue me voir à New York.

— C’était vraiment chouette, les spectacles, le shopping.

— Je suis tellement contente que nous restions en contact toi et moi.

Elles faisaient l’effort de s’appeler ou de s’envoyer un SMS au moins une fois par mois, quand Lottie n’était pas au bout du monde.

— Je t’avais promis qu’il en serait ainsi.

— Qu’est-ce qui se passe ici ?

Drew sortit de la maison d’un pas tranquille.

Lottie leva les yeux au ciel et chuchota :

— Ton père a bien vieilli, lui.

— J’ai entendu, Lottie.

— Ça m’est égal, Drew, puisque c’est la vérité. Mais ton heure n’est pas encore venue. Perds déjà un peu de poids et tu verras si tu ne te sens pas revivre.

— Parce que tu es aussi mon médecin, maintenant ? On t’a enseigné tout ça en Afrique ?

Lottie lui sourit à pleines dents.

— Il s’avère que j’ai appris beaucoup de choses au cours de mon voyage. J’ai passé de nombreuses heures aux côtés d’un homéopathe dans le bus, figure-toi.

— Bon, eh bien déjà rentrez, toutes les deux, vous serez mieux à l’intérieur pour parler.

Drew tint la porte à Lottie puis Drea, et ils passèrent tous au salon. Lottie avait apporté un dîner fait maison : poulet cajun et pâtes aux crevettes, sa spécialité, dont raffolait Drea. Elle le mit à réchauffer.

Drew s’assit et les écouta parler des pièces de théâtre à Broadway, de vêtements, de musique.

Il se sentait toujours vieux aux côtés de Lottie.

Il était épuisé, il avait mal partout, mais voir sa fille et Lottie parler ainsi le ragaillardit.

— Papa, est-ce que Lottie t'a parlé de son safari ?

— Tout à fait.

— Le rêve non ?

— J'imagine.

— C'était une aventure incroyable.

Une lueur joyeuse illumina les yeux marron clair de Lottie.

— J'ai tout adoré.

— Tu es de retour pour un bon moment, non ?

— Oh que oui, ma Drea. J'ai le Texas dans le sang et je ne compte pas repartir de sitôt. Mes terres m'ont manqué et mes neveux tout autant. Et je suis surtout très contente d'être rentrée à temps pour te voir.

Elle prit la main de Drea. Elle avait été un vrai parent pour Drea, bien plus que lui.

— Tu restes combien de temps parmi nous, ma chérie ?

— Quelques semaines. Le temps de mettre en place et de superviser la collecte de fonds pour l'hôpital.

— Mason m'en a parlé. Vous travaillez ensemble, c'est un gage de succès.

— Je crois que le repas est prêt, annonça Drew.

— Quelle est cette délicieuse odeur à mes narines ?

— C'est le repas cajun de tata Lottie !

— Ton préféré, papa.

Drea lui décocha un grand sourire, l'air malicieux.

— Le tien aussi, si je me souviens bien. Je n'aurais pas droit à un tel traitement de faveur si tu n'étais pas là.

Lottie fit volte-face.

— Drew MacDonald, pourquoi être toujours si désagréable ?

— Es-tu en train de me dire que tu as préparé ce festin pour moi ?

Lottie leva les yeux au ciel. Elle le faisait souvent, et il trouvait cela tellement irritant… et attachant.

— Je dis qu'il fera notre bonheur à tous les trois, alors à vos fourchettes !

— Je vote pour. Je n'ai pas déjeuné, je meurs de faim.

— J'ai mis la table, précisa Drew.

— J'espère juste que mon plat sera aussi bon que dans vos souvenirs.

— C'est toi qui l'as fait, Lottie, on ne peut qu'aimer.

Drea regarda fixement son père pour qu'il confirme à son tour. Cependant il estima que, sûre d'elle comme Lottie était, elle n'avait pas besoin d'encouragements supplémentaires.

Le soleil automnal, disque de lumière à l'horizon, caressait le petit matin de ses rayons tièdes. Drea, accroupie dans la terre, agrippa une mauvaise herbe et tira de toutes ses forces. Cette satanée plante ne bougeait pas d'un iota. La bataille n'était pas gagnée. Mains gantées, Drea scrutait la rebelle, comme pour la faire ployer par sa simple volonté.

Pas plus.

Elle s'était promis de redonner un tant soit peu forme au jardin de son père pendant qu'elle était à Boone Springs. C'était donc le moment ou jamais de s'y mettre.

— Regarde-moi bien, tu vas voir, toi.

Elle s'agenouilla, referma un peu plus sa poigne et tira aussi fort qu'elle le put.

— Tu vas lâcher, oui ?

La plante céda et sortit de terre. Drea tomba en arrière et atterrit sur un tas de pétunias fanés.

— Aïe !

— Apparemment elle n'est pas la seule à avoir lâché.

Drea releva la tête et vit Mason, un petit rire narquois accroché aux lèvres.

— Non mais, tu sors d'où, toi ?

Il lui tendit la main pour l'aider à se mettre debout.

Elle l'ignora, posa ses mains au sol et se redressa d'un mouvement leste. Elle frotta la terre sur son jean. Fallait-il toujours que cet homme déboule au mauvais moment ?

— C'est mon itinéraire du matin quand je vais courir.

Elle remarqua en effet son pantalon de jogging noir et son T-shirt blanc. Les deux blocs de muscles qu'étaient ses bras semblaient à l'étroit dans leurs manches. Il était beau à se pâmer en ce début de journée. Il transpirait la bonne santé, la vitalité et... la sensualité.

— J'en prends bonne note.

Elle allait veiller à ne plus le croiser ainsi de bon matin.

— Tu es tombée du lit ce matin.

— Le devoir m'appelait dans ce jardin. Mon père l'a totalement négligé, comme tu peux le voir. J'essaye d'y remédier autant que je peux tant que je suis là.

— Telle que je te connais, tu vas le transformer en petit paradis.

Elle lut une joyeuse certitude dans ses yeux.

— Tu as l'air bien sûr de toi.

— Je le suis.

— Parce que tu me connais, toi, maintenant ?

— Je vois l'énergie que tu mets dans l'organisation de la collecte de fonds. Quand tu as un objectif, tu fonces.

Il n'avait pas tort. Elle avait une mission.

Elle n'avait jamais reçu beaucoup de soutien dans sa vie. Elle s'était battue pour en être là, sans reconnaissance en retour. Non pas qu'elle voulût être sous les projecteurs. Mais un petit compliment de temps en temps était toujours le bienvenu.

— Merci.

Il se passa la main dans les cheveux et la regarda avec un air grave.

— Écoute, il y a un petit souci avec les Band Blue. J'ai eu leur agent au téléphone hier soir, et ça sent le roussi pour nous.

— Quoi ? Comment est-ce possible ? Ils étaient partants la dernière fois que je leur ai parlé.

— Je te confirme. Ton interlocuteur c'était Sean Manfred, le chanteur du groupe. Notre cause lui tient à cœur. Sa mère a fait une crise cardiaque et s'en est tirée. Il est de notre côté, mais pas leur agent. Il a quelques exigences.

— Du genre ?

— Il n'a pas voulu me dire au téléphone. Il veut qu'on se voie.

— Pas de problème, c'est dans mes cordes. Quand il saura à quel point...

— Ce qu'il y a c'est qu'ils sont en concert à Los Angeles ce week-end. Et j'imagine que leur agent cherche à contenter Sean tout en nous mettant des bâtons dans les roues. Honnêtement, ne perdons pas de temps avec ça. Si on ne parvient pas à un accord là-bas, on n'aura personne pour assurer le concert à si brève échéance.

— « On » ?

— Oui, « on ».

— Je peux gérer ça toute seule, Mason.

— À deux on a plus de chances d'en imposer et de le convaincre. On peut prendre l'avion de ma boîte. Et ça me donnerait l'occasion d'aller visiter une maison sur laquelle j'ai des vues.

— À Los Angeles ?

— Oui, sur la plage.

— Je ne savais pas que tu aimais le bord de mer.

Drea l'avait dit sur un ton décontracté, mais son cœur battait la chamade. Ils allaient passer beaucoup de temps ensemble s'ils partaient tous les deux. C'était un déplacement professionnel, certes…

— Pas plus que ça, mais il est peut-être temps que je me change un peu les idées. Larissa aimait beaucoup la plage. Elle disait que ça l'apaisait.

— Et tu en aurais bien besoin toi aussi ?

Mason haussa les épaules.

— J'imagine que oui.

Il étudia Drea comme s'il cherchait une réponse. Il avait besoin de paix intérieure… quand son corps lui réclamait davantage de feu. Cela faisait écho en elle.

— Donc on est OK ? On décolle samedi matin.

— Euh, d'accord. On sera de retour le soir, tu me confirmes ?

Mason la fixa tandis qu'il calculait le temps qui leur serait nécessaire sur place. Los Angeles était à trois heures de vol, donc six heures aller-retour.

— Si leur agent ne joue pas trop au chat et à la souris avec nous, ça devrait être bon.

Il la regarda avec un petit air taquin.

— Quelqu'un t'attend samedi soir ?

— Moi ? Je n'ai pas le temps pour ça. Mon objectif c'est la collecte de fonds, rien d'autre.

— Entendu. Je m'occupe de tout, je te laisse à ton combat contre les mauvaises herbes.

— Parfait...

Drea se mordit la lèvre inférieure. Elle avait vraiment besoin de s'assurer que le groupe serait là lors du dîner dansant et elle était à présent contrainte d'agir dans la précipitation. Pour couronner le tout, elle allait devoir passer une journée entière avec Mason.

— Et si tu pouvais arrêter, aussi.

— Arrêter quoi ?

— De me prendre au dépourvu dans des situations un peu embarrassantes. D'abord en pyjama et là en train de me battre avec les mauvaises herbes.

Son petit air narquois se transforma en grand sourire.

— Le hasard joue pour moi, c'est tout.

Il repartit à grandes foulées. Elle resta là le contempler fendre l'air du petit matin, tâchant de stopper le frisson qui lui parcourait le corps, se mordant la lèvre un peu plus fort pour ne pas ressentir la vague de chaleur qui montait en elle.

3

Le samedi matin, Drea se leva et s'assura qu'elle avait bien tout ce qu'il fallait dans sa valise pour se changer en cas d'accident à table ou de retard de leur vol. Elle vérifia aussi que les documents contractuels étaient en ordre, prêts à être signé par les Band Blue.

Elle mit dans son sac à main le plus important : les cinq bonnes raisons pour le groupe de participer à son événement. Le défaitisme et la passivité n'étaient pas de son monde. Elle s'était renseignée sur le groupe et était prête à sortir l'artillerie lourde pour leur faire signer ces papiers.

Elle se doucha, mit un pantalon noir et un chemisier blanc à manches évasées en passant mentalement en revue son plan d'attaque. Elle porterait une veste le moment venu, mais pour l'heure un gilet ferait très bien l'affaire. Elle enfila ses bottines beiges et se dirigea sans faire de bruit vers la cuisine.

Son père était déjà debout et habillé.

— Tu es matinal aujourd'hui.

Il n'était pas encore 7 heures.

— Eh oui. Lottie veut que j'aille marcher avec elle, pour faire un peu d'exercice.

— Tiens donc.

Drew regarda sa fille et releva le menton.

— Je ne suis pas encore grabataire, tu sais.

— C'est juste que... Tu n'es pas très actif. Vas-y doucement quand même.

— Si je n'y vais pas, Lottie va continuer à me harceler.

— Papa, je crois que tu es bien content qu'elle te harcèle.

— Je n'en sais rien. Possible.

Il haussa les épaules.

— Papa, je vais m'absenter. Si jamais...

Son père finit de nouer ses lacets et leva la tête vers elle.

— Ça fait un bout de temps que je vis seul, Drea. Ne te fais pas de souci pour moi. Je n'ai pas eu besoin de toi pour y arriver.

— OK. Écoute je serai sûrement de retour un peu tard ce soir. Je pars en Californie avec Mason, pour l'hôpital.

— Et tu as besoin d'une valise ?

Drew la dévisagea, et elle se sentit soudain très mal à l'aise. Elle ne voulait pas un instant s'imaginer passer la nuit là-bas avec Mason, mais cela restait une possibilité. Sa lingerie fine et sa nuisette vert pâle à peine couvrante n'étaient en revanche peut-être pas nécessaires. Alors que faisaient-elles dans sa valise ?

— J'ai surtout des papiers là-dedans. Et une tenue de rechange, juste au cas où.

On frappa à la porte d'entrée.

— Mason est déjà là, on dirait.

— J'y vais.

Drea traversa le salon et ouvrit. Mason portait un jean brut qui lui moulait les cuisses et une chemise texane à deux poches sous une veste noire. Professionnel mais décontracté. Ils étaient au moins sur la même longueur d'onde côté vêtements.

— Hello.

Dieu ! que son accent du Sud était sexy.

— Mason. Je suis à toi dans deux minutes.

Ses bonnes manières eurent raison de sa volonté.

— Tu veux entrer ?

Drew appela depuis la cuisine.

— Rentre, mon garçon. Le café est encore chaud.

— Avec plaisir, j'en ai bien besoin.

Drea regarda sa montre.

— Je pense qu'on a le temps, notre avion décolle à 8 heures. Moi aussi il me faut ma dose de caféine.

Elle lui fit signe d'avancer vers la cuisine.

— On fait vite. Ils nous serviront un petit déjeuner dans l'avion de toute façon.

Drea ravala son agacement. L'avion n'était qu'une autre piqûre de rappel : sa famille leur avait arraché Thundering Hills. Mason parlait d'un ton léger, comme si tout le monde avait un jet privé à disposition. L'empire Boone avait prospéré, tandis qu'elle avait été à jamais privée de son héritage, des terres qu'elle aimait tant.

Elle écouta les deux hommes discuter puis, après quelques minutes, vida sa tasse d'un trait.

— Mason, il est l'heure je pense.

Elle déposa un baiser sur la joue de son père.

— Vas-y doucement aujourd'hui.

— Ne te fais pas de souci pour moi. Allez, fais bon voyage.

Mason posa sa main dans le dos de Drea et la conduisit jusqu'à la limousine noire qui brillait de mille feux dans l'allée. Cette main chaude appuyée contre elle était bien trop agréable. Drea se raidit et se concentra sur le chauffeur en uniforme posté devant la voiture. Mason s'adressa à lui :

— Je m'en occupe.

Il déposa la valise de Drea dans le coffre puis désigna la portière ouverte.

— Après toi.

Elle se glissa à l'intérieur, et il la suivit.

La première fois qu'elle était montée dans une limousine avait été à l'enterrement de sa mère. Ce trajet avait été le pire de sa vie. Elle avait été incapable de croiser une seconde de plus le regard vide de son père. Elle s'était donc tournée vers la fenêtre, dans un silence assourdissant, tandis que son cœur d'adolescente se brisait lentement mais irrévocablement en mille morceaux.

Drea observa Mason discrètement. Il semblait comme un poisson dans l'eau. Elle le respectait en tant que businessman, il était réfléchi et déterminé. Son thème du jour était d'ailleurs « En déplacement professionnel avec Mason », rien de plus.

— Bien installée ?

Mason était assis face à elle dans l'avion. Une petite table les séparait.

— Oui.

— OK. Le décollage est pour bientôt.

Ils gardèrent ensuite le silence jusqu'à ce qu'ils soient en vol.

— Et voici. J'espère que cela vous plaira, c'est l'une des recettes préférées de M. Boone.

L'hôtesse lui servit une assiette de blancs d'œufs brouillés aux légumes ainsi qu'un café. Mason avait commandé la même chose.

— Ça m'a l'air parfait, merci.

L'hôtesse tourna les talons, et Mason planta sa fourchette dans son assiette. Il leva la tête vers Drea :

— Donc tu penses vraiment qu'on peut réussir à faire signer les Band Blue ?

— Avec mes compétences relationnelles, oui tout à fait.

— Tes compétences relationnelles ? Tu veux parler de la manière dont tu m'as charmé ?

Il la provoquait, certes, mais elle se trouvait prise la main dans le sac.

— Je ne fais pas semblant avec les gens, OK ?

— Tu veux dire que si tu m'appréciais un peu plus, ça se verrait ? Allez, ne parlons plus de ça.

Il changea de sujet.

— Comment t'es-tu spécialisée dans l'organisation de collectes de fonds ?

— Un peu par hasard, à vrai dire. Ma voisine de chambre à la fac a déclaré une maladie pulmonaire très rare en dernière année. C'était assez grave, et le traitement coûtait des centaines de milliers de dollars. Son assurance santé ne couvrait rien du tout. Je devais absolument l'aider. J'ai fait venir des amis à elle, des copains de cours et j'ai lancé une page de soutien sur les réseaux sociaux. J'ai écrit des articles dans les journaux de la région et je suis même passée dans une matinale à la télévision avec les parents de Sandra pour donner de la visibilité à sa cause. En quelques semaines, on a récolté plus que ce qui était nécessaire pour la soigner.

— Je suis impressionné. Comment va-t-elle aujourd'hui ?

— Pas mal du tout. Il n'y a pas de traitement pour la guérir complètement, mais elle vit bien. D'ailleurs elle vient juste de m'inviter à son mariage.

— Tu lui as sauvé la vie.

— Pas moi, les médecins.

— Tu es modeste.

— J'aurais voulu pouvoir faire quelque chose pour ma mère. Je sais que je n'étais qu'une enfant, mais je me suis toujours dit que quelque chose nous avait peut-être échappé. Son infarctus nous a pris par surprise, on ne se doutait pas qu'elle avait une maladie cardiaque. Elle n'avait aucun symptôme. Et après le premier épisode les séquelles étaient déjà lourdes...

Drea baissa les yeux, en proie à une émotion incontrôlée. Sa mère n'avait tenu que trois jours après l'infarctus. Drea regrettait de ne pas lui avoir parlé davantage, de ne pas avoir compris qu'elle était en train de la perdre. Et de ne pas lui avoir dit combien elle l'aimait. Au lieu de ça, tout le monde avait tenté de la protéger, de prétendre que Maria MacDonald allait s'en tirer. Alors qu'ils devaient bien connaître la vérité, tous.

Elle ne savait pas bien pourquoi elle venait de se confier ainsi à lui. Elle ne parlait jamais de sa mère, et encore moins à un homme qu'elle considérait comme son ennemi. Lorsqu'elle releva la tête, elle lut de la douleur dans les yeux de Mason.

— Je vois de quoi tu parles.

— Mason, je suis désolée.

Sa plaie à lui était encore béante, sa douleur plus récente. Sa femme et leur bébé étaient morts tout juste deux ans plus tôt.

Drea tendit le bras et posa sa main sur celle de Mason. Son geste était instinctif, de ceux que l'on a pour toute personne en souffrance. Une connexion s'établit pourtant entre eux, intense, puissante. Elle lui en voulait terriblement, elle détestait ce que sa famille avait fait à la sienne. À la faveur de cette parenthèse de tristesse, elle l'avait oublié. Elle retira sa main. *En déplacement professionnel avec Mason.*

— Tout s'est bien passé ?

L'hôtesse apparut, prête à débarrasser.

— Oui, merci.

— Est-ce que l'un de vous souhaite un autre café ?

— Non, répondirent-ils de concert.

— Très bien. Si je peux vous apporter quoi que ce soit d'autre, monsieur Boone, n'hésitez pas.

Mason opina du chef.

— Merci.

L'hôtesse retourna à son poste. Ils étaient de nouveau face à face, seuls.

— Je vais aller me dégourdir les jambes.

Une bonne idée. Il y avait suffisamment de place dans l'avion pour faire un petit tour, et elle avait besoin d'un peu d'espace.

Elle se leva, et Mason fit de même. Les bonnes manières texanes dans toute leur splendeur. Lorsqu'elle passa à sa hauteur, l'avion bougea et elle fut projetée contre son torse. Il l'enveloppa immédiatement de ses bras. La courte zone de turbulences fut bien vite dépassée. Mason ne relâchait toujours pas son étreinte.

— Tout va bien ?

Il avait murmuré sa question.

— Oui, oui.

Lovée ainsi dans ses bras, elle était caressée par les notes de son eau de Cologne masculine. Elle ferma les yeux, savourant ces quelques secondes de pur réconfort.

— Merci de m'avoir rattrapée au vol.

— Mes entraînements de base-ball payent enfin.

— Au club des pioupious ?

— À la fac. En national.

— Bien entendu. Tu méritais au moins ça.

Ce petit air narquois provoqua un hoquet de rire chez lui.

— Tu me fais rire, Drea.

Il passa ses doigts dans son dos avec une extrême délicatesse, l'amenant à lui, et appuya ses jambes contre les siennes. Tant que ce n'était que ses jambes… Et tant que ça s'arrêtait là, surtout. Alors que faisait son cœur, à cogner fort ainsi ? Pourquoi la force de Mason, sa présence si masculine, la troublaient tant ?

Une nouvelle turbulence les sépara.

Il tenta de la retenir, sans succès. La stratosphère semblait être plus raisonnable qu'eux.

Le commandant de bord alluma le micro :

— Toutes mes excuses pour cette mauvaise surprise. Nous ne devrions plus subir de turbulences à présent. Vous pouvez vous détendre et profiter du reste du vol.

Mason se redressa.

— Tant mieux.

Deux mots que venait contredire la dangereuse lueur qui brillait dans ses yeux.

Drea attrapa son sac à main et désigna le canapé à quelques pas de là.

— Je crois que je vais aller m'asseoir là-bas un moment. Je… J'ai des choses à régler pour le travail.

Sous le regard de Mason, elle se déplaça d'un pas aussi gracieux que possible avant de se laisser tomber sur le cuir moelleux. Elle évita tout contact avec lui jusqu'à la fin du vol.

Quelques heures plus tard, ils étaient enfin sur l'autoroute, à bord d'un SUV Cadillac de location, respirant le bon air californien et savourant le soleil de la côte Ouest. Le téléphone de Mason sonna. Il lui lança l'appareil.

— Tu veux bien répondre pour moi, s'il te plaît ?

Drea prit le portable et consulta l'écran.

— C'est l'agent, souffla-t-elle avant de décrocher. Bonjour, ici Drea MacDonald.

— Bonjour, Drea, c'est Alan Nesbitt.

— Oui, monsieur Nesbitt. Nous venons d'atterrir, nous sommes en chemin.

— Justement j'appelais pour ça. Je crains de ne pouvoir me libérer pour le déjeuner. J'ai un imprévu à gérer en urgence. Je suis désolé de vous faire faux bond, mais je suis coincé.

— Mais nous avons fait le déplacement depuis le Texas ! Nous avons besoin de vous parler.

— Oui, bien sûr. Je n'aurai pas une minute à moi avant la fin du concert.

— Vous voulez dire ce soir ?

— Oui. Ils passent juste avant la tête d'affiche. Nous pourrons échanger après ça. C'est ma meilleure offre, je suis sous l'eau aujourd'hui.

— Très bien, nous serons au concert.

— Je fais déposer des billets VIP et un accès *backstage* à votre intention. Nous aurons une bonne heure devant nous.

— Eh bien nous ferons avec. Nous serons là, c'est vraiment important.

— Je comprends. À ce soir, donc.

Drea raccrocha et se tourna vers Mason.

— Il a annulé le déjeuner.

— J'ai entendu ça.

— Il dit avoir le temps de nous voir ce soir au concert.

Mason soupira.

— Il faut tenter. On n'a pas d'autre solution. Et on est là de toute façon.

— Je suis d'accord, mais ça nous laisse pas mal de temps à tuer. Qu'est-ce qu'on va faire pendant ces huit heures ?

La situation était loin de lui faire plaisir. Mason et elle allaient passer toute la journée ensemble. Et, après l'incident de l'avion, il fallait qu'elle reste sur ses gardes.

— J'ai bien quelques idées, annonça-t-il de façon énigmatique.

Où étaient le rictus maléfique, le sourcil diabolique ? Elle ne répondit pas. Il enchaîna :

— Tu as faim ?

— Pas vraiment, juste un peu.

Il hocha la tête.

— Pareil pour moi. Tu aimes les fruits de mer ?

— Qui n'aime pas ça ?

À dire vrai, elle adorait ça. Lorsqu'elle était étudiante, c'était même une tradition du vendredi : poissons et fruits de mer frits. Elle y pensait toute la semaine.

— Impeccable.

D'un mouvement sec du volant, Mason fit demi-tour au feu suivant.

— Je connais un petit resto les pieds dans l'eau qui devrait te plaire.

Peu de temps après, il se gara sur le parking d'un petit restaurant à emporter.

— C'est tout simple, mais le poisson est frais et tout est délicieux.

— Vendu.

Ils allèrent consulter l'ardoise accrochée au mur.

— Qu'est-ce que tu me conseilles ?

— Si tu aimes les crevettes et les Saint-Jacques, le Big Fish Special est pas mal du tout. C'est servi avec des frites et du *coleslaw*.

— Alors va pour le Big Fish Special.

Mason se tourna vers la serveuse au comptoir.

— Deux, s'il vous plaît.

Une fois servis, ils s'installèrent sur l'une des tables face à la mer. Mason s'assit à côté de Drea. Lunettes de soleil sorties et bavoir ridicule autour du cou, ils savourèrent leur repas.

— C'était une bonne idée.

— Tu veux dire pour une fois ?

Elle remarqua l'éclat espiègle dans ses yeux.

— On fait quoi maintenant ?

— Il est à peine 13 heures. Tu aimes les fêtes foraines ?

— C'est toi le guide. Je te suis.

Chez le glacier, Drea avait choisi un pot de glace à la fraise. Elle la savourait par petites cuillerées.

— Ça manque de fantaisie tout ça.

— Je suis pleine de fantaisie… Quand je l'ai décidé.

Il tenait dans sa main un alléchant cornet de glace double chocolat-caramel-brownie.

— Ah tu es comme ça. Et c'est quand, alors ?

Il avait posé son regard sur elle, sur la cuillère qu'elle portait à sa bouche.

— Quand je...

— Quand tu quoi ?

Il semblait réellement attendre une réponse.

— Eh bien, pas maintenant, c'est tout. On est là pour le travail. Du moins c'est ce qui était prévu.

— En l'occurrence, ceci est pause forcée.

Elle le regarda avec hésitation. Il poursuivit :

— On est en zone franche. Regarde autour de toi. Tu crois que ces gens pensent à leur réunion de demain, à leur entretien annuel, à la colonne B de leur fichier ? Non, madame, je ne crois pas.

Il n'avait pas tort.

— Si on est en zone franche, je veux bien goûter à ta glace double choco.

— Ah ça dépend. J'ai quoi en échange ?

— Qu'est-ce que... Euh... Qu'est-ce que tu voudrais ?

Ses souvenirs d'adolescente lui revinrent, à demi nue dans sa chambre, réclamant sa bouche et ses baisers, ses mains sur elle.

— Ma dose de sensations fortes.

Un petit sursaut la ramena dans le présent.

— Quel genre de sensations fortes ?

À l'époque, c'est exactement ce dont elle rêvait avec lui.

Du menton, il désigna le parc d'attractions derrière elle.

— Je te laisse le choix.

Le bruit distant des rires, des cris et des mécanismes en branle lui parvint. C'était le son de la joie, pleine et sans détour.

— D'abord la glace, d'accord ?

— OK.

Elle approcha sa cuillère, il recula d'un pas.

— On ne mange pas un cornet à la cuillère. Mords dedans et savoure.

Il lui tendit le côté qu'il n'avait pas encore entamé. N'était-ce pas un peu trop intime de partager une glace, tout de même ? Le petit regard provocateur de Mason effaça son interrogation.

Elle n'allait pas se laisser faire. Elle lui prit le cornet des mains et croqua dedans à pleines dents, gaufre et glace dans une seule bouchée. Elle avait très clairement été trop ambitieuse. Mason fixait sa bouche, qui se bagarrait avec la glace et se tordait dans une danse inélégante. Il se mit à rire, et deux fossettes habituellement discrètes firent leur apparition.

Le regard de Mason avait changé, la tristesse comme envolée temporairement. Il posa délicatement une serviette en papier au coin de sa bouche pour rattraper un peu de glace.

Leurs yeux se croisèrent, s'accrochèrent, devinrent soudainement très sérieux.

— Pardon, mademoiselle, vous pourriez nous prendre en photo ?

Une femme venait de les interrompre - de les empêcher, sans le savoir, de faire une bêtise. Elle attendait patiemment, téléphone tendu vers Drea, ses adorables jumeaux à ses côtés.

— Bien sûr, avec plaisir.

Drea rendit son cornet à Mason.

L'inconnue se planta dos à la mer et plaça ses deux garçons devant elle. Drea prit la photo.

— Merci.

La femme s'éloigna.

— Allez, on y va !

Mason désignait la fête foraine. Leur rapprochement en demi-teinte jouait avec les nerfs de Drea. Il semblait vouloir transformer sa journée de « déplacement professionnel avec Mason » en parenthèse personnelle.

Il la scruta.

— Alors ? Tu t'es décidée ?

Elle se retourna pour étudier les manèges et faire son choix.

— J'essayerais bien la grande roue du Pacifique. Je viens d'entendre quelqu'un dire que c'est la seule au monde qui fonctionne à l'énergie solaire.

Il tourna lentement la tête vers la droite, puis vers la gauche.

— Soporifique.

— Soporifique ? Je croyais que c'était moi qui choisissais ?

— C'était avant que tu n'avales la moitié de ma glace. C'est toi qui me dois une faveur maintenant.

Mason essayait de tricher. Évidemment. Cela lui ressemblait bien.

La route de la côte pacifique s'étendait devant eux. Mason était au volant, Drea côté passager. Sa main reposait sur son ventre, qu'elle caressait doucement de temps à autre. Elle ne voulait pas monter dans ce manège, il le savait. Il l'avait lu la peur et le doute sur son visage. Pourtant elle avait fait bonne figure, brave soldate, transportée à trente mètres au-dessus de l'eau. Une fois là-haut, il avait bien fallu redescendre. Le grand plongeon en avait fait rire certains, d'autres avaient crié. Drea avait viré au vert, la même couleur que ses jolis yeux. Quand le manège s'était arrêté, il l'avait aidée à sortir tandis qu'elle se tenait l'estomac.

— Tu te sens comment ?

Il lui jeta un coup d'œil.

— Un peu mieux.

Elle se redressa dans son siège.

— Ça va aller, l'air frais me fait du bien.

— Tant mieux. On s'est bien amusés.

— Toi, peut-être.

Il soupira. Drea ne lâchait pas un centimètre de terrain, pourtant il voyait très bien qu'elle avait pris plaisir à goûter aux joies de Santa Monica.

Dix minutes plus tard, elle se tourna vers lui.

— Tu as rendez-vous avec ton agent immobilier finalement ?

— Non, j'ai la clé.

— C'est un privilège de VIP, ça ? On te donne la clé d'une maison que tu n'es même pas sûr d'acheter ?

— Je n'ai rien d'un VIP.

— C'est vrai, ce n'est pas comme si tu venais de Boone Springs, une petite ville qui porte ton nom famille...

— Ma famille s'est installée à Boone Springs il y a longtemps.

Ce sont mes aïeux qui ont bâti la ville, pas moi. Je ne vais pas m'excuser pour eux.

Sa voix était teintée d'une fierté qu'il ne parvenait pas à masquer. Pas plus qu'il ne pouvait ignorer la moue sur le visage de Drea. Sur ces lèvres qu'il avait très envie d'embrasser.

Depuis leur baiser cette nuit-là sous le porche, les images lui revenaient encore et encore, la sensation de sa bouche, sa saveur sucrée.

Mais, quand venait le soir, son cœur brisé réclamait son épouse. Elle lui manquait atrocement. Les apparitions soudaines de Drea dans son esprit semaient la confusion en lui. Une partie de lui voulait s'accrocher à sa culpabilité et à sa tristesse. L'autre voulait s'en libérer. Tout cela était tellement nouveau pour lui. Il ne pouvait que suivre son instinct, ce que son cœur lui dictait.

Drea gardait le silence. Il savait ce qu'elle pensait de sa famille, à l'exception de tante Lottie. Drea se faisait de fausses idées et gardait toute cette douleur au fond d'elle. Allait-elle pouvoir un jour dépasser les démons du passé ? Il préféra ne pas insister. Il n'était pas là pour monter au créneau et défendre sa famille.

— La maison appartient à un contact professionnel. Elle m'a gentiment fait parvenir les clés en urgence pour que je puisse la visiter à ma guise.

— Tu l'as déjà vue ?

Mason se doutait que la question concernait autant la maison que cette femme.

— Oui, une fois. Missy avait insisté pour que je vienne quelques jours, peu de temps après le décès de Larissa.

— Missy ? D'accord. Vous étiez tous les deux ?

— Oui.

Il observa Drea, qui détourna aussitôt les yeux. S'il ne put lire l'expression sur son visage, il vit sa peau tourner au vert de nouveau. Désapprobation ? Déception ? Jalousie ? L'imaginer jalouse le fit sourire en lui-même. Peut-être qu'elle aussi avait parfois des pensées inavouables à son égard.

— Je ne suis pas resté longtemps. Mais Missy avait besoin de moi autant que j'avais besoin d'elle.

Drea hocha lentement la tête, tirant sur son chemisier pour le remettre droit. Elle faisait tout pour éviter son regard.

— Elle venait elle aussi de perdre son mari. Bref, je suis reparti quand ses petits-enfants sont arrivés.

— Ses petits-enfants ?

— Oui. Elle en a cinq, je crois. Je t'ai dit qu'elle avait soixante-dix ans passés ?

— Non…

Drea s'éclaircit la voix.

— Ça, tu ne l'avais pas mentionné.

— C'est une femme incroyable.

Drea le scruta soudainement. L'avait-il délibérément laissée dans le flou ? Possible. Il aimait se raconter qu'elle avait pu se sentir jalouse.

— Tu sais que tu es vraiment…

— Stop, chut.

Elle se renfonça dans son siège.

— Tu as raison, je m'arrête là.

Si le visage de Mason était impassible, un grand sourire venait de se dessiner en lui.

4

La maison de la plage, distribuée sur deux niveaux, dominait l'océan. Drea contemplait le mouvement des vagues, que le soleil couchant caressait de ses derniers rayons. Un petit escalier permettait de rejoindre le sable en contrebas.

— Le paradis, murmura Drea.

Mason s'approcha d'elle et lui tendit un verre de vin blanc.

Ils restèrent dehors à observer les jeux de l'onde et de l'écume sur le rivage, à boire leur vin doucement, en silence.

Quelques minutes défilèrent ainsi.

— Ça te plaît alors ?

— Difficile de ne pas aimer.

— J'ai le sentiment de devoir faire un geste fort pour avancer. Je me suis dit que faire cet achat, changer un peu de décor m'aiderait peut-être.

Il lui lança un regard en coin, comme surpris par la confidence qu'il venait de lui faire.

— C'est étrange, je sais.

Il semblait soudainement envahi par le doute.

— Non, pas du tout.

Elle n'avait aucune envie d'avoir de la compassion pour lui. Elle devait impérativement s'accrocher à sa colère, ne pas la laisser filer. Parce que sa propre vie n'avait pas été une partie de plaisir non plus. Elle avait perdu sa maison, sa mère et d'une certaine manière son père, happé par l'alcool… Et quelque chose de bien plus précieux encore.

Un bébé.

— Drea, tout va bien ?

Mason passa un doigt sous son menton et souleva son visage afin de pouvoir la regarder dans les yeux.

— Oui, oui, tout va bien.

Elle esquissa un sourire forcé. Elle allait rentrer dans la maison quand Mason lui saisit la main et la stoppa dans son mouvement.

— Regarde !

Il pointa son doigt vers la mer. Elle suivit la direction qu'il indiquait et vit des dauphins s'ébattre joyeusement près du rivage. Leur peau luisante renvoyait des reflets avant qu'ils ne disparaissent de nouveau sous l'eau, pour réapparaître, dans un mouvement parfait, un peu plus loin.

— Oh ! C'est la première fois que j'en vois.

Mason lui prit la main.

— Viens, allons les voir de plus près. Ça te dit ?

— Ça me dit.

Ils se déchaussèrent, et Mason la conduisit jusqu'à la plage. Pieds nus dans le sable, ils admirèrent les jeux du soleil sur l'eau. La brise caressait le visage de Drea qui ne ratait rien du ballet aquatique des dauphins. Ils finirent enfin par tirer leur révérence.

— C'était quelque chose.

L'eau écumante venait leur lécher les pieds à intervalles irréguliers. Drea n'avait jamais particulièrement aimé la plage, mais elle s'amusait à éviter les vagues trop fougueuses.

Cela s'arrêta brusquement quand elle marcha sur quelque chose de coupant. Elle sentit une douleur vive sous son pied droit.

— Aïe !

Elle perdit l'équilibre. Mason la rattrapa avant qu'elle ne tombe, la prenant fermement par la taille pour la redresser.

— Ça va ?

— Je crois. J'ai marché sur un coquillage, quelque chose sous le sable.

Mason examina le sol.

— Bien vu, c'était un coquillage.

Mason la tenait toujours, mains autour de sa taille. La brise océane jouait avec ses cheveux et le col de sa chemise. Debout ainsi, face à lui en cet instant qui se prolongeait, Drea sentit un violent frisson remonter le long de sa colonne vertébrale. Il était beau à tomber, plus attirant encore qu'elle ne voulait l'admettre.

Elle ouvrit la bouche pour lui dire que, tout cow-boy qu'il était, il avait peut-être le pied marin. Mais aucun mot n'en sortit. Lorsque le regard de Mason se posa sur ses lèvres, elle émit un petit son de suffocation. Avant qu'elle ne puisse prononcer la moindre parole, il se pencha et déposa sur sa bouche un baiser, comme un cadeau. Son geste était si naturel, si pur. Elle ne pensa pas un instant à couper court à ce moment. À arrêter Mason.

Mais, quand il devint plus pressant avec sa bouche, elle lui ouvrit la sienne dans un soupir satisfait, laissant sa langue la goûter un peu plus encore. Il mettait tous ses sens en émoi. Ses lèvres brûlantes provoquaient des décharges électriques en elle.

Il en voulut soudainement plus encore. Il enveloppa Drea de ses bras puissants et l'attira contre lui. Leurs jambes se heurtèrent, ses hanches effleurèrent l'entrejambe de Mason, ses seins furent serrés contre son torse.

Elle n'était plus que désir, à sa merci.

Oui, Mason savait comment embrasser une femme.

Il savait où poser les mains pour aiguiser un peu plus son envie de lui.

Il glissa une main dans ses cheveux. L'autre lâcha sa hanche pour s'aventurer sur la courbe de ses reins.

Oh ! mon Dieu.

Elle voulait ses mains sur son corps, plus fort, plus loin, et que ça ne s'arrête jamais.

La bouche experte de Mason avait déclenché une transe joyeuse en elle.

Ils se fondaient l'un dans l'autre, lèvres scellées, ne remarquant plus rien du monde autour d'eux. Elle sentit son désir, dur et imposant, pressé contre elle. La situation lui parut naturelle, c'est peut-être ce qui l'étonna le plus.

Elle expira brutalement, prise d'assaut par l'excitation mais aussi perturbée par leur rencontre fulgurante.

Mason mordilla sa lèvre inférieure et y passa une langue avide.

Ne pas penser. Ne pas penser.

Lorsque leur baiser s'acheva enfin, il posa une main sur sa joue et la caressa doucement.

— Merci, dit-il tout bas.

Drea fut déconcertée.

Il aurait pu s'exclamer « C'était bon », ou « Que tu es belle », ou juste avoir l'air émerveillé.

Non, il la *remerciait* ?

Avec elle, il se sentait « vivant », d'accord, il le lui avait déjà dit. D'autres femmes ne tarderaient pas à lui faire le même effet.

Drea ne pouvait s'empêcher de se sentir utilisée, légèrement.

Et ça l'agaçait, un peu.

Elle ne voulait pas être sa roue de secours. Elle ne voulait pas être quoi que ce soit pour lui.

L'horloge du téléphone de Mason résonna dans sa poche. Il sortit son portable et l'arrêta.

— Il est l'heure, il risque d'y avoir du monde sur la route.

Elle acquiesça silencieusement et fit semblant de ne rien voir quand il lui prit la main et qu'ils retournèrent à la maison d'un pas rapide.

Toutefois une chose était sûre : il valait mieux qu'elle conserve soigneusement sa colère contre Mason.

C'était moins dangereux pour elle… bien que désormais plus facile à dire qu'à faire.

Il y avait de l'électricité dans l'air au Hollywood Bowl ce soir-là. Le célèbre stade sur les hauteurs de Los Angeles accueillait des hordes d'amateurs de musique country. Les soucis de Drea se dissipèrent à l'instant où elle entra dans le stade.

Ils arrivèrent juste à temps pour voir les Band Blue monter sur scène sous un tonnerre d'applaudissements. Faire une première partie au Hollywood Bowl était une consécration.

Si elle parvenait à avoir le groupe pour la collecte de fonds, le succès de la soirée serait garanti.

Après une demi-heure de concert, Sean, guitare plaquée contre son corps, s'approcha lentement du micro.

— Hello à tous et merci d'être venus. On est contents de vous avoir avec nous.

— On vous aime, cria une femme derrière Drea.

Le rire de Sean résonna dans le stade.

— On vous aime aussi. Et maintenant, si vous êtes prêts, on va finir sur un morceau que vous devriez reconnaître. Ma mère est récemment tombée malade. Le cœur. Elle a eu la chance de s'en sortir.

Drea inspira profondément. Mason la regarda avec beaucoup de douceur. À la faveur de cette émotion partagée, elle se sentit proche de lui l'espace d'une seconde. Ou un peu plus longtemps peut-être...

— Je dédie cette chanson à Bethy Manfred. À toi, maman, je t'aime.

Des cris d'amour et de soutien fusèrent du public puis s'estompèrent lorsque le groupe joua les premières notes.

L'émouvante ballade toucha à sa fin. Sean remercia encore une fois le public, les lumières s'éteignirent, et le groupe quitta la scène. Mason se leva.

— À nous, maintenant.

Drea suivit le mouvement. Mason la fit passer devant, et ils avancèrent jusqu'aux coulisses. Ils présentèrent leur badge VIP et furent immédiatement conduits dans une pièce dédiée. On les invita à se servir au buffet déjà installé.

Drea prit une bouteille d'eau et en but quelques petites gorgées.

Les Band Blue finirent par arriver, avec à leur tête un type qui n'avait pas trente ans. Il semblait d'ailleurs faire partie du groupe, avec ses fins cheveux blonds et sa tenue décontractée. Il les regarda et s'avança aussitôt dans leur direction, tandis que les musiciens se précipitaient vers le buffet.

Il leur tendit la main.

— Alan Nesbitt.

Pas de bonjour, pas de sourire. *Business is business.*

— Drea MacDonald.

— Mason Boone.

Drea prit la parole la première.

— Très beau concert, impressionnant.

— C'est toujours une gageure de jouer en extérieur. L'acoustique est un vrai enjeu. Mais les gars ont vraiment assuré. Voulez-vous vous asseoir ?

Il désigna quelques tables un peu plus loin.

— On a un petit peu de temps devant nous, après ils vont rejoindre Rusty Bonner sur scène pour un dernier morceau.

La conversation était plus qu'impersonnelle, et l'agent ne semblait pas disposé à faire la moindre concession. Le groupe commençait à être très demandé et ne pouvait plus accepter tout et n'importe quoi.

— Je comprends bien, intervint Drea. Mais si nous vous garantissons une visibilité maximale ? Sans parler de l'image positive liée à une action de charité.

— Écoutez, je ne veux pas être sans cœur, mais ça générerait des coûts. Il y a le transport, l'hébergement. Et avec un groupe ça grimpe vite. Les petits cachets, ils connaissent. Aujourd'hui c'est leur chance. Ils sont en train de décoller.

— OK, donc il vous faut un hébergement et être défrayés pour le reste.

Elle jeta un coup d'œil, à Mason qui opina silencieusement.

— Donc on est bons de côté-là. Quoi d'autre ?

— Il nous faut un maximum d'exposition médiatique. C'est un trou paumé là-bas, non ? Il y a aura quoi comme public ?

— On peut accueillir environ cinq cents personnes sur place.

— Attendez, vous avez vu combien ils étaient ce soir ? Visez déjà cinq mille personnes et on verra.

— Le district de Boone recèle des donateurs bien plus riches que ce que vous ne pouvez imaginer. Je vous parle de personnes qui ont des relations bien au-delà des frontières texanes et même américaines. Vous avez besoin d'un réseau, non ?

Alan se redressa sur sa chaise.

— Continuez.

— Cette collecte de fonds va faire beaucoup de bruit. La presse régionale sera présente.

— Je vois.

— On pourrait mettre en jeu une soirée avec un membre du groupe, ça plairait aux fans. On peut commencer à en parler dès maintenant. Le jour J, vous aurez une exposition médiatique démultipliée. Et notre événement aussi.

— Moi je suis partant.

Sean s'était avancé et se tenait devant leur table.

— Je trouve que c'est une super idée. Et... Je suis célibataire en ce moment !

Un petit rire malicieux se dessina sur ses lèvres. Il devait avoir vingt ans tout au plus.

Il tendit d'abord la main à Mason.

— Sean, enchanté.

Il se tourna vers Drea.

— Vous devez être Drea MacDonald. Ravi de faire votre connaissance en vrai, madame.

Drea sourit.

— Idem pour moi.

— Je, euh... Je suis désolé pour votre maman. Cela a dû être vraiment terrible de la perdre ainsi.

— Ça l'a été. Et ça l'est encore, répondit-elle avec honnêteté.

— Je suis assez séduit par l'idée, interrompit Alan, plongé dans sa réflexion.

— C'est un bon outil marketing.

— Si vous acceptez, vous avez ma parole que je remuerai ciel et terre pour vous offrir une couverture médiatique sans pareille. Je vais rédiger un communiqué de presse dès demain.

— J'aimerais soutenir votre cause.

Sean se tourna vers son manager.

— Je n'arrête pas de dire à Alan qu'on doit le faire. C'est important.

— Merci, Sean. Et effectivement *c'est* important.

Elle observa Mason.

— Nous sommes nombreux à avoir perdu des êtres chers.

Le visage de Mason perdit de sa rigidité formelle. Leurs regards se frôlèrent quelques secondes de plus. Elle détestait l'effet qu'il avait sur elle. Elle devait rester concentrée.

Mason se tourna vers Alan.

— Ma famille possède un hôtel à Boone Springs. Nous serons ravis de vous y accueillir. Je peux également faire affréter notre avion pour vous.

L'expression d'Alan Nesbitt changea du tout au tout. Son scepticisme laissa soudainement place à de la considération. Les autres membres du groupe se postèrent autour de la table.

Le batteur s'exprima en premier.

— C'est un chouette projet, je suis de la partie.

Les autres hochèrent la tête.

— Maintenant que nous avons passé les différents points en revue, il nous faut simplement un accord écrit. Et justement j'en ai un dans ma mallette.

Drea ne touchait plus terre. Bras écartés, elle volait au-dessus du parking. Elle venait de signer un contrat avec les Band Blue.

— Tu arrives à y croire, toi ?

Mason lui sourit tendrement.

— Tu as été super. Tu avais une réponse à chacune de ses objections. Je suis impressionné.

— On peut rentrer au Texas l'esprit tranquille.

— Absolument.

Mason consulta sa montre.

— Mais pas ce soir.

Drea se figea sur place.

— Quoi ?

— J'ai dit à mon pilote d'aller se coucher si on n'était pas de retour avant 22 heures. Il a besoin de repos lui aussi. On doit reporter notre retour à demain.

— Il est quelle heure ?

— Bientôt minuit.

— Ah oui, en effet. Je n'avais pas réalisé.

Sean leur avait demandé de rester pour le dernier morceau qu'ils devaient jouer sur scène avec la tête d'affiche, Rusty Bonner. Drea avait accepté avec joie.

— Est-ce qu'on va réussir à trouver un hôtel à cette heure ?

— On peut essayer. Sinon la maison sur la plage est à vingt minutes d'ici. Ça peut être plus rapide que de chercher une chambre un samedi soir.

Drea lui jeta un regard appuyé.

— Il y a cinq chambres, Drea. Tu peux dormir en bas, et je...

— C'est bon.

Elle ne se faisait pas de souci. La maison était immense, et elle n'avait qu'une envie : s'affaler dans un lit et fermer les yeux. La journée avait été longue.

— Et c'est vrai que ce serait chouette de se réveiller face à la mer.

Mason hocha la tête, et ils démarrèrent aussitôt. Il n'y avait presque personne sur la route, et ils furent bientôt arrivés. Mason gara la voiture et en sortit leurs affaires. Ils entrèrent dans la maison silencieuse. Seul le bruit des vagues parvenait aux oreilles de Drea. Elle accueillit avec joie cette paix et cette tranquillité.

— Choisis une chambre ici. Je vais vérifier deux trois choses et aller me coucher là-haut.

Leurs regards se croisèrent. Mason eut un bref moment d'hésitation, comme s'il était sur le point de dire quelque chose, puis il se ravisa.

— Bonne nuit, Drea.

— Dors bien, à demain.

Drea entra dans une chambre peinte et décorée dans des tons bleus et gris clair. Elle défit son sac, en sortit des sous-vêtements, sa nuisette et alla dans la salle de bains. Qu'est-ce qui lui avait pris d'emporter sa lingerie fine pour ce déplacement *professionnel* ? Elle pouffa de rire en pensant à l'absurdité de la chose.

Après ce baiser sur la plage, on ne l'y reprendrait pas. L'épisode n'avait fait que la conforter dans sa décision de se tenir à l'écart de Mason. De retour sur le sol texan, elle allait se concentrer sur l'événement qu'elle pilotait, certainement pas sur le corps de rêve et les lèvres expertes de Mason Boone.

Elle prit une douche rapide, s'enveloppa dans une serviette d'une douceur extrême, passa à la chambre et enfila sa nuisette vert pâle. Elle se glissa sous la couette.

Le paradis.

Elle ferma les yeux, enfonça sa tête dans l'oreiller et détendit tout son corps sur ce matelas grand confort.

Quelques minutes plus tard, le cri de l'alarme la tira du sommeil. Elle observa autour d'elle, totalement perdue, puis se souvint enfin où elle était. Le son de l'alarme monta d'un cran et se fit plus pressant.

La voix de Mason tenta de couvrir le bruit assourdissant.

— Tout va bien, Drea.

Elle se leva et ouvrit la porte. De l'autre côté, un drôle de bruit se fit entendre.

— Aïe, bon sang !

— Mason ?

Elle se précipita dans le salon et vit une ombre tentant de se relever puis avançant à cloche-pied.

— Mais que se passe-t-il ?

— Attends une seconde, hurla Mason.

Il claudiqua jusqu'à l'entrée et, d'une main fébrile, composa le code sur le boîtier de sécurité. Le vacarme cessa aussitôt. Il se tourna vers Drea.

— Désolé, j'ai complètement oublié de désactiver l'alarme. Je n'arrivais pas à dormir, j'ai voulu aller prendre l'air. J'ai couru pour aller couper le système et me suis pris les pieds dans une lampe.

— Tu t'es fait mal ?

— J'ai mal à ma fierté, oui.

Elle distinguait à peine sa silhouette dans l'obscurité.

— Attends, je vais regarder.

En tâtonnant, elle finit par trouver un interrupteur. Elle se retourna juste à temps pour voir Mason changer de couleur en la contemplant de haut en bas. Sa mâchoire tomba, et des flammes s'allumèrent dans ses yeux.

— Oh ! Drea, prononça-t-il dans un souffle rauque.

Ah oui, sa nuisette moulante…

Il s'éclaircit la voix.

— C'est ce que tu portes pour dormir ?

Il était torse nu, son bas de pyjama descendu bien en dessous de son nombril. Drea déglutit péniblement. Son cœur s'était emballé face à ce corps puissant à moitié nu.

— Non euh… Enfin si. Parfois.

— Parfois quand tu pars en déplacement professionnel avec moi, tu veux dire ?

— Tu te donnes trop d'importance.

— Pas du tout. Je remercie le ciel.

— J'ai pris la première chose qui me tombait sous la main.

Ce n'est pas beau de mentir.

— Bon, passons à autre chose, tu veux bien ?

— Ça va être difficile.

Elle ferma les yeux. Pour une raison qui lui échappait, elle se sentait irrésistiblement attirée par lui. Et son corps le lui rappelait encore et encore. Ce qu'elle devinait dans les yeux de Mason lui faisait perdre pied. Elle fit volte-face. Hors de question qu'elle cède. Elle le haïssait. Elle… Elle voulait se tenir à l'écart de cet homme et de sa famille.

— Ne t'en va pas, Drea.

Elle ferma les yeux un peu plus fort encore. Ses jambes ne lui obéissaient plus.

— On ne peut pas, Mason.

Elle n'allait pas craquer. Pas après tout ce qui s'était passé, ou, plus exactement, ce qui ne s'était *pas* passé entre eux bien des années auparavant. Sa vie en avait été affectée pour toujours.

— Nous avons la nuit devant nous. Une nuit, Drea. Ici. Juste toi et moi.

— Il n'y a pas de « toi et moi ».

— Il pourrait y en avoir un.

— Mason, c'est impossible. Il y a des choses que tu ignores. Des choses qui rendent tout cela impossible.

Pourquoi insistait-il ainsi ? Pourquoi ne pouvait-il pas renoncer ? Peut-être pour la même raison que celle qui l'avait poussée à emporter sa nuisette la plus sexy. Il leur fallait peut-être terminer ce qu'ils avaient commencé douze ans plus tôt.

— Tout ce que j'entrevois pour ce soir est de l'ordre du possible.

Il défendait sa cause, contre-attaquant à chaque fois. Il était si dur de lui dire non quand tout son corps lui criait oui. Connaître Mason de cette manière juste une seule fois. Cela serait-il un crime ?

Elle tourna lentement sur elle-même et se trouva face à face avec lui. Il la dévorait du regard, comme s'il la tenait déjà dans ses bras. Comme s'il lui faisait déjà l'amour, ses yeux noirs devenus incandescents.

Juste une fois. Une seule fois. Elle avait peut-être besoin d'aller au bout de cette histoire. Elle ressentait une telle injustice qu'elle avait envie de hurler. Elle le détestait d'autant plus qu'elle le *désirait* ardemment.

Mason devina exactement l'instant où Drea scella le destin de leur nuit à deux. Il vit ses épaules se relâcher soudainement, ses lèvres s'écarter doucement, le hochement presque imperceptible de sa tête.

Il lui prit la main.

— Suis-moi.

Dans un murmure, elle questionna :

— Où ça ?

— Là-haut.

En silence, elle referma ses doigts sur la main de Mason et le suivit jusqu'à sa chambre.

Le lit était immense, mais ce n'était pas ce qui avait déterminé le choix de Mason. Il avait déjà dormi dans un tel confort, mais jamais avec une grande baie vitrée ouverte sur le ciel et la mer. Le clair de lune caressait l'eau, on eût dit un tableau de maître. Et la présence de Drea illuminait un peu plus encore l'instant, durcissait un peu plus son ardeur, qui devenait presque douloureuse.

— Tu es très belle, Drea.

Elle détourna le regard vers l'océan. Elle hésitait encore.

— Juste une nuit.

Il ne le supporterait pas sinon. Son cœur saignait encore, et il ne savait pas s'il cicatriserait un jour. Pourtant Drea réveillait quelque chose en lui qu'il ne pouvait laisser s'envoler. Son corps et son cœur étaient comme emportés dans une course folle.

Il posa la main de Drea sur son torse, sur son cœur. Elle tremblait, son corps, ses lèvres frissonnaient. Se remémorait-elle la dernière fois qu'ils s'étaient retrouvés ainsi l'un en face de l'autre ? Prêts à faire l'amour, jusqu'à ce que la raison reprenne le dessus sur lui. Cela s'était passé dans une autre vie. Il avait eu tellement envie d'elle. Mais elle était jeune, innocente et vierge. Et c'était la fille de Drew.

Ce soir, tout était différent. Elle n'était plus cette jeune fille réservée en demande d'attention, d'affection. Elle était devenue une femme déterminée, forte, qui savait ce qu'elle voulait. Face à lui à présent, elle avait des réticences, mais ne l'aurait jamais suivi si elle n'en avait pas eu vraiment envie.

Et sa main délicate était posée sur lui. À présent, sa peau en réclamait encore plus. Longtemps, il s'était senti vide. Il reprenait vie aux côtés de Drea, il était rempli d'elle. Son besoin d'elle le submergeait.

Aucune autre femme ne lui avait fait cet effet. Pas depuis Larissa.

L'aube apporterait peut-être son lot de remords. Demain, il leur faudrait oublier cette parenthèse nocturne et se remettre au travail. Mais ils n'y étaient pas encore. Les heures à venir étaient à eux, ils se retrouvaient enfin.

Une seule fois.

De ses doigts fins, Drea dessina des sillons sur son torse. Il avala l'air à pleine gorgée et s'approcha d'elle afin de lui donner plus ample accès à son corps.

— Oh ! Drea.

Elle embrassa ce corps viril, sa longue chevelure noire emportée par le mouvement. Il y passa ses doigts pendant que Drea le découvrait avec ses lèvres, léchant, embrassant sa peau, doucement, timidement.

Elle était en train de le rendre fou.

Il posa son index sous le menton de Drea et lui releva la tête. D'un mouvement décidé, il se pencha vers elle et captura sa bouche. Ses lèvres douces et généreuses demandaient à être prises d'assaut.

Un geignement sourd s'échappa d'elle : elle en voulait davantage. Et maintenant Mason avait le corps en feu, chaque mouvement de lèvres les rapprochait un peu plus l'un de l'autre.

Il n'avait plus qu'une seule obsession : son corps nu, ses mains sur elle. Partout.

— Je suis ravie que tu aies pensé à prendre ta nuisette, murmura-t-il en passant un doigt sous l'une des bretelles.

— Ah bon, pourquoi ?

— Parce que je meurs d'envie de te l'enlever.

— Mason ?

Il fit glisser la bretelle jusqu'à son coude, puis fit de même avec l'autre, dévoilant sa poitrine voluptueuse et rebondie. Il eut le souffle coupé.

— Ils sont… magnifiques.

Elle sourit et enroula ses bras autour de son cou puissant, écrasant cette beauté veloutée contre son torse. La pointe de ses seins enflamma la peau de Mason. Il était aux prises avec le plus violent des désirs. Il l'embrassa une nouvelle fois puis la plaqua contre la fenêtre et la déshabilla, prenant soin de faire descendre sa nuisette délicatement le long de ses cuisses.

— Ça y est, tu me l'as enlevée… Que vas-tu faire de moi maintenant ?

— Cette question… Qu'est-ce je vais bien pouvoir faire de toi ?

— Hum, j'aime le son de…

Il revint à la charge avec sa bouche, impatient, brûlant de la toucher. Il la retourna, et elle fut face à la fenêtre, dos contre lui. Il passa ses bras autour d'elle, prit ses seins entre ses mains et les caressa, encore et encore. Il se pencha pour embrasser sa nuque, observant le reflet de Drea dans la vitre, bouche ouverte, son sourire laissant bientôt place à un râle de plaisir. Elle ferma les yeux. D'un pouce, il flatta l'une de ses pointes roses, puis l'autre. Elle avait le corps arqué contre lui, pris dans cette étreinte ferme et décidée.

— Drea, mon ange, ouvre les yeux. Regarde dehors, c'est...

— Si beau.

Elle laissa glisser son regard sur l'eau où miroitait le clair de lune puis vit dans la vitre les yeux de Mason qui la fixaient.

— Tu es infernal, lança-t-elle tout bas, réalisant qu'il ne l'avait pas quittée des yeux tout ce temps.

— Je n'ai jamais...

Elle n'acheva pas sa phrase, mais ce n'était ni par hésitation ni par colère. Il y avait comme de l'émerveillement dans sa voix.

— Ne ferme pas les yeux, Drea. Essaye de les garder ouverts.

Elle hocha la tête, qui vint doucement se cogner contre lui.

De sa bouche et de sa langue, il dessina des arabesques dans son dos, autour de ses épaules puis quitta la chaleur rassurante de sa splendide poitrine pour partir en quête d'un autre rivage, plus bas.

Elle sursauta quand sa main y parvint.

— Tout va bien ?

— Très, très bien, souffla-t-elle en plongeant son regard lourd de désir dans celui de Mason par le truchement du reflet.

— Bien... On est sur la même longueur d'onde alors.Puis il commença à la caresser, lentement, entièrement présent dans son geste. Drea geignait doucement sous l'effet de sa main. Elle était comme un fruit mûr, prêt à être cueilli. Il avait envie de continuer à lui faire l'amour ainsi.

Une secousse lui traversa bientôt le corps. Mason regarda son visage s'abandonner au plaisir qu'il venait, il le savait, de provoquer.

Elle se retourna et tomba dans ses bras. Il les referma autour d'elle et serra fort. Tout semblait si naturel avec elle, comme une évidence.

Il la souleva et s'avança vers le lit.

La nuit ne faisait que commencer.

5

Drea, allongée sur le lit, peinait à réaliser ce qu'elle venait d'entamer avec Mason. Tout cela dépassait de loin ce qu'elle s'était imaginé. Il fallait se l'avouer : elle avait abdiqué devant l'ennemi, et c'était délicieux. Un comble. Quel regard portait-elle sur Mason à présent ?

Il était debout à côté du lit, yeux noirs, dangereux, déterminés. Les rêves sensuels qu'elle avait nourris à son égard n'existaient plus. Il était bien au-delà de tout ce que son esprit adolescent avait pu anticiper. Mais à cette époque elle était portée par l'amour. Les choses étaient différentes aujourd'hui.

Mason déboutonna son jean et le retira sans la quitter des yeux.

Sa bouche devint soudain sèche. C'était la première fois qu'elle voyait Mason nu. Son corps répondit immédiatement à cette stimulation visuelle. La peau bronzée, les muscles si parfaitement dessinés. Et ce qu'il avait un peu plus bas, prometteur aussi... Il la surprit en train de le dévorer des yeux, mais qu'importe. Elle n'était plus une gamine. Elle savait ce qu'étaient l'attirance sexuelle et le désir. Et, si cela devait être son unique nuit avec Mason Boone, alors autant en profiter.

— Viens, ordonna-t-elle.

— Autoritaire, répliqua-t-il avec un large sourire. Tu es toujours comme ça au lit ?

Elle se mordit la lèvre et choisit de dire la vérité :

— Je ne suis jamais comme ça... au lit.

Mason posa un genou sur le matelas et le fit pencher. La réalité brute de la situation sauta au visage de Drea. Elle et Mason. Elle préféra rapidement se concentrer sur sa beauté virile, sur cet homme beau à mourir dont le corps vint bientôt recouvrir le sien.

Chaque effleurement, chaque étreinte n'avait qu'un seul dessein : leur donner le plus de plaisir possible. Il se plia au jeu des directives, lui demandant quoi faire et obéissant à ses requêtes. Elle savait pourtant qu'il n'était pas du genre soumis. Il gardait la maîtrise sur tout, en permanence. Secrètement, le savoir attisait encore un peu plus son désir.

Cet instant resterait fugace, fruit de leur impulsivité. Ils en viendraient sûrement à le regretter. Il n'y avait pourtant rien d'impulsif dans la manière dont Mason lui faisait vivre ces préludes torrides. Il prenait son temps, savait très bien ce qu'il faisait, comment lui arracher des cris de plaisir, provoquer un peu plus encore son désir et lui faire tout oublier sauf l'instant présent.

Il plongea son visage dans le cou de Drea.

— Dis-moi quand tu es prête, lança-t-il dans un souffle rauque.

Elle n'eut aucune hésitation.

— Je suis prête.

Il l'embrassa à pleine bouche. Sur son visage se dessinait un monde de sensualité et de promesses.

— Attends…

Il se pencha au bord du lit, fouilla dans son pantalon et en sortit un préservatif.

— Tu en as toujours un dans ta poche ?

Elle l'observa avec un sourire espiègle tandis qu'il déchirait l'emballage.

— Je les ai achetés à la dernière minute. Tu vois, un peu comme toi avec ta nuisette.

Elle sourit. Il était malin.

— Attends, tu en as apporté *combien* ?

— Trois.

Puis il s'installa au-dessus d'elle et prit sans attendre possession de son corps affamé.

Drea était installée contre Mason, tête posée sur son épaule, corps épuisé, toute son énergie envolée. Elle ne savait pas bien depuis combien de temps ils étaient ainsi l'un contre l'autre. Elle avait dû s'assoupir pendant un moment. Des nuages masquaient partiellement la lune à présent. Dans les jeux d'ombre et de lumière, elle observait son torse qui montait et descendait dans un mouvement régulier.

Elle envisagea d'aller dans la chambre qui aurait dû être la sienne, car dormir ainsi ensemble n'était pas prévu. Certes, ils venaient d'emprunter un même chemin de liberté, mais il s'agissait à présent de promiscuité, d'intimité. Ils n'étaient en réalité pas plus proches que la veille. Si ce n'était qu'elle savait maintenant qu'il était un très bon amant.

Elle prit sa décision et se dégagea très doucement du corps chaud de Mason.

Mais il la retint et la serra contre lui.

— Tu vas où ?

— Dans... mon lit.

Il se redressa et l'invita à s'asseoir près de lui. Elle enroula un bout de drap autour de son corps nu. Mason la vit faire et fronça légèrement les sourcils.

— Pourquoi ?

— Parce que c'est mieux comme ça.

— Tu sais ce qui serait vraiment bien ? Ce serait de manger un peu. Je meurs de faim. Toi aussi, j'imagine ?

Maintenant qu'elle y pensait, c'est vrai qu'ils n'avaient presque rien avalé depuis leur déjeuner au Big Fish.

— Je dois dire que oui, j'ai un petit creux.

— Missy a toujours deux trois choses en stock.

— On ne va pas lui vider ses placards.

— Bien sûr que si. Je lui ferai des courses plus tard. De toute façon je dois déjà lui racheter une lampe.

D'un geste rapide, Mason sortit ses jambes du lit et se leva.

Une chose était sûre : il n'était pas pudique. Drea jouissait d'une vie imprenable sur ses fesses. Il attrapa son polo et fit le tour du lit pour le lui donner.

— Viens, Drea. La nuit n'est pas terminée. On va faire une descente dans le frigo.

Sur la table de chevet, le réveil numérique affichait 2 :15. C'était le beau milieu de la nuit. Mason se pencha et lui déposa un délicat baiser sur la bouche. Toute protestation s'effaça aussitôt de son esprit.

Ils avaient encore un peu de temps avant que cette parenthèse magique touche à sa fin.

— Tourne-toi.

Il leva deux sourcils interloqués.

— Tu me fais marcher ?

Bon, certes, il avait caressé ou embrassé à peu près chaque centimètre carré de son corps. Sa pudeur n'était peut-être pas nécessaire. Mais...

— Non.

Il n'insista pas et se retourna, gagnant ainsi sans le savoir un bon point. Drea se leva et enfila son polo. Il lui tombait presque jusqu'aux genoux. Elle le boutonna jusqu'au menton.

— C'est bon.

Mason l'étudia.

— Mignon.

Il lui prit la main et descendit l'escalier avec elle. Leurs corps se heurtèrent dans le noir, et leurs rires résonnèrent dans toute la maison.

Dans la cuisine, ils trouvèrent le variateur de lumière et optèrent pour un éclairage tamisé. Mason ouvrit le frigo, et Drea se faufila devant pour voir ce qu'il renfermait.

— Des œufs, du bacon, du pain de mie, du lait, énuméra Mason.

— Tu aimes le pain perdu ?

Il lui jeta un regard plein d'espoir.

— Tu m'en ferais ?

— Oui. Je peux aussi faire cuire du bacon.

— Moi qui pensais déjà être au paradis.

Sa voix était sérieuse, et Drea sentit un frisson lui parcourir l'échine. Ce n'était ni une blague ni de la taquinerie. Ils avaient jusqu'ici passé une très belle journée *et* une magnifique nuit. Tout cela effrayait Drea.

Elle passa le bras devant lui et attrapa le bacon.

— Je vais commencer par ça.

Elle pivota et le trouva figé là, tout sourire.

— Tu es un sacré bout de femme.

— On en reparle quand tu auras goûté à mon pain perdu.

Il passa sa main autour de son cou et l'embrassa. Lorsqu'il relâcha enfin son étreinte, Drea faillit perdre l'équilibre, le cœur en débâcle totale.

— Tu pourras tout faire brûler que tu n'en resterais pas moins incroyable.

Elle sentit le rouge lui monter aux joues. Avait-elle été si bonne que ça au lit ? Elle devait être la première femme dont il se rapprochait depuis la disparition de Larissa, voilà pourquoi. Mais cela lui semblait à peine plausible.

Était-il célibataire depuis deux ans ?

Elle se posait beaucoup trop de questions. Ce n'était pas du tout la bonne direction. Ils ne s'étaient promis qu'une seule nuit. Au petit matin, la Drea grincheuse de New York ferait son grand retour et il redeviendrait l'homme qu'elle adorait détester.

En bref, tout repasserait à la normale.

— Euh... Merci.

Elle se mit à la recherche d'une poêle pour le bacon.

Dix minutes plus tard, elle retourna le pain perdu. Le bacon attendait déjà dans une assiette.

Mason se planta derrière elle, releva ses longs cheveux et déposa un chapelet de baisers derrière son oreille et le long de sa nuque. Depuis qu'elle s'était mise aux fourneaux, il trouvait tous les moyens possibles pour la toucher et l'embrasser. Et, à chaque fois, le cœur de Drea s'emballait, son esprit lui rejouait les scènes de plaisir de la nuit.

— Tu as mis la table ?

— Oui.

Elle prépara une assiette de pain perdu, prit le bacon et se retourna.

— C'est ce que tu appelles mettre la table ? Il manque une assiette.

Il lui prit la sienne des mains, la posa et s'assit devant.

— Nous n'en avons pas besoin d'une autre, ma douce.

— Qu'est-ce que tu...

— Viens par là.

Lui prenant la main, il l'attira à lui et la fit asseoir sur ses genoux.

Le corps de Drea trouva facilement sa place sur celui de Mason. Il posa une main sur ses cuisses.

— Bien installée ?

Elle rit, amusée.

— C'est à ton tour de me faire marcher, là. Tu veux que je te donne la becquée ?

— Mon estomac crie famine, mais toi d'abord.

Il lui proposa un peu de bacon. Elle hésita un bref instant puis, voyant son air heureux et impatient, croqua dedans. Ce fut ensuite à elle de lui présenter un morceau. Il l'avala tout entier, ravi comme un enfant qui aurait mangé ses premiers bonbons.

— Divin.

— Tu aimes mon bacon ?

Un petit sourire en coin lui vint. Drea vit l'éclat coquin de ses yeux.

— Beaucoup.

Elle saisit l'analogie et secoua la tête.

Ils se nourrirent ainsi à tour de rôle dans la demi-pénombre de la cuisine, ponctuant leur petit déjeuner nocturne de baisers. Le corps de Mason réagissait au moindre de ses mouvements. Il la tenait de sa grande main et de l'autre caressait ses cuisses. Sa peau fut bientôt parcourue de frissons brûlants. Une moiteur languissante s'installa entre ses jambes. Sous elle, le corps de Mason était dur, sa virilité non contenue se rappelant régulièrement à elle. Sa respiration vint soudainement en saccades,

Mason l'attira à lui et l'embrassa longuement jusqu'à ce qu'ils aient tous deux le souffle coupé.

— Drea, mon ange, murmura-t-il précipitamment avant de la soulever afin qu'elle se retrouve à califourchon sur lui. Il glissa ses mains sous le polo et lui infligea de délectables tourments.

Il était vain de lutter. Elle s'abandonna à lui. L'union de leurs corps la précipita en un éclair aux confins de l'extase.

Lorsqu'ils eurent fini en cuisine, Mason la porta à l'étage, jusqu'au lit.

— La nuit n'est pas encore terminée, annonça-t-il.

Ils avaient encore deux heures avant que le soleil darde ses premiers rayons.

Drea gribouillait sur un carnet, traçant des cercles irréguliers et dessinant des fleurs innocentes, à des années-lumière de la réunion de lancement qui devait commencer dix minutes plus tard dans la salle de conférences de l'hôpital. Son ordre du jour était prêt. Elle avait eu du mal à se concentrer sur la tâche. Mason Boone occupait tout son esprit, son cerveau lui projetait sans cesse les images de la nuit magique qu'ils avaient partagée en Californie. Elle ne revivrait certainement jamais vingt-quatre heures d'une telle intensité. Elle et Mason s'étaient offert un bref interlude et en avaient savouré la moindre seconde.

Une seule nuit.

Ils s'étaient mis d'accord à ce sujet.

Elle l'avait rappelé à Mason lorsqu'ils avaient refermé la porte de la maison de la plage deux jours auparavant.

Deux jours sans le voir car c'est ce qu'elle avait voulu. Elle avait insisté pour qu'ils se répartissent les missions et les gèrent chacun de son côté. S'il n'avait pas cherché à lui faire changer d'avis, elle sentait au fond d'elle qu'il aurait préféré que les choses se passent autrement.

Le vol de retour lui avait paru long et éprouvant. Fini les caresses, les tentations, les conversations faciles et légères.

À présent son corps souffrait de l'absence, du désir inassouvi. De ce qui lui était désormais interdit.

— Bonjour mademoiselle MacDonald. J'arrive trop tôt pour la réunion ?

Au son de cette voix féminine, Drea se retourna brusquement. Devant elle se tenait une jolie blonde, moulée dans une jupe-crayon, comme elle.

— Pas du tout. Je vous en prie, appelez-moi Drea. Nous formons une seule et même équipe.

— Entendu, Drea. Linda Sullivan, ravie de faire votre connaissance. J'ai manqué la réunion préparatoire, mais on m'en a fait un compte rendu. Je suis votre interlocutrice privilégiée pour toutes les questions de communication.

— Parfait, nous allons avoir besoin de vous. Notre ambition pour la collecte de fonds est très élevée, mais atteignable je crois. Vous dépendez de l'hôpital ?

— Non, pas du tout. Je n'ai aucune formation médicale. Je travaille pour Boone Inc. C'est Mason Boone qui m'envoie pour vous prêter main-forte.

— Oh ! donc il ne vient pas ?

Drea se détendit immédiatement.

— Ça, je n'en sais rien. Il m'a parlé de votre excellente idée de l'enchère pour une soirée avec le chanteur des Band Blue. J'ai pris de l'avance et déjà contacté leur agent. On est dessus !

— OK, impeccable. Sean est un chouette gamin, les autres membres du groupe aussi, nous avons de la chance de les avoir pour l'événement, et j'espère que tout se déroulera sans le moindre accroc.

— Je vais tout faire pour.

— Mason est votre patron ?

— Je travaille pour les trois frères Boone, mais surtout pour lui, oui. Risk est en déplacement professionnel, et Lucas a récemment été renvoyé à la vie civile, il essaie de reprendre ses marques dans les affaires familiales. C'est vraiment plaisant de travailler pour quelqu'un comme Mason.

Drea pencha la tête sur le côté.

— Ah oui ?

Linda haussa les épaules.

— Il est... prévenant. Pas seulement avec moi, mais avec tout le monde au bureau. Il semble réellement s'intéresser à ses employés.

— Ah tiens...

Le ton sceptique de Drea n'échappa pas à Linda, qui la regarda d'un air intrigué.

— Je vous assure. Lorsque ma mère est tombée malade, il m'a autorisée à poser autant de jours que nécessaire. Il appelait une fois par semaine pour prendre de mes nouvelles.

Drea ne tenait franchement pas à le savoir. Elle ne voulait pas que l'avis de Linda influence le sien, sur les Boone en général et sur Mason en particulier.

— Je suis désolée pour votre maman.

— Elle est guérie à présent et a retrouvé une vie normale.

— Je suis contente pour vous.

Les membres du comité et les bénévoles commencèrent à arriver, saluant Drea avant de s'installer. Une fois qu'ils furent tous là, elle se leva pour prendre la parole.

— Bonjour à tous. Merci d'être là. Je suis ravie de vous annoncer que, grâce à vos efforts à tous, la collecte de fonds se présente sous les meilleurs auspices. Nous avançons dans la bonne direction et tout se met en place tel que nous l'avions prévu. Les Band Blue ont accepté d'être présents, ce qui est une excellente nouvelle. À cela s'ajoute un vrai bonus : nous allons mettre en jeu une soirée avec le chanteur, Sean Manfred. Nous espérons grâce à cela un surcroît de médiatisation et plus de recettes pour notre cause.

Elle s'adressa aux bénévoles responsables des stands de jeux et de la vente d'art puis présenta Linda Sullivan à l'assemblée. La collaboratrice de Mason exposa ses idées, toutes excellentes. Drea reprit la parole, revint sur les points clés de la réunion et s'apprêtait à clore la séance quand Mason passa la porte de la salle, un *paperboard* entre les mains.

Ils échangèrent un long regard. Drea se figea à l'intérieur

d'elle-même. Il lui fit ce grand sourire, celui qui faisait apparaître ses fossettes, et s'excusa pour son retard et son irruption au beau milieu de la réunion. Il s'installa près d'elle devant la grande table. Le délicat parfum de son eau de Cologne s'enroula aussitôt autour d'elle. Cette odeur raviva les souvenirs de leurs corps nus entremêlés, totalement libérés, abandonnés. Elle n'avait jamais connu d'expérience aussi érotique que celle de faire l'amour à un homme sur une chaise de cuisine. Cela avait été grisant. Son corps s'enflamma au simple souvenir de cet instant. Elle dut violemment brider ses pensées, qui n'avaient pas leur place dans cette salle de conférences, devant cet auditoire.

— Monsieur Boone semble avoir quelque chose à nous dire, je lui laisse donc bien volontiers la parole.

Mason se tourna vers elle, mais Drea était incapable de le regarder dans les yeux, de peur que tout le monde voie ce qu'elle tentait désespérément de masquer.

Elle se rassit sans plus attendre.

— Merci, mademoiselle MacDonald.

Elle suivit son intervention d'une oreille plus que distraite. Il était venu présenter Rising Spring aux bénévoles, afin qu'ils se familiarisent avec la disposition du site et les emplacements des activités, des balades à poney aux stands de jeux, de la vente d'art au dîner dansant. Il était impressionnant – mais ça, elle le savait mieux que quiconque.

Une fois sa présentation achevée, il répondit à toutes les questions pratiques. L'idée de la soirée avec Sean Manfred fut aussi largement applaudie.

Lorsque la réunion prit fin, Drea rassembla ses notes aussi vite que possible. Un éclat de rire à l'autre bout de la pièce lui fit lever la tête. Mason et Linda riaient à gorge déployée. La scène lui pinça le cœur. Il lui était pénible de les voir ainsi, Linda posant un regard admiratif sur Mason. Elle le tenait visiblement en très haute estime.

Drea saisit sa mallette et se dirigea vers la porte. La voix grave de Mason la stoppa dans son mouvement :

— Drea, attends s'il te plaît. J'ai quelque chose à voir avec toi.

Elle se retourna. Linda et Mason avaient tous les deux les yeux braqués sur elle. Linda prit son sac à main.

— Je reviens vers vous, Drea. À bientôt et bonne journée.

— Un grand merci, à très vite.

Linda fit un petit geste de la main et quitta la pièce. Elle referma la porte derrière elle, et Drea se retrouva seule avec Mason. Il s'avança vers elle.

— Où cours-tu comme ça ?

— Je suis assez débordée aujourd'hui.

— Trop débordée pour dire bonjour ?

Drea s'adoucit.

— Bonjour.

Sa plaisanterie n'était pas complètement au goût de Mason. Il la fixait de ce regard sombre et intense dont elle ne pouvait s'échapper. Sa beauté était aussi enivrante que son parfum. Elle fit un pas en arrière.

— J'ai beaucoup pensé à toi. Comment vas-tu ?

— Pas mal du tout. Débordée, comme je te le disais.

— Pour être honnête, je n'arrête pas de penser à toi. Est-ce que tu penses à moi, Drea ?

— Non.

Les lèvres de Mason dessinèrent un petit sourire en coin.

— Menteuse.

Il était si sûr de lui, de son effet sur elle. Et Drea peinait à faire semblant.

— Ce n'est pas l'endroit, Mason, répondit-elle avec le peu d'aplomb qui lui restait.

— OK, dis-moi où, Drea. J'y serai.

Non, oh non, pas ça.

— On ne peut pas, Mason. On avait dit une seule nuit.

— On a peut-être eu tort. Et s'il nous fallait plus qu'une nuit ?

Il approcha la main de son visage et lui caressa la joue. Le contact de sa peau réchauffa son corps en entier. Elle était à présent incapable de détourner le regard, elle était suspendue au sien.

— Pars.

— Je ne peux pas.

Il fit un pas de plus vers elle et prit son visage dans la paume de sa main.

— Je ne t'aime pas.

Elle avait prononcé ces mots si bas qu'elle-même les avait à peine perçus.

— Je sais. Mais moi j'aime l'effet que tu as sur moi.

Il aimait l'élan de vie qu'elle avait fait renaître en lui.

Il ne l'avait plus mentionné après leur premier baiser, mais Drea comprenait son attirance pour elle. Il se sentait mort à l'intérieur, captif de la douleur de ces vies brisées en éclats. Un homme en proie au pire des chagrins. Il avait retrouvé le chemin du plaisir avec elle. Et il n'était bien entendu pas rassasié. Son corps ne demandait qu'à revivre.

Cela pouvait-il s'appliquer à elle ? Cette sexualité épanouie lui était-elle tout aussi bénéfique ? Elle se sentait si bien quand elle était avec lui.

— Je vois bien que tu réfléchis.

— Non, tu te trompes. Il faut que j'y aille.

Il retira sa main de son visage. Drea fut soudainement submergée par une vague de désenchantement. Mais qu'est-ce qui lui prenait ? Elle aurait dû être contente qu'il arrête. Pourquoi n'était-elle donc pas soulagée qu'il laisse partir ?

Il brouillait ses pensées, elle n'y voyait plus clair.

— Tu ne pourras pas toujours m'éviter, tu sais.

— Je sais. Nous avons un objectif professionnel commun. Et justement il est important que nous le gardions en tête.

— Je n'ai certainement pas oublié le bien que nous pouvons faire autour de nous.

Il baissa les yeux vers ses lèvres puis les fit glisser sur le reste de son corps. Cela suffit à électriser chaque centimètre carré de sa peau. Son cœur s'emballa.

— On est tout à fait capables de faire la part des choses, Drea.

— J'en doute fort.

Il ne se rendait pas compte de ce qu'il lui demandait. Il ne se représentait pas sa douleur ni sa souffrance. Elle était trop fière pour lui raconter les épreuves qu'elle avait traversées. Elle n'en avait parlé à personne, elle n'allait certainement pas commencer par Mason.

— Et si moi j'étais sûr pour deux ?

Elle regarda furtivement sa bouche, se souvint de ce que ces lèvres lui avaient fait, de ses baisers si divins. Le souvenir eut raison de son masque impassible, elle se sentit exposée au grand jour.

— Drea…

Il prit sa main et tira doucement jusqu'à ce que Drea soit contre lui, enveloppée dans ses bras. Puis il l'embrassa avec une avidité de condamné. Le baiser fut trop bref ; il les laissa pourtant tous les deux pantois. Mason lui sourit, un sourire de satisfaction, comme pour lui dire « Tu vois, j'avais raison », la convaincre qu'il leur fallait plus d'une nuit. Beaucoup plus.

C'était probablement le cas. Mais elle avait peur et elle devait mettre un terme à tout cela sur-le-champ.

— Il vaut mieux que je parte.

Ce n'était pas du tout ce qu'elle avait envisagé en venant à Boone Springs. Mason bousculait les règles du jeu et semait le trouble en elle. C'était tellement déloyal.

— On se voit bientôt, Drea, enchaîna-t-il avec assurance.

Oh non, certainement pas. Elle allait tout faire pour que ce ne soit pas le cas.

— Papa, s'il te plaît, préviens-moi la prochaine avant d'accepter une invitation à dîner de la part des Boone. J'avais prévu de travailler tard ce soir.

Et la dernière personne devant qui elle voulait tenir un rôle social était bien Mason. Ils avaient eu leur journée et leur nuit à deux, mais tout cela était fini. Elle ne pouvait toutefois pas le dire à son père.

Drea ronchonnait à voix basse tandis qu'ils remontaient l'allée vers la demeure des Boone. Lorsqu'elle avait vu Mason à l'hôpital, il n'avait rien dit ce dîner. Pourtant il devait bien être au courant.

— Dieu du ciel, Drea, moi je pensais que tu voulais passer plus de temps avec Lottie. J'ai tout faux, décidément.

— Mais non, papa, pas du tout. Vraiment pas.

Il avait fait des efforts monumentaux pour elle depuis son retour. Elle ne pouvait pas passer sa mauvaise humeur sur lui. Il ne se doutait en rien de ce que Mason lui avait fait subir à l'époque, de ce qu'il lui faisait subir actuellement.

Elle ne pouvait pas non plus en vouloir à Mason pour le « actuellement » : elle prenait l'entière responsabilité de cette nuit passée avec lui. Elle s'était offert cette parenthèse d'une nuit. Elle tentait simplement de passer à autre chose. De toutes ses forces. En vain.

— C'est juste que... Enfin, rien.

— Pour ce que ça vaut, je te présente mes excuses... pour tout.

Sa voix fit chanceler le cœur de Drea.

— Non, c'est moi qui suis désolée, papa. Je suppose que c'est le stress de l'événement. Et bien sûr que j'ai envie de voir Lottie. Allez, ça va être chouette ce soir.

Elle glissa son bras sous celui de son père et lui sourit.

— D'accord ?

— D'accord !

Il sonna à la porte. Lottie vint leur ouvrir.

— Bienvenue à tous les deux.

Lottie ouvrit grand les bras en direction de Drea.

— Viens par là, toi.

Drea, soudainement enjouée, s'avança pour se blottir contre Lottie et son amour presque maternel. Elle ferma les yeux et la serra fort. Il n'y avait qu'elle pour lui procurer ce sentiment d'être aimée inconditionnellement.

— C'est si bon de te revoir, Lottie. Tu es resplendissante.

— Merci. Je te renvoie les deux compliments, ma chérie.

Son père était resté de marbre.

— Bonsoir, Drew.

— Lottie.

Drea hésita entre soupirer ou lever les yeux au ciel, puis décida que quel que soit ce qui se tramait entre eux, ils s'en débrouilleraient tous seuls.

— Venez, entrez. Tout le monde est là.

Lottie les conduisit jusqu'au grand salon, où les trois frères Boone étaient en grande conversation. Lucas et Risk étaient adossés à la cheminée en pierre. Mason se leva dès qu'il vit Drea et son père entrer.

Elle se sentit immédiatement sous le feu de son regard. Les images de leur récent moment d'intimité se bousculèrent dans sa tête. Comme si elle appartenait à Mason, du moins un peu, en raison de ce qu'ils avaient vécu avec et grâce à l'autre.

Mais elle avait passé trop d'années à se pâmer devant lui adolescente et à le détester adulte. Elle était lassée d'être sa propriété. Fatiguée de lui octroyer tant de pouvoir sur elle.

Elle se tourna ostensiblement vers les deux autres frères pour les saluer. Les deux autres fautifs du clan Boone. Lucas lui sourit.

— Salut, Drea.

Il était devenu un bel homme, avec une coupe militaire et un regard perçant. Risk lui fit un petit signe de la main.

— Lucas, Risk.

Ils n'étaient pas exactement des amis, mais il fallait bien être cordiale puisqu'elle était invitée et que par ailleurs ils allaient prêter main-forte lors de l'événement.

Lottie servit du vin à tous excepté Drew. Elle lui tendit un grand verre de thé glacé.

Quelques minutes plus tard, on sonna à la porte. Lottie se leva.

— Veuillez m'excuser, nous avons donné sa soirée à Jessica, je vais aller ouvrir.

Elle revint accompagnée de Katie, qui tenait dans sa main une grande boîte à pâtisseries.

— Regardez qui a eu la gentillesse de nous apporter le dessert. Je lui ai proposé de rester dîner avec nous, mais je crois que mes arguments n'ont pas suffi.

Le regard de Drea s'éclaira.

— S'il te plaît, reste Katie.

Mason s'avança et renchérit.

— Pourquoi tu ne restes pas manger un bout avec nous ? Il y a un nouveau poulain à l'étable, tu vas craquer. Je suis certain que Luke t'emmènera bien volontiers le voir.

Lottie conclut :

— La messe est dite, Katie, tu restes avec nous.

Katie se força à sourire et hocha la tête.

— OK, merci. J'en serais… vraiment ravie.

Lottie lui prit la boîte des mains et la remplaça par un verre de vin.

— Et voilà. Je vous laisse discuter pendant que je vais mettre ça dans la cuisine et vérifier le dîner.

Le père de Drea intervint :

— Tu veux un coup de main ?

Lottie leva un sourcil circonspect. Elle ne souvenait pas avoir jamais entendu Drew proposer son aide.

— Eh bien écoute, avec plaisir.

Lottie entra dans la cuisine, suivie de près par Drew. Elle se sentait en proie à des sentiments contradictoires. Elle le connaissait depuis toujours, mais en tant que compagnon de Maria.

Au début, il avait été un bon chef de famille, un bon père pour Drea et un très bon mari pour sa meilleure amie. Après la tragédie, il avait renoncé… à tout. Il avait cessé d'entretenir son ranch, de s'occuper de Drea. Il s'était réfugié dans l'alcool. Combien d'années avait-il ainsi gâchées ? Lottie avait promis à Maria de veiller sur Drew et Drea l'heure venue. Elle avait tenu sa promesse, autant qu'elle l'avait pu, sans s'immiscer de trop dans leur vie. Mais cela avait été tellement compliqué avec Drew. Il était impossible de faire entendre raison à un alcoolique. Il fallait que l'élan vienne de lui. Il avait fini par s'en sortir seul, non sans avoir fait des dégâts…

Dans la cuisine, Lottie déposa les cupcakes sur le plan de travail, prit un saladier et le lui tendit.

— Tiens, rends-toi utile.

Drew prit une moue dégoûtée.

— Qu'est-ce que c'est ?

— Salade kale-quinoa.

Il grimaça davantage encore. Malgré cela, il conservait tout son charme.

— Mais pourquoi ?

Lottie éclata de rire. Il était si prévisible. Elle s'était doutée qu'il freinerait des quatre fers devant son repas équilibré.

— Parce qu'il serait pas mal que tu t'habitues à manger plus sainement.

— Il ne manquait plus ça ! Mason m'avait prévenu. Tu as prévu quoi d'autre sinon ?

— Que des bonnes choses, sois-en certain.

— C'est précisément ce qui me fait peur. Tu as de la vinaigrette pour cette *salade* ?

— Juste ici. Au citron. Emporte la salade, j'apporte les roulés.

— Les roulés ? Là tu m'intéresses.

— Ne t'emballe pas, ils sont sans gluten.

Il marmonna une histoire d'homme mort de faim à cause de bonnes intentions comme celle-là. Lottie posa les mains sur le plan de travail et sourit en le regardant quitter la pièce.

6

Drea avala sa dernière bouchée.

Lottie balaya les assiettes des yeux.

— Mason, tu n'as pas touché à tes brocolis ?

— Tu sais que ce n'est pas trop mon truc.

— Et, Risk, ce poulet vapeur ne va pas se manger tout seul.

— Bien, Lottie, répondit-il en envoyant à ses frères un regard de détresse.

— Et...

— J'ai déjeuné tard, tante Lottie.

Lucas se frotta le ventre.

— Je vais exploser.

Lottie se pinça les lèvres. Les garçons ne lui étaient d'aucun soutien. Drea allait certainement se rallier à elle, d'autant plus que Drew affichait un petit air moqueur. Visiblement, aucun de ses neveux n'était dans son équipe.

Drea prit la parole.

— Lottie, tu nous as concocté un super repas. Je crois même que je vais me resservir.

Mason souleva aussitôt l'assiette de poulet et la lui tendit avec sourire provocateur.

— Sers-toi.

— Merci.

Elle piocha dans le plat, menton fièrement dressé.

Katie tendit le bras.

— Je vais faire de même. J'adore votre recette de salade.

Lottie se tourna vers Drew d'un air entendu avant de donner le saladier à Katie.

Leurs petites chamailleries permettaient au moins à Drea de porter son attention sur autre chose que Mason.

Il ne cessait de la fixer et de mettre ainsi ses nerfs à rude épreuve. Si Lottie avait réussi à animer le repas, Mason n'avait pas détaché les yeux de Drea durant tout ce temps. Le cœur à nu, elle subissait ces assauts silencieux de plein fouet. D'autant plus qu'il était beau à tomber ce soir-là, avec son pantalon foncé et sa chemise texane camel. Et penser à ce qu'il y avait sous le tissu lui donnait le vertige.

Elle revoyait son torse nu, avec juste ce qu'il fallait de poils. Son visage était l'image de la perfection, encore plus sexy avec sa barbe naissante.

Ils s'étaient entendus sur une unique nuit, et Mason s'amusait maintenant à enfreindre les règles. Il ne voulait pas s'arrêter là.

Il la traquait. Et, si de simples regards de sa part suffisaient à mettre à mal sa détermination, elle était dans de beaux draps.

Lottie coupa court à ses réflexions.

— Et si vous alliez tous saluer cet adorable poulain à l'étable ? Je vais lancer le café et sortir les délicieux cupcakes de Katie.

Lucas jeta sa serviette sur la table et recula sa chaise.

— Bien sûr. Katie ?

Le sourire contrit de son amie confirma à Drea que Katie ne voulait pas se retrouver seule avec Luke. Il avait quitté sa sœur aînée, Shelly, peu de temps avant leur mariage. Il avait rejoint les Marines et n'était revenu que depuis peu, mais la famille de Katie ne lui avait pas pardonné.

— Je viens avec vous.

Drea volait à la rescousse de son amie. Si Katie et Lucas avaient été proches par le passé, il régnait désormais entre eux une tension palpable.

Quand Mason sortit avec eux, elle accéléra le pas pour rejoindre Luke et Katie. Elle arrivait à leur hauteur quand Mason lui saisit la main par-derrière et la força à ralentir.

Il lui parla à voix basse.

— Laisse-les discuter tous les deux. Je crois que Luke a besoin de réparer un peu les dégâts.

— Tu crois qu'il en est capable ?

— Il peut au moins essayer. Lui et Katie étaient amis.

— Oui, eh bien les choses changent. Les gens changent. Je ne suis pas certaine que Katie ait envie de se retrouver seule avec lui.

— Ce que tu veux dire en réalité, c'est que tu ne veux pas te retrouver seule avec moi. Ai-je tort ?

Elle soupira et eut soudainement envie de rendre les armes.

— Peut-être.

— Pourquoi ?

— Tu sais très bien pourquoi. On s'était mis d'accord et te voilà qui reviens à la charge.

Lorsque Luke et Katie furent entrés dans l'étable, Drea et Mason se remirent lentement en chemin.

— Je pense que c'était une bêtise de se donner un chrono comme ça.

— Ce voyage en Californie tout court était une bêtise.

— Je crois plutôt que tu es dépitée parce que tu commences à m'apprécier.

— Je ne… t'apprécie pas du tout.

Il lui fit un grand sourire. Dieu qu'il était agaçant. On aurait pu remplir des seaux entiers avec la confiance qui débordait de lui. Mason avait toujours l'air sûr de lui – excepté quand on touchait à ses sentiments. Il avait été brisé par la vie et commençait à peine à sortir la tête de l'eau. Il n'y avait pas de place pour elle dans sa vie. Ou, plutôt, elle ne voulait pas en avoir une.

Tout leur avait paru simple à Los Angeles. Ils étaient à des milliers de kilomètres du Texas, loin de leurs familles, de leurs amis. Loin de la réalité. Elle avait vraiment cru que les choses reviendraient à la normale dès que l'avion aurait atterri sur le sol texan.

— Tu ne m'apprécies même pas un petit peu ?

— Disons plutôt que tu n'as pas que des défauts.

— Je peux en savoir plus ?

— Tu sais ce que tu veux. Tu es dans l'action. J'admire ça.

Il opina du chef.

— D'accord. Autre chose ?

— Euh...

Elle l'étudia pendant un long moment.

La nuit tombait, un dernier rayon de lumière vint se poser sur le visage de Mason.

— Tu assures...

— Au lit ?

Son sourire fit apparaître les adorables fossettes sous sa barbe naissante. Il était sexy en diable.

Elle secoua la tête.

— Et tu as un énorme...

Un sourire coquin lui barra cette fois-ci le visage.

— Ego, ou melon si tu préfères.

— Ah, je croyais que tu parlais de mon...

— Mason, stop.

— On s'est bien amusés à Santa Monica.

— Mais cette histoire ne va nulle part.

— As-tu envie qu'elle aille quelque part ?

— Bien sûr que non. Certaines choses sont simplement difficiles à oublier.

— Je te confirme. Cette façon que tu as de frissonner quand je pose la main sur toi. La manière dont ton corps répond au mien, le soyeux de tes cheveux, les...

— Mason, s'il te plaît. Ce n'est pas ce que je voulais dire.

Ils arrivèrent à l'étable. Mason poussa la porte et jeta un œil à l'intérieur.

— Laissons-leur un peu d'intimité.

Il lui prit la main et l'attira à l'arrière du bâtiment. Elle le suivit sans lui opposer de résistance. Pourquoi ? Elle était incapable de répondre. Elle aurait tout aussi bien pu dégager sa main pour aller rejoindre Katie et Lucas.

Elle se trouvait à présent dos au mur, littéralement. Le corps puissant de Mason lui barrait la vue. Elle ne voyait que cet homme extrêmement séduisant, le regard posé sur elle comme s'il y cherchait les réponses aux questions de l'univers.

— Qu'est-ce que tu fais ?

*Qu'est—*ce que tu me *fais ?*

— Je passe du temps avec toi. Je n'ai pensé qu'à ça ces derniers jours.

Mason commençait à faire trembler sa muraille. Elle aimait sa détermination, celle-là même qui risquait d'entraîner sa chute.- Je repars juste après notre événement, tu sais.

Il glissa une main dans ses cheveux et joua avec une mèche.

— On le sait tous les deux, mon ange.

Mon ange. Comme si elle lui appartenait. N'importe quoi. Sa voix parvenait pourtant à l'ébranler, à semer la confusion dans tout son être.

— Ce n'est pas bien ce qu'on fait.

— Tu as raison. Ce n'est pas bien. C'est magique.

Il avança son visage. Cette bouche délicieuse et habile n'était plus qu'à quelques centimètres...

— Tu... Tu ressens des choses avec moi.

Il sourit doucement.

— Clairement.

— Mais ça s'arrête là.

— Toi aussi tu ressens des choses avec moi, souffla-t-il dans son oreille en posant ses mains autour de son visage. Dis-moi que c'est faux, et je m'en vais, Drea.

Les souvenirs se bousculèrent dans son esprit. Des baisers comme elle n'en avait jamais connu auparavant. Leurs corps nus, en parfaite harmonie. Elle lâcha soudainement prise et émit un petit gémissement.

Il s'empara de sa bouche, et elle réalisa avec délice à quel point cela lui avait manqué. Pas *lui*, mais ce sentiment absolu d'être femme. Attirante, désirable. Il semblait tout aimer en elle. Cela lui avait cruellement manqué durant son enfance et son adolescence. Et sa vie d'adulte n'avait pas été un feu de joie non plus. Il était donc évident qu'elle se jette ainsi dans ses bras. C'était précisément pour cette raison qu'il avait un tel effet sur elle.

C'est du moins ce qu'elle se raconta lorsqu'elle sentit Mason devenir plus fiévreux encore, plus dur contre elle. Il était indéniablement grisant de savoir qu'elle lui donnait l'impression d'être vivant.

Lorsqu'il s'appuya de toute sa virilité au creux de ses jambes, elle gémit de plaisir. Sa peau s'électrisa, ses sensations furent soudainement décuplées. Elle entendit des voix puis des pas approcher.

— Oh non, chuchota-t-elle.

— Chut.

De ses lèvres chaudes, Mason scella immédiatement sa bouche.

Lucas et Katie se dirigeaient vers la maison. L'obscurité s'était installée. Drea et Mason restèrent là sans bouger.

Drea rompit le silence :

— Il faut qu'on rentre.

Un hibou hulula, et les feuilles des arbres voisins bruissèrent dans le vent de la nuit. L'air automnal était frais, mais Drea avait chaud et son cœur battait la chamade.

Mason soupira bruyamment.

Tout le monde allait les attendre, ils devaient faire demi-tour. Il lui prit la main.

— Passons voir le poulain.

— OK, d'accord. Bonne idée.

Ils pourraient au moins dire qu'ils l'avaient vu.

Ils entrèrent dans l'étable et observèrent la jument avec son petit. La scène n'était que grâce et beauté. Drea fut en proie à une émotion soudaine, comme un besoin profond. Elle pensa à l'enfant qu'elle avait perdu, qu'elle ne connaîtrait jamais.

— Retrouve-moi tout à l'heure.

Mason avait parlé d'une voix ferme et déterminée. Drea ferma les yeux. Non pas pour soupirer, mais pour tenter de résister.

— Je... Je ne peux pas.

Il se tourna vers elle, les yeux pleins de promesses qu'il ne manquerait pas de tenir. Le corps de Drea vibrait encore sous l'effet de ses baisers. Il en demandait davantage. Et elle en voulait davantage. Mais c'était impossible.

— Pourquoi ? Et je voudrais entendre la vérité.

Drea inspira profondément.

— En dehors des raisons évidentes…

— Tu veux dire en dehors du fait que tu me détestes parce que je t'ai blessée, parce que nous avons récupéré votre propriété familiale ? Je suis donc responsable de tous les maux de la Terre ?

— Mason.

Il avança vers elle et lui glissa une main derrière la nuque. L'attirant à lui, il l'embrassa longuement, sans s'arrêter une seule fois, émoussant par son geste l'injustice et la colère qu'elle ressentait.

— Maintenant dis-moi la vérité, murmura-t-il sans lâcher ses lèvres.

— Et on se retrouverait où, dis-moi ? Tu habites ici, donc compliqué côté intimité, et chez mon père n'y pensons même pas.

Elle avait peut-être trop parlé. Elle se devait de lui dire non, de refuser tout net. Mais elle en était incapable. Elle voulait sans doute savoir ce qu'il avait en tête, aller au bout de ce rendez-vous secret.

De son index replié, Mason caressa doucement sa joue. Un frisson la parcourut aussitôt.

— Au Baron. J'ai une chambre là-bas pour les jours où je travaille en ville.

— Ton hôtel ?

Il hocha la tête.

— J'y serai à 11 heures. Je t'attendrai.

Drea se trouvait face à un dilemme. Elle avait passé l'âge de faire le mur et elle n'aimait pas mentir. Or rejoindre Mason impliquerait nécessairement l'un ou l'autre.

— Je ne sais pas.

— Je te laisse réfléchir. Tu le sais au fond de toi. Tu n'es juste pas encore en mesure de te l'avouer.

De s'avouer quoi ? Qu'elle avait envie de lui ? Qu'après leur séjour à L.A. elle s'était mise à penser à lui de façon totalement non professionnelle ?

Sa bonne résolution d'un « déplacement professionnel avec Mason » avait fondu comme neige au soleil.

Il l'embrassa de nouveau, lui prit la main et poussa la porte de l'étable.

Drea se sentit extrêmement mal à l'aise de rentrer chez les Boone l'air de rien. Katie l'emmena dans la cuisine pendant que les autres prenaient le café dans le salon.

— Vous étiez où tous les deux ?

— Je suis vraiment désolée de t'avoir laissée en plan. Ça n'a pas été trop pénible ?

— Pas trop. Une distance s'est installée entre nous, c'est tout. Mason t'a dévorée du regard toute la soirée. Il s'est passé quoi derrière l'étable, dis-moi ?

Drea se figea sur place. Si Katie se doutait de quelque chose, les autres aussi vraisemblablement.

— Tu es au courant ?

— Je pense que Lucas n'a rien vu, mais moi je me suis dit qu'il se passait quelque chose.

— C'est compliqué...

Elles veillaient toutes deux à parler à voix basse.

— Je ne peux pas tout te raconter mais, oui, il s'est passé quelque chose entre Mason et moi en Californie. Et il veut me revoir. Ce soir.

— Alors vas-y.

Drea ouvrit de grands yeux.

— Comment ça, « vas-y » ?

— Drea, tu n'as pas connu d'homme depuis longtemps. Et peut-être... que tu as tout simplement besoin d'aller au bout de cette histoire avec Mason pour pouvoir passer à autre chose. Je parle comme un garçon, non ? Enfin bref, je le pense. Comment veux-tu vivre ta vie sans avoir satisfait cette partie-là ? Vois ce qui se passe avec Mason. D'ailleurs si tu ne voulais pas y aller ou si tu trouvais ça ridicule, tu ne m'en aurais pas parlé. Tu l'aurais stoppé net. Mais tu ne l'as pas fait. Tu en as envie.

— Je ne suis pas très adepte des cachotteries.

— Moi je trouve ça excitant, au contraire.

L'enthousiasme évident de Katie fit sourire Drea. Elle secoua la tête et lança à son amie un regard solennel.

— Si tout ça part en eau de boudin, tu entendras parler de moi, jeune femme.

Katie l'embrassa sur la joue.

— Allez, amuse-toi pour moi aussi. J'ai toujours été si sage, fais-moi vibrer par procuration.

— Ravie de t'être utile.

Katie lui flanqua des serviettes en papier entre les mains et attrapa l'assiette de cupcakes.

— Viens, on y retourne avant que ça ne devienne suspect.

— Tu as raison, sinon Luke pourrait bien partir à ta recherche.

— Tu vois, ça, c'est la définition même de l'impasse.

— C'est marrant, c'est exactement ce que tu me disais au sujet Mason quand j'avais dix-sept ans. Tu vois : ne jamais dire jamais.

Drea se tenait devant la porte de la suite, au dernier étage de l'hôtel, prête à frapper. Elle était elle-même étonnée d'avoir répondu à l'invitation de Mason. Mais Katie avait raison. L'histoire inachevée avec Mason lui pesait. Et ce petit interlude nocturne n'allait peut-être pas prendre la tournure qu'il espérait.

Elle était sortie de la maison sans difficulté. Elle avait attendu que son père soit dans les bras de Morphée et rédigé un petit mot lui disant qu'elle ne parvenait pas à dormir et était partie faire un tour en voiture. Il ne s'inquiéterait pas s'il venait à se réveiller. Tout cela était vrai, elle n'avait donc techniquement pas menti. Du moins essayait-elle de s'en persuader.

Elle frappa doucement à la porte et entendit des pas venir à elle. Elle inspira profondément. Quand Mason la vit, ses épaules se relâchèrent aussitôt, sa bouche se fendit en un large sourire, et elle lut un profond soulagement sur son visage. Devant elle ne se tenait pas l'homme confiant auquel elle s'attendait. Sa vulnérabilité apparaissait en filigrane. Drea fut touchée en plein cœur. Il avait douté de sa venue. L'inquiétude, peut-être même une tristesse latente, avaient accompagné son attente.

C'était injuste. Mason était clairement le pénible et l'arrogant de cette histoire, et le voici qui contrecarrait totalement l'image qu'elle se faisait de lui.

— Drea.

Il y avait comme une nostalgie dans sa voix. On était loin de l'homme à la tête d'un empire, respecté de tous. Mason Boone était décidément plein de surprises.

— Je suis... là.

Elle haussa les épaules.

Il lui prit la main et l'attira doucement à l'intérieur.

— Et j'en suis très heureux.

Relâchant sa main, il la laissa découvrir la suite, la cheminée et les deux canapés dans le salon, l'espace repas et le couloir qui menait aux autres pièces. L'endroit respirait le luxe, rien d'étonnant pour un Boone, mais n'en était pas moins chaleureux.

— C'est un peu ton havre de paix, ici ?

Il se tenait au milieu de salon et la fixait.

— Ma grotte, plutôt, ou ma tanière.

Mason ne la quittait pas du regard, comme s'il ne parvenait pas encore à croire qu'elle était venue.

— Non, on s'y sent vraiment bien.

Elle marcha jusqu'à la fenêtre et contempla la ville que les anciennes générations de Boone avaient fondée. Que ressentait-on quand des rues, un hôpital, une ville entière portait votre nom ?

Elle observa Mason, debout devant elle, de la curiosité dans ses beaux yeux.

— Tu ne pensais pas que je viendrais.

Il soupira et s'avança vers elle.

— Je suis un peu... étonné.

— Pas plus que moi.

Elle n'avait qu'à tendre le bras pour le toucher. Sa simple présence la consumait de l'intérieur. Il était de ces hommes qui prennent le dessus d'un simple regard. Mais lui qui en imposait habituellement dévoilait ce soir un autre visage.

— Tu m'en veux toujours, ainsi qu'à ma famille ?

— Mes sentiments envers toi sont... compliqués.

Il s'approcha et mêla ses doigts à ceux de Drea.

— Peut-on essayer d'y voir plus clair ? De parler, tout simplement, de ce qui s'est passé cette nuit-là ?

Drea se sentit soudainement fébrile.

Elle eut envie de retirer sa main, de lui tourner le dos, quitte à passer la porte. Elle avait perdu son enfant et s'était presque perdue elle-même en chemin. Comment pouvait-elle lui raconter les conséquences de cette nuit-là ? Elle avait lutté dur pour s'en sortir, pendant des années.

Mais, comme l'avait dit Katie, elle devait passer à autre chose, continuer sa vie. En parler était probablement la meilleure des solutions.

— À une certaine époque, tu étais tout pour moi, Mason.

Dieu qu'il lui coûtait de l'admettre.

— Approche.

Il l'emmena jusqu'au canapé. Elle s'y assit, et il l'imita. Ils se faisaient face, mains toujours entrelacées.

— Je t'écoute.

— Je ne vais répéter ce que je viens de dire. J'étais un peu amoureuse de toi.

— Et je n'aurais pas dû laisser les choses prendre cette direction. J'étais attiré par toi. Je t'avais toujours bien aimée. On jouait ensemble, rappelle-toi.

— Je m'en souviens parfaitement. Nous avons été amis.

— Et il y a eu ce jour où tu es tombée de cheval. Je t'ai retrouvée dans la clairière. Tu t'étais tordu la cheville.

— Tu avais été super.

L'extrême galanterie de Mason lui revint en mémoire.

Il était resté avec elle, l'avait aidée à retirer sa botte. Il avait maintenu sa cannette de soda fraîche sur sa cheville afin de soulager l'inflammation.

Il avait manqué un match de base-ball avec ses amis pour rester auprès d'elle.

Quand elle avait enfin pu se redresser, il l'avait portée et emmenée dans une ancienne grange de leur ranch. Quelque chose était né entre eux ce jour-là. Il s'était occupé d'elle, avait posé son regard inquiet mais aussi ses mains sur elle. Elle avait brusquement été prise d'un vertige nouveau. Dès lors, elle n'avait plus pu le faire disparaître de ses pensées.

— Tu avais dix-sept ans.

— Dix-huit, à un mois près. J'étais loin d'être une gamine, Mason.

— Je le voyais bien. Mais tu étais vierge, et moi je terminais la fac.

— J'en avais envie. Ce soir-là dans ta chambre. On était tout seuls.

Mason poussa un long soupir.

— Je sais. Te dire non a été tellement dur. Mais il le fallait. Tu étais la fille de Drew, rien que ça déjà. Et c'était un ami de la famille, même si tu ne voulais pas le voir comme ça à l'époque.

— Mais on passait toutes nos journées ensemble depuis plusieurs semaines. Je savais très bien où j'en étais avec toi. J'étais prête et je te l'avais dit.

— Regarde-moi, Drea.

Elle leva les yeux vers lui.

— Tu m'avais dit autre chose, aussi. Tu t'en souviens ?

Elle réfléchit un instant, mais rien ne lui revint en mémoire. Durant toutes ces années, elle avait mis un voile sur ses souvenirs. Les mots s'étaient enfuis, la douleur était restée. Elle secoua la tête.

— Non.

Il lui serra doucement la main.

— Tu as dit que... tu avais besoin de moi. Pas envie de moi, pas que tu m'aimais. Besoin.

Elle retira brusquement sa main de celle de Mason.

— Ah ! parce que tu crois que j'étais une pauvre gamine en manque d'affection, la fille pathétique d'un veuf alcoolique, une ado paumée au point de faire n'importe quoi ? Tu as tout simplement été cruel ce soir-là.

Drea sentit les larmes lui monter aux yeux. *Surtout pas ça !* Elle ne pensait pas pouvoir être plus humiliée que ce soir où elle s'était mise à nu devant lui. Mais c'était tout aussi pénible à présent, pire peut-être.

— Non. Ce n'est pas du tout ce que je dis.

La voix de Mason se fit plus tranchante.

— J'avais très envie de toi, Drea, mais il y avait trop d'obstacles entre nous. C'était à moi d'être adulte pour deux, quitte à te nier et à me renier aussi. C'était mieux ainsi. Je suis sincèrement navrée de t'avoir blessée, mais je devais être ferme. Je n'avais pas le droit de te laisser de faux espoirs parce que... parce que moi-même je doutais. Donc oui, j'ai eu des mots très durs à ton égard, que je n'ai jamais cessé de regretter après ça. Mais nous avons fait ce qui était juste, Drea. Vraiment.

Elle se leva et avança jusqu'à la fenêtre, le regard rivé sur les lumières de la ville.

— Tu voulais que je te déteste, et tu y es très bien parvenu. Tu n'as aucune idée de ce que tu as provoqué chez moi.

Mason se leva et s'approcha d'elle.

— J'ai fait ce qui me semblait le mieux pour toi à l'époque. Je tenais trop à toi pour faire quelque chose de regrettable, pour ne passer qu'une nuit avec toi et repartir ensuite. Ma conscience a dicté mon comportement, et je n'avais aucune envie que tu me détestes.

— C'est pourtant ce qui s'est passé. Surtout après ce que ta famille nous avait déjà fait. Je vous voyais comme des gens mesquins et sans cœur. Je me suis demandé si j'avais jamais compté pour toi.

— Drea, écoute-moi. Nous ne sommes pas le mal incarné, des propriétaires terriens avides et cupides. Ma famille a essayé de venir au secours de la tienne.

Ses mots tombaient dans le vide.

Il la prit par les épaules, doucement, comme pour voir si elle allait s'en dégager aussitôt. Mais ses mains, comme à chaque fois, l'apaisaient, lui procuraient du réconfort. Elle avait passé tellement d'années à le haïr qu'elle avait presque épuisé toute sa rancœur. Il ne restait plus que les regrets. Elle en avait tellement.

— Si ça peut te consoler, après toi je n'ai connu personne pendant près d'un an. Dès que je posais mon regard sur une femme, je pensais à toi. Je te le jure, Drea. C'est difficile à admettre, mais je me suis refait le film de cette soirée des milliers de fois.

Si elle parvenait à le croire, elle pourrait être soulagée, un peu, de savoir qu'il avait souffert lui aussi. Qu'il avait hésité à la laisser partir. Cela réparait un peu sa fierté, son image d'elle-même et lui permettait de prendre un peu de recul. Elle n'avait jamais eu sa version de l'histoire, jamais su ce qui l'avait poussé à être si brutal et à lui briser le cœur.

Pour elle les choses ne s'étaient pas arrêtées là, mais elle ne pouvait pas le lui dire. Cela ne ferait que confirmer ses dires, qu'elle était une adolescente perdue, en manque d'affection, d'amour.

— Ça m'aide de le savoir.

Mason l'embrassa dans la nuque puis descendit dans le creux de son cou. Elle pencha la tête pour lui permettre de continuer. Ses lèvres laissaient une sensation brûlante sur sa peau.

— Si tu veux partir, je comprendrai. Mais moi je n'en ai pas du tout envie. Je veux que tu restes.

Elle se retourna. Il l'enveloppa aussitôt de ses bras, se pencha et l'embrassa doucement, tendrement. Il releva la tête et lui sourit. Sa vulnérabilité se lisait dans ses yeux. Le voir ainsi, suspendu à sa décision, la faisait fondre un peu plus.

— Je veux rester.

Ses lèvres se fendirent en un immense sourire.

Il la serra fort dans ses bras et l'embrassa furtivement.

— Je te sers un verre ?

— Après le cupcake à la ganache de Katie, je crois que je ne pourrai plus jamais rien avaler. Mais avec plaisir pour boire quelque chose.

— C'est parti. De quoi as-tu envie ?

— Vin blanc ?

Mason hocha la tête et se dirigea vers la cuisine.

— Installe-toi, je te prépare ça.

Elle prit place sur le canapé. Elle balaya la pièce du regard. Il n'y avait aucune photo de l'épouse de Mason. Pas de photo de mariage ni de vacances, tout sourire face à l'objectif, devant leur maison ou avec les chevaux au ranch de Rising Springs.

Son souvenir était-il encore trop douloureux pour lui ? Elle avait entendu dire que Larissa était l'amour de sa vie. Son décès l'avait anéanti.

Pourtant il n'en parlait presque jamais.

Et voici qu'elle entrait dans sa vie, pas pour la remplacer, non, mais comme un bref interlude. Elle devait le garder en tête. Après leur événement, elle rentrerait à New York retrouver son chouette appartement et sa tout aussi chouette vie. Mason aussi passerait à autre chose.

— Et voilà.

Il lui tendit un verre de vin blanc. Il s'était servi un verre lui aussi, une boisson aux reflets dorés. Un bourbon certainement.

— Merci.

Elle but par petites gorgées en s'enivrant de l'odeur de Mason. Mélanger l'alcool au délicieux parfum d'un homme n'était pas une bonne idée. Ou peut-être que si finalement. Elle sourit.

— À quoi penses-tu ?

— À rien.

Elle but une autre gorgée de vin.

— Alors qu'est-ce qui t'a fait sourire ainsi ?

— OK, je me disais que j'étais là avec toi sans...

— Sans animosité contre moi ?

Elle fit « oui » de la tête.

— Ça veut dire que tu m'apprécies désormais ?

— Je n'irais peut-être pas jusque-là.

Les yeux de Mason s'éclairèrent soudainement. Il n'avait plus rien de vulnérable. Son regard se chargea de dangereuses promesses.

Il lui retira délicatement son verre des mains et le posa sur la table. Il s'approcha de son oreille et murmura :

— Je te propose plutôt d'aller bien au-delà, ce soir.

Il but une dernière gorgée de whisky et prit sa bouche avec fougue.

Le corps de Drea réagit immédiatement aux puissantes vapeurs de l'alcool, au baiser, au parfum, à l'homme.

— Tu es éblouissante. Je voulais te le dire tout à l'heure. Cette robe...

— Ne va pas rester longtemps sur moi ?

Elle savoura l'effet de surprise qu'elle venait de créer.

Un rire roula au fond de la gorge de Mason.

— Oui, aussi. En tout cas elle te va très bien.

Et quelques minutes plus tard, après qu'ils s'étaient graduellement déshabillés, un vêtement après l'autre, un baiser après l'autre, Mason la souleva et la porta jusqu'à sa chambre.

Elle était épurée mais luxueuse. Les fenêtres donnaient sur l'autre côté de la ville, en direction de la banlieue tranquille de Boone Springs. Les rideaux étaient ouverts, laissant filtrer le clair de lune à travers les voilages. La lumière vint se poser sur le corps de Mason au moment où il se baissa pour allonger Drea sur le lit. Elle sentit dans son dos les draps frais et soyeux.

Le regard de Mason s'attarda sur elle et se fit sombre l'espace d'un instant. Il la rejoignit finalement dans le lit. Drea eut peur. Fallait-il y lire de la culpabilité ? De l'hésitation ? Regrettait-il de l'avoir fait venir ? Son désir pour elle s'était-il évanoui ?

Elle l'interrogea d'une voix douce.

— Que se passe-t-il ?

— J'étais en train de me dire que tu es vraiment belle.

Ses paroles galvanisèrent Drea. Ce n'était pourtant pas ce qu'elle avait souhaité. Être là en raison d'une attraction purement chimique qu'il ressentait à son égard. Mais elle était bien là, poussée elle aussi par cette force invisible, espérant, désirant être transportée par Mason. Il fallait simplement ne pas lui ouvrir la porte de son cœur une seconde fois.

— Mais est-ce que ça te va, tout ça, entre nous...

— Me demande-t-il alors que je suis nue dans son lit.

— Je préfère être certain.

Le baiser qui suivit fit taire tout doute.

Mason était un amant attentionné, passionné, dans ses baisers comme dans ses gestes. Il la caressa avec une infinie tendresse et pétrit amoureusement ses seins jusqu'à ce que leurs pointes se fassent dures. La peau de Drea n'était plus que sensations, vaste territoire sensoriel et brûlant. Et, lorsque la langue de Mason s'aventura au creux de ses jambes, il provoqua des gémissements reconnaissables entre tous. Sa bouche s'activa inlassablement, ses doigts experts se firent joueurs et curieux. Le corps de Drea se raidit, elle se cambra furieusement sous l'effet de la secousse libératrice qui lui fit crier le nom de Mason.

— Je suis là, mon ange.

Oh oui, il était bien là. Il enfila un préservatif et roula sur le côté afin d'être allongé aux côtés de Drea, qui se remettait doucement du séisme qui l'avait parcourue. Il attendit avec toute la patience du monde avant de chuchoter à son oreille :

— Viens à moi, Drea.

Il la fit monter sur lui, la guida d'un geste sûr en la tenant par les hanches. Elle descendit et le laissa entrer profondément en elle. Elle ferma les yeux et savoura la sensation de leurs corps ainsi scellés.

— Tu es splendide comme ça.

Sa voix rauque était teintée d'émerveillement et de gratitude.

— Tes cheveux, ta peau, toi tout entière, avez le goût du paradis, Drea.

Les mots de Mason lui procurèrent une immense joie. Sa peau frissonna une fois de plus, la chaleur de son corps se fit plus intense encore. Elle entama une danse languissante et régulière, le laissant s'enfoncer toujours un peu plus loin en elle. Les mouvements de son bassin provoquèrent des râles de plaisir chez Mason, qui ne se lassait pas de la caresser encore et encore, de flatter la pointe de ses seins avec ses pouces, d'opérer sa magie entre ses jambes.

Elle accéléra la cadence, faisait briller davantage encore la lueur fascinée dans les yeux de Mason. Elle fut traversée une seconde fois par une onde de choc, plus intense, plus puissante encore. Sa voix s'envola vers les aigus pour crier ce nom qui lui brûlait les lèvres.

Elle n'avait jamais rien vécu de tel auparavant. Elle n'avait rien d'une experte, elle n'avait connu que trois hommes, et Mason était de loin premier sur le podium. Même si elle devait en connaître d'autres, jamais aucun ne prendrait sa place. Elle le savait.

Elle s'effondra entre ses bras, et il l'embrassa avec frénésie. Il roula sur le côté et vint se placer au-dessus d'elle. Elle leva les yeux vers son visage, si beau, sur lequel elle pouvait lire toute son avidité et son désir pour elle.

— Viens en moi, Mason.

— À ton service.

Il joignit le geste à la parole et s'invita en elle sans plus attendre.

Le réveil de son téléphone tira Mason d'un sommeil profond. D'habitude, il aimait se réveiller au son de la chanson préférée de Larissa, *Breathe*, par Faith Hill. C'était pour lui un moyen de penser à son épouse, à l'enfant qu'il ne connaîtrait jamais. Cette musique le rapprochait d'eux. Il n'avait jamais envisagé de la modifier. Le faire aurait été comme s'éloigner un peu de Larissa, la perdre encore davantage.

Mais ce matin-là il l'éteignit rapidement et se redressa dans son lit.

— Non !

Il se passa la main sur le visage. Il n'avait pas besoin de se tourner vers la place vide à côté de lui ou de faire le tour des pièces pour savoir que Drea était partie. Il aurait dû être plus prévenant, veiller à ne pas s'endormir. S'assurer au moins qu'elle soit bien rentrée chez elle.

Il l'aurait reconduite avec plaisir. Il l'aurait embrassée avant l'aube et l'aurait regardée pousser la porte de sa maison.

Il se leva, s'habilla et se posta devant la fenêtre. Boone Springs s'éveillait également, réchauffée par les rayons du soleil d'automne.

Il avait besoin d'une bonne tasse de café pour s'éclaircir l'esprit. Ses pensées allaient vers deux femmes. Larissa, tout d'abord. La semaine qui suivait aller marquer les deux ans de sa mort. Il n'avait pas besoin de consulter un calendrier pour se rappeler la date... Son visage flottait encore devant lui.

Elle avait emménagé à Boone Springs sept ans plus tôt et s'y était installée avec lui. Elle présentait le journal télévisé sur la chaîne locale. C'était une femme sûre d'elle, formidable à l'écran comme dans la vie.

Mason attrapa son téléphone, alla dans la cuisine et alluma la cafetière. Il déjeunerait plus tard, au ranch. Pour l'heure, le « plic ploc » régulier du café lui suffisait amplement.

C'est à cet instant qu'un petit objet brillant posé sur le parquet attira son regard. Il se pencha pour le ramasser. C'était le collier en argent que Drea portait la veille. Il se revit lui ôter sa robe, ses chaussures et toutes les jolies choses qu'elle avait sur elle. Il avait eu tellement envie d'elle.

Mais il avait aussi senti une angoisse monter en lui. Cette rancœur que Drea nourrissait à son égard et à celui de sa famille était totalement injustifiée. Mais il s'en était servi comme d'une protection. Ce rempart qu'elle gardait comme une sentinelle le préservait lui aussi de ses sentiments. Il avait tiré un trait sur l'idée d'une relation durable. Sa femme était encore en lui.– Et maintenant on fait quoi, petit malin ? demanda-t-il tout bas à sa propre intention.

Le collier était tiède dans ses mains, comme la peau de Drea. Beau et élégant, comme elle aussi.

Il envoya un SMS à Drea.

J'ai quelque chose à toi.

Il se servit un café. La réponse arriva en moins d'une minute :

J'ai perdu ma culotte ?

Il rit si fort qu'il renversa du café par terre.

Si c'était le cas, tu ne la reverrais plus.

Ha, ha ! C'est quoi alors ?

Je ne te dis pas.

Je passe chez toi tout à l'heure.

Je serai chez Katie's Kupcakes.

Très bien, garde-m'en un.

Je te retrouve là-bas.

Il posa son téléphone avant de pouvoir lire un potentiel refus. Il allait lui dire qu'il aurait voulu la reconduire chez elle la veille. C'est ce que qu'aurait fait tout homme digne de ce nom. Cependant il sentait bien que, même si elle n'était pas partie sur la pointe des pieds et n'avait pas oublié son collier, il aurait trouvé une excuse pour la revoir.

7

Dans l'atelier de Katie, Drea piocha une nouvelle fois dans le glaçage à la framboise. Le cupcake était si joli, au citron et au romarin, fourré à la framboise et recouvert de ce délicieux mélange crémeux.

Katie avait proposé d'imaginer deux recettes exclusives pour la collecte de fonds, une pour les adultes, une autre destinée aux enfants. Elle superviserait en outre un stand de décoration de cupcakes.

— J'aime l'association des saveurs dans celui-ci. Donc on a la recette pour les grands. Aux petits, maintenant.

— Je veux trouver la recette qui va les rendre dingues.

De son index, Drea pianota sur sa lèvre.

— Voyons, qu'est-ce que les enfants adorent par-dessus tout ?

— Pourquoi pas un cupcake arc-en-ciel ?

Katie afficha une moue pensive. Drea devinait la machinerie à l'œuvre dans sa tête.

— Je pense que je peux me débrouiller. Il y aura trois parfums à l'intérieur et un glaçage multicolore par-dessus.

— C'est absolument génial. Tu vas rafler la mise auprès d'eux.

La cloche de la boutique les tira de leur échange. Katie passa une tête côté comptoir.

— En parlant de rafler la mise, il y a un beau brin de garçon devant le comptoir, et mon petit doigt me dit qu'il n'est pas venu commander des cupcakes.

— Mason ?

— Tout juste. Il a l'air impatient. De te voir, très certainement.

— Mais non, voyons. Il me rapporte juste quelque chose.

— Que tu as oublié chez lui hier soir ?

Drea ouvrit grand la bouche, mais aucun son n'en sortit. Elle lissa sa robe, remit ses talons hauts et redonna un peu de volume à ses cheveux.

— Tu es superbe, file. Et je veux un rapport tout à l'heure, tu es obligée.

— OK.

Drea avait déjà le souffle court.

Elle fit le tour du comptoir et rejoignit Mason, dont le yeux s'illuminèrent aussitôt.

— Salut.

— Hello.

Il avait une belle voix grave, presque rauque. Il portait une chemise crème sous un costume noir, sans cravate, col ouvert. Il ôta son chapeau et l'embrassa sur la joue.

— Tu es partie en douce cette nuit.

— Chut !

Elle jeta un regard furtif en direction de la vitrine. On était en milieu de matinée et le café était vide, mais quelqu'un pouvait entrer à tout moment.

— Je ne suis pas partie en douce, tu savais très bien que je devais rentrer chez moi avant d'être transformée en citrouille.

— Eh bien, Cendrillon, je suis venu voir si ceci vous va.

Il plongea la main dans sa poche et en ressortit son collier en argent.

Elle sourit.

— Bon, ce n'est pas exactement un soulier en vair.

— Et je ne suis pas exactement un prince. Mais voyons tout de même si ce ras-de-cou est à ta taille.

Il passa derrière elle, effleurant son corps, chatouillant ses souvenirs avec son inimitable odeur. Il souleva sa queue-de-cheval, et elle sentit aussitôt la chaleur de sa respiration dans sa nuque.

— Tu frissonnes, fit-il remarquer en ajustant le bijou.

— Il fait un peu frais ici.

Ce n'était pas du tout le cas.

Il se pencha un peu plus, pinça doucement la nuque de Drea entre ses lèvres et déposa une grappe de baisers près de son oreille. Elle sentit sa respiration s'accélérer et une flamme naître au creux de son ventre.

— Je peux te réchauffer si ce n'est que ça.

— J'en sais quelque chose.

La chaleur lui monta aux joues. Elle ne rougissait pas souvent, Mason avait le pouvoir de mettre au jour de nouvelles facettes de sa personnalité.

Il vint se placer devant elle et remarqua son teint très rose. Elle aurait dû se sentir gênée, mais il y avait trop de douceur dans les yeux de Mason pour cela. Il regarda le collier et fronça des sourcils, l'air soudainement sérieux.

— Je t'aurais raccompagnée chez toi hier soir.

— J'avais ma voiture.

— Même, j'aurais dû m'assurer que tu étais bien rentrée.

— Merci. Mais je ne voulais pas te tirer du sommeil.

— Tu m'as manqué au réveil.

Elle ne sut pas quoi répondre. Il lui était impossible de rester sereine. Et elle aussi l'aurait voulu à ses côtés au petit matin. Il poursuivit :

— Tu fais quoi au déjeuner ?

— Je travaille. Juste pour rappel, la collecte de fonds a lieu dans moins de deux semaines.

— Et je te signale que j'ai bien avancé. Tout se met en œuvre comme prévu. Linda se démène pour la médiatisation du concert des Band Blue et la soirée avec Sean.

— C'est vrai, je suis très contente. Et du côté du ranch, tout va bien ?

— Alors oui, mais j'ai besoin de ton avis sur certaines choses.

— Bien sûr. Tu veux voir ça quand ?

— Ce midi au déjeuner ?

Un petit sourire espiègle se dessina sur ses lèvres.

Il l'avait bien attrapée. Elle ne put que sourire.

— Toi, quand tu as une idée en tête...

— C'est pour la bonne cause, Drea. Et il faut bien se nourrir.

— En fait tu essayes de me convaincre pour ma propre survie ?

— Ai-je vraiment besoin de te convaincre ?

Non. Jamais. Mais elle n'était pas près de le lui dire.

— Au ranch, d'ici une heure et demie ?

— OK, je boucle ici avec Katie et je te retrouve.

Il acquiesça, tourna les talons avant de pivoter brusquement sur lui-même et de déposer un baiser sur sa bouche qui la laissa sans voix. *Ouh...*

Il lui décocha un grand sourire, et s'en alla.

Drea fit la bise à son amie.

— Au revoir, ma Katie.

— Mon petit doigt me dit que vous n'allez pas abattre beaucoup de travail cet après-midi. Je parie même qu'il va t'emmener faire un tour dans un super bel endroit.

— Quelle imagination foisonnante.

— Allez, file. On ne fait pas attendre un beau gentleman.

— J'y vais, j'y vais.

Drea laissa Katie dans sa cuisine, se dirigea vers la porte de la boutique et manqua rentrer dans un client qui venait d'arriver.

— Oh pardon, je suis désolé.

— Non, non, c'est ma faute aussi. Je ne regardais pas où j'allais.

Elle leva les yeux : l'homme la dévisageait. Ce n'était pas un inconnu, c'était Brad. Le Dr Brad Williamson, à qui elle avait offert sa virginité et qui lui avait proposé de l'épouser. L'homme qu'elle avait fui avant de le faire trop souffrir parce qu'elle n'avait pas de sentiment pour lui.

— Drea, c'est bien toi ?

Elle se mordit la lèvre et fit « oui » de la tête. Elle était submergée par les émotions, le chagrin et le remords en tête. Elle n'avait pas vu Brad depuis dix ans. Il n'avait pas changé, juste gagné en assurance. Ses cheveux blonds encadraient un visage joliment bronzé. L'intelligence se lisait dans ses beaux yeux bleus.

— Que... Qu'est-ce que tu fais ici, Brad ?

Il était comme une onde de choc, relativement indésirable, venue du passé. Drea sentit son corps entier se tendre. Ce n'était pas tant lui que le souvenir de ce qu'elle avait traversé qui mettait ses nerfs à rude épreuve.

— Enfin je veux dire, quelle surprise de te voir ici à Boone Springs.

— Eh oui !

Il affichait un sourire sincère et semblait content de la voir.

— On m'a proposé quelques interviews et conférences au Texas dans le cadre de ma tournée de promotion pour mon livre. Quand j'ai appris pour la collecte de fonds et ta participation au projet, je me suis dit que j'allais venir voir tout ça par moi-même.

— Tu as écrit un livre ?

— Oui, sur la difficulté d'élever un jeune enfant.

— Est-ce que... Tu as des enfants ?

Son regard s'adoucit aussitôt. Il hocha la tête.

— Deux. Meggie a trois ans, Charlie cinq. Ils sont avec leur mère à l'heure qu'il est, mais nous en avons la garde partagée.

— Ce doit être difficile.

— Les enfants se sont bien adaptés. Mon ex et moi y veillons. C'est l'une des raisons pour lesquelles j'ai écrit ce livre. Il s'intitule d'ailleurs *Les Hauts et Bas de la parentalité.*

La cloche de la boutique retentit, et quelques clients entrèrent. Drea et Brad durent se décaler pour les laisser passer.

— Je crois qu'on gêne un peu le passage. Est-ce que tu aurais quelques minutes à consacrer à... un vieil ami ? Juste pour se raconter nos vies.

Elle consulta sa montre.

— J'ai quelques minutes devant moi avant mon prochain rendez-vous.

Avec Mason.

— On se pose ici ?

Non, pas ici. Elle ne voulait pas qu'on puisse entendre leur conversation.

— Il y a un parc un peu plus bas. On peut aller marcher. Tu voulais un café, ou un cupcake ?

Il n'était certainement pas venu chez Katie's Kupcake pour rien.

— Non merci. Et toi ?

Elle secoua la tête.

— Katie est une amie, je me suis gavée de cupcakes toute la matinée.

— Allons-y alors.

Il faisait beau, ils marchèrent au soleil dans la rue animée.

— Comment vas-tu ?

— Plutôt très bien.

— Ça ne te dérange pas trop que je t'ai cherchée ?

— Non. C'est… sympa de te voir, Brad.

— Moi aussi je suis content. Je… Ce projet, tu l'as entrepris à cause de ce qui est arrivé à ta mère ?

Elle s'arrêta et le fixa dans les yeux.

— Tu te souviens de ça ?

— Bien sûr que je m'en souviens, Drea. Quand on s'est rencontrés, tu étais bouleversée par sa mort et ton impuissance face à tout ça. Et aujourd'hui tu essayes de faire bouger les lignes. Tu avais déjà ça en tête à l'époque.

Sentant les larmes lui monter aux yeux, elle détourna le regard. Elle était touchée qu'il se rappelle son état, sa grande vulnérabilité à l'époque.

— Tu as raison, c'est vrai.

— Et toi, tu t'es mariée ? Tu as des enfants ?

— Non et non. Pour l'heure je convole en justes noces avec ma carrière.

— Je vois ça.

Il ne semblait pas porter de jugement sur ses choix, alors que tant d'autres le faisaient. Si une femme n'était pas mariée à trente ans, on la trouvait soudainement suspecte ou bien trop ambitieuse.

Ils passèrent une heure sur le banc à parler de leurs vies respectives, évitant d'évoquer la souffrance qu'ils avaient partagée.

— Je serai dans le coin le week-end de ton événement. J'envisage de faire un don.

Elle sourit.

— C'est super. On a placé la barre haut, donc toute participation est la bienvenue.

— Drea, je peux te poser une question très personnelle ?

Son cœur fit un bond dans sa poitrine. *Et voilà, ça devait bien arriver.*

Elle respira un bon coup.

— Dis-moi.

— Est-ce que tu vois quelqu'un en ce moment ?

Elle ne s'attendait pas du tout à cela ! Dans un mouvement de nervosité, elle baissa la tête et s'affaira avec son chemisier, tirant dans tous les sens pour le remettre droit. Il n'allait donc pas revenir sur le passé ou lui reprocher de lui avoir brisé le cœur.

— Non, pas exactement.

Ce n'est pas comme s'il y avait quoi que ce soit d'officiel avec Mason. *On couche juste ensemble.*

Le visage de Brad s'illumina de nouveau. Il était si facile de lire ses émotions en temps réel.

— Alors j'aimerais t'inviter à dîner.

Pourquoi ? Elle avait vraiment besoin d'une réponse, mais elle se tut.

— En toute amitié. Je loge pas loin d'ici et j'ai une séance de dédicaces dans quelques jours. Ça me ferait très plaisir qu'on puisse poursuivre cette discussion autour d'un bon repas.

Elle ne s'attendait pas à être invitée ainsi mais, étrangement, passer cette heure avec lui l'avait déjà soulagée d'un peu du poids coupable qui l'écrasait.

— Peut-être, je pense que…

Elle pencha la tête sur le côté.

— … Oui, avec plaisir. Je t'appelle. Tu as gardé le même numéro ?

— Non, je te donne le nouveau.

Après qu'ils eurent échangé leurs numéros, Drea se leva et Brad l'imita, bien qu'à contrecœur, sembla-t-il.

— Je dois vraiment y aller, s'excusa-t-elle.

— D'acc. Merci pour notre discussion.

Il lui prit la main, non pas pour la serrer mais pour sceller ce moment d'échange.

— Je dois m'activer aussi.

Drea comprit brusquement qu'elle était en retard pour son déjeuner avec Mason. *Mince, quelle idiote !*

Mason consulta sa montre pour la troisième fois. Il faisait les cent pas sur la terrasse de sa maison.

Risk le rejoignit sur le porche, une bière à la main. Il porta la bouteille à ses lèvres pour en boire une gorgée et se tourna vers Mason.

— Tu es bien nerveux, ça ne te ressemble pas. Tu attends quelqu'un, toi.

Son frère excellait dans l'art d'annoncer les évidences.

Mason lui fit des yeux noirs.

Risk lui décocha un sourire malicieux.

— Tu attends Drea. Eh bien, si ce n'est pas quelque chose.

— On doit se voir pour le travail.

— Oui, bien sûr...

Rick but une autre gorgée, ce même sourire accroché à ses lèvres.

— À ta place je ne m'en ferais pas trop. Elle va bien. Je l'ai croisée en ville, elle était sur banc avec un type. Ils avaient l'air de bien se connaître. Elle a certainement perdu la notion du temps.

Mason le dévisagea.

— Un type ? Mais c'était qui ?

— Ne me demande pas, c'était la première fois que je le voyais. Mais il était chic, costume, cravate et tout. À mon avis il n'est pas du coin. Enfin c'est mon avis.

Mason toussota.

— OK, merci.

Son téléphone sonna à cet instant précis. C'était un SMS de Drea.

Désolée, ça m'a pris plus de temps que prévu. J'arrive bientôt.

Mason relut le message plusieurs fois, soulagé mais aussi curieux.

L'idée de Drea en route pour le retrouver envoya subitement une décharge électrique dans tout son corps. Elle était la seule à avoir traversé sa muraille de chagrin, et il comptait bien en profiter tant qu'elle était là.

Une demi-heure plus tard, elle se gara devant la maison et grimpa les marches du porche avec précipitation.

Mason l'attendait là, lisant les informations sur son téléphone. Il avait eu bien du mal à se concentrer.

— Je suis vraiment désolée d'arriver si tard.

Elle avait rougi.

— Pas de souci. Que s'est-il passé ?

— J'avais des courses à faire et j'ai perdu la notion du temps. Je suis débordée en ce moment. J'espère que je n'ai pas trop bousculé ton programme ?

Elle n'allait donc pas lui parler de ce type.

— Pas du tout. En revanche j'ai faim. Et toi ?

— Moi aussi.

— Allons-y alors.

— Où ça ?

— Tu verras.

Mason la conduisit jusqu'à son SUV, lui tint la portière et la regarda se glisser à l'intérieur. Sa robe remonta sur ses cuisses et dévoila ses longues jambes bronzées. Ces jambes qui s'étaient enroulées autour de lui la nuit précédente et l'avaient rendu fou.

Quand il était avec Drea, tout lui paraissait simple.

Mais il préférait vivre un jour après l'autre, profiter de l'instant. Parce que tout cela aurait une fin. C'était inévitable. Il tablait dessus. C'était l'unique moyen de justifier ce bref interlude qu'il s'offrait avec elle. Il n'est pas prêt à commencer une nouvelle relation, à prendre un tel risque. Son cœur ne s'était pas encore remis du calvaire qu'il avait vécu.

Il n'avait aucune envie de se relancer dans une relation. Drea repartait bientôt, ils se diraient au revoir et voilà tout.

Mais, pour l'heure, il voulait passer le plus de temps possible avec elle.

Quelques minutes plus tard, il se gara et ouvrit la portière à Drea. Il la prit dans ses bras, se pencha et lui déposa un baiser délicat sur les lèvres.

Elle baissa doucement les paupières et il eut envie de plus, mais il se refréna, domptant son désir.

— Ferme les yeux et suis-moi.

— Quoi ?

De son index, il pianota sur la pointe de son nez.

— Viens, c'est tout.

Elle ferma les yeux, tout sourire.

— Juste pour que tu saches, je n'aime pas les surprises.

— Fais-moi confiance, tu vas aimer celle-ci.

Il prit sa main et l'entraîna prudemment dans un chemin d'herbes hautes. Il menait à l'endroit qu'il avait choisi juste pour elle.

Drea entendit des canards puis des bruits d'ailes.

— C'est bon, tu peux ouvrir les yeux.

Devant elle se tenait une table de café recouverte d'une nappe blanche, avec deux chaises. Juste derrière, un petit étang isolé qu'elle ne connaissait pas. Au milieu de la table trônaient un vase en cristal et son bouquet de roses blanches. Une bouteille de vin les attendait dans un seau glacé. Tout paraissait trop beau pour être vrai.

Une famille de canards passa près de la rive exactement au bon moment, comme si tout cela était chorégraphié. Drea sourit, charmée par le cadre.

— Eh bien, que me vaut cet honneur ?

— Tu travailles dur, je me suis dit que tu apprécierais un moment au calme, en pleine nature.

— Tu t'es donné beaucoup de mal.

Elle était profondément touchée.

— Merci.

Elle savait toutefois qu'elle avançait sur un terrain potentiellement miné.

— Avec plaisir.

— Ce terrain aussi appartient à ta famille ?

Elle était presque sûre de la réponse.

— Oui. Ici c'est Hidden Lake, le lac caché, c'est moi qui l'ai baptisé ainsi.

— Vraiment ? Mais quand ?

— À l'instant.

Ils éclatèrent de rire tous les deux.

Il tira une chaise à son intention.

— Prête ?

— Toujours.

Drea se régala de poulet au citron, de risotto de crevettes et de légumes rôtis. Il y avait trois types de pain différents et du vin blanc pour accompagner le tout.

Elle savoura les plats, le magnifique cadre et, surtout, le bel homme avec qui elle les partageait.

Mason ne la quittait pas des yeux. Il portait sa fourchette à sa bouche en la couvant du regard. Il goûtait à son vin en la couvant du regard. La conversation était facile et légère. Il souriait en continu, et Drea l'imitait.

En fin de repas, elle ferma les paupières pour s'imprégner pleinement de l'infinie quiétude du moment. C'était exactement ce qu'il lui fallait.

— Tu m'as dit que tu avais besoin de mon avis ? De quoi s'agissait-il ?

— J'ai besoin de conseils, mais pas au sujet du travail.

Elle se mordit la lèvre inférieure durant quelques secondes.

— Ah bon, dis-moi ?

— La maison de la plage, à Los Angeles. Missy a un acheteur potentiel, mais elle me donne la priorité. Je ne sais pas du tout ce que je veux faire.

— Et tu crois que je peux t'aider à faire ton choix ?

Il hocha la tête.

Drea ne savait pas si elle tenait vraiment à être impliquée dans une décision si importante.

— Tu l'as vue, qu'en penses-tu ?

— C'est un bijou, c'est sûr. Mais je n'en sais rien. Ce serait ta résidence secondaire ? C'est très différent d'ici. Es-tu certain que tu t'y plairais ?

Mason leva les mains dans un geste interrogateur.

— J'ai aimé y être avec toi.

Oh... Son cœur fit un bond joyeux dans sa poitrine en réaction à cette réponse spontanée. Elle aussi avait aimé leur séjour là-bas, mais cela ne devait pas compter. Il pensait au passé quand il devait se projeter dans le futur. À savoir sans elle.

— C'était une parenthèse, précisa-t-elle d'une voix douce.

Mason la scruta pendant plusieurs secondes avant d'acquiescer lentement.

— T'as raison.

Il se leva de sa chaise.

— Viens marcher avec moi au bord de l'étang.

— Quelle bonne idée.

Au détour d'un chemin, il l'embrassa à pleine bouche, avec fougue, comme lui seul savait le faire.

— Retrouve-moi ce soir, Drea. Je te veux avec moi.

Elle murmura un « oui » presque inaudible.

Elle était incapable de refuser.

8

Drea avait rendez-vous avec son père pour un dîner en tête à tête. Elle grimpa les marches du porche en pensant que sa vie était bien remplie à présent. Sa famille, ses amis, les attentions de l'homme de ses rêves... Elle avait vraiment de quoi se réjouir et elle ne s'en privait pas.

Elle ne comptait désormais plus les jours qui la séparaient de son retour à New York, où était sa « vraie » vie. Elle était en train de retomber amoureuse de Boone Springs, chose qu'elle n'aurait jamais crue possible.

— Mon papa, je suis là.

Elle entra dans la cuisine et y trouva son père assis face à une boîte en bois qu'elle voyait pour la première fois.

— Coucou, ma puce.

— Qu'est-ce que tu caches ici ?

Sa curiosité avait été piquée.

— De vieilles choses.

— Qui appartenaient à maman ?

Il hocha la tête et haussa les épaules.

— Oui, il y a des choses à elles là-dedans.

— Je peux voir ?

— Ce sont juste des vieilleries. Je n'avais pas ouvert cette boîte depuis des lustres.

— Et pourquoi maintenant ?

— Peut-être parce que tu es de passage ici. J'ai gardé tout ça.

Des tickets de cinéma, de bal, quelques mots et photos. Je ne sais pas bien pourquoi.

— Moi je sais. Ils racontent ta vie avec maman, votre histoire.

Drew lui relata ses souvenirs, lui montra des babioles qui comptaient pour lui et la firent sourire.

Il sortit une enveloppe pas encore décachetée. Il battit la paume de sa main avec le morceau de papier et se tourna vers Drea.

— Dis-moi, Drea.

Sa voix se fit plus solennelle.

— Mason et toi êtes en train de vous rapprocher. Je vois bien comment il te regarde.

Quoi ? Elle n'était pas du tout préparée à cette question.

— Papa, on est tous les deux impliqués dans la collecte de fonds. Elle est importante à titre personnel pour chacun de nous. Et, non, je ne m'engagerai jamais dans quelque chose de sérieux avec un Boone. Et tu sais bien pourquoi. Je ne pourrai jamais leur pardonner ce qu'ils nous ont fait.

— Drea, je n'ai pas encore perdu toute ma tête. Je sais que tu t'esquives la nuit et je devine que c'est pour retrouver Mason. Tu es une adulte et cela ne me concerne en rien. Mais je l'évoque pour une bonne raison.

Elle sentit ses joues s'enflammer.

— Papa, tu es au courant ?

— Maintenant oui, répondit-il sans arrière-pensée.

— C'est... Mason et moi, c'est juste comme ça.

Son père semblait sceptique.

— Ça ne change rien. On a discuté avec Lottie, et elle pense que tu subis une injustice par ma faute. Elle a probablement raison. Je crois que j'ai préféré me faire valoir auprès de toi en me faisant passer pour une victime de la famille Boone. Je suis désolé, Drea.

— Mais pour quoi, papa ? De quoi tu parles ?

Son cœur menaçait d'exploser sous l'effet de la panique soudaine. Elle n'avait jamais entendu autant de remords dans la voix de son père.

— À l'époque, quand ta maman est morte, j'ai totalement

délaissé le ranch et il s'est délabré. J'étais incapable de faire face au deuil, à la pression, à mon rôle de père. J'ai été plus bas que tout avec toi. J'en ai bien conscience, Drea, et j'essaye à présent de me racheter en te disant la vérité. Je ne suis pas allé voir les Boone pour leur demander un prêt comme je te l'avais assuré. Ils ne m'ont pas tourné le dos. Pour tout dire, je ne leur ai pas demandé de sauver mon ranch. Je les ai suppliés de m'en débarrasser. Je savais qu'ils m'en donneraient un bon prix. J'ai conclu un marché avec eux. L'argent de la vente irait à tes études. Je ne me faisais pas confiance, sinon je risquais de tout dépenser en alcool. C'est la seule chose bien que j'aie faite. Je voulais te protéger de moi.

Drea sentit la bile dans sa gorge et fut prise de vertiges.

— Papa, es-tu en train de me dire qu'ils ne t'ont pas pris Thundering Hills et qu'ils ont payé mes études ?

Drew se passa une main sur le visage.

— Oui, ma chérie. C'est ainsi que ça s'est passé. Tout est écrit noir sur blanc dans cet accord que j'ai signé avec Henry Boone.

Drea lui arracha l'enveloppe des mains, l'ouvrit et en sortit la feuille de papier. Elle en lut le contenu en diagonale, cherchant les mots qui confirmaient les dires de son père.

Il n'y avait plus de doute possible.

— Mon Dieu… Pourquoi ? Pourquoi ne m'as-tu pas dit la vérité, tout simplement ?

— Et tomber encore plus bas aux yeux de ma fille ? J'étais lâche. Il était plus facile pour moi d'incriminer les Boone. De te laisser croire qu'ils t'avaient volé ton héritage, quand j'en étais en réalité l'unique coupable. Ça me ronge depuis tout ce temps. Et aujourd'hui je vous vois, toi et Mason, et si vous deviez… Enfin je ne veux pas me mettre en travers de votre bonheur. Je ne le supporterais pas. Lottie m'a dit qu'il était temps.

— Lottie ?

C'était la deuxième fois qu'il la mentionnait.

— Donc tout le monde savait excepté moi ?

Son père secoua la tête.

— Non, pas tous. Les conditions de notre accord sont restées secrètes. En tant qu'aîné, Mason l'a su.

— Et tu m'as laissée les fustiger, les détester ? Avoir la pire des opinions sur des gens qui en réalité avaient sauvé ta peau ?

— Je suis désolé, Drea, mille fois désolé.

— Ça ne suffit pas, papa. On est même loin du compte.

Elle était secouée par les sanglots, son corps tremblait. Elle alla dans sa chambre, claqua la porte et se laissa tomber à terre.

C'était le mensonge, la trahison de trop. Tout ce qu'elle pensait savoir de sa vie venait d'être balayé.

La voix de son père résonna de l'autre côté de la porte.

— Drea, je t'en supplie, je suis désolé.

— Va-t'en, papa. Laisse-moi tranquille.

Après un long moment, elle l'entendit soupirer et battre en retraite.

Seuls les longs sanglots qui secouèrent alors son corps vinrent rompre le silence.

Il était 23 heures passées lorsque Mason reçu un SMS de Drea.

J'ai besoin de te voir. On peut se retrouver quelque part ?

Il était chez lui à Rising Springs, déjà couché. Il fut très surpris de recevoir un message à cette heure.

Que se passe-t-il ?

S'il te plaît, j'ai besoin de te voir.

Au Baron ?

Oui, dans une demi-heure ?

J'y serai.

Il n'allait pas manquer une occasion de voir Drea. Les soirées sans elle lui semblaient bien étranges désormais. Il n'aimait cependant pas se poser trop de questions à ce sujet. Il avait eu une conversation avec la mère de Larissa dans la journée. Elle lui avait annoncé qu'elle et son mari allaient faire le trajet depuis l'Arizona et qu'ils voulaient le voir. Ils venaient déposer des fleurs sur la tombe de leur fille pour le deuxième anniversaire de sa mort.

Deux ans déjà. Le temps lui avait semblé défiler au ralenti tandis qu'il revivait encore et encore les derniers jours avant sa mort et la douleur qui l'avait pris aux tripes avant même qu'elle n'émette son dernier soupir. D'un autre côté, il avait du mal à croire que deux années s'étaient déjà écoulées. Comment pouvait-il ressentir les deux à la fois ? Et comment avait-il pu vivre ces longs mois sans Larissa à ses côtés ?

Au volant de sa voiture, en route pour rejoindre Drea à l'hôtel, il était happé par sa culpabilité et son conflit interne. Ses beaux-parents allaient venir à Boone Springs, pour le soutenir, pour honorer la mémoire de leur fille, se rapprocher un peu d'elle. Et lui n'avait qu'une femme en tête : Drea.

Son message énigmatique l'inquiétait. Elle n'était pas du genre à tourner autour du pot. Et elle n'était jamais l'initiatrice de leurs rendez-vous. Il appuya de plus belle sur l'accélérateur, profitant du peu de circulation pour foncer en direction de l'hôtel. Il arriva juste à temps pour rejoindre sa suite avant que Drea ne soit là.

Il venait de retirer sa veste quand elle frappa à la porte. À peine l'eut-il ouverte que Drea se jeta dans ses bras. Il fut d'abord interdit puis se remit vite d'aplomb lorsqu'il sentit son souffle chaud sur sa peau, ses lèvres sur les siennes. Il oublia jusqu'à son propre prénom sous les assauts fiévreux et répétés de sa bouche. Elle tira sur les boutons de sa chemise, glissa ses mains sur son torse, réveillant brutalement son désir et son ardeur.

Il claqua la porte derrière elle. Il n'avait aucune idée de ce qui se passait, mais il ne comptait pas se poser la moindre question. Et encore moins à Drea. Son attirance pour elle se dressa sans attendre, comme une urgence d'une intensité folle. Il lui arracha à son tour ses vêtements, sans cesser de l'embrasser. Elle retira elle-même son soutien-gorge, libérant ses seins fiers et rebondis.

Il était dur et prêt pour elle. Cette Drea agressive était très, très excitante.

Il releva sa longue chevelure pour dévoiler sa poitrine, pencha la tête et effleura l'une des pointes roses avec le bout de sa langue jusqu'à ce qu'elle durcisse. La beauté de Drea lui faisait perdre les pédales. Elle gémit, et son cri languissant fut comme une flèche transperçant son âme. Un feu brûlant la consumait, et Mason n'allait pas tarder à chavirer dans une même frénésie.

Il finit de la déshabiller et décolla sa bouche d'elle afin de l'emmener de la chambre. Elle fit « non » de la tête et le maintint sur place, comme si la moindre séparation lui était insupportable.

Il l'appuya contre la porte et eut à peine le temps de se protéger et de la soulever dans ses bras. D'instinct, elle enroula ses jambes autour de lui. Ses baisers se firent plus doux, comme un réflexe venu du fond des âges. Sa plainte langoureuse et suffocante le tuait presque. Il n'avait jamais été aussi sérieux, son besoin de s'unir à elle était violent, féroce.

Il revint à la charge et prit les commandes de leur duo. Il l'embrassa à pleine bouche, mordillant ses lèvres enflées, goûtant sa peau embrasée, glissant sa langue le long de son cou.

Tenant fermement les fesses de Drea dans ses mains, il la souleva un peu plus puis la fit redescendre sur sa fougue incandescente. Drea était chaude, humide, et son visage portait une parfaite expression de pur plaisir.

Leur transe fut délirante, euphorique, ardente. Il n'avait jamais connu une telle chose avec une femme. Lorsqu'elle cria sa jouissance dans un relâchement total, il fut emporté à son tour par les sirènes du plaisir à l'état brut.

Il la maintint plus vigoureusement encore, fiévreux et désireux de toucher l'ultime récompense de cette course folle. Son dernier mouvement de hanches, profond, intense, déclencha un râle rédempteur qui le laissa pantois.

Il était dévasté.

Anéanti.

Il serra ses bras autour de Drea et la porta jusqu'à la chambre.

Il eut enfin le temps de l'observer. Ses jolis yeux verts étaient cernés de rouge : elle avait pleuré tout ce temps.

Ils étaient allongés l'un contre l'autre. La tête de Drea reposait sur son torse. Il lui caressait le bras, savourant la douceur de sa peau. Elle était apaisée et silencieuse, comme vidée de son énergie.

Pourquoi ces pleurs ? Il n'en avait aucune idée. Elle était arrivée portée par une détermination sans égale, et il n'avait pas tout de suite vu sa détresse.

Il posa son regard sur elle et murmura :

— Tout va bien ?

— Non. Ça ne va pas. Et ça ne date pas d'aujourd'hui, Mason.

La tristesse qui émana d'elle le fit chanceler.

— Pourquoi ?

Elle soupira longuement, sa voix se fissura.

— J'ai appris la vérité pour Thundering Hills. Mon père vient de tout m'avouer.

Elle se mordit la lèvre inférieure pendant un moment puis poursuivit.

— Au début je ne l'ai pas cru. On m'a raconté la même chose toute ma vie, et je découvre que rien n'est vrai.

Elle se redressa, les yeux emplis d'un tel chagrin que Mason fut touché au plus profond de son cœur.

— Je me suis trompée sur toi, Mason. Et j'ai été horrible avec toi.

Il lui caressa l'épaule et sourit.

— Mais non, mon ange.

— Je t'ai haï et je t'en ai voulu pendant des années.

— Je sais.

— Pourquoi ne m'as-tu pas dit la vérité ? Pourquoi m'as-tu laissée te détester de la sorte ? Pourquoi m'avoir menti à tant de reprises ? Ce n'était pas bien de me laisser ainsi dévorée par la colère contre ta famille.

— C'est ce que voulait ton père. Lui et le mien avaient un pacte, tout cela devait rester secret. Il avait ses raisons. Et, pour ce qui est de nous deux, je me suis toujours dit que tu finirais par voir toi-même que tu ne me détestais pas.

Elle fronça les sourcils.

— Parce que tu es absolument irrésistible ?

— Parce que tu es une femme intelligente et que tu allais finir par voir l'homme que je suis vraiment.

— Et dire que j'ai accusé toute ta famille. J'ai eu les pires pensées envers vous pendant si longtemps. Je vous considérais tous comme des rapaces et je découvre que là où je voyais le mal il n'y avait que bienveillance et générosité. J'ai pu aller à l'université grâce à vous, bon sang !

— Ton père a bien fait, Drea. En faisant ça, il a pour une fois placé tes besoins avant les siens.

— Il ne voulait pas que je le voie comme un raté. Il me l'a dit ce soir. Il a rejeté toute la faute sur vous. Il n'avait pas le droit, et je le lui ai dit. J'ai été dure avec lui.

— C'est ça qui te met dans un tel état ?

— Oui, ça fait beaucoup à encaisser d'un coup.

Elle se passa la main sur le visage et pianota doucement sur ses joues.

— Je dois avoir une mine affreuse.

— Tu es splendide, Drea.

Il s'assit dans le lit, l'attira contre lui et l'enlaça tendrement.

— Il t'a dit pourquoi il avait décidé de t'en parler ce soir ?

— C'est Lottie. Elle lui a dit qu'il était temps que je sache la vérité. Franchement, j'aurais aimé que l'un de vous me le dise plus tôt. Je me sens trahie, par tout le monde. Et me dire qu'elle et mon père ont comploté derrière...

— Derrière ?

— Notre dos. Ils croient que... Non, mon père sait que je te vois. Il m'a dit qu'il ne voulait pas que ma colère contre les Boone se mette en travers de notre chemin.

— Notre chemin ?

Mason n'était pas certain de comprendre. Elle repartait en début de semaine suivante. Sa vie l'attendait à New York.

— Il voulait dire dans le cas où ça deviendrait sérieux entre nous.

Elle avait parlé tellement bas qu'il avait à peine pu distinguer sa réponse.

Mason serra les lèvres et resta silencieux. Drea devait bien savoir qu'il n'était pas disponible. Ni pour les sentiments, ni pour rien du tout d'ailleurs. Penser à une relation durable lui glaçait le sang. Il n'était pas prêt du tout. Le serait-il jamais ?

La simple idée d'aimer de nouveau une femme et de la perdre lui nouait le ventre. Certes, s'il avait dû en choisir une, cela aurait été elle, Drea. Mais il lui était impossible de… recommencer.

On pouvait bien l'accuser de lâcheté, sa tête et ses tripes lui hurlaient « non ! ».

— Enfin, ce n'est pas en train de devenir sérieux entre nous, si ?

Elle avait chuchoté ces mots.

Il y avait un tel espoir dans sa voix, une telle tendresse qu'il semblait que la réponse pourrait la briser.

Il s'éloigna brusquement d'elle. Ils étaient là, totalement nus après une nuit de sexualité sans entrave. Il se sentait plus proche d'elle que de n'importe quelle autre femme de ces deux dernières années. Il l'appréciait énormément, il l'admirait et il avait beaucoup d'affection pour elle.

Mais il était incapable de lui répondre. Il ne savait pas quoi dire. Elle avait déjà suffisamment souffert.

Il n'avait que la vérité à lui offrir. Il regarda dans le vide, toujours en lui tournant le dos.

— Tu pars dans quelques jours, Drea.

Il espérait avoir prononcé ces paroles le plus délicatement, le plus gentiment possible. C'était juste un constat. Ni un oui ni un non. Enfin, peut-être un non. Il avait été clair sur son absence d'implication.

Il se retourna enfin et la fixa droit dans les yeux, espérant y lire de la compréhension, de l'assentiment. Mais il n'y vit que sa tentative désespérée de masquer sa douleur. Il souffrait de deviner les émotions sur son visage tandis qu'elle s'échinait à cacher ses vrais sentiments. Elle n'avait même plus besoin de le détester : il le faisait très bien lui-même.

— Tu as raison. Je… Enfin c'était super, mais il n'y a rien entre nous.

Ce *rien* lui fit mal. Ce n'était pas son intention, elle cherchait simplement ses mots. Par sa faute.

Elle se leva et partit dans le salon récupérer ses vêtements.

— Il vaut mieux que je rentre. Il est vraiment tard et on a une grosse journée demain. Sean et son groupe arrivent.

— Drea ?

Mason sortit du lit et la suivit.

— Laisse-moi te raccompagner chez toi.

— Sérieusement, Mason, il faut que j'y aille. Sache juste que je ne te de… déteste plus.

Elle enfila ses vêtements comme ils vinrent, ramassa son sac à main et s'en alla.

Après avoir appris la vérité de la bouche de son père, Drea avait enfin pu s'ouvrir et laisser parler ses émotions. Ce qu'elle ressentait à présent pour Mason était de l'amour. Elle l'*aimait*. Elle l'aimait tant que la brûlure de son rejet était presque insupportable.

Mason n'était pas une mauvaise personne. Il était juste encore amoureux de son épouse défunte. Pour une raison inexpliquée, elle avait réveillé son appétit sexuel en berne. Elle avait fait renaître en lui l'étincelle de vie qu'il croyait éteinte. Personne ne pourrait lui enlever ça.

Elle avait fait son deuil de lui une première fois, il lui fallait juste trouver comment recommencer.

Une mission l'attendait, elle allait faire bonne figure et maintenir les apparences.

Drea versa de l'eau bouillante dans la théière préférée de sa mère, décorée de fleurs peintes à la main, et rejoignit Lottie au salon. Elle l'avait invitée en l'absence de Drew, parti de bon matin rendre visite à un ami.

— Je te ressers du thé ?

— Ah oui, merci. Il est très bon. Je suis ravie que tu m'aies invitée. On ne se voit pas assez.

— Je sais. Je suis désolée, j'étais débordée.

— Mason m'a dit que tu faisais un travail admirable.

Sa tante la regarda avec douceur et empathie.

— Quelque chose me dit que tu ne m'as pas invitée que pour le thé. Tu as besoin de me parler, non, ma chérie ?

Drea hocha la tête en se tassant un peu plus encore dans son fauteuil. Les larmes envahirent ses yeux.

— Oui.

— C'est ton père ou Mason ?

Elle sourit avec amertume.

— Les deux.

— Que se passe-t-il ?

— J'ai besoin de tes conseils, Lottie. Et j'ai besoin de dire la vérité à quelqu'un. Je pensais pouvoir le faire avec Mason cette nuit lorsque j'étais avec lui, mais nous avons... rompu. Ce qui ne tient pas debout car il faut être un couple pour se séparer. Et ça n'a jamais été notre cas, enfin pas vraiment.

— Oh ! ma puce, tu l'aimes.

Drea acquiesça.

— Oui. Mais il pense encore à Larissa, et cela ne changera peut-être jamais.

Durant la demi-heure qui suivit, elle vida entièrement son sac, évoqua Thundering Hills et le rôle des Boone. Elle raconta à Lottie sa dispute avec son père, son impossibilité à comprendre sa motivation, ses mensonges. Elle se confia sur son amour d'adolescente pour Mason, son rejet brutal, sa fuite dans les bras de Brad Williamson, cet enfant qu'elle n'avait jamais rencontré. Elle dévoilait enfin ses cicatrices au grand jour, non sans se sentir bouleversée. Tous ces secrets qu'elle avait gardés en elle, ces douleurs qu'elle avait subies en silence...

— Tu sais ce que je pense ? Mon neveu vit dans le passé depuis trop longtemps maintenant. Il est temps pour lui d'avancer.

Drea ravala un sanglot et respira lentement pour s'apaiser.

— On ne peut pas le forcer, Lottie.

— Ne sois pas si définitive.

La voix de Lottie se fit soudain malicieuse.

— Et si tu venais dîner avec nous ce soir, ma puce ?

— Je n'ai pas le choix.

Hors de question que son chagrin l'empêche de faire son travail. Les Boone organisaient un dîner pour les Band Blue ce soir-là.

— Je dois accueillir le groupe moi aussi.

— Parfait.

Drea s'essuya les joues. Confier son fardeau à Lottie l'avait libérée. Quelqu'un connaissait enfin toute sa vérité et pourrait l'écouter quand elle en aurait besoin.

Lottie finit sa tasse et se leva.

— Ne te fais plus de mouron.

Lorsque sa tante de cœur lui ouvrit ses bras, Drea se leva et s'y jeta sans hésitation. Il y faisait bon, c'était doux et accueillant. Tout ce qui lui avait manqué jusqu'à présent. Elle ferma les yeux et se nourrit de cet instant câlin. Elle aurait tellement voulu que sa mère soit là. La présence de Lottie avait été une bénédiction pour son père et elle.

Elles restèrent ainsi tendrement enlacées pendant un long moment.

— Tu es une femme épatante, Drea. Je t'aime de tout mon cœur.

C'était la plus belle chose qu'elle pouvait lui dire.

— Moi aussi je t'aime, Lottie.

Lottie s'écarta et regarda Drea dans les yeux.

— Merci pour le thé, ma chérie. Je te dis à ce soir.

— Je serai là.

En sortant, Lottie entendit d'étranges bruits en provenance du cabanon au fond du jardin. Prise de curiosité, elle contourna la maison pour aller voir ce que Drew y faisait. Elle le trouva face à l'établi. Il avait jeté sa veste sur une vieille chaise près de lui. Il venait certainement d'arriver. Étrange, pourquoi n'était-il pas rentré directement dans la maison ?

C'est là qu'elle le vit prendre une bouteille de whisky Jack Daniel's. Le liquide ambré brillait dans la pénombre. Elle n'avait que quelques secondes pour réagir. Pour empêcher cet acte insensé qu'il finirait par regretter.

— Drew, ne t'avise pas d'en boire une seule gorgée.

Il sursauta et virevolta, bouteille à la main.

— Bon Dieu de bon sang, tu m'as fait peur. Qu'est-ce que tu...

Il se figea quand il comprit ce qu'elle venait de dire. Son regard se fit noir, se posant tour à tour sur elle et sur la bouteille qu'il tenait à la main.

Ses épaules tombèrent, et son expression se durcit un peu plus.

— Et vous pouvez me dire pourquoi je m'amuserais à boire du liquide de vernissage, madame Lottie Sue Brown ?

Lottie étudia la bouteille. L'étiquette portait bien le nom du whisky, mais une autre avait été collée par-dessus. Il y était écrit « VERNIS ».

— Ah, euh... C'est juste que j'ai eu vent de vos tensions avec Drea et je... J'ai mal vu avec la pénombre.

— Tu penses qu'une petite brouille avec ma fille pourrait me faire retomber dans l'alcool ?

Il parlait calmement.

— Tu n'as aucune foi en moi, Lottie. Pas une once. Tu veux savoir ce que je fais avec cette bouteille que j'ai, au passage, empruntée à mon ami Rusty ce matin ? J'essaye de redonner un peu de lustre aux trophées de softball de Drea pour lui faire la surprise. Je n'ai pas assisté à beaucoup de matchs à l'époque, ils ont une importance particulière à mes yeux aujourd'hui. Je cherche chaque jour comment me rattraper auprès de ma fille.

— Oh ! Drew. Pardonne-moi. Je suis désolée, vraiment.

Il lui tourna le dos.

— Lottie, laisse-moi finir ce que j'étais en train de faire.

— Mais, Drew...

— Va-t'en, s'il te plaît. Je n'ai plus envie de te voir.

9

Drea ajusta la robe blanche qui mettait en valeur ses formes et sonna à la porte des Boone.

Elle venait seule ce soir, son père avait décidé de rester chez lui. Ils avaient longuement parlé dans l'après-midi et s'étaient mis d'accord : ils laissaient désormais le passé derrière eux. Elle lui pardonnait ses erreurs, même s'il lui faudrait du temps pour s'en remettre entièrement.

Il y avait de l'amour entre eux. C'est de là qu'ils devaient partir, tout simplement.

Jessica, la femme de maison des Boone, ouvrit la porte et l'accueillit avec un grand sourire. Le shérif et plusieurs administrateurs de l'hôpital étaient présents. Les cousins de Mason étaient là eux aussi. Ils s'occupaient du bétail du ranch une partie de la semaine et étaient bien évidemment des passionnés de musique country. Il était impensable de ne pas les inviter.

Risk lui attrapa la main et l'étudia.

— Drea, tu es à tomber !

La maison était pleine de rires et de musique.

— Merci. Sean et les autres sont arrivés ?

— Ouais, ils sont derrière. Suis-moi.

Lui tenant fermement la main, il l'emmena à l'extérieur près de la piscine. Le calme y régnait, et on y respirait mieux.

— C'est un sacré comité d'accueil que vous avez là pour les Band Blue.

Elle frissonna.

— Toi, il te faut un verre pour te réchauffer.

— Je ne dis pas non. Juste un seul.

Ils avancèrent vers le bar installé sur la terrasse.

— Qu'est-ce que je te sers ?

— Du vin blanc, s'il te plaît.

Risk secoua la tête et se tourna vers le barman.

— Deux whiskys sours, s'il vous plaît.

— Risk !

Drea éclata de rire. Elle était enfin capable de se détendre en compagnie des Boone, de reconnaître leurs vraies qualités.

— Pourquoi me demandes-tu ce que je veux si c'est pour ne pas en tenir compte ?

Il haussa les épaules.

— Un vin blanc ne te réchauffera pas. Crois-moi. Il te faut quelque chose de plus fort. Ne te méprends pas, je te proposerais bien de te tenir chaud moi-même ce soir, mais je crois que mon frère me pendrait immédiatement aux poutres du salon.

Elle lui jeta un regard interrogateur. Risk lui tendit son verre, prit le sien et pointa son index vers Mason, qui se tenait à l'autre bout de la terrasse, seul, et la fixait sans relâche.

— Il se passe quoi entre vous ?

— À partir de maintenant, plus rien.

Elle but une gorgée de son cocktail et s'approcha du petit attroupement qui s'était formé autour du groupe. Sean l'aperçut et s'approcha aussitôt.

— Salut, Drea, c'est cool de te voir.

— Sean. Le plaisir est partagé.

— C'est super ici, les Boone savent recevoir.

— En effet. Vous avez fait bon voyage ? Bien installés à l'hôtel ?

— Ouais. Il est top. Alan est ravi et nous, on est trop contents de faire ce concert.

— Moi aussi je suis contente. Concernant la soirée avec toi que nous mettons en jeu, je voulais savoir si tu as la moindre question ou inquiétude ? N'hésite pas à m'en parler, c'était mon idée après tout.

— Écoute, tout roule, ça va.

— OK, génial.

Mason s'avança vers eux. Retour à la case « relation strictement professionnelle avec Mason », même s'il était séduisant dans son costume noir. Elle en était capable. Indéniablement. Discuter avec lui, sourire, écouter Sean.

Quelques minutes tard, le chanteur se retira, et Drea se retrouva seule avec Mason.

— Je crois que tout est prêt pour le grand jour, lança-t-elle avec entrain. Je suis certaine que si la météo est de notre côté, on va faire un carton.

Le regard de Mason était sombre et sérieux. Lorsqu'il ouvrit la bouche pour parler, elle secoua immédiatement la tête. Si cela ne concernait pas le travail, elle ne voulait rien savoir.

— Je t'arrête tout de suite, Mason. Il n'y a plus rien à dire.

Lottie arriva à cet instant au bras de... Brad Williamson. Drea fut soudainement muette. Brad souriait, mais affichait un petit air embarrassé.

— Bonsoir tous deux. Mason, je voudrais te présenter le Dr Brad Williamson. Il nous vient tout droit de la côte Est. C'est un bon ami de Drea, et j'ai pensé que ce serait bien qu'il soit parmi nous ce soir. Vous vous connaissez depuis la fac si je ne me trompe pas, Drea ?

Elle fit un petit « oui » de la tête.

— Tout à fait.

Leurs regards se croisèrent pendant que les deux hommes se serraient les mains.

Brad parla le premier.

— Enchanté. Drea m'a parlé de la collecte de fonds. Je suis des vôtres. C'est super ce que vous faites.

— Merci. C'est aussi notre avis.

Après ces quelques mots, Mason serra la mâchoire et fixa Drea d'un œil inquisiteur. Elle se retourna vers Lottie.

— Je peux te dire un mot en privé ?

Drea se demandait bien ce qu'elle avait derrière la tête en invitant Brad à cette soirée.

— Impossible, désolée. Le cuistot a besoin de moi en cuisine. Je vous laisse papoter tous les trois, à tout à l'heure.

Un petit instant de malaise s'installa entre eux. Mason restait muet comme une tombe.

— Brad, comment as-tu fait la connaissance de Lottie ?

Il était à son avantage, dans un costume gris plutôt décontracté. Son regard d'un bleu cristallin était captivant.

— On s'est rencontrés à la librairie, en ville. J'étais en séance de dédicaces, et le sujet de la collecte est venu sur le tapis. Lorsqu'elle a appris que je te connaissais et que je suis fan de country, elle m'a invitée.

— Je suis contente que tu sois là.

Il afficha un grand sourire.

— Tu es... très belle.

Elle n'osa pas regarder en direction de Mason, mais elle le sentit se raidir soudainement.

— Merci.

Les nerfs de Drea étaient mis à rude épreuve en présence de ces deux hommes. Par chance, l'un des administrateurs de l'hôpital les rejoignit et entama une conversation. Elle s'esquiva discrètement et les laissa entre eux.

Elle sortit et se dirigea vers la maison de son père, en proie à la confusion la plus totale.

Elle n'était plus sûre de rien. Où était sa place ? Il faisait nuit, elle ne devinait le chemin qu'à la faveur du clair de lune. Lorsqu'elle entendit des pas derrière elle, elle prit une grande inspiration et se retourna. Mason.

— Que fais-tu là ?

— Je te raccompagne.

Il avait parlé d'un air dégagé, comme si tout était normal entre eux. Comme s'il avait le droit d'agir à sa guise.

— Ce n'est pas nécessaire. Je sais rentrer chez moi, merci.

— Tu es partie bien tôt.

— Va-t'en, Mason.

Elle tourna les talons et s'éloigna.

Il la rattrapa.
— Pourquoi es-tu partie ?
— Peut-être parce que tu es resté.
Oh ! ça c'était cruel. Elle valait mieux que ça. Elle ne voulait pas s'en prendre à lui, mais simplement être seule.
— C'est qui pour toi ce type ?
C'était donc ça. La fierté de monsieur était écornée.
— Un ami.
— Un peu plus, non, j'ai l'impression ?
— Parce que ça te regarde, peut-être ?
— Un peu, oui.
Elle s'arrêta net, secoua la tête de dépit et leva les yeux vers lui. Son regard était tout sauf assuré.
— Tu ne peux pas gagner sur tous les fronts, Mason.
Il eut l'air intrigué.
— Ce n'est pas du tout mon intention.
— Tu ne te rends même plus compte de ce que tu fais. Tout ça n'a aucune importance. Je m'en vais dans trois jours, comme tu l'as dit toi-même.
Elle avait à peine fait trois pas qu'il enroula son bras autour de sa taille pour l'arrêter. Sentant sa respiration dans sa nuque, elle s'autorisa l'espace d'un instant à se souvenir de lui, de ses mains sur elle, de ses lèvres, de la façon qu'il avait de lui faire perdre pied et vivre l'instant présent dans une même seconde.
Cela n'existerait plus. Elle devait l'accepter. Elle se dégagea de son étreinte et le regarda droit dans les yeux.
Il laissa pendre ses bras sur le côté, comme s'il rendait les armes.
— Drea.
— Je sais que tu aimes toujours Larissa. Je sais aussi que tu n'es pas capable de t'engager. Pourquoi nous acharner, nous torturer ainsi ? Arrêtons.
— Il y a quelque chose entre toi et ce médecin ?
Elle leva les yeux au ciel.
Une colère sourde monta en elle et éclata. Elle était furieuse.
— Non. Mais ce n'est pas parce que Brad ne le mérite pas. Il

est fantastique. Je ne peux plus me rapprocher de lui, c'est tout. C'est ce que j'ai fait la fois où tu m'as rejetée. J'ai couru dans les bras du premier homme qui voulait bien de moi. C'était Brad. Je l'ai ouvertement séduit dès la première semaine de fac et lui ai donné ma virginité. Je lui ai donné ce que j'avais voulu t'offrir, à toi. J'étais de trop depuis la mort de mère, personne ne voulait de moi. Et quelques semaines plus tard, lorsque j'ai appris que j'étais enceinte – le cliché de la vierge insouciante trop bête pour se protéger-, il a été là pour moi. Il m'aimait et a proposé de m'épouser.

Mason était hébété, muré dans un insondable silence.

— Je n'étais pas loin de le faire, de l'épouser. J'ai perdu le bébé, Mason. J'ai perdu mon enfant et j'étais dévastée. J'ai rompu avec Brad. Je ne pouvais pas me marier avec un homme que je n'aimais pas. Je l'ai fait terriblement souffrir. Mais, tu vois, je ne pouvais pas aimer Brad parce que j'étais encore amoureuse de toi.

— Drea, je suis désolé, je ne savais pas.

Il avait l'air sincèrement navré – l'émotion se lisait dans ses yeux.

— Je n'ai jamais voulu te faire de mal. Jamais. Il faut que tu me croies.

Il tendit la main vers elle. Tremblante, elle fit un pas en arrière, le cœur une fois encore meurtri. Elle se sentait cependant libérée, soulagée d'avoir enfin pu tout raconter. La pure vérité.

— Je t'aimais, même si je détestais en même temps. C'est complètement fou, je sais. Je n'ai jamais cessé de t'aimer, Mason Boone. Et tout ce que je te demande à présent c'est de me laisser tranquille. Je t'en supplie. Allons au bout de cette collecte, faisons notre travail, honorons la mémoire des personnes qui ont le plus compté pour nous et passons à autre chose.

Mason ouvrit de grands yeux. Il était visiblement déchiré, mais aussi plein de compassion pour elle. Il tendit de nouveau la main vers elle et de nouveau elle recula. Elle ne voulait pas être son amie. Elle ne voulait plus le revoir après le week-end. C'était trop difficile.

— S'il te plaît.

Mason capitula enfin, accompagnant sa décision d'un imperceptible hochement de tête.

Elle s'en alla, il ne la suivit pas.

Elle se doutait qu'il n'avait pas rebroussé chemin, incapable de bouger. Incapable d'intégrer tout ce qu'elle venait de lui apprendre. Elle l'avait bouleversé, inquiété et rendu poreux à la souffrance qu'elle avait connue par sa faute. Il pensait certainement qu'elle le détestait derechef.

Mason se réveilla avec un violent mal de tête. Il avait bu une demi-bouteille de bourbon la veille, sans pour autant parvenir à effacer le visage de Drea marqué par la douleur, les paroles qu'elle avait prononcées avec le cœur.

Il n'arrivait pas à se faire à l'idée qu'elle avait traversé ces épreuves à dix-sept ans.

Il se passa la main dans les cheveux pour masser son crâne, pensant à ce qu'elle avait dû ressentir lorsqu'elle avait appris sa grossesse. La peur... Il se sentait tellement coupable. Et la perte du bébé. Il en avait lui-même fait la douloureuse expérience : une partie de soi mourait pour toujours et l'âme continuait à souffrir en silence, à l'insu de tous.

On frappa soudainement à sa porte, des coups urgents, pressés.

— Quoi ?

— C'est tante Lottie, Mason. Tout va bien ? Tu n'es pas encore descendu, on s'inquiète.

— C'est qui, « on » ?

Il essayait d'y voir clair dans le brouillard de son esprit.

— Les parents de Larissa sont là.

— Merde !

Il bondit hors du lit. Quelle heure était-il ?

Dix minutes plus tard, il était douché, habillé et flanqué de la barre au crâne qui ne l'avait pas quitté.

Il se rendit au salon, où l'attendaient ses beaux-parents. Il flottait encore dans les limbes de l'alcool, mais une chose lui revenait à l'esprit, claire comme de l'eau de roche : Drea avait dit qu'elle l'aimait.

Il ne pouvait se défaire de cette pensée.

— Paul et Wendy, je suis heureux de vous voir.

Ils partagèrent des pâtisseries et burent le café, se donnant des nouvelles de leurs vies respectives. Les Landon allaient passer le week-end à Boone Springs pour la collecte de fonds. L'événement leur tenait particulièrement à cœur.

Mason avait un millier de choses à superviser, mais il avait bloqué sa matinée pour Larissa et ses parents. L'heure était venue de se rendre sur la tombe de leur fille et épouse.

Lui s'y rendait tous les mois, avec un bouquet de fleurs pour Larissa et leur bébé. Il les pleurait en silence. En ce triste anniversaire, il le ferait aux côtés des parents de Larissa.

Le cimetière était impeccablement entretenu. Mason avait fait don de jolis bancs en bois. Le nom de Larissa était gravé sur l'un d'eux.

Ils se recueillirent sur sa tombe, y déposèrent des fleurs et dirent des prières.

Mason s'éloigna ensuite pour donner un peu d'intimité à ses beaux-parents.

Quelques minutes plus tard, une main délicate vint se poser sur son bras. Il se retourna. Wendy le regardait avec douceur et affection.

— Mason, c'est une journée difficile pour toi.

Il acquiesça.

— Pour vous également.

— C'est vrai. Ce que tu fais ce week-end est honorable. Cela va changer la vie de nombreuses personnes. Paul et moi nous sentons un peu apaisés de le savoir. Je pense qu'il est temps d'avancer, malgré la douleur, malgré tout. Nous ne pouvons plus vivre dans le passé, Mason. Tu es en deuil depuis deux ans, il est peut-être temps de commencer une nouvelle vie. Sans culpabilité. Tu le mérites, Mason. Personne n'a honoré un amour comme tu l'as fait.

— Merci, Wendy.

Elle lui glissa une enveloppe dans la main. Il crut tout d'abord qu'il s'agissait d'un don pour l'hôpital. Puis il reconnut l'écriture de Larissa.

— Qu'est-ce que...

— Je ne sais pas. Elle est cachetée. Mais, lorsque Larissa est tombée malade, elle me l'a donnée en me faisant promettre de te la remettre deux ans plus tard.

Deux ans ?

— Vous l'avez gardée tout ce temps ?

— C'était sa volonté.

— D'accord. Merci.

Il était complètement désarçonné. Il n'allait pas l'ouvrir tout de suite.

Il avait besoin d'intimité... et de courage. Il lui avait fallu un an avant de pouvoir rêver d'elle la nuit sans s'écrouler sous le poids du chagrin, dix-huit mois avant de pouvoir regarder des vidéos d'eux ensemble. Mais de lire une lettre qu'elle avait écrite peu de temps avant de mourir allait lui réclamer une force qu'il n'aurait peut-être pas.

Le simple fait de la tenir dans sa main le bouleversait. Il la glissa dans la poche de sa veste.

Wendy sembla comprendre son besoin de la lire seul, que ce dernier instant entre époux se déroule dans l'intimité.

Une heure plus tard, après que les Landon eurent promis de venir à la vente aux enchères, Mason s'apprêtait à passer la porte de sa maison lorsqu'il entendit le délicieux rire de Drea. Elle marchait aux côtés de Sean Manfred, chacun d'eux appréciant visiblement la compagnie de l'autre.

Après la manière dont ils s'étaient quittés la veille, il ne pensait pas être le bienvenu. Il ne put cependant résister à l'attraction qu'exerçait sa voix sur lui et il alla à leur rencontre.

— Salut, Mason.

Sean avait un sourire sincère.

— On est en train de caler le programme de demain pour le concert. La scène est top. Drea assure.

— Comme toujours.

— Merci. Je crois tout est OK du côté de la vente aux enchères également. Le barnum a été monté, et les bénévoles se démènent pour que tout soit prêt à temps. Les œuvres nous ont été livrées, c'est impressionnant.

— Hâte de voir ça.

— C'est un avant-goût de la journée de demain. Ce sera le vrai grand jour, insista-t-elle, davantage à l'intention de Sean que de la sienne.

— On a une dizaine de choses sur le feu, espérons que tout se déroule sans mauvaise surprise. Tous les billets ont été vendus, que ce soit pour la journée, le dîner dansant ou la tombola. Grâce à toi, Sean. Je crois que toutes les lycéennes de la région se sont ruées dessus.

— Sauvez-moi, plaisanta le jeune chanteur en écarquillant les yeux.

— Rien à craindre, vous serez accompagnés d'un chaperon.

— Ce sera toi ?

— Non, désolée. Je serai déjà partie. Mais je te promets que tu t'amuseras bien.

— Tu pars juste après l'événement ?

C'était une question que Mason se posait également.

— J'ai mon vol dimanche soir.

La gorge de Mason se serra, il se sentit soudainement oppressé.

— Bonjour, Drea, je peux te parler ?

C'était Brad Williamson. Il arrivait du champ où la fête du lendemain allait se dérouler. Il n'avait d'yeux que pour elle. Mason grinça des dents. L'amertume qui lui monta à la bouche n'avait rien à voir avec ses excès alcoolisés de la veille.

— Salut, Brad. Je ne t'attendais pas avant ce soir.

— Lottie a eu une bonne idée, utile pour la cause, et je voulais t'en toucher deux mots.

— De quoi s'agit-il ?

— Je pourrais offrir mon livre, dédicacé, si tu arrives à me trouver une place de dernière minute. J'ai des exemplaires d'auteur dont j'aimerais faire don.

Le visage de Drea s'éclaira.

— C'est une super idée en effet.

Elle se tourna vers Sean.

— Excuse-nous un instant.

Drea et Brad s'éloignèrent épaule contre épaule.

Sean regardait Drea.

— Elle est vraiment hallucinante.

Mason hocha la tête.

— Ouais.

— Vous êtes en couple tous les deux ?

Il se tourna vers le jeune homme.

— Non. Pourquoi ?

Il haussa les épaules.

— Quand vous étiez à Los Angeles, j'étais convaincu que c'était le cas. Vous alliez parfaitement ensemble.

Parfaitement. Le mot lui parut évident. Cela s'était parfaitement déroulé entre eux, ils formaient les deux parties d'un tout. Mais c'était en Californie, dans une parenthèse hors du temps.

— C'est juste qu'on bosse bien ensemble.

Mason pensa que son nez allait pousser.

— Oui, apparemment.

Il n'était pas sûr que le gamin l'ait cru.

Il n'était plus sûr de rien.

10

Debout dans le stand de pâtisserie aux couleurs de Katie's Kupcakes, Drea s'attaqua au glaçage à la framboise du gâteau et croqua ensuite dedans.

— Mmm, mais quel délice, mon amie. Cette recette est divine.

Elle se lécha le bout des doigts et s'essuya délicatement la bouche avec sa serviette en papier.

— Tu t'es surpassée.

Drea pensa aussi à Mason et à son implication sans faille depuis le début. Il avait donné de son temps, de sa personne et proposé que l'événement se tienne sur son ranch. Sans lui, le projet n'aurait jamais pu voir le jour en seulement un mois.

Elle faisait bonne figure pour ne surtout pas gâcher l'esprit de la fête. Pourtant elle avait le cœur brisé, déchiré. L'heure du départ approchait à grands pas. Il lui faudrait quitter les gens qu'elle aimait. Son père, ses amis et… Mason.

La fête battait son plein, et elle se réjouissait de voir les stands bondés, les participants sortir leur porte-monnaie.

Le stand de Katie allait bientôt être envahi par des hordes de pâtissiers en herbe.

La vente aux enchères de la veille avait été un succès. Tout avait été vendu. Drea n'aurait pas les chiffres exacts avant quelque temps, mais tout se déroulait comme prévu.

Son père arriva, lui embrassa la joue et passa son bras autour de sa taille.

— Coucou, ma puce.

— Salut, papa. Je suis contente que tu aies pu sortir aujourd'hui.

— Vous avez bonne mine, Drew, observa Katie. Vous voulez un cupcake ?

— Ah, merci bien, Katie, mais je suis plutôt venu pour donner un coup de main.

— Avec plaisir, je ne suis pas contre un peu d'aide. Je vais devoir m'assurer que nous ne manquons ni de glaçage ni de cupcakes quand le stand ouvrira.

— Tu peux compter sur moi.

Depuis que Drea et son père s'étaient réconciliés avec leur passé mutuel, leur relation connaissait un nouveau souffle.

Satisfaite, elle regarda de l'autre côté du champ, où Brad était en train de monter son stand. Par chance, ils avaient pu lui trouver une petite place.

— Si vous êtes au clair tous les deux, je vais aller vérifier quelque chose.

Drea se fraya un chemin dans la foule. Tout le monde semblait s'amuser. Elle arriva sur le stand de Brad.

— Bonjour à vous, charmante demoiselle. C'est vraiment quelque chose cet événement.

— C'est vrai. Merci. Et merci aussi pour ton temps et tes livres. Il y a beaucoup de familles ici, et je suis certaine que de nombreux parents seront preneurs de tes conseils.

— Euh, Drea, on peut se parler un moment ?

— Bien sûr.

Elle se demandait bien ce que Brad avait à lui dire. Il lui prit la main et l'emmena derrière le stand.

— Je sais que tu pars demain. De mon côté je rentre à New York dans un mois. Je me demandais si toi… et moi. Enfin, si je peux t'appeler pour qu'on se voie.

Drea se raidit et chercha à masquer son indécision – vainement, à en juger par l'air incertain de Brad.

— Nous avons traversé des épreuves ensemble, Drea. Je sais que notre histoire est avant tout douloureuse, mais je tiens vraiment à toi… Depuis toujours.

Si les sentiments de Brad dépassaient les frontières de

l'amitié, Drea se devait d'être franche. Elle ne voulait pas se jeter dans les bras de cet homme par dépit, lorsque la solitude viendrait frapper à sa porte. Et, surtout, elle ne voulait pas le blesser une seconde fois.

— Je le sais. Tu es important pour moi aussi. Mais je suis amoureuse de quelqu'un d'autre.

Brad laissa un instant le silence flotter entre eux.

— C'est Mason, je me trompe ?

Drea le dévisagea longuement et hocha la tête.

— C'est si flagrant que ça ?

Brad sourit.

— Depuis que tu es arrivée sur ce stand, Mason a les yeux braqués sur toi. On dirait un aigle. Et je crois qu'il a envie de me tuer sur place parce que je suis en train de te parler.

Drea leva les yeux au ciel.

— N'en fais pas trop, quand même.

Ils rirent de bon cœur tous les deux, mais, lorsqu'elle se retourna, Mason la fixait bien d'un œil noir. Son cœur s'emballa. Il était appuyé contre un arbre, chapeau baissé sur le front, à la manière des cow-boys, jean et bottes gagnés par la poussière.

C'était injuste qu'il puisse chambouler sa vie ainsi. Leurs regards se croisèrent et s'attardèrent là un moment. Sa chaleur semblait parvenir à Drea malgré la distance qui les séparait. Drea soupira.

Elle déposa une bise chaste sur la joue de Brad.

— Il faut que j'y aille. Je croise les doigts pour toi, on se parle plus tard, promis.

Elle rebroussa chemin en tâchant de se tenir à distance de Mason.

À l'heure où le soleil se coucha, non sans mettre le feu au ciel, chacun était rentré chez soi, repu de rires, de cupcakes et de jeux. Un peu plus loin sur la propriété, une scène, montée pour l'occasion, attendait les Band Blue. Tout autour, on avait installé cinquante tables rondes élégamment dressées. La piste de danse était illuminée par de petites bougies disposées sur le parquet.

En tant qu'organisatrice et hôte de la soirée, Drea avait fait un effort tout particulier et s'était offert une robe fourreau dorée. Derrière, les bretelles entrecroisées étaient cousues de sequins brillants. Ses cheveux, tirés en arrière et maintenus par deux pinces en strass, descendaient en cascade dans son dos.

Mason se posta derrière elle et posa une main sur son épaule.

— Tu es prête ?

Elle se tourna vers lui, invariablement transportée par le contact de sa peau sur la sienne. Elle cessa de respirer l'espace d'un instant. Son costume trois-pièces lui allait à ravir, foncé avec un veston doré. Dans une autre vie, elle l'aurait attrapé par les fils de sa cravate de cow-boy et conduit derrière la scène pour lui témoigner son plaisir de le voir.

L'idée la faisait rêver.

— Je crois.

Il se pencha vers elle et lui dit tout bas :

— Tu as l'air d'une déesse.

— Oh... Merci.

Elle intégra le compliment, et ils restèrent ainsi côte à côte, au fond de la salle, observant les participants prendre place les uns après les autres.

Tout se déroulait comme prévu. Mason lui attrapa la main.

— Allez, c'est à nous.

Ils montèrent ensemble sur scène. Mason la fit passer devant. Elle s'installa face au pupitre et laissa parler son cœur. Elle remercia tout le monde d'être venu, les bénévoles pour leur implication et les Band Blue pour leur présence.

— Ce projet revêt une valeur particulière pour nombre d'entre nous. C'est le cas pour ma famille et celle des Boone, à qui une maladie cardiaque a arraché deux êtres chers. Nous espérons, avec l'aide de vos dons généreux, atteindre notre objectif ambitieux de deux millions de dollars pour ouvrir un département de cardiologie à l'hôpital de Boone Springs. Drea posa la main sur son cœur, les yeux emplis de larmes.

— Cela me bouleverse à titre personnel. Merci à tous.

Elle se tourna vers Mason, qui la regardait avec une immense fierté. L'espace d'un instant, ils se joignirent silencieusement dans une union sacrée, puissante, au-delà de tous leurs différends. Rien ne pourrait jamais effacer cela.

— Je laisse maintenant la parole à Mason Boone.

Drea descendit du pupitre pour lui céder la place, mais, lorsqu'il passa à sa hauteur, Mason glissa discrètement un bras autour de sa taille et l'attira à lui. Il s'avança vers le micro avec elle.

— Je tiens une fois de plus à remercier tous ceux qui ont permis que ce grand événement ait lieu. Il a été orchestré par la femme qui se tient à mes côtés, Andrea MacDonald. Elle s'est consacrée à notre cause sans compter ses heures. Notre ambition est d'ouvrir une unité de pointe sous deux ans, mais la famille Boone espère l'inaugurer plus tôt que prévu. À cet effet, nous ajoutons à cette soirée notre promesse de don d'un million de dollars.

Les applaudissements résonnèrent aux oreilles de Drea. Elle ouvrit la bouche mais fut incapable de prononcer un mot, les yeux rivés sur Mason.

— Ma seule demande est de pouvoir en retour baptiser cette nouvelle unité le Centre de cardiologie Maria MacDonald.

Il tourna la tête en direction de Drea, son regard sombre envahi par l'émotion. Elle fut submergée par son amour pour lui.

« Merci » articula-t-elle silencieusement à son intention. Il lui était impossible d'émettre le moindre son.

— Un petit parc sera également aménagé sur place et portera le nom de Jardin de Larissa, d'après mon épouse défunte.

Mason s'arrêta un instant, en proie à une soudaine émotion. Il poursuivit :

— Mademoiselle MacDonald et moi-même vous souhaitons une très belle soirée en présence d'un groupe nommé aux Grammy Awards, les Band Blue. N'hésitez pas à envahir la piste de danse et à y mettre le feu. À l'issue du repas, tenez-vous prêtes, mesdemoiselles : nous mettons en jeu une soirée de rêve en compagnie du chanteur, Sean Manfred. Il vous faudra juste patienter pour connaître le résultat du tirage au sort.

Des centaines de jeunes filles attendaient, debout derrière les tables, sous les guirlandes lumineuses accrochées aux arbres. Le ticket de tombola leur permettait aussi d'assister au concert. Drea et Mason quittèrent la scène au moment où les musiciens vinrent prendre place.

Drea entendit Sean saluer chaleureusement le public. Les pensées s'entrechoquaient dans son esprit. Elle allait se tourner vers Mason pour évoquer sa générosité, mais un journaliste de la télévision locale venait de lui mettre le grappin dessus.

— Monsieur Boone, avez-vous le temps de répondre à quelques questions ?

Mason soupira.

— Bien entendu. Je vous demande juste un instant.

Évidemment, ils voulaient interviewer Mason. Après son annonce, il allait intéresser les médias et le public.

Il plongea son regard dans celui de Drea.

— Garde un peu de temps pour moi. Peut-être une danse ?

Elle ne voulait pas danser avec lui, s'infliger davantage de souffrance. Il avait eu de nombreuses occasions de tirer au clair ses sentiments pour elle, de s'autoriser un nouveau départ en laissant sa culpabilité et sa peine derrière lui. En faisant entrer quelqu'un d'autre dans son existence.

Lui aussi avait été durement frappé et perdu un être cher. Tout cela était extrêmement difficile à vivre. Elle en savait quelque chose, mais elle était prête à saisir sa chance, quand lui ne l'était manifestement pas.

— Je... Je ne peux pas Mason. Je ne t'oublierai jamais, je n'oublierai jamais ça.

D'un geste ample, elle désigna le champ, les tables, les stands, les lumières des festivités.

— On a accompli un petit miracle, et baptiser la nouvelle aile de l'hôpital du nom de ma mère, c'est...

Touchée une nouvelle fois par sa générosité, Drea sentit les larmes lui monter aux yeux. Elle ne voulait pas pleurer devant lui.

— Merci.

Elle était incapable d'en dire plus.

— Vas-y, le journaliste t'attend.

Elle tourna les talons et alla rejoindre son père, qui se tenait dans un coin, visiblement ému par l'annonce de Mason au sujet du département de cardiologie. En cet instant, il avait besoin de Drea autant qu'elle avait besoin de lui.

La soirée laissa place à la nuit, avec un public conquis par les musiciens. Le dîner fut servi pendant l'entracte. Lorsqu'ils reprirent leurs instruments, les Band Blue invitèrent l'assemblée à investir la piste de danse.

Plus tard, Drea retrouva Lottie à la table des Boone, en marge des autres.

— Drea, cette soirée est fantastique. Je suis tellement fière de ce que tu as accompli.

— Merci. Je suis contente.

— Contente ?

Lottie fronça les sourcils et prit les mains de Drea dans les siennes.

— Ce n'est pas ce que me disent tes yeux. J'y lis de la tristesse et du regret.

— Je repars demain après-midi. Je ne pensais pas un jour dire ça, mais Boone Springs va me manquer. Et mon père aussi.

— Je comprends. C'est chez toi ici. Tu y as tes racines. Et des amis.

— C'est vrai. J'ai promis à papa que je viendrais plus souvent. Ça se passe vraiment bien entre nous maintenant et je lui ai pardonné ses erreurs passées. Mais, dis-moi, il se passe quoi entre vous ? Je vous ai vus vous tenir à distance l'un de l'autre tout le week-end.

— Oh ! eh bien...

Lottie secoua la tête et détourna le regard.

— Je crois qu'il m'en veut. Il m'évite depuis des jours. Tu sais comment on est. Notre relation a toujours été houleuse.

— Oui, pourtant il me semblait que les choses avaient évolué.

Elles furent interrompues par la voix de Mason au micro.

— L'heure est venue d'annoncer la grande gagnante d'une soirée en compagnie de Sean Manfred. Pour cela, j'invite notre responsable communication, Linda Sullivan, à me retrouver pour le tirage au sort.

Quand sa collaboratrice arriva à sa hauteur, Mason lui tendit le micro. Elle fit monter Sean sur scène et lui présenta un grand cube en plexiglas rempli de tickets de tombola. Le jeune chanteur glissa un bras dans la boîte, et le silence se fit.

Linda se pencha pour lire le nom sur le ticket.

— Et notre grande gagnante est… Regina Clayborne !

Un soupir géant balaya le parterre de jeunes filles, excepté à l'endroit où se trouvait l'heureuse élue, entourée de ses amies. Elle sauta de joie, faisant valser ses boucles blondes, avant de rejoindre Linda et Sean, très émue par cette rencontre.

— Voilà, mission accomplie pour moi.

Drea se tourna vers Lottie.

— Le comité pourra boucler tout ça demain.

— Tu prévois de faire quoi, toi ?

— Je veux passer la matinée avec mon père. Mon avion décolle en fin d'après-midi.

Lottie se croisa les bras autour de la taille, l'air contrarié.

— Et moi qui croyais que Mason et toi alliez trouver votre propre chemin.

— Je ne peux pas me battre contre un fantôme, Lottie, ni lui imposer des sentiments qui ne sont pas les siens.

— Tu souffres.

— Ainsi va l'amour…

Les yeux de Lottie s'embuèrent.

— Tout à fait ma puce, l'amour fait parfois mal.

La foule quitta progressivement les lieux, tandis que le groupe rassemblait ses affaires avant de rejoindre l'hôtel. Mason s'approcha de la table où se trouvaient Lottie, Risk et Lucas.

— Bien joué, grand frère.

Lucas opina du chef.

— Merci, les gars. Drea n'était pas avec vous à l'instant ?

— Si, mais elle est rentrée, je crois.

Mason regarda Lottie, l'air dépité.

— Déjà ?

— Elle a dit qu'elle était fatiguée et qu'elle devait faire sa valise.

Risk but une gorgée de vin.

— Mais elle a promis de revenir bientôt à Boone Springs. J'ai d'ailleurs promis à mon tour de l'emmener dîner quand ce sera le cas.

— Ouais, moi aussi.

Lottie coupa court à la surenchère :

— OK, c'est bon, les garçons. On a compris. Laissez-nous un moment tous les deux, s'il vous plaît.

Risk et Lucas se levèrent et donnèrent une petite tape affective dans le dos de leur frère.

— Mason, qu'est-ce qui se passe ?

Il s'affala sur la chaise voisine.

— J'ai juste besoin de lui parler.

— Non. L'heure n'est plus aux mots entre vous. Il est temps de passer à l'action. Et si tu n'en es pas capable, alors mieux vaut laisser cette fille tranquille.

— Es-tu en train de sous-entendre que j'ai profité d'elle, Lottie ?

— Ce n'est pas ce que j'ai dit. Tu le fais exprès ? Je te dis simplement que tu as moins de vingt-quatre heures pour déterminer ce que tu veux vraiment. Si ce n'est pas Drea, alors laisse-la partir et reprends le cours de ta vie.

Le cours de sa morne vie… Retourner dans ce vide sidéral ? À arpenter jour et nuit le territoire du deuil, de la douleur et de la solitude ? Revenir à la vie d'avant Drea ? Que lui arrivait-il ? C'était hors de question.

Lottie avait raison.

Il était temps de passer à l'action.

Équipée de gants jaunes, Drea intégra les derniers plants de pervenche au parterre de fleurs qui bordait la maison et donna une tape affectueuse au terreau frais. Elle avait terminé, le jardin avait retrouvé sa gloire d'antan. Mission accomplie.

Son père l'observait depuis le porche.

— Drea, ne t'épuise pas non plus.

— T'inquiète, je suis contente de mon travail. C'est beau, non ?

Elle se leva pour admirer le résultat. Là où régnaient les ronces et les mauvaises herbes se trouvaient désormais des fleurs et des arbustes.

— Je te confirme, c'est splendide.

— Tu dois me promettre de désherber régulièrement et de penser à arroser.

— Après tous les efforts que tu y as mis, tu as ma parole.

Il consulta sa montre. Elle partait dans quelques heures, déjà.

— Tu es prête pour le petit déjeuner, ma chérie ? Je t'ai préparé des pancakes aux pépites de chocolat, du bacon aux pommes et...

— Waouh, papa, tu m'as convaincue dès « pépites de chocolat ».

Il laissa échapper un rire joyeux et lui serra les épaules.

— Va te doucher, je mets la table.

Drea posa un baiser sur la joue de son père.

— C'est parti.

Une demi-heure plus tard, Drea posa une main sur son estomac et, de l'autre, repoussa son assiette. Elle portait déjà sa tenue pour l'avion, un pull rose pâle léger et un jean de couturier qui lui semblait à présent un peu trop serré.

— J'ai trop mangé.

Son père sourit à pleines dents.

— Moi aussi. Et si on allait marcher, histoire d'éliminer un peu tous ces pancakes ?

Elle aurait dit oui à tout. C'était leur dernière matinée ensemble avant longtemps, tout lui convenait. Et une balade au grand air lui changerait les idées.

— Avec plaisir. Je suis prête.

Son père regarda de nouveau l'heure.

— Alors allons-y.

Ils descendirent l'allée, d'un pas lent mais assuré, savourant le paysage et le temps clément de cette matinée d'automne. Drew MacDonald était en meilleure forme qu'à l'arrivée de sa fille. Il mangeait mieux et avait perdu un peu de poids. Ses balades quotidiennes lui redonnaient de la vigueur.

Lorsqu'ils tournèrent à l'angle de la rue, Drea aperçut un SUV noir garé sur le bord de la route, à quelques mètres d'eux. Un homme en sortit, longues jambes, jean noir impeccable, médaillon de ceinture argenté et stetson sur la tête. Mason. Le cœur de Drea se déchaîna dans sa poitrine.

— Papa, tu peux m'expliquer ?

Visiblement ému, son père lui répondit dans un murmure :

— Il veut te parler. Écoute-le, ma puce.

— Quoi ?

— Il a besoin de te dire des choses.

Son cerveau s'échauffa.

— Mais je n'ai pas envie de… C'est un piège, c'est ça ?

Son père lui sourit tendrement.

— J'espère bien.

Il l'embrassa sur la joue et la serra fort dans ses bras.

— Ne m'en veux pas et fais ce que te dicte ton cœur.

Il rebroussa chemin, la laissant plantée, hagarde, au beau milieu de la route.

Il ne fallut à Mason que quatre longues foulées pour la rejoindre. Il arborait un grand sourire, alors qu'il venait d'orchestrer ce petit guet-apens.

— Hello.

Les lèvres de Drea étaient scellées. Elle n'aimait pas du tout les surprises. Du moins pas comme celle-là, surtout quand Mason était si beau et souriant. Ces yeux, ces deux billes noires, n'affichaient toutefois pas leur aplomb habituel. Il était marqué par cette vulnérabilité qui avait le don de la faire craquer.

— C'est bon de te voir.

Il fit glisser ses yeux sur elle avec une telle intensité qu'elle crut que… Non. Hors de question qu'elle se fasse de faux espoirs. Mason avait fait son choix. Et elle n'en faisait pas partie.

— Qu'est-ce que tu fais là, Mason ?

— C'est au sujet de nous deux. Je veux te montrer quelque chose.

— Ah non, je ne pense pas. Je dois…

— S'il te plaît. Ce sera rapide, et je te ramène tout de suite après.

Il lui tendit la main et attendit.

Drea désigna la voiture.

— Il faut que je monte, c'est ça ?

— C'est l'idée. On ne va pas loin.

Fais ce que te dicte ton cœur.

Elle décida de suivre le conseil de son père.

Elle avança à pas lents vers le SUV, ignorant la main tendue par Mason. Elle ne savait pas où il l'emmenait, mais elle n'allait certainement pas lui faciliter la tâche. Sa réticence ne parut pas le décontenancer. Il courut lui ouvrir la portière. Elle entra dans la voiture, Mason alla prendre place derrière le volant et démarra, sans lui jeter un regard, sans dire un mot.

Ils descendirent l'allée puis Mason emprunta un raccourci qui menait à l'extrémité ouest de la vaste propriété, là où s'était trouvé Thundering Hills.

Il coupa le moteur, et tous deux sortirent de la voiture. Le cœur de Drea tambourinait dans sa poitrine. À une époque, ce terrain avait appartenu aux MacDonald, à sa famille. Elle ne s'y était pas rendue depuis longtemps, très longtemps.

Mason s'appuya contre le capot de son SUV et prit la main de Drea pour la faire venir près de lui.

— L'autre jour, Sean m'a dit quelque chose de très juste.

Sa voix était douce, ses yeux caressants.

— Il m'a dit que toi et moi allions parfaitement ensemble.

Drea ouvrit de grands yeux.

— Il t'a dit ça ?

— Oui. Il est futé, ce petit.

— À la différence de toi.

Il éclata d'un rire si franc que Drea fut contrainte de l'imiter.

— Tu n'as pas tort. Et tu avais raison pour le reste aussi.

— Attends, tu peux répéter ça ?

— C'est vrai. J'ai repensé à notre première fois, il y a quelques semaines. Tu m'as fait l'effet d'un électrochoc. Tu étais l'étincelle dont j'avais besoin ou le feu qui allait me pousser à bouger, comme tu voudras. Je ne sais pas, peut-être était-ce en raison de notre passé commun, toujours est-il que ton arrivée à Rising Springs m'a empêché de sombrer définitivement. Après ce premier baiser, j'ai senti la lumière et l'énergie revenir en moi, j'ai eu soudainement un vrai appétit de vie. Mais cela m'a effrayé, aussi. J'étais rivé au souvenir de Larissa et je ne savais pas si j'étais capable de franchir de nouvelles étapes. J'étais déboussolé, sans savoir si mes émotions, mes sentiments tenaient encore la route.

— Qu'essayes-tu de me dire, Mason ?

— Lorsque j'ai appris ce qui t'était arrivé à la fac, je me suis senti extrêmement coupable de m'être rapproché de toi.

— J'avais envie de toi, Mason. C'est ton rejet qui m'a fait du mal à l'époque. Je n'étais pas très sûre de moi et aujourd'hui je crois que je comprends pourquoi tu as agi de la sorte.

Il lui serra la main un peu plus fort et la regarda droit dans les yeux.

— Nous avons tous les deux beaucoup souffert par le passé. L'heure est venue de laisser tout cela derrière nous, Drea. Je réalise aujourd'hui que toutes ces étincelles que tu as provoquées chez moi n'étaient pas que d'ordre sexuel. C'était de l'amour, Drea. Je t'aime. Tu es l'unique pour moi. On est faits l'un pour l'autre et il m'est insupportable de te voir partir. On devrait être ensemble, pas séparés.

Cette déclaration bouleversante la laissa sans voix, le souffle coupé. Elle n'était pourtant pas certaine de pouvoir y croire.

— Mason, es-tu sûr d'être prêt ? Je sais que tu tiens à moi, mais tu parles d'amour ?

— Crois-moi quand je te dis que je suis prêt. Je sais que cela a fait des détours en moi, mais hier soir après le concert, après ton départ, j'ai réalisé à quel point je t'aimais. Je n'ai jamais peur à tes côtés, Drea. C'est même exactement l'inverse. Avec toi, je me sens redevenir moi-même. J'étais si sûr de moi que j'ai demandé sa bénédiction à ton père. Et il me l'a donnée. Je veux recommencer, Drea. Je veux t'épouser, je veux une famille avec autant d'enfants que tu voudras. Je veux tout, tant que c'est avec toi.

Ces images la firent sourire. C'était une envie douce et précieuse : elle aussi voulait des enfants de lui. Beaucoup. Toute la semaine, elle avait appréhendé son retour à New York. Elle ne voulait pas quitter Boone Springs, où, enfin, elle se sentait chez elle. Sans se l'avouer, Drea désirait plus que tout rester ici, avec Mason.

Il mit soudainement un genou à terre et lui tendit un splendide solitaire, carré et tout en finesse. Drea resta bouche bée.

— Andrea MacDonald, je promets de t'aimer et de t'honorer, veux-tu m'épouser ?

Elle prit entre ses mains le visage de Mason et plongea dans ce regard intense, sincère, émouvant.

— Oui, Mason. Mon cœur, mon rêve, je veux t'épouser.

Le plus grand des sourires se dessina sur ses lèvres. Il glissa la bague en diamant à son doigt.

— Ma grand-mère aurait été heureuse de voir son anneau à ta main, Drea. Elle t'aurait accueillie et aimée presque autant que je t'aime.

Il se leva et l'embrassa, scellant leur amour dans une promesse d'éternité. Ils restèrent ainsi lovés l'un contre l'autre pendant de longues, de délicieuses minutes, Mason lui caressant les cheveux pendant qu'elle observait, pensive et radieuse, le paysage de collines autour d'eux.

— Quand tu m'as amenée tout à l'heure, tu m'as dit que tu voulais me montrer quelque chose.

Elle l'interrogea des yeux.

— Je voulais faire ma demande ici, sur les terres que tu as toujours aimées. On pourrait y construire notre maison... Si le cœur t'en dit. Une qui surplomberait ces collines qui te sont si chères.

— Ça me plairait beaucoup. Je vais rester à Rising Springs, au revoir New York.

Mason recula légèrement pour mieux la regarder.

— Je sais que ta carrière est importante pour toi. Tu as mon soutien total quoi que tu fasses. Tu n'as pas à faire de choix dans l'immédiat, mon cœur.

Pendant longtemps, son travail était tout ce qu'elle avait. Depuis son retour au Texas, elle avait compris qu'elle attendait bien plus de la vie. Elle aimait Boone Springs. Elle aimait son père, ses amis. Et elle aimait Mason Boone, au-delà de ce qu'elle croyait possible.

— À vrai dire, j'aimerais bien faire du bénévolat pour des associations. Je peux donner de mon temps pour continuer à faire bouger les choses ici.

— Ça, c'est une excellente idée.

— C'est la meilleure idée qui soit tant qu'on est tous les deux.

— Vrai.

De ses lèvres, Mason effleura délicatement le front de Drea.

— Et d'ailleurs Missy ne vend plus sa maison à Los Angeles. Elle a décidé de la garder pour sa famille et ses amis. Je me suis dit que ce serait un chouette endroit pour notre lune de miel. Ça te plairait que je la réserve pour des vacances au printemps, par exemple ?

— Tu veux qu'on se marie si vite ?

L'idée d'être l'épouse de Mason lui plaisait beaucoup.

— Oui. Dès que possible, même.

Elle s'appuya contre lui, balayant du regard cette propriété qui avait été la sienne et qui le serait bientôt de nouveau. C'était si troublant, jamais elle n'aurait cru cela possible.

— Ah, une dernière chose. Les parents de Larissa m'ont remis une lettre qu'elle a écrite à mon attention il y a deux ans, juste avant de mourir. Je ne l'ai pas encore ouverte.

— Pourquoi ?

Mason inspira profondément et sortit une enveloppe de sa poche.

— Je ne savais pas exactement jusqu'à hier soir. En réalité

c'est parce que je voulais que tu sois avec moi quand je l'ouvrirais. Larissa appartient à mon passé. Je l'aimais profondément, mais toi... tu es mon avenir. Et je tenais à ce que tu saches que, quoi que renferme cette lettre, cela ne changera rien à mon amour pour toi. Tu dois savoir à quel point je t'aime.

Une larme coula sur la joue de Drea.

— Je crois que je le sais à présent. Je t'aime fort, Mason. Si tu es prêt, vas-y, lis cette lettre, entre toi et toi.

Elle lui serra tendrement le bras.

— Je suis là et le serai toujours.

Mason décacheta l'enveloppe et en sortit la lettre. Il prit quelques instants pour lire ce que Larissa lui avait écrit et leva la tête vers Drea. Il déglutit avec difficulté. Ses yeux brillaient.

— Elle me connaissait si bien. Elle savait que j'allais rester longtemps enfermé dans le chagrin. Elle m'écrit qu'elle veut que je sois heureux, que je trouve une femme avec qui partager ma vie. Que je me sente libre d'avancer.

Il soupira et déposa un baiser d'une extrême douceur sur les lèvres de Drea. Elle sentit son amour l'envelopper de la tête aux pieds.

— Et c'est le cas, Drea. J'avance. J'ai trouvé le bonheur avec toi et je te promets que tu n'auras jamais à douter de mon amour. Nous allons nous offrir une belle vie.

— Je suis bien d'accord avec toi, Mason. Après tout, nous allons... *parfaitement ensemble* !

CHARLENE SANDS

La tempête des sentiments

INTÉGRALE
TROIS RANCHERS À AIMER

Traduction française de
MORGANE FROGERE

SAGAS
HARLEQUIN

Titre original :
STRANDED AND SEDUCED

Ce roman a déjà été publié en 2020.

© 2019, Charlene Swink.
© 2020, 2025, HarperCollins France pour la traduction française.

1

April avait toujours su que sa chance finirait un jour par tourner, et qu'elle ne pourrait éternellement éviter River « Risk » Boone, dans une ville de la taille de Boone Springs. Mais quand le grand et beau Texan entra dans son agence immobilière ce matin-là, elle se sentit complètement prise au dépourvu.

L'estomac noué, elle le regarda repousser son chapeau en arrière et l'observer de ses yeux marron et envoutants. Vêtu d'un jean et d'une chemise claire, il avait conservé son teint hâlé de l'époque de ses rodéos. Sa démarche assurée et son séduisant visage faisaient tourner les têtes dans cette ville du Texas fondée par ses ancêtres. Il lui avait d'ailleurs déjà tourné la tête une fois à elle aussi, et cela avait été une grosse erreur.

— Bonjour April.

Le timbre profond de sa voix et la façon dont il prononça son prénom, d'une voix douce et emplie d'assurance, résonnèrent à ses oreilles. Elle se leva, les jambes tremblantes.

— Risk, que... que fais-tu ici ?

Il arqua un sourcil et la passa en revue de la tête aux pieds, une lueur dans le regard, comme s'il se souvenait de la nuit qu'ils avaient partagée. April sentit son visage s'empourprer, et fut stupéfaite de découvrir qu'il avait encore la capacité de la troubler.

Clovie, son assistante et amie, qui était au courant de leur aventure, la regarda étonnée.

— Je viens de la part de l'entreprise Bonne pour parler affaires.

J'ai cru comprendre que tu avais discuté avec la secrétaire de mon frère Mason au sujet de la propriété de Canyon Lake.

— Tout à fait. J'ai répondu à ses questions sur le chalet, mais rien de plus. Euh… est-ce que nous avons rendez-vous ?

Elle savait pertinemment que ce n'était pas le cas, tout comme elle savait qu'elle n'allait pas le renvoyer sous le prétexte fallacieux qu'il aurait dû prendre rendez-vous. Elle ne savait même pas pourquoi elle avait posé la question d'ailleurs, à part peut-être sous l'effet de la panique. Ce n'était pas comme si elle pouvait se permettre d'ignorer un membre de la famille Boone. Les trois frères Boone étaient de riches éleveurs et entrepreneurs qui possédaient une grande partie de la ville.

— Oublie ça, dit-elle. Si tu as des questions sur le chalet de Canyon Lake, je me ferai un plaisir de te répondre.

Il acquiesça d'un signe de tête.

— Visiblement tu as bien vendu l'endroit, car nous souhaitons en savoir plus sur…

Il s'interrompit en remarquant soudain la douleur dans le regard de la jeune femme, et son expression crispée.

Le lendemain de leur aventure, il y a deux ans de cela, elle ne s'était pas attendue à recevoir des diamants et des fleurs, mais simplement qu'il soit là à son réveil.

— Est-ce qu'on pourrait se parler en privé ? demanda Risk après une longue pause.

Clovie se leva instantanément.

— Je dois justement m'occuper d'un virement bancaire et prendre ma pause déjeuner, dit-elle en prenant un dossier et son sac à main. Je reviens dans une heure.

— Très bien.

Sur ce, Clovie sortit à toute vitesse et referma la porte derrière elle.

— Demande et tu recevras, ironisa April.

Son ton sardonique attira l'attention de Risk. Elle devait paraître décontenancée. Le revoir avait à nouveau éveillé en elle des sentiments de souffrance et d'abandon. Mais ce qu'elle détestait par-dessus tout, c'était que Risk Boone, cet ancien champion de rodéo, l'avait traitée comme une de ses groupies, alors que de son côté elle avait cru sentir un véritable courant passer entre eux, cette nuit-là à Houston. Elle avait été secrètement amoureuse de lui durant le lycée, mais la nuit de rêve qu'ils avaient partagée était à présent un mauvais souvenir.

— April, je suis ici, car tu es en charge de la vente du chalet de Canyon Lake. Je suis le nouveau responsable des acquisitions immobilières de l'entreprise Boone. Mes frères souhaitent diversifier l'entreprise et aimeraient ouvrir un hôtel. Je n'ai pas pris de rendez-vous, car je n'étais pas certain que tu veuilles me recevoir. Je te dois des excuses.

— Tu avais peur que je refuse de te voir ?

— À en juger par le ton de ta voix, je ne suis pas loin de la vérité, n'est-ce pas ?

— Tes excuses viennent un peu tard, tu ne trouves pas ?

Elle croisa les bras, non par irritation mais pour se donner une contenance, avant d'ajouter :

— C'était il y a un longtemps.

— J'ai beaucoup voyagé pour le travail ces dernières années. Ce n'est pas une excuse, mais la vérité.

Il s'arrêta et se passa la main dans les cheveux.

— Écoute, je n'allais pas bien à l'époque. Shannon m'avait vraiment détruit, et je n'étais pas prêt pour... toi. Je n'avais rien à donner. Je suppose que – non, je sais que – j'ai pris la fuite et j'en suis désolé.

Je n'étais pas prêt pour... toi.

Oh ! mon Dieu ! comme elle avait été naïve de s'imaginer que parler ouvertement, partager des confidences et faire l'amour toute la nuit signifierait quelque chose pour lui. Elle n'avait été rien de plus qu'une aventure passagère.

Elle avait entendu parler de son histoire avec la célèbre actrice Shannon Wilkes ; les tabloïds avaient fait connaître tous les détails de leur relation et de leur scandaleuse rupture. À l'époque, Risk était une célébrité du rodéo au sommet de sa gloire, et Shannon venait de remporter un Golden Globe. Ils formaient un couple de stars, jusqu'à ce que Risk fasse une mauvaise chute en tombant d'un cheval sauvage et se blesse à l'épaule. Cet accident avait mis fin à sa carrière dans le rodéo. Shannon avait rompu peu de temps après, et était immédiatement sortie avec un célèbre *quarterback* de la NFL, brisant le cœur de Risk et l'humiliant devant tout le pays. « Double largage » avaient titré les journaux en affichant côte à côte une photo de lui jeté au sol par l'étalon, et une autre peu flatteuse de lui à côté de Shannon.

Comme elle regrettait à présent de l'avoir croisé durant sa convalescence, à ce spectacle de rodéo à Houston. Si au moins elle n'était pas tombée sur lui plus tard au bar de l'hôtel, et qu'il ne s'était pas montré aussi vulnérable, ouvert et gentil avec elle, le bon sens aurait pu prévaloir. Mais le courant était vraiment bien passé entre eux ce soir-là, et la façon dont il lui avait fait l'amour plus tard, l'avait amenée à s'imaginer des choses impossibles.

Mais jamais elle n'aurait pensé qu'il la quitterait le lendemain matin sans même une explication, un mot ou un au revoir, détruisant ainsi ce qui aurait pu être la plus belle nuit de sa vie.

— Je vois, dit-elle.

Risk expira, visiblement soulagé.

— Tu acceptes donc mes excuses ?

Si au moins il était venu uniquement pour s'excuser, cela aurait eu plus de valeur aux yeux d'April.

— Risk, pourquoi ne pas simplement laisser tomber et garder nos vies personnelles en dehors de cela ? Prends un siège et explique-moi la vraie raison de ta visite.

Elle n'avait pu s'empêcher de lui envoyer cette pique. Il le méritait après tout, et à en juger par son froncement de sourcils elle avait fait mouche.

— Bien, dit-il.

Ils s'assirent tous deux, et elle sortit le dossier en question. Son contrat avec le propriétaire, M. Hall, ne lui laissait plus qu'un mois, et la vente de ce chalet à 5,3 millions de dollars lui permettrait d'assurer la bonne santé financière de son agence durant une année entière.

— Concentrons-nous sur le potentiel de la propriété, dit-elle.

Il hocha la tête, et son regard parcourut paresseusement l'agence.

— Mais d'abord, permets-moi de dire que j'aime beaucoup ce que tu as fait ici. L'endroit n'a jamais été aussi élégant du temps de Perry Bueller.

— M. Bueller vendait des antiquités. J'ai dû moderniser l'endroit, tout en essayant d'en conserver le charme.

April avait ouvert son agence immobilière un an plus tôt, avec pour objectif de hisser son entreprise au rang de première régionale. Avant cela, elle avait travaillé durant trois ans dans le comté de Willow, y apprenant les ficelles du métier et prenant ses marques. Mais lorsque Perry Bueller avait décidé de prendre sa retraite et de vendre son commerce situé au cœur de Boone Springs, April avait sauté sur l'occasion de réaliser son rêve : vivre et travailler dans sa ville natale. Elle avait donc réuni l'argent nécessaire et transformé le magasin d'antiquités rustique en une agence moderne.

Un lustre en cristal en forme de larme était suspendu au plafond, de belles bibliothèques en acajou recouvraient les murs, et les ordinateurs étaient posés sur des bureaux en bois de cerisier, le tout généreusement offert par M. Bueller, le cher ami de sa défunte grand-mère Beth.

— Tu t'es bien débrouillée, April.

Elle accepta gracieusement le compliment. Elle avait travaillé dur pour en arriver là, et c'était agréable d'être reconnue à sa juste valeur, mais elle devait garder la tête froide. Elle ne pouvait pas se laisser aller au luxe d'apprécier à nouveau Risk.

Sa dernière vente avait échoué à la dernière minute ; six semaines de travail pour rien. Sa petite agence ne pourrait supporter un autre coup dur de ce genre, et elle ne pouvait pas laisser passer l'occasion de vendre ce chalet aux Boone. Elle avait une hypothèque à payer, une réputation à bâtir et un désir si profond de faire de son rêve une réalité qu'elle n'allait pas laisser ses sentiments pour Risk interférer avec ses objectifs.

— Me… merci.

Elle lui remit une fiche sur la propriété de Canyon Lake et lui montra les photos.

— Comme tu peux le voir, c'est une grande propriété.

— C'est loin.

— J'aime à considérer que ça en fait le lieu idéal pour une escapade. Le chalet est en retrait dans les collines, à des kilomètres de la circulation et de la ville. Chacun peut s'y retrouver : qu'il s'agisse de se détendre ou faire des activités de plein air. On peut y pratiquer l'équitation, la pêche et le canotage, et le lac est incroyable. C'est un endroit parfait pour passer des vacances et découvrir la nature.

— Le mot « rustique » y prend tout son sens. C'est complètement laissé à l'abandon. On dirait même que c'est sur le point de s'effondrer.

— Les apparences peuvent être trompeuses.

— Ou pas.

— Il y a une marge pour la négociation. Et ce chalet a également une histoire fascinante. J'ai les articles ici.

Elle fouilla dans son tiroir et trouva une chemise cartonnée contenant des articles retraçant l'histoire de la propriété sur les soixante dernières années.

— Tu peux les lire, c'est captivant. Je n'ai aucun doute que le chalet sera une bonne affaire une fois ouvert à la clientèle.

Elle posa le dossier sur le bureau, et Risk se mit à le feuilleter.

— Tu as vraiment bien fait tes devoirs on dirait.

— Comme toujours.

Risk leva les yeux du dossier, et leurs regards se croisèrent. La jeune femme sentit alors un grésillement la parcourir et descendre jusqu'à ses orteils. Elle était assez proche pour respirer son parfum et se souvint alors de la nuit passée avec lui.

— Je suis impressionné, dit-il de sa voix traînante. Ça te dérange si je regarde ces articles de plus près ?

— Non, bien sûr que non. Emporte-les avec toi.

Il se leva, et elle fit le tour du bureau pour le reconduire jusqu'à la porte. Debout à côté d'elle, il semblait remplir tout l'espace.

— Je ferais mieux de me remettre au travail, dit-elle, hésitante.

Si tu as d'autres questions ou si tu veux visiter la propriété, n'hésite pas à m'appeler. Le numéro est dans le dossier.

— Laisse-moi un jour ou deux, et je te contacterai.

— Oui, bien sûr.

— Oh ! et April ?

Elle plongea dans son regard à présent adouci, et il sembla sur le point de dire quelque chose avant de se raviser.

— Non, rien.

Elle ferma la porte derrière lui et souffla, soulagée.

Après deux ans, elle avait enfin reparlé à Risk Boone, et par peur de rater une éventuelle vente à l'entreprise Boone elle avait dû se retenir de lui lancer les quelques mots bien choisis qu'elle lui réservait.

D'habitude April ne sortait pas en semaine, mais cette soirée était spéciale : c'était l'anniversaire de sa meilleure amie, et elle ne pouvait pas ne pas être présente. Jenna Mae passait le cap des trente ans, ce qui était un événement notable. April enfila une robe de soirée noire à bretelles de strass argenté et rejoignit ses amies pour prendre un verre au Farmhouse, un bar toujours animé, quel que soit le jour de la semaine.

C'est un groupe qui jouait les jeudis soir, et Jenna Mae ne quittait pas le guitariste des yeux. Elle était nouvellement célibataire après une rupture douloureuse avec un homme qui ne la méritait pas, et en tant qu'amies April et Clovie s'étaient fait un devoir de lui expliquer qu'elle était bien mieux sans lui.

Assise en compagnie de Jenna Mae et d'autres amies, April termina sa première margarita à la mangue. Elles étaient là depuis déjà une heure et avaient échangé cadeaux et cartes d'anniversaire humoristiques.

— Hum ! c'est délicieux, dit Jenna, en prenant une grande bouchée de son gâteau de chez Katie Kupcakes. Merci pour les gâteaux, April. Je suis heureuse que tu sois venue. Ça ne serait pas pareil sans toi.

— Je n'aurais raté ça pour rien au monde, et tu le sais.

— Je le sais oui, répondit Jenna en passant affectueusement un bras autour de ses épaules. Je suis heureuse que tu sois revenue à Boone Springs.

— Et moi donc.

— Est-ce que tu t'en sors ? As-tu réussi à réaliser quelques ventes auprès de clients fortunés récemment ?

— J'aimerais bien que ce soit le cas. En fait, j'attends une réponse au sujet d'un énorme contrat. Si je réussis, cela maintiendra l'agence à flot pour toute l'année.

— J'espère que ça va marcher.

— Je commence à avoir des doutes, marmonna April. Mon client devait me rappeler la semaine dernière, et je n'ai toujours pas de nouvelles.

— Pourquoi ne pas le contacter et te rappeler à son bon souvenir ?

— Tu ne me croiras jamais si je te dis qui c'est.

Jenna Mae lui saisit alors le bras et l'éloigna de la foule d'un pas vacillant.

— Dis-moi vite.

Elle en était à son troisième verre, ce qui était vraisemblablement sa limite.

— C'est Risk Boone. Incroyable non ?

Jenna savait tout de son béguin pour lui au lycée et de leur nuit de rêve. Elle en resta donc bouche bée.

— Non.

— Si. Il est passé à l'agence la semaine dernière. C'était... gênant.

— J'imagine. Tu étais folle de lui au lycée.

— Plus maintenant. Pas après... Houston.

— Vraiment ? Parce que je ne voulais rien te dire, mais il est assis au bar en ce moment.

Cette fois ce fut au tour d'April de rester bouche bée. Son cœur se mit à battre à toute vitesse. Elle se tenait dos au bar et se tourna nonchalamment pour regarder par-dessus son épaule. Oui, c'était bien Risk, assis sur un tabouret et flanqué de deux femmes. Situation typique avec lui : les femmes papillonnaient autour de Risk comme des abeilles autour d'un pot de confiture. C'était une grande célébrité il y a encore peu, et elle avait du mal à croire qu'elle avait été elle aussi une de ses plus ferventes fans à l'époque.

— Je ne l'avais encore jamais vu ici, dit Jenna.

— Moi non plus, marmonna April. Il m'a qu'il n'était pas souvent à Boone Springs.

Juste quand elle allait détourner le regard, elle fut prise d'une sensation de malaise, et réalisa que Risk était en train de l'observer dans le reflet du grand miroir rectangulaire suspendu derrière le bar. Son cœur se mit à tambouriner, et elle se sentit prise au piège de ce regard.

Les lèvres de Risk se relevèrent. Lui souriait-il ? Elle le fixa encore une demi-seconde puis prit le bras de Jenna.

— Retournons à notre table.

Quelques minutes plus tard, April vidait le reste de son verre en discutant avec ses amies. Sa tête lui tournait un peu, et plus elle pensait à Risk Boone qui ne s'était même pas donné la peine de l'appeler, plus l'irritation la gagnait.

— Je lui ai laissé deux messages vocaux, et il ne m'a jamais contactée, expliqua-t-elle à Clovie et à Jenna.

Et voilà qu'elle le retrouvait assis au bar, à épier ses mouvements d'un air suffisant. Comment était-elle censée réagir face à cela ?

— Je vais aller lui parler de ce pas, qu'il le veuille ou non, déclara-t-elle.

Alors qu'elle se levait, deux mains se posèrent sur ses épaules et la forcèrent à se rasseoir ; Clovie à droite et Jenna à gauche.

— Attends, dit Clovie. Je connais ce regard, April. Tu dois d'abord te calmer. Tout n'est pas perdu pour la vente. Demande-lui simplement et avec tact de te donner une date.

— Clovie a raison, renchérit Jenna. Tu es une professionnelle. Ne gâche pas tout parce que tu es fâchée.

April soupira et réfléchit rapidement. Risk était un homme fortuné et séduisant, mais son comportement vis-à-vis d'elle laissait à désirer. Pourtant, elle ne pouvait laisser ses sentiments personnels interférer dans son travail.

— Très bien, vous avez raison.

— Tu vas aussi porter ceci.

Jenna fit glisser de sa main droite, une bague en forme de grappe de diamants.

— À partir de maintenant, tu es fiancée.

— Je suis quoi ?

— Tu m'as bien entendue : tu es fiancée. C'est juste une sorte de protection face à Risk.

— Je ne peux pas faire ça. Cette bague appartient à ta grand-mère.

— C'est pour la bonne cause. Je sais que tu en prendras soin.

— Pour l'amour du ciel, Jenna. Je peux quand même parler avec...

— Oups ! on dirait qu'il vient par ici, dit Jenna en poussant la bague sur l'annulaire gauche d'April. N'oublie pas que tu es une professionnelle... et que tu es fiancée, ajouta-t-elle doucement.

L'instant d'après, April était face à Risk, une bague à la main gauche et toutes ses amies éparpillées sur la piste de danse.

— Bonsoir, dit-il d'un ton si charmeur qu'elle se sentit fondre.

Soudain, l'anneau à son doigt ne lui parut plus comme une mesure si exagérée ; Risk était bien trop séduisant.

— Est-ce que tu as une minute pour discuter ? demanda-t-il.

— Je... euh... bien sûr. Ici ?

Le guitariste du groupe entama un solo, et la musique explosa dans leurs oreilles.

— On ne s'entend pas ici, dit Risk. Tu viens faire un tour dehors avec moi ?

Elle avait besoin d'entendre ce qu'il avait à dire, et un peu d'intimité était préférable pour discuter affaires.

— Euh... bien sûr.

Risk ouvrit le chemin à travers la foule, et elle le suivit avec difficulté, en jouant des coudes. Mais soudain sa main puissante saisit la sienne, et comme par enchantement plus personne ne se heurta à elle ; Risk formait une barrière humaine. Aussitôt dehors, elle se mit à trembler.

— Le temps est frais, dit-il.

Elle ne pouvait le contredire, mais elle avait laissé son manteau à l'intérieur, et même la sensation de chaleur provoquée par sa deuxième margarita ne put la protéger du froid.

— Allons nous asseoir dans ma voiture... tu y seras plus au chaud.

— Tu trouves qu'il fait si froid ? protesta-t-elle sans pouvoir s'empêcher de claquer des dents.

— À toi de me le dire, dit-il avec un sourire taquin.

Une soudaine brise souleva alors ses boucles et la glaça jusqu'aux os. Mon Dieu ! elle manquait vraiment de bon sens de ne pas vouloir se retrouver seule avec Risk. Elle devait absolument conclure cet accord, et même une réunion peu orthodoxe dans la voiture d'un client ne devait pas la dissuader.

— Allez viens, ma voiture est ici.

Risk lui prit le bras et la rapprocha de lui. La chaleur qui émanait de son corps la réchauffa un peu, et ils se dirigèrent vers son SUV. Il lui ouvrit la portière, et elle prit place sur le siège passager.

— Mets ça, dit-il en lui tendant une veste en peau de mouton posée sur son siège.

Elle s'exécuta et se sentit aussitôt réchauffée.

— Merci.

Il referma la portière et fit le tour pour s'installer à la place du conducteur. April se retrouva donc emmitouflée, assise tout près de Risk Boone à l'intérieur du SUV, les sens emplis de son parfum et de sa présence.

— Tu es très belle ce soir, April.

C'était la première chose qu'il avait remarquée en la voyant.

— Merci, dit-elle en relevant le menton.

— Je ne m'attendais pas à te voir ici.

— Moi non plus. Mais tu m'as promis un coup de fil que je n'ai jamais reçu. J'imagine que tu m'as oubliée.

Bien au contraire. Après l'avoir vue la semaine dernière, il n'avait fait que penser à elle.

Il ne la connaissait pas très bien à l'époque du lycée, mais lorsqu'il l'avait croisée ce jour-là au rodéo de Houston, à une période où son monde s'était écroulé, il avait vu en elle un visage amical et une personne de sa ville à qui il s'était confié. Plus tard il était retombé par hasard sur elle, au bar de l'hôtel. Ils avaient discuté durant des heures, puis les choses s'étaient rapidement emballées dans sa chambre d'hôtel.

— Crois-moi, je ne t'ai vraiment pas oubliée.

Elle redressa la tête en entendant cela, le regard interrogateur.

— Je suis désolé de ne pas avoir répondu à tes messages, mais je n'ai pas eu le temps de lire les articles sur le chalet. En fait j'ai dû m'absenter quelques jours ; la mère d'une amie était gravement malade et voulait me voir. Je n'ai pas pu faire autrement. C'était une femme merveilleuse et douce à laquelle je tenais beaucoup.

— À laquelle tu tenais ? Elle est décédée ?

Il acquiesça.

— Oui, je suis resté à Atlanta pour les funérailles.

— Je suis désolée, dit April pleine de sympathie.

Il garda pour lui que la femme en question était la mère de Shannon Wilkes, Mary. Shannon lui avait envoyé des SMS durant des mois, parlant de sa vie amoureuse qui était un échec, de sa carrière qui battait de l'aile, puis de la maladie de sa mère. Risk avait fini par se réconcilier avec elle, et même si les cicatrices demeuraient, il avait réalisé qu'elle n'était pas la femme qu'il lui fallait. Durant les deux années où il était sorti avec Shannon, Mary avait été comme une mère pour lui, et ils s'étaient toujours bien entendus.

— Oui, c'était dur.

Après l'avoir abandonnée cette nuit-là à Houston, il aurait parfaitement compris qu'April ne veuille pas travailler avec lui. Mais cette vente était importante pour elle, et il lui devait au moins de la traiter correctement.

— Es-tu libre après-demain ? demanda-t-il.

Elle le regarda, sceptique.

— Pourquoi ?

— Peut-être que nous pourrions nous rendre au chalet et le visiter. Je lirai les articles demain et j'irai ensuite le voir de plus près.

Les yeux d'April s'illuminèrent.

— Oui, j'aimerais beaucoup que tu le visites. Je vais préparer ça.

— Parfait. Je t'ai assez retenue comme ça. Je te raccompagne à l'intérieur.

— Non, ce n'est pas nécessaire, dit-elle en lui rendant sa veste. Merci quand même, mais c'est juste à côté. On se voit samedi.

Ils sortirent de la voiture, et il la regarda s'éloigner, son instinct lui disant de ne pas la laisser seule dans le parking mal éclairé. Et bien sûr, à peine éloignée de vingt pas, un cow-boy éméché s'approcha d'elle et lui bloqua le passage, l'importunant en lui faisant des suggestions grossières. Elle éleva la voix pour lui intimer l'ordre de reculer, mais le cow-boy la saisit par le bras. Risk apparut à la seconde et le repoussa avant qu'il puisse aller plus loin.

— Fiche le camp mon pote ou tu vas vraiment le regretter. Va dessoûler ailleurs.

L'ivrogne toisa Risk avec mépris. Ce dernier aurait été trop heureux de le clouer au mur, mais l'homme détourna rapidement le regard et s'éloigna.

Risk se tourna vers April. Elle tremblait, mais c'était de peur cette fois.

— Est-ce que ça va ?

— Oui… J'ai juste besoin d'un moment.

Il passa gentiment un bras autour de ses épaules, et l'attira dans sa chaleur.

— Viens par ici et calme-toi.

Elle s'appuya contre lui et posa la tête sur son torse, comme si c'était exactement ce dont elle avait besoin.

— Il m'a fait peur.

— Tu lui as bien tenu tête.

Il avait entendu son ton ferme quand elle lui avait demandé de reculer.

— Tu sais, le Sudiste en moi ne laisserait jamais une femme

traverser un parking seule sans s'assurer qu'elle regagne l'intérieur en sécurité, mais les mouvements féministes ont changé la donne, et je ne sais jamais comment me comporter.

April recula pour le fixer de ses beaux yeux bleus captivants.

— Tu as bien fait.

Ils se sourirent, et un courant passa entre eux, une étincelle qu'il n'avait plus ressentie depuis longtemps.

— Tu trouves ?

Elle regarda sa bouche et hocha la tête. Était-ce une invitation ? Le corps de Risk se contracta, et il la serra plus fort contre lui, avant de poser une paume contre sa joue. Il sentit sa douceur, et prit note du regard doux qu'elle lui adressait.

— April, murmura-t-il, juste avant de se pencher pour l'embrasser.

Elle laissa échapper un petit gémissement avant de s'abandonner. Son goût sucré et acidulé rappela à Risk une boisson fruitée, et des souvenirs de leur nuit lui revinrent en mémoire, faisant accélérer son pouls.

Puis, soudain April sursauta et le repoussa. Il recula instantanément.

— Non.

— Non ? April, me serais-je mépris ?

— J'ai trop bu ce soir et je te suis reconnaissante de m'avoir protégée de cet ivrogne, mais effectivement tu t'es mépris.

Elle leva la main gauche et agita les doigts devant son nez.

— Je vais me marier, Risk.

2

En règle générale, Risk savait bien lire les signaux que les femmes lui envoyaient, mais l'autre soir au Farmhouse, il s'était complètement trompé avec April. Il aurait juré qu'elle était consentante ; elle l'avait regardé lui, puis sa bouche, comme si elle voulait être embrassée. Était-ce juste dû à la peur qu'elle venait de ressentir ? À la reconnaissante pour son intervention ?

April était une femme séduisante qui avait du cran.

Mais elle était fiancée.

— Risk, tu es bien pensif ce matin.

Tante Lottie lui servit une tasse de café et la posa devant lui. Depuis que sa tante était revenue au ranch Rising Springs, elle passait son temps à les gâter, lui et ses deux frères, Mason et Luke. Dotée d'une âme aventurière, tante Lottie avait parcouru le monde, tout en entrant et sortant de leurs vies. Mais après la mort de leurs parents, elle avait pris un rôle plus vital au sein de la famille et à présent elle était comme une mère pour eux.

Risk but une gorgée de café avant de répondre.

— Personne ne me qualifierait jamais de grand penseur.

Lottie prit place à côté de lui et porta sa tasse à ses lèvres.

— Détrompe-toi, mon garçon.

Tante Lottie était toujours la première à prendre la défense d'un Boone, à moins bien sûr qu'il ne soit en tort, et dans ce cas elle n'hésitait pas à leur frotter les oreilles.

— Mais quelque chose te tracasse, ajouta-t-elle. Ta tante ne te connaît que trop bien.

— Ce n'est rien. J'ai simplement l'esprit ailleurs.

Du côté d'April. Il avait été sous son charme l'autre soir, tout comme à Houston, et c'était précisément pour cette raison qu'il n'avait pas cherché à la recontacter. C'était égoïste de sa part, mais à l'époque il n'était pas en état de gérer autre chose qu'une aventure passagère. April s'était montrée intelligente, sincère et compatissante, et une fois qu'il avait réalisé cela, il s'était enfui à toutes jambes et il n'en était pas fier.

— Veux-tu me dire son nom ? demanda tante Lottie.

— Ah ! bien essayé, ma tante, mais tout va bien, dit-il en lui adressant son plus beau sourire, accompagné d'un clin d'œil. Comment va Drew ces jours-ci ?

Sa tante avait une relation faite de hauts et de bas avec le futur beau-père de Mason, Drew MacDonald. Visiblement, ils n'arrivaient pas à être sur la même longueur d'onde.

— Je ne sais pas. Il me parle à peine.

— Ah oui ? Une querelle d'amoureux ?

Drew vivait dans le cottage de la propriété Boone. C'était un ancien alcoolique, un homme bien qui avait perdu sa femme quelques années auparavant. Maria avait été la meilleure amie de Lottie, et à présent tous deux jouaient au chat et à la souris.

— Pas vraiment. C'est à peine si nous nous parlons.

— Eh bien, pourquoi ne prendrais-tu pas quelques-uns de ces muffins tout chauds aux canneberges que tu viens de préparer pour lui apporter en guise d'offrande de paix ?

Les sourcils blonds de tante Lottie se haussèrent, et ses yeux se mirent à briller. C'était une jolie femme dans la soixantaine qui avait beaucoup d'amour à donner et, en ce moment, elle réfléchissait à sa suggestion.

— Ce n'est pas une mauvaise idée. Et pendant que j'y suis, je vais te préparer un panier de muffins et d'autres provisions pour la route.

— Merci. C'est un long trajet jusqu'à Canyon Lake.

— Accorde-moi juste un moment.

Quelques minutes plus tard, après avoir terminé son petit déjeuner, il entendit le carillon de la porte d'entrée et la femme de ménage y répondre. Il se leva, prit le panier que tante Lottie avait préparé et se dirigea vers le salon où April Adams l'attendait, une mallette marron à la main. Ses boucles blondes lui retombaient sur les épaules, et même son manteau d'hiver beige ne parvenait pas à dissimuler ses courbes affriolantes.

— Bonjour, April. Tu es pile à l'heure.

— J'essaye toujours de l'être, dit-elle en levant le menton.

— Je suis prêt.

Il prit sa veste, celle prêtée l'autre soir, et la conduisit au grand garage attenant à la maison. Il avait insisté pour qu'ils prennent son SUV, et elle en était manifestement mécontente. April lui lança un regard noir puis monta à l'intérieur. Il attendit qu'elle ait fini de s'attacher, et lui tendit le panier.

— Qu'est-ce que c'est ?

— Ma tante Lottie nous a préparé un panier pour la route.

— C'est... très gentil de sa part.

— Mais figure toi que les Boone sont des personnes très sympathiques.

April leva les yeux au ciel avant de se ressaisir, et Risk faillit éclater de rire en voyant son expression se changer en un sourire innocent. Le problème c'était qu'il appréciait bien trop April Adams.

Il démarra la voiture et sortit du garage. Le ciel était gris, et une légère bruine tombait en continu. Avec un peu de chance, le temps s'améliorerait, et le ciel s'éclaircirait.

La pluie tombait de manière régulière à présent, et les essuie-glaces étaient activés en continu. Pour couronner le tout il faisait sombre, ce qui ne mettrait pas en valeur la propriété. Mais n'étant pas sûre de pouvoir traîner Risk à Canyon Lake de sitôt, April ne voulait pas annuler.

Le regard fixé sur le paysage, elle tenta d'affûter son argumentaire de vente. Elle essayait de vendre ce chalet depuis cinq mois, et ne disposait plus que d'un mois pour trouver un acheteur. L'intérêt des Boone pour la propriété avait été sa seule vraie piste depuis tout ce temps. Elle devait absolument réussir. Risk n'avait pas été vraiment emballé par les photos, et ce baiser sur le parking n'avait fait que mettre à rude épreuve leur relation professionnelle.

— Tu as froid ? demanda-t-il.

— Un peu.

Il manipula un bouton du tableau de bord, et bientôt un flux de chaleur sortit des bouches d'aération du plancher.

— C'est mieux ?

Elle acquiesça.

— Oui merci. Ce n'est pas trop chaud pour toi ?

Il lui coula un regard.

— Je te le ferai savoir quand ça sera trop chaud pour moi.

Était-ce un commentaire innocent ? Elle ne savait jamais avec Risk, mais elle devait lui laisser le bénéfice du doute, étant donné qu'elle l'avait refroidi avec l'annonce de ses fiançailles l'autre soir.

Merci encore, Jenna Mae.

Ils roulèrent quelques kilomètres de plus en silence, puis Risk désigna le panier.

— Puisque tante Lottie nous a préparé de quoi manger, pourquoi ne pas prendre un muffin ?

— Bonne idée.

Elle posa le panier sur ses genoux et souleva le couvercle.

— Waouh ! Ta tante Lottie sait préparer des paniers-repas.

— Pourquoi ? Qu'est-ce qu'elle a mis là-dedans ?

— Voyons voir. Il y a huit muffins, une thermos de café, des barres protéinées et deux pommes.

Un grognement monta de la gorge de Risk.

— Elle pense que nous avons toujours douze ans.

— C'est plutôt gentil de sa part.

April prit un muffin, en décolla le papier et le tendit à Risk. Le geste pouvait semblait intime, mais c'était plus facile pour lui de le manger ainsi.

— Merci.

Quelques bouchées plus tard, le muffin avait disparu.

— Tu en veux un autre ?

— Avec plaisir, mais sers-toi aussi.

— Oh ! j'y compte bien.

Elle mordit dans son muffin : chaud, moelleux et rempli de canneberges, c'était la juste mesure entre sucré et acidulé.

— Ils sont délicieux.

— C'est une recette de famille. Le café sent bon.

— Tu en veux ?

Les essuie-glaces étaient maintenant à pleine vitesse, et April espérait que Risk ne suggérerait pas de faire demi-tour.

— Sers toi d'abord. Ça te réchauffera.

— D'accord. Merci.

Elle dévissa le bouchon de la thermos et se versa du café. L'arôme la réconforta et la fit sourire. Alors qu'elle tendait une tasse à Risk, leurs doigts se frôlèrent à nouveau, et elle tenta de calmer son cœur tambourinant tout en le regardant boire son café.

Risk jeta un coup d'œil à sa main gauche et la prit de court par sa question.

— Le mariage est prévu pour quand ?

Elle avait espéré que porter la bague suffirait, mais visiblement elle avait eu tort.

— Euh... nous n'avons pas encore fixé de date.

— Ah bon ?

— Non. C'est... compliqué de planifier un mariage, et mon fiancé et moi sommes très occupés.

— A-t-il un nom ?

— Tout le monde a un nom, dit-elle de manière évasive.

Risk se gratta le menton.

— Alors, tu ne veux pas me le dire ? Il doit être...

— Il est incroyable, d'accord ? Je l'ai rencontré quand je vivais dans le comté de Willow, et nous sommes très heureux.

— Bob ? Bill ? Toby ? Ou peut-être que c'est plutôt du genre Hector ou Bubba ?

Bubba ? Mon Dieu. Elle croisa les bras sur son ventre mais ne put retenir un petit rire.

— Risk, qu'est-ce que tu fais ?

— Je fais simplement la conversation. Le trajet est long, surtout avec la pluie qui nous ralentit.

— D'accord, alors si tu veux tellement discuter, pourquoi ne pas me parler de ta vie amoureuse ?

Il poussa un grognement.

— Ou de mon absence de vie amoureuse plutôt, la corrigea-t-il.

Elle haussa les sourcils.

— C'est difficile à croire.

— Ne m'en parle pas. Je pense que j'ai été échaudé après mon histoire avec Shannon. J'en ai fini avec les relations de longue durée.

— Tu veux dire que tu es célibataire depuis tout ce temps ?

Il lui lança un rapide coup d'œil.

— Maintenant, qui est la curieuse dis-moi ?

— D'accord, tu as raison. Oublie ma question.

Ce n'était pas juste de sa part de lui poser des questions si personnelles alors qu'elle lui mentait avec son histoire de fiançailles.

Il garda un moment le silence.

— La vérité est que je ne suis sorti avec personne depuis trois mois, peut-être plus longtemps. Je ne compte plus.

— Je vois. Donc, tu dois te donner à fond dans ton travail, tout comme moi.

Les lèvres de Risk se relevèrent, et il secoua légèrement la tête.

— Je fais de mon mieux. Pour être franc...

— Quoi donc ? demanda-t-elle en lui lançant un regard perçant.

— Rien.

Elle abandonna le sujet, car il n'était pas difficile de deviner que Risk n'était pas aussi à l'aise dans les affaires que ses frères. Si ça avait été le cas, il n'aurait pas été champion de rodéo.

— Qu'as-tu pensé de l'histoire du chalet ? demanda-t-elle, en changeant de sujet.

— C'est une histoire un peu dingue... aucun des deux n'a jamais voulu céder.

— Donc, tu as lu les articles.

— Absolument. Ce frère et cette sœur n'avaient rien en commun.

April acquiesça.

— Je n'ai pas de frère ou de sœur, mais je pense que l'un d'eux aurait pu céder plutôt que de laisser cette affaire courir à l'échec.

— Oui, c'était perdu d'avance.

Un peu comme son aventure avec Risk : condamnée depuis le début.

Heureusement, grâce à cette bague, sa seule préoccupation à présent était de le convaincre que le chalet serait un bon investissement.

À mi-chemin, Risk se tourna vers April.

— La tempête n'a pas l'air de s'arrêter. Dis-moi si tu préfères rentrer.

— Non, dit-elle avec fermeté. Je ne pense pas que ce soit nécessaire. Nous avons déjà fait un bon bout de chemin.

— Ça me va.

Risk ne tenait pas non plus à faire demi-tour. Conduire sous la pluie ne le dérangeait pas, et il appréciait ce tête-à-tête avec elle. Il se laissa donc bercer par sa voix mélodieuse et passionnée lorsqu'elle relata l'histoire de JoAnna et Joseph Sutton, les jumeaux qui avaient hérité du chalet de leur grand-tante, soixante ans auparavant.

— JoAnna était une femme pragmatique, un esprit libre qui voulait utiliser le chalet comme refuge pour des personnes mystiques. Elle voulait des feux de joie et des danses folkloriques, tandis que Joseph était un amoureux de la vie en plein air qui voulait garder le côté rustique, et développer des activités de canotage et de pêche.

— Ça a dû être une sacrée pagaille entre les clients, dit-il. Tu imagines des chasseurs et des pêcheurs bavarder avec des végétariens ? Ça ne devait pas être beau à voir.

— Ce fut un échec total. Finalement, ils ont vendu le chalet à un ermite qui recherchait justement ce côté isolé et éloigné de la route.

— C'est lui qui vend la propriété ?

— Non, il est décédé. Nous avons à faire à son petit-fils, Michael Hall. J'ai hâte que tu voies l'endroit… Si jamais nous y arrivons.

— Nous y arriverons, crois-moi, déclara Risk.

Il roula alors dans un nids-de-poule, et le SUV bondit et retomba sur la route dans un énorme éclat de boue.

Livide, April agrippa son siège.

— Ça va ?

Elle lui adressa un signe de tête incertain. Il prit sa main crispée sur le siège et la serra légèrement.

— Tout va bien. Le SUV en a vu d'autres.

Elle retira la main et se cala dans son siège, les bras prudemment croisés sur son ventre.

Ne trouvant rien d'autre à ajouter, il garda le silence. Mieux valait oublier ce qu'il avait ressenti en lui prenant la main quelques secondes auparavant. Elle était jolie et intelligente, et la toucher accélérait le rythme de son pouls. Pour un homme qui n'avait pas eu d'aventure depuis un bon moment, c'était jouer à un jeu dangereux.

Sans oublier la bague de fiançailles à son doigt.

La pluie s'écrasait sans relâche sur le pare-brise, et il se concentra sur sa conduite. Il arriva à un pont, juste après un virage, et ralentit tandis que les longues planches de bois craquaient sous les pneus.

— Ça ne devrait plus être très long, dit-il avant de prendre un virage à droite, sur une route bordée d'arbres.

Une minute plus tard, la route était coupée par un fossé d'un mètre de large.

— Merde !

Il fit une embardée et réussit à stopper juste avant, mais la chance n'était pas avec lui. La voiture s'arrêta au bord du fossé mais l'avant plongea dans la boue. Il tendit aussitôt le bras pour arrêter l'élan d'April en même temps que sa ceinture de sécurité.

— Ça va ? lui demanda-t-il.

— Oui, je pense que oui, dit-elle, livide. Que s'est-il passé ?

— La pluie a emporté une bonne partie de la route. C'est arrivé si vite que je n'ai rien vu, mais je pense que nous sommes juste au bord du fossé.

— Sommes-nous coincés ?

— J'en ai bien peur. La bonne nouvelle, c'est que le GPS indique que le chalet est à moins d'un kilomètre.

April garda le silence quelques secondes.

— Et tu ne peux pas nous sortir du fossé ?

— Malheureusement j'ai laissé ma cape de super-héros au ranch. Nous ne pouvons pas rester ici. Nous pourrions nous enfoncer encore plus dans le fossé. Prends tes affaires, April.

Il devait absolument la mettre en sécurité, et cela signifiait marcher jusqu'au chalet avant que la tempête empire.

— Il va nous falloir courir. Je vais sortir le premier et t'aider à descendre. Nous appellerons les secours une fois en sécurité.

Il prit quelques affaires et les jeta dans un sac de sport qu'il gardait à l'arrière. Une bourrasque ouvrit en entier la portière qu'il avait légèrement entrouverte. En sortant, il atterrit dans une flaque de boue, et ses bottes s'enfoncèrent dans la vase. Lançant le sac par-dessus son épaule, il fit le tour du SUV et ouvrit la portière d'April.

— Tu as tout ce qu'il te faut ?

Elle serra sa mallette et son sac sous son manteau et hocha la tête. Risk posa fermement les mains sur sa taille et la souleva hors de la voiture, avant de la poser au sol.

— Prête ?

— Je suis prête.

— Alors allons-y.

Il lui prit la main, et ils avancèrent laborieusement le long de la route inondée.

April n'avait jamais été aussi trempée dans sa vie. La course lui avait coupé la respiration, mais elle tenait suffisamment la forme pour suivre Risk, qui lui tenait fermement la main. Ils sautèrent par-dessus des nids-de-poule et évitèrent des débris flottants, puis, finalement, le chalet apparut, tel un grand et beau refuge. Elle n'avait pas été aussi heureuse à la vue de quoi que ce soit de toute sa vie.

Quelques instants plus tard, ils montèrent un large escalier en pierre et se trouvèrent à l'abri sur une terrasse couverte. La pluie cessa aussitôt de les bombarder, et le chalet les protégeait des rafales de vent.

— Tu as la clé ? demanda Risk.

Secouée par le froid, elle ouvrit la mallette qu'elle avait gardée au sec et lui tendit la clé.

— Ti... tiens.

Il ouvrit la porte et lui fit signe d'entrer. Elle était déjà venue deux fois, et se souvenait de la disposition de la maison. Risk la suivit de près, et sa présence fut pour elle un grand réconfort après l'épreuve qu'ils venaient de subir. Durant un instant, lorsque la voiture avait basculé, elle avait cru sa dernière heure arrivée. Mais la présence de Risk lui avait permis de se sentir en sécurité.

— Reste ici pendant que je jette un œil et que je vois s'il y a de l'électricité.

— Normalement il y en a. M. Hall garde l'électricité le temps de la vente.

Risk acquiesça et la laissa dans l'entrée, grelottante. Elle jeta un regard autour d'elle. Il y avait là une cheminée en pierre qui allait du sol au plafond, et des canapés positionnés tout autour de la grande pièce. D'épaisses poutres en bois quadrillaient les hauts plafonds, et des lustres noirs en fer pendaient en divers endroits.

— On dirait que la tempête a coupé le courant, déclara Risk à son retour. Mais il y a du bois dans la cheminée, et je pense que c'est suffisant pour nous réchauffer d'ici la fin de la tempête.

Une flaque d'eau s'était formée aux pieds d'April, et des gouttelettes dégoulinaient de ses vêtements et de ses cheveux.

— Je pense que c'est une bonne idée.

— Laisse-moi une seconde pour allumer un feu.

Pendant qu'il s'activait, elle enleva son manteau et fouilla dans son sac à main trempé à la recherche de son téléphone portable. En vérifiant l'écran, elle ne fut pas surprise de constater qu'il n'y avait pas de réseau. Même par beau temps, la connexion était incertaine ici, et il devait en être de même pour Risk.

Elle se dirigea vers la cheminée massive où il empilait des bûches, et trouva un magazine posé sur une des tables.

— Tu peux utiliser ça pour allumer le feu, dit-elle en lui en tendant un.

— Parfait.

— Je suppose que tu n'as pas encore vérifié ton téléphone.

— À la minute où nous sommes entrés. Pas de réseau. Et toi ?

Il plaça du petit bois sous les bûches et l'alluma.

— Pareil. Rien.

Le petit bois prit enfin, et le feu crépita et flamba.

Risk se tourna alors vers April qui s'était approchée des flammes.

— Nous devons retirer nos vêtements mouillés et nous sécher.

Elle battit des cils, n'en revenant pas d'une telle suggestion de sa part.

— Et comment sommes-nous supposés faire ça ?

— Il faut se déshabiller.

— Ce n'est pas ce que je voulais dire. Je n'ai pas de vêtements de rechange.

— Moi non plus. Mais il doit bien y avoir des serviettes ou des couvertures ici, dans lesquelles nous pourrions nous envelopper le temps que nos vêtements sèchent... à moins que tu veuilles attraper une pneumonie, ajouta-t-il en la passant en revue de la tête aux pieds.

Évidemment qu'elle ne le souhaitait pas, mais hors de question de lui avouer pourquoi elle ne voulait pas se déshabiller devant lui. Voyant son expression choquée, Risk secoua la tête.

— April, tu n'as rien à craindre de moi. La bague que tu portes pourrait tout aussi bien être une ceinture de chasteté. Je suggère simplement que nous n'attrapions pas la mort dans ces vêtements mouillés. Cela ne devrait prendre qu'une heure pour les faire sécher.

Elle détestait l'admettre mais Risk avait raison : le feu sécherait leurs vêtements en un rien de temps. De plus, le commentaire qu'il avait fait à propos de sa bague l'avait touchée. Elle savait qu'il tiendrait parole.

— D'accord. Voyons voir si nous trouvons de quoi nous couvrir. Il y a une suite parentale et quelques chambres au rez-de-chaussée. Il me semble que M. Hall y séjourne de temps en temps.

— Allons jeter un œil.

Risk alla récupérer son sac de sport et revint avec une lampe de poche.

— Nous ne l'utiliserons qu'en cas de besoin. Je veux économiser les piles pour cette nuit.

— Cette nuit ?

Risk la regarda droit dans les yeux.

— La tempête se déchaîne, et nous sommes coincés. Il est peu probable que nous sortions d'ici aujourd'hui.

Le tonnerre retentit à ce moment et la fit sursauter. Elle n'avait pas vraiment pensé à cela.

— Personne ne viendra nous chercher ?

— Je ne sais pas. La plupart des gens du coin doivent penser que la maison est inoccupée. Personne ne vit ici depuis des années, n'est-ce pas ?

Elle acquiesça.

— Et avec la pluie qui tombe à seaux et la voiture coincée dans la boue...

— Oh !

Quelques secondes s'écoulèrent.

— Et ta famille ? Ne vont-ils pas venir nous chercher ?

Risk sourit, laissant apparaître ses irrésistibles fossettes.

— Mes frères me savent capable de me débrouiller. Ce ne serait pas la première fois que je découche.

April se mordit la lèvre inférieure.

— Je vois. Et ta tante ?

— Elle se couche tôt. Elle a probablement pensé que je rentrerai tard.

Il ne restait plus que Clovie. C'était la seule personne à qui April avait parlé de cette visite… et elle ne serait pas au bureau avant lundi après-midi.

C'était uniquement sa faute si elle se trouvait dans cette situation. Elle aurait dû reporter le rendez-vous en voyant le temps se gâter, ou au moins demander à Risk de faire demi-tour quand la tempête avait débuté. Maintenant, elle devait passer la nuit… avec lui. Et bientôt ils allaient devoir se mettre nus.

— Ne t'inquiète pas. On va se débrouiller. Grâce à tante Lottie, nous avons de quoi manger.

— Tu as pris le panier ?

— Oui, dit-il en désignant son sac de sport. Maintenant, allons nous trouver quelque chose de chaud à nous mettre. Quelle direction ?

Elle désigna le couloir de gauche puis le suivit jusqu'à une grande porte double.

— C'est la suite parentale.

La chambre était suffisamment éclairée pour laisser voir un lit *king—size* recouvert d'une couverture et d'une couette. Le mobilier en bois massif était rustique et de taille imposante. Une cheminée se trouvait contre le mur du fond, et une grande fenêtre donnait sur les nuages gris et la pluie battante. Ils fouillèrent la commode, et ce fut comme inspecter un coffre à trésors. Ils y trouvèrent leur bonheur : des couvertures, des draps et des bougies.

Risk saisit deux couvertures et un grand drap.

— Ça devrait suffire pour l'instant. Tu veux te déshabiller ici ? Je prends l'entrée.

Il lui tendit une couverture et sans attendre sa réponse sortit de la pièce.

Elle s'activa rapidement et ôta ses vêtements, chaussures en premier. Elle n'avait pas le choix et devait mettre un mouchoir sur sa pudeur. Le simple fait de penser à remettre des vêtements secs et chauds, sous-vêtements inclus, faisait chanter son cœur.

Elle ramassa ensuite ses affaires, s'enroula dans la grande couverture et se dirigea vers l'entrée. Risk, négligemment recouvert de la sienne, avait déjà disposé le drap au sol pour qu'ils puissent s'asseoir près du feu, et avait étendu ses vêtements sur une moitié de la cheminée. Des images de leur nuit passée ensemble resurgirent dans sa mémoire. Elle détourna le regard de ses vêtements et commença à étaler son pantalon et son chemisier contre le foyer, mais rester discrète avec ses sous-vêtements fut plus difficile, malgré ses efforts pour les cacher. Une fois qu'elle eut terminé, elle s'assit face au feu, laissant la chaleur pénétrer sa peau.

— Ah ! c'est si bon.

Risk la regarda et sourit.

— Je dois admettre que c'est une première pour moi.

— J'ai peur de demander en quoi.

— D'être nu, de profiter d'un bon feu en compagnie d'une belle femme et de ne...

— Ne le dis pas, Risk. Ne le dis pas.

— Et de ne rien avoir d'autre à lui offrir que des muffins et des barres protéinées.

Ce n'était certainement pas ce qu'il allait dire, mais elle sourit quand même.

— En ce moment, une barre protéinée serait la bienvenue.

— Tu as faim ? demanda-t-il en relevant la tête.

— Je ne dirais pas non à un en-cas.

— Je vais chercher le panier.

Alors qu'il se levait, la couverture autour de ses épaules glissa, exposant son torse de granit et une quantité incroyable de muscles, le tout éclairé par la lueur du feu. Elle ne put s'empêcher d'inspirer brusquement. Quelle injustice que cet homme soit aussi séduisant.

Heureusement pour elle, elle avait bien appris sa leçon, et toute la beauté du monde n'aurait pu effacer ce qu'il lui avait fait. Il n'avait même pas eu l'honnêteté de lui dire en face qu'il n'était pas disponible, et avait préféré la fuite, lui faisant ainsi beaucoup de mal.

Mais aujourd'hui, Risk se comportait honorablement, et grâce à lui elle s'était sentie en sécurité.

— Voilà, dit-il en apportant le panier. La barre protéinée est servie.

Il la lui lança, et quand elle leva le bras pour l'attraper, sa couverture descendit, exposant ses épaules et, peut-être, une petite partie de son décolleté.

Oh ! mince !

Risk haussa les sourcils. Visiblement, il n'en avait pas perdu une miette.

Avec un profond soupir, il se laissa tomber près du feu et mordit dans sa barre chocolatée.

— Peut-être que tu devrais me parler de ton fiancé, dit-il sans quitter le feu des yeux.

3

April sentit l'irritation la gagner. Qu'en était-il de sa grande phrase au sujet de sa bague de fiançailles qui était comme une ceinture de chasteté ? Un coup d'œil à ses épaules nues suffisait-il à le faire changer d'avis ?

— J'ai une meilleure idée. Pourquoi ne me parlerais-tu pas de Shannon Wilkes ?

Risk cessa de mâcher et se tourna vers elle.

— Pourquoi ?

— Tu sembles très intéressé par ma vie amoureuse, mais qu'en est-il de la tienne ?

— Je n'ai pas l'habitude d'en parler.

— Sans blague.

Il sourit à son ton sardonique.

— Ma vie amoureuse a été affichée dans les tabloïds. Impossible de passer devant un kiosque à journaux sans voir le visage de Shannon avec son nouveau copain.

— Mais il ne s'agit pas de ton histoire.

— Personne ne veut entendre mon histoire.

— Moi si.

Il secoua la tête et fixa à nouveau les flammes.

— Pour quelle raison ?

— Pour m'aider à comprendre ce qui s'est passé cette nuit-là.

— Écoute, je me suis mal comporté avec toi et j'en suis désolé. Je n'étais pas dans mon état normal.

— Tu l'as déjà dit. Que s'est-il passé entre toi et Shannon ?

Risk garda le silence. Il termina sa barre protéinée, le visage tourné vers les étincelles qui montaient comme des étoiles filantes dans l'imposante cheminée. À l'abri de la tempête qui faisait rage et blottie au chaud, rien ne lui aurait fait plus plaisir que d'entendre Risk assumer ses actes. Mais au moins, elle avait réussi à détourner son attention de son fiancé imaginaire.

Elle se mit également à fixer les flammes envoûtantes. C'était paisible et relaxant d'être assis là, absorbant la chaleur et essayant de se détendre.

— Il n'y a rien à dire, déclara Risk d'une voix basse et profonde. Elle m'a aveuglé, et je n'en suis pas fier.

Surprise de l'entendre, April pinça les lèvres et écouta.

— J'ai rencontré Shannon lors d'un banquet de charité destiné à recueillir des fonds pour les enfants des familles de militaires. Mon frère Luke était un marine, et cette cause lui était chère. Shannon utilisait sa célébrité pour persuader les donateurs, et j'ai été très impressionné par elle. Elle savait éblouir, et elle m'a ébloui moi aussi. J'étais fou d'elle et au sommet de ma carrière. Je gagnais tous les rodéos, et nous étions comme un couple invincible. Shannon semblait s'en délecter, mais pour ma part ce qui me plaisait c'était le challenge du rodéo, maîtriser un domaine et y être le meilleur. Je n'ai jamais eu ni le besoin ni l'envie de toute l'attention créée par le fait de sortir avec une actrice. Nous nous disputions souvent à ce propos. Il suffisait que nous sortions pour être soudain poursuivis par une horde de journalistes qui prenaient des photos et posaient des questions indiscrètes, et au final je découvrais que tout avait été orchestré par l'attaché de presse de Shannon.

— Et ce n'était pas une vie qui te convenait ? demanda April.

— Je suis un Boone – une ville a été nommée en l'honneur de ma famille —, mais je n'en fais pas étalage et je ne m'en suis jamais vanté. Je n'y accorde pas d'importance. Crois le ou pas, je suis quelqu'un de secret. Mais nous nous aimions. Nous étions ensemble depuis deux ans, et j'étais prêt à passer à l'étape suivante.

— Le mariage ?

— Oui. Mais je me suis cassé l'épaule, et ma carrière s'est arrêtée. Je devenais fou de ne plus pouvoir faire ce que j'aimais. Mais le pire c'est que Shannon m'a pratiquement abandonné. Elle est à peine venue me rendre visite durant ma convalescence, puis elle a rompu, et avant que je puisse réaliser ce qui m'arrivait... elle sortait déjà avec Todd Alden, le *quarterback* de la NFL, et leurs photos étaient étalées partout.

— C'est bas.

— C'est ainsi que j'ai compris que Shannon n'avait fait que m'utiliser pour accroître sa popularité.

— Ça a dû te faire très mal.

Malgré son air détaché, un éclair de douleur apparut dans son regard.

— C'est du passé. Shannon ne me convenait pas. Nos vies sont complètement différentes, et au moins nous avons réussi à dépasser tout cela. Mais je ne permettrai plus à personne de me ridiculiser. Cela ne se reproduira plus.

« Quand je suis retourné à Houston, je n'avais aucun envie d'animer ce rodéo. Mais ensuite je t'ai reconnue dans les gradins. Tu m'as souri, et je me suis senti mieux. Tu m'as rappelé la maison, et c'était exactement ce dont j'avais besoin. »

— Si ça n'avait pas été moi, ça aurait été une autre fille.

— C'est faux, réfuta-t-il catégoriquement. Je ne m'attendais pas à coucher avec une femme ce soir-là, mais tu étais si amicale et pétillante. Tu m'as fait rire et oublier mes soucis.

— J'étais une distraction passagère.

Il soupira et détourna le regard, fixant la fenêtre trempée par la pluie.

— Tu veux savoir ce que je pensais vraiment ?

Il fit une pause, et le cœur d'April se mit à battre à tout rompre. Était-elle prête à l'entendre ?

— Je t'écoute.

— Je t'ai trouvée douce et généreuse, une femme qui ne s'affamait pas pour ressembler à un fil de fer. J'ai adoré tes courbes, ta confiance en toi et ta compassion. C'était rafraîchissant et...

— Et quoi ?

— Assez sexy.

Il jeta de nouveau un œil à sa bague de fiançailles.

— Mais au matin j'ai eu des regrets. Pas à propos de toi, mais à cause de moi. Je n'étais pas prêt pour un quelconque engagement. Je sais que c'était injuste pour toi, mais l'idée d'une liaison si peu de temps après cet échec n'était pas envisageable. J'aurais dû te le dire avant de t'emmener dans ma chambre d'hôtel et être honnête au sujet de mes sentiments. Alors je suis parti en me jurant de t'appeler et de m'excuser.

— Ce que tu n'as jamais fait.

— Non. J'aurais dû, mais je ne l'ai pas fait. J'en suis désolé.

— Moi aussi, dit-elle en soupirant.

— Maintenant tu connais mon histoire avec Shannon Wilkes, assez parlé.

Effectivement, cela expliquait beaucoup de choses, mais April n'arrivait toujours pas à lui pardonner son abandon après cette nuit incroyable. Oui, il s'était déjà excusé, mais elle n'était pas encore prête à passer l'éponge.

— Tu aurais dû essayer de me joindre et de m'expliquer tout ça. Je me suis sentie très mal en quittant cette chambre d'hôtel. Je préfère ne même pas te dire ce que j'ai pensé de toi.

Risk eut la bonne grâce de fermer les yeux.

— Oh ! April, je le mérite. Que puis-je dire de plus ?

Elle haussa les épaules.

— C'est fait et terminé.

Au moins elle avait pu s'ouvrir sur ce qu'elle avait ressenti. Il ne voulait plus jamais laisser une femme se moquer de lui ? Parfait, car elle ressentait la même chose : aucun homme ne la prendrait plus pour une idiote.

Ils avaient tous deux au moins ça en commun.

Trente minutes plus tard, April lui dit qu'elle avait soif. Après leur déjeuner aux barres protéinées, ils avaient terminé ce qui restait du café. L'idéal à présent aurait été de l'eau fraîche.

— La plomberie fonctionne, déclara Risk.

— Alléluia ! Nos vêtements sont presque secs. Pourquoi ne pas nous habiller et partir en exploration ? Autant faire la visite puisque nous sommes coincés ici. Allons d'abord voir la cuisine.

— Ça me va. Le feu s'éteint de toute façon.

— Il y a du bois sec à l'extérieur dans le hangar à bois. Je vais à la chambre pour m'habiller.

Elle ramassa ses vêtements chauds, pressée de les remettre. C'était trop étrange d'être assise devant un feu, seule avec Risk, sachant qu'ils étaient tous les deux nus.

Quelques minutes plus tard, après avoir enfilé ses vêtements, elle partit à la recherche de Risk, et le trouva entièrement habillé, occupé à inspecter les installations de la cuisine. La pièce comportait trois portes à deux battants qui laissaient entrer la lumière du soleil et apportaient de la gaieté à la salle à manger.

— Eh bien ! nous ne mourrons pas de faim, dit Risk.

Elle aimait la façon dont ses cheveux mouillés avaient séché et retombaient devant ses yeux. Il secoua la tête pour repousser les mèches importunes de son visage.

— Euh... pardon ? dit-elle distraite.

— J'ai trouvé un paquet de chips et du beurre de cacahuètes. Et nous avons encore des muffins et des fruits dans le panier.

— Je suppose que c'est le seul point positif.

Risk ouvrit le robinet et laissa un peu couler l'eau afin de purger les tuyaux. Puis il rinça la thermos et la remplit.

— Bois un peu, lui dit-il.

Elle prit une longue gorgée, puis rendit la thermos à Risk qui se servit à son tour. L'idée de boire à la même bouteille ne lui parut plus aussi bizarre. C'était presque comme s'ils participaient à une sorte d'aventure de survie.

April entreprit alors d'inspecter les placards. Les portes de quelques-uns étaient sur le point de tomber. Elle ouvrit ensuite les tiroirs qui n'étaient pas dans un meilleur état. La cuisine était démodée, mais les fondations étaient solides.

— La cuisine a beaucoup de potentiel. Elle est grande et spacieuse, et c'est un plus lorsqu'on cuisine de grandes quantités, déclara-t-elle en passant en mode agence immobilier.

Risk croisa les bras sur son torse.

— Cette pièce devra être entièrement refaite, et je ne parle pas de petits travaux.

— Mais ce sera fait selon tes goûts. Tu peux faire tout ce que tu veux ici : simple ou sophistiqué.

Risk plissa les yeux.

— Est-ce que tu aimes vraiment cet endroit, ou est-ce que tu essayes seulement de le vendre ?

— Les deux. J'adore ce chalet. J'en vois les possibilités et je pense que c'est un bon investissement pour votre entreprise familiale. Je le pense vraiment. Alors, veux-tu voir le reste ?

Elle indiqua du doigt l'étage.

— Bien sûr, dit-il. Ce n'est pas comme si nous étions débordés.

Faire visiter le chalet en pleine tempête n'était pas l'idéal. Risk s'en désintéressait de plus en plus à mesure des minutes qui passaient. À l'étage, ils découvrirent que le toit fuyait dans trois des chambres et s'empressèrent de trouver des bols et des pots pour récupérer l'eau.

Vingt minutes plus tard, ils redescendaient les marches. Les braises ne réchauffaient plus grand-chose, et ils se mirent à frissonner.

— Tu as dit qu'il y a des bûches à l'extérieur ? demanda Risk.

— Oui, du côté droit de la maison.

— Très bien. Je vais nous chercher du bois pour ce soir.

— Maintenant ?

— Mieux vaut maintenant tant qu'il fait jour.

April se mordit la lèvre. La tempête faisait rage et n'avait pas l'air de vouloir se calmer.

— Il pleut vraiment des cordes.

— Ne t'inquiète pas, je serai de retour dans cinq minutes.

Pourquoi est-ce que tu ne nous préparerais pas un bon dîner pendant ce temps ?

— Oh ! bien sûr. À ton retour, un menu à cinq plats t'attendra.

— Je n'en attends pas moins, dit-il en souriant.

Risk enfila son manteau et enfonça son chapeau sur sa tête.

— Fais attention, lui recommanda April avec inquiétude.

En séchant, ses cheveux avaient formé de grosses boucles blondes qui lui retombaient en cascade dans le dos, et que certaines femmes auraient payé une fortune pour reproduire. Mais chez elle, c'étaient naturel. Ses yeux bleus habituellement pétillants s'obscurcirent lorsqu'elle lui fit un petit signe.

— Toujours, répondit-il en ouvrant la porte.

Une bourrasque le repoussa vers l'intérieur. Il lutta pour sortir et refermer la porte derrière lui.

Il courut sous la pluie, soulevant la boue de ses bottes. Toute la cour avant était inondée, et il s'élança sur le côté droit de la maison. Il trouva facilement le hangar à bois, qui comme April lui avait dit n'avait pas de serrure. Il y entra et, à présent à l'abri de la tempête, jeta un coup d'œil autour de lui. Il ne restait que très peu de bois : deux petits tas qui gisaient près du mur du fond. Il songea que c'était mieux que rien et que cela devrait suffire à les réchauffer durant le reste de la nuit.

Le premier tas dans les bras, il retourna dans la tempête afin de déposer sa charge devant la porte d'entrée. Puis, après une profonde inspiration, il s'élança à nouveau pour récupérer le deuxième tas. Les branches des acacias fouettaient l'air sous l'action des bourrasques, et il se hâta de retourner au hangar.

Une fois là-bas, il prit le deuxième tas et repartit. Il était presque au chalet quand un grand bruit retentit derrière lui, et il se retourna juste à temps pour voir une épaisse branche se détacher d'un acacia. Il tenta de l'esquiver, mais ne fut pas assez rapide. La branche le frappa à la tête, et ses genoux ployèrent avant que le monde s'obscurcisse.

April étala du beurre de cacahuètes sur les muffins restants, et posa le paquet de chips et deux pommes rouges en guise de dessert sur la table de la cuisine.

— Et voilà ce qu'on peut qualifier de véritable festin, murmura-t-elle.

Elle se sentait perdue sans téléphone portable ni aucun autre moyen de communication. Pourtant, elle n'aurait pas voulu voir quiconque s'aventurer dans cette tempête pour venir les sauver. Elle n'avait jamais rien vu de tel. Les volets claquaient, le vent soufflait sans merci, et le sol était inondé.

Elle détestait admettre sa défaite, mais Risk n'avait pas aimé grand-chose dans ce vieux chalet. Pour lui c'était un mauvais investissement, alors que dans son esprit à elle l'endroit n'avait besoin que de réparations mineures et d'entretien. Elle allait donc devoir endurer de passer un jour et une nuit avec lui pour rien.

— Je suppose que la vente est fichue.

Par la fenêtre, elle regarda la pluie qui ne se calmait pas, puis s'occupa en retouchant la table du repas avant d'aller aux toilettes. Quand elle retourna à la cuisine, cinq minutes s'étaient largement écoulées depuis le départ de Risk. Pourtant, il n'était toujours pas revenu.

Elle entendit alors un gémissement devant l'entrée. Le son était faible, et elle aurait pu le confondre avec le vent, mais son instinct lui dit qu'il ne s'agissait pas de ça, et elle se précipita vers la porte d'entrée.

Et là se tenait Risk, chancelant sur ses jambes, les épaules voûtées et du sang coulant d'une entaille à sa tête.

— Risk ! Mon Dieu ! que t'est-il arrivé ?

Il la regarda, l'air totalement désorienté, et s'effondra dans ses bras. Elle eut juste assez de force pour le rattraper et le faire entrer. Il ne disait rien, et elle eut peur qu'il soit en état de choc. Réfléchissant à toute vitesse, elle décida de l'emmener dans la suite parentale. Il avait besoin de soins, et cette pièce était plus facile à chauffer et disposait en outre d'un grand lit confortable.

— Reste avec moi, Risk. Tiens le coup.

Lentement ils avancèrent dans le hall, puis dans le couloir menant à la chambre. Risk était trempé, et ses vêtements boueux.

— Peux-tu rester debout le temps que je retire tes vêtements mouillés ?

Il acquiesça à peine. Elle devait faire vite, car elle voulait vérifier son entaille à la tête, mais elle ne pouvait pas le laisser s'asseoir dans ses vêtements trempés. Elle lui retira d'abord sa veste, puis sa chemise.

— D'accord, maintenant on va s'allonger.

Il tangua, et elle le rattrapa du mieux qu'elle put pour l'empêcher de tomber, puis l'aida à s'allonger. Elle lui ôta ses bottes, puis s'activa sur la fermeture Eclair de son jean. Comme il commença à trembler, elle le couvrit d'une couverture, priant pour qu'il ne soit pas en état de choc.

— Je reviens tout de suite, murmura-t-elle.

Se précipitant dans la salle de bains attenante, elle attrapa toutes les serviettes qu'elle trouva et retourna à toute vitesse rejoindre Risk. Il avait perdu connaissance. Les mains tremblantes, elle tamponna le sang de son visage afin de voir l'étendue de la blessure. L'entaille n'était pas très profonde, mais elle n'était pas infirmière et n'avait aucune idée de la gravité de la situation. D'après la belle bosse qui était en train de se former sous de la plaie, quelque chose l'avait frappé assez fort pour l'assommer.

Alors qu'elle continuait à tamponner, il gémit, et ses yeux s'ouvrirent lentement. C'était sûrement bon signe.

— Risk, tu m'entends ? demanda-t-elle d'une voix forte.

Il hocha la tête, puis ses yeux se refermèrent.

Le cœur de la jeune femme se mit à battre à toute vitesse ; elle détestait voir quelqu'un blessé, d'autant plus lorsqu'il s'agissait de quelqu'un dont elle se souciait.

Se soucier de Risk ?

Non, pas dans ce sens, mais uniquement à la manière d'un bon samaritain. Il avait besoin d'aide, et elle était là.

— Ne t'inquiète pas. Ça va aller.

Tout ce qu'elle savait, c'était qu'en cas de commotion cérébrale elle ne devait pas le laisser dormir. Elle allait devoir veiller sur lui jusqu'au matin : il le fallait.

La chambre était glaciale, et Risk tremblait malgré les couvertures. Il fallait le réchauffer avec un bon feu. Elle le quitta quelques instants, se rappelant vaguement avoir vu du bois par terre près de la porte d'entrée. Elle y courut et rapporta les bûches, avec un magazine trouvé dans le hall, pour les allumer.

— Tu es réveillé ? dit-elle d'une voix forte tout en jetant le bois dans le foyer.

Les yeux de Risk s'ouvrirent à nouveau, Dieu merci.

Elle n'avait jamais été scout, mais elle réussit tout de même à allumer le petit bois et à taquiner suffisamment les bûches pour démarrer un feu.

Elle revint alors vers Risk pour examiner sa blessure, et quand elle constata que le saignement avait cessé, elle sentit son cœur s'emplir de gratitude. Il avait l'air totalement ailleurs, vulnérable et abasourdi.

— Tu ne saignes plus, mais je vais t'envelopper la tête avec cette serviette propre, juste au cas où ça suinterait. Dis-moi si ça te fait mal.

Elle plia la serviette et l'enroula autour de sa tête.

— Là. Comment te sens-tu, Risk ?

Le feu crépita et éclaira faiblement son visage.

— Qui êtes-vous ? Et... pourquoi m'appelez-vous Risk ?

4

April resta interdite. Durant un instant, elle crut qu'il se moquait d'elle, mais le bon sens prévalut : il n'était pas en état de plaisanter, pas après un pareil coup à la tête...

— Que... comment cela ?

— Vous... ne faites que... m'appeler... Risk.

— Oui, c'est ton nom. Risk Boone. Tu ne t'en souviens pas ?

Il sembla fouiller dans sa mémoire, et son regard vide commença vraiment à inquiéter la jeune femme.

— Non. Je ne me souviens de rien.

— Tu ne te souviens *de rien* ? répéta-t-elle en déglutissant péniblement.

Il y réfléchit encore quelques secondes, l'air perplexe.

— Non, de rien.

Seigneur, si c'était vrai, la situation allait de mal en pis. Pouvait-il vraiment être devenu... amnésique ? Et combien de temps durerait sa perte de mémoire ? Que devait-elle faire ?

— Que m'est-il arrivé ?

— Tu es sorti dans la tempête pour chercher du bois. Je pense qu'une branche a dû céder et te tomber dessus.

Il s'imprégna de l'information, ne se souvenant manifestement toujours de rien.

— Qui diable porterait un prénom pareil... Risk ? marmonna-t-il.

Peut-être que si elle lui parlait de sa vie, cela ferait resurgir des souvenirs.

— Ce n'est pas vraiment ainsi que tu t'appelles. Ton vrai nom est River Boone. Les gens qui ne te connaissent pas pensent que tu as obtenu ce surnom en prenant beaucoup de risques au rodéo. C'était en quelque sorte ta marque de fabrique. Mais la vérité c'est que ton petit frère, Luke, n'arrivait pas à dire « River » quand il était bébé. Il le prononçait « Risker ». Alors c'est resté, et tout le monde s'est mis à t'appeler Risk.

Elle avait appris cette petite anecdote quand elle avait passé la nuit avec lui à Houston.

— Oh !

Cela ne parut éveiller aucun souvenir en lui. Il fronça les sourcils et finit par demander :

— Comment t'appelles-tu ?

— Je suis... je suis April Adams.

— Suis-je censé te connaître ?

— Euh... oui. Mais ne t'inquiète pas de ça pour le moment. Laisse-moi te parler de ta famille, et tu te souviendras peut-être de quelque chose.

— Tu as dit que j'avais un frère ?

— Deux frères en fait : Mason et Luke. Vous vivez tous au ranch Rising Springs, à Boone Springs.

Il secoua la tête, ne reconnaissant visiblement pas ces noms.

— Ta famille a fondé la ville il y a cent ans.

— Je ne..., dit-il en fermant les yeux.

— Ça te reviendra bientôt, lui assura-t-elle, espérant que ce soit vrai.

— Dis m'en plus.

Malgré son état de faiblesse, il semblait chercher désespérément quelque chose à quoi se raccrocher et qui pourrait éveiller un souvenir.

— Tu faisais du rodéo et tu étais très doué, mais tu as dû être opéré d'une blessure à l'épaule, après une chute de cheval, dit-elle doucement.

Elle passa un doigt sur la cicatrice de sa blessure à l'épaule.

— Voici la cicatrice.

Il plongea dans son regard, y cherchant quelque chose. Le

toucher ainsi était une erreur impardonnable, songea-t-elle. Mais le voir si faible, vulnérable et perdu la bouleversait.

— Je... euh... je vais te chercher de l'eau. Tu dois boire.

— Ne pars pas, la supplia-t-il.

Son ton désespéré la figea.

— Reste avec moi.

L'expression de son visage trahissait la douleur et la peur. Il ne voulait pas rester seul, et elle le comprenait. Il ne savait plus qui il était, ni ce qui lui était arrivé. Avoir l'esprit vidé de tout souvenir devait être incroyablement difficile à vivre.

— D'accord. Je vais rester.

April veilla sur lui, lui racontant l'intensité de la tempête et comment ils avaient couru vers le chalet pour se mettre à l'abri. Mais il s'assoupissait régulièrement malgré ses efforts pour le garder conscient. Le feu baissait petit à petit, et la pièce se refroidissait de plus en plus. April finit donc par se résoudre à grimper sur le lit pour se réchauffer sous les couvertures.

Il se tourna vers elle, étonné.

— Il faut que tu restes éveillé un peu plus longtemps, murmura-t-elle, en posant les doigts contre sa joue. S'il te plaît, Risk.

Il vit alors la lueur de sa bague en diamant et lui prit la main en se concentrant sur le bijou. Sa voix s'éclaircit, et une lueur chaude s'infiltra dans son regard. Depuis l'accident, c'était la première fois qu'elle le voyait aussi éveillé.

— April, sommes-nous fiancés ?

La question était légitime étant donné qu'elle se trouvait au lit avec lui et qu'elle soignait ses blessures. Elle ouvrit la bouche pour lui répondre, mais il la prit au dépourvu en pressant tendrement les lèvres contre sa paume. Elle aurait dû retirer la main et quitter ce lit, mais le soulagement qu'elle vit dans son regard, l'arrêta net. C'était comme s'il avait découvert quelque chose sur lui-même, et elle eut peur de détruire cet espoir.

— Risk.

— J'aime ta façon de prononcer mon nom, dit-il en souriant.

— Il est important que tu restes éveillé cette nuit, en cas de commotion cérébrale. Tu as pris un gros coup sur la tête.

— Ne m'en parle pas. Ça fait mal.

— Comment puis-je t'aider ? demanda-t-elle, inquiète.

— Reste ici et parle-moi.

— D'accord. Mais tu dois rester éveillé, insista-t-elle en le voyant fermer les yeux.

— Alors dis m'en plus sur ma vie, sur nous.

Oh ! mon Dieu ! ce n'était pas ce à quoi elle s'attendait, mais quel choix avait-elle ? Était-ce si terrible de lui laisser croire durant quelques heures qu'ils étaient fiancés, si cela le tranquillisait ? Elle lui dirait la vérité plus tard, une fois qu'il se sentirait mieux. Pour l'instant, elle devait l'empêcher de s'assoupir.

Elle commença donc à lui raconter ce qu'elle savait de sa vie ; elle lui dit qu'ils s'étaient rencontrés au lycée mais n'étaient sortis ensemble que plus tard – ce qui était vrai – et resta évasive. Heureusement, il ne posa aucune question, se contentant d'écouter. Elle parla ensuite de ses frères et du ranch où ils vivaient. Elle lui expliqua que Boone Springs célébrait annuellement la journée des Fondateurs, en l'honneur de ses ancêtres et de toutes les personnalités qui avaient contribué à créer la ville. Le grand jour était proche, et les trois frères seraient présents.

Comme elle connaissait beaucoup de choses sur les traditions de la ville, elle put parler pendant des heures, mais sans jamais le surcharger de détails, se contentant de lui dépeindre Boone Springs.

— Est-ce que tout ça te semble familier ? finit-elle par demander, même si elle connaissait la réponse.

Elle avait gardé un œil vigilant sur Risk pendant qu'elle parlait, et n'avait pas vu la moindre étincelle de souvenir dans son regard. Elle ne fut donc pas surprise de le voir secouer la tête.

— Laisse-moi regarder ta blessure.

Elle se hissa maladroitement au-dessus du corps de Risk pour avoir une meilleure vue, et défit le bandage de fortune. La bosse n'avait pas désenflé.

— Est-ce que tu te sens mieux ?

— Ma tête me fait encore un peu mal, mais les autres parties de mon corps vont très bien, dit-il en lui adressant un petit sourire ironique.

Elle saisit parfaitement le sens de ses paroles. *Risk est amnésique*, se morigéna-t-elle. Pourtant cela n'empêcha pas son corps de réagir à sa proximité, et elle sentit des picotements la parcourir de la tête aux pieds. Sa ferme détermination vacilla, et quand il lui prit les bras et l'attira vers lui avec de douces caresses, elle ne protesta pas.

Puis ses lèvres furent sur les siennes, doucement, tendrement, l'embrassant comme s'il cherchait à se souvenir de quelque chose. Il était si doux et si résolu. Ses tendres baisers la firent fondre, chaque parcelle de son corps s'éveillant à la douce pression de ses lèvres.

Elle devait le garder éveillé et concentré. Pour ce qui était de la concentration, c'était chose faite. Il fallait qu'elle l'arrête et qu'elle lui dise la vérité, qu'elle lui explique la présence de cette bague : que c'était un mensonge pour empêcher justement ce qui était en train de se produire. Pourtant, les mots ne vinrent pas. Rien d'étonnant vu la façon dont il l'embrassait. Chaque baiser la faisait frissonner davantage. Elle n'avait encore jamais rien éprouvé de tel pour un homme. Que dirait Jenna Mae en apprenant que son subterfuge de la bague se retournait contre elle ?

— Tu es incroyable, murmura-t-il entre deux baisers.

— Tu te souviens de quelque chose maintenant ?

— Non, je sais juste que je me sens bien, dit-il avant de lui donner un autre baiser incroyable de ses lèvres expertes.

— Risk, peut-être qu'on ne devrait pas, tenta-t-elle de protester.

— Ma tête va de mieux en mieux. Et puis, ce n'est pas toi qui disais que je devais rester éveillé ?

Il embrassa sa gorge avant de revenir mordiller sa bouche. April se sentit déchirée, confuse et impuissante à avouer la vérité.

— Si, mais... tu ne te souviens pas de moi.

— Tu te montres si attentionnée et inquiète et... j'ai l'impression de te connaître. C'est comme si je sentais ta présence à mes côtés. Je vois à quel point tu es compatissante, dit-il en prenant la tête de la jeune femme entre ses mains.

Ses yeux étaient brillants et intenses, et il ressemblait à nouveau à Risk, malgré ce bandage autour de la tête.

— Et tu ne me laisses absolument pas indifférente.

Il déposa un autre baiser sur sa bouche puis se figea.

— À moins que nous ne l'ayons encore jamais fait ? Est-ce le cas ?

— Euh… si, murmura-t-elle. Nous l'avons déjà fait.

— J'ai besoin de toi, April. J'ai besoin de ce lien.

Elle absorba ces mots qui lui allèrent droit à l'âme. Elle n'avait jamais ressenti cela pour aucun homme. Ce Risk était sincère, authentique et doux, et il n'était pas uniquement intéressé par le sexe : il avait besoin d'intimité et d'un pont vers son passé. Et aujourd'hui, ce pont c'était elle.

Mais pouvait-elle ignorer son passé avec lui ? Il l'avait déjà blessée, et ne s'en était jamais vraiment excusé. Le cerveau d'April lui disait non, mais son corps réagissait autrement, et son grand cœur disait oui.

Seulement, cette fois, elle serait prudente, car elle savait qu'il ne fallait rien attendre de lui. Mais en était-elle capable, sachant qu'elle devrait lui dire la vérité le lendemain ?

Elle pressa alors la bouche contre la sienne pour le goûter à nouveau, et il lui caressa le visage.

— Tu es douce et belle, April. Je suis heureux de t'avoir ici avec moi.

— Moi aussi je suis heureuse d'être ici avec toi.

— Alors arrêtons de parler.

— Ça te fait mal à la tête ?

— Ma tête n'est plus ce qui me fait mal, chérie.

Il la serra contre lui et reprit ses baisers. April se sentit incapable de l'arrêter et, au fin fond de son esprit, elle savait qu'il n'y aurait pas meilleur moyen pour le garder éveillé. Il avait déjà repris du poil de la bête.

Il ignorait peut-être qui il était, mais il n'avait pas perdu sa délicatesse, et son corps à moitié nu et dur comme de la pierre réchauffa la jeune femme. Il lui caressa les bras et l'aida à retirer ses vêtements, puis lui embrassa la nuque avant de repousser légèrement les couvertures, le visage empli d'admiration et de désir à la vue de ses courbes nues.

April se sentit totalement captivée par son regard et par la manière respectueuse dont il lui caressait les seins, comme s'il était émerveillé. Elle soupira, le corps tremblant et réclamant davantage, dévorée par le désir et complètement absorbée par l'attention dont elle était l'objet.

S'il trouva ses formes trop prononcées, il n'en laissa en tout cas rien paraître, bien au contraire, et la force de son désir excita April au plus haut point. Il continua à la caresser jusqu'à ce que de petits sons gutturaux s'échappent de sa gorge, puis il descendit plus bas le long de son corps et fit glisser les mains sur ses cuisses.

April gémit lorsqu'il la caressa entre les jambes, et il étouffa ses cris par un profond baiser.

Plus tard, April se trouva allongée à côté de Risk, la tête contre son torse et les bras de celui-ci autour de ses épaules.

— Ma tête va beaucoup mieux, murmura-t-il.

April en fut ravie, mais elle devait faire face à la réalité : elle allait devoir gâcher toute cette félicité le lendemain, en lui avouant son mensonge. Poussant un soupir, elle souhaita n'avoir jamais accepté le stratagème de Jenna.

— C'est bon signe. J'étais certaine que tu aurais une migraine.

Dehors, la pluie continuait de tomber, mais avec un peu moins de force, et elle se demanda si les routes étaient dégagées, même si elle doutait que ça soit le cas de sitôt. Sortir sous une telle tempête était encore trop dangereux. La seule bonne nouvelle était que Risk disait se sentir mieux.

— Eh bien, je mentirais en disant que je ne ressens pas une douleur sourde, mais ce n'est pas grand-chose. Tout est un peu confus.

Son estomac se mit alors à gronder, et ses yeux s'arrondirent de surprise.

— Je suppose que j'ai faim, dit-il. À quand remonte notre dernier repas ?

— Il y a longtemps. Nous ne nous attendions pas à être bloqués par la tempête, donc nous n'avons pas grand-chose. Mais c'est mieux que rien, et il faut que tu manges.

Elle roula hors du lit aussi discrètement que possible et enfila rapidement ses vêtements.

— Ça ira, n'est-ce pas ? Je vais juste nous chercher de quoi manger.

— Je peux y aller avec toi.

Il fit un geste pour se lever, mais elle l'arrêta d'un signe de la main.

— Non je t'en prie. Cela ne me prendra qu'une minute. N'essaye pas de te lever pour le moment.

Il la regarda, débattant intérieurement, puis se laissa retomber contre l'oreiller.

— D'accord. Fais attention.

Elle en sourit presque. Il lui disait de faire attention alors que c'était lui qui était blessé. C'était gentil de sa part de s'inquiéter.

Il pense que tu es sa fiancée.

Elle se précipita à la cuisine, y trouva le fameux menu à cinq plats qu'elle lui avait promis, remplit la thermos d'eau et emporta le tout. Au passage, elle récupéra le sac de sport de Risk avant de retourner dans la chambre.

Il était assis sur le lit, regardant par la fenêtre.

— Le dîner est servi, dit-elle en laissant tomber son sac et en s'asseyant à côté de lui.

Il regarda le plateau.

— Tu sais vraiment comment impressionner un homme, la taquina-t-il.

— Je suis la reine de la débrouille.

— Je vois ça.

Elle lui tendit la thermos.

— Tu dois avoir soif.

— Oui, merci.

Il prit plusieurs gorgées avant de la lui rendre.

— Au moins nous avons de l'eau en abondance.

— C'est un drôle d'euphémisme mon ange, dit-il d'un ton ironique en pointant la fenêtre.

Il prit alors un muffin et en fourra la moitié dans sa bouche.

— Ce n'est pas mauvais du tout.

— C'est ta tante Lottie qui les a faits. Elle vit au ranch pour le moment.

— Oui, tu m'as un peu parlé d'elle. Alors dis m'en plus sur toi.

Que pouvait-elle dire ? Qu'elle avait le béguin pour lui depuis une éternité, même après qu'il lui avait fait du mal ? Que le voir blessé et vulnérable avait de nouveau éveillé ses sentiments pour lui, et que plonger dans ses beaux yeux lui faisait faire des bêtises ? Comme par exemple faire semblant d'être sa fiancée ?

— J'étais une enfant potelée et j'ai lutté contre mon poids toute ma vie.

Il secoua la tête comme s'il ne pouvait pas y croire.

— Tu es vraiment parfaite comme tu es, April, dit-il en l'embrassant tendrement.

Son ton catégorique fut comme un baume pour elle.

— Je te remercie. Je me sens bien dans ma peau maintenant, mais ça n'a pas toujours été le cas.

— Eh bien ça aurait dû. Parle-moi de toi et de ton agence. Comment es-tu entrée dans l'immobilier ?

April lui en dit plus sur sa vie : ses années dans le comté de Willow, comment sa mère s'était remariée et comment elle en était venue à acheter le magasin d'antiquités de Perry Bueller.

— Avoir ma propre agence était mon rêve.

— C'est étrange… même si je n'ai aucun souvenir, j'ai l'impression de te connaître. Il y a quelque chose qui m'attire vers toi.

— Tu veux dire en dehors du fait que nous sommes bloqués dans ce cadre romantique ?

Le sourire qu'il lui adressa, laissa paraître ses fossettes.

— J'aime ta façon de penser, April. Mais pour répondre à ta question, oui, c'est plus que ça.

Ils passèrent le temps en grignotant muffins, chips et pommes tout au long de la nuit.

— Si tu as encore faim, il reste des chips et du beurre de cacahuètes.

— Non, mais je me sens étrangement faible.

Il passa les jambes à l'extérieur du lit et se leva sans laisser à April le temps de protester. Après un moment de vacillement, il réussit à trouver son équilibre. En voyant son corps à moitié nu éclairé par les dernières braises, April sentit sa bouche s'assécher.

— Ça va ? lui demanda-t-elle.

— Je pense que oui. Ça fait du bien de se lever.

Il prit les vêtements qu'elle avait déposés près du feu, et les enfila avec précaution. April, qui le suivait du regard, soupira de soulagement en le voyant capable de garder l'équilibre.

— Cette pièce se refroidit de minute en minute. Y a-t-il encore du bois ? demanda-t-il.

— Oui, mais il est dehors.

— À quelle distance ?

— Devant la porte d'entrée. Je n'ai apporté que ce que je pouvais porter.

— Je vais chercher le reste.

— Risk, c'est comme ça que tu t'es fait mal : en allant chercher du bois.

— La tempête se calme, et tu l'as dit toi-même, c'est juste devant la porte d'entrée.

— Très bien, mais je viens avec toi cette fois.

Il s'approcha d'elle et lui tendit la main.

— Ça me va. Allons-y.

Après avoir récupéré le reste du bois, Risk ralluma le feu, et la chaleur les enveloppa à nouveau. La cheminée était également leur unique source de lumière, car la lampe de Risk était tombée lorsqu'il avait été frappé par la branche. Une fois le feu éteint, il leur faudrait attendre jusqu'à l'aube avant de pouvoir distinguer quoi que ce soit.

Mais pour le moment ils étaient heureux de leur sort : assis au sol face au foyer et laissant la chaleur s'infiltrer jusque dans leurs os. Le reste du chalet était glacial, mais cette chambre était comme un sanctuaire.

— Je reviens dans quelques instants, dit April.

Elle rinça et essora une serviette pour la tête de Risk, et au retour repéra deux préservatifs apparus comme par magie sur la table de nuit. Plus tôt, Risk avait fouillé dans son sac de sport ; il avait dû se réjouir de sa trouvaille. Il n'en avait pourtant pas soufflé mot, se contentant de les ... poser là.

Elle ne savait pas quoi en penser. Ils n'avaient pas encore fait l'amour, mais la nuit était longue, et ils partageraient le même lit. S'agenouillant à côté de lui, elle tamponna doucement sa blessure, tout en en réfléchissant.

Risk prit sa main et fit courir les lèvres sur sa paume.

— Tu prends tellement soin de moi, murmura-t-il d'une voix emplie de gratitude.

Puis il leva la tête pour la regarder droit dans les yeux.

— Tu es incroyable, April. Tu es la seule chose réelle que je sache à propos de moi.

Il l'attira contre lui, et quand elle le chevaucha, un gémissement lui monta à la gorge. Lui prenant délicatement la tête en coupe, il couvrit sa bouche de la sienne et la taquina de la langue, jusqu'à ce qu'elle écarte les lèvres. Il fondit alors en elle dans un baiser passionné, à la fois tendre et torride. Elle aurait pu l'embrasser ainsi toute la nuit sans jamais se lasser. Risk ne retint rien, ne cherchant ni à se refréner ni à ralentir, soudain tout à fait décidé et sûr de lui.

Elle se sentit alors intimidée à l'idée qu'il puisse placer une telle confiance en elle. Lui dire la vérité aurait été préférable, mais elle ne pouvait s'y résoudre, car il la voyait comme son seul espoir.

Demain sera assez tôt, se dit-elle.

Soudain, il cessa de l'embrasser.

— April ?

Elle ouvrit les yeux et fixa la lumière des flammes dansant dans les siens.

— Le feu va bientôt s'éteindre, et l'air se rafraîchit. Peut-être que nous devrions nous coucher.

Elle fit taire ses appréhensions : elle désirait Risk et voulait être aimée de lui cette nuit. Mais contrairement à la dernière fois, elle saurait que cette aventure n'aboutirait à rien.

— C'est une bonne idée, murmura-t-elle.

Il l'aida à se relever, et ils s'installèrent au lit. Risk l'entoura de ses bras pour la rapprocher de lui, et dos pressé contre son torse elle finit par se détendre.

Elle aimait être dans ses bras, la sensation de sécurité qu'il représentait et la chaleur de son corps contre le sien. La journée n'avait été qu'un enchaînement de circonstances : la tempête, la course au chalet et finalement Risk qui perdait la mémoire. À présent qu'ils étaient au lit ensemble, un sentiment de paix la submergea, ce qui était fou, car ils n'avaient rien à manger et aucune idée de ce que le lendemain leur réserverait.

Entourée par le solide corps de Risk, elle se laissa aller au rythme de sa respiration, se sentant un avec lui et intégrant ce sentiment à chaque battement de son cœur. Mais quelques minutes plus tard, alors qu'elle pensait qu'il s'était peut-être endormi, il pressa les lèvres contre sa nuque, et tout ce qu'elle avait cru détendu en elle s'éveilla soudain à la vie. Par un soupir elle donna son approbation, que Risk saisit immédiatement, et il remonta la main le long de sa poitrine, pour taquiner ses seins. Elle n'arrivait plus à penser à quelque chose d'autre qu'à ses caresses, priant pour qu'il ne s'arrête jamais.

Risk l'aida à retirer son chemisier et dégrafa son soutien-gorge. Puis ses mains se posèrent aussitôt sur elle, la caressant d'une manière si respectueuse, comme si elle était une chose précieuse. Elle sentit son corps s'embraser baiser après baiser. Puis il la tourna face à lui et passa la langue sur sa poitrine, faisant dresser ses mamelons.

Mourant d'envie de le toucher, elle tâtonna les boutons de sa chemise qu'il finit par faire passer par-dessus sa tête. Elle posa alors les paumes, puis les lèvres, sur son torse de granit. Puis leurs bouches fusionnèrent à nouveau, tandis qu'il l'embrassait avec frénésie. Ils gémirent ensemble, secoués par l'intensité de leurs émotions. Ils étaient partenaires égaux, donnant et prenant à tour de rôle.

— J'ai trouvé des préservatifs, murmura-t-il entre deux baisers.

— Dieu merci.

Quelques secondes plus tard, leurs vêtements étaient retirés, et Risk prêt. April l'attendait avec impatience, le corps humide et accueillant.

Il s'empara à nouveau de ses lèvres et s'enfonça en elle. Une multitude de sensations envahirent la jeune femme, alors que son corps se souvenait de lui et de la plénitude qu'elle avait éprouvée lors de leur nuit à Houston.

— Ça va ? lui demanda-t-il avant de s'enfoncer plus profondément.

— Parfaitement bien.

Il la recouvrit alors de son corps, et elle se mit à bouger à son rythme, de plus en plus excitée à chaque poussée. Risk avait totalement pris le contrôle, et elle le suivit, en proie à des sensations incroyables, le cœur jaillissant presque de sa poitrine et battant de plus en plus rapidement. Risk semblait savoir exactement ce dont elle avait besoin et à quel moment le lui donner, et bientôt elle se sentit fondre et partir à la dérive.

— Risk ! cria-t-elle.

Elle vola en éclats et s'effondra. Tout son corps était en feu, et Risk fut là pour la rattraper. Elle l'embrassa alors avec abandon, désireuse de lui rendre tout ce qu'il lui avait donné. Il ne fallut pas longtemps à Risk pour la suivre. Son visage se figea en un masque de plaisir alors qu'il s'enfonçait une dernière fois en elle, dans une sensation incroyablement merveilleuse.

Risk se leva au petit matin, et s'habilla rapidement. Il déposa ensuite un doux baiser sur le front d'April qui dormait toujours. Il ne se souvenait peut-être de rien, mais il savait qu'il avait une chance inouïe d'être aimé d'une femme telle qu'April. Elle était attentionnée, drôle et belle avec ses longues mèches bouclées et ses yeux d'un bleu vif. Elle avait pris soin de lui et l'avait encouragé de son mieux, même si sa mémoire demeurait aussi vide qu'un tableau blanc prêt à être rempli. Au moins, April avait été là pour combler les vides, et cela l'avait grandement aidé. Il s'était souvent senti sur la même longueur d'onde qu'elle, mais leurs ébats avaient été hors du commun.

Il ne voulait pas déranger son sommeil, mais il était curieux au sujet du chalet et voulut l'explorer un peu. Sans bruit, il se dirigea vers la porte et prit le couloir qui menait à l'entrée. Là, il passa en revue les sols et les murs, cherchant d'éventuels dommages causés par la tempête. Il passa ensuite aux grandes baies vitrées. Dehors, la pluie tombait sous forme de bruine, ce qui était encourageant.

— Risk ?

Il se tourna pour trouver April dans l'embrasure de la porte, les bras croisés sur son pull.

— April, tu as froid. Viens par ici. Je vais te réchauffer.

Elle s'approcha, et il la prit dans ses bras.

— Je me suis réveillée, et tu étais parti. Je ne savais pas si tu allais bien ou pas.

— Ne t'inquiète pas pour moi, mon ange. J'ai la tête dure. Vide, mais dure. Je ne voulais pas te réveiller.

— Tu avais moins d'états d'âme hier soir.

Il éclata de rire. La deuxième fois avait été aussi inspirante que la première. Aucun n'avait beaucoup dormi, car April avait fait de son mieux pour le garder éveillé. Au matin, elle avait fini par s'écrouler, et il avait quelque peu somnolé. Il était à présent presque certain de n'avoir aucune commotion cérébrale, mais la présence d'April était le meilleur des baumes pour son âme : elle était son lien avec sa vie réelle.

— Hé ! je ne t'ai pas vraiment entendue te plaindre.

— Non, aucune plainte, dit-elle en souriant.

Il la serra dans ses bras.

— Pourquoi t'es-tu levé si tôt ?

— Par curiosité. Après tout, nous sommes ici pour visiter ce chalet, n'est-ce pas ? Tu es mon agent immobilier, et sommes venus voir si c'est un bon investissement.

— Oui, c'est vrai.

— Alors, on commence ?

— Bien sûr. Allons-y.

Il prit la main d'April, et ils passèrent en revue l'entrée, notant quelques pierres de la cheminée qui s'étaient détachées. Les sols étaient en assez bon état et avaient juste besoin d'un peu d'entretien. Quant aux fenêtres, elles étaient bien isolées.

Pour la cuisine, c'était une autre affaire.

— Le carrelage est abîmé, et les plans de travail devront être changés.

Il ouvrit quelques placards et en inspecta l'intérieur.

— Certaines portes sont sorties de leurs charnières, mais la structure est solide. Ils auraient besoin de réparations, voire d'une petite remise à neuf, dit-il. Est-ce que l'électroménager fonctionne ?

— En grande partie oui, répondit April en faisant la grimace. Tu penses que la cuisine doit être entièrement refaite ?

— Non, elle est récupérable. Elle a un certain charme, et je pense que ça devrait aller.

— Vraiment ? dit-elle en souriant. Je suis contente que tu le penses.

Ils passèrent à la salle à manger attenante à la cuisine.

— Cette pièce me paraît bien, dit-il en regardant autour de lui.

— Par beau temps ces fenêtres apportent beaucoup de lumière. On peut même voir Canyon Lake d'ici. Le vue est splendide.

— Je n'en doute pas.

— Et nous savons déjà que la chambre parentale est fonctionnelle.

— Je le confirme.

— J'ai bien peur que l'étage ne soit pas en aussi bon état. La tempête a révélé des fuites dans les chambres.

Alors qu'ils montaient les marches, elle l'éclaira sur l'histoire des chambres et du frère et de la sœur qui n'arrivaient pas à se mettre d'accord. La passion qu'elle manifestait pour cet endroit ne fit que le charmer davantage, et il ne voulut pas refréner son enthousiasme.

— Je sais que le toit a besoin de réparations, dit-elle, mais si tu décides de le remplacer, il y a une marge de négociation avec le propriétaire.

Un sentiment de déjà-vu prit place dans son esprit. Il lui sembla avoir déjà eu cette conversation. Ce n'était qu'un flash, un morceau de mémoire, ou peut-être que c'était son imagination.

Tout de même... c'était encourageant.

— Tu sais quoi ? J'aime bien ce chalet. J'y vois du potentiel.

— J'en suis heureuse.

April lui fit un grand sourire, puis un grognement monta soudain de son estomac et emplit la pièce silencieuse.

— Oups ! Excuse-moi.

— Figure-toi que moi aussi j'ai faim. Que nous reste-t-il ?

— Pas grand-chose. Chips et beurre de cacahuètes.

— Au petit déjeuner ?

— Oui, dit-elle en riant. Au petit déjeuner, accompagnés d'un grand verre d'eau.

— Je ne peux rêver de mieux.

Elle battit des cils d'une manière si adorable qu'il ne put s'empêcher de planter un baiser sur sa bouche ; le premier vrai baiser de la journée et sûrement pas le dernier.

Quelques minutes plus tard, il regardait April plonger doucement les chips dans le beurre de cacahuètes et les déposer sur la table comme s'il s'agissait d'un repas gastronomique. Il aimait son optimisme et appréciait le sang-froid dont elle faisait preuve, dans une situation qui aurait pu en faire paniquer d'autres. Elle avait pris les choses en main, l'avait soigné et empêché de céder à la panique. Cela n'avait pas dû être simple, et il en avait parfaitement conscience. Ne rien savoir de lui, de sa famille et de sa vie passée était effrayant. April avait su combler les vides, mais sans le surcharger.

Avec elle à ses côtés, il était sûr de réussir à traverser les moments difficiles.

Elle posa la thermos entre eux, et ils grignotèrent des chips et sirotèrent de l'eau.

— On dirait que la tempête se calme.

— J'espère qu'une autre ne va pas débuter derrière. Je devrais peut-être essayer d'aller jusqu'à la voiture pour évaluer la situation.

— Tu veux dire que *nous* devrions peut-être aller jusqu'à la voiture pour évaluer la situation.

— Nous ? dit-il en secouant la tête. Non, April. Tu as dit que la voiture est à un kilomètre, et si la tempête reprend, il ne faut pas que tu sois dehors.

— Si j'étais allée avec toi chercher le bois, peut-être que tu n'aurais pas été blessé.

— Ou peut-être que nous l'aurions été tous les deux. Au moins, l'un de nous a conservé sa mémoire.

— La vérité c'est que je ne veux pas rester seule ici.

Risk la regarda d'un air sceptique, les yeux plissés, et elle se mordilla la lèvre en battant des cils.

— D'accord, nous resterons ensemble, dit-il finalement.

Un grand soulagement se lut immédiatement sur le visage de la jeune femme. Il savait avoir pris la bonne décision, mais il pouvait y avoir du danger à l'extérieur, et il était décidé à la protéger comme si sa vie en dépendait.

April s'était juré d'avouer toute la vérité à Risk dès son réveil. Mais quand elle l'avait trouvé en train d'explorer le chalet, elle lui avait emboîté le pas, et ses bonnes résolutions s'étaient envolées. Ce n'était pas chose aisée de confesser son mensonge. Elle avait succombé à son charme et couché plusieurs fois avec lui. Comment justifier cela ? Et comment expliquer la bague à son doigt ? De plus elle ignorait si la vérité pouvait être un frein à son rétablissement, car pour le moment elle était son seul pont vers sa vraie vie.

La veille, elle s'était surtout efforcée de soigner sa blessure et d'ôter l'expression perdue et effrayée qu'il affichait. Partager le lit de Risk Boone pour se protéger du froid avait été une nécessité, et il lui avait répété à maintes reprises à quel point sa présence le rassurait.

Mais c'était mal de le laisser continuer à croire un mensonge. Pourtant elle aurait tant aimé que cette histoire soit vraie, car elle était en train de retomber amoureuse de lui.

N'était-ce pas complètement stupide ?

Elle devait absolument lui dire la vérité.

— Tu n'es pas encore prête ? demanda-t-il en enfilant sa veste. Il te faut des chaussures et un manteau, chérie. La pluie s'est arrêtée, et c'est le bon moment pour y aller.

— Oh ! je serai prête dans deux minutes. Risk ?

— Hum ?

— À notre retour, je dois te parler de quelque chose.

— Bien. Si nous ne trouvons pas un moyen de partir d'ici, nous aurons tout le temps que tu veux pour discuter.

Quelques minutes plus tard, ils fermaient la porte et s'aventuraient sur la route détrempée qui partait du chalet. L'air était frais et cela faisait du bien d'être dehors après près de vingt-quatre heures de confinement. Risk tenait fermement la main d'April, et ce simple lien maintenait une constante chaleur entre eux.

Ils marchaient lentement, faisant des pas prudents et luttant contre les fortes rafales qui secouaient les arbres et faisaient voler leurs cheveux dans toutes les directions. Le pied d'April s'enfonça dans la route, et elle trébucha, mais Risk fut là pour la rattraper et l'empêcher de tomber.

— Attention, dit-il, en la serrant contre lui et lui donnant un tendre baiser. Ça va ?

Elle hocha la tête et fixa sa bouche, la tête pleine de désirs impossibles.

— Oui je vais bien. Merci de m'avoir rattrapée.

— Quand tu veux, dit-il, le regard brillant.

Ce Risk là était attrayant et gentil, et...

Soudain, un bruit venant du ciel leur fit lever la tête – le son des hélices d'un hélicoptère. Il volait droit au-dessus d'eux, et April reconnut immédiatement le logo du Rising Springs.

— Risk, c'est l'hélicoptère de ta famille. Je crois que nous sommes sauvés.

5

Risk refusa la civière, mais le personnel de l'hôpital qui l'attendait sur l'hélisurface, insista pour le mettre dans fauteuil roulant. Il serra la main d'April, et elle marcha à côté de lui alors qu'il était conduit vers l'entrée arrière de l'hôpital. Luke Boone, qui avait piloté l'hélicoptère pour venir à leur recherche, et Mason marchaient quelques pas derrière eux.

Ils furent assaillis par le cliquetis des appareils photo et par des journalistes qui criaient leurs questions de tous les côtés. April en reconnut plusieurs et fut surprise, mais elle se souvint alors à quel point la famille Boone étaient importante dans cette ville. La nouvelle d'un Boone disparu dans une tempête, ne serait-ce qu'une nuit, avait fait la une des journaux.

— Risk, comment compareriez-vous cela à la chute que vous avez fait avec votre cheval, Justice ?

— Qu'est-il arrivé à votre tête ?

April lui serra la main, et il leva les yeux vers elle, déconcerté.

— Pouvez-vous faire un commentaire, monsieur Boone ? Nous dire quelque chose ?

Risk leva sa main libre.

— Attendez une minute, s'il vous plaît, dit-il en se tournant vers l'infirmière qui le poussait.

Celle-ci n'eut pas l'air ravie d'arrêter le fauteuil, mais s'exécuta néanmoins. Risk regarda les visages des journalistes.

— Je ne peux pas répondre à ces questions. Je ne me souviens de rien. Mais je dirai que ma fiancée a vraiment bien pris soin de moi quand j'ai été blessé. April a été à mes côtés tout le temps, et nous sommes tous deux très chanceux de nous en être sortis.

— Que voulez-vous dire par là ? Êtes-vous amnésique ? cria un journaliste.

— Vous voulez dire que vous êtes fiancé ? demanda un autre.

Une demi-douzaine d'autres questions suivirent, et April se figea tandis que tous les yeux se posaient sur elle. Elle n'eut pas besoin de se tourner vers Mason et Luke pour savoir qu'ils étaient totalement choqués par l'annonce de leur frère. En moins d'une seconde les appareils photo se tournèrent vers elle, et les questions fusèrent. Elle garda un visage stoïque, mais sa tête était sur le point d'éclater. Risk venait d'annoncer à Boone Springs qu'il souffrait d'amnésie et qu'il était fiancé. Un photographe se pencha très bas et prit une photo de la bague en diamant à sa main gauche.

Puis, rapidement, une demi-douzaine d'employés de l'hôpital intervinrent pour empêcher les journalistes d'entrer dans le bâtiment, et un médecin prit la parole.

— Ce sera tout pour aujourd'hui. Nous ne connaîtrons pas l'étendue de la blessure de M. Boone tant que nous ne l'aurons pas examiné. Je suis certain que M. Boone vous sera reconnaissant de respecter sa vie privée.

— Restera-t-il amnésique ?

— Comme je l'ai dit, nous ne le saurons pas avant de lui avoir fait passer des examens approfondis.

Quelques instants plus tard, Risk fut amené aux urgences où Lottie Sue Brown l'attendait. Sa tante était une icône de la ville, et même si April ne l'avait jamais rencontrée, elle la reconnut immédiatement.

Mason posa une main sur l'épaule de Risk, et tante Lottie se pencha pour lui embrasser la joue.

— On était fous d'inquiétude. Quel soulagement que tu ailles bien !

Risk regarda April, clairement déconcerté. Celle-ci lui chuchota à l'oreille.

— C'est ta tante Lottie.

Même s'ils avaient été avertis de son amnésie par un bref message de Mason, sa famille manifesta tout de même de la surprise en voyant qu'il ne reconnaissait personne. Et inutile de préciser que Mason et Luke la regardaient avec une extrême curiosité mêlée de prudence, depuis l'incroyable annonce de Risk.

Deux médecins urgentistes entrèrent dans la pièce accompagnés d'une infirmière.

— Je sais que vous êtes inquiets pour M. Boone, mais nous allons devoir vous demander à tous de sortir. Nous devons l'examiner.

— Docteurs, faites-nous savoir si vous avez des questions, déclara Mason.

— Bien sûr, répondit l'un des médecins en désignant la porte.

Mason, Luke et Lottie sortirent, tandis que Risk continuait de serrer la main d'April. Elle fit un geste pour partir, et à contrecœur il relâcha ses doigts un par un.

— Je serai juste dehors, lui assura-t-elle.

Il lui adressa un demi-sourire alors qu'elle sortait de la pièce.

À son entrée dans la salle d'attente, Mason, Luke et Lottie l'accueillirent avec des regards méfiants. Son estomac se noua en une minuscule boule. Elle s'était fourrée dans un drôle de pétrin.

Lottie fut la première à parler.

— Est-ce que vous vous sentez bien, April ?

— Oui… merci de vous en inquiéter. Je me sens simplement fatiguée.

Elle était épuisée, et pas seulement parce que Risk et elle avaient passé d'innombrables heures à faire l'amour, à se tenir au chaud et à rester éveillés par peur d'une commotion cérébrale. Toute cette aventure avait été émotionnellement épuisante. Comment allait-elle pouvoir expliquer ce qui s'était passé durant ces vingt-quatre dernières heures ?

— Risk ne fait que chanter vos louanges, déclara Lottie. Vous avez pris soin de lui.

— J'ai fait de mon mieux, dit-elle les joues brûlantes.

— Et est-ce que ces fiançailles sont le fruit de son imagination ?

Encore une fois, tous les yeux se tournèrent vers l'anneau à son doigt.

— Pas exactement.

— C'est-à-dire ? demanda Mason, clairement perplexe.

Luke se passa une main sur le front.

— J'aimerais aussi savoir.

April ferma la porte de la salle d'attente et s'assit. Les autres prirent place également, et elle inspira profondément pour rassembler son courage.

— Nous ne sommes pas vraiment fiancés, mais Risk pense que si, annonça-t-elle en évaluant leurs réactions.

Sa déclaration ne fit que les intriguer davantage.

— Voyez-vous, avant que Risk perde la mémoire, il croyait que j'étais fiancée. Pour des raisons que je ne veux pas détailler ici, je voulais lui faire croire que je l'étais. Mais quand j'ai vu sa blessure à la tête et découvert sa perte de mémoire, j'ai eu peur que ce soit une commotion cérébrale. Je savais que je devais le garder éveillé et l'empêcher de s'endormir. Il était faible et complètement assommé, mais quand il a vu l'anneau à mon doigt et qu'il a supposé que nous étions fiancés, son attitude a changé, et son regard s'est illuminé. Il m'a vue comme un lien vers sa vie. J'aurais dû le détromper, je le sais, mais il semblait avoir vraiment besoin de ça. Le croire l'a vraiment soulagé et rendu heureux.

Les frères restèrent silencieux, et Lottie prit la parole.

— Ça a dû être effrayant pour vous. Se retrouver toute seule dans ce chalet vide, en pleine tempête et avec un homme blessé.

— Oui, mais grâce à votre panier-repas, nous avons eu de quoi manger.

Lottie sourit chaleureusement.

— Les garçons trouvent que je les materne.

— C'est une bonne chose que vous soyez si prévenante.

Soudain ses épaules s'affaissèrent, et toute l'adrénaline qui l'avait fait tenir jusque-là disparut, la laissant épuisée.

— Vous avez dit qu'avant sa perte de mémoire, vous lui

aviez dit que vous étiez fiancée. Je suppose que ce n'est pas vrai ? demanda Mason.

April rougit.

— Mason, je pense qu'April a besoin de se reposer. Elle en a suffisamment bavé.

— Non, non, protesta-t-elle. Je veux vous expliquer. Je dois aussi dire la vérité à Risk, mais...

— Ce n'est peut-être pas le bon moment, dit Lottie. Je pense que l'examen va durer un bon moment et qu'il sera trop fatigué après tout ça.

— Je suis d'accord. Mais je veux entendre ce que vous avez à dire, déclara Luke.

C'est lui qui était venu à leur secours et qui les avait sauvés. Elle devait la vérité aux Boone et voulait libérer sa conscience. Elle commença donc, l'estomac noué.

— Si je vous dis tout, promettez-vous de me laisser l'expliquer à Risk une fois que le médecin aura donné son accord ?

Tous acquiescèrent.

— Mais seulement si vous vous en sentez capable, April.

Lottie était vraiment une personne très gentille.

— Je m'en sens capable, mais j'ai peur de ne pas y arriver. Voyez-vous, commença-t-elle en choisissant soigneusement ses mots, Risk et moi avons eu une liaison. Nous nous sommes rencontrés peu de temps après sa rupture avec Shannon, et ça ne s'est pas très bien passé. Mais il y avait cette attirance entre nous, alors mon amie a inventé cette idée idiote de faire semblant d'être fiancée afin de pouvoir travailler avec lui. Comme une sorte de... police d'assurance, si vous voyez ce que je veux dire.

Elle les regarda d'un air entendu, espérant qu'ils comprendraient. Encore une fois, ils acquiescèrent.

— C'est à peu près tout. Je voulais garder une relation purement professionnelle avec Risk.

— Ce qui n'est pas arrivé, je suppose, dit Mason en arquant un sourcil.

— Chut ! dit Lottie. C'est entre ton frère et April.

La jeune femme sentit son visage s'empourprer. Il était hors de question qu'elle réponde à cette question. Avouer la vérité avait été difficile, mais au moins elle s'en était sortie sans faiblir.

— Pour ce que ça vaut, je suis désolée pour tout ça.

— Ce n'est pas votre faute, dit Luke.

— Vous ne pouviez pas prévoir que la tempête ferait autant de dégâts, ajouta Lottie.

— Vous avez aidé mon frère quand il en avait le plus besoin, ajouta Mason, avec un sourire en coin. Nous vous en serons toujours reconnaissants.

Bien que toute la famille lui eût dispensé des paroles gentilles, elle avait le sentiment que les frères Boone étaient mécontents de son mensonge.

— C'est exact, dit Lottie. Vous avez bien pris soin de Risk, et maintenant il est temps de prendre soin de vous. La nuit sera longue April. Pourquoi ne pas rentrer chez vous pour dormir un peu ?

— Ne devrais-je pas rester et attendre Risk ? Il est un peu désorienté.

— Nous lui dirons que vous aviez besoin de repos. Il comprendra. Je vous tiendrai au courant, promis. Mason a votre numéro. Notre voiture va vous ramener chez vous si vous le souhaitez.

— C'est très gentil de votre part.

Lottie étreignit affectueusement April, qui apprécia sa gentillesse.

— Vous avez eu suffisamment d'émotions pour aujourd'hui. Laissez-moi vous accompagner.

Mason et Luke lui firent un signe de la tête, et Lottie la conduisit à la limousine et donna des instructions au chauffeur.

Aussitôt chez elle, April appela Jenna Mae.

— Dieu merci, tu es à la maison, Jenna. J'ai vraiment besoin de te parler. Il faut que je t'annonce quelque chose.

— Tu plaisantes ? C'est déjà sur tous les réseaux sociaux. Je t'écoute. Dis-moi tout.

April raccrocha après une longue conversation avec Jenna. Son amie savait toujours comment la réconforter et l'aider à y voir plus clair. Elle aimait ses deux amies, Jenna Mae et Clovie, comme des sœurs et ne savait pas ce qu'elle ferait sans elles.

Après un bon bain, elle enfila son pyjama le plus confortable, se fit un chocolat chaud et essaya en vain de presser le bouton *off* dans sa tête. Les vingt-quatre dernières heures défilaient sans cesse dans son esprit. De toutes les personnes sur terre, il avait fallu qu'elle s'invente des fiançailles avec une célébrité nationale du rodéo et de la télévision. La nouvelle était partout sur Internet, et impossible de faire marche arrière. Elle ne pouvait qu'imaginer les gros titres du matin.

Son téléphone portable vibra sur la table basse, et elle faillit avoir une attaque en voyant le nom de Risk : l'homme à qui elle n'avait cessé de mentir.

Elle dérocha d'une main tremblante.

— Allô !

— April, c'est moi.

— R... Risk, je ne m'attendais pas à avoir de tes nouvelles ce soir. Comment vas-tu ?

— J'irai mieux une fois que je serai sorti d'ici. J'ai été plus piqué aujourd'hui que je l'aurais cru possible, et demain ça sera pareil. On m'a ausculté jusqu'au bout des ongles. Mais je voulais m'assurer que tu allais bien. Tu me manques.

April se mordit la lèvre.

— Je sais, et je suis désolée d'avoir quitté l'hôpital. Ta tante a insisté pour que je me repose.

— Elle a eu raison. Tu as également vécu beaucoup de choses.

— Comment va ta tête ? As-tu mal ?

Il soupira.

— Je vais bien. Il y a encore un léger œdème, mais le médecin dit que si tout va bien demain et si tous les autres examens sont normaux, je pourrai rentrer à la maison après-demain. Ça parait bizarre de dire « la maison » quand je ne me souviens ni du ranch ni de ma famille.

— Mais peut-être que le voir et être entouré de tes proches éveillera tes souvenir.

— C'est ce que disent les médecins. Mais les seuls souvenirs que j'ai sont ceux de toi et moi au chalet.

Il ajouta ensuite d'une voix rauque :

— Je ne les échangerais contre rien au monde.

— Moi non plus.

— Est-ce que tu passeras demain ?

— Oui… je passerai.

Elle passerait rapidement à l'hôpital, mais elle ne lui dirait rien avant d'avoir eu l'aval des médecins. D'ici là, il lui faudrait continuer cette comédie.

Pourtant elle n'était pas pressée de lui révéler la vérité. Il croyait toujours qu'ils étaient fiancés, et *ce* Risk-là, l'homme séduisant et doux qui s'était révélé après sa blessure, l'avait séduite. Ce Risk était un homme sympathique, et son petit béguin pour lui s'était rapidement transformé en un cratère plein de guimauves.

— On se voit demain, Risk. Dors bien.

— Toi aussi. Bonne nuit.

Elle raccrocha et regarda le téléphone.

Ça n'allait pas être facile de lui faire du mal. Et quel effet cette révélation aurait sur sa guérison ?

Le lendemain, April entra dans la chambre d'hôpital de Risk, un vase de fleurs colorées à la main. Il était allongé sur le lit, les yeux fermés. Elle fut sur le point de sortir de la pièce pour le laisser se reposer quand soudain il ouvrit les yeux.

— Bonjour, dit-il doucement, un sourire aux lèvres.

— Risk, je suis désolée. Je ne voulais pas te déranger.

— Tu ne me déranges pas. Tu es même la meilleure chose qui me soit arrivée aujourd'hui. Je t'attendais. Approche-toi, dit-il, en lui faisant signe de s'asseoir près de lui sur le lit.

— Euh… laisse-moi d'abord poser les fleurs.

Elle mit le vase sur la table près de son lit et se tint là, sans trop savoir quoi faire.

— Elles sont très belles, merci. Et toi, tu es magnifique.

Elle portait une courte veste en jean sur une robe à fleurs bleues : rien de spécial, mais elle s'était un peu habillée pour cette visite.

— Merci.

Il tendit la main, et elle le regarda un instant avant d'entrelacer les doigts aux siens. Il tira alors un petit coup, et elle se trouva propulsée vers l'avant, contre le lit.

— C'est bon de te voir, April.

— C'est bon de te voir aussi. Rien de nouveau ?

— Non, mais te voir me donne l'impression que tout va pour le mieux.

Il regarda alors ses lèvres, les yeux brillants, et ajouta :

— Je pense que j'ai besoin d'un baiser de la part de ma fiancée.

April battit des cils. Elle s'y attendait, mais cela paraissait tellement faux à présent. Penchant la tête, elle lui donna un tout petit baiser sur la bouche. Juste au moment où elle recula, un bruit de talons la fit se retourner, et elle se trouva nez à nez avec Shannon Wilkes. Cheveux auburn, yeux verts et corps parfait, la jeune femme était d'une beauté classique.

April n'en croyait pas ses yeux, et elle fixa la femme durant quelques secondes sans pouvoir prononcer le moindre mot. Vêtue de bottes à talons vertigineux, d'un legging noir et d'une élégante tunique vert et noir avec ceinture, elle lança à April un regard dédaigneux avant de se diriger vers le lit.

Une impression de déjà-vu saisit à April : la fille ronde de sa jeunesse se sentit à nouveau invisible.

— Risk, je suis venue dès que j'ai appris la nouvelle. Je suis vraiment désolée pour ta blessure. Après ta gentillesse la semaine dernière après le décès de maman, il fallait absolument que je vienne te voir.

Risk reporta son attention sur April, l'expression vide. Celle-ci était toujours ébahie de se retrouver dans la même pièce que Shannon Wilkes, la femme qui, entre autres, avait brisé le cœur de Risk. Puis soudain, tout devint clair : c'était donc la mère de Shannon qui avait beaucoup compté pour Risk et qui était morte. Il était allé voir Shannon après le décès de celle-ci et était resté avec elle le temps des funérailles.

— Je suis désolée pour votre mère, déclara Risk. Mais est-ce que je vous connais ?

— Bien sûr que tu me connais.

— Désolé, mais je ne me souviens pas de vous.

L'attitude de Shannon changea, et elle fit la moue.

— J'ai entendu parler de ton amnésie aux informations, mais je ne savais pas si c'était vrai. Je ne pensais pas que tu... tu m'oublierais.

Comme s'il était impensable qu'une personne saine d'esprit puisse oublier une star pareille. Le démon en April se dit que le point positif avec cette amnésie, c'était qu'il avait oublié la douleur que cette femme lui avait causée.

— Désolé, mais c'est vrai. Je ne me souviens pas de vous.

Shannon battit des cils et se tourna vers April, déconcertée.

— Vous devez être April.

— En effet.

— Shannon, dit-elle, avant de se tourner à nouveau vers Risk. Je me disais que si nous parlions un peu en privé, tu te souviendrais peut-être de notre passé.

Risk regarda April et lui fit signe de s'approcher, puis lui prit la main et la serra.

— Je ne pense pas, non. Je veux dire, si ma propre fiancée ne peut raviver ma mémoire, je ne pense pas que vous le pourrez.

Il entrelaça ensuite les doigts à ceux d'April et lui embrassa la main. Shannon n'en perdit pas une miette.

Soudain un bruit s'éleva de la rue. April jeta un coup d'œil par la fenêtre.

— Ce sont des camionnettes de journalistes.

— Désolée, dit Shannon en haussant les épaules. J'ai essayé d'être discrète. Je n'ai dit à personne que je venais voir Risk.

Discrète ? Avec ce visage et cette tenue ? Elle était une des actrices les plus en vue du monde, et n'ignorait sûrement pas que sa venue à Boone Springs créerait une frénésie médiatique. Même si sa vie amoureuse actuelle se portait presque aussi mal que son dernier film, il n'en demeurait pas moins qu'elle avait de nombreux fans sur tous les continents.

— Je viens de loin pour te voir, Risk.

— Êtes-vous célèbre ou quelque chose de ce genre ?

April laissa échapper un petit rire ironique.

— Quelque chose de ce genre, oui. Mais je suis venue parce que nous sommes amis maintenant. Tu as été si gentil avec maman et tu m'as tellement aidée pendant cette période. Alors quand j'ai entendu parler de ta blessure, je me suis précipitée.

Risk lui lança un autre regard vide.

— Félicitations pour tes... pour tes fiançailles, ajouta-t-elle avec un sourire, avant de se tourner vers April. Félicitations à vous deux.

— Merci, finit par répondre April.

— C'est tout de même étrange. Pendant tout son séjour à Atlanta, Risk n'en a jamais parlé.

Une sensation de chaleur se propagea le long du cou d'April, qui tenta de garder une expression calme malgré le regard scrutateur de l'actrice.

— Je suis désolé, je n'ai pas d'explication, dit Risk.

Deux infirmières entrèrent, toutes deux visiblement émerveillées de voir Shannon Wilkes en personne, et l'une tenant le plus gros et le plus exquis des bouquets de roses rouges et blanches. L'infirmière posa le vase sur la table à côté de celui d'April, qui sembla complètement disparaître à côté.

— Elles viennent de moi, déclara Shannon avec un sourire.

— Merci, dit Risk d'une voix incertaine.

— Désolée de vous interrompre, intervint une des infirmières d'une voix emplie de respect. M. Boone doit subir d'autres examens cet après-midi. Nous allons devoir vous demander à toutes les deux de partir.

— Bien sûr, dit immédiatement April, trop heureuse de ce changement de sujet de conversation. Je vais y aller.

Risk la regarda, l'air déçu. De toute évidence, il aurait souhaité qu'elle reste plus longtemps. Elle se pencha et lui donna un baiser sur la joue. Shannon ne les quittait pas des yeux.

— J'ai réservé au Baron pour une longue durée, dit-elle en s'approchant de Risk.

Elle lui serra la main et plongea dans son regard.

— Tu ne t'en souviens peut-être pas, Risk, mais à la mort de maman, tu m'as conseillé de prendre du recul et de découvrir ce que je veux vraiment dans la vie. Tu m'as invitée à la fête de la journée des Fondateurs de votre ville, et je me suis dit : « Pourquoi ne pas faire un long séjour à Boone Springs pour me ressourcer ? »

Elle devait sûrement plaisanter. Avec tous ces journalistes sur ses talons, la paix et la tranquillité seraient les dernières choses qu'elle trouverait dans cette ville. Mais peut-être que prendre du recul n'était pas vraiment ce que Shannon recherchait.

Peut-être qu'elle était après son ex-petit ami, Risk Boone.

6

Le lendemain, Risk, escorté par ses deux frères, fut emmené en fauteuil roulant à la sortie arrière de l'hôpital. Le rapport sur son état de santé était bon : pas de commotion cérébrale, plus d'œdème au niveau du cerveau, pas de vertiges.

— Il y aura des journalistes dehors, alors tiens-toi prêt, dit Luke. Tu n'as pas à leur parler. Monte dans la voiture, et nous ferons le reste.

— Ma vie ressemble-t-elle vraiment à ça ?

— Oui. Et l'arrivée en ville de ton ex, hier, n'a pas aidé. Partout où Shannon passe, les paparazzis suivent.

— Tu faisais la une des journaux il y a quelques années, et voilà que ça recommence, déclara Mason.

Risk secoua la tête.

— Je ne comprends pas.

— C'est la vie que tu menais avant de revenir travailler chez Boone Inc.

— April m'a raconté ma vie à l'époque de mes rodéos.

À la mention de son nom, Mason et Luke se regardèrent nerveusement.

— Qu'est-ce que j'ai dit ?

— Rien, répondit aussitôt Mason. April passera dans la journée.

— Bien, j'ai hâte de la voir.

Cette fois, ses frères regardèrent droit devant eux, les lèvres serrées.

Risk souhaita alors qu'April soit là. Tout aurait été plus simple avec elle.

— Que le spectacle commence, dit Mason alors qu'ils s'approchaient des portes vitrées, où une demi-douzaine de journalistes et de photographes les attendaient.

— Tu es prêt ?

Risk acquiesça et se leva. Les portes automatiques s'ouvrirent, et il brava l'assaut de flashs et de questions tandis que Mason et Luke faisaient bouclier et l'entraînaient vers la limousine.

— Démarrez, dit Mason au chauffeur.

Ils réussirent à quitter le parking sans incident et se détendirent une fois sur la route.

— Je me demande comment tu supportais tout ça à l'époque où tu sortais avec Shannon, s'interrogea Mason.

— J'ai du mal à croire que je sois sortie avec elle.

— Pourtant si, pendant deux ans.

Il secoua la tête, incapable du moindre souvenir.

— C'est de l'histoire ancienne maintenant. Ne t'inquiète pas pour ça, dit Luke. Tante Lottie vient de m'envoyer un texto. Elle te prépare ton repas préféré.

Risk fouilla dans sa mémoire, mais rien ne lui vint à l'esprit.

— Et qu'est-ce que c'est ?

— Oh ! désolé. Sandwich au steak fumé avec fromage et oignons frits.

— Comparé à notre régime beurre de cacahuètes et chips quand on était au chalet, ça me paraît être un vrai festin. J'espère qu'April sera là à temps pour déjeuner avec nous.

Mason coula un regard discret à Luke, qui n'échappa pas à Risk. Leurs regards conspirateurs commençaient à l'irriter. Que diable se passait-il ?

— Allez-vous me dire pourquoi vous vous regardez chaque fois que je prononce le nom d'April ?

— Ce n'est pas vrai, protesta innocemment Luke.

Ne désirant pas poursuivre cette conversation, Risk préféra

se concentrer sur le paysage et essayer de se souvenir d'un détail sur le trajet.

Rien ne lui vint.

April se prit la tête entre les mains au moment où la voiture de Jenna franchit les portes du ranch. Elle allait bientôt devoir affronter Risk.

— Ça va aller, April. Il faut le faire.

— Je sais. J'ai répété dans ma tête ce que j'allais lui dire. J'espère seulement avoir le temps de tout lui expliquer avant qu'il me mette à la porte.

— Il ne ferait pas ça.

— Je n'en suis pas si sûre.

— Je t'attendrai alors. Ou, mieux encore, je vais entrer et expliquer mon rôle dans tout ça.

— Non, ne sois pas stupide, Jenna, c'est ma faute. Je vais y arriver. Merci de ton aide.

— De rien, il fallait bien que quelqu'un t'amène ici.

— Je ne parle pas que de ça. Tu as été d'un grand soutien, et j'apprécie. Tu es la meilleure.

— Tu aurais fait pareil pour moi.

April lui sourit. Elles se connaissaient si bien.

Jenna arrêta la voiture devant la maison, et April serra son amie contre elle.

— Merci pour tout.

— De rien. Appelle-moi quand tu seras rentrée.

— Bien sûr.

— Allez, vas-y. Courage. Tu peux le faire.

Elle hocha la tête et sortit de la voiture, puis salua son amie avant de se diriger vers la porte d'entrée.

La gouvernante répondit au premier coup frappé et la fit entrer dans la grande salle à manger. Mason, Drea, sa fiancée, Luke et Lottie étaient assis autour de la table, penchés sur des documents. April qui avait été à l'école primaire avec Drea la connaissait vaguement.

— Bonjour, April, lança Lottie. Entrez je vous prie.

— Bonjour tout le monde. Je suis venue voir Risk.

— D'ailleurs à ce sujet, dit Lottie en se levant de sa chaise. Permettez-moi de vous faire un rapport.

Prenant le bras d'April, elle la guida doucement vers la cheminée qui se trouvait au pied de l'escalier.

— Risk se repose dans sa chambre. Il est impatient de vous voir. J'ai discuté avec son médecin ce matin, et il trouve son état satisfaisant. Je sais que vous devez lui dire la vérité, April, mais faites-le de la manière la plus douce possible. Il sera probablement contrarié, car il ne parle que de vous en ce moment, mais il s'en remettra. Risk est solide, et je pense qu'il est préférable de lui dire la vérité plutôt que de prolonger les mensonges.

— Oui je suis d'accord. Je suppose donc qu'il ne se souvient toujours de rien.

— J'ai bien peur que non.

— Je ferai de mon mieux.

— Sa chambre est à l'étage, dernière porte à droite. Voulez-vous que je vous accompagne ?

— Non, merci, ça ira.

— Très bien, dit-elle en lui souriant avec sympathie. Dans ce cas je vous laisse.

— Lottie ? Puis-je vous poser une question ?

— Bien sûr, répondit celle-ci sans hésitation.

— Pourquoi êtes-vous si gentille avec moi ? Je vous en suis bien sûr très reconnaissante, mais je pense que vous avez toutes les raisons de m'en vouloir.

Lottie sourit à nouveau, le regard scintillant.

— Peut-être parce que j'ai été plusieurs fois à votre place au cours de ma vie. Nous faisons tous des erreurs. Seigneur, nous ne serions pas humains si ce n'était pas le cas. Et je vois la façon dont vous vous regardez avec Risk. Malentendu ou pas, je pense que quelque chose est possible entre vous.

Sur ce, Lottie s'en alla, et April prit un moment pour digérer ses propos.

« Quelque chose est possible entre vous. »

April n'était absolument pas d'accord avec cela. Elle allait tenter de réparer son erreur, puis d'oublier Risk et la vente de ce chalet.

Elle monta lentement les marches tout en répétant intérieurement son discours, puis remonta le couloir et frappa à la dernière porte à droite.

Elle s'ouvrit d'un coup sec sur Risk, vêtu d'un jean et d'une chemise bleue, les cheveux lissés en arrière. Ni le chaume de sa mâchoire ni le petit bandage carré sur sa tête n'avaient réussi à altérer son physique dynamique.

— April, mon cœur. Entre.

Il l'emprisonna de ses bras puissants et l'écrasa presque contre lui, avant de l'embrasser passionnément. Le cœur d'April se mit à battre à toute vitesse, éveillant en elle des désirs enfouis et lui faisant presque oublier sa mission.

— Risk, dit-elle en appuyant les paumes contre son torse. Nous devons parler.

Sa voix était douce et haletante ; pas du tout ce qu'elle avait prévu.

— Parler est surfait, dit-il.

Il lui prit la main et l'embrassa, puis sa bouche se posa à nouveau sur la sienne, insatiable et ardente. Enfin il recula.

— Mais tu as raison. Nous devons parler.

Il la conduisit vers le lit, et ils s'y assirent. En face se trouvait une cheminée avec, au-dessus, un téléviseur écran géant. Des étagères remplies de trophées, de boucles de ceinture de champion de rodéo occupaient tout un mur, et le mobilier était d'un style rustique et masculin.

— Tout d'abord, comment te sens-tu ? demanda-t-il sans lui lâcher la main.

— Moi ? Je vais bien, mais c'est toi le blessé. Comment vas-tu ?

— Je ne me souviens toujours pas de ma famille ou de cet endroit.

— De rien du tout ?

— Non, mais je me sens tellement mieux maintenant que tu es ici.

— C'est justement de ça dont je voulais te parler.

April se leva et fit quelques pas. Elle avait besoin de mettre de la distance entre eux pour lui faire ses aveux.

— Chérie, quelque chose ne va pas ? demanda-t-il d'une voix inquiète.

— Non. Je veux dire oui. J'ai quelque chose à te dire. Mais d'abord, je veux que tu saches que mon but n'a jamais été de te blesser. Je... euh... je n'ai pas été vraiment honnête avec toi.

Zut ! c'était plus difficile que prévu. Il la regardait comme si l'avenir du monde reposait sur ses épaules.

— Ça ne présage rien de bon, dit-il d'une voix rauque, toute joie à présent envolée.

— Je t'assure que c'était complètement innocent au départ.

— Qu'est-ce qui était innocent ?

— Pas vraiment innocent, en fait. Quand nous avons eu une liaison la première fois à Houston, il y a deux ans...

— Une liaison ?

— Oui, nous nous sommes rencontrés là-bas par hasard et nous avons passés une nuit ensemble. Tu te remettais de ta rupture avec Shannon Wilkes qui t'avait largué, et... j'ai cru que nous vivions quelque chose de spécial, alors que toi, pas du tout. J'ai passé ces deux dernières années à ne pas beaucoup t'aimer, et quand tu es venu me voir pour acheter le chalet, mon amie a pensé qu'il valait mieux prétendre que j'avais un fiancé pour que nos rapports restent strictement professionnels, et que notre passé n'interfère pas avec les affaires. Ça a bien marché. Jusqu'à ce que tu perdes la mémoire.

Risk se leva du lit et s'approcha d'elle.

— Je ne comprends pas, dit-il d'une voix rauque et désespérée qui lui retourna l'estomac. Tu veux dire que nous ne sommes pas fiancés ?

— Oui... c'est ce que je dis.

— Nous étions dans la chambre du chalet.

— Oui, et tu as vu l'anneau à mon doigt et supposé que nous étions fiancés, dit-elle en reculant d'un pas.

— Es-tu en train de me dire que tu as couché avec moi alors que tu étais fiancée à un autre ?

— Non ! Je ne suis fiancée à personne. Ce n'était qu'un... mensonge.

— Et tu ne m'as pas détrompé ?

Elle secoua la tête encore et encore.

— Non... je ne l'ai pas fait.

— Tu veux dire que tu es restée au lit avec moi toute la nuit, en me laissant croire que nous étions ensemble ? Les choses que nous avons faites, la façon dont nos corps ont fusionné, les petits cris que tu poussais, tout cela était faux ?

— Non, ce n'était pas faux. C'était réel. Du moins à ce moment-là. Oh ! je ne sais pas ! s'exclama-t-elle, les larmes aux yeux. Tout est tellement embrouillé dans mon esprit.

Des lignes se formèrent autour des yeux de Risk alors qu'il la regardait intensément.

— Donc, cette nuit-là dans le parking quand nous nous sommes embrassés, je ne l'ai pas imaginé. Tu étais attirée par moi. C'était incroyablement bon, mais après tu m'as collé ta bague sous le nez, et je me suis demandé comment j'avais pu me méprendre à ce point. Je comprends mieux maintenant.

— Je suis désolée, vraiment désolée pour ça aussi.

Risk semblait furieux, et ses yeux n'étaient plus que deux pierres noires et froides. Il n'aurait pas paru plus féroce face à un cheval sauvage.

— Tu m'as menti, encore et encore.

— Je suis désolée. Ce n'était pas mon intention. Je ne veux pas que tu t'énerves. Risk, essaye de comprendre. Essaye de te calmer.

Puis soudain, la vérité la frappa.

— Attends une minute.

Elle étudia son visage en colère, et son cœur se mit à battre à tout rompre tandis que tout s'éclaircissait.

— Comment est-ce que tu te souviens de ce qui s'est passé dans le parking ? C'était avant que tu te cognes la tête.

Risk cligna des yeux en réalisant qu'il était démasqué.

— Tu as retrouvé la mémoire, n'est-ce pas ?

Il la regarda sans rien dire.

— C'est donc vrai ! Quand ça ?

— Bon sang ! il a suffi que je rentre dans ma chambre et que je voie ces fichus trophées sur l'étagère pour que tout me revienne d'un coup. Je me souviens de tout.

— Je n'arrive pas à y croire ! Tu m'as laissée continuer mes explications. J'essayais de m'excuser, et tu ne m'as pas arrêtée. Tu voulais me voir mal à l'aise, alors que je cherchais simplement à te dire la vérité.

April se sentait prise de court. Quelques instants plus tôt, Risk l'avait serrée dans ses bras et embrassée, mais ce n'était qu'un jeu... un jeu mesquin pour se venger.

— April, tu parles de vérité alors que tu m'as menti dès l'instant où je suis entré au Farmhouse.

— Ça ne s'est pas passé comme ça.

— Je sais exactement comment ça s'est passé : rappelle-toi, j'y étais. Je ne suis pas le genre d'homme irréfléchi qui irait acheter un chalet en ruine. Mais quand j'ai perdu la mémoire, tu as usé de tes charmes pour me faire changer d'avis.

— Quoi ? Tu ne peux pas penser une chose pareille !

— Oh ! ma chérie, tu n'aimerais pas savoir ce que je pense vraiment de toi.

Le sang d'April ne fit qu'un tour, et elle s'exhorta à compter jusqu'à trois pour ne pas lui lancer les pires injures à la figure. Ce dont Risk l'accusait était tout à fait faux.

— Écoute moi. J'ai fait ce qui était nécessaire pour te garder en vie. Je ne connaissais pas la gravité de tes blessures. Je ne suis pas infirmière mais...

— Mais tu sais comment y faire pour soigner un malade.

— La ferme, Risk !

Il lui rit au nez.

— Oh ! c'est vraiment le comble ! À t'entendre on pourrait croire que c'est toi la victime, alors que c'est moi qui me suis fait berner en beauté.

— Ce que tu as fait aujourd'hui, était minable.

— Parce que ce que tu as fait ne l'était pas ? Comment est-ce que tu justifies cela ?

Il s'approcha à quelques centimètres d'elle, le visage si proche qu'elle sentit son parfum musqué et vit la douleur qui assombrissait son regard.

— April, tu m'as fait croire que je t'aimais et que nous avions un avenir ensemble, et ta sorcellerie au lit a fait le reste. Les actes parlent mieux que les mots, et je peux te dire que je ne connais pas plus douée que toi à ce niveau-là.

April sentit ses joues la brûler.

— Je n'ai pas à écouter ça. Je m'en vais.

Il lui attrapa le bras au moment où elle passait devant lui, et le tint fermement.

— Pas si vite.

— Lâche-moi.

— Très bien, dit-il en desserrant sa prise. Mais tu ne partiras pas tant que nous n'aurons pas mis les choses au clair.

Elle soupira, peu désireuse d'en entendre davantage.

— Qu'est-ce que tu veux ?

— Tu m'as ridiculisé, et maintenant le monde entier croit que nous sommes fiancés. C'est partout dans les journaux et sur Internet, et il n'y a aucun moyen de revenir dessus. Avec la journée des Fondateurs qui approche et tout ce qui va avec, je ne peux pas dévoiler cette farce maintenant. Cela éclipserait complètement un événement important pour ma famille, et la présence de Shannon complique encore plus ma vie. Tout le monde ne parle plus que de la façon dont j'ai été largué par elle. Donc, ma chérie, tu vas faire semblant d'être ma fiancée jusqu'à la fin de la journée des Fondateurs, et hors de question que tu refuses.

April se redressa.

— Et comment que je peux refuser. Je refuse !

— Tu me dois bien ça, après tous les mensonges abracadabrants que tu m'as racontés, dit-il à présent nez à nez avec elle. Nous sommes dans le même bateau.

— Non.

— Si.
— Non.
Il soupira.
— Il pourrait aussi y avoir des répercussions négatives pour toi. À ton avis, quelle conséquences cela aura sur ton agence lorsqu'on saura que tu as menti et que tu m'as séduit pour vendre ce chalet ?
— Ça ne s'est pas passé comme ça, et tu le sais.
— Je ne suis plus sûr de rien.
— Tu ne ferais pas une chose pareille.
En vérité elle n'était absolument pas certaine de ce que Risk était capable de faire quand il était furieux.
— Je n'aurais pas à le faire. Les gens feront leurs propres suppositions. Crois-moi, je n'ai aucune envie de passer à nouveau pour le dindon de la farce, d'abord avec Shannon et ensuite avec toi. Les gros titres anéantiraient toutes les choses positives sur lesquelles ma famille a travaillé si dur cette année.
April y réfléchit longuement.
— Que proposes-tu ?
— Que nous fassions semblant d'être fiancés jusqu'à ce que toute cette agitation s'éteigne, une fois la journée des Fondateurs terminée dans dix jours. Ensuite, plus tard, nous nous séparerons discrètement. C'est la seule solution.
— Et mon agence ?
— Personne ne connaîtra la vérité. Tu as ma parole.
— Je n'aime pas ça.
— Moi non plus, mais nous n'avons pas le choix.
— Qu'est-ce que j'y gagne ?
— Ton agence ne sera pas entraînée dans tout cela. N'est-ce pas suffisant ?
— Non, je veux autre chose de toi, et c'est non négociable.
— J'ai peur de demander quoi.
— Je veux une autre chance avec le chalet. Je vais te dire comment je vois les choses : il me faut ta promesse d'envisager cette transaction de manière objective, sans être entravé par le mauvais temps ou d'autres imprévus.

Les yeux de Risk la transpercèrent tandis qu'il y réfléchissait. Elle retint son souffle, espérant qu'il accepterait.

— C'est d'accord, dit-il finalement. J'irai y jeter un autre coup d'œil.

— Parfait.

Soulagée, elle relâcha sa respiration. La situation ne l'enchantait guère, mais elle ne pouvait risquer une mauvaise publicité pour son agence, et puisque Risk acceptait de donner une autre chance au chalet, refuser n'aurait pas été raisonnable. Elle songea ensuite à Mason, Luke et Lottie.

— J'ai déjà tout avoué à ta tante et à tes frères. Comment allons-nous leur expliquer cela ?

— Ma famille doit connaître toute la vérité. Je ne leur mentirai pas. J'ai recouvré la mémoire il y a quelques heures à peine, et ils ne le savent pas encore. Nous irons leur parler… ensemble.

— Misère…

— Et toi ? Qui connaît ton histoire de fausses fiançailles ?

— Mes deux meilleures amies, mais elles garderont le secret.

— En es-tu sûre ?

— Oui, elles sont on ne peut plus loyales. Mais comment expliquer nos fiançailles express ?

Jusqu'à présent, elle et Risk n'avaient pas eu à subir les questions, mais ils seraient amenés à faire des apparitions publiques.

— Nous avions une liaison discrète depuis quelques mois et sommes tombés amoureux rapidement. C'est tout ce qu'il y a à savoir. Cette partie ne sera pas difficile. Le plus compliqué sera de prétendre que nous nous aimons réellement.

— Oui, je devrais peut-être prendre quelques conseils de jeu d'acteur auprès de Shannon Wilkes.

En voyant Risk froncer les sourcils, April eut un petit sentiment de triomphe qu'elle prit le temps de savourer, consciente que d'autres victoires pourraient être difficiles à obtenir.

Risk y veillerait.

Tante Lottie remplit deux tasses de café fumantes pour elle et Risk, et lui tendit une assiette de biscuits au beurre de cacahuètes qu'elle avait préparés spécialement pour lui. Au souvenir de son régime beurre de cacahuètes et chips au chalet, il faillit sourire.

La maison était calme à présent. Après l'annonce de la bonne nouvelle, ses frères étaient restés un long moment et n'étaient partis qu'après le dîner. Il savoura donc le calme en compagnie de sa tante, après toute l'agitation de la journée.

— Dommage qu'April n'ait pas pu rester dîner, dit tante Lottie en s'asseyant face à lui.

— Je pense qu'elle prévoit de m'éviter autant que possible jusqu'à ce que cette farce soit terminée. Elle avait hâte de partir d'ici.

— Pourtant, elle a accepté ton plan, dit Lottie en sirotant son café.

Risk choisit deux gros biscuits sur le plateau et les posa dans son assiette.

— Elle n'a pas eu le choix.

— Pourquoi ? Est-ce que tu l'as forcée ?

Il grignota son biscuit tout en réfléchissant à la question.

— Un peu. C'est elle qui nous a mis dans ce pétrin, et il va falloir qu'elle reste à mes côtés jusqu'à la fin de la journée des Fondateurs. Mais uniquement quand ça sera absolument nécessaire.

— Quelle histoire tout de même ! Certes, je ne suis pas d'accord avec ce qu'elle a fait, mais elle a pris soin de toi lorsque tu as été blessé, et nous lui en sommes tous reconnaissants.

Il prit une gorgée de café, comme pour faire passer le commentaire désapprobateur de sa tante.

— Tu penses que je fais preuve d'ingratitude ?

— À toi de me le dire.

Risk était trop furieux contre April pour admettre qu'elle l'avait aidé.

— Non, je ne pense pas. Mais je n'arrive pas à comprendre pourquoi elle a jugé nécessaire de me mentir à plusieurs reprises.

— Vraiment ?

Les yeux de tante Lottie brillèrent un peu, et elle sourit avant de prendre une autre gorgée de café.

— Je pense que tu peux deviner pourquoi.

Risk refusait de s'engager sur ce terrain. Il ne pouvait tout de même pas discuter de ses relations sexuelles avec sa tante et de ce qu'il avait fait à Houston. De plus, c'était du passé et pour le moment il était énervé par April, qui le faisait passer pour un idiot.

Vendredi après-midi, April était à son bureau, occupée à réfléchir à la visite programmée de Risk au chalet, la semaine prochaine. Elle avait contacté M. Hall et lui avait expliqué que l'endroit avait besoin d'un rapide rafraîchissement, et elle prévoyait d'utiliser quelques-unes de ses propres décorations pour l'égayer. Ses fiançailles avec Risk Boone, avaient suscité un regain d'intérêt pour la propriété de Canyon Lake, et elle avait reçu plusieurs appels d'acheteurs potentiels. Heureusement, M. Hall était un homme raisonnable, et il avait accepté de faire quelques rénovations mineures.

Soudain, la porte s'ouvrit, et Shannon Wilkes entra dans l'agence. April en laissa tomber son stylo et jeta un coup d'œil à Clovie. Les yeux écarquillés, son assistante s'était levée de son siège. Shannon était la dernière personne qu'April s'attendait à voir passer sa porte. Tout de suite après, trois camionnettes se garèrent dans la rue, et April se leva précipitamment pour refermer derrière elle.

— Je suis désolée pour ça, dit Shannon en souriant.

Ses cheveux auburn étaient attachés en une queue-de-cheval bien serrée qui mettait en valeur son joli visage.

— Je ne peux aller nulle part ces derniers temps, ajouta-t-elle en tendant la main. Bonjour, April.

April se força à sourire et lui prit la main.

— Bonjour.

Shannon tourna alors la tête vers une Clovie totalement émerveillée.

— Shannon, j'aimerais vous présenter mon bras droit, Clovie.
— Ravie de faire votre connaissance, déclara son assistante.
— De même pour moi, dit Shannon avec grâce avant de se tourner vers April. Avez-vous quelques minutes ? Je promets que cela ne prendra pas longtemps.
— Eh bien, je suis en quelque sorte occupée.
— S'il vous plaît.

Shannon continua de lui sourire sans se laisser démonter, et April dut admettre qu'elle était curieuse de connaître la raison de cette visite.

— D'accord, dit-elle en regardant sa montre. Il me reste quelques minutes avant mon rendez-vous.

Un rendez-vous qui consistait à aller à la quincaillerie pour choisir la peinture du chalet. Mais Shannon n'avait pas besoin de le savoir.

— Pourquoi ne pas nous asseoir ?
— Merci, dit Shannon en prenant place aussitôt.
— Que puis-je faire pour vous ?
— Comment ça va depuis cette épreuve ?
— Très bien, merci.
— N'est-ce pas formidable que Risk ait retrouvé la mémoire ?
— Si, formidable, répliqua April en retenant un soupir.
— Je suis passée le voir au ranch hier, et il était redevenu comme avant. Je n'en revenais pas qu'il ait pu m'oublier.
— C'est ce qui arrive avec l'amnésie.
— Nous avons donc pu parler de cette adorable petite ferme que j'étais sur le point d'acheter lorsque Risk et moi étions ensemble. Nous voulions un endroit bien à nous lors de mes séjours à Boone Springs. Il a dû vous en parler, n'est-ce pas ?

April n'était évidemment pas au courant. Elle ne travaillait pas encore ici à l'époque, mais Shannon semblait avoir une idée en tête, et April avait un mauvais pressentiment.

— Je... euh... nous n'en avons pas parlé, non.

Elle n'avait pas revu Risk depuis l'annonce de leurs fiançailles factices auprès de sa famille. Elle s'était sentie si mal ce jour-là qu'elle avait avalé un paquet entier de biscuits aux pépites de chocolat en rentrant chez elle, ce qui n'avait fait qu'aggraver son mal de ventre.

— Je suis passée devant la ferme hier, et elle est toujours aussi pittoresque et charmante. J'aimerais savoir si le propriétaire souhaiterait la vendre.

— Est-ce que vous avez l'adresse ? J'ai plusieurs charmantes petites fermes à la périphérie de la ville.

Shannon plongea la main dans son sac Ferragamo rouge et sortit l'adresse.

— La voici.

April jeta un œil à son registre.

— Non, cette maison n'est pas répertoriée, donc je suppose qu'elle n'est pas à vendre. Elle a dû être achetée il y a peu. Désolée, je ne peux pas vous aider.

— Oh ! quel dommage ! J'en étais vraiment amoureuse. C'était si paisible là-bas.

— Dans ce cas, est-ce vraiment un endroit fait pour vous ? lâcha April.

Après la journée des Fondateurs, Shannon pourrait aller vivre où bon lui semblerait, mais April ne voulait pas avoir à s'occuper d'elle en ce moment. De toute façon, elle n'arrivait pas à croire qu'une star puisse vouloir vivre à Boone Springs.

— C'est ce que j'espère découvrir. Pouvez-vous voir auprès des gens qui y vivent s'ils sont intéressés pour vendre ? Je leur ferai une offre plus qu'honnête, assortie d'un bonus. Peut-être que nous pourrions même nous y rendre, et leur parler.

C'était la dernière chose qu'April avait envie de faire.

— Ah non ! je suis très prise en ce moment, mais je vais les appeler et je vous recontacterai. Est-ce que cela vous convient ?

— J'imagine que je n'ai pas vraiment le choix.

— Et, Shannon, est-ce toujours comme ça avec vous ?

Elle désigna les journalistes qui arpentaient la rue en attendant qu'elle sorte.

— Certains jours sont pires que d'autres. Mais venir rendre visite à la nouvelle fiancée de Risk, y est peut-être pour quelque chose.

— Vous croyez ?

Shannon sourit à sa remarque ironique.

April détestait voir le pire chez les gens, mais peut-être que la venue de l'actrice à Boone Springs avait plus pour but de faire les gros titres des journaux qu'autre chose, ses deux derniers films ayant été des échecs au box-office.

— Merci de votre aide, déclara Shannon après l'avoir regardée un instant. J'espère avoir rapidement de vos nouvelles.

— Oui, bien sûr. Êtes-vous descendue au Baron ?

— Tout à fait. Et bien que la nourriture y soit très bonne, je commence à m'en lasser. J'essaye de me souvenir de ce restaurant mexicain que Risk adore. Ils y font son plat préféré. Mais vous devez sûrement en connaître le nom, ajouta-t-elle en lançant à April un regard acéré.

— Euh... Vous savez quoi ? j'ai oublié le nom moi aussi.

— Vraiment ? Oh ! Risk voulait toujours y aller.

April n'avait aucune idée du nom de l'endroit dont elle parlait. Il y avait tellement de choses qu'elle ignorait sur son prétendu fiancé.

— Désolée de vous mettre à la porte, dit-elle en se levant, mais je vais être en retard à mon rendez-vous si je ne pars pas tout de suite. Laissez-moi vous raccompagner.

Aussitôt la porte ouverte, les flashs des appareils photo se mirent à crépiter, et les journalistes à leurs poser des questions. April recula rapidement et referma la porte tandis que Shannon faisait face à ses paparazzis.

Elle imaginait déjà les titres du lendemain : « Les femmes de Risk Boone : passé et présent »

7

April ouvrit la porte de chez elle en entendant frapper et se retrouva nez à nez avec Risk, chargé de sacs provenant du Gourmet Vaquero.

— Tu as apporté de quoi dîner ?

— J'ai faim, et quand tu as appelé, j'ai eu envie d'*empanadas*. D'ailleurs, j'ai été suivi par la presse, donc ça tombe bien que j'apporte de quoi manger à ma fiancée. Joue le jeu.

Il pencha la tête et l'embrassa sans hésitation sur les lèvres. Choquée, elle se figea.

— J'imagine que tu n'as jamais pris de cours de théâtre, murmura-t-il. Il va falloir travailler là-dessus. Nous sommes surveillés.

Elle n'était pas certaine que ce soit vrai – il n'y avait personne en vue —, mais Risk ne l'aurait pas embrassée sinon ; il lui avait clairement fait comprendre ce qu'il pensait d'elle.

Elle passa donc les bras autour de son cou et respira son odeur, se souvenant de l'époque où elle le trouvait séduisant. Puis, elle répondit à son baiser en y mettant toutes les émotions refoulées qui l'agitaient. Pour un œil extérieur, cela ressemblait à une passion ardente et non à un fort mécontentement.

Après ce baiser, son cœur battait à tout rompre, et Risk la regardait fixement.

— Entre, dit-elle pour mettre fin à cette mascarade.

Ses lèvres la picotaient, et une sensation de chaleur envahissait son cou. Risk entra et tandis qu'elle refermait la porte, il passa en revue son appartement, les yeux brillants d'approbation. April avait un goût sûr pour la décoration et les couleurs. L'ensemble était moderne, tout en étant chaleureux et accueillant.

— C'est très beau.

— Merci.

Elle ne comptait pas lui faire visiter les autres pièces.

— Je t'ai appelé après la visite de Shannon, parce que je me suis rendu compte que nous ne nous connaissions pas suffisamment pour que cela fonctionne.

— Oui, tu as raison. Mais nous ne pouvons pas vraiment en discuter dans un lieu public comme un restaurant, et de plus un fiancé est censé connaître l'appartement de sa copine.

Il avait raison. Il n'était jamais venu ici auparavant.

— D'accord, pourquoi ne pas t'asseoir et te mettre à l'aise dans la salle à manger pendant que je pose tout ça sur la table ?

— Je vais t'aider, dit-il. Pas besoin que tu me serves, sauf si, bien sûr, nous ne sommes pas seuls.

Son petit sourire moqueur donna à April l'envie de le gifler avec un torchon.

— Oui, évidemment, comme une petite femme sert son mari. Risk, je ne sais vraiment pas comment tu survis dans ce siècle avec ce genre d'idées.

Il lui répondit par un regard innocent qui ne la trompa pas.

Elle lui prit les sacs des mains et se dirigea vers la cuisine.

— Laisse-moi jeter un œil à ces *empanadas* de renommée mondiale.

Il la suivit, et quand elle posa le sac sur la table et l'ouvrit, l'arôme le plus incroyable s'en échappa. Son estomac se mit aussitôt à grogner.

— Waouh ! ça sent bon.

Elle sortit une demi-douzaine d'*empanadas* emballées, un petit sac de chips et de la sauce salsa.

— Attends d'abord de les goûter.

— D'accord, donc voilà ton plat favori. Et ce restaurant tex mex est ton préféré. C'est déjà un début. Quand Shannon est passée au bureau aujourd'hui, je n'ai pas su répondre à ses questions.

April lui passa les couverts puis sortit deux bières du réfrigérateur.

— Ça te va ? J'ai également du vin et du soda.

— La bière me va très bien.

— Le fait est que je ne comprends pas Shannon. Elle prétend vouloir s'évader à Boone Springs. Je fais donc des recherches pour elle, mais je n'arrive pas l'imaginer ici.

— Elle est impulsive. Je ne pense pas qu'elle ira jusqu'au bout.

Risk parut alors réfléchir, et April se demanda s'il nourrissait toujours des sentiments pour son ex. Mais cela ne la regardait pas après tout. Tout ce qu'elle avait à faire c'était laisser s'écouler la semaine, et elle serait enfin délivrée de cette mascarade.

— Je suis étonnée que vous soyez encore amis après tout ce qu'elle t'a fait subir.

Risk fronça les sourcils.

— Ça n'a pas toujours été le cas. Au début, j'étais dévasté. Puis ma douleur s'est changée en indifférence, et j'ai réalisé que Shannon n'était pas la personne qu'il me fallait. Mais sa mère était une femme formidable, et voir Shannon traverser une telle épreuve m'a permis de me réconcilier avec elle. J'ai perdu mes deux parents à un jeune âge, et ça a été extrêmement difficile. Nous sommes en bons termes à présent, mais je ne dirais pas que nous sommes de bons amis.

— Elle pense que si. Elle a tenu à me faire savoir qu'elle était venue te rendre visite hier et qu'elle était absolument ravie que tu aies recouvré la mémoire.

— Écoute, tout ce que je veux, c'est venir à bout de cette semaine, et ensuite nos vies pourront revenir à la normale.

April le regarda avaler une gorgée de bière, et se remémora leur séjour au chalet, après sa perte de mémoire. Elle s'éclaircit la voix.

— Mangeons et commençons, dit-elle.

Risk prit une bouchée d'*empanada* au bœuf, et April en choisit une au poulet et aux épices. Les saveurs explosèrent dans sa bouche.

— Oh ! C'est délicieux.

— Hein ?

Il sourit, et toute sa physionomie se transforma. Ils mangèrent en silence, trop absorbés par la délicieuse nourriture s'interrompre pour discuter. Après les *empanadas*, ils s'attaquèrent aux *tortillas*.

— Quelle est ton parfum de glace préféré ? demanda-t-elle.

— Noix de pécan, mais je ne refuse aucun parfum quand il s'agit de glace. Et toi ?

— Celle aux éclats de brownie. La boisson que tu préfères ?

— Bourbon sec et bière, dit-il tout en portant la bouteille à ses lèvres. Et toi ?

— Thé vert.

Il leva les yeux au ciel.

— Je parle d'alcool !

— Margarita. Base-ball, football ou basket-ball ?

— Je les regarde tous. J'ai joué au base-ball au lycée. Et toi ?

— Je faisais de l'athlétisme à la fac et je jouais au tennis de temps en temps. J'aime regarder le football, bien sûr.

Après les catégories alimentaire et sportive, ils s'attaquèrent à leur petite enfance.

— Comment s'est passée ton enfance, Risk ?

— Assez bien. Mes frères étaient des plaies, mais nous nous entendions bien. On s'amusait beaucoup au ranch, même si notre père nous faisait travailler dur. Mais après la mort de mes parents dans un accident, nous avons vécu des années difficiles. Heureusement, nous pouvions compter les uns sur les autres. Mon père voulait que nous connaissions l'entreprise sur le bout des doigts, et mes frères étaient prêts à reprendre là où il avait arrêté. Mais j'ai toujours su qu'il y avait plus excitant pour moi qu'élever du bétail et signer des contrats. Je pense que je n'ai jamais été aussi heureux que pendant ma période rodéo. J'adorais l'excitation, le frisson, et aussi le défi.

— Et le danger ?

— Ce n'est pas si dangereux si tu sais ce que tu fais.

Elle le regarda franchement, gardant sous silence la blessure qui avait mis fin à sa carrière. Mais il dut lire dans ses pensées.

— Je n'étais pas dans mon assiette le jour où j'ai été blessé. Ça ne se passait pas très bien avec Shannon. Nous nous étions disputés la veille, et je devais être distrait.

Il termina sa bière et posa doucement la bouteille sur la table.

— Et toi ?

— Moi ? Eh bien, je n'ai pas eu une super enfance. Mon père nous a quittées quand j'avais six ans. Il s'est levé un beau matin et est parti, nous laissant seules ma mère et moi. Maman a fait de son mieux. Elle occupait deux emplois, et j'étais souvent seule à la maison. Je suppose que c'est à cette période que j'ai commencé à avoir des problèmes de poids. Je me rends compte à présent que j'ai utilisé mes kilos comme une sorte de protection. C'est dur, tu sais, d'être blessée comme ça.

Risk écouta et hocha la tête, le regard doux.

— Est-ce que ta mère vit toujours à Boone Springs ?

— Elle s'est remariée il y a cinq ans et vit maintenant sur la côte Est. Elle est en Europe avec son mari en ce moment. Il est consultant en informatique et parle quatre langues. Nous nous téléphonons chaque fois que nous le pouvons. Je pense qu'elle a finalement réussi à tourner cette page de sa vie et qu'elle est heureuse. C'est tout ce que je voulais pour elle.

— Et toi ? As-tu trouvé ce que tu recherches ?

— Disons que je réalise mon rêve, je travaille dans l'immobilier et je possède ma propre agence.

— Je veux parler de ta vie amoureuse.

— Oh ! je... j'ai eu quelques hommes dans ma vie.

— Est-ce que tu as quelqu'un en ce moment ?

— Non, dit-elle en le regardant. Personne en particulier, si c'est ce que tu veux dire.

— Personne ?

Elle haussa les épaules. Était-ce si difficile de croire qu'elle n'avait jamais rencontré un homme qui fasse vibrer son cœur ?

— J'ai eu des petits amis quand j'étais à l'université, mais ça n'a jamais été plus loin. Je n'ai jamais rencontré quelqu'un... fait pour moi.

Pourquoi lui racontait-elle tout cela ? Il avait seulement

besoin de connaître les faits, pas les émotions. Mais comme il s'était confié au sujet de Shannon, elle se sentait plus à l'aise pour parler de son passé.

— Et si nous passions à la musique ? Qu'est-ce que tu écoutes en ce moment ? Qu'aimes-tu voir au cinéma ?

Ils passèrent l'heure suivante à se poser des questions et à y répondre. Elle prit des notes, et un pack de six bières plus tard, il fut temps de se quitter.

— Je pense que c'était une bonne idée, dit-elle, en le raccompagnant à la porte.

— Oui. Nous avons même réussi à rester cordiaux.

— C'est un bon entraînement pour le moment venu.

— Bien vu. Ça m'était presque sorti de la tête. Notre premier test arrive plus tôt que prévu. Nous sommes invités à parler de la journée des Fondateurs à l'école primaire, demain après-midi.

— Nous ?

— Le directeur, M. Ritter, a spécifiquement réclamé ta présence, et j'ai accepté.

— Tu as accepté ? Vraiment ? Tu ne sais même pas si je suis disponible.

— April, cette semaine, tu es *toujours* disponible en cas de nécessité, et là, c'est nécessaire. Le directeur aimerait que tu parles de ce que la vie à Boone Springs signifie pour toi.

— Mais je ne suis même pas préparée.

— Ce sont des enfants de primaire. Ce ne sera pas difficile. Improvise.

— C'est facile à dire pour toi.

— Un accord est un accord, et tu l'as accepté.

Il n'avait pas besoin de le lui rappeler - elle en était bien consciente.

— J'ai été forcée, tu t'en souviens ? La prochaine fois que je suis censée faire un discours, préviens-moi un peu à l'avance.

— Je t'enverrai dès que possible le planning des manifestations.

— Il y en a tellement que j'ai besoin d'une liste ? s'exclama-t-elle mécontente.

Il haussa les épaules.

— Entre nos « fiançailles » et le séjour de Shannon ici, le carnet de bal s'est vite rempli.

— Tu n'es quand même pas obligé d'accepter toutes les invitations.

— Mais je ne les accepte pas toutes, crois-moi. Je viendrai te chercher vers 10 heures demain.

Elle soupira.

— Je serai à l'agence.

Puis elle pointa le doigt sur le torse de Risk, indifférente à la présence éventuelle des paparazzis avant d'ajouter :

— Et ne pense même pas à m'embrasser pour me dire au revoir.

— Ça ne m'était même pas venu à l'idée.

Sur ce, il sortit, et elle ferma doucement la porte avant qu'il puisse lui dire bonsoir.

April se tenait sur l'estrade, à côté de Risk et devant deux cents élèves assis sur le sol de la salle polyvalente de l'école primaire. Captivés, les enfants écoutaient les histoires que Risk leur racontait sur la naissance de Boone Springs. Il parla de ses ancêtres avec fierté et passion, et expliqua à son jeune auditoire ce que les membres de sa famille avaient fait pour la ville. Il était doué avec les enfants, ce qui la surprit totalement.

— Et maintenant, je cède le micro à ma fiancée, Mlle April Adams. Elle veut vous expliquer ce que Boone Springs représente pour elle.

Il lui adressa un sourire charmeur et renversant qu'elle essaya de lui rendre… comme si elle l'aimait.

— Bonjour, les enfants. Je m'appelle April et j'ai grandi à Boone Springs comme beaucoup d'entre vous. Mais quand j'étais jeune, cette école n'était pas encore construite, et j'allais à Brookside. À l'époque, nous n'avions besoin que d'une seule école primaire et maintenant nous en avons trois. Vous pouvez donc voir à quel point nous avons grandi en un peu plus de vingt ans.

Huit instituteurs se tenaient à l'arrière de l'auditorium, les regards fixés sur elle. Les enfants semblaient également écouter, mais c'était le regard de Risk sur elle qui mettait ses nerfs à vif. Il semblait absorbé par son discours.

— Quand je suis partie pour apprendre le métier de l'immobilier, mon cœur est resté à Boone Springs, où j'avais grandi et où vivent ma famille et mes amis. Alors j'ai fait tout mon possible pour revenir vivre ici. Ce sont les habitants de cette ville qui la rendent spéciale, des gens comme vous et vos familles. Ils travaillent dur et œuvrent pour la communauté en soutenant les écoles et les bibliothèques, en faisant du bénévolat à l'hôpital, dans les refuges et en aidant leurs voisins. À votre avis, que pouvez-vous faire pour aider votre ville, vos voisins et vos familles ?

Les mains se levèrent, et April désigna un petit garçon en T-shirt rouge.

— Je peux ranger mes jouets quand ma maman le demande.

— C'est très utile.

April sourit et hocha la tête, puis désigna une fille plus âgée, dont le regard semblait fixé sur son « fiancé ».

— Je veux être médecin quand je serai grande.

— C'est très utile aussi, dit April. Il y a toutes sortes de médecins. Quel genre aimerais-tu être ?

La fille n'eut pas l'ombre d'une hésitation.

— Le genre qui a aidé M. Boone quand il a perdu la mémoire.

Les enseignants sourirent, et les lèvres de Risk se contractèrent, mais il eut la bonne grâce de ne pas rire, contrairement à certains camarades de classe de l'enfant.

— Oui, les médecins qui ont aidés mon, euh... M. Boone, étaient très compétents, et nous leur en sommes très reconnaissants.

Elle se tourna vers Risk et vit de la douceur dans son regard : il était meilleur acteur qu'elle.

Une fois leurs discours terminés, Risk et April remercièrent M. Ritter pour son accueil. Comme le directeur ne semblait pas pressé de mettre fin à la conversation, Risk prit la main d'April.

— Désolé de vous presser, M. Ritter, mais nous avons un autre rendez-vous cet après-midi.

— Bien sûr. Merci encore. Vous étiez tous les deux formidables. Les enfants ont tellement appris de votre conversation. Mademoiselle Adams, c'était une très bonne idée de faire participer les élèves.

— C'est une femme incroyable, répondit Risk sortant de la salle et tirant April par le bras.

Une fois dans le parking et loin des regards indiscrets, April lâcha sa main. Risk lui ouvrit la portière et alors qu'ils prenaient place, elle se tourna vers lui.

— J'espère que ce n'est pas vrai que nous avons un autre rendez-vous cet après-midi. Ce n'était pas prévu.

Il mit le moteur en marche et boucla sa ceinture.

— C'était vrai... un rendez-vous pour déjeuner. Je meurs de faim.

— Dans ce cas dépose-moi d'abord à l'agence.

Il se contenta de sourire.

— Désolé, mais le restaurant est à deux pas d'ici.

— Risk, si je suis si horrible, pourquoi veux-tu passer plus de temps que nécessaire avec moi ? Parce que je pense vraiment que tu...

— April, j'ai faim, et ça ne prendra pas longtemps de manger. Nous n'aurons même pas besoin de nous parler.

Elle croisa les bras sur sa poitrine.

— Bon d'accord.

Risk ne plaisantait pas ; le Temple Thaï n'était en effet qu'à quelques minutes. Il approcha la voiture d'une borne de commande et choisit deux plats. L'odeur émanant des sacs fit grogner l'estomac de la jeune femme.

— Tu aimes la nourriture thaïlandaise ? demanda-t-il.

Elle acquiesça. Le restaurant devait être relativement nouveau, car elle ne le connaissait pas. Cette partie de la ville, y compris l'école primaire, avait été construite récemment.

Il prit la direction opposée à son bureau.

— Où vas-tu ?

— Tu verras. Il y a un parc à la périphérie de la ville. Nous y sommes presque.

Il était visiblement inutile de discuter avec Risk quand il avait une idée en tête. Elle garda donc le silence alors qu'il bifurquait sur un chemin de terre et garait la voiture.

— Crevettes aux noix ou poulet glacé ? demanda-t-il.

Elle regarda les deux sacs et prit les crevettes aux noix.

— Celui-ci me va très bien.

Il acquiesça et sortit de la voiture.

— Il y a une table là-bas, près du ruisseau. Tu viens ?

April resta obstinément dans la voiture, et le regarda s'éloigner, puis s'installer à une table de pique-nique. La vue était incroyable avec le soleil qui brillait sur la crête au loin, d'où se déversaient les eaux des pluies récentes. L'endroit était bien plus agréable que la voiture, finit-elle par reconnaître à regret. Elle ouvrit donc la portière et se dirigea vers la table.

Risk ne fit aucun commentaire. Elle ouvrit son sac, mélangea les crevettes, le riz et les légumes et y goûta. C'était tout bonnement délicieux. Elle se mit donc à manger avec appétit.

Risk ne la quittait pas des yeux.

— Tu es drôlement bruyante.

— Est-ce que je trouble ta paix ?

— Toujours, dit-il. Si je m'en souviens bien, tu es bruyante dans un autre domaine aussi.

April s'empourpra aussitôt. Était-il en train de la railler et d'essayer de l'humilier ? Non seulement il lui imposait ce déjeuner avec lui, mais en plus il l'insultait !

— Ce n'était pas une bonne idée, dit-elle en se levant.

— Bon sang, April ! Pourquoi es-tu si susceptible ?

— Parce que tu évoques quelque chose que je veux oublier.

— Tu sais très bien que ce n'était pas dans le but de t'humilier.

— Je n'en sais rien du tout.

Car à quoi cela pouvait-il bien rimer ? Avait-il de bons souvenirs de leur nuit au chalet ? Avait-il aimé les bruits qu'elle faisait pendant l'amour ? Quelle importance finalement puisque toute cette histoire était fausse ? Elle détestait cette mascarade et refusait de passer plus de temps que nécessaire avec Risk.

— J'ai terminé.

Elle se dirigeait vers sa voiture, quand à mi-chemin Risk lui prit la main et la tourna vers lui.

— Ne regarde pas, mais nous avons été suivis, chuchota-t-il.

— Comment cela ? Où ?

Il prit sa joue en coupe.

— Près de la route. Ils prennent des photos.

— Qui donc ?

— Des journalistes sans doute. Nous donnons l'impression de nous disputer.

— C'est le cas.

— Plus maintenant, dit-il doucement en baissant la tête et en posant les lèvres sur les siennes.

Elle eut un mouvement de recul, mais il la maintint contre lui en la serrant dans ses bras. Le pouls d'April s'affola, et un frisson la parcourut.

— April, murmura-t-il, c'est important pour nous deux.

Bien sûr, c'était dans l'accord qu'ils avaient conclu.

Reprenant son rôle de fiancée, elle passa les bras autour de son cou et l'embrassa comme si sa vie en dépendait. Qu'ils prennent autant de photos qu'ils voulaient ! Cette mascarade prendrait bientôt fin, et elle pourrait reprendre le cours de sa vie.

Risk joua son rôle à la perfection et l'embrassa même plus longtemps que nécessaire. Quand il se détacha enfin d'elle, ils étaient tous deux à bout de souffle. Mais April se refusa à voir que les yeux se trouvant en face d'elle brûlaient du même feu qui la consumait : c'était de la comédie.

— Je pense que nous les avons suffisamment convaincus, murmura-t-elle, les lèvres gonflées par leur baiser.

— Oui, dit-il en parcourant son visage du regard. Bon travail.

Bon travail ? Elle avait mis toute son âme dans ce baiser !

C'était un travail formidable.

8

Le lendemain, April et Jenna revinrent de Willow Springs avec une housse contenant une robe de bal bleu saphir, suspendue par un crochet à l'arrière de la voiture.

— Jenna, je ne te remercierai jamais assez d'avoir pris ta matinée pour faire du shopping avec moi.

— Je t'en prie. Tu seras magnifique au gala de la journée des Fondateurs.

— Merci. Et si on allait déjeuner ? C'est moi qui offre cette fois. Allons où tu veux, sauf au Farmhouse.

Elles éclatèrent ensemble de rire.

— D'accord, pourquoi pas un restaurant italien ?

— Excellente idée.

Peu après, quand elles franchirent l'entrée du Italia Ristorante, April eut aussitôt envie de prendre ses jambes à son cou.

— Oh ! Tu vois ce que je vois ?

Shannon était assise sur une banquette d'angle en compagnie de Risk, tous deux entourés d'une poignée de journalistes et de photographes. La jeune femme était habillée tout en noir, du blouson d'aviateur et haut à paillettes jusqu'à son jean et ses bottes, le tout assorti d'un rouge à lèvres et d'un vernis couleur rouge rubis. Si April s'était habillée ainsi, elle aurait eu l'air ridicule, mais sur Shannon l'effet était saisissant.

— Est-il trop tard pour s'éclipser ? demanda Jenna.

— J'en ai peur... nous sommes repérées.

Un photographe prit April en photo, et un journaliste lui colla un micro sous le nez.

— Êtes-vous ici pour déjeuner avec Shannon et votre fiancé ? Saviez-vous qu'il mangeait avec Shannon Wilkes aujourd'hui ?

Risk se retourna à cet instant, et April nota son rapide froncement de sourcils avant qu'il se change en un sourire charmeur.

— Mon cœur, dit-il en se levant de son siège et en se dirigeant vers elle.

Il passa le bras autour de la taille d'April et l'embrassa. Les oreilles de la jeune femme se mirent à la brûler, et le fait qu'il l'embrasse pour détourner l'attention de la presse l'irrita au plus haut point.

— C'est si bon de te voir, dit-il. Bonjour, Jenna.

— Bonjour, répondit son amie.

Risk prolongea son regard tendre sur April ; il avait visiblement l'habitude d'être le centre d'attention, ce qui n'était pas son cas à elle. Une douleur dévorante monta en elle. Elle avait vu l'expression de Shannon un peu plus tôt, lorsqu'elle était seule avec Risk… ou plutôt entourée de sa presse chérie.

— Je suis tombé sur Shannon qui m'a rejoint quelques minutes en attendant mon rendez-vous avec le maire, expliqua-t-il sous les flashs des photographes.

— Est-ce que vous espionniez votre fiancé, mademoiselle Adams ? demanda un journaliste.

April sourit à l'homme, puis se tourna vers Risk avec un regard d'adoration.

— Il se trouve que Risk et moi nous nous aimons, et nous adorons également ce restaurant. Mon amie et moi sommes venues y déjeuner, et ce n'est que du bonheur d'y croiser Risk et de grappiller quelques minutes en sa compagnie.

Tous les regards étaient tournés vers eux, et comment les en blâmer ? L'histoire semblait croustillante : Risk visiblement surpris par sa fiancée actuelle en compagnie de son ex.

Antonio, le propriétaire du restaurant, s'approcha et s'excusa pour le dérangement, puis déclara avec tact aux paparazzis qu'ils dérangeaient les clients et qu'ils devaient quitter les lieux sous peine d'être mis à la porte de manière musclée.

Shannon vint se placer à côté de Risk, assez près pour que leurs épaules se touchent. À sa défense, il s'éloigna légèrement, mais l'actrice ne comptait pas être ignorée.

— Bonjour, April.

— Bonjour, Shannon. J'aimerais vous présenter Jenna, une amie proche. Jenna, voici Shannon Wilkes.

Les deux femmes se saluèrent d'un signe de tête.

— J'espère que cela ne vous dérange pas que je me sois assise un instant avec Risk. Nous nous sommes croisés tout à fait par accident.

Elle sourit tout en posant un regard lumineux sur Risk.

— Nous étions en train de passer le temps en évoquant des souvenirs. Dieu sait que nous avons de quoi remplir tout un livre. N'est-ce pas, Risk ? ajouta-t-elle avec un sourire éclatant.

— Nous parlions de la mère de Shannon, précisa Risk. C'était une excellente pâtissière.

— On dit que le chemin du cœur d'un homme passe par son ventre, et maman lui préparait toujours ses desserts favoris.

— Vous voulez dire qu'elle lui faisait des tartes aux pêches caramélisées ? demanda April

— Euh... oui, et des biscuits aux...

— Éclats de noix.

Shannon perdit un peu de sa superbe.

— Oui, c'est bien ça.

Risk et April échangèrent un court regard complice. Visiblement leur petite séance d'entraînement accélérée avait porté ses fruits.

— J'appréciais beaucoup les gâteaux que Mary me cuisinait.

— Elle t'aimait énormément, dit doucement Shannon.

— C'était une femme formidable.

Le téléphone de Risk sonna.

— Désolé, je dois prendre cet appel. C'est le maire, dit-il en s'éloignant.

Shannon se tourna vers April.

— Avez-vous eu des nouvelles au sujet de la maison ?

Sa voix était doucereuse, et son regard calculateur.

— Oh ! euh... oui, tout à fait. J'allais vous appeler dans l'après-midi. J'ai bien peur que les propriétaires, la famille Russo, ne soient pas intéressés par votre offre.

Shannon tourna le regard vers l'endroit où se tenait Risk à l'arrière du restaurant.

— Offrez-leur vingt mille de plus.

Jenna fixa Shannon comme si elle avait perdu la raison. L'offre originale assortie du bonus supplémentaire était déjà scandaleusement généreuse. Shannon était vraiment déterminée à conclure cet achat.

— Très bien, si c'est ce que vous voulez. Mais... pourquoi faut-il que ce soit cette ferme en particulier ? J'en ai d'autres tout aussi charmantes.

Une expression lointaine se peignit sur le visage de Shannon.

— C'est personnel.

Voilà qui était clair : c'était entre elle et Risk.

— Je vais voir ce que je peux faire.

Risk revint vers elles, pas vraiment ravi.

— Le maire a dû annuler notre rendez-vous. Et si je vous emmenais déjeuner toutes les trois ?

— Je suis partante, déclara immédiatement Shannon.

Risk lança un regard aiguisé à April, comme s'il l'étranglerait en cas de refus.

— Vous savez quoi ? Je dois retourner au travail, mais merci quand même, dit Jenna. Bon appétit à tous !

Jenna, cette fourbe, l'abandonnait. Les meilleures amies n'étaient-elles pas censées rester solidaires ? À présent elle était coincée à déjeuner en compagnie de Risk et de sa très entreprenante et flamboyante ex-fiancée : Shannon Wilkes.

Le lendemain soir, Risk se tint, hésitant, devant la porte d'April. La nouvelle n'allait pas lui plaire, mais il n'avait pas le choix. Il toqua donc en espérant qu'elle répondrait. Mieux valait lui expliquer la situation de vive voix plutôt que par téléphone.

Il avait tenté de l'appeler dans l'après-midi, mais ils avaient été coupés... à moins qu'elle ait raccroché.

Il toqua une deuxième fois et il l'entendit répondre :

— Qui est-ce ?

— C'est Risk. Je dois te parler.

— Que fais-tu ici ?

— Laisse-moi entrer, et je t'expliquerai.

— Attends une minute. Je viens de sortir du bain.

Des images de ses formes nues et humides emplirent aussitôt son esprit. Elle avait des courbes délicieuses et bien placées, et ces derniers temps il se surprenait trop souvent à repenser aux deux nuits inoubliables passées avec elle. Elle ne lui était pas aussi indifférente qu'il voulait bien le laisser croire. Faire semblant d'être son fiancé impliquait des caresses et des baisers qui n'étaient pas sans effet sur lui, bien au contraire.

Mais il n'en oubliait pas moins ses mensonges et la façon dont elle s'était jouée de lui. C'était d'ailleurs la seule chose qui l'empêchait de se laisser aller à sa passion.

La porte s'ouvrit enfin, et April apparut, vêtue d'une sorte de kimono serré à sa taille. Ses cheveux étaient relevés en un chignon lâche, et elle ne portait aucun maquillage, ce dont elle n'avait nul besoin avec ses grands yeux bleus et ses lèvres roses. Un subtil parfum de fleurs emplit aussitôt les narines de Risk. Ils se fixèrent un moment.

— Risk ? Pourquoi es-tu ici ?

— Laisse-moi entrer s'il te plaît. Ça va paraître étrange si je reste devant chez toi.

Les sourcils froncés, April lui ouvrit la porte en grand afin de le laisser passer. En entrant, il remarqua immédiatement que la pièce semblait s'être vidée. La décoration avait changé, et toutes les petites touches qui conféraient un aspect chaleureux à l'appartement semblaient avoir disparues.

— Où étais-tu aujourd'hui quand nous avons été coupés ? demanda-t-il en essayant de paraître décontracté.

— Au chalet, répondit-elle après un soupir.

— J'ai essayé de te rappeler mais impossible de te joindre.

— J'étais occupée, et de toute façon le réseau est capricieux là-bas.

Il hocha la tête et regarda à nouveau autour de lui.

— Pourquoi cette pièce est-elle si différente ?

— Disons simplement que j'ai fait du… nettoyage de printemps.

— En hiver ?

— Le printemps sera là dans quelques mois, dit-elle en croisant les bras sur sa poitrine. Risk, je suis fatiguée et j'ai eu une journée très chargée. Que puis-je faire pour toi ?

— Pourquoi ne pas nous asseoir ? Je pense que tu devrais prendre un verre… pour te détendre. Et si nous ouvrions une bouteille de vin ?

La jeune femme prit un air indigné qui sonna faux et qui fit sourire Risk. Elle devenait très bonne actrice, mais ce soir il n'était pas dupe ; la tentation de cette suggestion faisait briller son regard.

— Pourquoi ne pas commencer par m'avouer la raison pour laquelle tu veux me faire boire ?

— Tu veux dire, à part l'évidente ?

— C'est-à-dire ?

— Tu es si sexy dans cette tenue.

Elle saisit les revers de son peignoir et les resserra autour d'elle, le visage empourpré.

— Quelle drôle de réflexion venant de la part de quelqu'un qui ne peut pas me supporter.

— Je n'ai jamais dit ça.

Pas dans ces termes en tout cas, mais il lui avait effectivement passé un vrai savon, quand il avait recouvré la mémoire. Il était d'ailleurs le premier surpris de voir à quel point elle lui plaisait, même après tout ce qu'elle avait fait. Mais après tout il n'était pas fait de glace.

— Tu es une belle femme, April, dit-il doucement. Ce serait difficile de ne pas le remarquer.

Elle se laissa tomber sur le canapé et posa sur lui un regard assombri par la suspicion.

— Pourquoi est-ce que tu me flattes ?

Risk s'esclaffa.

— Tu es une vraie coriace, April.

— Je le prends comme un compliment. Allez, parle.

Il soupira, et se lança dans son explication :

— Je sais que nous nous sommes mis d'accord sur un planning, mais il y a des changements de dernière minute. Crois-moi, je ne te le demanderais pas si ce n'était pas important. Tu vois, comme le maire a dû annuler notre rendez-vous, il m'a appelé pour nous inviter tous les deux à dîner chez lui demain soir. Sa femme voudrait faire ta connaissance. Apparemment, elle est allée à l'école avec ta mère.

— Non.

— April, sois raisonnable.

— Je ne vais pas dîner chez le maire et faire semblant… d'être amoureuse. C'est trop intime pour moi. Désolée. Dis-lui simplement que j'ai la grippe, que j'ai été mordue par un chien enragé ou que j'ai la cheville cassée. Je me fiche de l'excuse que tu trouveras. Je suis en retard dans mon travail, et tout ça me prend beaucoup trop de temps.

Risk se massa la nuque et soupira.

— Très bien, c'est vrai que c'était trop demander. Bon, je vais trouver une excuse… autre que celles que tu proposes, mais je trouverai quelque chose.

— Bien, dit-elle en hochant la tête.

Ce mouvement attira l'attention de Risk sur son chignon lâche qui ballottait de haut en bas. Elle était adorable et très attirante ce soir, même si elle n'avait pas cessé un instant de froncer les sourcils… ou peut-être justement à cause de ce froncement de sourcils.

— Mais j'espère que tu diras oui au deuxième changement. Cela concerne tante Lottie. Avec la journée des Fondateurs prévue dans seulement cinq jours, elle doit penser que nous avons oublié son soixante-deuxième anniversaire. Elle est rarement à Rising Springs pour cette occasion, donc Drea a eu l'idée de lui organiser une fête surprise après-demain. Il n'y aura que la famille et quelques amis proches. Naturellement, tu devras y assister.

— Mais je la connais à peine.

— C'est quelqu'un de bien, April. Et pour le monde, tu es ma fiancée.

— Je sais que c'est quelqu'un de bien. Elle m'a traitée comme si j'étais de la famille, ce que j'ai trouvé adorable.

— Je pense qu'elle aimerait que tu te joignes à nous. Tu seras surtout en compagnie de ma famille, donc il n'y aura pas vraiment besoin de faire semblant.

— Voilà qui me plaît. Shannon sera-t-elle présente ?

La question avait surgi d'on ne sait où.

— Shannon ? Non, elle n'est pas invitée. Pourquoi ?

April haussa les épaules.

— Parfois, j'ai l'impression qu'elle nous suit. Chaque fois que je la vois ou que je lui parle au téléphone, elle semble… me tester.

— Comment cela ?

— Eh bien, par exemple, elle est intéressée par l'achat de la propriété Russo, et j'ai dû l'appeler à ce sujet aujourd'hui. Eh bien figure-toi qu'elle trouve toujours le moyen de ramener la conversation sur toi et de me poser des questions précises qui me mettent mal à l'aise. Et puis il y a des photos de nous - toi et moi, ou Shannon et moi, ou toi et Shannon -dans tous les journaux. C'est un peu trop.

— As-tu dit la propriété Russo ? demanda Risk en faisant presque un bond. Cette ferme à la périphérie de la ville ?

— Oui, elle a dit vouloir acheter cet endroit pour des raisons personnelles. Et je pense qu'il y a un rapport avec toi.

Lui et Shannon partageaient une histoire en commun avec cette propriété. Avant d'être vendue aux Russo, la ferme était louée comme gîte, et Shannon y avait séjourné lors de sa première visite ici. C'était là qu'ils avaient fait l'amour à Boone Springs pour la première fois.

— Tu as bien deviné, April.

Il ne lui donna pas plus d'explication. À cette époque lui et Shannon partageaient une liaison passionnée, et la jeune femme voulait un endroit en dehors du ranch pour plus d'intimité. Cela avait été une période mémorable, mais c'était du passé.

— Je vois.

— Je ne compte pas me remettre avec elle.

Il tenait à être clair là-dessus, car ils étaient tous deux embarqués dans cette histoire.

— Vous aviez l'air de bien vous entendre au restaurant l'autre jour.

— C'était innocent. Elle est entrée et est venue me dire bonjour en me voyant à ma table. Il n'y avait rien de mal, et ce n'était absolument pas prévu.

— Les médias ne parlent plus que d'un triangle amoureux. Ce n'est pas facile pour moi.

— Je comprends, mais c'est justement pour ça que tu dois venir à la fête d'anniversaire de ma tante : pour contrer ces rumeurs. Plus nous ressemblons à un vrai couple, moins il y aura de spéculations.

— Es-tu d'accord pour venir voir le chalet le lendemain ? Il sera prêt à être visité d'ici là.

— Le chalet ?

Il avait été tellement absorbé par son rôle de faux fiancé et par la journée des Fondateurs, qu'il n'y avait même plus pensé

— Risk, tu te souviens de notre arrangement, non ?

Il devait admettre qu'elle avait de la suite dans les idées et que c'était une vraie battante.

— Si je dis oui, tu viendras à la fête ?

Elle y réfléchit un peu, puis un sourire adoucit ses doux yeux bleus et effaça son froncement de sourcils.

— Oui, dit-elle finalement, je viendrai.

Le lendemain, tard dans l'après-midi, après une journée entière à superviser les ouvriers du chalet et à mettre la touche finale aux chambres, April alla prendre un café au Katie Kupcakes à trois pâtés de maisons de son agence. Elle et Katie avaient toutes deux grandi à Boone Springs. April échangea quelques paroles aimables avec elle avant de commander un cupcake façon brownie absolument délicieux, accompagné d'un *latte* amande et vanille. Elle était épuisée par sa semaine, et se sentir coupable de gourmandise n'était en aucun cas à l'ordre du jour. Elle méritait une récompense.

— Hum ! gémit-elle en prenant une bouchée de son petit gâteau.

Quelques instants plus tard, elle vit Lottie Brown entrer dans la boulangerie, souriante et vêtue d'une élégante chemise rose et d'une jupe en jean, le tout assorti de jolies bottes cloutées. Lottie avait beaucoup de style et de grâce, et ne se laissait absolument pas démonter par son âge.

La vieille dame la repéra immédiatement et s'approcha.

— Bonjour, April, dit-elle en remarquant le cupcake à moitié mangé. On dirait que nous avons les mêmes envies aujourd'hui.

— Vous aussi ?

— Je suis ici pour le cupcake *Explosion de chocolat*.

— Voudriez-vous vous joindre à moi ?

Elle avait posé la question par politesse, mais n'était pas certaine que ce soit l'unique raison. Lottie était une personne qu'elle aurait aimé mieux connaître.

— J'adorerais.

Elle s'assit, et immédiatement Katie s'approcha pour prendre sa commande.

— Katie, quel plaisir de te revoir ! Ça fait un moment que tu n'es pas venue au ranch.

— Non, j'ai été occupée. Avec la boulangerie et le sauvetage des chevaux, je sais à peine quel jour on est.

— Le mariage de Mason et Drea approche.

— Je suis impatiente. Il va vraiment falloir que je m'active pour organiser l'enterrement de vie de jeune fille de Drea.

— Je suis sûre que ça sera parfait, affirma Lottie.

— Je l'espère. C'est ma première fois… en tant que demoiselle d'honneur, dit-elle, avant de se mordre la lèvre.

April était au courant des relations tendues entre Katie et les Boone. Cinq ans auparavant, Luke avait rompu ses fiançailles avec la sœur de Katie, juste avant le mariage, dont elle devait être la demoiselle d'honneur. Sa sœur, Shelly, avait été dévastée, et Katie s'était retrouvée dans une position délicate : elle et Luke étaient amis depuis toujours. Mais à présent c'était terminé.

Katie prit la commande et s'éloigna.

— April, je suis si contente de vous revoir, dit Lottie. Dites-moi, comment mon neveu vous traite ?

C'était une question tellement inattendue, que la jeune femme se figea un instant.

— Risk ? Oh ! euh... très bien.

— Heureuse de l'entendre. Vous êtes de bonnes personnes tous les deux, et je n'aimerais pas que l'un de vous souffre.

— C'est très gentil à vous. Je suis sûre que nous nous séparerons sans heurts.

Lottie leva les sourcils puis changea de sujet, au grand soulagement d'April. Au fil de leur conversation, la jeune femme découvrit qu'elle avait beaucoup en commun avec Lottie, depuis la musique et les livres, jusqu'à leurs sens de l'esthétique et de la décoration.

Une demi-heure plus tard, elles quittaient la boulangerie.

— Je suis heureuse de vous avoir croisée, dit April.

— Moi aussi. Si je peux me permettre... j'aurais aimé que mon neveu et vous sortiez vraiment ensemble. Vous êtes si bien assortis. Bien que je déteste le dire, je savais que ça ne marcherait pas entre Risk et Shannon. Mais qui suis-je pour me mêler de ça ? Je ne suis rien d'autre que sa tante préférée après tout, ajouta-t-elle sur le ton de la plaisanterie.

April rit, absolument pas froissée par la franchise de Lottie, même si évidemment elle n'était pas d'accord avec elle. Entre eux, rien ne serait jamais possible.

— Désolée de vous décevoir, mais je ne pense pas que nous...

— Oh non ! Regardez-moi ça !

Lottie se mit soudain à courir après un chien qui vagabondait en plein milieu de la rue.

— Ici petit, ici ! cria-t-elle sans voir la voiture au coin de la rue. Ne reste pas là ! Allez, allez !

— Lottie !

April courut aussi vite que ses jambes purent lui permettre. Elle vit la voiture braquer et entendit un crissement de pneus, juste avant de pousser Lottie hors de la route et de tomber au sol en se raclant les genoux sur le bitume. Une odeur de caoutchouc brûlé emplit ses narines, et la chaleur du moteur lui explosa au visage.

Quand elle rouvrit les yeux, elle vit d'abord le grand ciel bleu, puis Lottie apparut dans son champ de vision.

— Mon Dieu, April ! Est-ce que ça va ? Vous vous êtes cogné la tête ?

— Non, non. Je vais bien... il me semble.

Elle passa mentalement son corps en revue. Elle ne s'était pas cogné la tête en tombant et n'avait pas été heurtée ; elle était simplement tombée en poussant Lottie, et heureusement seuls ses genoux étaient meurtris, même si elle était presque sûre que tout son corps serait endolori le lendemain.

— Vous m'avez sauvée et vous vous êtes mise en danger. Vous auriez pu être heurtée par cette voiture. C'était très courageux. Merci. Je ne sais pas quoi dire d'autre, déclara Lottie en essuyant ses larmes avant d'ajouter : Pensez-vous pouvoir vous lever ?

— Je le pense.

Elle se redressa avec l'aide de Lottie, les jambes meurtries et le corps tremblant. Ses genoux se mirent à la brûler tandis qu'un peu de sang en coulait.

— Je vais vous emmener voir un médecin, dit Lottie.

En un rien de temps, une foule s'était formée, et le jeune conducteur dégingandé accourut, l'air affolé. En effet, la voiture s'était arrêtée à quelques centimètres d'April.

— Je suis vraiment désolé, dit-il. Je ne vous avais pas vue en tournant.

— Ce n'était pas votre faute, jeune homme, le rassura Lottie. J'ai couru après un chien au milieu de la rue, et vous avez fait votre possible pour nous éviter. Je vous félicite pour votre adresse.

Il acquiesça.

— Vous allez bien, mademoiselle ? demanda-t-il à April.

— Oui, je pense que ça ira. Je suis juste un peu secouée.

— Dois-je appeler les secours ? demanda une voix dans la foule.

— Oh non ! s'il vous plaît. Je vais bien, protesta April en regardant la mer de visages devant elle.

Les téléphones portables pointaient sur elle pour la prendre en photo, et elle entendit des chuchotements. Certains avaient reconnu la fiancée de Risk Boone.

— Laissez-moi au moins vous emmener chez le médecin, dit doucement Lottie en la prenant par le bras et en la conduisant en direction de Katie Kupcakes.

— Non, je pense que je vais rentrer chez moi et nettoyer mes blessures. Ce n'est rien de grave.

Katie se précipita avec un gant de toilette.

— Tiens, je l'ai rincé à l'eau froide. Tu peux venir te nettoyer à l'intérieur si tu veux, April.

— C'est une bonne idée, dit Lottie.

— Non, ce n'est pas nécessaire, Katie. Mais merci pour le gant de toilette.

La dernière chose qu'elle voulait c'était créer un attroupement. Une fois que la nouvelle aurait circulé, ce qui n'allait pas tarder avec toutes les photos prises, les journalistes se précipiteraient. Elle tamponna ses genoux qui saignaient légèrement, soulagée par la fraîcheur du gant de toilette.

— Ça va mieux.

— Laissez-moi vous ramener chez vous. J'insiste, dit Lottie.

Elle tenait vraiment à l'aider, et April ne la repoussa pas.

— D'accord, merci.

Elles marchèrent bras dessus, bras dessous jusqu'à la voiture de Lottie garée juste à côté.

— Êtes-vous certaine de ne pas avoir besoin d'un médecin ? demanda la vieille dame avec inquiétude.

— Certaine.

— Et si je vous emmenais à Rising Springs pour m'occuper de vous ?

— Quelle idée, Lottie !

— Vous êtes la fiancée de Risk.

— Durant cette semaine uniquement.

Lottie pinça les lèvres et s'inclina.

— Très bien. Allons chez vous dans ce cas.

April lui donna son adresse, et Lottie se mit en route avec prudence, conduisant très lentement. Une fois devant chez elle, la jeune femme réalisa que la tante de Risk avait aussi été secouée.

— Lottie, est-ce que je vous ai fait mal en vous poussant ?

— Compte tenu du fait que j'aurais pu être aplatie comme une crêpe si vous n'étiez pas intervenue, je vais très bien. N'y pensez même pas, dit Lottie en lui prenant et serrant la main. Je ne vous remercierai jamais assez.

Puis elle prit affectueusement April dans ses bras, et la jeune femme savoura cette étreinte. Elle n'avait pas été embrassée de cette manière depuis longtemps, et cela lui rappela à quel point sa mère lui manquait. Le réconfort que Lottie lui prodiguait était exactement ce dont elle avait besoin en ce moment.

— Merci de m'avoir ramenée.

— Est-ce que je peux vous accompagner jusqu'à votre porte ?

— C'est gentil mais pas nécessaire. Ça ira. J'ai juste besoin de me reposer.

— D'accord. Appelez-moi si vous avez besoin de quelque chose.

— Promis. Au revoir, Lottie.

April descendit de voiture, les genoux brûlants, et fit un petit signe à Lottie. Elle la regarda ensuite partir avant de se diriger vers chez elle, pressée de nettoyer ses blessures et de s'effondrer sur son lit.

— April !

En entendant des pas derrière elle, elle ferma les yeux.

Oh non !

C'était Risk.

9

— April ! appela de nouveau Risk.

Que faisait-il ici ? Il était censé dîner avec le maire. Elle s'arrêta net et se heurta contre son torse en se retournant.

— J'ai entendu ce qui s'est passé, dit-il doucement en lui prenant le bras.

— Déjà ?

Elle savait que les nouvelles se propageaient à vive allure dans les petites villes, mais à ce point ?

— Katie m'a appelé au bureau. Est-ce que ça va ?

Il passa son corps en revue, son regard trahissant une véritable inquiétude.

— Tu saignes.

Elle baissa les yeux et vit quelques minuscules filets de sang couler le long de ses jambes.

Avant qu'elle puisse réagir, Risk la prit dans ses bras et la porta jusqu'à son perron. Elle se cramponna à son cou, un peu choquée par ce geste audacieux et en même temps émoustillée. C'était bien un geste de chevalier blanc, quelque chose dont beaucoup de femmes rêvaient en secret.

— Je peux marcher, Risk. Tu n'as pas besoin de me porter.

— Si. Tu boites.

— Je ne boite pas.

— Je te dis que si.

— C'est parce que tu...

Puis cela la frappa, et elle baissa la voix.

— Oh ! je comprends. Tu penses que quelqu'un nous regarde et prend des photos.

Il posa le regard sur elle et se renfrogna.

— Ouais, c'est ça. Tu as tout compris.

Mise mal à l'aise par le ton de sa voix et l'expression de son visage, elle se tut. Quelque chose clochait, et soudain elle ne fut plus sûre de rien. Peut-être était-ce dû à la fatigue, mais être à nouveau dans les bras de Risk, absorber sa force et respirer son parfum musqué ne lui parut plus aussi terrible.

— Donne-moi tes clés.

Elle les sortit de son sac à main, et il ouvrit la porte.

— Tu n'as pas besoin de me materner, dit-elle doucement en voyant le muscle de sa mâchoire tressauter.

— Vraiment ?

Il la porta à l'intérieur et la posa sur le canapé.

— Reste ici, April, et ne bouge pas. Je vais m'occuper de tes genoux.

— Risk, tu ne...

Mais il était déjà dans le couloir. Elle l'entendit fouiller dans sa salle de bains, et il revint quelques instants plus tard avec de quoi la soigner, l'expression déterminée.

S'asseyant au pied du canapé, il remonta doucement l'ourlet de sa jupe, et ses doigts posés sur ses cuisses envoyèrent des vagues brûlantes le long des jambes d'April.

— Dis-moi si je te fais mal, dit-il pleinement résolu à accomplir sa tâche.

Il commença par nettoyer ses genoux et les fines traînées de sang à l'aide d'une lingette savonneuse, puis appliqua sur ses plaies une crème antiseptique.

— Ce que tu as fait aujourd'hui...

Il s'arrêta et se racla la gorge avant de continuer :

— ... était vraiment stupide. Tu aurais pu être tuée.

— Je n'ai pas réfléchi. J'ai compris que je pouvais atteindre Lottie avant que la voiture la percute et j'ai réagi par instinct.

Risk lui banda les genoux. Ce n'était pas beau à voir, mais elle se sentait mieux à présent que les plaies n'étaient plus à l'air libre.

— Tu as sauvé la vie de ma tante, April.

— Peut-être.

— Il n'y a pas de « peut-être ». J'ai vu la vidéo.

— Il y a une vidéo ? Mon Dieu !

Comment diable avait-elle pu se propager aussi vite ?

— C'est le monde dans lequel nous vivons. Quelqu'un sur les lieux l'a envoyée à *La Tribune*,et ils ont immédiatement appelé pour connaître ma réaction.

— Et tu t'es précipité ici ?

Il acquiesça.

— Et ton dîner avec le maire et sa femme ?

— Quelle meilleure excuse pour annuler que ma fiancée blessée dans un accident ? Il n'en attendrait pas moins de ma part.

— Et il est important que tu montres une réaction appropriée.

Évidemment. Ça devait être ça.

— Désolée, je sais que ce dîner était important pour toi.

— C'est juste du travail, April. Ce n'est pas aussi important que…

— Je suis surprise que tu ne sois pas allé voir ta tante, l'interrompit-elle, redoutant d'entendre le reste.

Elle n'allait tout de même pas se mettre à croire qu'il se souciait réellement d'elle.

— Katie m'a assuré que tante Lottie allait bien. J'irai la voir tout à l'heure.

— En tout cas, merci de m'avoir soignée. Ma mère dirait que nous sommes quittes.

— Comment cela ?

— J'ai pris soin de toi quand tu as perdu la mémoire, et tu viens de me rendre la pareille.

Il la fixa un instant puis se passa la main sur le visage.

— April.

— Tu n'as pas à rester. Je vais bien à présent.

Et il avait parfaitement rempli son devoir de faux fiancé en se précipitant ici pour s'occuper d'elle.

Risk serrait obstinément la mâchoire. Elle avait déjà vu ce regard déterminé.

— Tu dois avoir soif, dit-il enfin en ignorant son commentaire. Je vais te chercher de l'eau.

— De l'eau ? J'aurais plutôt besoin d'un verre de vin, laissa-t-elle échapper.

Puisqu'il comptait rester, autant prendre quelque chose de plus revigorant. Elle le méritait bien après cette journée.

— J'ai compris.

Il se dirigea vers la cuisine, et elle entendit les placards s'ouvrir et des verres tinter.

— Rouge ou blanc ? demanda-t-il en passant la tête par la porte.

— Rouge, s'il te plaît.

Il lui répondit par un sourire ravageur qui mit ses pauvres nerfs à vif. Il était différent ce soir… tout simplement gentil. Il devait sûrement penser lui devoir quelque chose pour avoir sauvé Lottie.

— Merci, dit-elle lorsqu'il lui tendit un verre de vin.

Il s'assit et croisa à nouveau son regard.

— Tu es fatiguée ?

— Je l'étais. J'ai eu une rude journée, mais je suis un peu trop tendue pour dormir à présent.

— Il y a un super film à la télévision.

— Lequel ?

— A Day in the Life.

C'était un des dix films préférés d'April. Ils en avaient discuté à peine quelques jours avant.

— Un film de filles. Je vote pour, dit-elle.

— Moi aussi.

Elle se figea, le verre à vin à mi-chemin de ses lèvres.

— Tu vas le regarder aussi ?

— Pendant un petit moment, jusqu'à ce que je termine mon vin. Tu es d'accord ?

— Euh… oui. Tu seras en charge de la télécommande.

Risk l'avait déjà en main. Il alluma la télé et commença à zapper.

— Ah ! le voici.

Aidée par le vin, April se laissa aller contre les coussins du canapé. Elle coula un regard vers Risk, qui s'installait lui aussi, complètement à l'aise. Ils n'avaient jamais fait ça auparavant… se poser tout simplement, comme le ferait un couple ordinaire. Un frisson brûlant la parcourut. Était-ce dû au vin ou à la présence de Risk ?

Peu importe la raison, elle se sentait bien à ce moment-là.

Le lendemain après-midi, April et Clovie revenaient à l'agence après un rapide déjeuner au restaurant, quand Clovie lui donna un petit coup de coude.

— Ne regarde pas de l'autre côté de la rue et continue à marcher, à moins que tu ne veuilles être photographiée à nouveau.

April baissa la tête et suivit les conseils de son amie.

— Pourquoi, que se passe-t-il ?

— On dirait Shannon et… euh… ton fiancé, ensemble devant la banque. Shannon parle à des journalistes.

April risqua un regard pour le constater par elle-même. Risk était comme un aimant pour cette femme. Elle semblait le suivre partout et chercher par tous les moyens à s'insinuer dans sa vie. Auparavant, cela aurait indifféré April, et elle aurait souhaité que ce soit le cas aujourd'hui aussi, mais Risk avait été si gentil avec elle la veille au soir. Elle ne se souvenait pas du moment où il était parti, mais elle s'était réveillée vers minuit, confortablement installée sous une couverture qu'elle n'avait pas rapportée au chalet. La télé était éteinte, la porte verrouillée, et ce matin elle avait trouvé son mot.

J'espère que tu as bien dormi
Prends soin de ces jolis genoux…
Nous allons devoir danser
Je viendrai te chercher à 18 heures

Risk

Le message lui avait fait du bien et l'avait mise de bonne humeur malgré ses douleurs. Elle avait même failli appeler Risk pour le remercier d'avoir pris soin d'elle. Mais il était avec Shannon à présent, et en public qui plus est. Elle avait déjà suffisamment d'embêtements comme ça. On lui avait demandé de participer à une émission de radio locale, au sujet de son geste héroïque, mais elle avait poliment refusé, et il y avait des photos et des articles qui circulaient sur Internet et dans *La Tribune*.

Le seul point positif était que tout ça faisait beaucoup de publicité à son agence, ce qui était toujours bon à prendre. Mais elle se demandait si ce point positif pouvait contrebalancer tous les points négatifs.

Leurs fiançailles n'étaient qu'un énorme mensonge, et son faux fiancé était occupé à passer l'après-midi avec son ex-petite amie.

Risk ajusta le col de sa veste avant de frapper à la porte d'April. Après avoir passé des heures avec Shannon, il était pressé de retrouver April. Non pas que celle-ci lui demandât moins d'efforts après tous les ennuis qu'elle avait causés, mais elle était très certainement bien plus facile à vivre que sa superstar d'ex.

Elle mit un certain temps à ouvrir, mais l'attente en valut la peine.

— Waouh !

Elle était époustouflante dans cette robe rouge qui accentuait ses courbes envoûtantes, et avec ses cheveux bouclés qui lui encadraient le visage.

— Tu es magnifique, April.

— Merci. Ce n'est pas trop ? Je ne sais pas où nous allons, mais ton mot parlait de danse.

Il ôta son chapeau et se passa la main dans les cheveux.

— Oui, la famille a loué le restaurant préféré de tante Lottie pour la soirée, le Garden House.

— J'en ai entendu parler en bien.

Elle ouvrit la porte en grand pour le laisser entrer et prit la pochette et le chandail noirs posés sur le bras du canapé.

— Comment vont tes genoux ?

Ils étaient recouverts par la longueur de la robe, ce qui avait sûrement motivé le choix de sa tenue.

— Ils ne sont pas beaux à voir, dit-elle en fronçant les sourcils.

— Laisse-moi regarder.

April ouvrit de grands yeux et eut un mouvement de recul.

— N'oublie pas que j'ai fait office d'infirmier hier soir.

— Sûrement pas par choix.

Elle était encore en train de le tester, et il aurait facilement pu perdre patience, mais il se maîtrisa.

— April, s'il te plaît.

Elle lui lança un regard sceptique, mais il ne fléchit pas. Son étrange inquiétude le déconcertait tout autant, mais il était déterminé à s'assurer qu'elle cicatrisait bien. Ils se fixèrent quelques secondes, et finalement elle haussa les épaules.

— Bon très bien, finit-elle par répondre. C'est gentil de m'avoir aidée la nuit dernière.

Elle souleva sa robe de quelques centimètres, et il s'accroupit afin de mieux voir. Quand il posa la main sur l'arrière de sa jambe droite, il regretta immédiatement son geste : sa peau était à la fois douce et ferme, et il sentit aussitôt un élan de désir lui enflammer les reins. C'était insensé. Elle ne quittait plus ses pensées ces derniers temps, et il ne pouvait s'empêcher de se demander s'il l'avait mal jugée et si elle n'avait tout simplement pas été dépassée par les événements.

— Hum ! ça me paraît beaucoup mieux.

— Tu crois ?

Il se leva et plongea dans son regard bleu et chaleureux.

— Oui… tu cicatrises bien.

— Merci, docteur Boone.

Ils rirent tous deux, et la tension s'apaisa, mais leurs regards se croisèrent à nouveau, et April posa la main sur son torse. Il n'aurait su dire si c'était pour l'éloigner ou le rapprocher, mais une sensation de chaleur se répandit en lui, à l'endroit où elle avait placé la paume.

— Risk, je t'ai vu aujourd'hui… avec Shannon. J'imagine que je vais lire toute l'histoire dans les journaux de demain.

Risk détourna le regard et jura intérieurement. Il avait rebattu les oreilles d'April avec ces prétendues fiançailles, alors que Shannon semblait déterminée à tout faire capoter.

— Ce n'est pas ce que tu penses.

— Je ne sais pas ce que je pense. C'est toi qui veux faire croire à tous que nous sommes fiancés, et pourtant tu ne cesses de t'afficher avec ton ex. Cette situation me met dans une mauvaise posture.

— Je sais, je sais.

Il poussa un soupir et secoua la tête.

— Shannon voulait faire un don important à la Fondation Boone. C'est un organisme de bienfaisance que mes parents ont créé à la naissance de Mason, et tous les bénéfices vont aux enfants défavorisés du comté. Elle m'a demandé de la retrouver à la banque, et quand nous en sommes sortis, les journalistes nous attendaient, probablement contactés par elle. J'aurais dû m'y attendre, étant donné que ça a toujours été son mode opératoire. Faire une bonne action est pour elle un moyen de se faire de la publicité.

— C'est tout ce qu'il y a eu ?

— Ensuite, nous avons déjeuné au Farmhouse.

April battit des cils.

— Tu as encore déjeuné avec elle ? Après toutes les mises en garde que tu m'as faites sur le fait d'être prudente ? Je suis désolée, Risk, mais ce n'est pas…

— Serais-tu jalouse par hasard ?

À cette idée, Risk sentit sa poitrine se gonfler, et il en fut dérouté. Shannon et April s'étaient toutes deux jouées de lui. Alors pourquoi diable est-ce qu'il fredonnait intérieurement ? Et pourquoi regardait-il April différemment ce soir ?

— Je ne suis pas jalouse, protesta-t-elle avec un air de défi et le visage empourpré. Cesse donc de bomber le torse, Risk.

Il sourit avec satisfaction : elle était bel et bien jalouse.

— Je suis simplement… inquiète. Si cela t'est égal de détruire ta couverture, c'est ton problème, mais je tiens à ma part de marché.

— D'accord, j'ai compris. Tu es prête ? Nous ne pouvons pas être en retard à la fête surprise de tante Lottie.

— Je suis on ne peut plus prête.

Elle leva les yeux au ciel d'une manière adorable, et Risk sentit un flot d'émotions l'envahir. C'était plus fort que lui : il ne pouvait s'empêcher d'apprécier April Adams.

— Que le spectacle commence, dit-elle en sortant.

Risk se contenta de sourire et lui prit la main pour la conduire à sa voiture.

La fête surprise de tante Lottie se déroulait à merveille. Sa meilleure amie, Wanda, qui vivait dans le comté de Willow, l'avait amenée au Garden House, et dès son entrée la salle remplie de vingt-cinq amis proches et de membres de la famille s'écria : « Surprise ! »

Tante Lottie recula brusquement, et ses larmes se mirent à couler, tant elle était émue de voir rassemblées toutes les personnes qui comptaient pour elle. Elle paraissait réellement surprise.

— Je ne m'attendais vraiment pas à ça !

— Tu ne pensais tout de même pas que nous avions oublié ton anniversaire ? dit Drea en la serrant dans ses bras. Cette fois, nous voulions te surprendre.

— Eh bien, c'est réussi.

Mason passa le bras autour des épaules de tante Lottie et l'embrassa sur la joue.

— Tout le mérite revient à ma fiancée. Tu sais que c'est une experte en organisation de fête.

— Drea est la meilleure, renchérit Lottie, le regard emplit d'amour. Et cet endroit est parfait. Merci à tous d'être venus.

Mason et Drea paraissaient s'entendre à merveille. Le frère aîné de Risk était follement amoureux et n'avait jamais aussi heureux de sa vie.

Risk jeta un regard à April, debout à côté de lui, et son estomac se serra. Il s'était pourtant juré de ne pas s'attacher à elle, mais cela devenait de plus en plus difficile. Il commençait à trop l'apprécier, et pas seulement parce qu'elle s'était mise en danger pour sa tante, mais parce qu'elle était également travailleuse, dévouée et douce.

Douce ? Oh seigneur ! il la désirait tellement !

Leurs regards se verrouillèrent, celui d'April d'un bleu éclatant et plein de vie. Il aimait ses cheveux bouclés qui cascadaient sur ses épaules, et ses lèvres rouge rubis assorties à la torride robe qu'elle portait.

April n'était plus *persona non grata* au sein de sa famille, mais une véritable héroïne, et cela le fit réfléchir. Il l'avait jugée très sévèrement et lui en avait voulu pour s'être jouée de lui, mais lui-même était-il parfait ? Il l'avait quittée sans un mot il y a quelques années, et elle ne méritait certainement pas un tel traitement.

Elle lui sourit, et son cœur fit un petit bond. Risk était certain que ce n'était pas un sourire factice ayant pour but de plaire aux spectateurs : c'était sincère et destiné rien qu'à lui. Lui prenant la main, il la conduisit vers tante Lottie.

— Bon anniversaire, dit-il en embrassant sa tante. Ça te fait quel âge ? Toujours trente-neuf ans ?

Lottie posa une main sur la joue de son neveu.

— Je ne le dirai jamais en public, et toi non plus si tu tiens à la vie.

Ils rirent tous les trois.

— C'est une merveilleuse surprise, continua-t-elle. Je pensais que je dînerais tranquillement avec Wanda, et voilà que toutes les personnes que j'aime sont réunies ici pour fêter ça.

Elle se tourna avec un regard doux et sincère vers April et lui prit la main.

— Je suis si touchée que vous soyez venue, April. Cela compte beaucoup pour moi.

— Je n'aurais manqué cela pour rien au monde.

Lottie hocha la tête en souriant, et son regard passa de l'un à l'autre.

— Vous formez un très beau couple ce soir.

Puis elle fut emmenée par Drea et son père. Drew semblait grincheux ce soir. Il se contenait pour ne pas gâcher l'ambiance, mais il avait pas mal maugréé sur le fait que Lottie avait failli se tuer en courant après un chien.

Entre ces deux-là, il y avait toujours quelque chose qui n'allait pas.

Des serveurs en tenue s'approchèrent avec des plateaux de petits-fours. April était fascinée par le jardin intérieur luxuriant et parfaitement entretenus de la salle à manger, composé de palmiers, de fleurs, de lierres, de vignes et de mousses. Un groupe de cinq musiciens se tenait prêt sur une petite scène devant une piste de danse.

— Hum ! c'est délicieux, dit-elle en prenant une bouchée d'un mini bœuf Wellington. La pâte est si légère.

Risk en avait déjà avalé deux.

— Je suis tout à fait d'accord.

Il aimait qu'April apprécie la bonne cuisine et ne s'en cache pas. Il était déjà sorti avec des femmes qui se nourrissaient uniquement de salade, et en bon texan qu'il était cela n'avait absolument rien d'un repas pour lui – c'était tout juste un accompagnement. De toute évidence, April partageait son avis.

— Mais pas aussi bon que le beurre de cacahuètes et les muffins aux canneberges, ajouta-t-il.

— Non, dit-elle d'une voix haletante, le regard levé vers lui. Il n'y a rien de mieux que notre nourriture de survie.

— D'ailleurs, à ce sujet... Je ne t'ai jamais remerciée d'avoir si bien pris soin de moi lorsque j'ai été blessé.

— Je sais.

Il avait été tellement furieux en découvrant sa supercherie, qu'il en avait oublié les soins qu'elle lui avait prodigués.

— Je te remercie maintenant, et je suis sincère, April.

— Je te crois.

— Il semble que tu aies sauvé deux membres de notre famille ce mois-ci.

— C'est pour ça que tu es gentil avec moi ?

— Non, ce n'est pas que pour ça.

Il se tut un instant avant de préciser sa réponse.

— Peut-être que c'est facile d'être gentil avec toi.

— Peut-être ?

Les lumières s'éteignirent, et un projecteur éclaira le groupe qui commença à jouer. Risk ne pensa plus qu'à une chose : tenir April dans ses bras. Il tendit la main.

— Tu danses avec moi ?

Elle regarda autour d'elle et vit plusieurs invités se diriger vers la piste de danse, y compris tante Lottie et Luke.

— Cela ferait plaisir à tante Lottie, ajouta-t-il.

— Dans ce cas..., dit April en lui prenant la main.

Le groupe entama un slow, et Risk prit April dans ses bras, humant son doux parfum. Elle se mouvait avec fluidité contre lui, souple et facile à diriger. Ils se touchèrent souvent, seins contre torse, et il eut du mal à rester concentré sur la musique. Son cœur battait fort, et son corps s'échauffait. Elle posa la tête sur son épaule, taquinant les narines de Risk de ses mèches soyeuses.

— April, murmura-t-il en faisant descendre les mains sur les reins de la jeune femme.

Elle était bien trop tentante et proche pour qu'il puisse raison garder. Ses instincts primaires prirent le dessus, et il pencha la tête pour poser un doux baiser sur ses lèvres.

Elle ouvrit les yeux et le regarda.

— Tu as vu des journalistes ?

— Je ne pense pas.

— C'est pour les autres, alors ?

Il secoua la tête.

— Quels autres ? Je ne vois que toi.

Elle sourit, et lui aussi, puis il l'embrassa à nouveau. Une fois la musique terminée, il recula pour la regarder dans les yeux, et se sentit ému par l'expression de son visage.

Luke s'approcha à ce moment et mit fin au tête-à-tête.

— Ça te dérange si je vous interromps, Risker ?

Un peu oui, songea-t-il. Fallait-il vraiment que son frère choisisse ce moment ? Il tombait vraiment mal, mais c'était également la soirée de tante Lottie, et il n'allait pas faire de scène, même s'il détestait laisser partir April. Il lança un regard d'avertissement à son frère, et finit par céder.

— Bien sûr, petit Luke.

— Nous avons gardé nos surnoms d'enfance, expliqua celui-ci avec un grand sourire à April.

— Je les trouve géniaux. Mason en a-t-il un aussi ?

— Non, il ne voulait pas. Si nous l'appelions Masey, il s'énervait. Lui c'est tout simplement Mason.

La musique reprit, et Luke se mit à danser avec April. Risk quitta la piste et s'installa au fond de la salle sans quitter le couple des yeux.

Mason vint le rejoindre.

— Tiens, dit-il en lui tendant un bourbon sec.

Ils restèrent un moment à siroter leur boisson, tandis que le regard de Risk restait concentré sur April.

— Tu es vraiment mordu, déclara Mason.

— Sans blague.

— Tante Lottie a presque applaudi quand tu as embrassé April sur la piste.

— Elle adore April.

— Toi aussi.

— Peut être bien.

— Peut-être ? Tu l'aimes tout simplement. C'est soit ça, soit tu as mangé un truc qui ne passe pas, frérot. Tu vires au vert en la regardant avec Luke.

Son estomac se serra. Était-il prêt à rouvrir son cœur ?

— Tu sais qu'une fois cette histoire terminée, elle partira. Peut-être même qu'elle trouvera un autre homme. Es-tu prêt à ça ?

Imaginer April avec un autre homme le retourna de l'intérieur.

— Est-ce que ton petit sermon est terminé ?

— Oui. J'ai dit ce que j'avais à dire.

Mason s'éloigna en souriant et alla rejoindre Drea, la femme qu'il allait bientôt épouser. Il l'embrassa avec passion, au comble du bonheur et totalement épris d'elle.

Risk ne s'était jamais de sa vie à ce point senti envieux.

La main nichée dans celle de Risk, April alla rêveusement jusqu'à sa porte. Elle s'était bien amusée ce soir, et avait apprécié de voir le visage de Lottie s'illuminer quand elle avait découvert ses proches réunis. À la fin de la soirée, elle avait prononcé un petit discours, et remercié April pour son courage et son grand cœur, puis avait porté un toast en son honneur. La vieille dame avait eu la délicatesse de ne pas l'embarrasser en la noyant sous les compliments, optant plutôt pour la légèreté et la bonne humeur.

À présent que la soirée touchait à sa fin, April se sentait emplie de bien-être et de mélancolie.

— Merci pour cette belle soirée, dit-elle à Risk en posant la tête contre sa porte. Je me suis bien amusée.

Risk avait été un cavalier parfait ; attentif et attentionné.

— Je suis heureux que ça t'ait plu. J'ai également passé un bon moment.

Sa voix rauque et son regard pénétrant firent battre le cœur d'April. Il posa l'index sur sa joue, et elle leva le regard vers lui.

— J'ai aimé te tenir contre moi, danser avec toi et t'embrasser, murmura-t-il.

Il passa alors la main dans les cheveux de la jeune femme et joua avec ses boucles. Elle fixa ses lèvres fermes et pleines et posa une paume contre sa mâchoire.

— Risk, tu ne fais pas ça pour les journalistes, non ?

Il l'étudia, pensif, avant de répondre :

— Ça me paraît bien réel.

Puis sa bouche fut sur la sienne, ôtant ses doutes et ses questions. Il l'embrassa jusqu'à ce qu'elle soit à bout de souffle, brûlante de désir et les lèvres meurtries.

— Invite-moi à entrer, dit-il entre deux baisers.

— Bo... bonne idée.

Aussitôt que la porte se referma sur eux, Risk lui retira son chandail et le jeta au sol. Leurs lèvres se joignirent pour un autre baiser brûlant. Respirer lui parut difficile, penser impossible.

C'était bien réel cette fois, et tout paraissait si naturel.

— Chambre, murmura-t-elle.

Il retira sa veste et porta April dans ses bras puissants jusqu'à son lit. Le clair de lune se déversait par la fenêtre, éclairant le regard affamé et plein de promesses de Risk. Il lui toucha le visage, lui embrassa la bouche, puis lui murmura à l'oreille :

— Tu es incroyable, April.

Le destin semblait s'obstiner à les réunir. Cette fois devait être la bonne, car elle se sentait comme sur un nuage, mais pas seulement. Elle ressentait beaucoup d'autres choses, mais elle ne voulait pas y penser.

Risk embrassa sa gorge, et descendit plus bas pour lui mordiller les épaules, puis ses mains virent se poser sur son dos, et avec des doigts sûrs et fermes il ouvrit sa robe. L'air frais la fit frissonner un instant, mais très vite les mains de Risk furent à nouveau sur elle, réchauffant sa peau nue alors qu'il lui caressait le dos.

Elle saisit sa chemise et la déboutonna, impatiente de toucher son torse de granit. La chaleur monta en lui, et un profond gémissement de satisfaction lui échappa.

— J'adore quand tu me touches, murmura-t-il, juste avant de fondre à nouveau sur ses lèvres.

— J'adore te toucher.

Un autre gémissement lui monta à la gorge, et ils se remirent à se caresser tout en retirant leurs vêtements avec frénésie. Quand April fut en sous-vêtements, Risk recula pour l'admirer.

— Tu es parfaite.

Il prit ses seins en coupe et les embrassa, puis fit glisser les mains jusqu'au creux de sa taille.

— Ici aussi, dit-il.

La peau d'April était brulante sous ses paumes, et quand il lui caressa les hanches, elle eut l'impression de se consumer.

— Tes courbes me rendent fou, dit-il. Le sais-tu ?

April secoua la tête. Elle avait fait la paix avec son corps il y a bien longtemps, mais personne ne lui avait jamais fait ressentir cela - comme si elle était parfaite et indéniablement excitante - autant que Risk en ce moment.

Il posa les mains à plat sur ses fesses et la tira vers lui, puis s'agenouilla devant elle et lui ôta sa culotte. Baissant la tête, il la prit dans sa bouche en la maintenant fermement pour l'empêcher de bouger, et usa de sa langue pour la rendre folle. Elle gémit sous ses caresses insistantes qui déclenchaient en elle des sensations torrides et électriques semblables à de minuscules éclairs. Folle de plaisir, elle s'accrocha aux épaules de Risk et cria sous son rythme constant qui l'amenait de plus en plus haut. Lorsqu'elle finit par s'abandonner, un frisson de plaisir secoua son corps. Risk se redressa pour l'embrasser tendrement jusqu'à ce qu'elle s'apaise.

Il sortit alors un préservatif de sa poche et se débarrassa de son pantalon. Puis il s'en couvrit avant de rejoindre April. Elle l'embrassa avec passion et se délecta de ses lèvres fermes, sentant ses muscles se bander et son corps durcir. Il y avait quelque chose de différent en lui ce soir, une expression intrépide dans son regard sombre qu'elle n'avait jamais vue auparavant. Tout cela n'était pas le fruit de son imagination : c'était bien réel cette fois.

Lorsque leurs corps fusionnèrent, elle ferma les yeux et poussa un cri de plaisir, se donnant tout entière, sans retenue, l'embrassant, le caressant et l'aimant avec une force qui veniat du plus profond de son cœur.

C'était presque trop puissant, trop beau, tout simplement... trop.

Elle jouit en premier, et son corps se désagrégea dans une sensation glorieuse. Puis Risk couvrit sa bouche de la sienne et l'embrassa à nouveau avant d'entamer un va-et-vient. Il lui tint les bras au-dessus de sa tête et la recouvrit de son corps, leurs peaux pressées et en sueur.

— Oh ! trésor..., marmonna-t-il les dents serrées alors qu'il se dressait au-dessus d'elle et se laissait aller à la jouissance.

April ouvrit les yeux au petit matin, le corps apaisé. Elle ressentait une délicieuse sensation de langueur après sa nuit incroyable avec Risk. Mais quand elle se tourna pour se blottir contre lui, mais il n'était plus là. Le corps chaud et dur qu'elle avait aimé quelques heures plus tôt avait disparu, et elle fut frappée par une impression de déjà-vu.

Aussitôt debout, elle chercha un mot ou un signe de sa part. Tous ses vêtements avaient disparu également. Sa joie s'évapora immédiatement, et cette horrible sensation d'abandon l'envahit à nouveau. Elle détestait ce sentiment et l'idée qu'elle n'était pas digne d'être aimée.

Ce ne serait pas la première fois qu'il la quittait.

Maudit Risk !

— Bonjour. Je vois que la Belle au bois dormant s'est enfin réveillée, dit Risk en entrant dans la chambre, un sourire séducteur aux lèvres.

Il s'approcha d'elle et lui donna un rapide baiser sur les lèvres. Sa présence et cet unique baiser lui firent oublier toutes ses inquiétudes. Risk n'avait rien d'un prince charmant, mais il était là. Il ne l'avait pas abandonnée, et elle se sentit soulagée.

Ses cheveux étaient encore humides d'une récente douche, et il sentait son savon à la lavande.

— Bonjour. Je... je suppose que j'ai trop dormi.

— Tu le méritais. Je t'ai gardé éveillée tard.

— Oui, je m'en souviens.

Difficile d'oublier toutes les sensations de la nuit dernière.

— April, tu es vraiment parfaite, dit-il en la prenant dans ses bras.

Il la serra contre lui et embrassa sa joue tout en la berçant doucement. Dieu, qu'elle se sentait en sécurité et choyée dans ses bras. Cela l'inquiéta un peu. Elle ne lui faisait toujours pas entièrement confiance, sinon elle n'aurait pas pensé au pire ce matin en constatant son absence.

— J'espère que ça ne te dérange pas que j'aie utilisé ta douche.

— Oh ! Non, pas du tout. Désolée d'avoir dormi si tard.

— Heureusement, tu n'as pas pensé à ton réveil que j'étais parti.

Devant son silence, il ajouta :

— Ou alors si ?

— Je... euh... je n'ai pas eu le temps de réfléchir. Je me suis réveillée quand tu es entré.

Ce qui n'était qu'un demi-mensonge.

— En tout cas, si tu veux toujours partir de bonne heure, il vaudrait mieux que tu te lèves. Je vais devoir m'arrêter au bureau pour changer de vêtements.

Partir de bonne heure ? Oh ! mais oui ! Elle avait été tellement absorbée par Risk, qu'elle avait presque oublié.

— Laisse-moi d'abord nous préparer un rapide petit déjeuner et m'habiller, et ensuite nous nous mettrons en route.

— J'ai déjà préparé le petit déjeuner. Est-ce que des œufs durs, des toasts et du jus de fruits te conviendront ?

— Tu as fait tout ça ? demanda-t-elle, étonnée.

— Ça n'a rien d'une prouesse culinaire, mais oui, c'est prêt.

Elle sourit.

— Parfait. Allons donc déguster votre repas, chef Boone.

Il lui prit la main et l'entraîna vers la cuisine. Mais avant de retourner au chalet, elle devait clarifier les choses sur un reproche qu'il lui avait fait et qui la rongeait encore aujourd'hui !

Elle le regarda bien en face et s'exprima avec fermeté.

— Soyons clair, Risk, je te demande de faire la part des choses entre la nuit que nous avons passée et ton opinion sur le chalet. Ce sont deux choses séparées. Notre accord était que tu donnerais un avis honnête et objectif. C'est tout ce que je te demande.

Risk lui serra la main.

— Je te le promets.

— Je te remercie. C'était important que tu le saches. Nous avons tous deux fait des erreurs par le passé, et nous devons repartir sur de bonnes bases.

— J'aime cette idée.

10

L'aspect du chalet avait totalement changé. Le terrain avait été entretenu, et une couche de peinture fraîche en avait rajeuni l'aspect extérieur. April était fière des petites rénovations effectuées, mais c'était à Risk que cela devrait plaire. Elle jaugea sa réaction tandis qu'il descendait de la voiture et qu'il lui ouvrait la portière.

— L'endroit est différent à la lumière du jour, dit-il en parcourant la propriété d'un regard circulaire.

— Oui. Il y a pas mal à faire, bien sûr, mais regarde bien et vois le potentiel.

Elle l'entraîna à l'arrière et lui montra la vue sur le Canyon Lake. Le temps était frais mais beau, et la lumière du soleil caressait au loin les eaux bleues. La salle à manger donnait sur une terrasse, face au lac, sur laquelle des tables avaient été installées. L'endroit était parfait que ce soit pour le petit déjeuner, pour le déjeuner ou pour le dîner au coucher du soleil pendant les mois d'été.

— Canyon Lake est idéal pour la navigation de plaisance et la pêche. La zone juste en face de nous est réservée à la baignade et possède un énorme toboggan. Il est en mauvais état, mais ça ne devrait pas coûter cher de le remplacer.

Risk ne disait rien mais prenait note de tout. En revenant, il passa un peu de temps à inspecter les écuries avant de s'arrêter devant le hangar à bois et de regarder les arbres à proximité.

— C'est l'une de ces saletés qui m'a frappé.

— Je sais. Je n'aurais jamais dû te laisser aller chercher le bois.

— Tu n'avais pas le choix. Je n'allais tout de même pas nous laisser mourir de froid. Rentrons.

April retint son souffle, nerveuse à l'idée de lui faire visiter l'intérieur. En entrant, Risk jeta un long regard autour de lui, s'attardant sur les objets qu'elle avait apportés de chez elle. Les meubles avaient été déplacés, et il y avait des photos sur les murs.

— Je reconnais ta touche personnelle, April. Tu as rendu le chalet accueillant, mais moderne. Un peu comme chez toi.

— Tu as remarqué ?

— Oui. Je n'avais pas encore vu cet endroit à la lumière du soleil.

— C'est gai, n'est-ce pas ? J'ai fait réparer les poutres.

Risk leva les yeux et hocha la tête. Puis il arpenta la pièce, testant la rampe de l'escalier, étudiant les photos sur le mur, puis la cheminée en pierre qui était le point central de la pièce.

Quand il se dirigea vers la cuisine, April se contracta.

— Nous avons effectué quelques rénovations mineures ici aussi.

— Tu as fait peindre les placards. Ça rend bien. Dans quel état sont les appareils électroménagers ?

— Tous sont en état de marche.

— Les carreaux sont ébréchés.

— Le nouveau propriétaire voudra peut-être choisir un nouveau plan de travail.

Il acquiesça distraitement.

— Qu'y a-t-il d'autre à voir ?

— La salle à manger et la suite parentale, en bas, puis l'étage.

Risk fut impressionné par la vue de la salle à manger donnant sur Canyon Lake. Des vases emplis de fleurs étaient posés sur les tables ainsi que de la vaisselle et des couverts.

— On peut presque imaginer les invités en train de dîner devant la vue sur le lac.

Encore une fois, Risk hocha simplement la tête.

Lorsqu'ils entrèrent dans la suite parentale, Risk l'étudia en détail, notant le champagne et les flûtes de cristal qu'elle avait fait disposer par Clovie sur la commode. C'était trop personnel, trop intime, et elle regretta aussitôt cette touche supplémentaire.

— Ta vision, murmura Risk.

— C'est juste une suggestion sur la façon de... ou plutôt... C'est une chambre spéciale, dit-elle finalement.

Il la fixa en souriant.

— Je le pense aussi.

Puis, il lui prit la main et la tira vers lui.

— Montre moi le reste.

Ils passèrent à l'étage.

— Comment va le toit ? demanda-t-il.

— Nous avons effectué des petites réparations, mais il faudra éventuellement le changer. Je ne peux pas faire grand-chose à ce sujet.

Elle lui montra les chambres une par une, incapable de contenir sa fierté.

— J'ai vraiment adoré découvrir comment mettre en valeur ces pièces.

— C'est toi qui as fait tout ça ? demanda-t-il.

— Eh bien, je ne les ai pas peintes personnellement, ni vidées des objets endommagés. J'ai confié ces tâches aux ouvriers, mais j'ai cherché à les embellir tout en conservant leur aspect unique. Et j'ai commandé une nouvelle literie.

— C'est incroyable, April.

— Tu aimes vraiment ?

Il acquiesça avant de répondre plus précisément :

— Tu as dit que tu étais capable de tout transformer, et tu l'as fait.

— Merci, dit-elle, le cœur gonflé par cet éloge.

— Y a-t-il autre chose que tu veuilles me montrer ?

— Non, je pense que nous avons tout vu.

— Donc, l'aspect business de la journée est terminé ?

— Oui... je suppose.

— Bien, parce que j'ai rêvé de faire ça toute la journée.

Il la prit dans ses bras, les mains autour de sa taille et posa les lèvres sur les sienne. Elle sentit son ardeur alors même qu'il semblait lutter pour rester tendre et léger. Mais avec Risk, il ne paraissait pas y avoir de juste milieu. Il était trop passionné pour se contenir, et de savoir qu'elle lui plaisait autant, elle sentit une grande excitation monter en elle.

Elle enroula les bras autour de son cou et s'abandonna à son baiser, l'invitant à aller plus loin en entrouvrant les lèvres. Il en profita aussitôt et s'enfonça dans sa bouche, faisant monter la température et gémir April. Elle avait l'impression de se perdre en lui et se mit en garde intérieurement pour ralentir et ne pas tomber amoureuse. Mais elle avait peur qu'il ne soit trop tard.

Quand il mit fin au baiser, elle se sentit à la fois surprise et soulagée. Il recula, fronçant les sourcils, et regarda sa montre.

— Malheureusement, nous avons un long trajet pour retourner en ville, et j'ai rendez-vous à 16 heures. Si nous ne nous arrêtons pas maintenant, nous ne partirons jamais d'ici à temps.

— Tu veux dire que je serai coincée ici avec toi toute la journée ? suggéra-t-elle en battant des cils.

— Oui, dit-il, en se frottant la mâchoire et en la regardant. À bien y penser, laisse tomber le rendez-vous. Où en étions-nous ?

Elle recula immédiatement.

— Pas si vite, Roméo. J'ai du travail qui m'attend aussi.

— Et un dîner plus tard, alors ?

— Parfait.

Le lendemain matin, April était assise à son bureau, parcourant tranquillement les livres de comptes, déçue de ne pas avoir vu Risk la nuit dernière. Il lui avait envoyé un texto s'excusant parce que sa réunion durerait plus longtemps que prévu.

Elle craignait qu'il n'ait pas été vraiment emballé par le chalet. Elle avait fait son possible pour rendre l'endroit attrayant, mais il était resté assez silencieux, louant son travail sans jamais se prononcer sur l'achat. Une petite voix intérieure lui soufflait qu'il lui donnait de faux espoirs, mais elle refusait de la croire.

Dix minutes plus tard, quand Shannon Wilkes entra dans

l'agence en arborant un grand sourire satisfait, elle n'était plus sûre de rien.

— Bonjour, April. J'espère que ma visite ne vous dérange pas.

April tendit le cou pour voir si des journalistes étaient présents.

— Êtes-vous accompagnée par votre cortège ?

— Mon Dieu ! j'espère que non. J'ai de bonnes nouvelles à partager avec vous.

La meilleure nouvelle serait de la voir quitter la ville.

— Je suis impatiente de les entendre.

— Je suis allée rendre visite aux Russo et je leur ai fait une autre offre pour la maison.

— Vous avez fait quoi ? s'exclama April qui se retint de sauter de son siège.

— J'ai offert davantage d'argent à Tony Russo, et il a dit qu'il ne pouvait se permettre de refuser. Bref, il semble que nous allons être voisines.

— Shannon, vous ne pouvez pas faire ça.

— Pourquoi pas ? Ce n'est pas comme si vous étiez chargée de la vente. Il a accepté mon offre, et bien sûr je vous laisse faire la transaction. Ça sera une commission facile pour vous.

— Ce n'est pas ainsi que l'on procède habituellement.

— Oui, mais le tout c'est que ça fonctionne, n'est-ce pas ? répliqua Shannon en repoussant ses longs cheveux auburn sur le côté et en lui adressant un sourire mielleux.

Elle avait un sacré culot tout de même : faire ainsi irruption dans sa vie et comploter pour voler son fiancé – même s'il ne l'était pas réellement.

— Je vais devoir y réfléchir, Shannon.

— Ne réfléchissez pas trop longtemps. Vous avez besoin de cette vente. Hier soir, en discutant avec Risk, je n'ai pas eu l'impression qu'il comptait acheter le chalet. Je pense qu'il...

— Vous lui avez parlé hier soir ?

Alors qu'il était trop occupé pour l'appeler ou dîner avec elle ? Il s'était confié à Shannon au sujet du chalet, mais n'avait même pas eu la politesse d'en parler d'abord avec elle ?

— Oui. Je suis en négociation pour un nouveau projet, et j'avais besoin des conseils de Risk.

— Que sait Risk du cinéma ? demanda April avec une nonchalance feinte, mais l'estomac noué.

— Pas grand-chose, mais il me connaît. C'est lui qui m'a conseillé de ralentir et de prendre du temps pour moi. C'est devenu un bon ami depuis le décès de ma mère.

Elle se serait presque sentie désolée pour Shannon. Presque.

— Shannon, l'interrompit April en regardant sa montre, j'ai bien peur d'avoir rendez-vous avec un client potentiel. Nous pourrions peut-être en parler plus tard.

Beaucoup plus tard.

Celle-ci lui adressa un sourire suffisant.

— Bien sûr. J'y vais, mais ne tardez pas trop. J'ai hâte de devenir une nouvelle habitante de Boone Springs.

April se força à sourire et regarda la superstar quitter l'agence telle une princesse.

Dix minutes plus tard, April se tenait à la réception de Boone Inc.

— Je suis April Adams. Je suis ici pour voir mon fiancé, Risk Boone, annonça-t-elle à la réceptionniste.

La femme se montra immédiatement attentive.

— Bien sûr, mademoiselle Adams. Laissez-moi vérifier s'il est disponible, dit-elle en décrochant le téléphone.

— Je suis toujours disponible pour ma fiancée, déclara Risk en sortant d'une salle de conférences avec un grand sourire. April, ma chérie !

Il se pencha pour l'embrasser, et elle lui tendit la joue. Surpris, il lui lança un rapide regard avant de s'exécuter.

— Monsieur Boone, j'allais juste vérifier si la réunion était terminée.

— Merci, Dorothy. Nous venons de terminer, et j'ai remarqué cette ravissante jeune femme qui m'attendait.

Il lui fit à nouveau un sourire, mais April se sentit incapable de le lui retourner. Risk fronça alors les sourcils et parut perplexe devant cet accueil froid. *Parfait*, se dit-elle. Elle ne comptait plus se voiler la face. Il était temps qu'elle se défende.

— Y a-t-il un endroit où nous pourrions discuter ?

— Bien sûr, dit-il, posant une main dans son dos. Dorothy, pas d'appels, s'il vous plaît.

— Bien sûr, monsieur Boone.

Il la guida vers son bureau ; une vaste pièce au rez-de-chaussée équipée d'un minibar, d'un immense bureau et d'un canapé en daim. Il y avait sur les murs des photos des frères Boone jeunes, de ses ancêtres, diverses récompenses et des logos d'entreprises. Un buste en bronze de son arrière-arrière-grand-père, Tobias Boone, dont elle avait déjà vu la photo, trônait sur un support dans le coin de la pièce.

Ce bureau austère ne correspondait pas à Risk, du moins c'était l'impression qu'elle en eut.

— Quelle belle surprise ! dit-il en la prenant dans ses bras.

Quand il posa un léger baiser sur les lèvres, elle s'éloigna immédiatement.

— April, que se passe-t-il ? demanda-t-il en fronçant les sourcils.

— Moi aussi j'ai eu une belle surprise ce matin. Shannon est passée à l'agence. Tu lui as dit que tu n'allais pas acheter le chalet ?

— Quoi ?

— Tu m'as bien entendue, dit-elle en levant le menton. As-tu dit à Shannon que tu n'avais pas l'intention d'acheter la propriété ?

Il la regarda, stupéfait, sans chercher à masquer son irritation.

— Sûrement pas. Je ne lui confierais jamais une chose pareille. Je lui ai simplement dit que j'étais très occupé avec la journée des Fondateurs et que je ne pouvais pas prendre de décision sans en discuter au préalable avec mes frères. Ce ne sont pas ses affaires, et c'est ce que je lui ai dit, aussi gentiment que possible.

L'humeur d'April s'apaisa quelques peu.

— Alors, tu n'as pas encore pris de décision ?

Il posa sur elle un regard empli de douceur.

— Non, mais le moment venu tu seras la première informée. Il va falloir que tu me fasses confiance, April.

C'était bien le problème : elle ignorait si elle était capable de lui faire confiance. Même en sachant que Shannon se plaisait à déformer la vérité, April avait préféré la croire elle, plutôt que d'accorder le bénéfice du doute à Risk. Mais comment savoir ? Car malgré ses infirmations, Risk pouvait très bien avoir encore des sentiments pour son ex-fiancée. Il y a peu, elle aurait dit que l'ancien couple s'accordait à merveille, mais à présent elle était déchirée et se sentait perdue.

— Sache que tu m'as terriblement manqué hier soir, dit Risk en plongeant dans son regard.

Le cœur d'April fondit à cette déclaration. Il lui avait manqué lui aussi.

Mais les mots refusèrent de sortir.

Le lendemain après-midi, April, Clovie et Jenna se tenaient sur le terrain de football du lycée de Boone Springs, où des centaines de familles s'étaient rassemblées à l'occasion de la journée des Fondateurs. De nombreuses attractions avaient été mises en place dans tous les coins, du lancer de balles de ping-pong, aux fléchettes.

Risk, Mason et Luke se relayaient sur une estrade et invitaient les participants à profiter de la journée.

Diverses sortes de viandes – bœuf haché, poulet et côtes de porc – offertes par les commerçants grillaient sur les barbecues. Les gens faisaient la queue pour de la crème glacée et des cupcakes provenant de chez Katie Kupcakes. Il régnait un sentiment de communauté et de fierté partout où l'on regardait.

April observait Risk et ses frères qui interagissaient avec les enfants à la course de relais, et de temps en temps Risk croisait son regard. Elle n'avait plus aucun doute sur ses propres sentiments, mais devait prendre du recul. La mascarade prendrait fin ce soir après le gala, et jusqu'ici Risk n'avait parlé ni de continuer ni de mettre fin à leur relation.

— Viens, April. Allons nous gaver de graisses saturées avant que ton fiancé vienne t'emmener, dit Clovie.

— Il n'en fera rien. Il sait que je veux passer du temps avec mes amies aujourd'hui.

— C'est vrai qu'une soirée torride t'attend ce soir.

— Oui, et j'ai hâte de te voir sur ton trente et un, déclara Jenna. Quand Risk te verra dans cette magnifique robe, il en oubliera complètement Shannon.

— Chut ! dit April en regardant autour d'elle. On ne sait jamais qui écoute.

Clovie leva les yeux au ciel.

— Au moins, Shannon n'est pas là. Ce genre d'événement ne doit pas être à son goût.

— Je ne pense pas non plus.

Ce qui était loin de déranger April. C'était déjà ça de moins à gérer, avec tous les journalistes venus pour écrire au sujet du centenaire de la ville et de l'héritage des Boone.

— Qu'est-ce que ce sera, les filles ? demanda Jenna. Glaces, cupcakes ou pommes au caramel ?

— Crème glacée, répondit April aussitôt suivie par Clovie.

Alors qu'elles traversaient le terrain en direction du stand des crèmes glacées, Risk les rejoignit et marcha avec elles.

— Comment allez-vous, mesdames ?

Il s'adressait au groupe, mais April le sentit concentré sur elle. Visiblement décontracté et arborant un sourire ravageur, son charme irrésistible lui noua aussitôt l'estomac. Il portait un jean et un T-shirt blanc qui lui moulait le torse et les biceps. Ses cheveux étaient ébouriffés après avoir couru avec les enfants, et des mèches sombres lui retombaient devant les yeux. Il était beau à couper le souffle, viril et sexy.

— Nous profitons de la journée, dit Clovie.

— Nous allons chercher de la crème glacée et puis peut-être un petit gâteau, ajouta Jenna. Tu sais, ces fameux aliments si sains.

Risk s'esclaffa, laissant apparaître des dents blanches qui contrastaient avec sa peau hâlée. Même Jenna, qui émettait des réserves sur lui, en fut émue, à en juger par son grand sourire.

— C'est tout l'intérêt de cette journée, dit-il avant de se tourner vers April. Est-ce que je peux te voler quelques instants ?

Ses amis acquiescèrent.

— On se retrouve tout à l'heure ? Je te prends ton parfum préféré, proposa Clovie.

April resta en arrière tandis que ses amies faisaient la queue pour la crème glacée.

— Salut, dit-il en enfonçant les mains dans ses poches arrière.

Il ressemblait plus que jamais au Risk du temps du rodéo en cet instant, débraillé et décontracté.

— Salut.

Ils se sourirent mutuellement, et le cœur d'April se mit à battre à mille à l'heure.

— Je... je voulais juste te prévenir que je passerai te prendre à 19 heures.

— Très bien. Es-tu excité ? C'est un grand jour pour votre famille.

— En fait, j'ai surtout hâte d'être avec toi, dit-il en souriant.

Elle se sentit presque achevée par la sincérité de sa voix.

— Moi aussi.

— Vraiment ?

Il se pencha et déposa un délicieux baiser sur sa bouche, un baiser dont elle ne se déroba pas et qu'elle attendait avec impatience. Il lui avait manqué. Pour la première fois depuis le début de cette histoire, montrer son affection en public ne la dérangea pas, et elle s'abandonna à son baiser. Quand il la laissa et s'éloigna, elle le regarda disparaître dans la foule.

— Waouh ! dit Clovie en lui tendant un cornet de crème glacée aux éclats de brownie. Tu es vraiment amoureuse.

— Totalement, renchérit Jenna. Comment te blâmer ? Il fait rêver.

April soupira et prit une bouchée de sa glace.

Son parfum préféré était loin d'égaler la saveur de Risk, mais au moins la crème glacée au brownie ne la décevrait jamais. Elle ne devait en aucun cas l'oublier.

Ce soir-là April, vêtue d'une longue robe bleu saphir simple et élégante qui mettait en valeur ses courbes, pénétra au bras de Risk dans la salle de bal du Baron. Elle était un peu gênée que le décolleté de son dos descende si bas, mais Jenna l'avait convaincue que c'était la robe parfaite pour elle et que la couleur faisait vraiment ressortir ses yeux bleus. Elle avait également tenté de dompter ses boucles et de leur donner un look plus sophistiqué.

Risk avec sa barbe de quelques jours et vêtu d'un smoking noir donnait un nouveau sens aux mots « dangereusement beau ».

Luke, Mason, Drea, Lottie et Drew, qui étaient déjà assis à la longue table d'honneur, les accueillirent avec des sourires et des accolades, et la chaleur qu'elle vit dans leurs regards la bouleversa. Ils la traitaient comme si elle faisait vraiment partie de la famille. Son estomac se contracta quand elle pensa à ce qui allait se passer le lendemain. C'était sa dernière sortie officielle en tant que fiancée de Risk.

Elle posa sa pochette à paillettes et observa la salle de bal remplie des cent cinquante personnes les plus éminentes de Boone Springs : propriétaires terriens, éleveurs, banquiers, hommes et femmes d'affaires... tous étaient réunis ici parce que Tobias Boone avait eu une vision, qui avait abouti à la création de cette ville qui avait depuis grandi et prospéré. À présent, la famille Boone était non seulement riche, mais également une source d'inspiration pour les habitants de la ville.

— Monsieur Boone, pouvons-nous faire quelques photos de vous et votre fiancée ? demanda un journaliste.

Mon Dieu ! n'en avaient-ils pas déjà assez ? April avait été plus photographiée au cours de ces dix derniers jours que durant sa vie entière.

— Bien sûr, dit Risk.

Quand il passa le bras autour de sa taille, elle sentit son dos la brûler à l'endroit où sa main s'était posée.

April plaqua un sourire sur son visage et posa pour la photo. Certaines personnes dans la pièce sortirent leurs téléphones portables et se mirent également à les mitrailler.

L'orchestre entama alors des airs gais et légers.

— Je pense que ça suffira pour le moment, déclara Risk aux journalistes. Il est temps que cette jolie dame m'accorde une danse.

Alors qu'il la conduisait sur la piste de danse, il se pencha à son oreille.

— Tu tiens le coup ?

— Autant que possible.

Il lui sourit et la fit tourner dans ses bras.

— Ce sera bientôt fini.

Ne sachant comment interpréter cette phrase, April se laissa guider en silence sur la piste, savourant la sensation des mains fermes et possessives de Risk posées sur son dos.

— T'ai-je dit à quel point je te trouve belle dans cette robe ?

— Seulement trois fois.

— La nuit n'est pas encore finie.

Il sourit et la serra contre lui avant de poser un petit baiser sur son front. Risk savait être charmant, drôle et agréable, et ce soir il était les trois à la fois.

Trente minutes plus tard, quand le dîner fut servi et tous les invités installés, une agitation se fit entendre à la porte de la salle de bal. April ne voyait pas ce qui se passait, mais elle entendit Lottie soupirer bruyamment.

— Oh non !

Puis une mer de paparazzis se sépara en deux, et Shannon Wilkes fit une grande entrée. April la vit alors nettement.

Elle était magnifique.

Sa robe noire moulante lui dénudait les épaules et comportait des fentes horizontales sur les côtés, dévoilant sa peau crémeuse et son incroyable silhouette. Ses cheveux auburn étaient coiffés en un chignon à la fois chic et fabuleux, et un délicat diadème brillait de mille feux sur sa tête. Elle adressa un sourire éclatant à la salle tout en se dirigeant vers son siège situé à l'avant de la pièce. Cinq hommes se levèrent aussitôt, se disputant l'honneur de tenir sa chaise.

April tourna la tête pour saisir la réaction de Risk. Il regardait

Shannon en prenant une grande gorgée de vin, et quand la star le vit, elle lui adressa un sourire timide et un petit geste de la main.

Risk lui fit un signe de tête, puis sirota son vin. April en ressentit un curieux malaise.

— Pourquoi l'as-tu invitée, marmonna tante Lottie.

Risk se passa une main sur la joue.

— Ce n'est pas si grave, tante Lottie.

Pour qui ? voulut demander April.

Sa famille ne souhaitait certainement pas la présence de Shannon ici, et il devait bien se rendre compte à quel point cela serait gênant pour elle de se retrouver avec l'ex de son fiancé à une soirée si importante. Elle craignait que Shannon soit le talon d'Achille de Risk : il ne savait pas dire non à cette femme.

— Je ne pouvais pas ne pas l'inviter, dit-il à April.

— Je... Je suppose que non.

De plus elle n'était même pas sa vraie fiancée, alors qu'importait ?

— Et comme tu l'as dit, tout sera fini ce soir, ajouta-t-elle doucement.

Risk tourna la tête vers elle, et ils se regardèrent. Elle répétait simplement les mots qu'il avait prononcés plus tôt.

— April.

Il lui prit la main, et sa douce caresse lui berça le cœur.

— Nous en parlerons plus tard, dit-il. Pour le moment, j'aimerais simplement que nous profitions de la soirée.

Son regard était sincère, et sa voix implorante. Que pouvait-elle faire ? Cette soirée était donnée en l'honneur des Bonne, et ils étaient sous le feu des projecteurs en ce moment.

— Je suis d'accord pour profiter de la soirée.

— Moi aussi, dit-il en lui serrant la main.

Après le dîner, Risk monta sur l'estrade pour souhaiter la bienvenue à tous et les remercier d'avoir honoré Tobias Boone, ainsi que ceux venus après lui. Il fit l'éloge de ses ancêtres, en parlant un peu de chacun, puis se concentra sur les convives présents qui œuvraient pour la ville. Ce fut un discours dynamique et souvent émouvant qui suscita applaudissements, rires et larmes.

— Et maintenant, je voudrais inviter ma famille à me rejoindre pour porter un toast.

Luke prit le bras de tante Lottie et l'escorta jusqu'à l'estrade. April comptait rester à sa place, mais Drea s'approcha d'elle.

— Ça veut dire toi aussi.

April croisa le regard de la jeune femme, lui communiquant silencieusement sa réticence, mais Drea ne l'entendait pas de cette oreille.

— Les fiancées des Boone sont également invitées. Si j'y vais, alors toi aussi, dit-elle en souriant.

April n'eut donc pas le choix. Risk la rejoignit à mi-chemin et lui prit la main. Ils levèrent leurs flûtes de champagne.

— À nos ancêtres, à nos amis et à nos voisins, et en particulier à ceux que nous aimons, déclara Risk. À un autre centenaire de prospérité pour Boone Springs.

Il fit tinter son verre contre celui d'April, et leurs yeux se croisèrent. Il semblait fier et heureux, et ce bonheur déteignit sur elle. Elle ignorait ce qui se passait dans sa tête et où cela les mènerait, mais il avait raison : ils devaient profiter de la soirée. Alors quand l'orchestre commença à jouer, elle se blottit dans ses bras et savoura la sensation d'être guidée par lui sur la piste de danse.

— C'était un beau discours, Risk.

Elle avait été touchée par sa sincérité, sa gratitude envers les habitants de la ville et son grand sens de la famille.

— Ce n'était pas un peu trop guimauve ?

— Non, ça venait du fond du cœur.

— Merci.

Elle posa la tête contre son épaule et se laissa aller, leurs corps parfaitement accordés. Elle aimait danser ainsi avec lui, comme s'il n'y avait personne d'autre dans la pièce. Ces derniers jours, elle avait ressenti un changement dans leur relation, un profond désir mutuel. Mais ce n'était pas tout : ils semblaient vraiment s'apprécier, et connaissant toutes les gammes d'émotions qu'ils avaient vécues - de la haine à la fureur et au chagrin d'amour —, ce n'était pas rien.

Trois danses plus tard, elle était au septième ciel. Risk lui donnait de petits baisers alors qu'ils se mouvaient au rythme de la musique. Puis il soupira, et le regret ternit ses yeux sombres.

— Je vais devoir me mêler aux invités, dit-il à contrecœur. Veux-tu te joindre à moi ?

Elle détestait l'idée de quitter ses bras et de devoir le partager avec qui que ce soit, mais il avait un travail à accomplir ce soir, et elle le comprenait.

— Je dois d'abord aller aux toilettes. Je reviens dans quelques minutes.

— À tout de suite alors.

Il continua de lui tenir la main sans la quitter du regard, laissant leurs doigts glisser alors qu'elle s'éloignait. C'était poignant et sincère.

Soudain les photographes furent là, faisant irruption dans ce moment si spécial. Risk ne cilla pas et ne sembla pas surpris par les appareils photo. Savait-il qu'ils étaient là, attendant le moment propice ? Était-ce pour cela qu'il s'était montré si prévenant ?

April descendit le couloir et croisa Lottie et Drew, tous deux visiblement contrariés.

— April, venez nous donner votre avis, dit Drew en lui faisant signe d'approcher.

La jeune femme s'avança avec hésitation.

— Pouvez-vous expliquer à Lottie que courir après ce chien était stupide de sa part ? Elle aurait pu être tuée et elle vous a mise en danger.

April regarda le visage empourpré de Lottie.

— Veuillez m'en excuser, April.

— Je vais bien Lottie. Ne vous en faites pas pour ça.

Elle préférait ne pas se mêler de leur querelle d'amoureux, mais Drew bloquait le passage, et Lottie paraissait bouleversée.

— Je n'ai rien dit le soir de ton anniversaire, mais je ne peux plus me taire. Quand donc te décideras-tu à te comporter comme une personne de ton âge, Lottie ?

— Et quand donc cesseras-tu d'agir comme un homme plus

vieux que ton âge ? Je t'assure, Drew, parfois tu n'es vraiment pas drôle.

— Je ne suis pas drôle parce que je ne veux pas que tu te fasses écraser dans la rue ? Où avais-tu donc la tête ?

— Ne me parle pas comme ça.

Les veines de Drew se mirent à gonfler.

— Bon sang, Lottie, je m'énerve simplement à cause des choses stupides que tu fais.

— Alors maintenant, je suis stupide ! s'exclama Lottie, les larmes aux yeux.

Drew regarda April, complètement perdu, et leva les bras au ciel.

— J'abandonne.

Sur ce, il se retourna et s'éloigna, les laissant seules dans le couloir.

— Tête de mule, marmonna Lottie avant de fondre en larmes.

April lui passa les bras autour des épaules et la conduisit aux toilettes.

— S'il agit de cette façon c'est parce qu'il se soucie de vous, dit-elle en prenant des mouchoirs.

Elle installa Lottie sur la banquette et lui tendit un mouchoir puis s'assit à côté d'elle. Heureusement, elles avaient la pièce pour elles seules.

Lottie essuya ses larmes et se ressaisit.

— Je suis désolée, d'habitude je ne m'effondre pas comme ça, mais cet homme me rend folle. Il essaye constamment de me changer.

— Je sais que c'est l'impression que ça donne, mais rappelez-vous qu'il est veuf. Il a perdu sa femme, et je pense qu'il a peur de vous perdre aussi. C'est peut-être la raison de son comportement.

— Nous nous sommes toujours chamaillés, d'aussi loin que je m'en souvienne.

— C'est ce que j'ai entendu dire. Je ne pense pas qu'il cherchait à vous blesser et je sais, à la façon dont il vous regarde, qu'il ne vous trouve pas du tout stupide.

Le regard de Lottie se réchauffa légèrement, mais son visage prit une expression douce-amère.

— C'est trop dur... Il est parfois plus difficile d'être avec quelqu'un que l'on aime que de ne pas être avec.

April saisit la sagesse de ces paroles, mais elle détesta voir Lottie et Drew passer à côté de la chance de s'aimer.

11

Les frères Bonne passèrent de table en table, serrant les mains et bavardant avec les invités. Risk avait même brièvement discuté avec Shannon. Après sa grande entrée dans la salle de bal, tout semblait revenu à la normale. Les paparazzis avaient été priés de se retirer, et l'équipe de sécurité veillait à ce qu'ils ne reviennent plus.

Alors qu'il coupait à travers la piste de danse pour se rendre à la table d'honneur, Risk scruta la salle à la recherche d'April. Où était-elle passée ? On aurait dit qu'elle était partie.

La musique recommença après une courte pause, et quelqu'un lui prit le bras par-derrière. Il sourit.

— April, où...

Mais en se retrouvant face aux grands yeux verts de Shannon, il se tut.

— Risk, j'adorerais une danse avec toi avant de quitter la fête.

Le voyant hésitant, elle ajouta :

— Je suis sûre qu'April ne verra pas d'inconvénient à une petite danse.

Sa voix était implorante, et son regard plein d'espoir. Comment refuser sans passer pour goujat ?

— Non, bien sûr.

Risk s'efforça de la garder à distance durant le slow, mais lorsqu'il leva les yeux et vit les appareils photo des téléphones portables clignoter, il sut que cette danse avait été une mauvaise idée.

— Ça me rappelle le bon vieux temps, dit Shannon, les yeux brillants. Tu te souviens quand nous sommes allés à la Barbade et que nous avons dansé presque toute la nuit sur la plage ?

— Oui je m'en souviens.

— Nous avons passé de bons moments, dit-elle en se rapprochant un peu plus.

Oui, mais c'était avant que leur relation commence à se déliter. Shannon avait parfois une mémoire sélective, mais Risk n'avait pas oublié la douleur et la souffrance de leur rupture.

— C'était il y a très longtemps.

— Il n'y a pas si longtemps, Risk.

Puis sa main se crispa sur son estomac, et elle grimaça.

— Oh non ! Ça recommence.

Ils s'arrêtèrent au milieu de la piste de danse bondée.

— Qu'est-ce qui recommence ?

— Mon estomac me fait mal ces derniers temps. Avec la mort de maman et tout le reste, je n'ai pas...

Elle serra les lèvres et pâlit.

— Risk, je ne me sens pas bien.

— Est-ce que tu veux t'asseoir ?

Elle secoua la tête et ferma les yeux.

— Non. Je ferais mieux de monter dans ma chambre.

Je vais appeler un médecin.

La sentant vaciller, il lui prit le bras pour l'aider à se stabiliser.

— Non, je pense que je devrais m'allonger. Je vais monter dans ma suite. Merci quand même, et passe une bonne soirée, dit-elle avec un petit sourire forcé, la main toujours posée sur son ventre.

En se retournant, elle heurta une femme sur la piste et manqua de tomber, mais Risk la rattrapa à temps. La femme en question, qui était la directrice du lycée de Boone Springs, s'excusa aussitôt.

— Je suis vraiment désolée. Je ne vous avais pas vue, mademoiselle Wilkes.

— Ce n'était pas votre faute, ne vous sentez pas désolée. Je suis... Oh ! J'ai la tête qui tourne.

— Je vais te raccompagner à ta chambre, Shannon, dit Risk en la tenant fermement.

— Ce n'est pas nécessaire. Tu ne vas quand même pas quitter la fête.

— Oh ! mais je pense qu'il a raison, dit la directrice, aussitôt approuvée par son partenaire de danse.

— Tu n'es pas en état de monter seule, Shannon.

Elle le regarda et hocha la tête.

— D'accord, tu as peut-être raison.

Risk lui prit le bras et la conduisit lentement hors de la salle de bal. Arrivés devant le grand escalier, il hésita :

— Marches ou ascenseur ?

L'ascenseur était situé plus loin, à l'arrière du hall.

— Je pense que je pourrai prendre les marches si tu restes à côté de moi, dit-elle en s'appuyant contre lui.

Ils montèrent lentement à l'étage, et une fois devant sa porte, Risk mit les mains dans les poches.

— Bon, eh bien je te souhaite une bonne nuit, Shannon. J'espère que tu iras mieux, sinon appelle un médecin.

— Oh ! Risk. Entre une minute. Il y a quelque chose dont j'aimerais te parler.

Il hésita et jeta un coup d'œil dans le couloir.

— C'est important, ajouta-t-elle.

— Seulement une minute alors, dit-il après un profond soupir. Il faut vraiment que j'y retourne.

Auprès d'April... avec qui il voulait passer plus de temps ce soir. Il voulait... tant de choses avec elle.

Il entra, et Shannon ferma la porte derrière eux.

— Tu ne veux pas t'allonger ? demanda-t-il.

— Euh... oui, un peu plus tard. Viens t'asseoir près de moi.

Elle prit place sur le canapé et lui fit signe de la rejoindre. Risk choisit plutôt une chaise et la regarda attentivement. À quoi jouait-elle ?

— Comment te sens tu ?

— Mieux maintenant que tu es ici.

Elle sourit, et ses joues se colorèrent.

— Shannon, ou veux-tu en venir ?

— Je suis sur le point d'acheter une maison à Boone Springs. J'ai passé un accord avec Tony Russo qui a accepté de me vendre sa maison… notre petite ferme.

Risk se leva, les oreilles brûlantes.

— Shannon, que diable…

— Écoute, Risk. Maman m'avait maintes et maintes fois répété que j'étais une idiote de t'avoir laissé partir. J'ai mis du temps, mais je m'en rends compte à présent. Nous sommes faits l'un pour l'autre.

Elle se leva sans effort du canapé et s'avança vers lui.

— Tu me manques, Risk.

— Est-ce vraiment de cela qu'il s'agit ?

— Ça saute aux yeux qu'April ne te convient pas. Je vois bien qu'il y a quelque chose entre vous, et qui m'échappe, mais je sais qu'elle ne te rendra pas heureuse. Je sais que quand un homme est vraiment amoureux, il le crie sur tous les toits, mais quand tu es venu rendre visite à maman avant sa mort, puis après, tu n'as pas dit un mot sur elle et sur vos fiançailles. Je me suis donc dit que…

— Shannon, tu n'es pas vraiment malade, n'est-ce pas ?

Elle secoua doucement la tête et se mordilla la lèvre avec un air innocent, un air qu'il aurait trouvé adorable avant.

— Eh bien, tu es meilleure actrice que je ne le pensais. Et sache qu'April est une femme incroyable. C'est ma fiancée, et nous allons parfaitement bien ensemble. Je l'aime… énormément.

À l'instant où il prononça ces mots, il réalisa qu'il les pensait. Il aimait April et avait hâte de transformer ces fausses fiançailles en vraies. Les sentiments qu'il éprouvait pour elle étaient si puissants qu'il se sentait dépassé, et même s'il détestait la façon dont Shannon l'avait attiré ici, il n'arrivait pas à ressentir de la colère, car il savait à présent ce qu'il voulait.

— Tu ne peux pas l'aimer comme tu m'as aimée.

— Shannon, dit-il doucement. C'est terminé depuis longtemps entre nous. Accepte-le et va de l'avant avec ta merveilleuse et fabuleuse vie. Je suis sincère.

— Mais, Risk, tu...

— Bonne nuit, Shannon.

Il quitta alors sa chambre, impatient de retrouver la femme qu'il aimait.

April se trouvait avec Lottie à l'arrière de la salle de bal. Elles avaient eu une bonne conversation dans les toilettes, mais Lottie avait besoin de quelques minutes supplémentaires avant de pouvoir se mêler à la foule. April choisit donc de rester avec elle.

En attendant, elle passa la salle en revue, à la recherche de Risk. Il lui manquait, et elle avait hâte de le retrouver. Mais en le voyant sur la piste de danse, elle en eut le souffle coupé, et son cœur manqua un battement. Risk tenait Shannon dans ses bras et dansait un slow avec elle. Ils formaient un couple magnifique : Shannon en vraie princesse, diadème compris, et Risk ressemblant à un prince canaille. En tout cas, il n'avait pas mis longtemps à la remplacer sur la piste de danse. La jeune femme détourna le regard, le pouls battant à toute vitesse et l'estomac noué. Cette terrible sensation d'abandon lui était familière – toujours ce même sentiment de ne pas suffire et cette peur d'être abandonnée. Elle ne voulait plus ressentir cela. C'était terminé.

Quand elle trouva enfin le courage de regarder à nouveau dans leur direction, Risk et Shannon sortaient bras dessus, bras dessous par la grande porte.

— Excusez-moi un instant, Lottie.

Elle sortit à grands pas, juste à temps pour voir Risk monter les marches du grand escalier en compagnie de Shannon, la tête posée sur ses larges épaules. Le corps entier d'April se mit à trembler quand elle les vit atteindre l'étage et emprunter le couloir menant aux suites.

Elle en avait assez vu : Risk avait une liaison avec Shannon. Elle était toujours dans sa vie.

Elle finit par réaliser que Lottie s'était approchée d'elle.

— Ce n'est peut-être pas aussi grave qu'il y paraît.

— Ça l'est, Lottie.

Les larmes se mirent à couler, ce qui la mit encore plus en colère et la blessa davantage. Elle ne voulait pas pleurer pour Risk. Jamais plus.

— Il est temps pour moi de mettre fin à cette mascarade.

Sa bravade n'avait d'autre but que de dissimuler la douleur qui commençait à se frayer un chemin en elle. Quelle idiote elle avait été ! Mais mieux valait être une idiote qu'un salaud. Et c'était ce que Risk Boone était pour elle en ce moment.

Une heure plus tard, Risk frappait à sa porte pour la troisième fois. Elle savait que c'était lui, car il l'appelait et faisait suffisamment de bruit pour réveiller un mort.

— April. Ouvre ! Je dois te parler.

Elle avait posé un gant de toilette frais sur son visage, pour apaiser ses yeux brûlants de larmes… Elle s'était pourtant promis de ne pas pleurer, mais à peine rentrée et déshabillée elle avait senti les larmes couler comme si un robinet venait d'être ouvert.

— S'il te plaît, va-t'en, Risk.

— Non. Je ne m'en irai pas avant que tu m'aies écouté. Je ne plaisante pas, April. Je suis assez têtu pour attendre toute la nuit.

Elle lui ouvrit donc la porte à contrecœur. Risk sembla d'abord surpris, puis soulagé.

— Merci.

— Dis ce que tu as à dire, Risk.

— Tu ne veux pas me laisser pas entrer ?

— Non.

Elle resserra son peignoir et croisa les bras autour de son corps. Il soupira profondément.

— Très bien. Tante Lottie m'a dit que tu étais très en colère.

— Évidemment.

— Pourquoi ?

— Laisse tomber, Risk. Je ne répondrai pas à tes questions.

— S'il s'agit de Shannon, je peux tout t'expliquer, dit-il en se frottant la mâchoire.

Elle leva les yeux au ciel.

— Ce n'est pas de Shannon dont il s'agit. C'est à propos de moi, et de ce que je veux dans la vie. Et de la façon dont je mérite d'être traitée.

— D'accord, j'avoue avoir commis des erreurs, et j'en suis désolé.

— Ça n'a plus d'importance, Risk. C'est fini. J'ai rempli ma part du marché. Tu peux faire ce que tu veux maintenant et avec qui tu veux. La mascarade est terminée. Dieu merci !

Il la regarda longuement.

— Tu ne le penses pas, April. Ce que nous avons...

— Nous n'avons rien.

Elle leva la main gauche et lui montra son doigt nu.

— J'ai déjà rendu la bague à Jenna. Tu vois, il n'y a plus rien.

— Tu ne veux même pas m'écouter ? dit-il les dents serrées.

— Tu sais, ta tante a dit quelque chose de profond ce soir, qui m'a frappée. Elle a dit qu'il est parfois plus difficile d'être avec quelqu'un que l'on aime, que de ne pas être avec. Parfois, c'est trop dur, et c'est très vrai dans notre cas. Passe à autre chose Risk et laisse-moi partir.

— C'est vraiment ce que tu veux ? demanda-t-il la mâchoire serrée.

Elle hocha la tête, incapable de prononcer un mot. Risk ferma brièvement les yeux.

— D'accord.

Il avait les yeux brillants de larmes, et elle en fut touchée, mais elle tint bon. Ils n'étaient pas destinés l'un à l'autre. Ils avaient trop de fois essayé et échoué.

— Au revoir, Risk.

— Au revoir, April, dit-il doucement.

Elle referma la porte sur lui et fut aussitôt assaillie par un nouveau flot de larmes.

Risk était à son bureau, occupé à examiner le bilan des dernières acquisitions Boone. Il y était depuis deux heures, mais les chiffres ne semblaient pas vouloir s'additionner. Ce travail n'était pas pour lui et ne l'avait jamais été. Il était temps de l'accepter. Il n'était pas fait pour un métier de bureau comme ses frères, qui s'investissaient corps et âme dans l'entreprise. Lui n'avait jamais eu ce genre de vocation.

Il finit par abandonner et s'éloigner de son bureau. De toute façon, il était incapable de travailler aujourd'hui. Cela faisait trois jours qu'il n'avait pas parlé à April, trois jours sans entendre sa voix, sans voir son doux sourire et sans regarder ses yeux d'un bleu limpide.

April ne répondait ni à ses appels ni à ses SMS. Elle le repoussait, et cela le rendait fou. Il n'arrivait plus à se concentrer sur son travail et avait du mal à dormir.

Plongé dans ses pensées, il n'entendit pas Mason entrer.

— Tu as une sale mine, frérot.

— Je sais, dit-il à court de réponse.

— C'est April ?

Il acquiesça.

— Elle ne veut pas me parler. Je ne sais pas quoi faire.

— Tu l'aimes ?

— Plus que tout au monde.

— Lui as-tu dis ?

Il secoua la tête.

— Elle ne m'en a pas donné l'occasion, et je doute qu'elle me croie à présent. Je ne pense pas qu'elle ait une grande confiance en moi.

— Je pense au contraire que si... ou du moins qu'elle aimerait. Selon tante Lottie, April n'a pas meilleure mine que toi ces jours-ci.

— Vraiment ?

Mason acquiesça.

Même s'il était peiné de savoir April malheureuse, ce petit lambeau d'espoir le fit sourire.

— Tu ne vas pas quand même pas la laisser filer, n'est-ce pas ? dit son frère en posant une main sur son épaule.

— Ce n'est pas ce que veux, crois-moi. Je suis complètement

perdu sans elle. Mais je ne peux pas faire irruption chez elle et lui demander de m'aimer en retour.

— Non, mais tu peux peut-être trouver un moyen pour qu'elle vienne à toi. C'est ce que j'ai fait avec Drea, souviens toi. Elle voulait quitter la ville, et il m'a fallu trouver rapidement une idée. Je ne pouvais supporter l'idée de la perdre.

— Tu as été aidé par Drew.

— Il l'a conduite chez moi. Elle n'était pas contente, crois-moi. J'ai dû l'enlever pour qu'elle m'écoute. Il a fallu que je me montre convaincant, mais ça en valait la peine.

Risk se gratta la tête.

— Je ne sais pas. Comment suis-je censé la faire venir ? Elle ne répond pas à mes appels.

— Sors des sentiers battus, Risk. Tu es un gars intelligent… tu trouveras.

April arriva en hâte à l'agence à 10 h 30, le corps endolori, les idées floues.

— Clovie, je suis vraiment désolée d'être en retard. Merci de tenir l'agence. Tu es la meilleure.

Son amie lui adressa un sourire sympathique.

— Ce n'est rien. Tu as encore passé une nuit blanche ?

— Oui. Je pense que j'ai fini par somnoler vers 5 heures du matin.

— Ton horloge interne a perdu la tête.

— C'est comme si je subissais un décalage horaire.

— Je dirais plutôt un décalage Risk.

April poussa un soupir.

— Je ne veux pas parler de lui, Clovie.

Chaque fois qu'elle pensait à Risk, son estomac et sa tête lui faisaient mal. Il avait eu la gentillesse de la laisser partir cette nuit-là, mais depuis il n'avait cessé de l'appeler et de lui envoyer des SMS. Il avait fini par arrêter, la veille, après avoir contacté Clovie pour lui dire qu'il n'était pas intéressé par le chalet, car l'endroit ne convenait pas à l'entreprise familiale.

Il avait ensuite voulu parler à April en personne, mais elle ne s'en était pas sentie capable.

Leur accord était donc mort.

Risk avait-il fini par renoncer à elle ? Elle aurait dû être soulagée qu'il ait cessé d'appeler et de la faire douter de sa décision, car une grande part d'elle était toujours dévastée par la façon dont les choses s'étaient terminées entre eux.

— Bien, ne parlons pas de Risk, déclara Clovie. Mais j'ai de bonnes nouvelles pour toi. Je viens de raccrocher avec un couple, M. et Mme Rivers, qui sont très intéressés par le chalet. Ils sont du comté de Willow, et en ont entendu parler aux informations et en visitant notre site web. Ils aimeraient visiter la propriété. J'ai vérifié ton agenda et pris rendez-vous pour demain matin à 11 heures. Ça te va ?

— Si ça me va ? C'est la meilleure nouvelle depuis des jours. S'ils sont sérieux, je peux appeler M. Hall et lui demander une prolongation.

— Je savais que ça te ferait plaisir. Bon, ce n'est pas encore fait, mais les clients semblaient enthousiastes. Et je sais à quel point nous avons besoin de cette vente.

— C'est formidable ! Nous devrions peut-être y aller en avance et tout vérifier.

— Nous ? Tu... tu veux que j'y aille avec toi ? demanda Clovie en se massant le front.

— Oui, j'aimerais bien que tu viennes.

En vérité elle allait avoir besoin d'un soutien moral, car elle appréhendait de revoir ce chalet après tout ce qu'elle et Risk y avaient vécu. Mais Clovie sembla soudain ne pas se sentir bien.

— Qu'est-ce qui ne va pas, Clovie ?

— Je suis... euh... ce n'est rien. J'ai juste un peu mal à la tête et à la gorge.

— Oh non ! Je suis désolée. J'ai sûrement fini par te donner mal à la tête avec mes sautes d'humeur et mes jérémiades.

— C'est à ça que servent les amis, April. Nous voulons ce

qu'il y a de mieux pour eux. Ça ne me dérange absolument pas de t'écouter si cela peut t'aider.

— Merci. Ton soutien compte beaucoup pour moi.

Le lendemain matin, April prit la route menant à Canyon Lake. La pauvre Clovie avait appelé pour dire qu'elle avait un énorme rhume et qu'elle ne se sentait pas bien. Il était donc hors de question qu'elle l'accompagne. La compagnie de son amie lui manquait, mais elle était une grande fille après tout et elle saurait se débrouiller.

Arriver au chalet avec quinze minutes d'avance lui laisserait le temps de jeter un dernier coup d'œil avant l'arrivée des clients potentiels. Cette vente était certes très importante, mais cela ne l'empêcherait pas de se souvenir de tout ce qui s'y était passé, joie comme chagrin. Aujourd'hui le soleil brillait, et le ciel était limpide. C'était une journée idéale pour mener cette visite.

Elle prit une profonde inspiration et descendit de sa voiture. Des pots en céramique remplis de lys roses – ses fleurs préférées – décoraient le porche et égayaient l'entrée de la maison. D'où cela venait-il ? Était-ce les nouveaux clients ? Un cadeau des paysagistes ?

La porte s'ouvrit, et elle fit un bon en arrière, choquée qu'il y ait quelqu'un à l'intérieur. Elle n'avait pourtant pas vu de voiture. Son cœur se mit à tambouriner. La porte s'ouvrit plus largement, et elle se retrouva face à un homme au regard sombre et profond, et à la barbe rugueuse qui lui conférait un aspect encore plus dangereux. Pourtant il lui sourit.

— Risk, qu'est-ce que tu fais ici ?

Il grimaça à son ton, mais elle n'en eut cure ; il l'avait presque fait mourir de peur.

— April, murmura-t-il en la détaillant de la tête aux pieds. Comme tu m'as manqué !

Elle ne devait pas se laisser persuader par le ton de sa voix et son regard tendre.

— Risk, je ne sais pas pourquoi tu es ici, mais il faut que tu partes. J'attends des clients d'une minute à l'autre.

Elle lança un regard distrait à la route, puis vit Risk arquer un sourcil et planter sur elle un regard sombre et pénétrant.

— Je suis sérieuse, Risk, tu dois partir.

Il continua à la fixer sans rien dire.

— Oh ! fit-elle, soudain emplie d'appréhension.

Évidemment ! M. et Mme River, comme pour River Boone, le vrai prénom de Risk. Quel sale tour il lui avait joué ! Et dire qu'elle avait marché.

— Il n'y a pas de clients, c'est ça ?

Il la regarda à nouveau avec tendresse et secoua lentement la tête.

— Clovie ? demanda-t-elle.

Elle n'arrivait pas à croire que son amie se soit jouée d'elle de cette manière. À qui allait donc sa fidélité ?

— Attends que je retourne au bureau. Je vais la tuer.

— Ce n'est pas sa faute. C'est moi qui l'ai convaincue. Elle ne veut que ton bien.

— Dans ce cas, tu veux que je t'incendie à sa place ?

— Ce sera toujours mieux que le silence que tu m'infliges.

— Tu l'as bien mérité.

Malgré le stratagème peu orthodoxe qu'il avait employé, le revoir la troubla. Beau à couper le souffle et vêtu d'un jean foncé, d'une chemise western noire et de bottes, il paraissait dans son élément ici. C'était vraiment un homme de terrain, et non quelqu'un à rester enfermé dans un bureau. En remarquant ses cernes, April se demanda s'il avait des difficultés à dormir lui aussi.

Elle sentit sa résolution flancher, et soupira tout en se mettant en garde contre tout sentiment chaleureux envers lui. Elle ne pouvait pas recommencer et laisser ses sentiments lui faire changer d'avis. Combien de fois Risk allait-il la brûler ?

— Je m'en vais, dit-elle en se retournant pour rejoindre sa voiture.

— Je croyais pourtant que tu avais besoin de cette vente.

Elle se figea et se retourna.

— J'ai eu ton message, Risk. Tu ne comptes pas acheter le chalet, alors assez joué.

Il descendit les marches et s'approcha d'elle.

— Et si je te disais que ce n'est pas tout à fait vrai ? demanda-t-il le regard brillant.

— Je ne comprends pas.

— Moi non plus je ne comprenais pas… jusqu'à quelques jours avant. Il manquait quelque chose à ma vie, mais je n'arrivais pas à mettre le doigt dessus, et il a fallu que je te perde pour voir avec clarté ce qui me sautait aux yeux.

— Et qu'est-ce que c'était ? demanda-t-elle doucement, hypnotisée par la lueur d'espoir dans son regard.

— Ce chalet est fait pour moi. J'ai toujours aimé les défis et accomplir des choses qui m'excitent. Je n'achète pas le chalet pour le compte de l'entreprise mais pour moi. Ça sera mon affaire privée. Je veux gérer cet endroit, l'ouvrir à la pêche, au canotage et à l'équitation. Je veux en faire une destination pour voyageurs aventureux. Je connais les chevaux, je peux donc faire des randonnées et enseigner l'équitation. Je vais y investir mon propre argent.

— C'est vraiment ce que tu veux ? dit-elle en se mordillant la lèvre.

— Oui. Mais je veux encore plus. Je te veux toi, April. Je ne peux pas imaginer ma vie sans toi.

Il lui prit la main et la captiva par la chaleur de son regard avant d'ajouter :

— Toi aussi tu es ce qui a manqué à ma vie, ma chérie.

— Parce que je suis un défi ?

Il éclata de rire.

— Parce que je t'aime de toute mon âme. Je n'avais encore jamais aimé avec une telle force et je n'ai jamais été aussi sûr de moi. Nous sommes faits l'un pour l'autre.

April en fut désorientée. Elle s'était préparée à rester loin de Risk tout en soignant son cœur brisé, et en s'efforçant de passer à autre chose, mais était-ce vraiment ce qu'elle voulait ?

Ce qu'elle voulait depuis toujours, c'était l'homme qui se tenait devant elle. Pas la célébrité, ni le riche propriétaire terrien, mais l'homme qui se trouvait derrière tout ça. L'homme doux et gentil qu'elle le savait être, au fond.

— Et Shannon ?

— Je lui ai dit de rentrer chez elle et que rien ne l'attendait à Boone Springs. C'est terminé depuis longtemps entre nous, April. C'est ce que je lui ai dit à la soirée de gala. Elle n'achètera pas la ferme. Je suis allé voir Tony Russo et j'ai appris que s'il voulait la lui vendre, c'était uniquement parce qu'il a perdu son emploi.

— Je ne le savais pas. Je n'en savais rien, Risk.

— Je lui ai proposé un emploi. Sa famille s'en sortira.

— C'est si gentil de ta part, dit April les yeux emplis de larmes.

— Excuse-moi, tu viens bien de dire que je suis gentil ?

— Parfaitement, dit-elle en levant la main pour caresser sa joue. Je t'aime aussi, Risk.

Il embrassa sa paume.

— Je t'aime, April. Tu es la femme parfaite pour moi, et je jure de ne jamais te quitter.

Il lui prit la main et l'entraîna à l'intérieur du chalet où se trouvaient les plus beaux lys qu'elle ait jamais vus. Il y en avait dans tous les coins, sur toutes les tables et même sur les marches qui menaient à l'étage.

— C'est magnifique, Risk. Tu t'es souvenu de mes fleurs préférées.

— Évidemment. J'ai une excellente mémoire dès qu'il s'agit de toi, dit-il avant de lui adresser un sourire espiègle et d'ajouter : Et notre soirée de révisions au début de nos fausses fiançailles m'a bien aidé.

Elle éclata de rire et le laissa la conduire vers la suite parentale. Des braises brûlaient dans la cheminée, et sur le lit était posé un plateau avec un seau à champagne et deux flûtes en cristal. Les larmes lui montèrent aux yeux, bouleversée de se trouver dans cette chambre si spéciale pour elle, et qu'il lui ai déclaré son amour.

— Ne pleure pas, mon amour.

Il la prit dans ses bras musclés où elle se sentait tellement en sécurité, et la berça.

Puis il recula et mit un genou à terre. Choquée, April mit ses mains devant sa bouche et fixa la boîte de velours noir que Risk ouvrait. À l'intérieur se trouvait un solitaire monté sur une bague sertie de petits diamants.

— April, tu portais une bague de fiançailles, mais tout était faux. Et plus je passais de temps avec toi, plus nos fausses fiançailles me paraissaient réelles. J'ai d'abord pris peur, parce que j'étais farouchement décidé à ne plus jamais m'engager. Mais j'ai eu un déclic et j'ai réalisé que ma fausse fiancée était l'amour de ma vie. Peut-être que nous avons fait les choses à l'envers, mais il n'y a rien à l'envers dans ce que je ressens pour toi. Je suis fou de toi et je promets de t'aimer pour toujours et à jamais. Me feras-tu l'honneur de devenir ma femme ?

Les jambes vacillantes, April tomba à genoux près de lui.

— Oui, Risk. Je serai ta femme, ta partenaire et tout le reste.

Elle prit son visage en coupe et l'embrassa, lui donnant tout son cœur, sans se retenir, sans plus craindre d'être blessée, car elle lui faisait confiance désormais.

C'était merveilleusement libérateur d'admettre enfin ses sentiments, sachant qu'ils étaient partagés.

Risk lui prit la main et passa à son doigt le superbe solitaire qui scellait leur amour. Le cœur d'April s'envola.

— Merci, April.

— De quoi, mon amour ?

— De m'avoir aidé à trouver ma véritable place dans la vie.

— Tu veux parler du chalet ?

Il secoua la tête et l'embrassa.

— Je t'aime.

CHARLENE SANDS

Mariés à Las Vegas

INTÉGRALE
TROIS RANCHERS À AIMER

Traduction française de
SOPHIE WATINE-VIEVARD

SAGAS
HARLEQUIN

e original :
GAS VOWS, TEXAS NIGHTS

oman a déjà été publié en 2021.

020, Charlene Swink.
021, 2025, HarperCollins France pour la traduction française.

1

Las Vegas, Nevada

Katie se réveilla lentement, ses paupières refusant de s'ouvrir. Pourtant, le rayon de soleil qui perçait à travers la fenêtre de sa chambre d'hôtel et venait réchauffer sa peau indiquait clairement qu'il était bien plus que 4 heures du matin, heure à laquelle elle se levait habituellement pour préparer ses gâteaux.

Mais elle n'était pas à Boone Springs aujourd'hui, et sa pâtisserie, Katie's Cupcakes and Bakery, était fermée pour le week-end. Elle avait en effet planifié deux jours de fête pour enterrer la vie de jeune fille de sa meilleure amie, Drea. D'ailleurs, elle venait de faire un rêve merveilleux. Les détails étaient un peu confus, mais jamais elle ne s'était réveillée en éprouvant un tel sentiment de plénitude. Tout son corps en frémissait encore.

Un petit coup sur son épaule la fit sursauter.

— Désolé, murmura une voix grave et masculine dans son dos.

Les yeux grands ouverts maintenant, elle essayait de comprendre la situation. Elle n'avait quand même pas imaginé cette voix. Non, elle était tout à fait réveillée et elle n'avait pas rêvé. Elle sentait même la chaleur d'un corps à côté d'elle. Une main caressa son épaule nue, lui arrachant un léger cri.

Oh ! non. Cette voix, elle l'avait reconnue.

Elle s'enveloppa dans le drap pour couvrir son corps dénudé et roula sur le côté. Pourvu que ça ne soit que son imagination qui lui jouait un tour. Mais non. Tout espoir fut balayé à la seconde où son regard se posa sur *lui*, Lucas Boone – l'ex-fiancé de sa sœur, l'homme qui avait brisé le cœur de Shelly.

Tout à coup, elle eut mal à l'estomac.

Elle s'assit, le drap remonté jusqu'au menton. Seigneur, elle avait aussi un mal de tête atroce.

— Luke, tu peux m'expliquer ? dit-elle d'une voix hésitante.

— Rallonge-toi, ma chérie. Tu m'as fait boire à rouler sous la table hier soir. J'ai l'impression que mon crâne va exploser et je parie que ta gueule de bois doit être encore pire que la mienne.

— Ma gueule de bois ? Bon sang, Luke, c'est tout ce que tu trouves à dire ? Tu nous as vus ? On est au lit ensemble. Et si je ne m'abuse, toi aussi, tu es nu comme un ver sous ces draps.

Il fit mine de soulever le drap pour vérifier.

— Ne t'avise pas de faire ça, l'avertit-elle d'une voix sévère.

— J'imagine que tu as raison, dit-il en laissant retomber le drap.

Elle avait les joues brûlantes. Se retrouver au lit avec Lucas Boone était ce qu'elle pouvait imaginer de pire. Comment était-ce seulement possible ?

— Mais qu'est-ce qu'on a fabriqué hier soir ?

Luke balaya du regard la chambre jonchée de vêtements et leva un sourcil.

— Ce n'est pas possible. Jamais je n'aurais pu...

Oh ! mon Dieu. Elle se remémora comment Luke avait annulé son mariage avec sa sœur à peine trois jours avant la cérémonie pour s'enrôler immédiatement après dans les marines.

Il avait prétendu qu'il n'était pas prêt à s'engager et avait pris tous les torts sur lui, mais ça ne le rendait pas plus excusable ; pendant des mois, il avait laissé croire à Shelly qu'ils avaient un avenir ensemble. Ces événements remontaient à cinq ans, et Luke était revenu s'installer à Boone Springs, cette ville que ses ancêtres avaient fondée un siècle plus tôt. Il était le témoin de son frère Mason, et elle, Katie, était la demoiselle d'honneur de la fiancée de Mason, Drea. Voilà comment Luke et elle s'étaient retrouvés à faire la fête ensemble à Las Vegas, si opportunément surnommée la Ville du péché.

Elle repensa à sa sœur. Aux cicatrices qui ne s'étaient pas encore refermées. La pauvre Shelly avait affronté l'humiliation avec courage, mais elle n'avait jamais pu oublier que Luke avait trahi son amour et sa confiance. Elle était devenue triste et amère, et ne manquait jamais une occasion de dire à leur mère Diana et à Katie que Luke avait gâché sa vie. Alors, même si l'alcool était responsable de cette situation atroce, si jamais elle apprenait que Katie avait couché avec Luke, elle ne s'en remettrait pas.

Luke roula sur le côté et s'appuya sur un coude, comme s'ils allaient tranquillement discuter de ce qu'ils allaient manger pour le petit déjeuner.

— Qu'est-ce que tu te rappelles d'hier soir ? demanda-t-il.

— Comment ça ?

— Est-ce que tu te souviens que nous avons quitté la fête ensemble ?

S'écartant de lui autant que possible, elle se mit à réfléchir. Elle se rappelait avoir bu, ri et dansé avec Luke pendant la plus grande partie de la soirée. Elle s'était sentie coupable de s'amuser autant avec lui, mais ils s'étaient toujours bien entendus et avaient été de très bons amis jusqu'à ce qu'il rompe ses fiançailles avec Shelly.

Les Boone faisaient partie des bons clients de sa pâtisserie. Luke et elle partageaient également le même amour des chevaux et donnaient tous les deux de leur temps comme bénévoles au refuge pour chevaux de Red Barrel. Mais évidemment, depuis le retour de Lucas près d'un an plus tôt, ils gardaient leurs distances et leurs conversations étaient toujours un peu forcées. Katie aussi avait souffert quand Luke avait abandonné sa sœur. Elle aussi s'était sentie trahie.

— Je me souviens que tu m'as proposé de me raccompagner à mon hôtel.

Hôtel qui n'était situé qu'à quelques pâtés de maisons de la boîte de nuit où ils passaient tous la soirée.

— Nous avions trop bu tous les deux, poursuivit-elle.

Ce qui expliquait ce mal de tête persistant.

Luke la regardait intensément. Son regard bleu profond était hypnotisant.

— Tu m'as supplié de ne pas te ramener à ton hôtel. Tu n'avais pas envie que la soirée finisse. Et tu as dit… Heu…

C'était de pire en pire.

— J'ai dit quoi ?

Luke ne répondit pas.

— Qu'est-ce que j'ai dit ? insista-t-elle.

Il fallait qu'elle sache. Qu'elle comprenne ce qui avait bien pu se passer.

— Tu as dit que tu voulais ce que tes amies avaient. Que tu voulais quelqu'un à aimer.

— Oh ! mon Dieu, dit-elle en se couvrant le visage des deux mains.

Elle était tellement gênée de s'être enivrée au point de se laisser aller à avouer le plus intime de ses désirs. Et à Luke pour couronner le tout.

— Et donc, nous avons fini dans ta chambre ?

Luke ferma les yeux. Son air soucieux l'inquiéta encore plus.

— En fait, pas exactement. On est allés ailleurs avant ça.

— Dans une autre boîte de nuit ?

— Pas si j'en crois ceci, dit-il en secouant la tête et en lui tendant un document qu'il avait pris sur la table de chevet. Tu as aussi dit que tu voulais…

Elle baissa les yeux vers le texte imprimé sur le morceau de parchemin, et ses mains se mirent à trembler. Un certificat de mariage. Portant leurs deux noms et la date du jour.

— J'espère que tu plaisantes.

— Hé, moi non plus, je ne me rappelle plus très bien ce qui s'est passé. J'ai la tête comme un tambour.

C'était ridicule. Sûrement une plaisanterie de mauvais goût. Ou alors une caméra cachée ? Quelqu'un était en train de se payer sa tête.

Oui, elle pensait souvent à ce désir secret de trouver l'amour et de se marier… mais jamais elle n'en avait parlé à personne. Elle ne voulait pas que ses amies s'inquiètent pour elle ou qu'elles pensent qu'elle était jalouse de leur bonheur, et elle serait allée en parler à Luke ? Elle serait même passée à l'acte ? Impossible.

Et pourtant, elle tenait la preuve entre ses mains. Datée d'aujourd'hui, comme s'ils s'étaient mariés après minuit, approximativement à l'heure où ils avaient quitté la boîte de nuit ensemble. Les pièces du puzzle s'emboîtaient parfaitement, mais elle ne parvenait pas à digérer la nouvelle.

— Je ne peux pas croire que ça soit vrai. Et on n'a... rien fait d'autre, j'espère ? dit-elle d'une voix sourde.

Était-il naïf de sa part de penser qu'elle s'était retrouvée nue dans un lit avec le très séduisant Luke et qu'elle n'avait pas couché avec lui ?

— Je me rappelle certains détails de cette nuit, dit-il, le bleu de ses yeux devenant plus intense encore. Pas toi ?

Non. Elle ne voulait pas se rappeler. Elle ne voulait pas penser qu'elle avait pu passer la nuit avec le seul homme au monde qui lui était strictement interdit. Pourtant, de vagues souvenirs commençaient à lui revenir à l'esprit. Son corps qu'on enlaçait, qu'on embrassait, qu'on caressait, qu'on aimait.

Mon Dieu, les souvenirs étaient un peu flous... mais ils étaient bien là.

— Oh non, murmura-t-elle, les larmes aux yeux. Pourquoi est-ce que tu n'as rien fait pour empêcher ça ?

C'était injuste de rejeter toute la faute sur lui et, à sa réaction quand elle posa la question, elle vit qu'il était du même avis.

— Je... n'ai pas pu.

Comment ça ? Qu'est-ce qu'il voulait dire par là ?

— Ne t'inquiète pas, Katie, poursuivit-il. On est mariés. Je n'ai pas abusé de toi. Et puis, pour autant que je me souvienne, tu étais on ne peut plus consentante.

— Parce que tu crois que c'est ce qui m'inquiète ? demanda-t-elle en serrant le drap plus étroitement contre sa poitrine. Ce n'est pas grave qu'on ait couché ensemble parce qu'on est mariés ? Mais enfin, Luke, tu ne réalises pas à quel point c'est horrible ? Tu as été fiancé à ma sœur ! Et tu l'as laissée tomber quasiment au pied de l'autel. Ma mère et ma sœur étaient anéanties. Ce n'est pas pour ma vertu que je m'inquiète. C'est bien plus grave que ça.

— C'est bon, calme-toi, dit Luke en se passant une main sur le visage. Je vais prendre une douche et m'habiller. Et ensuite, on discutera de tout ça. Sauf si tu veux te doucher en premier.

— Non, vas-y d'abord.

Qu'ils soient mariés ou pas, il n'était pas question qu'elle le laisse la voir nue.

— D'accord. Et tu sais... tout va bien se passer, je t'assure.

Elle fronça les sourcils, et sa moue se fit plus contrariée encore lorsque Luke se leva du lit. Aussi à l'aise que s'ils avaient été mariés depuis des années, il se rendit dans la salle de bains, lui laissant tout loisir d'admirer ses larges épaules, ses bras musclés et ses fesses parfaites.

Son cœur se mit à battre la chamade. Elle avait épousé un Boone... Une des familles les plus riches du Texas. Elle était mariée à l'homme qui avait trahi sa propre sœur, à l'homme qu'elle avait tout fait pour ne pas croiser depuis qu'il était rentré à Boone Springs quelques mois plus tôt.

Dès qu'elle entendit la porte de la salle de bains se refermer, elle se leva et ramassa ses vêtements éparpillés sur le sol. C'est alors qu'elle repéra un étui de préservatif ouvert... et vide ; c'était la preuve concrète que le mariage avait bien été consommé. Mais ça, elle le sentait déjà. Physiquement, elle était comblée.

Elle s'habilla et attendit. Il fallait absolument qu'ils règlent le problème immédiatement. Pas question qu'elle rentre chez elle en tant que Katie Boone. Dans la salle de bains, l'eau s'arrêta de couler. Elle se passa une main dans les cheveux et rajusta sa robe de cocktail, contrariée mais bien décidée à gérer la crise.

La porte s'ouvrit sur Luke, sur ses cheveux humides et sa peau luisante dans la lumière du matin. Il avait enroulé une serviette autour de sa taille, mais le reste de son corps aux muscles puissants était nu.

Seigneur. Était-ce lui, l'homme de ses rêves ?

Non. C'était ridicule. D'accord, ils avaient été amis jadis et ils aimaient tous les deux passionnément les chevaux, mais ça ne voulait pas dire qu'elle l'avait un jour envisagé sous cet angle. Pas même inconsciemment.

— Il faut qu'on parle, Luke.

Il ne répondit rien, se contentant de la regarder, de laisser ses yeux vagabonder sur tout son corps, et soudain elle eut très chaud. Comme hypnotisée, elle regarda une goutte d'eau descendre le long de son torse et de son ventre nu avant d'être absorbée par la serviette-éponge.

Conscient qu'elle ne pouvait détacher ses yeux de son corps, Luke sourit.

— J'ai besoin d'un café. Et toi aussi. Je vais commander le petit déjeuner pendant que tu prends ta douche.

Il semblait si calme, si organisé. Visiblement absolument pas affolé alors qu'il venait de commettre la plus grosse erreur de sa vie.

— Et ensuite, on règle le problème ?

— Je te promets qu'on va parler, dit-il en hochant la tête.

Une demi-heure plus tard, Katie ressortait de la salle de bains, rafraîchie et un peu moins paniquée par la situation. Elle avait toujours l'estomac un peu retourné, mais sa vision des choses était un peu moins dramatique. Ils étaient à Las Vegas, après tout. Ça ne devrait pas être trop difficile de divorcer, de défaire ce mariage qui n'aurait jamais dû avoir lieu. Il y avait sûrement des dizaines de couples qui se retrouvaient dans la même situation après une nuit de folie trop arrosée.

Assis devant la table roulante que le service d'étage avait apportée, Luke l'attendait. Dieu merci, il s'était enfin habillé. Il portait un jean et une chemise bleu marine presque assortie au bleu profond de ses yeux. Elle, bien sûr, portait ses vêtements de la veille et son petit sac à main de soirée. Heureusement, il lui restait encore assez de batterie pour envoyer un SMS à Drea afin de lui dire de ne pas s'inquiéter et qu'elle lui expliquerait tout plus tard.

Ou pas.

Malgré tout, il faudrait bien qu'elle dise quelque chose à la future mariée. Drea l'avait vue s'en aller avec Luke et elle savait bien qu'elle n'était pas rentrée puisqu'elles partageaient la même chambre d'hôtel.

— Prête pour le petit déjeuner ? dit Luke qui était déjà en train de boire une tasse de café.

La cafetière fumante répandait ses volutes à l'arôme corsé au-dessus de la petite table couverte de petites assiettes de bacon, d'œufs brouillés, de toasts, de pommes de terre sautées et de viennoiseries.

Beurk. Rien de tout ça n'était appétissant. Elle ne pourrait absolument rien manger.

— Non merci. Je me contenterai d'un café.

Elle prit la cafetière et se versa une tasse, puis s'assit en face de lui. Elle laissa tomber trois morceaux de sucre dans sa tasse et se mit à touiller le breuvage sous le regard un peu désapprobateur de Luke. Quoi ? Elle aimait le sucré et à cet instant précis elle avait particulièrement besoin de ce doux réconfort. Par pure provocation, elle prit un quatrième morceau de sucre et le lâcha dans son café en soutenant le regard de Luke.

— Tu ne manges rien ? demanda-t-il.

— Je n'ai pas faim. J'ai encore l'esprit complètement embrumé.

— Je pensais qu'une douche te ferait du bien.

— Cette douche m'a permis de comprendre qu'à Las Vegas il est probablement aussi facile de se sortir de ce pétrin qu'il a été facile de nous y fourrer.

Luke la regarda longuement et secoua la tête.

— Comment ça ?

— Je veux divorcer. Maintenant. On peut sûrement trouver quelqu'un dans cette ville qui peut nous arranger ça.

Luke se gratta la tête, la regardant comme si elle était un enfant en train de demander la lune.

— Ça ne va pas être possible, Katie.

— Qu'est-ce que tu racontes ? On n'a même pas essayé. Je n'étais pas moi-même hier soir, et tu le sais bien. Ça fait combien de temps qu'on se connaît, hein ? Dix ans ?

— Douze ans et demi.

Elle n'en revenait pas.

— J'ai une bonne mémoire des dates, poursuivit-il en haussant les épaules. On s'est rencontrés au premier anniversaire du refuge de Red Barrel.

Katie se rappelait bien cette journée. Elle avait choisi le refuge pour chevaux comme sujet de mémoire à la fin de ses études au lycée et s'était rendue là-bas sans trop savoir à quoi s'attendre. Il lui avait suffi de voir ces chevaux maltraités et pour certains infirmes dont on prenait enfin soin pour tomber immédiatement amoureuse. Luke lui avait en quelque sorte servi de mentor dans ce nouvel univers, et c'est par elle qu'il avait rencontré sa sœur Shelly.

— Et pendant ces douze ans et demi, je t'ai paru être quelqu'un d'irréfléchi, d'un peu dingue ? Être le genre de filles qui, comme tu l'as si élégamment dit, est capable de faire boire un homme jusqu'à ce qu'il roule sous la table ?

— Non, admit-il. Cela dit, c'est la première fois que je te vois à Vegas.

Elle leva les yeux au ciel, excédée.

— Je suis sérieuse, Luke. Je ne me rappelle pas précisément tout ce qui s'est passé hier, mais ce que je sais, c'est qu'il faut régler le problème au plus vite.

— Je... suis d'accord.

— Vraiment ? Me voilà soulagée, parce que je commençais à croire que tu ne pensais pas que c'était un problème si important.

— Je ne peux pas divorcer avant d'en avoir discuté avec mon avocat. Désolé, Katie, mais ça ne pourra pas se faire aujourd'hui.

— Et pourquoi ça ?

— Parce que c'est un peu compliqué. Je suis un Boone, ce qui signifie qu'une procédure de divorce peut ne pas être évidente. Mon avocat ne me laissera signer aucun document avant de l'avoir étudié.

— Mais bon sang, Luke, je n'attends rien de toi ou de ta famille. Si c'est ce qui te préoccupe, je t'assure que tu...

— Il ne s'agit pas de moi, Katie. C'est simplement comme ça que ça se passe quand on est...

— ... riche ?

— Un Boone.

— Ça doit être horrible de ne pas savoir à qui on peut faire confiance. J'imagine que tu as eu le même problème avec Shelly.

— Laissons ta sœur en dehors de tout ça.

— Facile à dire pour toi, dit Katie, l'estomac complètement noué maintenant.

Ça ne se passait pas bien du tout. Il se montrait buté, et le fait qu'il sous-entende qu'elle en voulait à l'argent des Boone la choquait.

— Et on ne peut rien faire ? insista-t-elle. Peut-être que si tu appelais ton avocat...

— Impossible. Il est à l'étranger en ce moment, dit Luke en fronçant les sourcils. Problèmes personnels.

— Et toi, alors ? Tu n'as pas un *problème personnel*, peut-être ?

— Sa mère est gravement malade, soupira-t-il, et il doit l'aider à mettre ses affaires en ordre. Au cas où les choses empireraient.

— Oh. Je suis désolée pour lui. Tu ne peux pas demander à quelqu'un d'autre ?

— J'ai bien peur que ça ne marche pas comme ça, dit Luke en secouant la tête. En tout cas, pas pour moi.

Elle posa ses mains sur ses cuisses, et immédiatement le regard de Luke sembla comme aimanté par cette partie de son corps. Que se rappelait-il exactement de la nuit qu'ils avaient passée ensemble ? Jamais il ne l'avait regardée de cette façon-là. On aurait dit qu'il prenait ce mariage au sérieux. Il semblait la considérer comme... sa femme.

— Je ne peux pas rentrer à Boone Springs en étant mariée à toi, Luke.

— J'ai l'impression que tu vas y être obligée. Notre avion décolle dans à peine quelques heures.

— Je ne peux pas y croire, soupira Katie, les yeux remplis de larmes.

Il demeura silencieux.

Elle n'avait pas le choix. Il fallait qu'elle cède. Pour l'instant, elle ne voyait pas d'autre solution. Si elle prolongeait son séjour à Las Vegas, tous ceux qui avaient participé au voyage auraient des doutes. Et ça, c'était hors de question. Elle ne devait rien révéler de ce qui s'était passé entre elle et Luke. Elle trouverait une idée avant que l'avion privé des Boone ne décolle.

— D'accord, mais ça ne me plaît pas du tout. Si jamais la vérité éclate au grand jour, je suis fichue. Ma famille ne me le pardonnera jamais, et je suis sûre que ça n'arrangerait pas l'état de santé de maman. Je veux que tu me promettes que personne n'en saura rien, que tu garderas le secret.

Luke lui toucha la main, et ce simple contact fut à la fois apaisant et atrocement troublant.

— Je te le promets, Katie. Personne n'en saura rien.

Luke attendit que tout le monde ait embarqué à bord du jet privé, le regard rivé sur Katie. Elle s'installa à l'arrière de l'appareil, à côté des autres demoiselles d'honneur qui bavardaient joyeusement avec la future mariée.

Il ne pouvait s'empêcher d'admirer les magnifiques cheveux blonds de Katie. Elle les avait relevés en queue-de-cheval, et les quelques mèches qui s'en échappaient venaient caresser son visage, si doux. Parce que c'était une fille douce et calme, même si la veille, dans cette boîte de nuit, elle avait révélé un autre aspect de sa personnalité... à la fois plus léger et plus passionné. Ses yeux verts brillaient de malice, et elle était si diablement attirante quand elle dansait dans sa petite robe noire. Aujourd'hui, en jean, elle était complètement différente, mais comme toujours elle était ravissante.

Et elle était sa femme désormais. Il avait peine à y croire. Il était marié à Katie Rodgers. Il avait sans le vouloir coiffé ses frères au poteau : Mason qui était fiancé à Drea, et Risk à April.

Katie jeta un œil dans sa direction, et leurs regards se rencontrèrent. Il aurait pu la regarder des heures sans jamais s'en lasser, mais elle détourna rapidement la tête.

Il sourit intérieurement mais se garda bien d'afficher sa joie alors que Katie était si silencieuse et sombre. Elle se contentait d'être juste assez cordiale avec ses amies pour que personne ne se pose de questions. Elle avait dit à tout le monde qu'elle avait été malade hier soir, au point que Luke l'avait emmenée aux urgences dès l'aube pour s'assurer qu'elle ne souffrait pas de déshydratation. Le mensonge était plausible ; en tout cas, tout le monde semblait y croire. À part ses frères. Si Drea l'avait remercié de s'être occupé de sa meilleure amie, Risk et Mason lui avaient lancé des regards entendus.

Pourtant, il n'avait rien prévu de ce qui était arrivé. Mais quand Katie lui avait parlé de son besoin d'amour, de son envie de se marier, il avait été bouleversé jusqu'au plus profond de lui. Lui qui se sentait si seul aussi. Et puis, il avait bu et du coup il avait baissé la garde. Elle avait flirté avec lui, lui avait quasiment demandé de lui faire l'amour et... Et comment résister à ça ? Surtout avec elle.

Le pilote, un vétéran des marines, vint saluer les passagers et s'assurer que tout le monde était prêt pour le décollage.

— Salut, Bill, dit Luke en lui serrant la main. J'espère que tu n'as pas trop perdu aux tables de jeu.

— Non. Cette époque-là est derrière moi. Je me limite aux machines à sous.

— Tu as bien raison, approuva Luke.

Lui-même n'aimait pas les jeux de hasard. D'ailleurs, Las Vegas ne présentait aucun intérêt à ses yeux... sinon que ça lui avait permis de se marier.

Au départ, ses chances d'épouser Katie étaient à peu près équivalentes à zéro. Et pourtant, c'était arrivé et il en était le premier surpris. Il avait décroché le jackpot. Il ne lui restait plus maintenant qu'à convaincre Katie qu'être devenue son épouse n'était pas une monumentale erreur.

— Si ça te dit de venir me servir de copilote, tu sais où est le cockpit, dit Bill.

— Peut-être plus tard, répondit Luke avec un sourire. Pour

l'instant, je sens encore les effets de la fête d'hier soir. J'ai bien peur que tu sois notre conducteur désigné du jour.

Il avait appris à piloter des hélicoptères dès son plus jeune âge au ranch et avait passé sa licence quand il était dans l'armée, mais Mason avait insisté pour qu'il ne pilote pas l'avion cette fois afin que Luke puisse profiter de Las Vegas sans s'inquiéter de sa consommation d'alcool. Son frère tenait à ce que tout le monde s'amuse.

Luke boucla sa ceinture et jeta un regard vers Katie. Elle était prête pour le décollage mais, même si Drea était assise juste à côté d'elle, on aurait dit qu'elle venait d'enterrer sa meilleure amie.

Il soupira et, tournant la tête, il se retrouva les yeux dans les yeux avec Risk, qui occupait le siège voisin.

— Il se passe quelque chose entre vous ? demanda son frère.

Il avait juré à Katie de ne pas révéler leur secret et il n'avait aucune intention de rompre sa promesse.

— Avec qui ?

— Oh ! arrête. Qu'est-ce qui se passe entre toi et Katie ?

— Rien du tout.

— Ce n'était pas une critique. Au contraire, ce serait une bonne chose. Je te connais bien, tu es raide dingue d'elle.

Luke lui lança un regard noir.

— Je dis simplement que, si tu veux sortir avec elle, tu as ma bénédiction.

— Merci, mais je n'en ai pas besoin.

— Doucement. J'ai juste envie de te voir heureux pour une fois.

— Tu sais qui c'est, non ?

— La meilleure pâtissière du Texas, dit Risk avec un sourire gourmand. Ses cupcakes nous rendent tous dingues.

— C'est la petite sœur de Shelly. Et c'est à peine si elle supporte ma présence.

Des années plus tôt, Katie avait amené Shelly à une fête de charité du Red Barrel et les avait présentés. Ils avaient été immédiatement attirés l'un par l'autre, et Luke avait commencé à fréquenter la grande sœur de Katie. Il leur avait semblé tout naturel de se marier, jusqu'au jour où Luke s'était réveillé et avait compris qu'il était en train de faire une énorme erreur.

— Vous êtes partis ensemble hier soir, dit Risk, et aujourd'hui tu n'arrives pas à la quitter des yeux.

— Fiche-moi la paix.

Il avait l'impression que Risk pouvait lire en lui à livre ouvert.

— Si tu veux, dit son frère en lui donnant une tape sur l'épaule. Mais en cas de problème, je suis là pour toi.

— Sympa, merci. Et pourquoi est-ce que tu n'es pas avec ta fiancée ?

— Apparemment, les filles tiennent à prolonger la fête jusqu'à ce que l'avion touche le tarmac à Boone Springs.

Tandis que Risk regardait April, Luke en profita pour jeter un œil du côté de Katie. Elle faisait de son mieux pour ne pas gâcher la bonne humeur générale, se forçant à sourire et à cacher sa peine. Il était bouleversé d'être la cause de ce chagrin. Lui faire du mal était la dernière chose qu'il voulait. Mais il ne pouvait pas la laisser partir. Pas maintenant.

Katie partageait son amour des chevaux, ils avaient dansé ensemble toute la soirée et elle occupait tous ses rêves et toutes ses pensées depuis cinq ans maintenant.

Il voulait pouvoir tenter sa chance avec elle et il savait qu'une si belle occasion ne se représenterait pas.

Une chance. Une seule petite chance... Est-ce que c'était trop demander ?

2

Une limousine de la famille Boone vint chercher tout le groupe à l'aéroport et déposa ensuite chaque personne chez elle. Comme elle vivait en plein centre de Boone Springs, dans un appartement situé au-dessus de sa boutique, Katie était l'une des dernières à descendre. Son appartement était modeste, avec une seule chambre et une salle de bains, mais le volume des pièces était généreux, et sa grande cuisine servait d'annexe quand les commandes dépassaient la capacité de la pâtisserie. Mais ça n'arrivait pas souvent. Katie gérait très efficacement son entreprise, se levait tous les jours à 4 heures du matin et travaillait en pyjama en bas jusqu'à 7 heures, heure à laquelle la pâtisserie ouvrait.

Quand la limousine se rangea juste devant sa boutique, elle ressentit soudain un immense soulagement.

— C'est ici que je m'arrête, dit-elle à ses amis. J'espère que vous vous êtes tous bien amusés.

— C'était merveilleux. Génial pour créer du lien entre toutes les demoiselles d'honneur. Merci pour tout ce que tu as fait. Je t'adore, dit Drea en la serrant dans ses bras.

— Moi aussi, je t'adore.

Katie fit un petit signe de la main aux derniers passagers de la limousine.

— Merci à tous, vous avez fait de ce séjour un moment mémorable pour nos amis.

— Après la soirée d'hier, je dois dire que je ne me rappelle plus grand-chose, dit Mason avec un sourire.

— Tu t'es bien amusé avec tes amis, ta famille et surtout avec ta fiancée, dit Drea en déposant un petit baiser sur sa joue. Demande-moi, je te rafraîchirai la mémoire.

Katie avait quelques blancs aussi qu'elle aurait bien aimé pouvoir combler.

— En tout cas, je sais que Luke et Katie ont bossé dur pour tout organiser. Merci à vous deux, dit Mason. Vous formez une équipe formidable.

Une bouffée de chaleur remonta le long de sa nuque.

— Merci. Ça n'a pas été si compliqué que ça. Et même très amusant.

La seule difficulté, ça avait été de travailler avec Luke. *Son mari.* Oh ! Seigneur.

Le chauffeur prit les bagages de Katie dans le coffre et vint lui ouvrir la portière.

— Je vais descendre ici aussi, dit Luke au chauffeur.

Katie lui lança un regard noir.

— C'est à deux pas du bureau, expliqua-t-il. Et j'ai besoin de vérifier quelque chose. Si vous pouviez déposer mon sac au ranch, Benny, ce serait gentil.

— Bien, monsieur.

Katie descendit de la voiture et Luke juste derrière elle.

— Je vais prendre ça, dit-il en prenant ses bagages des mains du chauffeur.

Katie vit quelques sourcils se lever à l'intérieur de la limousine. Elle aurait voulu disparaître sous terre. Mais qu'est-ce que Luke fabriquait ? Elle ne voulait pas éveiller les soupçons. Elle était déjà assez mal à l'aise de devoir mentir à sa meilleure amie sur l'endroit où elle avait passé la nuit. Mais Luke ne semblait pas s'apercevoir de l'effet que son comportement produisait sur tout le monde.

— Bye, dit Drea. Merci encore, ma chérie. On s'appelle très vite.

— D'accord, dit Katie en souriant à son amie.

À peine la limousine avait-elle redémarré qu'elle se tourna vers Luke.

— Donne-moi mes sacs, Luke.

— Je vais te les monter.

— Ce n'est pas la peine.

— Je sais, mais j'aimerais le faire.

— Pourquoi ?

— À cause de ta gueule de bois. Tu es toute pâle et tu as l'air fatiguée.

— Si j'ai l'air malade, c'est uniquement à cause de ce qui s'est passé entre nous. Ça me retourne littéralement l'estomac.

Il sembla accuser le coup, mais elle ne regrettait pas une seconde d'avoir été aussi dure. Enfin, si, peut-être était-elle un peu désolée. Après tout, elle était aussi responsable que Luke de cette catastrophe.

— Raison de plus pour que je t'aide. Je me sens responsable.

— Il ne faut pas.

— Je suis comme ça, Katie. Allez, viens. Tu as besoin de te reposer.

Elle n'appréciait pas qu'il lui dise ce dont elle avait besoin, mais elle vit son air décidé et ils n'allaient pas rester là toute la journée à discuter.

— Bon, d'accord.

Il eut l'intelligence de ne pas triompher trop ouvertement. Il hocha simplement la tête et se dirigea vers la porte avec ses sacs.

Elle ouvrit la boutique et entra la première. La pâtisserie avait beau être restée fermée pendant trois jours, il y régnait une douce odeur de vanille, de cannelle et de sucre. L'odeur de la maison. Elle poussa un soupir d'aise et sentit son corps se détendre.

— Ça sent la même odeur que toi ici, dit Luke, comme s'il lisait dans ses pensées.

— Comment ça ?

— C'est doux et sucré.

Elle ne fit aucun commentaire. À cet instant précis, elle ne se sentait pas douce du tout. Elle se sentait atrocement mal et coupable. Elle aurait voulu pouvoir échapper à ce mauvais rêve. Se réveiller mariée à l'ex de sa sœur, c'était un véritable cauchemar. Et plus tôt elle réglerait le problème, mieux ça vaudrait.

— L'escalier est au fond. Il faut traverser la cuisine, dit-elle en le précédant.

Il s'arrêta pour regarder l'endroit où elle préparait ses gâteaux.

— Alors, c'est ici que ta magie opère ? Je me suis toujours demandé à quoi ressemblait cet endroit.

— Eh, oui. C'est ici que je passe le plus clair de mon temps, dit-elle d'une voix où perçait le plaisir.

Elle était fière de sa pâtisserie, fière de sa réussite. Et elle adorait son travail.

Luke regarda avec attention l'énorme mixeur, les bols et les moules à cupcakes, les grands sacs de farine et de sucre, le réfrigérateur de taille industrielle. Oui, elle était chez elle ici.

— Je t'imagine parfaitement ici en train de travailler.

— Ça n'a rien de très glamour.

— Je veux bien croire que c'est un travail difficile, mais tu aimes ça.

— C'est vrai.

— Ta pâtisserie est la meilleure du pays, tout le monde le sait. Mais je ne te connaissais qu'en tant que passionnée de chevaux. Tu es si souvent au Red Barrel. Où trouves-tu le temps de tout faire ?

— Tu diriges une entreprise qui brasse des millions de dollars, où trouves-*tu* le temps ?

— Tu es maligne, dit-il avec un sourire.

— Apparemment pas assez, marmonna-t-elle.

Sinon, elle ne se serait pas retrouvée au lit avec lui.

— Tu sais, je ne mentais pas quand je disais que l'envie était partagée, Katie. Et tu n'as aucune raison de t'en vouloir.

Elle ferma brièvement les yeux et hocha la tête. L'homme qu'elle côtoyait au refuge pour chevaux était doux et gentil. À une époque, il avait été son ami et c'était d'ailleurs ça qui était le plus troublant. Parce qu'il avait quand même fini par faire du mal à sa sœur. Ce qui signifiait que Katie s'était peut-être toujours trompée sur son compte.

— Si on pouvait éviter le sujet...

— Je ne vois pas de quoi tu parles, dit-il d'un ton plus léger. Tu allais m'expliquer où tu trouvais le temps d'être bénévole au refuge.

— Mes journées de travail se terminent tôt. Et je trouve que ce que nous faisons au refuge est important. Ces chevaux ont besoin de notre aide. Et puis, je n'ai pas de vie amoureuse, dit-elle en haussant les épaules. Ou du moins, ça fait un bon moment. Donc, ça me laisse le temps de...

— Les rencards et ce genre de choses, ça n'est plus pour toi, Katie.

Elle n'aimait pas son ton ni qu'il lui donne des ordres.

— Parce que tu crois que j'ai envie de me compliquer la vie encore davantage ? dit-elle en serrant les poings. Et puis, tu n'as pas à me dire ce que j'ai le droit de faire ou pas.

— Peut-être que notre mariage a été un peu précipité, mais tu n'en es pas moins ma femme.

— Ne dis pas ça.

— Je suis ton mari.

— Pas pour longtemps. Rappelle-toi que tu m'as promis que tu t'occuperais du divorce dès que possible.

— C'est ce que j'ai dit et je le ferai, mais en attendant...

Luke se rapprocha, ses yeux incroyables plongés dans les siens, et il lui prit doucement la main.

— ... en attendant, si tu as besoin de quoi que ce soit, appelle-moi.

— Tu sais parfaitement ce que je veux.

— Je sais ce que tu crois vouloir, dit-il avec un sourire tandis que ses yeux viraient au bleu marine.

— Je ne comprends pas...

Il fit un pas en arrière, et l'espace d'une toute petite seconde elle vit quelque chose en lui qui la rendit heureuse, qui lui donna envie qu'il ne s'en aille pas.

— Dès que tu as des nouvelles de ton avocat, appelle-moi.

Il hocha la tête et sortit de la pâtisserie.

Il valait peut-être mieux qu'elle ne l'ait pas fait monter jusqu'à son appartement.

— Voilà ton thé, maman, dit Katie en tendant un grand mug à sa mère avant de s'asseoir à côté d'elle sur le canapé du salon.

Katie et sa sœur avaient grandi ici, dans cette maison sur Blue Jay Avenue. Le quartier se trouvait juste à l'extérieur de Boone Springs, à dix minutes en voiture de la pâtisserie, et elle était venue juste après avoir défait ses bagages.

— Merci, ma chérie. J'aime beaucoup le mélange mûre-grenade. Je sens que ça me fait du bien, dit sa mère en buvant délicatement après avoir soufflé sur la fumée.

— C'est bon pour toi, dit-elle, inquiète pour sa mère.

Le visage fatigué de Diana Rodgers trahissait tous les sacrifices qu'elle avait faits et son manque d'énergie. Son corps était fragilisé par la maladie. À l'âge de cinquante-huit ans, elle avait fait une petite crise cardiaque qui l'avait obligée à prendre une retraite anticipée, alors qu'elle adorait son métier d'enseignante. Elle avait élevé ses filles seule tout en travaillant à l'école publique avec des enfants handicapés. C'était un poste éprouvant, d'autant que Diana rapportait souvent du travail à la maison, et son cardiologue lui avait fermement conseillé d'arrêter.

— Pourquoi ne bois-tu pas une tasse avec moi ?

— Peut-être tout à l'heure. Pour l'instant, je veux juste que tu me racontes comment tu vas.

— Tu es restée partie à peine trois jours, ma chérie. C'est adorable d'être venue ici dès ton retour, mais mon état n'a pas changé, dit sa mère. Et puis, assez parlé de moi. Raconte-moi ce voyage.

— C'était... sympa, dit Katie sans parvenir à manifester le moindre enthousiasme. Drea et Mason se sont bien amusés. Comme tout le monde, je crois.

Oh ! et un petit détail dont j'ai oublié de te parler... J'ai épousé Lucas Boone.

La bouche de sa mère se tordit légèrement, comme à chaque fois qu'on mentionnait un Boone.

— Quel dommage que Drea soit allée s'enticher de *lui*.

— Mason est un type gentil, maman.

— Il est riche et se croit tout permis, comme tous les Boone.

Ce qui voulait dire Luke.

Katie sentit son estomac se nouer à nouveau.

— Drea est heureuse et c'est tout ce qui compte.

Sa mère but une petite gorgée de thé.

— Qu'est-ce que vous avez fait pendant ces trois jours ? Raconte.

— Rien de particulier, dit Katie d'un ton un peu las. On a visité un peu la ville, mangé comme des goinfres, passé une journée au spa, assisté à un concert, et le dernier soir tout le groupe s'est retrouvé pour faire la fête dans une boîte de nuit.

Voilà. Elle avait donné une version courte et édulcorée de son long week-end. Inutile d'en rajouter.

— Et tu as eu affaire à Luke ?

Avant qu'elle ait eu le temps de répondre, Shelly passa le seuil de la maison.

— Qu'est-ce que ce nul a encore fait ? demanda sa sœur tout en se débarrassant de son sac.

Le cœur de Katie s'affola. Elle sentait encore tant d'amertume chez Shelly.

— Salut. Qu'est-ce que tu viens faire ici ?

— Je viens voir comment va maman. Comme toi, dit Shelly tout en se penchant pour embrasser sa mère sur la joue. Bonjour, maman. Comment ça va aujourd'hui ?

— Je me sens très bien. Ta sœur vient de me faire du thé. Est-ce que tu en veux une tasse, ma chérie ?

— Non merci. Je passais juste en coup de vent. Il faut que je passe chez moi me changer. Le Dr Moore nous a demandé à moi et à quelques collègues d'assister à son séminaire ce soir. Il va falloir que je file. Alors, qu'est-ce que tu disais au sujet de Luke ?

— Rien, répondit Katie.

— Ta sœur a dû organiser avec lui le week-end en l'honneur de Drea.

— On n'a pas organisé le week-end ensemble. Il était chargé de distraire les garçons d'honneur. On s'est contentés de coordonner la soirée où tout le monde s'est retrouvé à la fin du week-end.

— Ma pauvre, dit Shelly.

— Franchement, ça n'a pas été si pénible.

— Je plains n'importe quelle femme qui a affaire à lui, dit Shelly d'un ton morne. Si seulement j'avais su...

— Il n'était pas prêt pour le mariage, répliqua Katie.

Ça faisait des années qu'elles rabâchaient cette conversation. Ça commençait vraiment à lui taper sur les nerfs. Mais Shelly était comme ça ; elle n'avait jamais pardonné non plus à leur père d'avoir divorcé de leur mère. Pourtant, rompre des fiançailles, même à peine trois jours avant la cérémonie, ça valait mieux qu'un divorce.

— Pourquoi est-ce que tu prends sa défense ? demanda Shelly.

— Peut-être parce que je voudrais que tu tournes la page, que tu avances. Peut-être que ce n'est pas lui que je défends, peut-être que je m'inquiète juste pour toi.

— Compris, soupira Shelly. Mais c'est plus facile à dire qu'à faire.

— C'est si bon de vous avoir toutes les deux ici avec moi, dit leur mère avec douceur.

— J'aimerais vraiment pouvoir rester plus longtemps, mais je retrouve tout le monde à l'hôpital dans une heure.

— Ne t'inquiète pas, chérie. Va à ton séminaire. Je suis tellement heureuse que ma fille soit si engagée dans son travail. Et c'est valable pour toi aussi, Katie.

Sa mère lui disait souvent à quel point elle était fière d'elle depuis qu'elle avait ouvert la pâtisserie. Son affaire était sur de bons rails maintenant, mais ça n'avait pas toujours été facile. Et pourtant, sa mère avait toujours eu foi en son projet et l'avait toujours soutenue.

— Merci, maman. Je vais pouvoir rester un peu plus longtemps, moi.

— Magnifique, dit Shelly en lui adressant un de ses trop rares sourires.

Sa sœur avait traversé une période difficile après la rupture de ses fiançailles. Luke avait quitté la ville pendant des années sans lui laisser aucun espoir et sans lui donner l'occasion de s'expliquer, d'exprimer sa colère contre lui. Et c'était sans doute ça le plus dur, le plus injuste. Shelly n'avait jamais pu vraiment faire son deuil de leur relation.

Une fois Shelly repartie, Diana alla porter sa tasse dans la cuisine.

— J'ai fait de la soupe. Celle que tu préfères, au poulet et aux raviolis. Tu restes manger avec moi ?

— Avec plaisir. Ça sent délicieusement bon.

Katie était épuisée et nerveuse, mais une bonne soupe bien réconfortante en compagnie de sa mère lui éviterait de trop penser à l'énorme erreur qu'elle avait commise à Las Vegas la veille.

Katie dévala l'escalier à toute allure, se cogna un doigt de pied sur la dernière marche et étouffa un cri de douleur. Même la douce odeur qui régnait dans la pâtisserie ne parvint pas à la mettre de bonne humeur. Elle ne s'était pas réveillée ce matin, et maintenant elle avait une heure de retard sur son planning. Elle avait ruminé des idées noires dans son lit pendant des heures avant de pouvoir enfin s'endormir et ensuite elle avait plongé dans un sommeil lourd et profond, rêvant qu'un monstre sans visage la poursuivait et qu'elle courait pour lui échapper. Elle s'était réveillée en nage.

Est-ce que ce rêve signifiait quelque chose ? Était-ce un avertissement ?

Elle alluma la lumière, enfila son tablier Katie's Cupcakes and Bakery bleu lavande et commença à sortir les ingrédients pour préparer ses fameux cupcakes.

La spécialité du lundi matin était un cupcake carotte-courgette fourré d'un délicat coulis d'abricot. C'était une alternative meilleure pour la santé qu'un gâteau trop sucré, et ses clients se jetaient littéralement dessus pour compenser les petits écarts du week-end.

Sa collaboratrice, Lori, toqua à la porte de derrière, et Katie ouvrit la porte sur son visage souriant.

— Salut. Contente de te voir. Comment s'est passé ton voyage ? demanda Lori tout en retirant son pull.

— Heu... Sympa.

— Comment ça ? Juste sympa ? On dirait que tu ne t'es pas beaucoup amusée. Il s'est passé quelque chose ? demanda Lori.

Elles travaillaient côte à côte depuis six ans et se connaissaient très bien.

— Non. C'est juste que je suis fatiguée et que je me suis levée en retard ce matin.

— Ça, c'est quelque chose qui ne t'arrive jamais. Peut-être que tu t'es un peu *trop* amusée à Vegas, finalement, dit Lori avec un clin d'œil. Je veux des détails. J'ai bossé sur mes cours tout le week-end. Coincée chez moi à t'imaginer t'amuser comme une folle.

Si elle savait...

— Honnêtement, il n'y a rien de spécial à raconter. On s'est bien amusés. On a vu un spectacle, on s'est fait masser et on a dansé un peu. Vraiment rien de particulier.

— Mais tu avais tellement hâte quand tu es partie. J'espérais que tu aurais plein d'histoires croustillantes à me raconter ce matin.

Lori enfila son tablier, et elles se mirent au travail. Lori s'attaqua aux cupcakes fourrés à la guimauve et nappés de chocolat pendant que Katie continuait la préparation de la spécialité du lundi. Elles avaient tellement l'habitude de travailler ensemble que la routine était bien huilée et elles savaient sans avoir à se le dire que cette heure de retard signifiait qu'il allait falloir sacrifier un ou deux parfums de cupcakes.

— Désolée, Lori. Il n'y a vraiment rien à signaler, mentit-elle. Et si on faisait l'impasse sur les cupcakes à la citrouille puisque l'automne est fini, de toute façon ?

— Bonne idée.

— Et si quelqu'un se plaint, tu sais ce qu'il faut faire.

— Bien sûr.

Sa méthode consistait à offrir un ou deux cupcakes aux clients qui risquaient de repartir mécontents. Ce qui arrivait extrêmement rarement avec ses habitués de Boone Springs. Et comme elle organisait souvent les buffets pour les anniversaires et autres événements, elle connaissait le nom de la plupart d'entre eux, savait où ils vivaient et combien d'enfants ils avaient. Ils faisaient presque partie de la famille.

Pendant que ses cupcakes cuisaient, elle prépara des croissants fourrés, des cookies et des rouleaux à la cannelle. En travaillant sans s'arrêter une minute, elles firent en sorte qu'à 7 heures les vitrines et divers présentoirs soient bien garnis et le café en train de chauffer. Les premiers clients habituels commencèrent à arriver.

Vers 9 heures et demie, il y eut un petit creux et Katie se laissa tomber dans un fauteuil du mini-salon installé près de la porte de derrière. Elle était littéralement épuisée, et pas seulement à cause du manque de sommeil mais aussi parce qu'elle était très stressée après ce qui s'était passé à Las Vegas le week-end précédent.

Lori la regarda d'un air compatissant.

— Tu devrais monter te reposer une heure, suggéra-t-elle. Fais une petite sieste. Je peux gérer les choses à la boutique en attendant le coup de feu.

— On n'a pas de livraisons à faire, aujourd'hui ?

Parfois, elles avaient des commandes d'entreprises, de restaurants ou de clients donnant de grosses fêtes d'anniversaire. Lori examina le planning sur le mur.

— On est lundi et c'est plutôt calme aujourd'hui.

— Merci, mais ça ira mieux dans cinq minutes. J'ai juste besoin de reprendre un peu mon souffle.

Mais ce second souffle ne vint jamais, et à l'heure de la fermeture, à 14 heures, Katie était sur les rotules et il lui restait une dernière livraison à faire : une commande de dernière minute pour un dîner chez un particulier. Il leur fallait une douzaine de tiramisus et une douzaine de cupcakes citron-framboise que Katie disposa dans des boîtes pendant que Lori fermait la boutique.

— Je vais m'en occuper, dit Lori. Je les déposerai en rentrant chez moi, c'est sur mon chemin. Comme ça, tu peux monter te reposer dès maintenant.

— Pas question que je te laisse faire ça, tu as tes examens à réviser.

— Ça va me prendre dix minutes au maximum et c'est une façon de compenser pour toutes les fois où tu me laisses partir un peu plus tôt pour bosser mes cours. Allez, dis-moi oui.

— Tu es vraiment une amie géniale. C'est oui. Merci.

— Je t'en prie, dit Lori avec un sourire.

Une fois Lori partie avec les boîtes de gâteaux, Katie monta lentement les marches menant à son appartement, où elle se laissa tomber sur son canapé. Elle alluma la télévision et lutta pour garder les yeux ouverts… mais perdit rapidement le combat.

Habituellement, Luke passait le plus clair de son temps dans le bureau situé dans le bâtiment principal du ranch. Même s'il savait pouvoir compter sur leur régisseur, Joe Buckley, il tenait à être au plus près de l'action. Mais aujourd'hui, il se trouvait dans leurs locaux du centre-ville de Boone Springs, dans un bureau portant son nom gravé sur une plaque de cuivre.

Les yeux perdus dans le vague, il regardait par la fenêtre, incapable de se sortir Katie de la tête. C'était d'ailleurs pour cette raison qu'il était venu travailler en ville : pour être plus près d'elle. Sa pâtisserie n'était qu'à deux pâtés de maisons de là, nichée entre une boutique de mode et un magasin de tissus, ce qui lui assurait un bon passage. Mais même si ça n'avait pas été le cas, Katie aurait eu du succès, parce que ses gâteaux étaient les meilleurs du pays et parce que Luke avait veillé à ce qu'aucune des filiales de l'empire Boone n'entre en concurrence avec elle.

Un petit détail qu'il avait toujours gardé secret.

Pendant qu'il servait sous les drapeaux, il avait fait part de sa volonté à ses frères et les avait gagnés à sa cause. Il avait créé assez de problèmes aux Rodgers, et ensemble ils avaient fait le maximum pour que Shelly et sa famille n'aient plus jamais à souffrir à cause des Boone.

Mais pour lui, il s'agissait surtout de Katie. Il voulait la voir réussir, qu'elle ait une belle vie. Et quand il était rentré, il aurait aimé qu'elle soit mariée ou au moins engagée dans une relation sérieuse. La savoir célibataire avait rendu son retour plus douloureux, mais il avait réussi à garder ses distances quand ils se croisaient en ville ou au refuge pour chevaux.

Et puis, il y avait eu l'épisode de Las Vegas.

Est-ce qu'il allait bientôt revoir Katie ? Cet espoir le torturait, mais il ne fallait pas qu'il perde sa journée à rêvasser. Il fallait qu'il se mette au travail, qu'il se concentre sur les comptes du ranch qu'il avait chargés sur son ordinateur.

Un peu après 14 heures, son téléphone portable sonna. C'était Wes, le directeur du refuge pour chevaux. Il n'avait pas l'habitude d'appeler pour rien, donc ça devait être important.

— Salut, Wes. Comment ça va ?

— Salut, Luke. Désolé de te déranger, mais je t'appelle au sujet de Snow. J'ai bien peur qu'elle nous quitte aujourd'hui. Elle a du mal à respirer, et j'ai fait venir le Dr Hernandez. Il lui a donné des antalgiques, mais il ne peut rien faire de plus. Je me suis dit que tu voudrais être au courant.

L'estomac de Luke se noua. Snowball était une mustang maltraitée qui était arrivée au refuge au moment de son retour à Boone Springs. Lui et Katie avaient en quelque sorte pris la jument sous leur aile ; elle était leur préférée. Ils avaient réussi à la tirer d'affaire, mais les maltraitances l'avaient beaucoup fragilisée et malheureusement, avec certains chevaux, on ne pouvait guère faire plus que soulager leurs souffrances.

— Merci, Wes. C'est une bien triste nouvelle. Je... Je vais passer. Je veux la voir.

— C'est ce que je me suis dit.

— Et j'en parlerai à Katie aussi.

— Je viens de l'appeler, mais elle n'a pas répondu au téléphone. Je lui ai laissé un message.

— Je vais m'arranger pour la joindre. À tout à l'heure, Wes.

Luke raccrocha et s'accorda quelques instants pour digérer la mauvaise nouvelle. Et maintenant, il allait falloir l'annoncer à Katie.

Cinq minutes plus tard, il passait en voiture devant la pâtisserie. Une pancarte « Fermé » était accrochée sur la porte. Il se gara en épi devant la boutique et descendit de voiture. Il tenta d'ouvrir la porte de la pâtisserie, mais, pas de chance, elle était verrouillée. Et en regardant à travers la vitrine, il vit que l'endroit était désert.

Une voiture ralentit à son niveau, et une jeune fille passa la tête par la vitre.

— Je peux vous aider ?

C'était une des employées de Katie. Il ne se rappelait plus son nom, mais il l'avait vue à plusieurs occasions, quand elle était venue livrer des gâteaux dans les locaux de Boone Inc.

— Je cherche Katie.

— Une seconde, dit la jeune fille avant de se garer et de venir le rejoindre devant la porte.

— Je suis Lucas Boone.

Elle eut un sourire qui semblait dire qu'elle savait parfaitement qui il était : les Boone étaient connus dans toute la ville.

— Bonjour, Lucas. Je m'appelle Lori. Il vous faut des cupcakes ou autre chose ? La pâtisserie est fermée à cette heure.

— Non, non. Il faut que je voie Katie. C'est important. Ça concerne le refuge pour chevaux de Red Barrel.

— Oh… Je vois, dit la jeune femme en se mordillant la lèvre.

— Elle ne répond pas au téléphone.

— Elle doit être en train de se reposer chez elle. Elle était vraiment crevée aujourd'hui.

— Mais c'est très important. Je vous en prie…

Elle réfléchit quelques secondes.

— Je sais que votre frère doit épouser sa meilleure amie, Drea. Donc, j'imagine que ça ne la dérangera pas si je vous laisse entrer.

— Merci.

Lori introduisit sa clé dans la serrure et ouvrit la porte.

— Je suis repassée parce que j'avais oublié mes cours et que j'ai un examen demain soir...

Luke hocha la tête, et elle le fit entrer dans la pâtisserie déserte.

— Je vais monter toquer à sa porte et dire à Katie que vous êtes là.

Quelques minutes plus tard, Luke se retrouvait face à une Katie encore un peu endormie.

Emmitouflée dans un plaid, elle se tenait sur le pas de sa porte. Elle ne pensait pas revoir Luke aussi rapidement. Il avait la tête baissée et le regard triste.

— Q-qu'est-ce que tu fais ici ? demanda-t-elle le cœur battant. Lori a parlé du refuge...

— Wes m'a appelé tout à l'heure. C'est Snow. Elle ne va pas bien.

— Oh ! non. Pas elle, dit-elle, le souffle coupé.

— Malheureusement, si, dit-il en se frottant la nuque. J'ai pensé que tu voudrais être au courant. Wes n'a pas réussi à te joindre.

— Je... Je m'étais endormie. Je n'ai pas entendu mon téléphone.

— Je vais aller la voir, là. Peut-être pour la dernière fois.

Mon Dieu, la pauvre Snowball. Quelle vie atroce elle avait eue. Son propriétaire la maltraitait, et elle était arrivée au refuge sous-alimentée, couverte de cicatrices et brisée. Ils avaient tout fait pour la sauver et maintenant elle allait mourir. Katie ne pouvait pas l'abandonner dans ce moment-là.

— Moi aussi, je veux aller la voir.

— Je t'emmène.

— Non, pars devant, dit-elle en passant une main dans ses cheveux emmêlés. J'ai besoin d'un coup de peigne et de me rafraîchir un peu.

— Je vais t'attendre.

— Tu n'es pas obligé...

— Écoute, Katie... Je suis là, ma voiture est garée juste devant et nous allons au même endroit. Ne perdons pas un temps précieux que nous pourrions passer avec Snow. Prépare-toi vite, je t'attends en bas.

Il avait raison. C'était Snow qui comptait, pas cette discussion sur qui allait conduire qui.

— D'accord. Je descends dans une minute.

Cinq minutes plus tard, elle avait enfilé un jean et une chemise rouge, et s'était rapidement noué les cheveux. Elle se passa un peu d'eau sur le visage, puis descendit en trombe l'escalier.

Luke l'attendait devant la pâtisserie, appuyé contre son SUV noir, les mains dans les poches et l'air songeur. Après la catastrophe de ce mariage secret avec l'ex de sa sœur, voilà que la douce Snow dont elle s'occupait depuis un an était en train de mourir.

— Prête ? lui demanda Luke en lui ouvrant la portière.

— Oui... Je crois.

— Je comprends. C'est pareil pour moi. Snow est spéciale.

Katie grimpa dans la voiture et attacha sa ceinture pendant que Luke s'installait au volant. Pendant tout le trajet, ils restèrent silencieux et, quand ils arrivèrent dans le canyon, elle frissonna.

— Tu as froid ?

— Un peu, dit-elle en serrant ses bras autour d'elle. J'ai oublié de prendre une veste.

Elle avait oublié combien il pouvait faire froid dans le canyon une fois que le soleil avait disparu.

— Je sais comment te réchauffer, dit-il avec un sourire.

Sa remarque la ramena instantanément aux moments qu'ils avaient passés au lit à Las Vegas, et le rouge lui monta aux joues.

Il appuya sur un bouton du tableau de bord, et un souffle d'air chaud l'enveloppa.

— C'est mieux comme ça ?

Elle hocha la tête.

— J'ai une deuxième veste à l'arrière. Tu la prendras. Pas question que je te laisse mourir de froid.

Cette façon de lui donner des ordres lui mettait les nerfs à vif. Il n'était même pas vraiment son mari. Rien que l'idée lui semblait complètement étrangère. Pourtant, il s'inquiétait de son bien-être et c'était une chose à laquelle elle n'était pas habituée. Avec aucun homme.

— Merci.

Quelques minutes plus tard, ils arrivaient au refuge de Red Barrel, et Luke gara la voiture devant le petit bâtiment qui servait de bureau.

— Je vais prévenir Wes que nous sommes arrivés, dit-il. Tu veux rester au chaud dans la voiture ?

— Non. Je viens avec toi.

— D'accord, dit-il en tendant le bras vers la banquette arrière pour attraper les deux vestes. Tiens.

Il lui tendit une veste en daim fourrée de laine de mouton tandis qu'il enfilait une veste plus légère en coton. Katie descendit de voiture, et Wes sortit du bureau pour venir à leur rencontre.

Les deux hommes se serrèrent la main, puis Wes lui donna une légère accolade.

— Je savais que vous viendriez tous les deux dès que vous seriez au courant. Snow est dans la grange. Je l'ai installée le plus confortablement possible.

Luke croisa son regard, puis se tourna vers Wes.

— Nous aimerions aller la voir tout de suite.

— Vous connaissez le chemin. Restez avec elle aussi longtemps que vous voudrez.

Luke lui prit la main et, ensemble, ils prirent la direction de la grange. Tout en marchant, elle observait les chevaux qui paissaient dans les corrals de la propriété. Ils avaient eu la chance d'avoir droit à une deuxième vie au refuge de Red Barrel. Il y en avait tant d'autres, malades et affamés, qui erraient dans les canyons.

Quand ils furent arrivés devant les grandes portes de bois, Luke se tourna vers elle.

— Quoi qu'il arrive maintenant, il faut que tu saches que nous avons fait tout ce que nous pouvions pour elle.

— Je sais, murmura-t-elle. C'est juste que je l'aime tellement et qu'elle a eu une vie difficile.

— C'est vrai, dit-il, le regard plein de compassion. Faisons en sorte que ses dernières heures soient les plus douces possible.

Quand ils pénétrèrent dans la grange, un frisson glacé la parcourut. Décidément, la veste de Luke ne serait pas de trop.

— La voilà, dit-il.

Katie s'approcha du box. En voyant Snow si affaiblie et prête à abandonner le combat, son cœur se serra dans sa poitrine.

— Oh ! ma belle, murmura-t-elle.

— Elle va mal, mais elle est toujours avec nous, dit Luke.

— Oui. Tu nous as attendus, hein, ma belle ?

Snow tendit péniblement le cou et les regarda tous les deux avant de reposer sa tête sur son oreiller de paille.

Katie retira sa veste, entra dans le grand box et posa le vêtement sur la paille, juste à côté de la jument.

— Ça ne te dérange pas ? demanda-t-elle à Luke.

— Pas du tout, répondit-il en faisant de même avec sa veste.

— Hé, ma fille, je suis là. Tu n'es pas toute seule. Je sais que tu as du mal à respirer, mais calme-toi. Je suis là, murmura-t-elle à l'oreille du cheval tout en lui caressant doucement la crinière.

Luke, lui, lui caressait le flanc tout en sifflant une mélodie très douce qui apaisait visiblement la jument, mais aussi Katie.

— C'est joli, dit-elle en fermant les yeux.

— C'est un copain qui me l'a apprise quand j'étais en Afghanistan. On avait du temps à tuer quand on n'était pas en mission. Il fallait combler le vide pour ne pas trop avoir le mal du pays.

— Ça a dû être très dur. Pourquoi t'es-tu engagé ?

— Je crois qu'il fallait que je m'éloigne.

— Tu parles de ma sœur, là ?

— Je n'ai jamais cherché à lui faire du mal. Je sais qu'elle me déteste, mais il y a longtemps que nous avons rompu maintenant.

— Rompu ? Je te rappelle que tu l'as quittée, humiliée.

— C'est vrai, dit-il en fronçant les sourcils.

— Ma famille avait confiance en toi, dit-elle en continuant

à flatter le cou de Snow. Et ta décision nous a toutes les trois tellement surprises.

— Je n'ai malheureusement rien d'autre à dire que ce que j'ai déjà dit.

Katie ne savait plus vraiment où elle en était. Elle était de tout cœur avec Shelly et sa mère, bien sûr, mais Luke avait eu raison de ne pas épouser une femme qu'il n'aimait pas.

— Je sais que ta mère et ta sœur me détestent, Katie. Et toi ?

La question la prit complètement au dépourvu.

— Dire que je te *déteste*, c'est un grand mot. Je déteste juste la façon dont les choses se sont passées.

Il hocha la tête.

— Au fait, est-ce que tu as eu des nouvelles de ton avocat au sujet de notre problème ?

— Non, dit-il en fronçant les sourcils.

Snow commença à s'agiter sur son lit de paille.

— Tu devrais continuer à siffler, dit Katie. Ça lui fait vraiment du bien.

Et la douce mélodie se répandit à nouveau dans la grange. Bientôt, Snow se calma et sa respiration se fit plus régulière.

L'après-midi céda la place à la nuit, mais la vieille jument s'accrochait toujours. Ses yeux étaient fermés maintenant et sa respiration plus difficile. Katie se pencha pour l'embrasser sur le museau.

— Ça va aller, ma fille. Laisse-toi aller. Tu verras, tu seras bien mieux après.

Luke s'arrêta de siffler.

— Je me rappelle quand je l'ai trouvée. Elle était couverte de plaies et de cicatrices, et pourtant son regard était magnifique. Ses yeux étaient remplis de tant de vie, de tant d'espoir.

— J'étais tellement choquée de voir la façon dont elle avait été traitée. Quand je pense qu'ils ne lui avaient même pas donné de nom, dit Katie.

— Je me souviens. Sous la saleté, sa robe était toute noire, à part cette tache blanche entre les deux oreilles… comme si elle avait reçu une grosse boule de neige.

— Et c'est pour ça que je l'ai baptisée Snowball, Boule de neige.

— C'est moi qui lui ai donné ce nom, s'insurgea Luke.

Katie sourit en le voyant faire mine de s'indigner. En réalité, elle ne savait plus qui l'avait dit en premier, mais ils avaient tout de suite été d'accord sur le nom à lui donner.

Katie aimait ce Luke-là, celui qui manifestait de la compassion, qui était capable de se moquer de lui-même. Qui, bien que riche à millions, savait rester si simple.

Tous deux baissèrent les yeux vers Snow. Elle ne bougeait plus. Ne respirait plus. Katie regarda Luke, et leurs sourires s'effacèrent. La jument avait rendu son dernier souffle alors qu'ils étaient en train de discuter. Snow les avait écoutés, avait reconnu leurs voix et s'était sentie suffisamment apaisée pour se laisser partir sans résister.

Des larmes jaillirent des yeux de Katie, et Luke lui-même dut lutter pour ne pas pleurer.

— Elle est partie, dit Katie.

— Oui, dit-il en la prenant dans ses bras. Ça va aller. Ne pleure pas, ma chérie.

— Je savais que ce jour viendrait, mais pas si vite.

Elle n'avait jamais eu d'animal familier à elle jusqu'à ce qu'elle devienne bénévole au refuge. Elle aimait tous les chevaux ici ; tous avaient leur propre histoire. Mais pour elle, Snow était à part. Elle partageait un lien avec la jument qu'elle n'avait pas avec les autres.

Et c'était le cas de Luke aussi. Il était tellement triste qu'il ne parvenait pas à masquer son chagrin. Il déposa un baiser léger sur son front. Elle avait besoin de sa chaleur, de sa force.

— On ne peut rien faire de plus. On devrait s'en aller, dit-il d'une voix un peu tremblante, regrettant visiblement de devoir la laisser partir, de renoncer à ce qu'ils venaient de partager.

— C'est affreux de la laisser seule ici.

— Je vais dire à Wes qu'elle nous a quittés. Il va s'occuper de tout, dit Luke en la prenant par la main pour l'aider à se relever.

Luke ramassa les vestes et les secoua pour faire tomber la paille.

— Habille-toi. Il va faire froid dehors.

Après un dernier regard lourd de chagrin à la jument morte, il prit une couverture de laine suspendue à un poteau du box et en recouvrit le corps de Snow.

Katie enfila l'épaisse veste de Luke et, quand il lui reprit la main, elle laissa sa chaleur et sa force la pénétrer.

— Viens, chérie. Je te ramène à la maison.

Peu lui importaient ces gestes et ces mots de tendresse. Elle n'avait pas envie de se battre. Elle venait de passer des heures difficiles et était trop fatiguée pour réfléchir. Il était là, et elle pouvait se reposer sur son épaule. Il semblait savoir exactement quoi dire et quoi faire et, pour une fois, elle allait accepter ce que Luke avait à lui offrir.

Sans se sentir coupable.

3

Luke avait insisté pour l'accompagner jusqu'à son appartement, sans doute parce qu'il s'inquiétait pour elle. Durant tout le trajet, elle avait pleuré la mort de la pauvre jument. Et Luke semblait préoccupé, mais elle avait été incapable de le regarder dans les yeux. Elle n'aimait pas se montrer vulnérable. Devant personne. Mais ce soir, elle ne pouvait pas faire autrement. L'émotion était trop forte.

— Est-ce que ça va aller ?

— Je crois, dit-elle en se mordant la lèvre. Ne t'inquiète pas pour moi. Tu n'as aucune obligation envers moi, tu sais.

— Tu crois que c'est de ça qu'il s'agit ? demanda-t-il d'une voix douce.

Elle se sentit tout à coup un peu minable.

— Non, non. Excuse-moi. Tu es aussi bouleversé que moi par la mort de Snow. Je suis heureuse que nous ayons pu passer ces derniers instants avec elle ensemble.

Elle leva les yeux vers lui. Dans sa tête, les pensées se bousculaient, mais elle était heureuse qu'il soit là ce soir, pour la réconforter et l'aider à supporter la perte de Snow.

— Je vais te laisser te reposer.

— Oui... D'accord.

— Bon. Bonne nuit, alors.

Il allait s'en aller quand Katie murmura :

— Attends...

Il se retourna, l'air étonné.

— Merci d'être venu me chercher tout à l'heure. C'était important pour moi d'être là-bas. Et, honnêtement, je ne sais pas comment j'aurais pu supporter ça si tu n'avais pas été avec moi.

Puis elle se dressa sur la pointe des pieds et l'embrassa chastement sur la joue. Mais soudain, elle tourna la tête et lui aussi, et leurs lèvres se joignirent dans un véritable baiser. Un son profond monta du fond de la poitrine de Luke, et une délicieuse sensation de chaleur se répandit en elle.

Elle avait peut-être embrassé Luke des dizaines de fois à Vegas, mais elle ne s'en rappelait pas. Ce baiser-là, elle s'en souviendrait toute sa vie et elle ne voulait pas qu'il s'arrête.

Elle gémit doucement, et le baiser de Luke n'en devint que plus fougueux, affamé. Il la poussa à l'intérieur de son appartement, retira sa veste et la débarrassa de la sienne sans interrompre leur baiser. Puis il la prit dans ses bras, la tenant si serrée qu'elle sentait la force de son désir contre son ventre.

Une vague de chaleur l'envahit tout entière. Son corps répondait au sien, et elle était heureuse des sensations qu'il éveillait en elle. Blottie dans les bras puissants de Luke, elle voulait soudain avec force ce qui lui était interdit.

— Luke...

Il plongea son regard dans le sien.

— Ne me dis pas d'arrêter, dit-il avant de recommencer à l'embrasser.

— Non, mais j'ai besoin de reprendre un peu mon souffle.

Il eut un sourire qui la bouleversa. Il était tellement beau. Pourquoi fallait-il que ce soit lui ?

— Ça y est, dit-elle après avoir pris une profonde inspiration.

— Tu es sûre d'en avoir envie ? murmura-t-il.

Oh ! oui. J'en suis sûre.

Il prit son visage entre ses mains, et ses lèvres se retrouvèrent prisonnières des siennes. Un plaisir intense la submergea. Elle se sentait brûlante jusqu'au plus profond de son ventre. Elle le voulait.

— Tu sens ce qui nous arrive ? lui chuchota-t-il au creux de l'oreille.

Elle n'aurait pas dû, mais oui. Elle ne pouvait pas lui mentir, ni se mentir à elle-même... Le contact de son corps réveillait son désir, ses baisers la faisaient défaillir. Et elle voulait plus que ça encore.

— Oui, finit-elle par dire tout doucement.

C'était à cause de Snow, du chagrin qu'elle ressentait. Sûrement. Il n'y avait pas d'autre explication possible.

Luke se remit à l'embrasser, et elle sentit ses mains viriles se poser sur ses épaules, puis descendre le long de son dos jusqu'à ses fesses. Elle poussa un gémissement presque animal. Elle aimait tant la façon dont il la touchait.

Puis elle sentit qu'il déboutonnait sa chemise tout en lui caressant la poitrine et elle vit son regard s'allumer au spectacle de ses petits seins ronds.

— Ils sont si beaux, murmura-t-il entre deux baisers.

Ayant fait glisser son soutien-gorge, il prit l'un des mamelons dans sa bouche et le caressa de la langue avec douceur et insistance... Jamais elle ne s'était sentie aussi en vie.

Il la prit dans ses bras et la porta jusqu'à sa chambre tout en l'embrassant passionnément. Il lui retira ses derniers vêtements et la posa sur le lit.

Elle eut alors un bref instant de panique en réalisant pleinement ce qui était en train de se passer. Elle était là, avec Luke, l'ex de sa sœur, l'homme qu'elle avait épousé par erreur à Las Vegas. Mais aussi l'homme dont elle s'était sentie si proche tout à l'heure alors qu'ils disaient adieu ensemble à Snow. Tout ça était si emmêlé, elle y réfléchirait plus tard. Pour l'instant... Elle avait besoin qu'il la réconforte.

Il s'allongea sur elle et plongea dans ses yeux son regard fiévreux.

— Je ne fais pas ça à la légère, Katie. Je... Ça n'est pas...

— Je sais, dit-elle simplement. Je sais pourquoi ça arrive.

— Ah, oui ?

— C'est à cause de Snow.

Luke la regarda fixement une seconde, puis sa main descendit entre ses cuisses et il se mit à la caresser jusqu'à ce qu'elle gémisse de plaisir et qu'elle ait l'impression d'exploser dans mille directions. Elle découvrait enfin ce qu'était la jouissance totale et tout ce qu'elle put dire, ce fut :

— Oh ! waouh.

— Oui, dit Luke, piquant de légers baisers sur ses épaules et dans son cou, lui laissant savourer la redescente de son plaisir.

Puis ses lèvres remontèrent sur sa bouche. Elle accueillit son baiser profond et sentit que tout son corps l'invitait.

— Je te veux, Katie.

Elle savait. Et elle aussi, elle le voulait. Tout son corps le réclamait. Il entra en elle, et sa faim de lui ne fit que grandir au rythme des poussées de son ventre contre le sien. Chacun de ses mouvements la faisait monter plus haut, lui arrachait des gémissements qui s'achevèrent dans un cri.

Les va-et-vient de son bassin s'accélérèrent, et elle suivit son rythme pour que lui aussi puisse parvenir à la jouissance.

Puis il se laissa retomber à côté d'elle sur le lit, la prit dans ses bras et l'embrassa sur le front. Ils restèrent là, enlacés, à bout de souffle… sans dire un mot.

Quand Luke se réveilla, il sentit d'abord la douce odeur de Katie, puis sa présence à côté de lui dans le lit. Puis il ouvrit les yeux et la vit qui dormait à poings fermés, ses cheveux blonds éparpillés sur son oreiller. Il sourit. Elle était sa femme, et ils avaient fait l'amour cette nuit comme si c'était la chose la plus naturelle du monde. Il vivait enfin tout ce qu'il avait toujours voulu. Ce dont il avait toujours eu besoin.

Il avait passé tellement de nuits, seul, à penser à elle. Pendant toutes ces années dans les marines, il s'en était terriblement voulu d'avoir blessé Shelly et toute la famille Rodgers. Mais il savait qu'il aurait été pire encore d'être marié à une femme dont il aimait secrètement la sœur. Souvent, lors de ses nuits solitaires en Afghanistan, il s'était demandé si ça n'était pas de la folie d'être amoureux d'une femme qu'il n'avait jamais touchée, jamais embrassée. Et si jamais la réalité ne correspondait pas à ses fantasmes ?

Mais maintenant, il savait.

Katie était là. Ses rêves étaient devenus réalité.

Il la regardait respirer tranquillement à côté de lui. Sans doute aurait-il dû s'en aller pour lui donner le temps de comprendre ce qui s'était passé. Mais il n'arrivait pas à s'y résoudre. Il ne pouvait pas partir avant d'avoir vu sa réaction. Avait-il tort d'espérer qu'elle serait heureuse de ce qui était arrivé entre eux ?

Il était presque 4 heures du matin. Elle allait bientôt se lever, mais il avait besoin de savourer quelques minutes de plus dans ce lit avec elle, de goûter pleinement le sentiment de sérénité que lui procurait la proximité de son corps.

Luke soupira et se pencha pour déposer un léger baiser sur sa joue.

— Hum, murmura-t-elle dans son sommeil.

Tendrement, il écarta une mèche de cheveux de son visage, puis s'écarta un peu pour ne pas la réveiller.

Bientôt, trop vite, le réveil sonna. Katie ouvrit les yeux et le découvrit à côté d'elle.

— Salut, dit-elle, dans un demi-sommeil.

Luke se pencha par-dessus elle pour éteindre le réveil et en profita pour l'embrasser sur la bouche. Ses lèvres étaient chaudes et accueillantes.

— Tu as bien dormi, ma chérie ?

Elle écarquilla les yeux, enfin complètement réveillée.

— Oh ! non...

Elle se redressa brusquement, le visage douloureux.

Puis elle baissa les yeux et s'aperçut qu'elle avait dormi nue. On aurait dit que la terre venait de s'écrouler sous ses pieds, et elle recouvrit précipitamment son corps parfait avec le drap.

— Katie...

— Luke, c'était à cause de Snow. On était tous les deux malheureux hier soir, mais je... J'ai commis une erreur. Je n'aurais pas dû laisser mes émotions prendre le dessus. On ne peut pas continuer comme ça...

— Et pourtant, on le fait. Ça doit bien signifier quelque chose, non ?

— Ça signifie juste que je suis une idiote.

— Mais non. Tu es humaine. Tu éprouves des sentiments que tu ne peux ni nier ni cacher. C'était bon entre nous cette nuit.

— Oui, mais ça ne doit plus se reproduire. On était tous les deux... perdus.

Lui, il n'était pas perdu. Il savait exactement ce dont il avait besoin. Et elle aussi. Sauf qu'elle refusait de l'admettre.

— Pauvre Snow, dit-elle d'une voix tremblante.

— Oui. C'est dur de l'avoir perdue, mais tu as su lui apporter le réconfort dont elle avait besoin.

— Tu crois ?

— Tu es géniale, dit-il en hochant la tête.

— Ne dis pas des choses comme ça. C'est déjà assez compliqué.

— Je n'ai pas le droit de complimenter ma femme ?

— Je. Ne. Suis. Pas. Ta. Femme, dit-elle, les mâchoires crispées.

Luke sentit toute sa joie s'envoler. Pourquoi le fait d'être sa femme lui était-il si insupportable ? Bien sûr, il savait que c'était à cause de Shelly, mais peut-être qu'il y avait autre chose. Et le ton très dur qu'elle avait employé ne lui plaisait pas du tout.

— C'est drôle, parce que j'ai un document qui dit le contraire. Et je te rappelle, ma chérie, que nous avons largement consommé notre mariage.

— Inutile de me le rappeler, dit-elle en jaillissant du lit. Je vais prendre une douche. Je suis déjà en retard. Il faut que tu sois parti avant l'arrivée de Lori, et c'est dans moins d'une heure.

Bien que passablement agacé par son attitude, il ne pouvait pas s'empêcher de la désirer et de se demander comment elle réagirait s'il la rejoignait sous la douche.

Katie mit deux pots de café à chauffer sur le comptoir, derrière la vitrine réfrigérée presque vide. Habituellement, elle buvait plutôt du décaféiné, mais ce matin elle avait besoin d'une bonne dose de caféine, histoire d'avoir les idées claires. Contrairement à la nuit précédente.

Passer la nuit avec Luke avait été une énorme erreur, même si à ce moment-là elle avait eu besoin de quelqu'un. Non, pas juste quelqu'un... Elle avait eu besoin de lui, de Luke.

Seigneur, non. Elle ne voulait pas éprouver pour lui des sentiments qui ne pourraient que provoquer une catastrophe. Ce qu'elle lui avait avoué à Las Vegas était vrai. Elle avait envie d'un homme dans sa vie, d'un compagnon, de quelqu'un avec qui partager les choses et qui pourrait la soutenir. Mais ça ne pouvait pas être lui. Jamais. Le cœur de sa mère ne le supporterait pas, et Shelly ne voudrait plus jamais entendre parler d'elle. Katie était sincèrement désolée pour sa sœur et se sentait coupable d'avoir éprouvé du plaisir dans les bras de Luke. Une fois de plus.

Elle sortit les ustensiles dont elle avait besoin, ainsi que de la farine, du sucre et des œufs. Elle commençait à peser les ingrédients quand elle entendit un bruit de bottes dans l'escalier. C'était Luke. Ouf, il s'en allait enfin.

— Ce café sent vraiment bon. Je peux en prendre une tasse ? demanda-t-il.

Sans relever la tête, elle continua à travailler.

— Il n'est pas encore prêt.

— Ce n'est pas grave. Je peux attendre.

Elle jeta un œil à la pendule.

— Ne t'inquiète pas, je vais bientôt débarrasser le plancher. Je veux juste un petit café avant de partir. Lori ne saura jamais que j'ai passé la nuit ici.

— Mais moi, si.

Il eut un léger ricanement.

— Je t'interdis de rire. Ça n'est pas drôle.

Il s'approcha d'elle dans son dos, et elle se retourna pour lui faire face. Enlaçant sa taille de ses grandes mains d'homme, il plongea son regard dans le sien.

— Tu es adorable quand tu es en colère. Très sexy aussi.

Elle leva les yeux au ciel.

— Je sais que tu crois être vraiment mon mari, mais à partir de maintenant je te serais reconnaissante de ne pas me dire que je suis géniale, adorable ou sexy. Je ne suis rien de tout ça… pour toi.

— Le café est prêt, on dirait, dit-il en se dirigeant vers la boutique.

Elle soupira. Inutile de discuter avec lui. Il allait bientôt s'en aller, et elle pourrait travailler tranquillement.

— Déca ou vrai ? demanda-t-il de l'autre pièce.

— Un vrai.

Pendant qu'il remplissait deux tasses, elle finit de préparer sa pâte et commença à découper les fruits pour le garnissage : pêches et pommes, aujourd'hui.

— J'adore te regarder travailler, dit-il en revenant avec les deux tasses fumantes.

Elle prit le café qu'il lui tendait. Que pouvait-elle répondre à ça ? Elle n'espérait qu'une chose… Qu'il s'en aille.

— Tu te lèves à 4 heures tous les matins ?

— Oui. Si je veux pouvoir ouvrir à 7 heures.

— C'est beaucoup de travail, dit-il en souriant.

Il la mettait mal à l'aise, à la regarder comme ça. Elle posa sa tasse et se remit au travail.

— OK, dit-il en prenant une grande gorgée. Il est temps que j'y aille.

— Déjà ? demanda-t-elle d'une voix un peu éraillée.

— Je peux rester un peu si ça te fait plaisir, répliqua-t-il en riant.

— Dehors, dit-elle en lui tournant le dos.

Loin de se vexer, il enroula ses bras autour d'elle, et elle se tourna vers lui, les sourcils froncés.

— Qu'est-ce que tu fais ?

— Je t'embrasse pour te dire au revoir.

Quand sa bouche se posa sur la sienne, elle eut l'impression d'être au paradis.

Quand il détacha ses lèvres des siennes, elle recula et désigna la porte du doigt.

— Va.

Et il s'en alla.

Elle prit une profonde inspiration. C'était incroyable l'effet que les baisers de cet homme produisaient sur elle.

C'était merveilleux, mais c'était une catastrophe.

Trois jours plus tard, Drea arriva à la pâtisserie juste avant le déjeuner. Elle était tout sourires. Katie n'était pas jalouse du bonheur de sa meilleure amie et de Mason ; elle était heureuse pour eux. Mais parfois, elle se disait que ça ne lui arriverait jamais à elle.

Ni sa mère ni sa sœur ne l'encourageaient dans ce domaine. Toutes deux pensaient qu'une femme se portait mieux sans homme. Mais Katie n'était pas du même avis, même s'il était difficile de rester positive dans cet environnement si pessimiste.

— Hello. Qu'est-ce qui t'amène ici ?

— J'ai une invitation pour toi. Mason et moi, nous voulons te remercier pour ton aide dans la préparation de notre mariage. On veut t'emmener au restaurant ce soir. Et par pitié, ne dis pas non.

— Au contraire. Avec plaisir, dit Katie en souriant.

— Tu peux être prête pour 18 heures ?

— Bien sûr. Je vous retrouve où ?

— Ne t'inquiète pas. Luke passera te prendre. Je sais que tu ne le portes pas dans ton cœur, mais ça a eu l'air de bien se passer à Vegas. Et on veut le remercier lui aussi.

Les images de son mariage précipité lui revinrent en mémoire, et l'estomac de Katie se noua. Mais elle ne voulait pas peiner Mason en refusant de partager un repas avec lui. Autrement dit, elle était piégée.

— Je ferais mieux de prendre ma voiture au cas où vous voudriez prolonger la soirée. Tu sais que, moi, je me transforme en citrouille à 22 heures.

Drea éclata de rire.

— Je te promets que Luke t'aura raccompagnée avant 22 heures.

— On ne peut pas y aller tous ensemble ?

— Mason et moi devons y être plus tôt pour un dernier rendez-vous avec le traiteur du mariage.

— D'accord. Que Luke passe me prendre. Comment dois-je m'habiller ? capitula Katie.

— Mets-toi sur ton trente et un. On va au Majestic.

— Super, feignit de s'enthousiasmer Katie.

— À ce soir, alors. J'ai hâte d'y être, je n'y suis jamais allée.

— Moi non plus.

— Ce sera une première pour nous deux.

Pour Katie et Lori, midi était le deuxième coup de feu de la journée, mais elles géraient toujours parfaitement. Katie put donc saluer sa sœur Shelly quand elle entra en compagnie d'un homme.

— Salut, Shel. Quoi de neuf ? dit-elle en jetant un rapide coup d'œil au séduisant blond qui l'accompagnait.

— Je te présente le Dr Moore, Katie. Il est nouveau en ville et je lui ai parlé de tes cupcakes, les meilleurs de tout le comté de Boone.

— J'adore le sucré, je l'avoue, dit le Dr Moore. Vous risquez de me voir souvent ici.

— Je lui ai dit que tu faisais les meilleurs cupcakes citron-framboise du monde, dit Shelly avec une lumière dans les yeux que Katie n'y avait pas vue depuis longtemps.

— Étant donné ce que je vois dans cette vitrine, il va falloir que je vienne tester tout ce que vous faites.

— Heureusement que son frère est dentiste, le taquina Shelly.

Katie n'en revenait pas. Sa sœur n'était pas – ou plus – du genre à taquiner. Voilà qui lui mettait du baume au cœur.

— Est-ce que vous mangerez sur place ? On a aussi du café, du chocolat chaud et du thé Chai.

— Une autre fois, peut-être. Il faut que je retourne à l'hôpital au plus vite.

— Moi aussi, dit Shelly.

— Bon, je vous emballe ça et j'ajouterai quelques carottes et courgettes et ma dernière création, vanille fourré à la pêche.

Le téléphone du Dr Moore sonna, et il jeta un œil à l'écran.

— Désolé, il faut que je réponde, dit-il en se dirigeant vers la porte. Vous me rejoignez dehors, Shelly ?

— Bien sûr.

— Et merci encore, Katie.

À la seconde où le docteur eut franchi la porte, Katie ne put s'empêcher de commenter :

— Il est vraiment mignon.

— J'imagine, oui.

— Ne me dis pas que tu n'avais pas remarqué.

— Pour l'amour du ciel, dit Shelly en levant les yeux au ciel, je cherche juste à être accueillante. Il ne connaît presque personne en ville. Je me suis dit qu'il aimerait ta pâtisserie et je voulais te le présenter.

— Donc, il ne t'intéresse pas ? Parce qu'il a l'air sympa et c'est la première fois que tu amènes un homme dans ma boutique.

— Non, il ne m'intéresse pas. Luke a gâché cet aspect-là de ma vie.

— Mais ça fait des années, Shel. Tu devrais vraiment tourner la page.

Katie soupira. Tout ce qu'elle voulait, c'était le bonheur de sa sœur. Mais on aurait dit que Shelly freinait des quatre fers.

— Tiens, voilà, dit-elle en tendant le carton de gâteaux à Shelly. Et tu sais quoi ?

— Non ?

— Ça me fait plaisir quand tu passes me voir. Tu devrais le faire plus souvent.

— Je le ferai. Promis, dit Shelly en souriant d'un air tendre qui la transfigura littéralement.

Katie regarda sa sœur partir et poussa un soupir. Elle aussi avait ses problèmes.

Ce soir, elle avait rendez-vous avec l'homme qui avait brisé le cœur de Shelly.

4

Luke examina son reflet dans le miroir. Il avait déjà changé plusieurs fois de chemise et de cravate. Habituellement, il se moquait bien de son apparence, mais ce soir il sortait avec Katie. Ça n'était pas vraiment un rendez-vous amoureux, mais il était malgré tout très nerveux. Il ne l'avait pas vue depuis trois jours. Et même s'il avait fait en sorte d'être très occupé, il n'avait pas pu s'empêcher de penser sans arrêt à elle.

Une fois habillé, il alla dans le petit salon et y trouva sa tante Lottie, assise sur le canapé en train de siroter un bourbon. En le voyant, elle siffla et il éclata de rire. Elle était tellement imprévisible, si unique, que toute la famille raffolait d'elle. Mais avant d'entrer dans la pièce, il avait surpris l'expression triste de son visage et il en était désolé.

— Tu es beau comme un astre, Luke. Tu as un rendez-vous ?

— Tu sais très bien que je dîne avec Mason et Drea.

— Et Katie aussi. C'est pour ça que tu t'es fait si beau ?

— Parlons plutôt de toi, tante Lottie. Tu es inhabituellement silencieuse ces temps-ci. C'est à cause de Drew ?

Elle pinça un peu les lèvres mais finit par acquiescer.

— Je ne sais plus où j'en suis avec lui.

Drew MacDonald vivait dans leur propriété. Ancien grand propriétaire terrien, il avait possédé un ranch voisin de Rising Springs, mais avait connu une passe difficile après la mort de sa femme, Maria. Et maintenant, des années plus tard, Drew et la tante de Luke exploraient un nouveau type de relation. Mais malheureusement, rien n'était simple.

— On voit bien que vous tenez l'un à l'autre.

— Sûrement, mais on est sans arrêt en train de se chipoter.

— Ça n'est pas nouveau. Même du vivant de Maria, vous étiez rarement sur la même longueur d'onde.

— Mais c'est grave, non ? Dans une relation amoureuse, on devrait être toujours d'accord.

— Barbant. Tante Lottie, je te connais. Tu as une âme d'aventurière. Si vous vous entendiez trop bien, il n'y aurait jamais d'étincelles. Il est plein d'esprit et toi aussi. De quoi avoir une relation vivante.

— J'ai toujours l'impression d'en faire trop et qu'il voudrait que je change.

— C'est ce qu'il te dit ?

— Non. Mais ça me semble évident.

— Tout ce que je sais, dit Luke en secouant la tête, c'est qu'il a l'air de t'aimer profondément. Comme toi, tu l'aimes.

— La dernière fois qu'on s'est vraiment vus, c'était au gala du Founder's Day. On s'est disputés et il est parti.

Luke était au courant de leur dispute. Drew était en colère contre Lottie qui avait risqué sa vie pour sauver un chien errant. April, la fiancée de Risk, l'avait poussée in extremis avant qu'une voiture ne la percute.

— Ça remonte déjà à deux mois.

— Oui, mais maintenant, quand on se croise dans le ranch, on est gênés et on se parle à peine.

— Tu sais, dit Luke en prenant la main de sa tante, il ne veut pas que tu prennes des risques inutiles, c'est tout.

— Je fonctionne comme ça depuis soixante-deux ans.

— Mais il a déjà perdu une femme. Le sujet est sûrement sensible pour lui.

Lottie hocha la tête.

— Quelle sagesse, mon neveu.

— J'ai eu tout le temps de réfléchir quand j'étais dans l'armée.

Quatre ans. Ça me permet de voir les choses avec plus de recul, et quelque chose me dit que vous devriez tenter l'aventure.

— Merci, mon chéri, dit-elle en déposant un baiser sur sa joue. Et maintenant, file t'amuser avec ta Katie.

Sa tante le regarda d'un air entendu. Il se demandait parfois si elle n'était pas dotée d'un sixième sens.

En entrant au Majestic, Katie se sentit transportée dans une autre époque. Le sol en damier noir et blanc, les tables dressées avec raffinement, la lumière diffuse et dansante des bougies donnaient l'impression de vivre une romance de l'ancien temps.

— Tu es parfaite pour cet endroit, dit Luke. Surtout ce soir avec ce chignon. J'aime beaucoup.

Elle n'avait pas envie de l'écouter. Quand il était passé la chercher chez elle, il n'avait pas tari d'éloges, et elle s'était sentie flattée. Mais maintenant ça suffisait. Même si elle avait fait un effort particulier, avec son chignon soigneusement décoiffé et sa longue robe noire fendue sur le côté dont le décolleté plongeant était souligné par une délicate rangée de strass. Elle était tombée sous le charme de cette robe lors d'un voyage à Dallas et se l'était achetée sans imaginer qu'elle aurait un jour l'occasion de la porter. Mais le Majestic était l'endroit idéal pour ça.

Elle se tourna vers Luke. Avec son costume gris anthracite, ses cheveux blond foncé coiffés vers l'arrière mettant en valeur ses yeux d'un bleu profond et sa mâchoire puissante, il était un régal pour les yeux. Non. Il était bien plus que ça. Mais surtout, il était inaccessible.

— Merci, mais arrête de me dire des choses gentilles. C'est déjà assez difficile comme ça.

Elle espérait qu'il comprendrait sa supplique. Entendre Shelly lui dire que Luke avait gâché sa vie sentimentale à jamais avait raffermi sa résolution. Elle devait bien s'avouer que les compliments de Luke la charmaient, mais ils ne faisaient qu'attiser son désir d'une chose qu'elle n'avait pas le droit de vouloir.

Il la regarda longuement sans rien dire.

Puis le maître d'hôtel vint les accueillir.

— Très heureux de vous revoir chez nous, monsieur. Si vous voulez bien me suivre, je crois que votre frère et sa fiancée vous attendent.

Luke posa une main dans son dos et la guida dans le restaurant. Elle repéra vite Drea et Mason, installés à une table d'angle donnant sur les jardins. Heureusement que sa meilleure amie était là. Elle avait bien besoin de renforts ce soir.

Le maître d'hôtel tira une chaise pour elle et elle s'assit. Luke prit place à côté d'elle, l'enveloppant de son odeur et de sa présence.

— Bonsoir, tous les deux, dit Drea en leur souriant.

— Heureux que vous ayez pu venir tous les deux, dit Mason en se penchant par-dessus la table pour serrer la main de Luke.

— Merci pour votre invitation, répondit Luke.

— Oui... Merci, ajouta Katie, même si elle aurait préféré devoir nettoyer une écurie que de passer une minute de plus en présence de Luke.

— C'est incroyable, cet endroit, dit Drea. J'ai l'impression d'être dans un film des années 1940.

— Je ressens exactement la même chose, dit Katie.

— Et la nourriture est excellente, ajouta Mason. Le propriétaire, Billy Meadows, était un ami de notre père. Je crois que Henry Boone aurait adoré faire fermer cet endroit, mais papa n'était pas quelqu'un d'avide. Il trouvait que cette concurrence était positive.

— C'est une bonne chose pour la ville aussi, dit Katie. D'avoir le choix, je veux dire.

Les frères Boone échangèrent un regard rapide, et Katie se demanda pourquoi, mais Luke se hâta de changer de sujet.

— C'est difficile d'imaginer que votre mariage a lieu dans moins d'un mois. Si vous avez besoin de quoi que ce soit, n'hésitez pas à me demander.

— Pareil pour moi, dit Katie.

— Ne t'en fais pas, ma chérie, dit Drea, j'ai toute une liste de choses pour lesquelles il me faudra de l'aide. Mon dernier essayage est pour bientôt, et les robes des demoiselles d'honneur sont prêtes.

— Génial, dit Katie. Je serai là.

— Tu n'aides pas tante Lottie pour la fête des cadeaux ? lui demanda Luke.

— Si. Et je suis très impatiente que ça arrive. Ça a lieu le week-end prochain.

Drea avait tenu à une fête des cadeaux en couple, ce qui impliquait plus d'occasions de croiser Luke, mais Katie ne pouvait rien y changer. Une fois que le mariage aurait eu lieu et que leur propre divorce aurait été prononcé, elle ne serait plus obligée de le voir du tout.

— Je me sens coupable de vous éloigner du Red Barrel, dit Drea. Je sais que vous adorez tous les deux cet endroit, et nous accaparons tout votre temps libre.

— Ça... Ça n'est pas grave, dit Katie d'une voix un peu tremblante.

Elle n'était pas retournée au refuge depuis la mort de Snow.

— Ça fait partie de mes devoirs de PDH.

— Ça signifie Première Demoiselle d'Honneur au cas où vous l'ignoreriez, dit Drea.

— On n'est pas si débiles, dit Mason en souriant. Je savais ce que ça voulait dire.

— Tant mieux pour toi, parce que je n'en avais aucune idée, dit Luke.

Mason se tourna vers Katie.

— Pour en revenir au refuge, je sais que tu es triste. Luke m'a dit que vous aviez perdu une de vos juments préférées.

— Oui. Ça a été dur. Elle était spéciale.

Luke lui toucha la main. Elle se tourna et le regarda dans les yeux où elle lut une immense compassion.

— Elle est en paix, maintenant, dit-il.

Katie hocha la tête, puis afficha un grand sourire. Elle n'était pas là pour saper le moral de tout le monde, même si le souvenir de la perte de Snow et la remarque pleine d'amertume de sa sœur le matin même lui retournaient un peu l'estomac.

— Ne t'inquiète pas pour moi, Drea. On est amies depuis l'école primaire, et je prends beaucoup de plaisir à t'aider à toutes les étapes des préparatifs du mariage. Déjà, petites, on fantasmait sur ce jour-là.

— Je sais, dit Drea en lui soufflant un baiser à travers la table. Et ce jour-là viendra aussi pour toi et, à ce moment-là, je serai à tes côtés.

Katie s'empourpra. Être assise là, en face de sa meilleure amie et lui mentir éhontément : elle avait vraiment l'impression d'être un imposteur. Et elle ne pouvait même pas regarder Luke de peur de se trahir.

Heureusement, un serveur s'approcha avec les menus et leur demanda ce qu'ils prendraient pour l'apéritif.

— Rien pour moi, merci. Juste de l'eau.

Elle se sentait trop perturbée pour boire et d'ailleurs elle avait banni l'alcool depuis la triste expérience de Las Vegas.

Une fois les boissons servies, Mason leur demanda de lever leur verre.

— Merci à vous deux d'être venus. Nous voulions vous remercier pour ce moment merveilleux à Las Vegas. Tout le monde s'est bien amusé. Drea et moi vous sommes reconnaissants de votre présence et de votre affection. Je lève mon verre aux familles aimantes et aux amitiés fidèles.

Les verres s'entrechoquèrent, puis Drea embrassa Luke sur la joue avant de prendre Katie dans ses bras.

— Ça a été un plaisir pour moi, dit Katie.

— Oui, confirma Luke. Pour moi aussi. On a tous passé un bon moment.

Katie ne se sentit pas le courage de renchérir. C'eut été le pire des mensonges.

Un petit orchestre s'installa au bord de la piste de danse et se mit à jouer des vieux standards très entraînants qui donnèrent le sourire à tout le monde. Quand le serveur eut pris leurs commandes, Mason attrapa la main de Drea et l'entraîna sur la piste. Drea se retourna et jeta un regard à Katie signifiant qu'elle était désolée de l'abandonner avec Luke.

— Tu as envie de danser ? demanda ce dernier après une minute de silence.

— Non merci, dit-elle en secouant la tête.

Elle ne voulait pas que Luke la tienne dans ses bras, la touche. Elle savait où ça les menait à chaque fois. Son estomac faisait toujours un peu des siennes, et elle savait que le meilleur moyen de régler ça, c'était de ne plus voir Lucas Boone. Quand elle fut certaine que Mason et Drea étaient trop loin pour les entendre, elle chuchota :

— On en est où pour... notre divorce ?

— Comment ? dit Luke en se penchant, et elle lui répéta à l'oreille ce qu'elle venait de dire.

Son odeur mâle l'enveloppa, lui rappelant la nuit qu'ils avaient passée ensemble. Elle aurait aimé oublier, mais, à chaque fois qu'elle était près de lui, les souvenirs se ravivaient.

— Je n'ai rien de plus à te dire. Mon avocat n'est toujours pas rentré de l'étranger.

Mais pourquoi est-ce qu'il parlait à voix haute ?

— Parle moins fort. Mais il doit bien y avoir une autre solution, non ?

— Désolé, Katie, dit-il en lui prenant la main.

Elle se moquait bien de ses excuses. Ce qu'elle voulait, c'étaient des actes. Elle pouvait essayer de trouver un autre avocat, mais il lui faudrait aller dans une autre ville si elle ne voulait pas que tout le monde soit au courant. C'était l'inconvénient de vivre dans une petite ville : les ragots se répandaient comme une traînée de poudre. Luke lui avait promis la plus grande discrétion de la part de son avocat, et elle y croyait... Parce que, ici, personne n'aurait songé à contrarier un Boone.

Elle retira sa main, mais pas assez vite, et Drea et Mason qui revenaient de danser avaient vu leurs mains enlacées.

Ce n'est pas vrai.

Les sourcils de Mason se soulevèrent, mais sa Drea chérie fit mine de n'avoir rien vu.

Tout au long du dîner, la conversation fut animée et agréable. Ils parlèrent essentiellement des préparatifs du mariage et de la construction de la future maison de Mason et de Drea sur les terres du ranch de Rising Springs.

— Katie va m'aider pour les plans de notre cuisine, dit Drea. C'est une experte en la matière.

Pendant toute la soirée, Katie avait senti sur elle le regard de Luke, et l'expression admirative qu'il affichait maintenant la mit mal à l'aise.

— Je n'ai rien d'une experte.

— Oh ! Katie, tu connais une chose ou deux sur la cuisine, quand même. Ne sois pas si modeste et accepte le compliment.

Luke éclata de rire.

— Qu'est-ce qu'il y a de si drôle ? demanda-t-elle.

— Rien du tout, dit-il en secouant la tête.

Elle préféra ne pas insister de peur qu'il ne dise qu'elle était mignonne ou autre chose d'aussi révélateur. Mais elle connaissait bien son rire maintenant et elle savait ce qu'il signifiait.

On leur apporta les desserts et les cafés. Les pâtisseries semblaient délicieuses, mais Katie avait à peine touché à son dîner et l'idée même de manger son dessert la rendait un peu nauséeuse. Sur la carte, le bœuf Wellington lui avait paru très appétissant, mais, quand le plat était arrivé, Katie avait perdu l'envie de manger. Depuis quelque temps, elle ne se sentait pas dans son assiette et il y avait franchement de quoi. Elle avait épousé l'ennemi, et le cauchemar se prolongeait. Elle se sentait impuissante, inquiète et perdue.

— Je vais faire l'impasse, dit-elle doucement.

— Tu as goûté trop de tes cupcakes à la pâtisserie ? demanda Drea.

— Heu... Oui. Je n'ai vraiment plus faim. Mais allez-y. Tout m'a l'air délicieux.

Drea lui lança un regard lourd de sens, mais elle était assez fine pour ne pas lui demander ce qui n'allait pas en présence de Mason et de Luke. L'interrogatoire aurait lieu plus tard.

Après le dessert, Mason et Drea retournèrent danser, mais son amie eut la délicatesse de ne pas insister pour que Luke et elle en fassent autant.

Katie jeta un regard à sa montre.

— Il est plus de 21 heures, Luke.

— Je sais. Tu as vérifié ta montre toutes les cinq minutes depuis qu'on est arrivés.

— Mais non.

— Mais si, répliqua-t-il, l'air excédé.

Ce qui eut le don d'agacer prodigieusement Katie.

— Mais qu'est-ce que tu attends exactement de moi ?

Il se tut une seconde, ferma les yeux, puis les rouvrit et la regarda avec intensité.

— Tu serais surprise.

— Tu crois ça ? dit-elle, le cœur battant.

— J'en suis certain, mais laissons tomber, dit-il en se levant. Prends ton sac, je te ramène tout de suite.

Ils attendirent la fin de la danse pour dire au revoir à Drea et à Mason, puis quittèrent le Majestic.

Le trajet du retour se fit dans le silence. Luke ne lui accorda ni un mot ni un regard, et elle se sentait horriblement tendue.

— Tu es en colère contre moi ? finit-elle par demander.

Il prit une profonde inspiration et secoua la tête.

— Non.

— Et tu ne comptes pas m'en dire plus ?

— Non, dit-il, les yeux obstinément rivés sur la route.

Elle croisa les bras. Elle avait toujours l'estomac aussi noué. C'était à cause de tout ce stress et elle en voulait à Luke qui non seulement semblait prendre tout ça à la légère mais qui en plus se permettait d'être en colère contre elle. Si quelqu'un avait le droit d'être en colère, c'était elle.

— Eh bien, moi, je crois que je suis en colère contre toi.

— Quoi ? dit-il d'un air incrédule. Ça n'est quand même pas moi qui ai gâché la soirée de Mason et de Drea. Ils essayaient d'être gentils et toi, tu as refusé de participer.

— Je n'ai pas refusé de participer. Je n'avais juste pas envie... d'être avec toi. Et je m'étonne que tu ne comprennes pas pourquoi.

— Rassure-toi, j'ai bien compris. Mais tu aurais pu te forcer un peu pour Drea et Mason. Je te rappelle que tu as refusé de manger et de danser, *ma très chère épouse*.

Son ventre lui fit à nouveau mal, et elle serra les lèvres comme pour contenir la douleur. Elle se tourna vers sa vitre en espérant que Luke ne remarquerait rien.

— Qu'est-ce qui ne va pas ?

— Rien, dit-elle en restant obstinément tournée vers la vitre.

Luke ralentit et se gara le long de la route.

— Mais qu'est-ce que tu fais ? dit-elle d'une voix haletante.

— Qu'est-ce qui ne va pas ?

Une fois de plus, elle sentit son estomac se tordre et elle se mordit la lèvre. Pas question d'être malade devant lui. Ils étaient dans la pénombre, éclairés par la seule lumière de la lune, *espérons qu'il n'ait rien vu.*

— Tout va bien, mais j'aimerais que tu me ramènes chez moi.

— On ne peut pas discuter une minute ?

— Je ne me sens pas bien, d'accord ? C'est tout ce stress. Je suis paniquée à l'idée que ma mère et ma sœur apprennent ce... ce qui s'est passé. Et être en ta présence, ça n'arrange rien.

— Katie, dit-il d'une voix très douce maintenant. Je suis désolé que tu te sentes mal. Pourquoi ne pas en avoir parlé plus tôt ?

— Je ne voulais pas tout gâcher. Mais si je te crois, je suis coupable de ça aussi.

— Katie, murmura-t-il, j'ai été vraiment...

— ... idiot ?

— Tu as raison, dit-il d'une voix triste. C'est vrai que tu ne supportes pas ma présence ? Tu me détestes autant que ça ?

— Je ne te déteste pas, Luke. Le problème, c'est justement que... je t'apprécie. Et c'est impossible.

— Tu m'apprécies ? dit-il d'une voix remplie d'espoir.

— Luke, on a... Bref, tu sais. Et je n'arrête pas de me demander comment j'ai pu faire ça. Bien sûr, j'étais triste à cause de Snow, mais...

— Tu m'apprécies à quel point ?

Il était fou de croire que leur histoire pouvait mener quelque part, et pourtant il s'obstinait.

— Pas assez pour détruire ma sœur et faire du mal à ma mère.

Elle eut une brutale crampe d'estomac.

— Ah.

— Katie ?

— Je t'en prie, Luke, ramène-moi chez moi.

— D'accord. Essaie de te détendre. Je te ramène tout de suite, chérie.

Elle n'était pas sa chérie. Elle ne voulait rien être du tout pour lui et elle espérait que cette conversation avait fini par le convaincre.

Un peu plus tard, il se gara devant la pâtisserie, sortit de la voiture et vint ouvrir sa portière. Puis il lui prit la main et l'aida à descendre.

— Merci de m'avoir raccompagnée, dit-elle.

Mais il ne lui lâcha pas la main.

— Je veux m'assurer que tu rentres bien.

La porte était à moins de trois mètres.

— Ça va aller.

— Je viens, dit-il d'un air buté.

Et il fit à côté d'elle les quelques pas jusqu'à la porte.

— Katie ?

— Quoi ?

— Est-ce que tu te sens un peu mieux ? demanda-t-il, visiblement inquiet.

— Oui, un peu.

Il lui releva le menton et déposa un baiser très tendre sur ses lèvres.

— Repose-toi. Je prendrai de tes nouvelles demain.

Avant qu'elle ait pu lui répondre de ne pas se donner cette peine, il avait tourné le dos et était remonté dans sa voiture. Elle avait l'impression d'être sur un petit nuage.

Jusqu'à ce qu'elle prenne conscience que Luke venait de l'embrasser en pleine rue.

Et que quelqu'un les avait peut-être vus.
Heureusement, la rue était déserte.

Tôt le lendemain matin, alors qu'il se garait devant la boutique, Luke se demandait s'il ne faisait pas une erreur en venant ici. Mais en se rappelant à quel point Katie était sexy dans sa robe noire la veille et combien le rapide baiser qu'ils avaient échangé avait été doux, il reprit espoir et se dit qu'elle ne lui en voudrait pas de passer prendre des nouvelles.

Elle avait avoué qu'elle l'aimait bien. Il ne s'y attendait pas, et c'était bien plus qu'il n'espérait. C'était un début. Ces cinq années loin d'elle avaient été dures, mais heureusement Las Vegas avait tout changé.

En entrant dans la pâtisserie, il fut déçu de constater que c'était son assistante qui servait les clients. Déçu et inquiet. Est-ce que Katie se sentait toujours aussi mal ?

Mais à ce moment-là, elle sortit de la cuisine et leurs regards se croisèrent. Elle réprima immédiatement l'étincelle de plaisir qui naissait dans ses yeux, mais il l'avait vue.

Il s'installa à une table et attendit en observant Katie et Lori gérer avec maestria le coup de feu matinal. Enfin, une fois que la pâtisserie se fut un peu vidée, Katie vint vers lui.

— J'espère que tu es là pour me donner des nouvelles... À propos de tu sais quoi, chuchota-t-elle.

Elle parlait du divorce bien sûr.

— Rien de neuf de ce côté, non.

— Alors, qu'est-ce que tu fais ici ?

— Je viens prendre un café.

— Il te faut autre chose ?

— Non. Juste un café pour l'instant.

— Mais..., dit-elle en hésitant, il n'y a pas de boissons chaudes à Boone Inc. ?

— Si. Mais comme tu le vois, je suis ici pour l'instant.

Elle soupira.

— Je vais t'en chercher.

— Katie, dit-il d'un ton ferme. Comment te sens-tu ?

— Ça va, répondit-elle d'un ton morne. Tu peux t'en aller, maintenant ?

— Après mon café.

Elle hocha la tête et revint quelques secondes plus tard, une tasse de café fumante à la main.

— Assieds-toi avec moi.

— Impossible, je travaille.

— Juste une minute, dit-il. Il n'y a presque plus personne.

— Si tu me promets de partir dès que tu auras fini.

Elle s'assit en face de lui et, maintenant qu'elle était tout près, il vit à quel point elle semblait fatiguée.

— Comment est-ce que tu te sens ?

— Ça va...

Elle mentait.

— Ne le prends pas mal, mais tu as vraiment une sale tête.

— Tu sais parler aux femmes, toi. Merci.

Il secoua la tête. Cette façon qu'elle avait de toujours l'agresser. Aujourd'hui, ça n'était ni mignon ni drôle.

— Comment va ton estomac ?

— Écoute, Luke. Je n'ai pas besoin que tu t'occupes de moi. Je me débrouille très bien toute seule. Alors, s'il te plaît, bois ton café et va-t'en.

— C'est comme ça que tu parles à un client ? À un client que tu apprécies, qui plus est ?

— Luke, soupira-t-elle. Je commence à regretter de t'avoir dit ça.

— Au cas où ça t'intéresserait, moi aussi, je t'apprécie. Beaucoup.

— Chut, dit-elle en jetant un coup d'œil à la porte.

De quoi avait-elle si peur ? S'attendait-elle à une visite de sa mère ou de sa sœur ? Après tout, Diana et Shelly devaient bien savoir qu'ils organisaient la petite fête d'avant mariage avec tante Lottie. Passer un peu de temps ensemble n'était quand même pas un crime.

— Hum, parfait, dit-il après avoir bu une gorgée de son café.

— Je dirai à Lori que tu as aimé. C'est la reine du café.

— Bon. On se voit samedi à la petite fête ? Tout est prêt ?

— De mon côté, oui. Je fais le gâteau et j'aide pour quelques-unes des activités.

— Je peux passer te prendre et t'amener au ranch.

— C'est ridicule. Tu vis là-bas. Tu ne vas pas faire l'aller-retour juste pour venir me chercher.

— Je suis désolé, dit-il. Ça ne me plaît pas d'être la cause de ton stress. Mais pour l'instant, je ne peux rien y faire.

— D'accord... Mais plus de visites impromptues à la pâtisserie, hein ?

— Ça, je ne peux rien promettre. Imagine que je sois pris d'une envie irrépressible.

Katie le fusilla du regard.

— De cupcakes.

Elle était sur le point de répliquer mais se retint. Il valait mieux, sans doute. Il termina sa tasse, se leva, tendit la main pour l'aider à se relever, mais elle ne la prit pas.

— Essaie de te reposer un peu, Katie.

Il avait l'air sincèrement inquiet, et son cœur se serra un peu. Il y avait bien longtemps que personne n'avait autant pris soin d'elle. Et c'était plutôt agréable. C'était ce qu'elle attendait, le secret qu'elle avait confié à Luke à Las Vegas. Elle attendait plus de la vie. Elle avait envie d'un compagnon, de quelqu'un avec qui partager. Elle avait tout sacrifié pour créer son entreprise, mais, maintenant qu'elle marchait bien, elle n'avait personne avec qui en profiter.

Peut-être qu'elle devrait essayer de rencontrer quelqu'un.

Et puis, elle se souvint... Elle ne pouvait rencontrer personne.

Elle était mariée à Lucas Boone.

Trois jours plus tard, en allant ouvrir la porte d'entrée de la demeure de Rising Springs, Lottie se retrouva face à Drew MacDonald. Elle ne s'attendait pas du tout à sa visite, et son cœur fit un bond en le voyant si beau, avec sa barbe poivre et sel, ses cheveux gris décoiffés par le vent et ses vêtements un peu usés de la même couleur vert jade que ses yeux d'Irlandais.

Les choses étaient un peu tendues entre eux en ce moment, mais elle voulait arranger ça. Après tout, en tant que père de la future mariée, il ferait bientôt partie de la famille.

— Bonjour, Drew. Je ne m'attendais pas à te voir ce matin.

Tout à coup, elle réalisa qu'elle sortait tout droit de sa cuisine, où elle était en train de préparer une tourte aux pommes et des cookies pour ses neveux. Elle devait être couverte de farine de la tête aux pieds.

— Ce n'est pas toi que je viens voir.

— Oh.

— Je suis heureux de te voir, note bien, mais c'est Luke. Il m'a demandé de passer. Il a besoin de conseils au sujet d'une entreprise avec laquelle j'ai travaillé dans le temps. J'ai décidé de m'arrêter après ma petite marche.

— Je suis contente que tu continues à marcher, Drew.

— Ça me plaît beaucoup. Même si je préférais ça quand j'avais de la compagnie, dit-il en la regardant droit dans les yeux.

Le rouge lui monta aux joues. Décidément, cet homme avait le don de la mettre dans tous ses états.

— En tout cas, ça sent diablement bon ici, ajouta-t-il.

— Je fais de la pâtisserie au cas où tu n'aurais pas remarqué, dit-elle en montrant ses vêtements. Tourte aux pommes et cookies au citron. J'en mettrai de côté pour Drea et toi.

— Merci. J'adore tes gâteaux, Lottie. Même si ça veut dire que je devrai marcher un peu plus pour brûler les calories.

— En tout cas, tu as l'air plutôt en forme.

Ils se regardèrent sans rien dire pendant quelques instants.

— Est-ce que Luke est là ? Je peux le voir ?

— Oui. Bien sûr. Il est dans le bureau. Tu sais où c'est.

— Merci. Et... Ça m'a fait plaisir de te parler.

— À moi aussi.

Une fois qu'il eut disparu dans le couloir, elle sourit. Finalement, ils étaient capables d'avoir une conversation civilisée. Elle retourna à ses gâteaux en pensant à Drew, le cœur plus léger qu'il ne l'avait été depuis longtemps.

Une heure plus tard, elle redescendit après avoir pris une douche et s'être changée. Elle portait un chemisier à manches cloches rose qui lui allait parfaitement au teint. Comme une idiote, elle s'était surprise à s'habiller pour être la plus séduisante possible. Elle toqua à la porte du bureau et entra.

Luke était assis devant son ordinateur portable. Pas de Drew à l'horizon.

— Bonjour, tante Lottie. Tout va bien ?

— Oh. Je pensais que vous discutiez avec Drew...

— Oui, mais il est reparti il y a un moment, dit Luke en souriant. Quelle élégance, dis donc. Je croyais que tu faisais de la pâtisserie.

— Oui, mais j'ai fini. Et je voulais donner de la tourte et des cookies à Drew pour Drea.

— Juste pour Drea ?

Percée à jour. Elle gloussa.

— Pour tous les deux.

— Qu'est-ce qui t'empêche d'aller porter ça chez eux ? Je suis sûr qu'ils apprécieraient.

— Tu crois ?

— J'en suis sûr. Drew est un bec sucré.

— C'est vrai, dit-elle en réfléchissant une demi-seconde.

Après tout, elle ne s'était pas mise sur son trente et un pour rien.

— Je vais y aller.

Luke eut un sourire d'entremetteur victorieux. Il n'aurait plus manqué qu'il se frotte les mains.

— Bonne idée.

Quelques minutes plus tard, Lottie était prête, un sac de toile à la main, contenant de la tourte encore chaude et des cookies. Elle partit à pied ; un peu d'exercice lui ferait le plus grand bien. Elle était tellement heureuse de pouvoir penser à Drew et à l'importance qu'il commençait à prendre dans sa vie.

Tandis qu'elle approchait du cottage MacDonald, Drew ouvrit la porte et une belle femme brune qu'elle n'avait encore jamais vue sortit de la maison. Ils se serrèrent dans les bras l'un de l'autre. Une étreinte passionnée qui dura bien trop longtemps. Après quoi, la femme prit le visage de Drew entre ses mains et lui plaqua un baiser sur la bouche.

Lottie n'en croyait pas ses yeux. Elle resta figée. Elle était venue ici pour arranger les choses avec Drew et voilà qu'elle était transpercée par la jalousie. Elle ne pouvait pas assister à ça plus longtemps. Elle tourna les talons et s'éloigna le plus vite possible, avant que Drew puisse la voir.

Mon Dieu, quelle idiote. Quelle naïveté d'imaginer que Drew n'avait pas le choix en matière de femmes. Il s'était ressaisi, il était d'une beauté sauvage et il avait un cœur en or. Bizarrement, elle avait toujours cru qu'il était à elle. Est-ce qu'il la faisait marcher depuis tout ce temps ? Ou était-ce elle qui était restée aveugle à ses besoins ?

Bref, elle était folle de rage contre lui et ses manières de baratineur.

Elle accéléra le pas, marchant aussi rapidement que possible. S'éloignant au plus vite de la douleur, du sentiment de perte et de trahison… les joues inondées de larmes.

5

— C'est moi, maman, cria Katie en ouvrant la porte de la maison de sa mère le jeudi après-midi.

Elle ne la trouva pas dans le salon, mais Shelly entra bientôt par la porte-fenêtre de derrière.

— Maman est dans le jardin. Elle prend un peu l'air.

— Bonne idée. Il fait tellement beau. Ça va, toi ? Tu dînes avec nous ?

— Non, désolée. J'espère que ça ne te dérange pas de manger seule avec maman. Je... Je vais à un séminaire ce soir. Et on dîne sur place.

— Pas de problème, mais encore un séminaire ? Tu sais, il ne faut pas te tuer à la tâche...

— Je suis peut-être idiote, dit Shelly avec un sourire, mais j'adore mon travail.

— Je comprends. Moi aussi, j'aime mon travail. Et... Est-ce qu'un certain Dr Moore assistera à cette soirée ?

— Retire-moi ce sourire immédiatement. Et il se trouve que c'est le Dr Moore qui donne cette conférence. C'est la deuxième partie de son séminaire sur la cardiologie au XXIe siècle. Alors, bien sûr qu'il sera là.

— Voilà une soirée qui s'annonce intéressante.

Shelly se saisit d'un coussin et le lui envoya à la figure comme lorsqu'elles étaient enfants. Mais Katie fut plus rapide qu'elle.

— Raté.

Il y avait une légèreté dans le comportement de Shelly ce soir que Katie aurait aimé voir plus souvent.

— Dis donc, dit Shelly, si on allait faire un peu de shopping avec maman samedi ? Ce serait sympa une journée entre filles, toutes les trois.

— C'est vrai, mais ça ne sera pas possible pour moi samedi. C'est la fête d'avant-mariage de Drea et de Mason.

— Ah, oui. Enfin, à la condition que Mason vienne. Les Boone ont le chic pour décevoir leurs fiancées, dit Shelly d'un ton amer.

— Arrête un peu, Shel. Drea est folle de lui.

— Moi aussi, j'étais folle de Luke et on voit ce que ça a donné. C'était le petit ami et le fiancé idéal jusqu'à ce qu'il disparaisse.

— Je sais que tu as eu mal, mais on ne peut pas changer le passé, dit Katie en essayant de convaincre sa sœur mais aussi d'atténuer son propre sentiment de culpabilité. Tu t'empêches de vivre.

— Tu crois vraiment ?

— Oui. Tu as des tas de choses à donner à un homme. Tu ne devrais pas te fermer comme ça.

— Ça n'est pas comme si les prétendants se bousculaient au portillon.

— Et si tu ouvrais la porte et que tu allais voir dehors ce qui se passe...

— Je... J'ai peur.

C'était dur pour Katie d'entendre sa grande sœur parler ainsi. Elle prit la main de Shelly dans la sienne.

— Tu es assez forte pour tout affronter, Shel. Tu es une personne magnifique, une infirmière extraordinaire. Tu aimes les gens, tu les aides à aller mieux. Et les gens t'admirent et font confiance à ton jugement. Je suis sûre que tu trouveras ce que tu cherches si tu te laisses une chance.

Cette conversation était douloureuse pour Katie. Elle n'aimait pas voir sa sœur souffrir, et l'entendre dire qu'elle avait été folle de Luke lui avait transpercé le cœur.

Parce qu'elle-même commençait à avoir de vrais sentiments

pour Luke. Des sentiments qui devenaient chaque jour plus profonds.

Le samedi matin, Katie se leva encore plus tôt que d'habitude afin de pouvoir donner la touche finale au gâteau de la fête en l'honneur de Drea et de Mason. Elle avait confectionné une pâtisserie représentant la maison qu'ils étaient en train de se faire construire à Rising Springs. Le gâteau s'annonçait spectaculaire.

Elle était encore en train de le décorer quand la fatigue se fit sentir. Elle s'assit pour se reposer un peu. Elle était très stressée ces derniers temps, mais jamais elle ne s'était sentie aussi épuisée. D'après sa mère, elle travaillait trop et aurait dû embaucher une personne supplémentaire, mais Katie n'était pas du même avis.

— Tu es aussi verte que ton glaçage à la pistache, lui dit Lori en attrapant un plateau de cupcakes. Tu te sens mal ?

— C'est juste un peu de fatigue. J'ai travaillé tard hier soir sur mon gâteau, et la nuit a été courte. J'aurais peut-être dû fermer aujourd'hui pour me concentrer sur la fête de Drea.

— Monte te reposer un peu dans ton appartement. Je vais finir les cupcakes.

Normalement, Katie n'aurait jamais accepté, mais elle avait mal au ventre… Comme souvent depuis plusieurs jours.

— Oui, je vais monter une heure si ça ne t'embête pas.

— Va. Je vais gérer ici.

— Merci, dit Katie en s'engageant dans l'escalier.

Une fois dans son appartement, son estomac se contracta et elle ne put retenir un haut-le-cœur. Une main devant la bouche, elle eut juste le temps de se précipiter dans la salle de bains.

Mais qu'est-ce qui lui arrivait ? Elle réfléchit à ce qu'elle avait mangé ces derniers jours mais ne se rappela rien de suspect. Étaient-ce le stress et la fatigue qui la mettaient dans cet état ?

Après s'être douchée, elle se coucha. Elle allait se reposer quelques minutes et après elle se lèverait pour terminer la décoration du gâteau.

Elle fut réveillée par un gazouillis d'oiseau. Étonnée, Katie ouvrit les yeux et dressa l'oreille. Ça n'était pas un vrai oiseau, mais la sonnerie de son téléphone. Elle l'attrapa sur la table de nuit et n'en crut pas ses yeux en voyant l'heure qu'il était. Elle bondit hors de son lit, paniquée. Il était 9 heures ! Elle était censée être au ranch dans une demi-heure. La fête commençait à midi.

Drea m'envoie te chercher. Ne bouge pas, j'arrive.

C'était un SMS de Luke.

Oh ! Seigneur. Elle était en retard. En quelques minutes, elle s'habilla et se coiffa avant de dévaler l'escalier.

— Je suis désolée, Lori.

— Pas de problème, dit Lori, en entrant dans l'aire de préparation. Il n'y a pas grand monde, mais je commençais à m'inquiéter. Ça va un peu mieux ?

Elle n'avait pas le temps de se sentir mal. Elle devait finir le gâteau et foncer à Rising Springs.

— Ça va mieux, oui. Ça m'a fait du bien de me reposer.

Katie sortit le gâteau du réfrigérateur et passa les vingt minutes suivantes à orner les bords d'une guirlande de crème et à écrire les noms de Drea et de Mason.

— Et voilà, dit-elle enfin, plutôt fière d'elle et surtout très soulagée.

— Il est magnifique, dit Luke en apparaissant juste à côté d'elle.

Elle ne l'avait pas entendu entrer mais n'en apprécia pas moins le compliment.

— Viens vite. Il faut qu'on arrive au ranch avant que la fête commence.

— Tu n'étais pas obligé de venir me chercher.

— Drea a insisté, et je ne suis pas du genre à me disputer avec ma future belle-sœur.

Katie s'était installée à l'arrière du SUV avec le gâteau à deux étages, et Luke avait conduit avec une extrême prudence.

Maintenant, le magnifique dessert trônait sur le plan de travail de la cuisine.

À présent, Katie installait une guirlande blanche sur la terrasse tandis que Luke lui tenait l'échelle.

— Tu es sûr que tu ne préfères pas que je le fasse ? demanda-t-il pour la seconde fois.

— Mais non. Il faut faire très attention à ce que les espaces soient réguliers.

— Et c'est au-delà des capacités de nous pauvres représentants de la gent masculine ?

Elle éclata de rire.

— Bah, ça n'est pas grave, reprit Luke. J'apprécie beaucoup la vue que j'ai d'ici.

Katie vérifia instinctivement sa robe. Au niveau des jambes, tout allait bien, mais elle remarqua qu'elle était un peu plus serrée que d'habitude au niveau de la taille. Il fallait qu'elle arrête de manger ses cupcakes.

— Il n'y a absolument rien à voir.

— J'adore tout ce que je vois.

— Chut.

— Je parlais des décorations. Vous faites tous vraiment du bon travail.

Elle secoua la tête. Quelle arrogance. Mais il faisait ça de façon si gentille que ça la faisait un peu... craquer.

En bas, dans le patio, Risk et April arrangeaient les bouquets sur la table. April était une experte en décoration intérieure, et la prochaine maison dont elle allait superviser les travaux était la vieille demeure de Canyon Lake Lodge, où Risk et elle devaient s'installer dès que la rénovation serait achevée.

Tendrement enlacés, Drea et Mason admiraient les nénuphars dont ils avaient parsemé le bassin, et leur bonheur était contagieux. Katie était heureuse pour eux. Le rêve de Drea se réalisait enfin, elle qui était passée par tellement d'épreuves.

— Je crois que j'ai fini, dit Katie.

Mais en descendant de l'échelle, elle fut prise d'un vertige. Heureusement, Luke était là.

— Katie ? dit-il en lui saisissant les mains et en la regardant droit dans les yeux. Ça va ? Que s'est-il passé ?

— Rien, dit-elle en secouant doucement la tête. J'ai dû redescendre trop vite. Mais ça va mieux maintenant.

— Tu es sûre ?

— Oui, répondit-elle en s'éloignant un peu de lui.

Elle ne voulait plus lire l'inquiétude sur son visage, ni la percevoir dans sa voix. C'était trop troublant.

Lottie vint vers eux, affichant un sourire charmant.

— Katie, le gâteau est magnifique. J'ai hâte que les invités le voient. Nous allons bientôt l'apporter pour que tout le monde admire votre travail.

— Merci, Lottie. Je...

— Elle s'est donné beaucoup de mal, dit Luke.

La fierté possessive qui perçait dans sa voix éveilla la curiosité de Lottie, dont le regard passa de l'un à l'autre.

— Je l'ai fait avec amour, dit Katie.

— Je suis certaine que vous avez beaucoup d'amour à donner, dit Lottie en lui effleurant la main.

— Sauf que je suis mariée, heu...

Elle marqua une petite hésitation en voyant les yeux de Luke s'écarquiller.

— ... à mon travail, acheva-t-elle. Je consacre tout mon temps à ma pâtisserie. Il n'y a de place pour rien d'autre dans ma vie, reprit-elle.

— Bah, quand vous aurez trouvé le prince charmant, vous le saurez. Rien ne presse.

— Tout à fait d'accord avec vous, dit Katie en hochant la tête.

Drew s'approcha de leur petit groupe en souriant.

— Je viens de voir le gâteau, Katie. Tu t'es surpassée.

— Merci.

— Et je suis sûr qu'il est délicieux.

— J'espère.

— Drew est un bec sucré, commenta Luke avec un grand sourire. J'imagine que vous avez apprécié la tourte de tante

Lottie l'autre jour. Est-ce que Drea a eu droit à quelques miettes, au moins ?

Drew fronça les sourcils.

— Si vous voulez parler de la tourte du jour où je suis passé vous voir, je suis parti trop tôt pour avoir l'occasion d'y goûter.

— Mais elle vous en a apporté chez vous, n'est-ce pas, tante Lottie ?

— Je ne suis pas allée jusque chez Drew, dit la tante de Luke, le visage fermé.

Puis elle s'excusa pour aller discuter avec le traiteur tandis que Drew s'en allait de son côté. Katie se dit qu'il y avait quelque chose entre eux...

— Bon, je vais ranger tout ça, dit-elle en rassemblant ciseaux, ficelle et rouleau de scotch.

— Je vais t'aider, dit Luke.

Agacée de l'avoir en permanence dans les jambes et d'y prendre autant de plaisir, elle se pressa de tout ramasser.

— Je m'en occupe, dit-elle. Tu devrais aller voir si Mason n'a pas besoin de toi.

— Autrement dit, tu veux que je débarrasse le plancher.

Elle sourit.

— À tout à l'heure, alors.

— D'accord, dit-elle gaiement.

Mais dès qu'il se fut éloigné, elle entra dans la maison et alla s'asseoir dans la cuisine. Elle se sentait encore vaguement nauséeuse, mais surtout vidée de toute énergie.

Elle avait hâte que la fête soit terminée. Elle ne rêvait que d'une chose. Aller se coucher et dormir.

En sortant dans le jardin qu'ils avaient passé des heures à décorer, Katie fut un peu éblouie par le lumineux soleil de mai. Tout se déroulait à merveille. Le rêve de grand amour de Drea se réalisait enfin.

Les invités arrivaient peu à peu tandis que des haut-parleurs bien dissimulés diffusaient de la musique dans tout le jardin. Certaines des filles étaient ses amies à elle aussi et la plupart étaient mariées, fiancées ou accompagnées de leur petit ami.

Elle soupira, afficha son plus beau sourire et alla bavarder avec les uns et les autres.

Quand le déjeuner fut servi, chacun prit sa place. Katie était à la table des Boone et était placée juste à côté de Luke. Décidément, le sort s'acharnait.

Lui semblait tout à fait satisfait, et de son côté il ne lui restait plus qu'à faire bonne figure pour ne pas gâcher la fête de Drea.

Puis Drea et Mason ouvrirent leurs cadeaux et on demanda à Katie de découper le gâteau qui avait été pris en photo sous tous les angles. La pluie de compliments qu'elle reçut lui avait remonté le moral. Finalement, elle s'amusait beaucoup.

— Ça me fait plaisir de te voir si heureuse, murmura Luke à son oreille au moment où le café fut servi.

— Je suis heureuse pour Drea.

— Moi aussi. Et pour Mason. Il est complètement gaga de sa fiancée.

— Et c'est normal. Drea est une fille géniale.

— Tout comme...

Elle posa un doigt sur les lèvres de Luke pour le faire taire puis, réalisant ce qu'elle venait de faire, le retira précipitamment. Mais pas assez vite... Plusieurs têtes se tournèrent de leur côté. Oh ! mon Dieu, est-ce qu'ils l'avaient vue le faire taire ?

Totalement imperturbable, Luke prit une bouchée de gâteau.

— Délicieux.

Elle lui lança un regard menaçant, mais cette méthode ne donnait jamais rien avec lui.

— Merci. Et excuse-moi, mais on a besoin de moi à la cuisine. Et non. Pas la peine que tu viennes.

Contente de lui avoir échappé, elle entra dans la cuisine, mais Lottie la renvoya.

— Vous en avez déjà fait assez. Honnêtement, je crois que c'est le meilleur gâteau marbré que j'aie jamais mangé. Et le plus beau aussi. Vous êtes une artiste.

— Exact, ma Katie, dit Drew qui venait d'entrer dans la cuisine. J'en ai pris deux fois et je serais allé jusqu'à trois si j'avais vingt ans de moins.

Lottie fit un sourire crispé avant de tourner le dos à Drew.

— Merci à tous les deux. Je serai dehors avec Drea si on a besoin de moi.

Lottie se tourna alors vers Drew.

— Je n'ai vraiment pas besoin d'aide ici. Tu devrais retourner dehors.

— Tu me jettes dehors ? dit-il avec un demi-sourire narquois.

— Reste ou va-t'en, soupira Lottie. Fais ce qui te chante, Drew.

— Mais qu'est-ce qui t'arrive ? dit Drew, les sourcils froncés. Tu ne m'as pas adressé la parole de la journée. Qu'est-ce que j'ai encore fait de mal ?

Il se permettait de lui faire des reproches ? Alors qu'elle le revoyait très nettement en train d'embrasser cette femme devant chez lui. Ça la rendait folle de rage et c'était le moment ou jamais de lui dire qu'elle savait tout.

— Mais tu n'as rien fait de mal, Drew ! C'est tout à fait normal d'embrasser une autre femme dans mon dos !

— Mais de quoi est-ce que tu parles ?

— Je t'ai vu, Drew. L'autre jour, je suis venue t'apporter de la tourte et je... J'ai vu une femme sortir de chez toi et vous aviez l'air très intimes. Je me suis fait des idées sur nous deux... En fait, il n'y a pas de *nous*.

— Pas de *nous* ? dit-il en prenant le visage de Lottie entre ses deux mains avant de poser un baiser sur ses lèvres.

Son cœur fit un bond et de délicieux frissons parcoururent tout son corps. Elle lui rendit son baiser ; elle avait l'impression qu'elle ne pourrait jamais se rassasier de lui. Et apparemment, il ressentait la même chose. Il la serra plus fort dans ses bras, et son baiser se fit encore plus profond et passionné. Jamais elle ne s'était sentie aussi merveilleusement bien.

— Drew, murmura-t-elle.

— Alors ? Tu es vraiment sûre qu'il n'y a pas de *nous* ?

— Mais... Cette femme ?

— Je suis son parrain aux Alcooliques anonymes. Il ne se passe rien d'autre entre nous. Bon sang, Lottie, elle n'a même pas la moitié de mon âge.

— Alors, elle et toi...

— Tu as vraiment besoin de demander après le baiser que nous venons d'échanger ?

Pendant le trajet du retour après la fête, Luke ne cessa pas de jeter des coups d'œil en direction de Katie. Visiblement, elle avait toutes les peines du monde à rester éveillée. Emmitouflée dans sa veste, elle était douillettement installée et avait l'air paisible.

Il faisait le moins de bruit possible et conduisait tout en souplesse, et au bout de quelques minutes elle s'endormit. Pour Luke, c'était un moment d'une perfection absolue. Lui et Katie. Il n'existait aucune autre femme pour lui dans ce monde et plus les jours passaient, plus ce sentiment était puissant.

Il savait qu'elle désirait divorcer au plus vite, mais lui, il jouait la montre. Ça n'était peut-être pas très correct, mais, pendant toutes les années où il avait servi en Afghanistan, il s'était senti si vide à l'intérieur. Cette profonde solitude, ce sentiment qu'à part ses frères personne n'attendait son retour... Ça avait été atroce. Et maintenant qu'il avait enfin tout ce qu'il avait toujours désiré, il aurait du mal à y renoncer.

Il voyait bien que Katie était complètement épuisée. Et pourtant, c'était une vraie force de la nature. Elle avait porté son entreprise à bout de bras jusqu'au succès tout en continuant à soutenir le refuge de Red Barrel, donnant de son temps et de son énergie à ces pauvres chevaux maltraités et abandonnés. C'était en plus une amie exemplaire, une fille merveilleuse et une sœur ultra-loyale.

Il soupira. Il mourait d'envie de lui prendre la main, mais ça risquait de la réveiller. De la rendre nerveuse. Et il ne voulait pas qu'elle dresse un mur entre eux pour le tenir à distance. Non, il était trop heureux qu'elle soit là, à côté de lui, et de pouvoir la regarder dormir.

Une fois arrivés dans sa rue, Luke se gara le plus près possible de la porte, à l'arrière de la pâtisserie. Il savait qu'elle préférait que personne ne la voie sortir à moitié endormie de sa voiture, même si lui s'en moquait complètement.

— Chérie, lui dit-il doucement en lui prenant la main pour la réveiller.

Au lieu de quoi, elle se pelotonna dans la chaleur de sa veste.

— Katie, ma chérie, on est arrivés. Il faut te réveiller.

Elle marmonna quelques mots incompréhensibles et continua à dormir.

— D'accord, dit-il dans un murmure. On dirait que tu as besoin du prince charmant, sauf que je ne le vois nulle part.

Souriant à sa propre blague idiote, il descendit de voiture et alla ouvrir la portière côté passager, en espérant qu'un peu d'air frais la réveillerait. Mais rien n'y fit. Alors, il la prit délicatement dans ses bras.

— Luke, souffla-t-elle.

Même à moitié endormie, elle parvenait à éveiller son désir.

— Je suis là, ne t'inquiète pas.

Il parvint tant bien que mal à extraire les clés de son sac à main et, après avoir traversé la pâtisserie, il monta l'escalier menant à son appartement. Complètement détendue, elle laissait sa tête reposer au creux de son cou. Il ouvrit la porte de l'appartement, et son seul désir aurait été d'aller l'allonger sur son lit et de se coucher à côté d'elle.

Mais il n'alla pas plus loin que le salon et la déposa sur ses pieds, la soutenant le temps qu'elle se réveille complètement.

— Katie ?

Elle ouvrit les yeux.

— Désolée. Mais j'étais tellement épuisée. Je ne sais pas ce qui m'arrive... Je n'ai jamais été aussi fatiguée de ma vie.

Luke lui effleura la joue pour recoiffer une de ses mèches de cheveux blonds.

— Ça n'est pas grave, dit-il doucement. Tu as eu beaucoup à faire, chérie.

Il faisait si bon dans l'appartement, et Katie était si attirante, si douce.

— Est-ce que j'ai dormi pendant tout le trajet ?

— Pas tout à fait.

Elle se couvrit le visage des deux mains.

— Oh ! Seigneur. Je suis tellement gênée. Il faut toujours que tu me voies lorsque je suis à mon désavantage.

— C'est une chose impossible, ça.

— Luke, l'avertit-elle.

Mais elle avait le sourire aux lèvres.

Elle était sans arrêt en train de le mettre en garde, mais ne semblait pas du tout réaliser à quel point il était difficile de se trouver aussi près d'elle alors qu'elle était si sexy avec ses cheveux un peu en bataille. À quel point il était difficile de lui dire bonsoir alors que, légalement, il était son mari.

— Je ferais mieux d'y aller, que tu puisses te reposer, dit-il en rassemblant toute sa force de volonté.

— Oui, c'est mieux comme ça.

Était-ce une lueur de déception qu'il venait de surprendre dans son regard ?

C'était horrible de devoir partir. Il l'embrassa sur la joue, doucement, tendrement, puis se tourna pour s'en aller, la laissant seule, un peu perdue au milieu de son salon.

Il allait tourner la poignée de la porte quand elle l'appela.

— Luke ?

Il se retourna face à elle.

— Ne pars pas.

Le souffle coupé, il revint auprès d'elle.

— Pourquoi ?

— Enfin... Tu peux partir si tu veux, mais je suis un peu moins fatiguée, alors si tu veux rester boire un café ou un verre, ça serait sympa. Mais tu n'es pas obligé, tu peux...

— Je vais rester.

— Ah, oui ?

Il hocha la tête. Seigneur, elle n'avait pas idée à quel point il avait eu envie d'entendre ces mots.

— Mais si je reste, je voudrais...

— Je... Heu... Je sais ce que tu veux, Luke, dit-elle.

Il se passa la main dans les cheveux. Seigneur qu'elle était adorable.

— J'allais dire que j'aimerais une tasse de ton délicieux café. Si ça ne t'ennuie pas trop.

— Non, pas du tout. Tout ce que tu voudras, dit-elle, visiblement soulagée.

Tout ce qu'il voudrait, hum ?

— Mets-moi dehors quand tu veux, dit-il.

Plus tard, Katie rejoindrait Drea pour s'extasier sur les cadeaux qu'elle avait reçus tandis qu'il boirait quelques bières avec ses deux frères. Mais pour l'instant, il était encore tôt.

— Pas de problème, dit-elle tout à fait naturellement.

Il préféra ne pas s'appesantir sur son étonnante capacité à le rejeter encore et encore.

— Tu es toujours aussi pleine d'énergie après une sieste ?

— Aucune idée. Je n'ai pas l'habitude de faire la sieste, dit-elle en se dirigeant vers la cuisine où elle disposa quelques cupcakes sur une assiette avant de se mettre à préparer du café.

Elle lui proposa de s'asseoir, mais Luke préféra rester debout, appuyé contre le plan de travail, pour la regarder s'activer. Ça sentait bon dans cette cuisine : une odeur chaude et sucrée.

— Je pense aller au refuge demain. Je n'y suis pas retourné depuis la mort de Snow.

— Moi non plus, dit-elle en se mordant la lèvre. Ça ne va pas être facile de retourner là-bas.

— Non, mais il y a tant d'autres chevaux qui ont besoin d'aide. Après le mariage, je réfléchirai à un moyen de lever des fonds pour le Red Barrel. J'en ai déjà discuté avec Wes. Ils ont vraiment besoin d'un soutien financier.

— Mais… Il me semblait que ta famille, toi en particulier, vous faisiez régulièrement des dons.

— Comment sais-tu ça ?

— J'ai entendu des choses. Je n'en dirai pas plus.

— Tu aimes les secrets, on dirait.

Ses yeux s'écarquillèrent.

— Mais pas du tout. Je suis quelqu'un d'honnête et je déteste les secrets. C'est toi qui fais des dons anonymes au refuge et qui épouses en secret la première fille assez soûle qui te tombe sous la main.

— Pour commencer, chérie, ça n'est pas un crime de faire des dons d'argent de temps à autre. Et deuxièmement, tu n'étais pas la première fille qui me tombait sous la main.

— Oh.

— Il n'y en a pas d'autre que toi.

— Ne commence pas, Luke, murmura-t-elle.

— Pourquoi m'as-tu proposé de rester ? Et je veux que tu me dises la vérité.

Elle releva le menton, apparemment bien décidée à ne pas répondre, mais, sous la pression de son regard, elle finit par admettre :

— Je... Parfois, je me sens seule.

Le cœur serré, il effleura la peau si douce de sa joue.

— Tu n'as pas à être seule. Je suis là maintenant.

Elle avala péniblement sa salive, ses yeux étaient pleins de regrets. Il détestait la voir si déchirée et effrayée. Il ne fallait pas qu'elle ait peur de lui. Il fallait qu'elle sache qu'il pouvait être son refuge. Il lui prit la main et l'attira près de lui. Et toute forme de volonté l'abandonna.

— Tu n'es pas obligé de dire ça, dit-elle doucement. Tu n'es pas réellement mon mari.

— Nous avons un document qui prouve le contraire, dit-il en l'embrassant sur le front.

— Ce n'est qu'un bout de papier.

— Ce n'est pas que ça, ma chérie. Et c'est pour ça que tu luttes autant.

— On a déjà eu cette discussion.

— Alors, n'en parlons plus, dit-il en posant ses lèvres sur les siennes.

Katie s'en voulait d'éprouver cette étrange et impossible attirance pour Lucas Boone. Son cerveau lui disait de ne pas céder à la tentation, mais tout le reste de son corps hurlait oui. Jamais elle ne s'était trouvée face à ce genre de dilemme. En général, elle était quelqu'un de rationnel, mais Luke bouleversait tous ses repères.

Café et cupcakes complètement oubliés, ils étaient maintenant nus dans sa chambre. Elle aurait été incapable de dire à quel moment ils s'étaient débarrassés de leurs vêtements ni comment ils étaient arrivés jusqu'ici. Tout ce qu'elle savait, c'est que pas un instant leurs bouches, leurs langues ne s'étaient séparées. Dans la chambre baignée par la faible lueur de la lune, il faisait sombre.

— Je veux tout savoir de toi, dit Luke en embrassant le creux de sa main. Et je veux que tu saches tout de moi aussi.

Katie avait l'impression que plus elle essayait de le repousser, plus elle pensait à lui, plus elle le voulait. Elle prit une profonde inspiration ; elle allait écouter ses vrais sentiments, elle était trop fatiguée pour continuer à les combattre.

Elle savait ce qu'il voulait et, tandis que ses mains le caressaient, elle prenait plaisir à entendre ses gémissements, sa respiration qui s'accélérait. C'était si bon, si délicieux de sentir leurs corps s'échauffer aussi vite.

Puis il l'embrassa avec fougue et la poussa sur le lit pour la combler de caresses à son tour.

Non seulement il savait où la toucher, mais entre ses mains expertes elle avait l'impression d'être un trésor. Qu'il vénérait tout son corps. Quand enfin il entra en elle, elle cria son nom et ne tarda pas à atteindre le paroxysme du plaisir.

C'était beau. Magnifique. Et aussi tellement effrayant.

Luke bascula et de son corps enveloppa le sien. Elle sentait son souffle contre sa nuque.

— Tu es tellement belle comme ça, dit-il en déposant un baiser sur son épaule.

— Comme ça ? dit-elle dans un sourire, le souffle encore un peu court.

— Nue. Et surtout détendue.

— C'est vrai qu'on est bien, admit Katie.

— Pardon ? Ai-je bien entendu ? Tu as dit que nous étions bien tous les deux ?

— Je n'irais pas jusque-là… Oh.

Il lui avait pincé le mamelon du sein qu'il tenait dans sa main, déclenchant une délicieuse décharge dans le bas de son ventre. Jouant avec son corps, la caressant, il lui arrachait des petits cris de plaisir.

— Tu es sûre ? dit-il en lui mordillant le cou, l'épaule.

— On ne peut pas être… ensemble.

— Mais on *est* ensemble, chérie. Ça ne sert à rien de le nier.

Elle se retourna pour lui faire face. Il fallait qu'elle soit ferme, sinon ils le regretteraient toute leur vie.

— Ne nous disputons pas, Luke. Pas ce soir. Si on parlait d'autre chose ?

Son visage se figea, laissant place à un masque impassible. C'était parfait, elle n'avait pas envie de plonger trop profondément dans ses émotions. Ni dans les siennes à elle, d'ailleurs.

— De quoi voudrais-tu que nous parlions ?

Elle roula sur le dos et se mit à observer les ombres délicates que la lune dessinait au plafond.

— Parle-moi de ton père.

— De mon père ?

Elle sentait bien qu'il était surpris, mais elle avait toujours voulu en savoir plus sur le légendaire Henry Boone.

— Oui. Il avait la réputation d'être un… Disons qu'on raconte qu'il était impitoyable en affaires.

— C'est ce qui arrive quand on est riche. Les gens se mettent à penser les pires choses à propos de vous.

— Ah, bon ?

— Ça nous arrive très souvent. Avant de mieux nous connaître, Drea croyait par exemple que mon père avait expulsé Drew de son ranch, Thundering Hills. En réalité, mon père ne cherchait qu'à protéger Drea de la vérité. Après la mort de sa femme, Drew avait traversé une mauvaise passe et il avait conclu un accord secret avec mon père pour qu'il achète son ranch et mette l'argent à l'abri pour les études de Drea. Elle n'a appris la vérité que quand elle est tombée amoureuse de Mason.

— Donc, quand tu parlais avec Mason l'autre soir au restaurant et que vous disiez que votre père était tout à fait favorable à la concurrence, c'était vrai ?

— Oui, mon père était un homme juste... Jusqu'à un certain point. Il a toujours protégé cette ville et veillé à ce que les habitants passent avant le profit. Et c'est comme ça que Boone Springs a prospéré.

— Et toi et tes frères, vous suivez son exemple ?

— On essaie.

— J'ai toujours pensé que j'avais eu de la chance avec ma pâtisserie. Je croyais vraiment qu'une autre ne tarderait pas à ouvrir après moi. La population de la ville augmente et...

— Ne t'inquiète surtout pas pour ça, Katie.

— Quoi ?

Le ton un peu définitif de sa voix l'inquiétait au contraire.

— Tu es la meilleure pâtissière du Texas.

— Je suis certaine que non. Mais tu as l'air tellement sûr de toi. Qu'est-ce que tu me caches ?

— Rien du tout, chérie. Laisse tomber.

— Luke, il n'y a pas moins de cinq pâtisseries dans le comté de Willow et je me suis toujours demandé par quel miracle j'avais le monopole à Boone Springs.

— Les épiceries vendent aussi du pain et des gâteaux.

— Ça n'est pas pareil. J'ai ouvert il y a presque sept ans, et durant toutes ces années, à ce que je sache, personne n'a songé à ouvrir une autre pâtisserie. Je demanderai à April ce qu'il en est.

April, la future épouse de Risk, était agent immobilier et elle connaissait parfaitement les comtés de Willow et de Boone.

— Pourquoi refuses-tu de croire à ta bonne étoile ?

— Qu'est-ce que tu veux dire par là ?

— Rien, chérie. Mais ne mêle pas April à tout ça.

— À tout quoi ?

Il était évident que Luke essayait de lui cacher quelque chose.

— Dis-moi, reprit-elle.

— Tu sais que les Boone possèdent plus de la moitié des biens immobiliers de la ville, dit-il en soupirant.

— Tout le monde sait ça. Et alors ?

— Eh bien, on a des objectifs pour la ville et on a chacun notre mot à dire.

— Oui. Et ?

— Et c'est tout, Katie.

— Comment ça ? dit-elle en secouant la tête.

Elle ne comprenait pas.

Et puis, tout à coup, une pensée traversa son esprit et il fallut qu'elle en ait le cœur net. Qu'elle sache la vérité, même si ça la rendait malade d'avance.

— Tu veux dire que les Boone se sont assurés que je n'aie pas de concurrent ?

— Pas *les* Boone. Moi.

— Toi ? Mais pourquoi ? Je ne comprends pas.

— Ça n'est pas si terrible, Katie. On n'a eu que deux demandes et ils... Ils ont trouvé mieux ailleurs.

— Parce que *tu* as fait en sorte qu'ils trouvent ailleurs.

La colère, la déception, le sentiment de trahison se mêlaient dans son cœur, et elle avait l'impression qu'il allait exploser. Elle bondit hors du lit et se rhabilla à la hâte.

— Katie.

— Habille-toi, Luke. Immédiatement.

En le regardant se rhabiller, tout son corps tremblait, mais maintenant qu'il n'était plus nu, qu'elle n'était plus troublée par son corps, elle voulait comprendre.

— Quand as-tu fait ça ? Je veux la vérité.

— Il y a cinq ans.

— Cinq ans, répéta-t-elle, les yeux remplis de larmes de frustration. Mais pourquoi, Luke ? Je ne comprends pas.

— Tu en es vraiment sûre, Katie ?

Elle secoua la tête. Non. Ça n'avait aucun sens. Cinq ans plus tôt, il sortait avec sa sœur. Cinq ans plus tôt, il avait abandonné sa sœur. Cinq ans plus tôt, il s'était engagé dans les marines.

Luke fit le tour du lit pour se rapprocher d'elle. Il posa les mains sur ses épaules, et elle fut bien obligée de le regarder droit dans les yeux.

— Je suis amoureux de toi, Katie.

— Non !

— Si. Et je suis amoureux de toi depuis très longtemps.

Oh ! Seigneur. Elle avait peur de demander.

— Depuis quand ?

— Plus de cinq ans. Quand j'ai compris que je t'aimais, j'ai annulé le mariage. Il le fallait. Mais comme je savais que c'était un amour aussi fou qu'impossible... j'ai quitté la ville.

— C'est pour ça que tu t'es engagé dans l'armée ? demanda-t-elle, le corps tremblant.

— Oui, dit-il dans un souffle, soulagé de l'avouer enfin.

Et alors, tout devint clair. Elle le repoussa et s'écarta de lui. C'était à cause d'elle que Shelly avait eu le cœur brisé. *Oh ! non. Non.* Elle ne pouvait pas y croire. L'idée ne parvenait pas complètement jusqu'à son cerveau... Mais tout au fond d'elle-même, elle *savait* que c'était vrai.

— Je ne t'ai jamais encouragé.

— Ce n'était pas la peine, Katie. Tu étais toi.

— Tout ça me rend malade, Luke. J'ai envie de vomir. Tu ne te rends pas compte à quel point Shelly a souffert, combien ces années ont été atroces pour elle. Et maintenant, je découvre que c'était à cause de moi ! Que c'est ma faute si elle a eu si mal.

De grosses larmes s'échappaient de ses yeux, coulaient sur ses joues.

— Ça n'est la faute de personne, Katie. On ne choisit pas de qui on tombe amoureux.

— En tout cas, toi, c'est sûr. Et je n'oublie pas l'affaire de la pâtisserie non plus. Tu es vraiment différent de ton père... Tu n'as aucun sens de l'honneur.

La mâchoire de Luke se serra douloureusement.

— Tout ce que je voulais, c'était que tu aies une belle vie. Je voulais que tu sois heureuse, que tu réussisses.

— Mais tu ne m'as pas estimée capable d'y arriver par moi-même.

— Franchement, c'est du délire.

— Au contraire, Luke, je suis réaliste. Et honnête, moi. Je ne veux pas que tu m'aimes. Je veux que nous divorcions au plus vite. Et je veux que tu t'en ailles.

Luke la regarda droit dans les yeux.

— D'accord.

— Va-t'en tout de suite.

À peine la porte s'était-elle refermée en claquant derrière lui que l'estomac de Katie se contracta violemment. Elle se précipita dans la salle de bains et eut l'impression qu'elle se vidait complètement.

6

Katie regardait fixement le bâtonnet qu'elle tenait à la main, priant pour que le résultat change miraculeusement. Mais c'était trop espérer. Le bâtonnet restait identique à lui-même, comme les deux dernières fois où elle avait fait un test de grossesse cette semaine. Les nausées, le retard de ses règles et trois tests de grossesse positifs… Tout allait dans le même sens. Elle attendait un enfant de Luke.

Luke qui lui avait avoué son amour la semaine précédente. Luke qui s'était assuré que sa pâtisserie connaîtrait le succès – peu importait qu'elle eût ou pas du talent. Luke qui avait fait souffrir toute sa famille.

Elle était dévorée de culpabilité. Qu'est-ce que Shelly allait penser ? Qu'allait-elle dire ?

Katie fouilla ses moindres souvenirs à la recherche des moments où elle avait vu Luke à l'époque où il sortait avec Shelly. Est-ce qu'elle lui avait involontairement donné de faux espoirs ? Avait-elle fait quoi que ce soit pour l'encourager ? Elle n'avait rien d'une charmeuse. Elle avait toujours été nulle dans ce domaine. Non. Elle ne se rappelait rien sinon les moments où ils travaillaient ensemble au refuge de Red Barrel, partageant le même amour des chevaux.

Tout ça était incroyable, et pourtant le bâtonnet qu'elle tenait à la main lui renvoyait la vérité en pleine figure.

Elle posa une main tremblante sur son ventre. Vers qui pouvait-elle se tourner ? À qui pouvait-elle se confier ? Elle ne pouvait pas en parler à sa meilleure amie puisque Drea allait épouser un membre de la famille Boone dans quelques semaines à peine. Et le dire à sa mère ou à sa sœur était hors de question. Ce genre de nouvelle risquait de renvoyer sa mère directement à l'hôpital.

— Qu'est-ce que tu vas faire, Katie ? Tu es enceinte.

Dire ces mots à voix haute, même très doucement, leur donna une réalité. Il n'y avait plus moyen de revenir en arrière et aucun moyen non plus d'arranger les choses.

Elle se regarda dans le miroir de la salle de bains. Combien de temps encore réussirait-elle à cacher ses nausées et sa fatigue ? Sans compter qu'elle aurait bientôt un ventre de femme enceinte. Des enfants, elle avait toujours voulu en avoir. Et elle voulait celui-ci. Ça n'était pas la faute du bébé si elle s'était mise dans une situation aussi délicate. Cet enfant méritait d'être aimé, et elle l'aimerait toute sa vie.

On toqua à la porte, et elle sursauta. Elle jeta la boîte du test dans la poubelle et remit un peu d'ordre dans ses cheveux.

— C'est moi. C'est Drea.

Katie ferma les yeux. Est-ce qu'il était déjà l'heure ? Elle était censée être déjà habillée et prête à partir avec Drea pour le dernier essayage de sa robe de mariée, mais elle faisait tout avec une lenteur extrême cet après-midi.

— J'arrive, dit-elle.

Quand elle ouvrit la porte, elle lut la surprise sur le visage de Drea. Il n'était pas dans ses habitudes de porter des survêtements trop grands pour sortir. En plus, elle devait être de la même couleur craie que ses murs. Très chic sur ces derniers, un peu moins sur elle.

Le sourire de Drea se figea.

— Est-ce que ça va, Katie ? Tu n'as pas l'air dans ton assiette.

— Tout va bien, dit-elle. Entre.

— D'accord. On n'est pas pressées. On ne nous attend pas à l'essayage avant une heure.

Tant mieux. Il fallait encore qu'elle s'habille et elle n'avait aucune envie de se mettre la pression.

— J'ai fait du thé au jasmin. Tu en veux une tasse ?

— Oui. Avec plaisir.

— Tu veux grignoter quelque chose avec ça ?

— Pas de cupcake pour moi si je veux entrer dans ma robe de mariée tout à l'heure.

Drea s'installa confortablement à la table de la cuisine, où Katie déposa sa théière décorée de roses. Elle aussi s'assit avant de servir le thé.

— Tu es rayonnante. Être amoureuse te réussit vraiment.

— Je n'en reviens toujours pas d'épouser un homme aussi génial. Au fait, quand on aura terminé l'essayage, tu veux venir dîner au ranch avec nous ?

C'était bien la dernière chose dont elle avait envie. Elle n'avait pas revu Luke depuis une semaine, et il fallait que ça dure. Après leur dernière soirée ensemble, elle avait contacté un avocat pour le divorce. Les choses n'avaient pas encore beaucoup avancé, mais au moins elle agissait.

— Heu... C'est adorable, mais non merci.

— Tu es d'humeur aussi morose que Luke, dit Drea en lui lançant un regard perspicace. Qu'est-ce qui se passe ? Il y a quelque chose entre vous ? Si c'est oui, je suis là, tu peux me parler.

Tiens donc, Luke était d'humeur sinistre en ce moment ? Mais pourquoi ? Parce qu'elle l'avait jeté hors de son appartement juste après sa déclaration d'amour ? Mais comment pensait-il qu'elle allait prendre cette nouvelle ? Et voilà que sa meilleure amie la mettait sur le gril.

— Non mais tu as vu l'heure ? Il faut que je me prépare en vitesse. J'en ai pour quelques minutes.

Katie se précipita dans sa chambre pour échapper au regard inquisiteur de Drea. Là, ses épaules s'affaissèrent, comme si toute énergie venait de quitter son corps. Qu'est-ce qu'elle allait bien pouvoir faire ?

— Chaque chose en son temps, murmura-t-elle.

Pour l'instant, elle allait afficher son plus grand sourire et être la meilleure demoiselle d'honneur possible.

Après quelques secondes de réflexion, elle enfila une robe

à fleurs par-dessus laquelle elle mit une petite veste jaune soleil. Puis elle passa un peu de gloss rose sur ses lèvres et mit un peu de fard à paupières en espérant que ça lui donnerait bonne mine. Enfin, elle releva ses cheveux en un chignon un peu lâche. Voilà, elle était prête à y aller.

Elle poussa un profond soupir avant de sortir de la chambre.

— Je suis prête, dit-elle au moment même où Drea sortait de la salle de bains, la boîte vide du test de grossesse à la main.

— Apparemment, tu as quelque chose à me dire, dit gentiment Drea. Je ne fouillais pas, je te jure, mais j'ai vu ça dans ta poubelle. Alors ?

Katie ferma les yeux. Elle ne voulait en parler à personne. Pas encore. Mais maintenant, elle était dos au mur et, finalement, ça n'était peut-être pas une mauvaise chose. Elle avait besoin d'une amie à qui se confier.

— C'est oui. Enfin, je crois. Mais j'ai quand même fait trois tests...

— Et tu as d'autres symptômes ?

Katie hocha la tête.

Drea s'avança vers elle et la serra longuement dans ses bras.

— Oh ! ma chérie. Tu as envie de m'en parler ?

— Il faut qu'on aille à ton essayage. C'est important.

— Tu es plus importante. Je vais décaler le rendez-vous à demain.

Elle prit son téléphone et appela la boutique de robes de mariée.

Katie se sentait terriblement coupable, mais Drea la prit tendrement par la main.

— Viens t'asseoir sur le canapé et raconte-moi. J'ai comme l'impression que c'est Luke le père. Je me trompe ?

— Non, tu as raison, soupira Katie. C'est une longue histoire.

— Je t'écoute.

— Luke n'est pas au courant, et je ne veux pas qu'il l'apprenne. Pas avant que j'aie réussi à divorcer de lui.

Drea accusa le choc.

— Divorcer ? Toi et Luke, vous êtes mariés ?

Katie baissa les yeux ; ils étaient remplis de larmes.

— Ça n'est pas ce que tu imagines. C'est pire. Et il faut que tu me jures de garder le secret, Drea. Personne ne doit savoir pour l'instant.

— Pas même Mason ?

Les larmes coulèrent enfin sur ses joues.

— C'est pour ça que je ne pouvais rien te dire. Je ne voulais pas te mettre en porte-à-faux. Tu ne devrais pas avoir à cacher quoi que ce soit à ton fiancé.

— Je, heu, je te promets de ne rien dire… avant que tu m'aies donné le feu vert. Pour l'instant, tu as besoin de moi et je suis là, dit Drea en lui prenant les deux mains. Dis-moi comment t'aider.

— M-merci. Je sais que ça n'est pas facile pour toi.

— Ça va aller. C'est pour toi que je m'inquiète. Maintenant, raconte-moi tout en commençant par le début.

Et Katie se mit à parler. Les mots lui venaient facilement maintenant qu'elle pouvait enfin se libérer du poids énorme qui pesait sur ses épaules et partager son secret avec sa meilleure amie.

Assis face à son bureau de Boone Inc., Luke fixait l'écran de son ordinateur d'un œil absent, trop absorbé par ce qu'il s'apprêtait à faire pour se concentrer sur son travail. Il regarda sa montre. Il était bientôt l'heure de mettre un terme à son mariage avec Katie. Même si ça n'avait pas duré longtemps, il avait été heureux de pouvoir l'appeler sa femme. Mais ça serait bientôt fini. Son avocat allait arriver d'une minute à l'autre.

Il se leva et se dirigea vers le bar, à l'angle de la pièce. Il prit le meilleur bourbon et se servit un verre. Il avait besoin de ça pour traverser cette épreuve. C'était ce que voulait Katie. Elle refusait son amour et voulait divorcer.

Il allait réaliser son vœu.

Il but une longue gorgée. L'alcool lui brûla un peu la gorge, mais, du moment que ça l'aidait à moins souffrir, peu importait. Il ne pouvait pas s'accrocher à Katie si elle ne voulait pas de lui, si elle ne l'aimait pas.

Sauf qu'il était persuadé du contraire. Seule la peur l'empêchait de se l'avouer.

Katie n'était pas une fille facile. Jamais elle n'aurait fait l'amour avec lui sans se sentir émotionnellement impliquée. Il l'avait senti à sa façon de se donner à lui, de lui offrir ce corps qu'il vénérait tant. Entre eux, il ne s'agissait pas que de sexe, mais, si elle refusait de s'avouer qu'elle l'aimait, que pouvait-il faire de plus ?

Tout son être se révoltait contre ce qui allait se produire, mais il l'aimait assez pour la laisser s'en aller. Pour la libérer de leur mariage secret afin qu'elle ne perde pas l'amour de sa sœur et de sa mère.

On toqua à la porte. Déjà ? Il avala une gorgée de plus.

— Entrez, dit-il, en posant le verre sur son bureau.

Mais au lieu de Carmine Valencia, son avocat, c'est son frère Risk qui entra dans la pièce.

— Salut, lança Risk.

— Salut. Qu'est-ce qui se passe ?

— Rien de spécial. April est avec les autres demoiselles d'honneur pour des essayages, je crois. Tu veux déjeuner au Farmhouse Grill ? Je t'invite. J'adore leur porc braisé.

Luke secoua la tête. S'il avait donné rendez-vous à Carmine aux bureaux de Boone Inc., c'était parce qu'il ne voulait pas mêler sa famille à tout ça.

— Désolé. Mon rendez-vous va bientôt arriver.

— Quelqu'un de plus important que ton frère ? plaisanta Risk.

Puis il vit le verre de bourbon presque vide sur le bureau.

— Il n'est pas un peu tôt pour boire ? Quand il m'arrivait de boire avant 4 heures de l'après-midi, c'est que j'avais un problème avec une fille.

— Une époque révolue pour toi. Tu as de la chance.

— Hé, qu'est-ce qui se passe ?

— Rien, soupira Luke.

— Qui est-ce ?

— Mêle-toi de tes affaires, frérot.

— D'accord. Maintenant je *sais* qu'il y a un problème.

— Écoute, Carmine va débarquer d'une minute à l'autre, donc je ne peux pas déjeuner avec toi. Désolé.

— Carmine, ton avocat personnel ?

— Oui.

— Tu es sûr que ça va ? Je te trouve maussade depuis quelques jours.

— Ça va, dit Luke en se forçant à sourire. Laisse tomber, tu veux ?

Son frère le regarda, l'air inquiet. Ça n'était pas évident de cacher quelque chose à sa famille.

— D'accord, mais...

— Je sais. Si j'ai besoin de toi, je te demanderai ton aide. Mais je t'assure que tu ne pourrais rien y faire.

Ni Risk ni personne.

Deux jours plus tard, Luke se rendit à Red Barrel. D'une certaine façon, le refuge en était un pour lui aussi. Là-bas, il pouvait réfléchir sans personne pour lui poser des questions ou le juger. Et aider à soigner ces pauvres chevaux maltraités ou malades mettait les choses en perspective. C'est ce qui lui avait permis de retrouver son équilibre après ce qu'il avait vécu en Afghanistan. Pendant sa période chez les marines, le ranch lui manquait, et Katie aussi. Et le plus dur avait été de ne pouvoir se confier à personne. Pendant toutes ces années, il n'avait parlé à personne de son amour pour elle.

Et maintenant que tout avait été organisé avec son avocat, la procédure de divorce était en marche.

Bien que Katie ne lui ait rien demandé, il avait pris des dispositions qui lui semblaient justes. Il tenait à l'aider et, si elle voulait divorcer, il lui faudrait accepter ses conditions.

Luke se gara et fit signe à Wes qui se trouvait dans un corral avec un cheval apparemment très nerveux. L'animal hennissait, grattait du sabot, l'air affolé.

Luke s'avança vers la barrière, et Wes vint à sa rencontre.

— Salut, Luke.

— Salut. On dirait qu'on a une nouvelle invitée.

— Oui. Plutôt fougueuse. Une mustang. Elle a dû se perdre en descendant des collines. Ou alors, on a jugé qu'elle était trop impétueuse et on l'a abandonnée. On nous l'a amenée il y a deux jours.

— Elle a un nom ?

— Katie est passée un moment hier. Elle l'a baptisée Cinnamon. Elle a essayé de travailler un peu avec elle, mais impossible. La jument ne l'a pas laissée l'approcher. Je ne sais pas laquelle des deux était la plus têtue. Mais Katie avait l'air tellement mal que je l'ai renvoyée chez elle.

— Comment ça ? demanda Luke.

— Elle avait l'air épuisée. Je ne l'avais jamais vue comme ça. Cette fille tire trop sur la corde.

— Elle adore venir ici, dit Luke, en songeant à toutes les fois où il l'avait regardée travailler avec les chevaux, les faire courir, les laver et les brosser, ou tout simplement leur prodiguer les caresses dont ils avaient tant besoin.

Il aimait tellement être à ses côtés, la voir rayonner d'énergie et de compassion. Il était inquiet de la savoir fatiguée et se demandait si elle irait mieux une fois qu'elle aurait reçu les papiers du divorce. C'était triste, mais être sa femme semblait ne pas lui réussir.

— Je sais. Elle dit souvent qu'ici c'est comme sa deuxième maison.

Luke poussa un soupir. Il n'avait pas revu Katie depuis neuf jours, et elle lui manquait terriblement.

— Écoute, j'ai quelques heures devant moi. Je suis à ta disposition.

— Occupe-toi de Pepper, si tu veux bien. Elle a bien besoin de se dégourdir les pattes dans le corral. Ensuite, il faudra nourrir tout le monde.

Après avoir travaillé plusieurs heures au refuge, Luke rentra au ranch et alla directement se doucher. Tout son corps était douloureux, et il laissa l'eau brûlante couler sur ses épaules et le long de son dos.

Mais à chaque fois qu'il fermait les yeux, il voyait Katie. Il aurait voulu qu'elle soit là, avec lui.

Il secoua la tête. Il fallait qu'il se reprenne. Qu'il arrête de toujours penser à elle.

Après sa douche, il enfila un jean et un T-shirt, et descendit. La maison était étonnamment calme. Aucune lumière nulle part, tout était sombre et silencieux. Son estomac gronda. Il n'avait ni déjeuné ni dîné et était affamé.

En approchant de la cuisine, il entendit la voix de Drea. Elle parlait avec quelqu'un, et il ne voulait pas la déranger.

— Je suis en train de manger une part de tarte au citron, disait-elle doucement.

Il comprit alors qu'elle était au téléphone. Il allait tourner les talons quand Drea dit :

— Oh. Désolée, Katie. Je ne devrais pas parler de nourriture alors que tu as des nausées. Mais il paraît que ça s'arrête, et la fatigue aussi, après le premier trimestre. J'ai encore du mal à m'y faire. Tu vas avoir un bébé.

Les yeux de Luke s'écarquillèrent, et il dut s'adosser au mur.

— Mais non, je te le promets, je ne dirai rien à personne, chuchota Drea. Pas tant que tu ne seras pas prête.

Luke s'éloigna de la cuisine, le cœur battant à tout rompre. Katie était enceinte ? Elle portait son enfant. Il remonta l'escalier le plus silencieusement possible. Une fois dans sa chambre, il s'allongea. Après le choc de la nouvelle, il se laissa envahir par la joie pure.

C'était ce dont il avait si souvent rêvé. Avoir une famille avec Katie. *Être* une famille. Il ferma les yeux.

Mais sa joie ne dura qu'un instant. Pourquoi ne lui avait-elle rien dit ? Depuis quand le savait-elle ? Elle n'arrêtait pas de réclamer qu'ils divorcent… Le haïssait-elle au point de lui refuser le droit d'être père ? À moins qu'elle n'ait eu peur de lui avouer la vérité…

Rien d'étonnant à ce que Katie ait été aussi fatiguée et émotive ces derniers temps. Il avait remarqué un changement subtil chez elle, mais il avait mis ça sur le compte du stress causé par leur mariage secret. En tout cas, plus question de divorcer maintenant. L'avenir du bébé était en jeu.

Son bébé. Son enfant. Un Boone.

Les pensées se bousculaient dans sa tête. Devait-il l'obliger à tout lui dire ? Non. Il n'aimait pas ce genre de méthodes. Il voulait que Katie lui parle de son plein gré. Il voulait participer à sa grossesse, participer à la naissance de son enfant. Serait-il capable d'attendre qu'elle soit prête ? Bon sang, il n'en était pas sûr. Il avait besoin de conseils. Et vite. Et une seule personne saurait ce qu'il devait faire.

Tante Lottie.

Le lendemain matin, Luke mit des chaussures de randonnée et rejoignit tante Lottie au moment où elle sortait pour sa promenade matinale.

— Ça te dérange si je t'accompagne ?

Sa tante tenta de cacher sa surprise et lui adressa un beau sourire.

— Mais non. Au contraire. Je me rappelle l'époque où vous étiez petits et où vous marchiez avec moi jusqu'à la crête.

— Oui. Tu faisais semblant de ne pas nous voir en train de descendre la colline en faisant des roulades, dit-il en souriant. C'est un joli souvenir.

Il ouvrit la porte et s'effaça pour la laisser passer. Quelles que soient les circonstances, sa tante était toujours d'une élégance parfaite. Aujourd'hui, elle portait un jogging couleur framboise et ses chaussures étaient aussi impeccables que si elles n'avaient jamais servi.

— Difficile de croire que Mason va se marier dans une semaine, dit-elle. Tes parents vont sûrement danser là-haut. Ils me manquent tellement.

— À moi aussi.

Pendant quelques minutes, ils demeurèrent silencieux, mais,

dès qu'ils furent suffisamment loin de la maison, sa tante fut la première à parler :

— Je suis ravie que tu m'accompagnes, mon chéri, mais je sais que quelque chose te tracasse. Si tu m'en parlais ?

— Tu es tellement perspicace...

— Non, mais je connais bien mes garçons. Et à moins que je ne me trompe, tout ça a à voir avec cette charmante jeune femme, Katie.

Luke prit une profonde inspiration.

— Oui. Je l'ai épousée.

— Tu l'as épousée ?

Sa tante s'était arrêtée de marcher et tentait de garder un visage impassible, mais sa voix l'avait trahie.

— Quand on était à Las Vegas. Ça s'est passé un soir où on avait beaucoup bu. Personne n'est au courant. Mais là, j'ai vraiment besoin de conseils.

— Pourquoi ai-je l'impression que ce mariage ne te dérange pas tant que ça ?

— Parce que c'est le cas. Je suis amoureux de Katie.

— Oh ! Seigneur. Je vois où est le problème. Ça, la famille de Katie ne le supportera pas.

— Elles ne m'aiment pas, tu le sais. Mais en réalité, ça n'est pas le problème. Le problème, c'est que je viens d'apprendre par hasard que... que Katie était enceinte.

— Enceinte ? répéta sa tante avec un sourire. Mais c'est merveilleux. Les bébés sont un miracle. Mais... tu veux dire qu'elle ne t'en a pas parlé ?

— Exact. Je ne l'ai appris qu'hier soir en surprenant une conversation. Or Katie veut absolument que nous divorcions. Elle a peur de la réaction de sa sœur et que la nouvelle de notre mariage ait des conséquences négatives sur la santé de sa mère. Je comprends ses inquiétudes, mais je sais qu'elle a des sentiments pour moi. Qu'elle a seulement peur de se les avouer. Et maintenant, je ne sais plus quoi faire. J'ai discuté avec mon avocat pour qu'il lance la procédure parce que Katie voulait pouvoir oublier tout ça. Malheureusement, il est tellement efficace que les documents sont déjà partis. Mais moi, je ne veux pas les signer. Je refuse de divorcer de Katie maintenant qu'elle porte mon enfant. Qu'est-ce que je dois faire ? L'obliger à m'en parler ?

— Oh ! mon chéri, je comprends ton impatience, mais Katie est dans une situation délicate et elle est sans doute aussi perdue que toi. Ne lui mets pas davantage de pression. Donne-lui le temps de faire la part des choses. Je suis sûre qu'elle fera ce qu'il faut.

— Plus facile à dire qu'à faire, soupira-t-il en passant une main dans ses cheveux.

— Je sais, dit sa tante en le prenant dans ses bras. Mais sois patient, elle t'en sera reconnaissante ensuite. Et une dernière chose...

— Quoi ?

— Je t'interdis de divorcer de cette fille.

Il éclata de rire, le cœur un peu plus léger.

Katie fulminait. Elle avait sous les yeux les papiers du divorce qu'un coursier était venu lui apporter dans la journée. Elle n'en revenait pas des termes que Luke cherchait à lui faire accepter. Il était fou, ou quoi ? Ce mariage n'était pas réel. Ça n'était qu'une énorme erreur. Elle lui avait pourtant bien dit qu'elle ne voulait rien. Mais est-ce qu'il l'avait écoutée ? Non. Il avait fait faire à son avocat un contrat qui allait totalement à l'encontre de ce qu'elle voulait.

Jamais elle n'accepterait ces conditions ridicules. Attrapant son téléphone, elle tapa un SMS.

Je veux te voir immédiatement.

Cinq minutes plus tard, elle recevait une réponse.

Je peux être là dans une demi-heure.

Elle ne voulait pas que Luke monte chez elle. Même si son amie et employée était trop discrète pour lui poser des questions, Lori la regardait bizarrement depuis quelque temps. En plus, elle ne voulait pas réveiller les souvenirs de leur dernière rencontre dans son appartement.

Elle n'aimait pas non plus l'idée de le retrouver dans un restaurant. Trop de gens risquaient de surprendre leur conversation.

Pas ici. Retrouve-moi au Red Barrel dans une heure.

Plus tard, en arrivant au refuge, Katie bouillonnait toujours de colère. Elle gara sa voiture près du camion gris de Luke, au fond du parking. Apparemment, il était arrivé en avance. Elle scruta les alentours et le vit, adossé au mur de la grange. Et son cœur se mit à battre la chamade. Qu'elle soit en colère ou pas, sa première réaction en le voyant était toujours la même. Elle en avait le souffle coupé. Toutes les fois. Et en voulait à son corps de la trahir de la sorte.

Elle ne l'avait pas vu depuis plus d'une semaine et elle sentait son regard sur elle, détaillant chacun de ses mouvements. Elle attrapa sa fine sacoche dans la voiture, histoire de se donner l'air un peu plus professionnel. Luke s'écarta du mur, son stetson descendant bas sur son front. Avec son jean, sa chemise en chambray et ses bottes en peau de serpent, il incarnait dans toute sa splendeur le Texan sûr de sa force et de sa puissance.

Il vint à sa rencontre, sans détourner un instant son regard d'un bleu si intense. Surtout il ne fallait pas qu'elle laisse son cœur dicter sa loi ; elle était là pour mener une mission à bien.

— Katie. Ça me fait plaisir de te voir.

Elle eut du mal à avaler sa salive.

— Bonjour, Luke.

— Tu veux qu'on parle ?

— Oui.

— Il n'y a personne dans la grange.

C'était une heure creuse au refuge. La plupart des bénévoles étaient déjà rentrés chez eux, et Wes devait être dans son bureau. C'était parfait. Elle voulait que tout ça se fasse le plus discrètement possible.

— Très bien. Allons-y.

— Comment vas-tu ? demanda Luke alors qu'ils se dirigeaient vers la grange.

— Moi ? Très bien.

— C'est juste que tu es fatiguée en ce moment...

— Pas plus que d'habitude.

Luke hocha la tête et ne dit plus rien jusqu'à ce qu'ils soient entrés dans la grange. Là, il lui fit signe de s'asseoir sur une botte de foin.

Elle secoua la tête et sortit les papiers du divorce de sa serviette.

— Ce n'est pas ce qui était convenu, dit-elle.

— Quel est le problème ?

— Le problème, c'est que tu proposes de me donner un demi-million de dollars et ensuite de me verser une pension de trois mille dollars par mois ! Je t'ai dit que je ne voulais rien et j'étais sérieuse. Je me débrouille très bien toute seule. Du moins, je le croyais jusqu'à ce que je comprenne pourquoi.

— Tu aurais réussi sans ça. Tu ne peux pas oublier ce détail ?

— Non. Je me sens trahie. J'ai l'impression d'être un imposteur, que mon travail ne signifie rien. J'ai l'impression d'avoir été un pion dans le jeu de Monopoly des Boone et je n'en dors plus la nuit.

— Bon sang, Katie. Tu as besoin de repos.

Alors là, les bras lui en tombaient. C'était *lui* qui était responsable de toutes ces nuits sans sommeil.

— Alors, fiche-moi la paix. Je n'ai besoin ni de ton aide ni de ton argent.

L'espace d'un instant, son visage se tendit, mais soudain son regard s'adoucit, ses yeux prirent une teinte moins sombre et un grand sourire s'épanouit sur son visage.

— Tu sais quoi, tu as absolument raison, ma chérie, dit-il en lui prenant les papiers des mains. Tout ça est ridicule.

Puis il déchira soigneusement les documents par le milieu.

— Tiens, dit-il en lui rendant le tout.

— Mais qu'est-ce que tu fais ?

— J'essaie de te donner ce que tu veux.

— Non... Je ne te crois pas. Tu as cédé trop facilement. Qu'est-ce que tu mijotes ?

— Rien du tout. Tu as refusé ce que je te proposais. Le marché est rompu.

— Mais pour l'amour du ciel, il ne s'agit pas d'un marché mais d'un divorce.

— C'est pareil.

Tout à coup, un son perçant venu de dehors les interrompit. Elle se précipita jusqu'à la porte pour voir ce qui se passait dans le corral.

Un immense faucon fondait sur Cinnamon ; il n'était plus qu'à quelques centimètres de sa tête, et la jument piaffait et hennissait, complètement paniquée par l'oiseau. Mais le rapace ne renonça pas ; il remonta dans les airs, puis replongea avec un cri strident vers la jument.

Katie courut jusqu'à la barrière en hurlant.

— Va-t'en ! Va-t'en, sale bête !

Luke la dépassa en courant, armé d'une carabine et déjà en train de viser.

— Tu ne vas quand même pas le tuer ?

Il tira, et au bruit de la détonation le faucon s'envola à tire d'aile.

— Tu l'as raté exprès ?

— Je ne cherchais pas à le tuer. Juste à le faire filer.

— Je n'avais jamais vu une chose pareille.

— Sans doute une femelle qui protégeait ses petits. Il doit y avoir un nid pas loin. Ou alors, un de ses petits est tombé du nid et elle s'en est prise à la première créature en vue.

— Est-ce que tu peux ranger ça, maintenant ? dit-elle en désignant la carabine.

— Pas de problème, dit-il, l'air surpris. Je vais la remettre dans mon camion.

Tandis qu'il s'éloignait, Katie observa la jument. Elle ne bougeait plus du tout, comme en état de choc. À cause du faucon. Ou peut-être du coup de feu.

Katie ouvrit la barrière du corral, regardant la jument dans les yeux. Elle ne broncha pas.

— Doucement, ma fille, dit-elle en faisant quelques pas de plus vers Cinnamon. C'est bien. Tu es gentille.

— Katie, sors de là immédiatement, dit la voix de Luke.

— Chut. Elle est d'accord pour que je m'approche.

— C'est une jument sauvage, dit-il, les dents serrées.

— Pas maintenant, dit-elle sans se retourner. Reste où tu es.

— Pas question.

— Elle va paniquer si tu essaies de venir.

— Tu cherches quoi ? À ce que j'aie une crise cardiaque ?

Elle sourit. Il exagérait vraiment. Katie connaissait les chevaux aussi bien que n'importe qui à Boone Springs et elle savait que celle-ci était prête à devenir son amie.

— C'est bien, ma fille, dit-elle doucement en tendant la main. On va être amies, toi et moi.

La jument s'ébroua. Katie attendit. Finalement, Cinnamon fit un pas vers elle, puis un autre. Les yeux dans les yeux, l'animal et elle créaient un lien, elles commençaient à se faire confiance.

Puis la jument s'arrêta, et ce fut Katie qui fit le dernier pas vers elle. Du plat de la main, elle toucha doucement les naseaux de Cinnamon. La jument resta tranquille.

— Voilà. Gentille fille.

— Ça va maintenant, Katie. Sors de là, dit Luke d'une voix basse et tendue.

— Je sais ce que je fais, murmura-t-elle.

C'est alors qu'un geai passa au-dessus de la tête de la jument. Après ce qu'elle venait de vivre avec le faucon, elle paniqua et rua des pattes avant. En retombant, elle heurta violemment Katie qui s'effondra sur le sol.

— Oh ! non !

Luke sauta par-dessus la barrière et la releva.

— Tu es folle, dit-il en la portant hors du corral.

Il rabaissa la barrière et, après un dernier regard furieux à Cinnamon, il se dirigea vers la grange.

Le soleil se couchait déjà, et les ombres s'allongeaient sur la campagne. Dans la grange, il faisait sombre et Katie ne distinguait que la bouche crispée par la colère de Luke et l'éclat dangereux qui brillait dans ses yeux.

— Tu peux me poser maintenant, dit-elle tranquillement.

— Ah, oui ? dit-il d'une voix dure. Tu n'as pas l'intention d'aller chasser un lion des montagnes ou d'affronter un ours ?

— Luke.

— Tu es blessée ? demanda-t-il en vérifiant ses épaules, ses bras et ses côtes. Tu n'as pas mal, là ?

— Non, dit-elle, la gorge un peu sèche.

Sentir ses mains sur son corps, c'était si bon. Si rassurant.

— Dieu merci. Elle aurait pu te piétiner.

— Elle ne l'a pas fait.

— Ne t'avise plus de me refaire ça, dit-il d'une voix où se mêlaient colère et soulagement.

Katie aurait dû être folle de rage de l'entendre exiger des choses auxquelles il n'avait pas droit, mais en réalité elle n'était pas le moins du monde en colère. Son inquiétude la touchait au contraire. Elle s'approcha de lui et posa sa tête sur sa poitrine, heureuse d'éprouver les douces sensations qui envahissaient tout son corps. Elle ne pouvait pas le lui dire, mais, quand la jument avait rué, son sang s'était figé dans ses veines et elle avait silencieusement prié pour que le coup ne fasse pas de mal à l'enfant qu'elle portait.

Elle avait eu de la chance que ses prières aient été entendues.

Luke lui caressait le dos pour soulager ses muscles tendus par le choc, et tout à coup cela lui parut normal. Rien n'était plus naturel au monde.

Soulevant son menton vers lui, il posa ses lèvres sur sa bouche. Délicieux. Sa respiration s'accéléra. Puis Luke la prit par la main.

— Viens avec moi, dit-il.

Il la guida jusqu'au fond de la grange, prit une couverture, la jeta sur un lit de paille et s'allongea, l'attirant à côté de lui.

— Et Wes ? s'inquiéta-t-elle.

— Parti. Je lui ai dit que je fermerais à sa place s'il voulait s'en aller. On est tout seuls ici.

Non. Ils n'étaient pas vraiment tout seuls. Une image émergea dans son esprit : d'elle, de Luke et de leur bébé devenant une famille. Elle avait les yeux brûlants de larmes. Elle aurait tellement aimé lui parler de son enfant, du fait qu'il allait devenir père. Mais elle ne dit rien. Peut-être était-ce de la lâcheté, mais elle avait peur de sa réaction. Elle n'était pas prête à assumer tout ce que cet enfant signifiait. Elle avait peur de ce qu'il attendrait d'elle alors et qu'elle ne pouvait pas lui donner.

— Tu es sûre que tu n'as mal nulle part, ma chérie ?

Elle prit son visage entre ses mains et posa un baiser sur sa bouche.

— Non, Luke, je n'ai pas mal.

Puis elle déboutonna sa chemise, avide de toucher sa peau, d'embrasser son torse puissant. Et de tout oublier jusqu'au moment où les étoiles pâliraient dans le ciel.

Luke se débarrassa de ses vêtements, et Katie fit de même. Puis il couvrit son corps du sien, la réchauffant de ses baisers brûlants. Il aimait cette femme et avait cru mourir en voyant la jument la jeter au sol. Katie avait eu de la chance.

Bien sûr, il savait que jamais elle ne ferait rien qui puisse mettre leur enfant en danger, mais l'espace d'un instant, devant le corral, il avait failli hurler qu'il était au courant pour le bébé. Mais il s'était tu.

Il voulait qu'elle lui dise la vérité de son plein gré. Il ne voulait l'obliger à rien. Tante Lottie lui avait conseillé d'être patient. Et il faisait de son mieux.

Ses légers gémissements le ramenèrent à la réalité, et il se remit à l'embrasser et à la caresser. Elle était si belle. Il chérissait chaque centimètre carré de son corps : son ventre, ses seins à la peau si douce qui l'excitaient tant. Glissant sa main entre ses cuisses, là où sa peau était plus douce encore et si chaude, il sentit son souffle s'accélérer et son érection durcir.

— Katie, murmura-t-il en la caressant encore plus intimement, faisant vibrer son corps en rythme jusqu'à ce qu'elle hurle son nom.

Il n'existait pas de musique plus belle au monde. Alors seulement, il enfila un préservatif et entra en elle.

— Oh ! Katie. C'est si bon.

Bientôt, il parvint à l'orgasme et à la joie et l'apaisement qui suivaient.

Katie devait être sa femme.

Il ne pouvait en être autrement.

7

Katie se réveilla le cœur rempli de joie. Elle avait fait l'amour avec Luke la veille. Elle l'avait senti en elle, et ses puissantes poussées l'avaient amenée jusqu'à l'extase.

Elle poussa un long soupir. Puis son réveil se déclencha. Il était temps de se lever. C'était un peu dur, mais il fallait bien. Luke l'avait avertie qu'elle serait un peu moulue aujourd'hui à cause de sa chute et il ne s'était pas trompé. Elle avait mal aux épaules et aux bras, mais surtout aux fesses.

Elle se fit couler un bain dans lequel elle versa du bain moussant à la lavande, et s'apprêtait à y tremper les doigts de pied pour vérifier la température de l'eau quand son téléphone tinta.

C'était un SMS de Luke.

Comment ça va, ce matin ? Pas trop mal ?

Si, un peu, mais je survivrai. Déjà réveillé ?

Il était un peu plus de 4 heures du matin, et pour l'instant elle n'avait pas eu de nausées. Mais ça pouvait venir.

Je pensais à toi. Si tu veux, je passe te faire un petit massage.

Katie sourit.

Désolée, je te laisse. Je vais entrer dans mon bain.

Besoin de compagnie ?

Non merci. Rendors-toi.

Je vais rêver de toi. Dans ton bain.

Katie posa son téléphone. Cette nuit, le charme de Luke avait encore opéré. Elle était incapable de résister au magnétisme de ses yeux bleus quand ils se posaient sur elle et encore moins à sa façon de la protéger, de prendre soin d'elle.

Pourtant, il était allé contre sa volonté concernant le divorce. Elle lui avait bien dit qu'elle n'attendait rien de lui. Et il allait falloir qu'elle se batte. Elle n'accepterait pas un centime de la fortune des Boone. Quand ils divorceraient, il faudrait que tout redevienne comme s'ils ne s'étaient jamais mariés. Jamais elle ne serait sa femme au sens propre du terme. Même s'il mettait tout en œuvre pour lui faire oublier toutes les bonnes raisons qu'elle avait de le repousser : sa sœur, sa mère, le succès truqué de sa pâtisserie.

Après la grange, ils n'avaient pas reparlé du divorce. Luke l'avait simplement raccompagnée jusqu'à sa voiture et avait déposé un baiser rapide sur ses lèvres en lui faisant promettre de se coucher le plus tôt possible. Ensuite, il l'avait suivie jusque chez elle pour s'assurer qu'elle rentrait à bon port.

Elle se laissa glisser dans la baignoire délicieusement parfumée, et la chaleur fit disparaître ses douleurs.

Elle pensait au bébé qu'elle portait, à cet être encore minuscule qui allait changer toute sa vie. Elle pensa aussi à son imprudence dans le corral. Heureusement que Luke s'était trouvé là. Heureusement que tout s'était bien terminé.

Quelques heures plus tard, debout derrière le comptoir de la pâtisserie, Katie accueillait l'un des premiers clients de la journée.

— Bonjour.

— Bonjour, Katie. Vous vous souvenez de moi ? Davis Moore.

— Mais bien sûr. Qu'est-ce que je peux vous proposer ?

— Je vais prendre un assortiment de vos cupcakes. Une douzaine. Et rajoutez-en quelques-uns au parfum préféré de Shelly. Citron-framboise, il me semble.

— C'est ça, oui. Elle les adore.

— Parfait.

Elle observa le bon docteur. Il était grand, séduisant et paraissait charmant.

— Alors, vous vous faites à Boone Springs ?

— Je m'y plais beaucoup. Les gens sont très agréables, et j'aime mon travail ici.

— Tant mieux. Ça me fait plaisir.

Elle mit les gâteaux dans une boîte, et il paya. Mais il ne repartit pas. Il semblait hésiter.

— Autre chose, peut-être ?

Il balaya la boutique du regard. À part quelques clients installés aux petites tables dans la salle, ils étaient seuls.

— Eh, bien... Shelly est très gentille avec moi, très accueillante, et je voudrais la remercier. Savez-vous quelles sont ses fleurs préférées ?

— Elle aime beaucoup les lys.

— D'accord. Merci pour l'info.

— Je suis sûre qu'elle sera très touchée par l'attention.

— Merci.

— Vous savez, Davis, Shelly vous admire beaucoup. Ces fleurs vont lui faire très plaisir.

Un large sourire s'épanouit sur le visage du docteur.

Voilà qui était intéressant. Katie ne se sentait pas du tout coupable de pousser le bon docteur dans les bras de Shelly. Elle n'avait rien dit qui fût contraire à la vérité et, si sa tête de mule de sœur pouvait trouver le bonheur, elle ne pourrait pas être plus heureuse.

Trois jours plus tard, Katie était dans la cuisine chez sa mère et faisait tout pour cacher sa nausée.

— Ça n'était pas la peine de faire la cuisine, maman.

L'odeur des spaghettis et des boulettes à la viande lui retournait l'estomac. Ces temps-ci, elle mangeait léger, mais comment dire ça à sa mère alors qu'elle s'était donné tant de mal pour préparer son plat préféré ?

— J'avais envie de cuisiner pour mes filles pour changer. Tu es debout toute la journée et tu as l'air si fatiguée, ces temps-ci.

— J'ai remarqué aussi, dit Shelly en sortant les assiettes creuses. Tu es toute pâle. Tu manques de sommeil ou tu en fais trop pour le mariage de Drea ? Il se passe toujours quelque chose, j'ai l'impression. Et comme tous les journaux en parlent dès qu'un Boone éternue, je sais même que le dîner de répétition aura lieu au Baron.

— Oui. Vendredi soir.

— Ça sera bientôt fini et tu ne seras plus obligée de voir Luke. Ça ne doit pas être facile.

— N-non. Mais on a… trouvé une sorte de modus vivendi. Ça n'est pas un monstre.

— Ah, non ? s'insurgea sa mère. Un homme qui a brisé le cœur de ma fille ? Nous l'avions toutes accueilli dans notre famille et il nous a tourné le dos.

— Il ne vous a pas tourné le dos, maman, dit Shelly, il m'a quittée parce qu'il ne m'aimait pas assez.

La poitrine de Katie se serra. Elle se sentait plus coupable que jamais parce qu'elle avait envisagé une vie avec Luke. Mais sa famille venait de la rappeler à la réalité. Si jamais elles apprenaient que Luke avait quitté Shelly parce qu'il était amoureux d'elle et qu'en plus elle attendait un enfant de lui, ce serait une catastrophe.

— Cet homme ne sait pas ce qu'il a perdu, dit sa mère.

— À mon avis, il s'en moque bien, dit Shelly.

— Pas du tout, balbutia Katie.

— Quoi ?

— Luke n'est pas un monstre. Il sait qu'il t'a fait du mal et il en est désolé.

— Et comment le sais-tu ?

— Je le vois pas mal entre le refuge et les préparatifs du mariage. Mais il ne… Bah, laisse tomber.

Katie voyait bien que sa sœur et sa mère ne croyaient pas un mot de tout ça et qu'en plus elles estimaient qu'elle était en train de les trahir.

— Changeons de sujet, décréta leur mère. Il ne vaut pas la peine qu'on parle de lui.

Katie servit une généreuse assiette de pâtes à sa mère, puis s'installa à table.

— Au fait, dit-elle d'un air détaché, Davis Moore est passé à la boutique il y a quelques jours, Shel. J'ai l'impression que c'est un bec sucré.

Shelly s'arrêta de manger, sa fourchette suspendue à quelques centimètres de sa bouche.

— C'est bien possible.

— Et il t'a donné les cupcakes citron-framboise qu'il avait achetés spécialement pour toi ?

— Oui.

— Il a l'air plutôt sympa. Et il se plaît à Boone Springs. J'imagine que tu lui as un peu fait visiter la ville ?

— Oui. C'est vraiment un homme remarquable. Il réussit très bien dans...

— Il est beau, la coupa Katie.

— Est-ce qu'il t'intéresse, Katie ? demanda sa mère.

Shelly lui lança un tel regard que Katie décida de la torturer quelques secondes.

— Moi ? finit-elle par répondre. Non, maman. Je crois que tu t'adresses à la mauvaise personne.

— Shelly ?

— Mais non, maman. Bien sûr, je l'aime bien et il m'a envoyé un très beau bouquet de lys l'autre jour pour me remercier. Mais nous sommes juste amis.

— À mon avis, il aimerait que vous soyez plus que ça.

— Pourquoi ? Qu'est-ce qu'il a dit ?

— Que des choses gentilles, dit Katie.

Shelly devint toute rouge, et sa mère eut l'air très satisfaite. C'était un petit pas, mais un progrès quand même.

Luke sut exactement à quel moment Katie entrait dans le restaurant du Baron parce que toute la salle parut s'illuminer d'un seul coup. Pour lui, tout s'éclairait quand Katie était là. Et comme toujours, elle était magnifique, dans sa robe noire qui dénudait une de ses épaules, et ses talons hauts.

Il soupira. Elle ne lui avait toujours rien dit pour le bébé, et il commençait à perdre patience.

Ne comprenait-elle pas combien il était important pour lui de faire partie de ce qui lui arrivait ? Combien il serait bon de partager les mois qui les séparaient de la naissance ? Il avait pensé que la soirée dans la grange les avait rapprochés, mais après leur échange de SMS le matin elle n'avait plus répondu ni à ses coups de fil ni à ses messages.

Elle l'évitait.

— J'ai l'impression que tout le monde est là, lui glissa Risk. Qu'est-ce qui se passe maintenant ?

— On boit et on mange, et Drew fait un petit discours.

— Il n'en fait pas demain ?

— Non, ça, c'est mon job, dit Luke.

— Et Katie en fera un aussi ?

— J'imagine.

— Ne me dis pas que tu n'es pas au courant, frérot. Tu n'as d'yeux que pour elle.

— Je suis amoureux d'elle. Mais que ça reste entre nous.

— D'accord. Tu as envie qu'on en parle ?

— Il n'y a rien à dire. Tu connais la situation avec sa famille.

— Oui… Et est-ce qu'elle ressent la même chose pour toi ?

Luke haussa les épaules.

— Elle fait tout pour résister, mais je crois que oui.

Il se dirigea ensuite vers sa tante Lottie. Elle était très élégante ce soir dans son tailleur-pantalon bleu saphir.

— Tu es particulièrement belle ce soir, tante Lottie.

— Merci, Luke.

— Tu as envie d'un verre ?

— Avec plaisir.

Il l'escorta jusqu'au bar et commanda du vin au serveur.

Leur verre à la main, ils allèrent s'isoler dans un coin de la pièce.

— Comment évolue la situation, mon chéri ?

— Elle ne m'a toujours rien dit, et ça me met en colère. J'ai vraiment du mal à rester sans rien faire en attendant qu'elle comprenne combien c'est important pour moi aussi.

— Ça n'est pas facile d'être patient, surtout quand on sait la vérité. Moi aussi, je meurs d'impatience. Tu seras le premier de la famille à devenir... Bref, tu sais.

Il hocha la tête tout en balayant la pièce du regard à la recherche de Katie.

Elle était en train de bavarder avec ses deux frères. Elle leur parlait à eux, alors qu'elle l'ignorait lui. Il se sentit submergé par la jalousie.

— Elle est vraiment jolie, dit sa tante.

— Magnifique.

À ce moment-là, Drew s'avança vers eux et tante Lottie l'accueillit avec un sourire radieux.

— Bonsoir, Drew. Prêt pour le grand jour, demain ?

— Oui. Et toi ?

— Bien sûr. Tu sais combien je tiens à Drea. Elle est comme la fille que je n'ai jamais eue. Je suis tellement heureuse qu'elle épouse Mason.

— Oui, c'est une bonne chose. Bon, on se retrouvera plus tard, je ne voulais pas interrompre votre conversation.

— Non, Drew. Restez avec tante Lottie. Je vais aller me chercher un autre verre, dit Luke en embrassant sa tante sur la joue avant de s'éclipser.

Lottie regarda Luke s'éloigner et se demanda si elle lui avait donné le bon conseil. Après tout, qui était-elle pour donner des conseils, elle qui avait lamentablement raté sa vie sentimentale ?

Elle se tourna vers Drew.

— Tu es très élégant ce soir.

Avec son costume noir, ses cheveux blancs et sa barbe poivre et sel bien taillée, il ne lui avait jamais paru aussi séduisant.

— Merci. Tu es très belle aussi. Ce bleu, c'est magnifique sur toi.

— Tu es nerveux pour le discours ?

— Je n'aime pas parler en public.

— Tout va bien se passer. N'oublie pas que tu parles de Drea.

— Et du père lamentable que j'ai été.

— C'est de l'histoire ancienne. Ta fille t'adore.

— Ça n'a pas toujours été le cas.

— Ce qui compte, c'est que maintenant elle t'aime.

— Tu as raison. Bon, je vais aller m'asseoir. J'ai l'impression qu'ils vont bientôt servir le dîner.

— Bien sûr, dit-elle un peu abattue.

Mais pourquoi n'en avait-elle pas profité pour lui dire qu'elle aussi, elle l'aimait ? Pourquoi ne s'était-elle pas excusée d'avoir pensé qu'il s'intéressait à une autre femme ? Pourtant, étant donné la façon dont il l'avait embrassée l'autre jour, elle n'avait aucun doute sur ses sentiments.

Si seulement elle avait le courage de le lui dire.

Avant qu'il ne soit trop tard.

Au dîner, Katie était placée à côté de Luke et elle n'allait pas déclencher un scandale en changeant de place. Mais le fait est qu'elle était en train de tomber amoureuse et que plus elle passerait de temps avec lui, plus il serait dur de lui dire adieu. Parce qu'ils ne seraient jamais un vrai couple. Ils ne pouvaient pas rester mariés.

Quand le bébé serait là, elle laisserait bien sûr Luke jouer son rôle de père. Son enfant allait avoir besoin d'un père et d'une mère, contrairement au foyer brisé dans lequel elle avait grandi.

Malheureusement, après le mariage de Drea, elle n'aurait plus aucune raison de voir Luke. Elle lui annoncerait la nouvelle quand elle serait prête… Et il fallait aussi qu'elle dise tout à sa sœur et à sa mère. Seigneur, elle rêvait d'un miracle qui viendrait arranger tout ça. Mais elle savait bien que c'était impossible et elle sentit les larmes lui monter aux yeux.

— Qu'est-ce qui ne va pas, chérie ? lui glissa Luke à l'oreille.

— Rien, chuchota-t-elle en veillant bien à ce que personne ne surprenne leur échange.

Elle sentit alors la main de Luke qui venait à la rencontre de la sienne sous la table. Elle en tira un réconfort qu'elle n'aurait pas dû ressentir. Il fallait qu'elle pense au bébé et à ce qu'il y avait de mieux pour lui, mais, quand elle était en présence de Luke, rien d'autre ne semblait compter que d'être avec lui... et de former une famille.

Mason se leva et remercia tout le monde d'être là pour Drea et lui. Puis il dit aux garçons d'honneur d'ouvrir les petits paquets bleus qui se trouvaient devant eux. Luke fut donc obligé de lâcher sa main. Elle fut frappée par le mélange de tristesse et de soulagement qui la submergea alors.

— Des boutons de manchette en or, dit-il en la regardant.

— Ils seront magnifiques sur toi, dit-elle avec un sourire. Ils sont très beaux.

Et avaient probablement coûté une fortune.

Il lui arrivait parfois d'oublier la fortune des Boone et ce qu'elle signifiait, notamment parce que Luke ne se résumait pas à cet aspect-là. C'était un homme pragmatique, gentil et généreux. Un homme que toute femme aurait rêvé d'avoir à ses côtés.

Les larmes lui montèrent encore une fois aux yeux. Décidément, les hormones la rendaient ultra-émotive.

— Si tu continues à faire cette tête, je vais être obligé de t'embrasser pour te remonter le moral.

Elle lui lança un regard lourd de menaces.

— Essaie de sourire, Katie.

— Pour Drea et Mason ?

Elle regarda dans leur direction. Ils étaient très occupés à manger leur salade et à bavarder gaiement, l'air parfaitement heureux.

— Non. Pour moi.

Non, mais quel culot...

— Je ne vois pas pourquoi je ferais ça, dit-elle, les lèvres pincées.

Il sourit.

— On dirait que tu oublies le travail que nous avons fait ensemble au refuge, dit-il d'une voix assez forte pour que tout le monde entende. Tu as été très efficace.

Bien sûr, personne ne pouvait savoir de quoi ils parlaient, mais elle, elle savait. Elle se revoyait parfaitement, nue dans la grange avec Luke et l'encourageant à lui faire l'amour. Il avait un don pour la faire sortir de sa réserve, pour lui faire oser des choses qu'elle n'aurait jamais pensé pouvoir faire.

— Je... sais. Parfois je me laisse emporter dans le feu de l'action.

— Et tu sais particulièrement t'y prendre avec les étalons.

Elle leva les yeux au ciel, masquant un sourire. Il n'y avait aucun étalon au refuge en ce moment...

Ce fut au tour de Drea de se lever.

— Moi aussi, je tiens à vous remercier. Je suis impatiente que Mason et moi devenions enfin mari et femme en votre présence à tous. Et moi aussi, j'ai des cadeaux pour mes merveilleuses demoiselles d'honneur.

Elle fit ensuite le tour de la salle pour distribuer de jolis sacs en lin de la même couleur lavande que les robes des demoiselles d'honneur.

— Merci pour tout, dit-elle en embrassant Katie sur la joue. Celui-ci est spécial, juste pour toi. Parce que tu es mon amie la plus chère.

— Merci, dit Katie, avec un sourire qui lui venait du fond du cœur.

— Vous pouvez toutes ouvrir vos paquets.

En ouvrant le sien, Katie découvrit une boîte en velours noir dont elle souleva le couvercle. À l'intérieur se trouvait un collier en or avec un diamant en forme de goutte. Elle était à la fois profondément émue et surprise. Jamais elle n'avait possédé quelque chose d'aussi précieux.

— Il... C'est magnifique. Je ne sais pas quoi dire.

— On m'a aidée à le choisir, dit Drea en souriant.

— Mason ?

Son amie secoua la tête.

— Luke. Et il a très bon goût, je dois dire.

Une heure plus tard, alors qu'elle quittait le restaurant, Katie entendit des pas derrière elle.

— Katie, attends.

Elle poussa un soupir et se retourna vers Luke.

— Quoi ?

— Je te raccompagne jusqu'à ta voiture.

— Ce n'est pas nécessaire.

— Non, mais j'y tiens.

— Comme tu voudras, répliqua-t-elle d'un ton léger.

Ils marchèrent côte à côte en silence. Il était pensif, et elle ne savait pas vraiment que penser de son humeur.

Une fois devant sa Toyota, elle se tourna vers lui.

— Voilà. J'y suis.

— Je vois ça.

— Merci de m'avoir accompagnée, mais je dois y aller.

— Où ça ?

— Chez moi récupérer mes affaires pour passer la nuit chez Drea. On se fait coiffer et maquiller là-bas demain matin. Drew est en train de préparer le cottage pour nous.

Il hocha la tête.

— Je dois vraiment y aller.

— Katie, où allons-nous comme ça ? dit-il, la mâchoire crispée.

Elle ne comprenait pas pourquoi il était aussi insistant.

— Pourquoi est-ce que tu remets ça sur le tapis, Luke ?

— Parce que tu m'évites. Tu ne réponds ni à mes messages ni à mes appels. Je n'avais pas l'intention de t'en parler ce soir, mais il va bien falloir que tu affrontes la réalité un jour.

— De quelle réalité parles-tu ?

Luke ouvrit la bouche pour parler, mais la referma.

— Écoute, dit-elle, j'ai besoin d'un break.

— Comment ça ? dit-il, les lèvres crispées et le regard sombre.

— Je suis incapable de réfléchir quand tu es là.

— Parce que je te rends dingue.

— Oui. Oui et c'est horrible.

Il eut l'air à la fois surpris et peiné.

— Bon. Je vais te laisser tranquille, dit-il d'une voix glaciale.

— Ne sois pas en colère...

— Je ne le suis pas.

Il ouvrit la portière, lui fit signe de monter. Elle s'installa derrière le volant et leva les yeux vers lui.

Il claqua la portière sans lui accorder un regard.

8

Katie pleura tout le long du trajet jusqu'au cottage MacDonald. C'était sa dernière soirée seule avec Drea, et elle voulait avoir épuisé toutes ses larmes avant de rejoindre son amie.

Elle avait blessé Luke, l'avait mis en colère. Elle s'en voulait pour le divorce, de ne pas lui parler du bébé. Cette situation la rendait folle parce qu'il était l'homme idéal pour elle mais que cet amour était impossible. Mais elle ne pouvait pas continuer à le faire souffrir. Il était temps de dire la vérité et d'en assumer les conséquences.

Mais après le mariage.

Cette pensée assécha ses larmes. Maintenant qu'elle avait pris sa décision, elle se sentait bien mieux. Elle dépassa la maison principale du ranch de Rising Springs et s'engagea sur le chemin menant au cottage. Sa robe de demoiselle d'honneur et ses escarpins assortis étaient dans le coffre. Tout était prêt pour demain.

Soudain, devant elle, elle vit que le ciel de la nuit était embrasé par des flammes immenses.

La gorge serrée, elle poursuivit sa route et s'arrêta bientôt en repérant Lottie et Drea ; elles étaient horrifiées. Elle se gara sur le bas-côté et courut vers elle, ses poumons se remplissant de cendres et de l'odeur âcre de la fumée.

La moitié du cottage était en feu.

— Oh ! non ! Que s'est-il passé ?

— Oh ! Katie, dit Drea en tremblant de tout son corps. Papa

est à l'intérieur. Je ne sais pas ce qui s'est passé, mais il a quitté le dîner plus tôt pour préparer la maison pour nous.

— Et Luke est entré le chercher, s'écria Lottie.

— Luke ? Oh ! mon Dieu. Depuis combien de temps ?

— Dès qu'il a aperçu les flammes. Les pompiers sont en route, mais il a refusé de les attendre.

Ça n'était pas possible. Pas Drew et Luke. Son Luke. Jamais elle ne se le pardonnerait s'il lui arrivait quelque chose. Elle aurait dû lui dire… qu'elle l'aimait. Elle avait eu trop peur pour le lui avouer et maintenant elle redoutait de ne jamais avoir l'occasion de le lui dire.

Il fallait qu'il sache qu'elle portait son enfant, qu'il allait être père. S'il l'avait su, il n'aurait peut-être pas pris ce risque. Non, elle était ridicule de penser ça. Luke était courageux, c'était un ancien marine… Bien sûr qu'il se serait jeté dans une maison en feu pour sauver un ami.

Elle ferma les yeux et pria pour les deux hommes.

Le vent tourna, et elles furent obligées de reculer de plusieurs mètres. La fumée s'épaississait, et elles étaient là, se tenant par la main, les larmes dégoulinant sur leurs joues.

Puis elles entendirent les sirènes. Les pompiers arrivaient enfin, mais Katie ne pouvait quitter la maison des yeux.

— Luke, je t'en supplie, ne meurs pas, murmura-t-elle.

Soudain, Luke, le visage noirci, émergea des flammes et descendit les marches du perron en tenant Drew.

— Oh ! merci mon Dieu ! s'écria Lottie en s'élançant vers eux.

Ils avaient l'air épuisés, mais au moins ils étaient vivants.

— Papa, est-ce que ça va ? s'écria Drea.

— Il va s'en sortir, dit Luke. Je l'ai trouvé évanoui près de la porte de derrière. Il a une grosse bosse sur le front.

Drew leva les yeux vers sa fille et s'efforça de lui sourire.

— Une des bougies que j'avais allumées pour décorer a mis le feu à tes rideaux. J'ai couru pour aller chercher l'extincteur et j'ai trébuché, dit-il avant de se mettre à tousser violemment.

— Oh ! papa. Je suis désolée, dit Drea. Arrête de parler, ça vaut mieux.

Katie regarda Luke. Lui aussi avait l'air épuisé et toussait de temps à autre. Elle aurait voulu courir vers lui et le serrer fort dans ses bras, mais les pompiers venaient d'arriver et commençaient à s'activer. Drew et Luke furent emmenés vers une ambulance pour y être auscultés.

Katie resta près de l'ambulance tout le temps de l'examen et, dès que Luke regardait de son côté, elle lui souriait et lui faisait un signe de la main, les larmes aux yeux. Elle avait droit à une seconde chance avec lui et elle n'allait pas la gâcher.

— Vous devriez aller à l'hôpital pour un examen complet, disait l'infirmier qui examinait Drew.

— Vous avez dit que j'allais bien.

— J'ai dit qu'il n'y avait pas de signe d'inhalation de fumée, mais ça reste à confirmer.

— Ma fille se marie demain et je tiens à être là.

— Je vais lui parler, dit Lottie à l'infirmier.

— Bien, madame. Je reviens dans quelques minutes.

Lottie s'avança vers Drew en souriant et le serra dans ses bras.

— Tu m'as fait pleurer. Jamais je n'ai eu aussi peur de ma vie. J'ai cru que tu allais mourir dans cette maison, et ça m'était insupportable. Je ne veux pas te perdre. Je ne peux imaginer passer un seul instant sans toi à compter de maintenant. Drew Joseph MacDonald, je t'aime et, si tu le veux bien, je voudrais t'épouser.

Drew sourit à son tour, et Katie et Drea échangèrent un regard. Drea avait tant espéré que son père trouve enfin le bonheur. Et voilà que ses prières étaient exaucées.

— Je t'aime, Lottie. Et je serais honoré de devenir ton époux. Même si nous n'avons plus de maison où habiter...

— Bah, on se débrouillera. Nous sommes des aventuriers, toi et moi. Et une dernière chose, Drew. Tu vas aller te faire examiner à l'hôpital ce soir.

— Non.

— Si. Et Luke va y aller aussi. Mais ne t'inquiète pas, je viens avec vous pour m'assurer que vous serez à l'heure au mariage.

— Tu as l'âme d'un chef, dis donc.

— Et tu adores ça.

Il sourit, l'attira plus près de lui encore et l'embrassa.

Une fois que les infirmiers eurent examiné Luke, Katie s'approcha de lui, passa les bras autour de son cou et l'embrassa à pleine bouche. Elle se moquait de ce que les gens penseraient. Elle voulait Luke. Point.

— Est-ce que tu vas me demander ma main ? dit-il, les yeux brillants.

— Idiot. Je suis déjà ta femme.

— Mais tu n'en as pas envie.

— Il n'y a que les imbéciles qui ne changent pas d'avis, dit-elle en lui lançant un clin d'œil.

— Oh ! Katie, dit-il en penchant la tête pour l'embrasser.

— Je te demande juste encore un peu de patience.

Avant qu'il ait pu répondre, Drea, Drew et Lottie s'avancèrent vers eux.

— Jamais je n'oublierai ce que tu as fait ce soir, Luke, dit Drea, les larmes aux yeux. Tu es un type bien.

— Est-ce que ça veut dire que je serai ton beau-frère préféré ?

Drea sourit.

— Laisse-moi te serrer la main, Luke, dit Drew.

Mais au lieu de ça, il prit Luke dans ses bras et lui donna une virile accolade.

— Merci, petit. Sans toi, je ne serais plus là. Je ne sais pas comment te remercier.

— Pas la peine, dit Luke. Il suffit que vous rendiez tante Lottie heureuse.

— J'y compte bien, dit Drew en couvant Lottie d'un regard plein d'amour.

Lottie serra à son tour Luke dans ses bras.

— Je ne sais pas ce que je serais devenue si je vous avais perdus tous les deux. Je t'aime comme mon fils.

— Moi aussi, je t'aime, tante Lottie.

— Donc, tu vas aller te faire examiner à l'hôpital ?

— Je vais m'en assurer, intervint Katie.

— Tu viens avec moi ? demanda Luke en lui prenant la main.

— Bien sûr.

Et si Shelly l'apprenait, elle devrait lui dire la vérité. Mais heureusement, elle savait que sa sœur n'était pas de garde ce soir. Elle avait emmené leur mère rendre visite à une amie qui vivait loin de Boone Springs.

Puis Risk et Mason, qui étaient restés boire un verre au Baron, arrivèrent et on les mit au courant.

Même si le cottage était à moitié détruit par le feu, il fut décidé de maintenir le mariage le lendemain, puisque tout était prêt.

D'autant qu'on avait autre chose à célébrer : les fiançailles de Drew et de Lottie.

Les Boone avaient mis à leur disposition le deuxième étage de toute l'aile est du ranch, et elles étaient assises l'une en face de l'autre sur les lits jumeaux de l'une des chambres d'amis.

— Désolée pour tout ça, Drea, dit Katie en tendant un verre de vin blanc à son amie. La maison de ton père est en ruines.

— Il la reconstruira. Ça leur donnera l'occasion à lui et à Lottie de faire une maison selon leurs goûts. Je n'ai jamais vu papa aussi heureux. Ça fait des années que Lottie et lui se tournent autour et maintenant ils vont enfin s'installer ensemble. Grâce à Luke, il est vivant. Il va pouvoir enfin en profiter.

— Luke est fantastique, oui. On a tous eu de la chance. Ils vont bien tous les deux.

— Je vous ai vus vous embrasser, dit Drea en souriant.

— J'ai enfin compris que je l'aimais. C'est l'homme de ma vie.

— Donc, tu vas tout lui dire.

— Oui. Très bientôt. L'idée qu'il puisse mourir sans savoir qu'il allait devenir père, ça a été atroce. Et c'est ce qui a mis les choses en perspective. Notre enfant mérite de grandir dans un foyer aimant. C'est drôle comme les choses peuvent changer...

— Comment ça ?

— Eh bien, tu détestais Mason parce que tu croyais qu'il avait nui à ton père. Et moi, je n'étais pas fan de Luke après ce qu'il avait fait à Shelly. Et maintenant, nous voilà toutes les deux amoureuses d'un Boone.

— Tu en as même épousé un.

— Et toi, tu t'apprêtes à le faire... Mais au fait, l'incendie... Tous tes vêtements ? Ta robe de mariage ?

— J'ai tout ce qu'il me faut. Je me suis installée avec Mason, donc la plupart des mes affaires sont ici. Et Lottie est passée prendre ma robe de mariée à la boutique. Elle est ici aussi. Elle devait me l'apporter au cottage demain matin.

— Ouf. Ça va être une belle journée, demain.

— Tu sais, tu peux aller faire un tour dans l'aile ouest, si tu veux. Risk est chez April, et Mason passe la nuit au Baron.

— Je n'ai pas envie de te laisser tomber...

— Je suis littéralement épuisée, dit Drea en s'étirant. Si je veux être en forme demain, il faut que je dorme.

— Menteuse, dit Katie en se levant. À quoi est-ce que je ressemble ?

— Même si tu étais habillée comme un sac, Luke te trouverait magnifique. Tu es très belle. Allez, file. C'est au bout du couloir, la dernière porte à droite.

Après avoir embrassé son amie, Katie traversa le long couloir, impatiente de retrouver Luke.

Elle toqua trois fois à sa porte. Pas de réponse. Il devait dormir, mais son besoin de voir s'il allait bien était plus fort que la peur de le réveiller, alors elle ouvrit la porte.

Elle se dit qu'elle avait parfaitement le droit de venir voir comment allait son mari. Après tout, il avait failli mourir ce soir. Mais le lit était vide. Où pouvait-il être à cette heure ? Elle s'apprêta à ressortir.

— Où vas-tu comme ça, Katie ?

Elle se figea puis se retourna. Luke sortait de la salle de bains, une serviette enroulée autour de la taille. Les rayons de la lune illuminaient doucement ses cheveux et les gouttes d'eau qui ruisselaient le long de ses épaules et de son torse puissant.

— J'ai cru que tu n'étais pas là.

— Je suis là, dit-il avec un large sourire. Certains soirs, je préfère ne pas allumer et tout faire à la lueur de la lune. Je trouve ça tellement apaisant.

— Oh... Je ne savais pas.

— Il y a beaucoup de choses que tu ignores à mon sujet, ma chérie, dit-il en s'approchant un peu plus d'elle encore.

— Je venais voir si tu allais bien.

Il ouvrit largement les bras.

— Je suis en pleine forme.

Son regard descendit un peu au-dessous du niveau de sa taille, là où une bosse déformait la serviette-éponge.

— Oui, on dirait bien.

Il éclata d'un rire qui la liquéfia de plaisir, et elle alla se blottir dans ses bras. Quelqu'un là-haut devait veiller sur elle parce que son rêve le plus secret était en train de se réaliser. Le corps puissant de Luke se pressa contre son ventre, ses lèvres se posèrent sur les siennes. Elle sentait son désir et voulait y répondre complètement. Le reste n'avait plus d'importance. N'existait plus.

Il renversa son visage et pénétra sa bouche de sa langue brûlante. Elle avait l'impression que tout son corps était en train de fondre. Il lui arracha sa robe et la coucha sur le lit tout en la caressant fiévreusement.

Son excitation était contagieuse, mais elle ne voulait pas aller trop vite, elle voulait profiter de chaque instant de cette nuit avec lui. Une nuit où il n'y avait pas de place pour les problèmes, juste pour deux êtres exprimant leur amour de la plus naturelle des façons.

Ce fut elle qui atteignit l'orgasme la première. Jamais elle n'avait rien éprouvé de plus intense.

— Luke, cria-t-elle.

Puis il la rejoignit, et elle se délecta de voir son corps se tendre en rythme au-dessus d'elle, d'entendre ses gémissements de plaisir. Au moment ultime, il la serra très fort et elle l'embrassa jusqu'à ce que tous les deux aient retrouvé leur souffle.

— Reste avec moi cette nuit. Je veux dormir avec ma femme.

— Je reste, oui.

Luke sourit en voyant le petit mot que Katie avait laissé pour lui sur son oreiller.

Mon cher mari,

Désolée, mais j'ai dû m'en aller avant ton réveil. Aujourd'hui, c'est la journée de Drea et de Mason. On se retrouve très vite.

Ta femme

Luke se leva. Toute la chambre embaumait l'odeur sucrée de Katie. Il n'arrivait pas à croire qu'elle était enfin à lui, après toutes ces années.

Bien sûr, elle n'avait pas prononcé les mots qu'il attendait. Elle ne lui avait pas avoué son amour ni parlé du bébé, mais les choses progressaient. Enfin, elle le considérait comme son mari.

Il entra sous la douche et laissa avec délices l'eau couler sur son corps. Il aurait aimé que Katie soit là. C'était un de ses fantasmes, mais ils avaient tout le temps pour le réaliser. Aujourd'hui, son frère se mariait et lui avait fait l'honneur de le choisir comme témoin.

Dehors, une équipe d'ouvriers était en train de monter une tente de cérémonie assez grande pour accueillir les quelque deux cent cinquante invités. Mason et Drea prononceraient leurs vœux sur les marches du belvédère que Mason avait construit dans le parc. C'était la première fois qu'un mariage avait lieu au ranch, et les Boone voulaient faire les choses en grand.

Luke descendit l'escalier et se rendit dans la cuisine, où sa tante Lottie et Drew buvaient du café, les yeux dans les yeux. Il était tellement évident qu'ils étaient faits l'un pour l'autre.

— Bonjour, dit-il. Est-ce que Mason est arrivé ?

— Il ne viendra qu'au moment de la cérémonie.

Luke se versa une tasse de café et jeta un œil sur les plats couverts de cloches que Jessica avait préparés pour le brunch des demoiselles d'honneur.

— Les filles ne vont pas mourir de faim, on dirait.

— Il y a trop à manger, je suis d'accord. Alors, sers-toi et ensuite disparais. Les filles ont besoin de se faire belles. Moi y compris.

— Je mange un morceau en vitesse et je m'en vais, ne t'inquiète pas.

De toute façon, il avait quelque chose à faire au refuge de Red Barrel.

Quelque chose qui allait faire plaisir à Katie.

Katie admirait le reflet de Drea dans le miroir ovale de sa chambre. Les autres demoiselles d'honneur étaient déjà descendues, pour leur laisser un peu de temps toutes les deux.

— Tu es magnifique, Drea. Tu rayonnes littéralement. Mais maintenant, il faut qu'on descende.

— Je sais, mais je suis un peu nerveuse.

— Ne t'inquiète pas. Je suis là.

— Merci, ma chérie. Et toi aussi, tu es très belle avec ton chignon un peu décoiffé et tes petites mèches autour du visage. Et avec ces fleurs dans tes cheveux, on dirait une princesse.

— Est-ce qu'on voit déjà que je suis enceinte ? demanda Katie en se regardant dans le miroir.

— Pas encore, dit Drea en souriant. Mais ça viendra bientôt.

Katie soupira. Elle avait encore du mal à réaliser qu'elle attendait un enfant. Enfin, jusqu'au moment où elle était prise de nausées. Mais aujourd'hui, elle s'était réveillée fraîche comme une rose à côté de Luke.

— Allez, dit Drea. Passe devant. Je te suis.

En remontant l'allée menant au belvédère, Katie croisa le regard fiévreux de Mason qui attendait la future mariée. Mais c'est le témoin du marié qui retint surtout son attention, cet homme qu'elle avait épousé quelques semaines plus tôt. Luke, beau à tomber par terre dans son smoking.

Katie fut rappelée à la réalité du moment par les premières notes de la marche nuptiale. Drea se tenait au bout de l'allée au bras de son père, un bouquet de gardénias et de roses blanches à la main. Tout le monde se leva quand elle s'engagea dans l'allée.

Katie ne vit pas passer la cérémonie et, tout à coup, elle entendit Drea et Mason prononcer leurs vœux avant d'être déclarés officiellement mari et femme. Toute l'assemblée applaudit les jeunes mariés tandis qu'ils remontaient l'allée. C'était ensuite au tour de Katie et de Luke, et elle le retrouva devant le belvédère décoré de fleurs. Il prit sa main et l'entraîna jusqu'à la tente de réception, où il lui donna un baiser rapide.

— Tu es splendide, dit-il, les yeux brillants.

— Toi aussi, Lucas Boone.

— J'exige que tu m'accordes toutes les danses de la soirée, dit-il avec un sourire irrésistible.

— Je ne peux même pas danser avec le marié ?

— Une seule fois. Et c'est bien parce que c'est mon frère.

Il y avait des photographes partout pour immortaliser l'événement, et Katie eut le réflexe de lâcher la main de Luke en espérant que leur baiser n'avait pas été fixé sur la pellicule. Ces photos allaient faire les choux gras des journaux de tout le comté de Boone. Mais alors qu'elle voulait retirer sa main, Luke la retint fermement. Indiquant clairement qu'il en avait assez de ce petit jeu.

Cela voulait dire qu'il fallait qu'elle parle à sa sœur et à sa mère très vite. Ce soir, après le mariage. Ou demain, au plus tard.

9

Les morceaux que jouait le Band Blue étaient si entraînants que la plupart des invités s'étaient levés et dansaient. Les autres étaient tellement pris par la musique qu'on aurait dit qu'ils assistaient à un concert.

Luke n'avait pas menti en disant qu'il danserait avec Katie toute la soirée. Jamais elle ne s'était autant amusée, mais elle n'en fut pas moins heureuse quand le Band Blue commença à interpréter une ballade lente et langoureuse.

Elle se lova dans les bras de Luke et posa la tête sur son épaule. Les deux cent cinquante invités les avaient vus collés l'un à l'autre toute la soirée. Ils avaient vu comment Luke la regardait alors qu'elle portait son toast et comment elle avait bu la moindre des paroles du petit discours qu'il avait préparé pour le jeune couple.

Elle savait que cela allait revenir aux oreilles de Shelly, mais elle n'y pouvait rien. Elle ne pouvait plus masquer ses sentiments pour Luke.

La tempête se déchaînerait plus tard, mais pour l'instant elle se refusait à y penser. Elle voulait célébrer le mariage de sa meilleure amie sans s'inquiéter de ce qui arriverait ensuite.

Se dressant sur la pointe des pieds, elle embrassa Luke sur la bouche.

— Pourquoi est-ce que tu fais ça ?

— Pour rien, dit-elle en le regardant dans les yeux.

— C'est la meilleure des raisons.

Elle sourit. Elle se sentait enfin dégagée de ses obligations envers sa mère et sa sœur.

— Je n'ai jamais assisté à un plus joli mariage, dit-elle d'un air rêveur.

— Tu veux dire que le nôtre n'était pas aussi réussi ?

— Le nôtre ? Je ne m'en souviens même plus.

— Je sais, mais je te promets que j'arrangerai ça.

Elle leva les yeux vers lui. Elle avait enfin trouvé en elle le courage dont elle avait besoin.

— Tu peux venir avec moi, Luke ?

— Bien sûr. On va où ?

— Au belvédère. Ça devrait être tranquille là-bas. On reviendra à temps pour la dernière danse.

Main dans la main, ils empruntèrent le chemin menant au belvédère. Le soleil était en train de se coucher, incendiant le ciel de rose et d'orange. Ils s'assirent sur les marches du petit kiosque.

— Je ne sais pas par où commencer, dit-elle, mais hier, quand j'ai su que tu étais dans cette maison en feu, j'ai compris clairement mes sentiments pour toi. Je t'aime, Luke. Je ne sais pas comment c'est arrivé ni pourquoi, mais c'est comme ça.

Il gardait les yeux fermés, comme pour savourer chacune de ses paroles, les graver dans sa mémoire à jamais. Il s'était montré patient. Obstiné et même insistant. Mais elle l'aimait, elle aimait tout en lui et elle était heureuse d'être enfin capable de le lui dire.

— Ça fait cinq longues années que j'attends ce moment, Katie. Je t'aime. Je te l'ai déjà dit, mais pas de la façon dont j'aurais voulu le dire, en pleine dispute.

Elle sourit alors que Luke lui caressait tendrement les bras et l'embrassait à lui en faire perdre le souffle. Mais elle le repoussa doucement.

— Il y a autre chose.

— Dis-moi, dit-il, les yeux brillants.

— Je... Je suis enceinte. Tu vas bientôt être père.

Voilà. Elle l'avait dit. Et cela rendait la chose encore plus tangible.

— Katie, dit-il les larmes aux yeux. C'est merveilleux.

Elle était soulagée. Elle ne savait pas s'il désirait avoir des enfants ; c'était un sujet qu'ils n'avaient jamais abordé.

— Alors, tu es content ?

— Je suis... sur un petit nuage. Tu avais peur que je ne sois pas content ? Mais au contraire. Je ne pourrais pas être plus heureux. Toi et moi, nous avons créé un bébé, mon amour, et je vais aimer cet enfant autant que je t'aime, toi. Peu importe comment c'est arrivé, c'est une bénédiction.

— C'est ce que je pense aussi. Mais maintenant, il va falloir que je parle à ma sœur et à maman.

— Le plus tôt sera le mieux, Katie. Et je serai à tes côtés pour ça.

— Merci, mais c'est quelque chose que je veux faire seule. Demain. Je leur dirai tout demain. En attendant, on devrait retourner danser.

Alors qu'ils revenaient vers la tente, April vint à leur rencontre, un téléphone portable à la main.

— Katie, je pense que c'est important. Ton téléphone n'arrête pas de sonner.

— Oh ! d'accord. Merci, April, dit-elle en consultant l'historique. C'est Shelly. Je vais la rappeler, excusez-moi.

Katie était inquiète : Shelly savait très bien où elle se trouvait ce soir et ne l'aurait pas appelée à moins d'une urgence.

— Viens, Luke. Tu me dois une danse, dit April en lui prenant le bras et en l'entraînant sous la tente tandis que Katie faisait les cent pas en attendant que sa sœur décroche.

— Shelly ? C'est moi. Que se passe-t-il ?

Les nouvelles étaient mauvaises. Leur mère était à l'hôpital. Cette fois, ce n'était pas son cœur, mais une pneumonie. Et Shelly l'avait emmenée aux urgences.

Katie prit une minute pour encaisser la nouvelle, puis elle entra sous la tente, à la recherche de Luke. Il finissait sa danse avec April.

Elle l'entraîna un peu à l'écart.

— Je dois partir. Ma mère est à l'hôpital. Est-ce que tu pourras dire à Drea et à Mason que je suis désolée ?

— Je viens avec toi.

— Non. Tu ne comprends pas que je ne peux pas arriver avec toi là-bas ?

— Je croyais que…

— Pardon, mais j'y vais seule.

Assise près du lit d'hôpital de sa mère, Katie la regardait dormir. Elle semblait avoir du mal à respirer, et c'était horrible de la voir reliée à tous ces appareils. Elle entendit la voix de Shelly dans le couloir et se retourna. Elle parlait avec Davis Moore. Et quand ils eurent fini de parler, le Dr Moore lui prit la main et promit de repasser la voir.

Shelly regarda Davis s'éloigner avec dans les yeux une expression qui aurait fait sourire Katie si leur mère ne s'était pas trouvée dans un état aussi grave.

Shelly entra dans la chambre et posa la main sur l'épaule de Katie.

— Tu es venue directement du mariage sans passer te changer ? Merci d'être là. Tu es très belle. Cette couleur te va très bien.

Quoi ? Aucune remarque acide concernant le mariage ou les Boone ?

— Merci, dit Katie en se levant. Dis-moi comment va maman.

— Un peu mieux maintenant. Quand je l'ai amenée, elle avait de la fièvre et une très mauvaise toux.

— Heureusement que tu étais avec elle ce soir.

— Heu, en fait, j'étais sortie, mais je l'ai appelée et je l'ai entendue tousser. Et Davis a pensé que je devais l'emmener directement aux urgences.

Katie hocha la tête, les larmes aux yeux. Leur mère était si pâle. Tout à coup, elle fut prise de panique. Elle ne pouvait pas perdre sa mère. Elle était bien trop jeune. Et elle allait devenir grand-mère.

Mais même si ses yeux la brûlaient, elle n'allait pas pleurer. Il fallait qu'elle soit forte.

— Tu... Tu crois qu'elle va s'en sortir ?

— La pneumonie, c'est grave chez une personne âgée, mais maman devrait aller mieux maintenant qu'elle est sous monitoring, dit Shelly de sa voix d'infirmière. Mais je dois t'avertir que, comme sa santé est globalement fragile, elle risque de mettre longtemps à se remettre. Tu n'es pas obligée de rester. Je t'appellerai s'il y a du changement au cours de la nuit.

— Pas question que je m'en aille. Je veux être là quand maman se réveillera.

— Rentre au moins mettre quelque chose de plus chaud. Je vais rester avec elle en attendant.

— Promis ?

— Bien sûr. Tu peux compter sur moi, sœurette. Comme toujours.

Ces mots touchèrent Katie au plus profond d'elle-même. C'était vrai, sa grande sœur avait toujours été son amie et l'avait toujours soutenue, en toutes circonstances.

Elle était d'autant plus déchirée de devoir lui faire de la peine.

— Je serai revenue d'ici un quart d'heure.

À peine sortie de l'ascenseur, elle prit son téléphone pour tenir Drea et Luke au courant. Mais l'écran refusa obstinément de s'allumer. Plus de batterie.

Le trajet jusqu'à son appartement ne lui prit que cinq minutes. Alors qu'elle se garait derrière la pâtisserie, une autre voiture se gara juste à côté d'elle. C'était Luke.

Ils se retrouvèrent devant la porte.

— Katie. Je t'ai envoyé des SMS et je t'ai appelée. J'étais inquiet, dit-il. Que se passe-t-il ?

— Écoute, je suis pressée, Luke.

— Et tu ne pouvais pas m'appeler ?

— Je n'ai plus de batterie. Mon téléphone s'est éteint au moment où j'allais vous envoyer un SMS. Ma mère ne va vraiment pas bien. Je suis juste passée me changer. Je retourne la veiller cette nuit.

— Oh. Je suis désolé. Qu'est-ce que c'est ?

— Une pneumonie. Je suis tellement inquiète. C'est affreux de la voir reliée à toutes ces machines.

— C'est triste. Qu'est-ce que je peux faire ?

Il s'avança vers elle, mais elle s'écarta.

— Rien. Ma mère peut mettre des semaines à guérir. Peut-être même plus longtemps. Et Shelly m'attend à l'hôpital.

— D'accord. Mais tu sais où me joindre si tu as besoin de quoi que ce soit.

— Oui. Merci.

— Recharge ton téléphone, dit-il en remontant dans sa voiture.

— Oui. Je t'envoie un message demain.

Luke avait l'air triste. Elle l'avait repoussé, mais elle ne se sentait pas capable de tout supporter en même temps. Pour l'instant, sa priorité, c'était la maladie de sa mère.

Elle qui avait toujours cru que tomber amoureuse serait facile et amusant, aimer Luke ne lui avait causé que du chagrin et des doutes. Ça n'aurait pas dû se passer comme ça. Elle l'aimait pourtant. Elle ne pouvait pas envisager sa vie sans lui. Et pourtant, elle n'arrêtait pas de le repousser. Et peut-être qu'un jour il n'en pourrait plus et la quitterait.

En arrivant au ranch, Luke trouva toute sa famille réunie. Ils étaient tous assis autour d'une table en train de boire un dernier verre à la santé de Mason et de Drea. Tous les invités étaient partis. Les employés du traiteur et les serveurs avaient fini de ranger, et la tente ne devait être démontée que le lendemain.

Il alla prendre une bouteille de Jack Daniel's sur le bar et vint s'asseoir à côté de Risk.

Tous les regards étaient rivés sur lui, y compris ceux de tante Lottie et de Drew.

— Comment va la mère de Katie ? demanda Drea.

— Elle est à l'hôpital. Elle a une pneumonie.

— Oh ! non. Pauvre Diana. D'abord une crise cardiaque et maintenant, ça. Est-ce que c'est grave ?

— D'après, Katie, oui. Elle est très inquiète.

Affalé sur sa chaise, Luke prit une longue gorgée, buvant directement à la bouteille, ce qui lui valut quelques sourcils levés. Mais il s'en moquait bien. Il voulait que sa famille sache la vérité. Et c'était le moment.

— Ma femme ne veut pas de moi là-bas.

Ses frères échangèrent des regards étonnés.

— Pardon ? Tu as bien dit « ma femme » ? finit par demander Mason.

— Oui. J'ai épousé Katie à Las Vegas, dit-il sombrement en reprenant une gorgée de Jack Daniel's.

— Quoi ? Mais qu'est-ce que tu racontes ?

— Que Katie et moi sommes mariés.

— Alors là, je n'en reviens pas, dit Risk en lançant un regard à April.

— Elle non plus, elle n'en revenait pas quand elle s'est réveillée dans mon lit à Vegas.

— Donc, tu t'es marié pendant mon enterrement de vie de garçon ? dit Mason.

— Tout juste.

— Eh bien... Katie est quelqu'un de très bien, dit Mason.

Et tout le monde approuva.

— Félicitations.

— Oui, félicitations, dit Risk en lui donnant une tape sur le dos.

Luke fronça les sourcils.

— Ne vous emballez pas. Ça n'est pas un mariage de conte de fées. Ça s'est fait parce que nous avions trop bu, et Katie a immédiatement voulu divorcer, dit-il avant d'avaler une autre gorgée.

Il commençait enfin à ressentir les effets de l'alcool.

— Moi, je trouve que Katie et toi êtes faits l'un pour l'autre, dit April avec douceur. Vous formez un couple magnifique.

Oui. Et c'était ça, le pire.

— Elle pense que sa mère et Shelly ne supporteront pas la nouvelle. Elle m'a fait jurer de garder le secret. Elle ne voulait pas que ça se sache. La vérité, c'est que je l'aime et qu'elle m'aime elle aussi. Mais j'ai dû me donner beaucoup de mal pour qu'elle finisse par l'admettre. Je suis désolé de ne pas vous en avoir parlé plus tôt.

— Mais pourquoi maintenant ? demanda sa tante Lottie.

— Pourquoi maintenant ? dit-il en les regardant tour à tour. Parce que Katie est enceinte. Nous allons avoir un enfant.

— Mais c'est merveilleux. Vous ne pouviez pas nous faire un plus beau cadeau de mariage, dit Mason en obligeant Luke à se lever pour le serrer dans ses bras.

Drea se leva aussi et le serra dans ses bras à son tour.

— Je suis si heureuse pour toi et Katie.

— Je n'arrive pas à y croire. C'est une nouvelle merveilleuse, dit April.

Risk se leva.

— Dis donc, tu sais comment animer une soirée, toi, dit-il en lui tapant dans le dos. Hé, mais je vais être tonton.

Les yeux de Drea et d'April s'embrumèrent.

— Et nous allons être tantes, dirent-elles en même temps.

Et tout le monde éclata de rire.

Quand les rires se calmèrent, Luke secoua la tête. Il leur était reconnaissant de leur soutien.

— Et maintenant, je vais vous demander à tous de ne rien dire. Jusqu'au moment où Katie jugera qu'elle peut annoncer la nouvelle à Diana et à Shelly. Pour l'instant, c'est hors de question pour elle, et elle fait tout pour me tenir à distance.

— Pourquoi, si elle t'aime ? s'étonna April.

— Les femmes sont comme ça parfois, dit Lottie en jetant un regard à Drew.

— C'est vrai, approuva April. C'est ce que j'ai fait avec Risk.

— Et moi avec Mason, ajouta Drea. Chacune avec ses raisons. Ne laisse pas tomber, Luke. Je sais qu'elle t'aime.

— Comment peux-tu en être aussi sûre ? demanda Mason à sa jeune épouse.

Drea l'embrassa sur la joue et dit doucement :

— Les meilleures amies savent ce genre de choses. Ne t'inquiète pas, Luke. J'en suis sûre et certaine.

— Merci. J'ai pris l'habitude d'être patient avec Katie. Elle était prête à tout dire à sa mère et à sa sœur avant que Diana tombe malade. Alors, je ne compte pas la laisser me mettre à l'écart trop longtemps... J'ai un plan.

— Un plan ? dit sa tante Lottie. Fais bien attention à ce que ça ne vire pas à la catastrophe. C'est typique des plans des Boone.

Lui aussi était un peu inquiet, mais il fallait qu'il tente quelque chose.

C'était Katie qui s'était occupée de tout préparer ce matin. Les cent cupcakes étaient sortis du four et déjà recouverts de glaçage. Il ne restait plus qu'à les mettre en place.

— Lori, les cupcakes sont prêts.

— J'arrive tout de suite, répondit Lori.

Katie lavait les ustensiles et les plats quand Lori entra dans la salle de préparation pour prendre les cupcakes.

— Dis donc, tu as fait vite.

— Bien obligée. Je vais passer à l'hôpital voir maman après le coup de feu du matin. C'est gentil de garder le fort pour moi.

— C'est normal. Comment va-t-elle, aujourd'hui ?

— Ça s'améliore de jour en jour. Son médecin dit qu'elle est hors de danger.

— Quelle bonne nouvelle !

— Oui. La fièvre est retombée et, si elle ne remonte pas d'ici demain, ils la laisseront quitter l'hôpital.

Pendant les trois premiers jours où sa mère se battait contre la pneumonie, Katie avait fermé la pâtisserie et elles s'étaient relayées, Shelly et elle, au chevet de la malade. Elle avait rouvert dès que la guérison avait été en bonne voie.

— C'est génial, Katie. Tu viens de passer une semaine difficile.

— Tout ce qui compte, c'est que maman puisse rentrer chez elle.

— Mes pensées vous accompagnent.

— Merci.

Une fois Lori repartie avec les cupcakes, Katie vérifia son téléphone. Pas de message de Luke. En général, il lui envoyait un SMS dès qu'il se levait le matin et un autre le soir, juste avant d'aller se coucher. Il demandait toujours des nouvelles de sa mère et s'assurait qu'elle aussi tenait le coup. Elle ne l'avait pas revu depuis le mariage, et il lui manquait terriblement. Mais pas au point de lui demander de venir la rejoindre.

Elle ne s'en sentait pas capable en ce moment, même si elle savait que Luke n'appréciait pas sa façon de faire. Il voulait qu'elle lui donne une place à la fois dans son cœur et dans sa vie, et elle ne savait pas vraiment s'il restait à l'écart parce qu'elle le lui avait demandé ou parce qu'il était en colère contre elle. Peut-être un peu les deux.

Le coup de feu du matin était particulièrement intense, et Lori et Katie couraient dans tous les sens pour satisfaire leurs clients.

— Bonjour, Katie, dit Davis Moore avec un sourire.

— Bonjour, Davis. Je vous sers la même chose que d'habitude ?

Il était devenu un client régulier, et elle connaissait ses goûts maintenant.

— En fait, ce matin, j'ai envie de faire une surprise à tout l'étage. Il me faudrait deux douzaines de cupcakes, pour toute l'équipe.

— Pas de problème.

Elle se tourna vers Lori qui était déjà en train de préparer deux grandes boîtes.

— Et n'oubliez pas le préféré de Shelly, citron-framboise, dit-il. D'ailleurs, mettez-en deux ; votre sœur m'a rendu complètement accro aussi.

— Shelly est douée pour les affaires.

— Elle est douée tout court, dit-il avec un sourire.

Katie sourit intérieurement.

— Tout à fait d'accord avec vous.

— Je suis passé voir votre mère ce matin. Ses progrès sont très encourageants.

— Merci. Ça me rassure de savoir qu'elle a droit aux meilleurs soins. Je vais moi-même aller la voir d'ici quelques minutes.

— Oh ! inutile de vous presser. Elle a de la visite en ce moment même.

— Ah, oui ? Vous savez qui c'est ? demanda Katie tout en tapant la note sur la caisse enregistreuse.

— Quelqu'un m'a dit que c'était l'ex de Shelly. Il est arrivé avec un gros bouquet de tulipes pour votre mère.

Quoi ? Luke était venu voir sa mère avec un bouquet de ses fleurs préférées ?

— Vous savez quoi, Davis ? Ces cupcakes, la maison vous les offre. Pour vous remercier, vous et le reste de l'équipe.

— C'est très gentil de votre…

— Lori va finir de s'occuper de vous, l'interrompit Katie tout en retirant son tablier et en attrapant son sac. J'ai trop hâte de voir maman. Au revoir, Davis.

Puis elle sortit en trombe, l'estomac noué. Et cette fois, ce n'était pas à cause des nausées du matin. Elle était tout simplement morte de peur.

Mais qu'est-ce que Luke fabriquait ?

10

Devant la porte de la chambre d'hôpital de Diana Rodgers, un bouquet de ses fleurs préférées à la main, Luke prit une profonde inspiration. Il espérait qu'il n'était pas en train de faire une énorme bêtise. Il toqua doucement à la porte.

— Entrez.

Sa voix était ferme. D'après Katie, Diana allait mieux. Elle s'était complètement rétablie et pourrait peut-être même rentrer chez elle dès le lendemain. *C'est parti*, pensa-t-il. L'infirmière de Diana lui avait donné le feu vert pour lui rendre visite.

En entrant dans la chambre, il la trouva assise dans son lit. Dès que son regard se posa sur lui, il se durcit.

— Luke. Qu'est-ce que vous faites ici ?

— Puis-je entrer ?

— C'est déjà fait, non ?

Il hocha la tête et posa le bouquet de tulipes sur la table de chevet.

— Pour vous.

— Elles sont très belles, dit-elle à contrecœur.

— Je me souvenais que c'étaient vos préférées.

— Si seulement vous aviez pu vous souvenir d'épouser ma fille, dit-elle.

Luke la regarda. Il comprenait sa colère.

— Je suis venu vous parler, Diana. Si vous voulez bien écouter ce que j'ai à vous dire.

— Est-ce que tout n'a pas déjà été dit il y a des années ?

— Je ne crois pas, non.

Diana semblait en meilleure forme qu'il ne s'y était attendu. Elle avait le teint rose, ses yeux noisette brillaient et elle était aussi digne que dans son souvenir. Ça n'était pas quelqu'un qui se laissait marcher sur les pieds.

— Si vous préférez que je m'en aille, dites-le. Mais je veux d'abord vous dire combien je suis heureux que vous soyez rétablie. Vous avez bonne mine.

— Merci, dit-elle en croisant les bras.

— Je suis venu vous parler de Katie.

— Katie ? Comment ça ? s'étonna Diana.

— Eh bien… Katie et moi sommes amis depuis longtemps.

— Je sais. Elle passe son temps à prendre votre défense.

— C'est vrai ? dit-il avec un sourire. Je sais que, vous, vous ne m'aimez pas beaucoup, mais je voudrais vous expliquer ce qui s'est passé. J'ai aimé Shelly. J'ai cru que nous pourrions être heureux ensemble, et elle gardera toujours une place spéciale dans mon cœur.

— Elle a été malade pendant des mois quand vous avez rompu vos fiançailles. Elle s'est complètement refermée sur elle-même et commence à peine à ressortir de sa coquille.

Luke tira une chaise près du lit et s'assit.

— J'en suis sincèrement désolé. Et à ma façon, j'ai fait la même chose en intégrant les marines. Moi aussi, je me cachais.

— Et à quoi cherchiez-vous à échapper ?

— À mes sentiments. Je n'avais pas calculé ce qui est arrivé. Je ne voulais pas que ça arrive, mais je suis tombé profondément amoureux…

— … d'une autre femme ?

— Oui. Et je n'ai rien pu faire contre mes sentiments. Elle était tout ce que j'avais toujours cherché. Brillante, indépendante et drôle. Nous partagions les mêmes passions et…

— Ma Katie ?

Luke ferma brièvement les yeux, puis les rouvrit pour affronter le regard de Diana.

— Oui. J'aime Katie. Et c'est la raison pour laquelle j'ai quitté

Boone Springs. Je ne voulais pas m'interposer entre elle et sa sœur. J'ai quitté ma famille, mon travail et tout ce que j'aimais pour préserver la paix dans votre famille. Katie n'était au courant de rien. Elle ne m'a jamais encouragé.

— Ça explique tout, dit Diana en se mordant la lèvre. Nous n'arrivions pas à comprendre pourquoi vous aviez quitté Shelly à peine quelques jours avant le mariage. Vous êtes parti si vite ensuite... sans une explication.

— Je sais. Et je m'en suis excusé auprès de vous et d'elle. À de nombreuses reprises. Et quand je suis rentré à Boone Springs, j'ai tout fait pour éviter Katie, à part les moments que nous partagions au refuge de Red Barrel. Katie a toujours été loyale envers Shelly. Elle ne m'a jamais donné aucun espoir, et je trouvais ça normal. Mais... la préparation du mariage de Mason nous a rapprochés.

— Et ?

— Et je suis tombée amoureuse de lui, maman.

Katie entra dans la chambre et posa une main sur l'épaule de Luke. Puis elle lui lança un regard qui signifiait clairement qu'elle prenait les choses en main à partir de là.

— Tu aimes Luke ?

— Oui, maman. C'est un homme bien.

— Et Shelly ?

— Je lui parlerai ce soir.

— Tu es courageuse.

— Au contraire, maman. J'aurais dû te dire la vérité moi-même. Luke et moi, nous nous sommes mariés à Las Vegas, pendant ce fameux week-end. Il arrive qu'on fasse des bêtises quand on abuse de la tequila. Et quand je me suis réveillée et que j'ai vu l'acte de mariage, ça m'a fait complètement paniquer. J'étais malade à la perspective de votre réaction, à toi et à Shelly.

— Elle a cherché à divorcer, dit Luke. Mais j'ai tenu bon.

— Vous avez tenu bon jusqu'à ce qu'elle tombe amoureuse de vous ?

Il embrassa la main de Katie et plongea son regard dans ses yeux magnifiques.

— Oui. Je ne pouvais pas renoncer à elle une seconde fois. Je l'aime trop.

— Et moi, j'ai enfin compris que j'aimais Luke quand j'ai su qu'il était entré dans cette maison en feu pour sauver Drew. Il risquait de mourir et, tout à coup, tout est devenu clair pour moi.

— Je vois. J'ai lu le récit de vos exploits dans les journaux, Luke. C'était très courageux de votre part. Et les sacrifices que vous avez consentis pour Shelly ne sont pas négligeables. Vous êtes resté loin de chez vous pendant des années. C'était très honorable, et je suis un peu honteuse de la façon dont je vous ai traité.

— Il ne faut pas. Je comprends.

— On ne choisit pas de qui on tombe amoureux, maman.

— Il paraît.

— Et il y a autre chose, dit Katie.

Heureux que Katie révèle enfin toute la vérité, Luke se leva et passa un bras autour de ses épaules pour la soutenir.

— Nous allons avoir un enfant, maman. Tu vas être grand-mère.

Diana resta sans voix quelques instants, mais, une fois l'effet de surprise passé, un immense sourire éclaira son visage.

— Tu es enceinte ? C'est merveilleux, ma chérie. Je n'arrive pas à croire que ma petite fille va devenir maman. Tout ce que je veux, c'est le bonheur de mes filles.

— Et je suis heureuse, maman. Très heureuse, dit Katie en s'élançant dans les bras de sa mère.

— Alors moi aussi.

Quand Katie s'écarta, Diana ouvrit à nouveau ses bras.

— Luke ?

Il se pencha vers elle, et elle le serra très fort. Il avait toujours beaucoup aimé Diana, et elle l'avait traité comme un membre de la famille du temps où il sortait avec Shelly. Il espérait que ce lien pourrait se recréer.

— Jamais je n'aurais pensé vous dire ça un jour, mais bienvenue dans la famille, Lucas Boone.

Katie toqua à la porte de l'appartement de Shelly. Elle avait les nerfs à vif ; elle redoutait tellement que la nouvelle replonge sa sœur dans le chagrin, que cela lui brise à nouveau le cœur.

Shelly ouvrit enfin la porte et eut l'air surprise de la voir.

— Katie ? J'allais justement te rejoindre à l'hôpital pour prendre la relève. Que se passe-t-il ? C'est maman ?

— Tout va bien de ce côté-là. Maman va bien mieux, rassure-toi.

— Ouf. Tu m'as fait peur.

— Je peux entrer ?

Shelly s'effaça pour laisser entrer Katie.

— Tu fais une drôle de tête. On dirait que... tu as peur. Et tu trembles ?

— Je... Il faut qu'on parle, Shelly.

— Je t'écoute.

Les jambes en coton, Katie alla s'asseoir sur le canapé. Elle avait répété des dizaines de fois dans sa tête ce qu'elle dirait à Shelly, mais l'épreuve était mille fois plus pénible en réalité.

— J'ai quelque chose à te dire, Shel. Mais d'abord, je veux que tu saches que je t'aime très fort et que jamais je ne pourrais te faire du mal intentionnellement.

— Je sais bien. Mais vas-y, vide ton sac. Tu commences vraiment à m'inquiéter.

— Bon, mais ça n'est pas facile. Ça concerne... Luke.

— Comment ça, Luke ?

— Je, heu... C'est mon... Rappelle-toi que je t'aime.

Shelly hocha la tête impatiemment.

— Eh bien, quand Luke est rentré d'Afghanistan l'année dernière, on n'arrêtait pas de tomber l'un sur l'autre au refuge. On ne peut pas dire qu'on était amis, mais on partageait le même amour des chevaux et ça nous arrivait de travailler ensemble là-bas. Mais ça n'est jamais allé plus loin que ça, je te le jure. Et puis, le dernier soir à Las Vegas, pendant la fête en l'honneur de Mason et de Drea, Luke et moi on a beaucoup bu. Il m'a proposé de me raccompagner à mon hôtel, mais on n'est jamais arrivés jusque-là. Au lieu de ça... On s'est retrouvés... dans une chapelle et... on s'est mariés.

— Attends… J'ai bien entendu ? dit Shelly, les yeux exorbités. Luke et toi, vous êtes mariés ?

Katie eut un haut-le-cœur. La dernière chose qu'elle voulait, c'était faire de la peine à sa sœur, mais il fallait qu'elle continue.

— J'ai essayé de divorcer, mais Luke a gagné du temps en prétendant que son avocat n'était pas disponible. Je ne savais pas quoi faire, Shel. J'étais paniquée. On a caché le mariage à tout le monde. Je voulais régler le problème sans rien dire à personne. Luke et moi, on s'est beaucoup vus à cause du mariage de Drea. Et puis, quand Snow est morte… Ça nous a rapprochés. Et Luke m'a avoué pourquoi il n'avait pas pu t'épouser. Ça m'a brisé le cœur d'entendre ça, mais tu dois connaître toute la vérité. Il était tombé amoureux… de moi.

Shelly semblait étrangement calme, mais pour Katie ça n'était pas bon signe.

— Luke est tombé amoureux de toi ?

— Je t'assure que je n'ai rien fait pour ça, Shel. On était amis. Il allait devenir mon beau-frère. Et ensuite, il a rompu avec toi et il s'est engagé dans les marines. Parce qu'il voulait te faire le moins de mal possible. Il a tout quitté pour ne pas se mettre entre nous. Il est resté à l'étranger quatre ans et quand il est rentré… Bref, tu connais la suite. Je suis désolée, Shelly. Je ne voulais pas que ça nous éloigne l'une de l'autre.

— Et tu t'attendais à quoi ? À ce que je saute de joie ?

— Bien sûr que non.

— Et tu prétends que tu ne savais rien quand il m'a quittée ?

— Je te jure que non. J'ai été aussi surprise quand il m'a avoué ça que tu l'es maintenant. Et j'ai tout fait pour lutter contre mes sentiments pour lui.

Shelly semblait lutter pour ne pas exploser, mais Katie connaissait bien sa sœur. Elle avait envie de hurler combien tout ça était injuste. Et elle pouvait la comprendre.

— Tes *sentiments* pour lui, tu dis ?

— Oui, j'aime Luke. Je ne le savais pas avant de le voir entrer dans une maison en feu pour sauver Drew. Mais à ce moment-là, j'ai compris combien je tenais à lui, combien je souffrirais si je le perdais.

Shelly resta un long moment sans rien dire. À réfléchir. Pour Katie, cette attente sembla durer des heures, mais finalement sa sœur expira longuement.

— Écoute, tu l'aimes et il t'aime. Donc, il faut que tu construises ta vie avec lui. Je sais que je suis amère, pas facile à vivre, mais je viens de comprendre une chose : que je ne voudrais pas d'un homme qui ne m'aime pas à la folie. Luke n'était pas l'homme qu'il me fallait. Contrairement à...

— Davis ? demanda Katie, pleine d'espoir.

Shelly soupira.

— On est plus proches de jour en jour. C'est quelqu'un d'extraordinaire. On a les mêmes centres d'intérêt et... les choses vont doucement, mais... je n'avais jamais ressenti quelque chose d'aussi fort pour personne.

— C'est merveilleux, Shelly. Je suis heureuse pour toi, mais... J'ai autre chose à te dire encore, dit Katie, une main posée sur son ventre, comme pour protéger l'enfant qui y grandissait.

— Au point où on en est...

Les mots ne voulaient pas sortir. En entendant cette nouvelle, sa sœur risquait de s'effondrer et c'en serait fini à jamais de leur relation.

Mais elle n'eut finalement pas besoin de parler. Shelly avait les yeux rivés sur son ventre. *Elle savait.*

— Tu es enceinte. Bon sang, Katie, ça fait beaucoup d'un coup.

— Je sais, dit-elle, mais j'espère que tu ne m'en veux pas. Tu sais, tu es ma grande sœur et je vais avoir plus besoin de toi que jamais.

Soudain, les épaules de Shelly se relâchèrent et son visage s'adoucit.

— Tu sais quoi ? J'en ai assez de souffrir. Rencontrer Davis, ça a été comme une résurrection pour moi. Alors, oui, je serai là pour toi. Tu es ma petite sœur, quand même.

En arrivant chez elle, Katie se laissa tomber sur son lit, vidée de toute énergie. La journée avait été riche en émotions, et elle n'avait envie que d'une chose : se coucher et dormir. Il n'était que 6 heures du soir, pourtant elle était lessivée.

Dans son sac, son téléphone se mit à vibrer. C'était Luke. Elle sourit. Son mari était en train de l'appeler.

— Salut, dit-elle.

— Salut.

Le seul fait d'entendre sa voix était apaisant.

— Ça s'est passé comment avec ta sœur ?

— Ça n'a pas été facile, mais elle est amoureuse, alors je pense que ça va aller.

Luke poussa un profond soupir de soulagement.

— Ça me fait plaisir, ma chérie. Une bonne nouvelle pour conclure une journée parfaite. Enfin, presque parfaite. Regarde par la fenêtre... Il y a une voiture qui t'attend en bas.

— Mais qu'est-ce que tu...

— Tu verras. Le chauffeur sait où il doit te conduire.

— Tu me laisses un peu de temps ? J'ai besoin d'une douche et de me changer.

Elle raccrocha, prit une douche rapide et mit sa robe à fleurs préférée. Par-dessus, elle enfila une courte veste en jean et acheva sa tenue avec une paire de bottes en cuir.

La « voiture » que lui avait envoyée Luke était en fait une limousine. Évidemment.

— Il y a des biscuits salés et du cidre au cas où vous auriez faim, mademoiselle, dit le chauffeur en lui ouvrant la portière.

— Pourquoi ? Nous allons loin ?

— Non, mais M. Boone tenait à ce que vous ne manquiez de rien.

Un peu plus tard, la limousine s'engagea sur le chemin qui menait au refuge de Red Barrel. Katie se redressa sur son siège et regarda par la vitre. Aucune trace de Luke. Le chauffeur se gara devant les bureaux et vint ouvrir sa portière.

— Monsieur vous attend dans la grange, mademoiselle.

En voyant Luke venir à sa rencontre, vêtu d'un costume foncé et de son stetson noir, elle sentit son cœur s'emballer. Il était si beau et c'était son homme, son mari à elle. Elle accéléra le pas et se précipita dans ses bras.

— Luke, murmura-t-elle entre deux baisers. Qu'est-ce qui se passe ?

Luke la prit par la main et l'entraîna dans la grange. Elle resta bouche bée devant le spectacle. Il avait disposé une dizaine de petits bouquets et des petites bougies blanches autour d'une table recouverte d'une nappe de lin blanc dressée pour deux. Une bouteille de cidre bien fraîche attendait dans un seau à glace en argent. La scène était magique.

— C'est magnifique. Mais pourquoi...

Luke mit un genou à terre et prit sa main dans la sienne.

— Je veux faire ça bien, Katie. Je veux que tu aies ce à quoi toute jeune mariée a droit, y compris une vraie demande. C'est ici que je suis tombé amoureux de toi et c'est ici que je veux prononcer mes vœux. Katie Rodgers Boone, je suis follement amoureux de toi. Tu es la seule femme au monde pour moi et je te demande de me prendre pour époux, pour que nous vivions ensemble et que nous nous aimions jusqu'à la fin de nos jours.

— Oui, oui, oui. Je te veux pour époux si tu veux bien de moi pour épouse.

— Bien sûr, mon amour. Tu es tout ce que j'ai toujours voulu. Toi, moi et notre bébé, nous allons former notre famille à nous... Mais viens, je dois te montrer quelque chose.

Il lui prit la main et la guida hors de la grange jusqu'au corral de Cinnamon. La jument la regarda de ses grands yeux bruns.

— J'ai fait le nécessaire, reprit-il. Elle est à toi, maintenant.

— C'est vrai ?

Jamais elle n'avait osé rêver de posséder un cheval à elle. Elle aimait chacun des chevaux du refuge, même les plus récalcitrants, mais pour Cinnamon elle ressentait quelque chose de spécial.

— Et quand elle sera prête, nous l'amènerons au ranch.

— Luke, je ne sais pas comment te remercier, dit-elle en enfouissant son visage au creux de son épaule.

Il posa la main sur son ventre. Bientôt, tout le monde pourrait voir la preuve de leur amour.

— J'aime déjà notre petit bout, dit-il.

— Moi aussi, murmura-t-elle en posant sa main par-dessus la sienne.

Épilogue

Trois mois plus tard

Dans le parc du ranch Rising Springs, devant le belvédère, un nouveau mariage avait lieu. Drew et Lottie étaient en train de répéter après le pasteur les vœux qui allaient les unir. Luke était présent, Katie à ses côtés. Dans sa robe de demoiselle d'honneur couleur pêche, elle était rayonnante et la vision de son ventre déjà rond lui rappela l'immense chance d'être son mari et le père de l'enfant qui grandissait en elle.

— Oui, je le veux, dit Lottie en regardant ardemment dans les yeux de Drew.

Drea était le témoin de Lottie, et Mason celui de Drew. Dans l'assistance, il y avait bien sûr aussi Risk et April, mais Drew et Lottie avaient tenu à ce que ce mariage soit une cérémonie intime et ils n'avaient invité que les personnes qui comptaient le plus dans leur vie.

Depuis trois mois, les choses s'étaient accélérées dans le clan Boone.

On rénovait le cottage de Drew en y ajoutant quelques pièces et une cuisine moderne pour Lottie. Le chantier était presque terminé et, dès le mardi suivant, leurs fameuses parties de poker pourraient à nouveau s'y tenir.

Mason et Drea, eux, venaient juste d'emménager dans la maison qu'ils s'étaient fait construire sur les terres du ranch.

Quant à Risk et à April, ils mettaient la touche finale à Canyon

Lake Lodge, où ils espéraient bien recevoir leurs premiers hôtes dès le mois de juin.

Luke et Katie passaient leurs week-ends au ranch et vivaient le reste de la semaine dans l'appartement de Katie. Les choses seraient un peu plus compliquées après l'arrivée du bébé, mais ils se débrouilleraient. Luke n'avait aucun doute là-dessus.

— Vous pouvez embrasser la mariée, dit le pasteur Gavin.

Drew ne se fit pas prier, et son baiser fut si fougueux que le rouge monta aux joues du pasteur. Puis les jeunes mariés se retournèrent vers l'assemblée.

Luke prit la main de Katie et la serra tandis que tout le monde applaudissait Drew et Lottie. Elle leva vers lui ses magnifiques yeux verts débordants d'amour.

Tandis que les invités se dirigeaient vers les tables dressées pour la réception, Luke attira Katie dans un coin reculé du jardin.

— Je t'aime, dit-il.

— Moi aussi, dit-elle tendrement. Et tu me rends toujours dingue.

— Ah, oui ?

— Oui, et j'espère que ça durera toute notre vie.

RESTEZ CONNECTÉ AVEC HARLEQUIN

Harlequin vous offre un large choix de littérature sentimentale !

Sélectionnez votre style parmi toutes les idées de lecture proposées !

www.harlequin.fr

- **Découvrez** toutes nos actualités, exclusivités, promotions, parutions à venir…
- **Partagez** vos avis sur vos dernières lectures…
- **Lisez** gratuitement en ligne
- **Retrouvez** vos abonnements, vos romans dédicacés, vos livres et vos ebooks en précommande…

L'application Harlequin

- Des **ebooks gratuits** inclus dans l'application
- **+ de 50 nouveautés tous les mois !**
- Des **petits prix** toute l'année
- Une **facilité de lecture** en un clic hors connexion
- Et plein d'autres avantages…

Téléchargez notre application gratuitement

Télécharger dans l'App Store

DISPONIBLE SUR Google Play

SUIVEZ-NOUS !

facebook.com/HarlequinFrance
twitter.com/harlequinfrance

VOTRE COLLECTION PRÉFÉRÉE DIRECTEMENT CHEZ VOUS

0€*

Vos **2** premiers **livres** découverte

+ 1 cadeau surprise

L'amour vous transporte, on vous l'apporte !

*+4,95 € de frais de traitement.

Collections au choix	1ers Envois	Envois suivants
AZUR	2 livres 0 €* + 1 cadeau	6 livres par mois 32,70 €
BLACK ROSE	2 livres 0 €* + 1 cadeau	2 livres par mois 20,00 €
BLANCHE	2 livres 0 €* + 1 cadeau	2 livres par mois 18,20 €
VICTORIA	2 livres 0 €* + 1 cadeau	3 livres tous les 2 mois 29,45 €

REDER SAS au capital de 1 500 000 € - RCS Paris B 410 714 885.
Renseignements au 0 892 680 181 (0,40 €/min + prix appel).

OFFRE DÉCOUVERTE

À compléter et à retourner sans affranchir :

LIRIADE-HARLEQUIN - Libre-réponse 40181 - 27039 ÉVREUX CEDEX

☐ **OUI**, je profite de votre **Offre Découverte Harlequin** gratuitement (+ 4,95 € de frais de traitement).

Je choisis de recevoir la collection :

☐ AZUR Club 3A02E /Clé E3788
☐ BLACK ROSE Club 3R01J /Clé E3789
☐ BLANCHE Club 3B01E /Clé E3790
☐ VICTORIA Club 3V01G /Clé E3791

Ci-joint mon règlement pour les frais de traitement de 4,95 € par :

☐ **Chèque** à l'ordre de **HARLEQUIN**

☐ **Carte bancaire** (Carte Bleue, Visa, Eurocard Mastercard)

N°:

Date de validité :

Cryptogramme au dos de ma carte : (indispensable)

Date limite : 31 décembre 2025. Envoyez-moi sans obligation selon la lettre jointe à mon envoi les colis suivants de la collection que j'ai choisie. Mon premier colis de 4,95€ me sera livré sous 6 jours environ selon les délais postaux. Si je ne suis pas satisfaite, il me suffira de le retourner sous 30 jours dans son emballage d'origine. Je serai alors remboursée.

Mme/M. :

Prénom :

Adresse :

Code postal :

Ville :

Indispensable pour le suivi de votre commande :

Téléphone :

E-mail :

Signature obligatoire ▼ Date : J J M M A A

Offre valable pour la France métropolitaine et Monaco. Conformément à la loi informatique et libertés du 06.01.1978 (Art. 27) et au Règlement européen du 27 avril 2016, vous disposez d'un droit d'accès et de rectification aux données personnelles vous concernant. Notre politique de traitement des données personnelles est consultable sur demande. Les prix sont garantis dans la limite des stocks disponibles, offres valables jusqu'au 31 décembre 2025. En cas d'épuisement, seul le remboursement de la somme versée, majorée des intérêts légaux peut être exigé. Par notre intermédiaire, vous pouvez être amené à recevoir des propositions de nos partenaires, si vous ne le souhaitez pas, il suffit de cocher ici ☐ ou de nous contacter en nous [illegible]ant vos nom, prénom et adresse. Offre réservée aux personnes majeures. Ce délai est valable uniquement pour les articles disponibles. [illegible] commandes passées par courrier, il convient d'ajouter le délai d'acheminement et de traitement de votre bon de commande.

PAPIER BAC DE TRI

REDER SAS au capital de 1 500 000 € - RCS Paris B 410 714 885.